STEPHEN KING

DOCTEUR SLEEP

Né en 1947 à Portland (Maine), Stephen King a connu son premier succès en 1974 avec *Carrie*. En une quarantaine d'années, on lui doit plus de cinquante romans et autant de nouvelles, certains sous le pseudonyme de Richard Bachman. Il a reçu de nombreuses distinctions littéraires, dont le prestigieux Grand Master Award des Mystery Writers of America pour l'ensemble de sa carrière en 2007. Son œuvre a été largement adaptée au cinéma et à la télévision.

STEPHEN KING

Docteur Sleep

ROMAN TRADUIT DE L'ANGLAIS (ÉTATS-UNIS) PAR NADINE GASSIE

ALBIN MICHEL

Titre original :

DOCTOR SLEEP
publié chez Scribner, New York, 2013.

ISBN : 978-2-253-18360-0 – 1re publication LGF

À mes débuts à la guitare rythmique, quand je jouais avec les Rock Bottom Remainders, Warren Zevon venait parfois se produire en concert avec nous. Warren adorait les T-shirts gris et les films du style *L'Horrible Invasion*. Il m'avait désigné comme chanteur de son tube *Werewolves of London*[1] pour les rappels. Moi je me trouvais mauvais. Warren prétendait le contraire. « *Ré* majeur, annonçait-il. Vas-y, hurle à la lune. Et surtout, joue comme Keith. »

Jamais je ne saurai jouer comme Keith Richards, mais j'ai toujours fait de mon mieux. Et avec Warren à mes côtés, qui me suivait à la note près en riant comme une baleine, j'ai toujours fait de mon mieux.

Warren, ce hurlement de loup est pour toi, où que tu sois, copain. Tu me manques.

---

1. Les loups-garous de Londres. (*Toutes les notes sont de la traductrice.*)

Les demi-mesures ne nous ont rien donné. Nous nous trouvions à un tournant de notre vie.

Le « Grand Livre » des Alcooliques anonymes

Si nous voulions vivre, nous devions nous libérer de la colère. Les gens normaux peuvent peut-être s'offrir ce luxe douteux mais pour les alcooliques, c'est un poison.

Le « Grand Livre » des Alcooliques anonymes

PRÉLIMINAIRES

« PEUR signifie tout Plaquer En URgence. »

Vieux slogan des AA

COFFRE-FORT

1

Le deuxième jour du mois de décembre d'une année où un planteur de cacahuètes de Géorgie était aux affaires à la Maison-Blanche, l'un des plus grands hôtels de villégiature du Colorado brûla de fond en comble. L'Overlook fut déclaré perte totale. Après enquête, le chef du service des incendies du comté de Jicarilla attribua la cause de l'incendie au mauvais fonctionnement d'une chaudière. L'hôtel était fermé pour l'hiver lorsque l'accident se produisit et seules quatre personnes étaient présentes sur les lieux. Trois d'entre elles en réchappèrent. John Torrance, le gardien de l'hôtel, trouva la mort en tentant vainement (et héroïquement) de faire tomber la pression de la vapeur qui avait atteint un niveau anormalement élevé dans la chaudière en raison d'une soupape de sécurité défectueuse.

Parmi les trois survivants, on comptait l'épouse du gardien et son jeune fils. Le troisième était le chef cuisinier de l'Overlook, Richard Hallorann. Ce dernier était revenu de Floride, où il faisait la saison d'hiver, pour voir comment se débrouillaient les Torrance car il avait eu « l'intuition fulgurante », comme il disait, que la famille était en difficulté. Les deux adultes survivants furent très grièvement blessés dans l'explosion. Seul l'enfant s'en sortit indemne.

Physiquement, du moins.

2

Wendy Torrance et son fils reçurent une indemnisation de la firme propriétaire de l'Overlook. Ce n'était pas une somme énorme, mais elle leur permit de vivre durant les trois ans d'incapacité de travail de Wendy pour ses blessures au dos. L'avocat qu'elle consulta lui assura que si elle était prête à l'épreuve de force, elle pourrait obtenir beaucoup plus car la firme était soucieuse d'éviter un procès. Mais Wendy était tout aussi désireuse de reléguer dans le passé cet hiver désastreux dans le Colorado. Elle répondit à l'avocat qu'elle s'en remettrait, ce qu'elle fit, même si ses douleurs dorsales se rappelèrent à elle jusqu'à la fin de ses jours. Côtes cassées et vertèbres brisées guérissent mais ne cessent jamais de crier.

Winifred Torrance et Daniel vécurent un temps dans le Sud-Central, avant de descendre vers Tampa en Floride. Dick Hallorann (l'homme aux intuitions fulgurantes) montait parfois de Key West pour les voir. Voir le petit Danny surtout. Un lien particulier les unissait.

Très tôt un matin du début du mois de mars 1981, Wendy appela Dick pour lui demander de venir. Danny l'avait réveillée en pleine nuit, lui apprit-elle, pour lui dire de ne pas entrer dans la salle de bains.

Après quoi, il avait totalement refusé de lui parler.

3

Une envie de faire pipi l'avait réveillé. Dehors le vent soufflait en rafales. Il faisait doux – en Floride, le climat est presque toujours doux – mais Danny n'aimait pas ce vent et il se disait qu'il ne l'aimerait jamais. Ça lui rappelait l'Overlook où la chaudière défectueuse était le moindre de tous les dangers.

Sa mère et lui habitaient un appartement exigu au deuxième étage d'un immeuble de rapport. Danny sortit de sa chambre, voisine de celle de sa mère, et longea le couloir. Le vent soufflait fort et les branches d'un palmier à l'agonie battaient bruyamment contre le flanc de l'immeuble. On aurait dit un squelette entrechoquant ses os. Le loquet de la porte de la salle de bains étant cassé, Danny et sa mère laissaient toujours la porte ouverte quand ni l'un ni l'autre n'utilisait la douche ou les toilettes. Cette nuit-là, Danny trouva la porte fermée. Pourtant sa mère n'était pas à l'intérieur. Depuis que l'Overlook l'avait blessée au visage, elle ronflait, un petit *couitch-couitch* qu'il percevait en provenance de sa chambre.

Bon, elle l'a fermée sans faire exprès, c'est tout.

Mais il n'était pas dupe, malgré son âge (lui aussi était un garçon aux intuitions et aux prémonitions fulgurantes) et, parfois, il faut en avoir le cœur net. Parfois, il faut aller *voir*. Il avait compris ça dans une chambre au premier étage de l'hôtel Overlook.

Danny tendit le bras – un bras qui lui parut trop long, trop élastique, trop *désarticulé* –, tourna la poignée et ouvrit la porte.

Là (il savait qu'elle y serait), il y avait la femme

de la chambre 217. Elle était assise sur les toilettes, nue, les jambes écartées. Avec ses cuisses livides et boursouflées. Ses seins verdâtres pendouillant comme des ballons dégonflés. Une touffe de poils gris en bas du ventre. Des yeux gris aussi, pareils à des miroirs métalliques. Lorsqu'elle l'aperçut, elle retroussa les lèvres pour lui sourire.

Ferme les yeux, lui avait recommandé Dick Hallorann autrefois. *Si tu as une vision horrible, ferme les yeux et dis-toi qu'il n'y a rien, et quand tu les rouvriras, la vision aura disparu.*

Mais ça n'avait pas marché dans la chambre 217 quand il avait cinq ans et ça ne marcherait pas ce jour-là. Il le savait. Il la *sentait*. Elle puait la charogne.

La femme – il savait comment elle s'appelait, c'était Mrs. Massey – se redressa lourdement sur ses pieds violets et lui tendit les mains. Il vit la chair pendouillante, presque dégoulinante, de ses bras. Elle souriait comme à la vue d'un vieil ami. Ou d'une bonne chose à manger.

Avec un calme feint, Danny referma doucement la porte et recula d'un pas dans le couloir. Il vit le bouton de porte tourner vers la droite… vers la gauche… encore vers la droite… et s'immobiliser.

Il avait huit ans à présent et, malgré l'horreur qu'il éprouvait, il était capable d'un minimum de pensée rationnelle. Parce que, aussi, quelque part en lui il avait toujours su que ça finirait par arriver. Sauf qu'il avait toujours pensé que quand ça arriverait, ça serait Horace Derwent qui lui apparaîtrait. Ou alors le barman, celui que son père appelait Lloyd. Pourtant il aurait dû savoir, se dit-il, avant même que ça n'arrive, que ça serait Mrs. Massey. Parce que de tous les morts-vivants de l'Overlook, ç'avait été elle la pire.

La part rationnelle de son esprit lui disait qu'elle n'était qu'un fragment de cauchemar oublié qui l'avait suivi hors du sommeil, dans le couloir, et jusqu'à la salle de bains. Cette part rationnelle lui assurait que s'il rouvrait la porte, il n'y aurait plus rien. C'est sûr qu'il n'y aurait rien, maintenant qu'il était réveillé. Mais une autre part de son esprit, sa part *clairvoyante*, savait à quoi s'en tenir. L'Overlook n'en avait pas terminé avec lui. Pas encore. L'un au moins de ses esprits vengeurs l'avait suivi jusqu'en Floride. Cette femme, il l'avait déjà surprise, un jour, gisant dans une baignoire. Elle s'était dressée et avait tenté de l'étrangler de ses doigts froids comme des poissons (mais terriblement forts). Et s'il ouvrait à nouveau la porte de la salle de bains, elle finirait le travail.

Il décida plutôt de coller son oreille à la porte. D'abord, il n'entendit rien. Puis, si… un bruit minuscule.

Des ongles morts qui grattaient le bois.

Danny marcha jusqu'à la cuisine sur des jambes qu'il ne sentait plus et, debout sur une chaise, pissa dans l'évier. Puis il réveilla sa mère pour lui dire de ne pas entrer dans la salle de bains, qu'il y avait quelque chose de vilain à l'intérieur. Sa mission accomplie, il retourna se coucher et s'enfouit profondément sous les couvertures. Il voulait rester là pour l'éternité, ne se lever que pour aller pisser dans l'évier. Maintenant qu'il avait prévenu sa mère, il ne voyait plus l'intérêt de lui parler.

Son mutisme ne la surprit guère. Ça lui était déjà arrivé autrefois, après son incursion dans la chambre 217 de l'hôtel Overlook.

« Et à Dick, tu voudras bien lui parler ? »

De sous son drap, Danny leva les yeux vers elle et fit oui de la tête. Il était quatre heures du matin, mais Wendy Torrance décrocha son téléphone.

Le lendemain, en fin de journée, Dick Hallorann était là. Avec un cadeau.

4

Lorsque Wendy eut appelé Dick – à voix bien haute pour que Danny l'entende –, son fils se rendormit. En suçant son pouce. Il avait huit ans, il allait à l'école primaire maintenant, mais il suçait encore son pouce. Ça lui faisait mal de le voir faire ça. Elle alla se poster devant la porte de la salle de bains. Elle était terrifiée – Danny l'avait terrifiée – mais elle avait une envie pressante et aucune intention de pisser dans l'évier. S'imaginer les fesses en l'air, en équilibre instable au-dessus de l'évier (même si personne n'était là pour la voir), la fit grimacer.

Dans une main, elle tenait le marteau de sa petite boîte à outils de veuve. De l'autre, elle tourna la poignée et poussa la porte en levant son arme. La salle de bains était vide, bien entendu, mais l'abattant des toilettes était baissé. Or elle le relevait toujours avant d'aller se coucher, parce que si Danny s'avisait d'aller faire pipi en pleine nuit, encore à quatre-vingt-dix pour cent endormi, elle savait qu'il oublierait de le relever et en mettrait partout. Il y avait une odeur, aussi. Une *puanteur*. Comme d'un rat crevé dans une cloison.

Elle avança d'un pas dans la pièce. Deux. Un mouvement, à la périphérie de son champ de vision, la fit tournoyer comme une toupie, marteau brandi, prête à assommer l'individu

(*la chose*)

dissimulé derrière la porte. Mais c'était seulement son ombre. Avoir peur de son ombre, c'était risible ! Mais qui plus que Wendy Torrance en avait le droit ? Après tout ce qu'elle avait vu et vécu, elle savait que certaines ombres sont dangereuses. Qu'elles ont des dents et qu'elles mordent.

Il n'y avait personne dans la salle de bains, mais l'abattant des W.-C. était souillé, et le rideau de douche aussi. Wendy pensa d'abord à des excréments, mais la merde n'a pas cette couleur jaunâtre violacée. En se penchant, elle aperçut des fragments de chair et de peau décomposés. Il y en avait aussi sur le tapis de bain. En forme d'empreintes de pied. Trop petites – trop *délicates* – pour être celles d'un homme.

« Oh, mon Dieu », chuchota-t-elle.

Et en fin de compte, elle alla pisser dans l'évier.

5

Wendy Torrance réussit à tirer son fils du lit à midi et à lui faire avaler un peu de soupe et une demi-tartine de beurre de cacahuètes. Mais ensuite, il retourna se coucher. Dick Hallorann arriva peu après dix-sept heures au volant de sa Cadillac rouge sans âge (mais lustrée comme de l'argenterie). Wendy l'attendait, postée à la fenêtre, comme elle avait autrefois attendu Jack, espérant qu'il rentrerait à la maison de bonne humeur. Et à jeun.

Elle dévala les escaliers et ouvrit la porte d'entrée juste au moment où Dick pressait le bouton de la sonnette marquée TORRANCE 2A. Il écarta les bras et elle s'y jeta, avec l'envie d'y rester blottie au moins une heure. Sinon deux.

Hallorann la relâcha pour la regarder en la tenant à bout de bras. « Vous avez bonne mine, Wendy. Et not' petit bonhomme ? Comment va ? Y s'est r'mis à causer ?

— Non. Mais à vous, il vous parlera. Peut-être pas tout de suite à haute voix, mais vous pourrez... » Au lieu de finir sa phrase, elle pointa deux doigts en forme de revolver sur son front.

« Pas nécessairement », répondit Dick. Son sourire révéla une denture flambant neuve. L'Overlook l'avait en grande partie débarrassé de la précédente, la nuit où la chaudière avait explosé. Jack Torrance maniait peut-être le maillet qui avait privé Dick de ses dents et affligé Wendy d'une boiterie, mais tous deux savaient que c'était l'Overlook, en réalité. « Danny est très puissant, Wendy. Il peut m'empêcher de lire en lui s'il le veut. Je le sais d'expérience. Ce sera bien mieux si nous parlons à haute voix. Mieux pour lui. Bon, maintenant, vous allez me raconter tout ce qui s'est passé. »

Wendy s'exécuta, puis l'emmena à la salle de bains pour qu'il voie les traces. Elle les avait laissées, comme un simple flic préservant une scène de crime jusqu'à l'arrivée de la police scientifique. Car un crime avait bel et bien été commis. Contre son petit garçon.

Dick observa tout attentivement, sans rien toucher, puis hocha la tête. « Allons voir si Danny est sur pied. »

Il ne l'était pas, mais le cœur de Wendy s'allégea en voyant la joie inonder son visage quand il découvrit qui était assis au bord de son lit et le secouait gentiment.

(hé Danny j'ai un cadeau pour toi)
(c'est pas mon anniversaire)

Wendy les observait, consciente qu'ils se parlaient mais ignorant ce qu'ils se disaient.

« Allez, lève-toi, mon bonhomme, lui dit son vieil ami. On va faire un tour à la plage. »

(Dick elle est revenue Mrs. Massey de la chambre 217 je l'ai vue)

Dick le secoua encore un peu. « Parle à haute voix, Dan. Tu effrayes ta maman.

— C'est quoi mon cadeau ? » demanda Danny.

Dick sourit. « Ah, c'est mieux comme ça. J'aime entendre le son de ta voix, et Wendy aussi.

— Oui. » Elle n'osa en dire plus. Le tremblement de sa voix l'aurait trahie et elle ne voulait pas les inquiéter.

« Vous voudrez peut-être profiter de notre absence pour nettoyer la salle de bains, lui suggéra Dick. Vous avez des gants de ménage ? »

Elle fit oui de la tête.

« Parfait. Alors, mettez-les. »

6

La plage se trouvait à un peu plus de trois kilomètres. Le parking était entouré des baraquements de bord de mer classiques – stands de beignets et de hot-dogs, boutiques de souvenirs – mais on était en fin de saison et aucune affaire ne marchait très fort. Dick et Danny avaient quasiment la plage entière pour eux. Pendant tout le trajet depuis l'appartement, Danny avait tenu son cadeau sur ses genoux : un paquet de forme rectangulaire, assez lourd, enveloppé dans du papier argenté.

« Tu pourras l'ouvrir après, quand nous aurons un peu parlé », avait proposé Dick.

Ils marchaient au bord des vagues, là où le sable est dur et luisant. Danny marchait lentement, parce que Dick était vieux, quand même. Un jour, il allait mourir. Peut-être même dans pas longtemps.

« Je suis encore d'attaque pour quelques années, le rassura Dick. T'en fais pas pour ça. Maintenant, raconte-moi ce qui s'est passé la nuit dernière. N'oublie aucun détail. »

Il ne lui fallut pas longtemps. Le plus dur aurait été de trouver des mots pour expliquer la terreur qu'il ressentait à présent et comment cette peur était mêlée à un sentiment de certitude suffocant : maintenant que la femme l'avait retrouvé, elle le lâcherait plus jamais. Mais c'était Dick, et ils n'avaient pas besoin de mots. Il en trouva quand même quelques-uns.

« Elle reviendra. J'en suis sûr. Elle reviendra encore et encore jusqu'à ce qu'elle m'attrape.

— Tu te rappelles quand on s'est rencontrés ? »

Surpris du changement de sujet, Danny hocha la tête. C'était Dick Hallorann qui les avait accompagnés, lui et ses parents, pour la visite guidée de l'Overlook, le tout premier jour. Ça semblait remonter à très très loin.

« Et tu te rappelles la première fois que j'ai parlé dans ta tête ?

— Ah, ça oui.

— Et qu'est-ce que je t'ai dit ?

— Tu m'as demandé si je voulais aller en Floride avec toi.

— Exact. Et ça t'a fait quoi, de savoir que t'étais plus tout seul ? Que t'étais pas *le seul* ?

— C'était génial. Super génial.

— Ouais, fit Hallorann. J'te crois, bonhomme. »

Ils marchèrent un moment en silence. Des petits oiseaux – des pioupious comme les appelait sa mère – entraient dans les vagues et en ressortaient en courant à toute vitesse.

« T'as jamais trouvé drôle que je débarque juste quand t'avais besoin de moi ? » Le vieil homme regarda Danny et sourit. « Ben, non, pourquoi t'aurais trouvé ça drôle ? T'étais qu'un p'tit mouflet, mais t'es un peu plus grand maintenant. T'es même *beaucoup* plus grand par certains côtés. Écoute-moi bien, Danny. Les choses trouvent toujours leur équilibre dans ce monde, c'est ce que je crois. Et je vais te dire un proverbe : quand l'élève est prêt, le maître apparaît. J'étais ton maître.

— T'étais beaucoup plus que ça », protesta Danny. Il prit la main de Dick. « T'étais mon ami. Tu nous as sauvés. »

Dick n'en tint pas compte… ou feignit de ne pas en tenir compte. « Ma grand-mère aussi avait le Don… Tu te souviens que je te l'avais dit ?

— Ouais. Tu m'as dit que tu pouvais avoir de longues conversations avec elle sans même ouvrir la bouche.

— C'est vrai. C'est elle qui m'a appris. Et elle, c'était son *arrière*-grand-mère qui lui avait appris, au temps lointain de l'esclavage. Un jour, Danny, ton tour viendra d'être le maître. Ton élève se présentera.

— Si Mrs. Massey m'attrape pas avant », grogna Danny.

Ils arrivèrent en vue d'un banc, et Dick s'assit. « J'préfère pas pousser plus loin, des fois que j'aie plus la force de revenir. Assieds-toi à côté de moi. Je vais te raconter une histoire.

— J'ai pas envie d'histoires, ronchonna Danny. Elle va revenir ! Tu comprends pas ? Elle va revenir encore et encore et encore.

— Ferme ton bec et écoute-moi. Instruis-toi un peu. » Et Dick lui décocha un grand sourire, dévoilant son dentier neuf étincelant. « J'pense que tu vas piger, mon gars. T'es loin d'être un imbécile, petit. »

7

Sa grand-mère maternelle – celle qui avait le Don – vivait à Clearwater. C'était sa Grand-Ma Blanche. Pas parce qu'elle était de type européen, non, mais parce qu'elle était *bonne*. Son grand-père paternel vivait à Dunbree, une communauté rurale proche d'Oxford dans le Mississippi. Son épouse était morte longtemps avant la naissance de Dick. Pour un homme de couleur, en ce temps-là et à cet endroit-là, le grand-père était riche. Il était propriétaire d'un funérarium. Dick et ses parents venaient lui rendre visite quatre fois par an, et le petit Dick détestait ces visites. Il était terrifié par Andy Hallorann et l'appelait – seulement en son for intérieur, le dire tout haut lui aurait valu une bonne claque sur le museau – le Grand-Pa Noir.

« T'as déjà entendu parler des gens qui tripotent les enfants ? demanda Dick. Qui veulent des enfants pour le sexe ?

— Un peu », répondit prudemment Danny. Bien sûr, il savait qu'il fallait pas parler à des inconnus, ni monter dans leur voiture. Parce qu'ils pouvaient te faire des trucs.

« Eh bien, le vieux Andy était pas seulement un tripoteur de gosses. C'était un foutu sadique, aussi.

— C'est quoi ?

— Quelqu'un qui prend plaisir à faire souffrir les autres. »

Danny hocha vivement la tête. « Comme Frankie Listrone à l'école. Il s'amuse à faire des supplices aux autres. S'il arrive pas à te faire pleurer, il s'arrête. Mais s'il y arrive, il s'arrête *jamais*.

— Ça, c'est méchant. Mais moi, c'était encore pire. »

Dick se tut et un passant aurait pu prendre ça pour du silence, mais l'histoire se poursuivit en une série d'images et d'explications intercalées. Danny vit le Grand-Pa Noir, un homme de haute taille vêtu d'un costume aussi noir que lui, avec un drôle de chapeau

(*un borsalino*)

sur la tête. Il vit les petites bulles de salive qu'il avait toujours aux coins des lèvres et les cercles rouges autour de ses yeux, comme s'il était fatigué ou qu'il venait juste de pleurer. Il vit comment il prenait Dick sur ses genoux – un Dick plus jeune que lui-même aujourd'hui, sans doute de l'âge qu'avait Danny cet hiver-là à l'Overlook. S'ils n'étaient pas seuls, il se contentait de le chatouiller. Mais s'ils étaient seuls, il passait sa main entre les jambes de Dick et lui pressait les boules jusqu'à ce que Dick croie s'évanouir de douleur.

« T'aimes ça ? » lui haletait le Grand-Pa Noir Andy dans l'oreille. Sa bouche sentait la cigarette et le whisky

White Horse. « Ouais que t'aimes ça, tous les garçons ils aiment ça. Mais tu diras rien, hein ? Si tu parles, t'auras affaire à moi. Je te brûlerai avec ma cigarette. »

« Merde alors, dit Danny. C'est dégueulasse.

— Et ça s'arrêtait pas là. Mais je vais juste t'en raconter une autre. Le vieux Granp' avait embauché une dame pour s'occuper de la maison après la mort de sa femme. Elle faisait le ménage et la cuisine. Le soir, elle balançait tout le dîner sur la table en une fois, de la soupe au dessert, parce que c'était comme ça que le Grand-Pa Noir voulait être servi. En dessert, il y avait toujours du gâteau ou du flan posé sur une petite assiette ou dans un ramequin juste à côté de toi, pour que tu puisses le regarder et mourir d'envie de le manger pendant que t'essayais de venir à bout du reste de la boustifaille. La règle d'airain du vieux Grand-Pa c'était que tu pouvais *regarder* ton dessert mais que tu pouvais pas le *manger* tant que t'avais pas avalé ta viande frite, tes haricots verts bouillis et ta purée de patates jusqu'à la dernière bouchée. Fallait même que t'éponges jusqu'à la dernière goutte la sauce qu'était pleine de grumeaux et qu'avait goût de rien. S'il en restait, le Grand-Pa Noir me tendait un bout de pain en disant : "Cure-moi bien ça, l'oiseau Dickie, fais-moi briller cette assiette comme si que le chien y l'avait léchée." C'est comme ça qu'il m'appelait, "l'oiseau Dickie".

« Parfois, j'arrivais pas à finir, même avec la meilleure volonté, et alors tintin, j'étais privé de dessert. C'est lui qui se le prenait et qui se le mangeait. Et d'autres fois, quand j'arrivais à finir, je m'apercevais qu'il avait écrasé sa cigarette dans mon flan à la vanille ou dans mon gâteau. Il pouvait faire ça parce qu'il s'asseyait toujours à côté de moi. Et il faisait passer ça pour une grosse blague. "Oups, j'ai raté le cendrier", qu'il disait. Mon père et ma mère n'y ont jamais mis le holà. Eux aussi, ils faisaient semblant de prendre ça pour une blague, même s'ils devaient bien se rendre compte que c'était pas une gentille blague à faire à un enfant.

— Ça, c'est vraiment moche, dit Danny. Tes parents auraient dû prendre ta défense. Ma mère, elle prend toujours ma défense. Mon père aussi, avant.

— Ils le craignaient comme la peste. Et ils avaient raison. Andy Hallorann était un sale, un très sale engin. Il me disait : "Vas-y, Dickie, mange donc tout autour. Ça va pas t'empoisonner." Si j'en prenais une bouchée, il demandait à Nonnie – c'était sa gouvernante – de m'en apporter une nouvelle part. Sinon, le dessert restait là. À force, j'arrivais plus jamais à finir mon repas tellement ça me retournait l'estomac.

— T'aurais dû changer ton dessert de place et le mettre de l'autre côté de ton assiette, dit Danny.

— Oh, j'ai essayé, tu peux me croire, je suis pas idiot de naissance. Mais il le remettait aussi sec de son côté en disant que la place du dessert, c'est à droite. » Dick se tut, les yeux perdus au loin sur la mer où un long bateau blanc voguait sur la ligne de démarcation entre le golfe du Mexique et le ciel. « Parfois, il m'attrapait quand j'étais tout seul et il me mordait. Une fois, quand je lui ai dit que s'il me laissait pas tranquille j'allais le dire à mon père, il a écrasé une cigarette sur mon pied nu en disant : "Raconte-lui ça aussi, et voyons le grand bien que ça te fera. Ton père il connaît très bien mes manières et il dira jamais rien parce que c'est un dégonflé et qu'il veut l'argent que j'ai à la banque quand je mourrai, ce que je compte pas faire de sitôt." »

Danny écoutait, les yeux écarquillés, fasciné. Il avait toujours pensé que l'histoire de Barbe-Bleue était la plus effrayante de toutes, de toutes celles qui existaient et de toutes celles qui existeraient jamais, mais celle-ci était pire. Parce qu'elle était vraie.

« Des fois, il me disait qu'il connaissait un méchant homme qui s'appelait Charlie Manx, et que si je faisais pas ce qu'il voulait, il appellerait Charlie Manx au téléphone et lui demanderait de venir dans sa belle voiture pour m'emmener dans un endroit spécial pour les vilains enfants. Et là, le vieux me passait sa main entre les jambes et commençait à serrer. "Alors, tu vas rien dire, l'oiseau Dickie. Parce que si tu le dis, le vieux Charlie il va venir et te garder enfermé avec tous les autres enfants qu'il a volés jusqu'à ce que tu meures. Et quand tu seras mort, t'iras en enfer où ton corps brûlera pour l'éternité. Parce que c'est pas joli de rapporter. Peu importe qu'on te croie ou pas, c'est pas joli de rapporter."

« Et pendant longtemps, je l'ai cru, ce vieux salopard. J'ai même rien dit à ma Grand-Ma Blanche, celle qui avait le Don, de peur qu'elle pense que c'était ma faute. Si j'avais été plus grand, j'aurais su que non, mais j'étais qu'un tout petit mioche. » Il se tut. « Et puis, il y avait autre chose aussi. Tu sais quoi, Danny ? »

Danny observa longuement Dick, lisant ses pensées et les images derrière son front. Enfin, il dit : « Tu voulais que ton papa ait l'argent. Mais il l'a jamais eu.

— Eh non. Le Grand-Pa Noir a tout laissé à un orphelinat pour enfants noirs en Alabama, et je crois bien savoir aussi pourquoi il a fait ça. Mais c'est une autre histoire.

— Alors ta bonne Gran-Ma, elle l'a jamais su ? Elle a jamais deviné ?

— Elle savait qu'il y avait *quelque chose*, mais je le gardais bien caché et elle m'a pas forcé. Elle m'a juste dit que quand je serais prêt à parler, elle serait prête à m'écouter. Et quand Andy Hallorann est mort – il a eu une attaque –, tu peux pas savoir, Danny, j'étais le plus heureux petit garçon du monde. Ma mère m'a dit que si je voulais pas, j'étais pas obligé d'aller à l'enterrement, je pouvais rester avec ma Grand-Ma Rose – ma Grand-Ma Blanche, elle s'appelait Rose – mais moi, je voulais y aller. Tu penses bien que je voulais y aller. Je voulais être sûr que le vieux Grand-Pa Noir était bien mort.

« Il pleuvait ce jour-là. Tout le monde était debout autour de la tombe sous des parapluies. J'ai bien regardé pendant qu'on descendait son cercueil sous la terre – le plus gros cercueil de sa boutique, le meilleur, j'en suis sûr – et je pensais à toutes les fois où il m'avait serré le kiki et à tous les mégots de cigarette qu'il avait enfoncés dans mon dessert et à celle qu'il m'avait écrasée sur le pied et comment il avait régné sur notre table du dîner comme ce vieux roi fou dans la pièce de Shakespeare. Mais surtout, je pensais à Charlie Manx – que le vieux avait sûrement inventé de toutes pièces – et comment il pourrait plus jamais appeler Charlie Manx au téléphone pour venir me chercher la nuit et m'emmener dans sa grosse voiture pour aller vivre avec les autres garçons et filles qu'il avait volés.

« Je me suis penché pour regarder dans la fosse et quand ma mère a voulu me tirer en arrière, mon père a dit : “Laisse le petit regarder”, et j’ai bien vu le cercueil tout au fond de ce trou humide et j’ai pensé, “Là au fond, Grand-Pa Noir, t’es six pieds sous terre plus près de l’enfer, et dans pas longtemps t’y seras carrément, et j’espère que le diable va bien t’en faire baver avec sa main de feu.” »

Dick sortit de sa poche de pantalon un paquet de Marlboro. Une pochette d’allumettes était glissée sous l’enveloppe en cellophane. Il mit une cigarette dans sa bouche et dut s’y prendre à plusieurs fois pour l’allumer car il avait les doigts qui tremblaient, et la bouche aussi. Danny fut stupéfait de voir des larmes dans ses yeux.

Comprenant où Dick voulait en venir avec cette histoire, il demanda : « C’est quand qu’il est revenu ? »

Dick tira une longue bouffée et exhala la fumée au milieu d’un sourire. « T’as pas eu à me zieuter l’intérieur du crâne pour comprendre ça, hein ?

— Eh non.

— Six mois plus tard. Je suis rentré de l’école un jour et je l’ai trouvé couché sur mon lit, tout nu, avec son zizi à moitié pourri tout droit comme un *i*. Il m’a dit : “Approche-toi, l’oiseau Dickie, et viens t’asseoir là-dessus. Si tu me fais passer un bon quart d’heure, moi je t’en ferai passer *deux*.” J’ai hurlé mais y avait personne pour m’entendre. Mon père et ma mère travaillaient tous les deux, ma mère dans un restaurant et mon père dans une imprimerie. Je me suis sauvé en courant et j’ai claqué la porte derrière moi. Et là, j’ai entendu Grand-Pa Noir se lever… *ploum*… et traverser la chambre… *ploum-ploum-ploum*… et ensuite j’ai entendu…

— Ses ongles, chuchota Danny d’une voix à peine audible. Qui grattaient à la porte.

— Exact. Je suis pas retourné dans la maison jusqu'au soir, j'ai attendu que mes parents soient rentrés tous les deux. Il était plus là, mais il y avait... des restes.

— Ah, oui. Comme dans notre salle de bains. Parce qu'il était en *putréfaction*.

— Exact. J'ai changé mes draps tout seul, je savais le faire parce que ma mère m'avait appris depuis deux ans déjà. Elle disait que j'avais plus l'âge d'avoir une nounou, que les nounous c'était pour les petites filles et les petits garçons blancs comme ceux dont elle s'occupait avant d'avoir son travail de serveuse au Steak House Berkin. Environ une semaine plus tard, j'ai revu Grand-Pa Noir au jardin public, installé sur une balançoire. Il portait son costume noir mais le tissu était tout couvert de duvet gris – la moisissure qui poussait dessus dans son cercueil, j'imagine.

— Oui », approuva Danny dans un murmure fragile. Il était incapable de plus.

« Mais il avait la braguette ouverte et sa quincaillerie qui en sortait. Je suis désolé de te raconter tout ça, Danny, tu es trop jeune pour entendre des choses pareilles, mais il faut que tu saches.

— T'es enfin allé le dire à ta Grand-Ma Blanche ?

— Il a bien fallu. Car je savais ce que tu sais : qu'il continuerait à revenir. Pas comme les... Tu as déjà vu des morts, Danny ? Des morts *normaux*, je veux dire. » Il se mit à rire car ça lui paraissait une drôle de façon de le dire. À Danny aussi. « Des *fantômes*.

— Quelquefois. Un jour, j'en ai vu trois debout à un passage à niveau. Deux garçons et une fille. Des adolescents. Je pense que... peut-être qu'ils étaient morts là. »

Dick approuva d'un signe de tête. « Souvent, ils restent dans les environs du lieu de leur mort, et quand ils se sont habitués à leur nouvel état, ils s'en vont. La plupart de ceux que tu as vus à l'Overlook étaient de ceux-là.

— Je sais. » Le soulagement de pouvoir parler de ça – en parler à quelqu'un qui *savait* – était indescriptible. « Un autre jour, j'ai vu une femme dans un restaurant. Enfin, dehors. Tu sais… où ils mettent des tables en terrasse. »

Dick fit oui de la tête.

« Celle-là, je pouvais pas voir à travers elle, mais personne d'autre que moi la voyait, et quand la serveuse a repoussé sa chaise, la dame-fantôme a disparu. Tu en vois, toi, des fois ?

— Ça fait des années que je n'en ai pas vu, mais ton Don est plus puissant que le mien. Il diminue un peu quand on vieillit…

— Tant mieux, dit Danny avec ferveur.

— … mais je pense qu'il t'en restera encore une bonne dose quand tu seras grand, parce que tu as commencé dans la vie avec une grande réserve. Les fantômes normaux, ça ne ressemble pas à la femme que tu as vue dans la chambre 217 et que tu as revue dans ta salle de bains. J'ai raison, n'est-ce pas ?

— Oui, dit Danny. Mrs. Massey, elle est *bien* réelle. Elle laisse des traces. Tu les as vues. Maman aussi… et maman a pas le Don.

— Rentrons, décida Dick. Il est temps que tu voies ce que je t'ai apporté. »

8

Ils marchèrent encore plus lentement au retour parce que Dick était essoufflé. « Les cigarettes, expliqua-t-il. Ne commence jamais, Danny.

— Maman fume. Elle croit que je le sais pas, mais je le sais. Dick, elle a fait quoi, ta Grand-Ma Blanche ? Elle a dû faire quelque chose, parce que ton Grand-Pa Noir, il a jamais réussi à t'attraper.

— Elle m'a offert un cadeau, le même que celui que je vais t'offrir. C'est ce que fait le maître quand l'élève est prêt. Apprendre est un cadeau en soi, tu sais. Le meilleur que quiconque puisse offrir ou recevoir.

« Elle appelait jamais Grand-Pa Andy par son nom, elle disait juste… » – Dick sourit à cette évocation – « le *père-vert*. Je lui ai dit ce que tu m'as dit, que c'était pas un fantôme, qu'il était bien réel. Et elle m'a dit oui, que c'était vrai, parce que je le *rendais* réel. Par le Don. Elle m'a dit que certains esprits – des esprits en colère, la plupart du temps – refusent de quitter ce monde parce qu'ils savent que ce qui les attend sera encore pire. La plupart d'entre eux se désintègrent par manque de nourriture, mais certains trouvent de quoi manger. "C'est ce que notre Don est pour eux, Dick, m'a-t-elle dit. De la nourriture. Tu nourris ce *père-vert*. Tu le fais malgré toi, mais tu le fais quand même. Il est comme un moustique qui arrête pas de te tourner autour et qui se pose pour te sucer encore plus de sang. Ça, tu ne peux rien y faire. Mais ce que tu *peux* faire, c'est *retourner* ce qu'il vient te prendre *contre lui*." »

Ils avaient rejoint la Cadillac. Dick déverrouilla les portières et se glissa au volant avec un soupir de soulagement. « Il fut un temps où j'aurais pu faire quinze kilomètres en marchant et dix de plus en courant. Aujourd'hui, une petite promenade sur la plage et j'ai le dos cassé comme si un cheval me l'avait botté. Vas-y, Danny. Ouvre ton cadeau. »

Danny arracha le papier argenté et découvrit un coffret métallique de couleur verte. Avec en façade, sous le loquet, un petit pavé numérique pour le verrouiller.

« Ouah, génial !

— Ouais ? Il te plaît ? Impec. Je l'ai trouvé chez Western Auto. Pur acier américain. Celui que m'avait offert Grand-Ma Blanche Rose avait un cadenas, avec une petite clé que je portais autour du cou, mais il y a un bail de ça. Aujourd'hui, c'est les années quatre-vingt, mon pote, l'ère moderne. Tu vois ce pavé numérique ? Il te suffit de taper cinq chiffres que tu es sûr de ne pas oublier et d'appuyer sur ce bouton marqué *SET*. Ensuite, chaque fois que tu voudras ouvrir ton coffre, tu taperas ton code. »

Danny était ravi. « Merci, Dick ! Je rangerai mes trucs précieux dedans ! » Parmi lesquels il comptait ses meilleures cartes de base-ball, l'insigne de son club de scouts, sa pierre porte-bonheur verte et une photo de lui avec son père, prise sur la pelouse de l'immeuble qu'ils avaient habité à Boulder, dans le Colorado, avant l'Overlook. Avant que les choses tournent au vilain.

« Parfait, Danny. Mais je veux que tu fasses autre chose aussi.

— Quoi ?

— Je veux que tu apprennes à connaître ce coffre sous toutes ses coutures, intérieur et extérieur. Ne te contente pas de le regarder, touche-le. Tâte-le de partout. Ensuite, fourre ton nez à l'intérieur et vois si tu sens une odeur. Il faut que ce coffre devienne ton ami le plus intime, au moins pour un temps.

— Pourquoi ?

— Parce que tu vas en ranger un autre, exactement pareil, dans ta tête. Un qui sera encore plus spécial. Et la prochaine fois que cette sale garce reviendra, tu seras prêt. Je vais t'apprendre comment, tout comme ma Grand-Ma Blanche me l'a appris. »

Danny parla peu sur le chemin du retour. Il avait largement de quoi réfléchir. Il tenait son cadeau – un solide coffre-fort de métal – sur ses genoux.

9

Mrs. Massey revint une semaine plus tard. Encore dans la salle de bains, mais dans la baignoire cette fois. Danny n'en fut pas surpris. Après tout, c'était là qu'elle était morte. Cette fois, il ne s'enfuit pas. Cette fois, il entra et referma la porte derrière lui. Mrs. Massey, souriante, lui fit signe d'approcher. Danny s'avança, tout sourires lui aussi. À l'extérieur, il entendait la télé. Sa mère regardait *Vivre à trois* dans l'autre pièce.

« Bonjour, Mrs. Massey, dit-il. Je vous ai apporté quelque chose. »

Au dernier moment, la femme comprit et se mit à hurler.

10

Quelques instants plus tard, sa mère toquait à la porte de la salle de bains. « Danny ? Ça va ?

— Impec, maman. » La baignoire était vide. Il y avait un peu de machin gluant dedans, mais Danny pensait pouvoir nettoyer ça. Un peu d'eau et ça s'évacuerait par la bonde. « T'as besoin de la salle de bains ? J'ai fini. Je sors tout de suite.

— Non, non. C'est juste que… j'ai cru t'entendre appeler. »

Danny attrapa sa brosse à dents et ouvrit la porte. « Je suis cent pour cent cool, tu vois ? » Il lui décocha un grand sourire. Fastoche, maintenant que Mrs. Massey était partie.

Sa mère cessa d'avoir l'air inquiet. « D'accord. Fais aller la brosse bien au fond. C'est là que va se cacher la nourriture.

— D'ac', m'man. »

De l'intérieur de sa tête, très loin à l'intérieur de sa tête, là où le frère jumeau de son coffre-fort spécial était rangé tout en haut d'une étagère spéciale, lui parvenaient des cris étouffés. Il s'en fichait. Ça ne durerait pas, pensait-il, et il avait raison.

11

Deux ans plus tard, la veille des vacances de Thanksgiving, au beau milieu d'un escalier désert de l'école primaire d'Alafia, Horace Derwent apparut à Danny Torrance. Il avait des confettis sur les épaules de son costume. Un petit masque noir pendait de sa main putréfiée. Il dégageait une odeur de tombe. « Merveilleuse soirée, n'est-ce pas ? » demanda-t-il.

Danny lui tourna le dos et s'éloigna, en marchant très vite.

À la fin de sa journée d'école, il téléphona à Dick au restaurant de Key West où il travaillait. « Un autre mort-vivant de l'Overlook m'a retrouvé. Combien de coffres-forts je peux avoir dans ma tête, Dick ? »

Dick lâcha un petit rire. « Autant que tu voudras, petit. Voilà la beauté du Don. Tu crois peut-être que mon Grand-Pa Noir est le seul que j'aie jamais eu à enfermer ?

— Est-ce qu'ils meurent une fois qu'on les a bouclés ? »

Cette fois, aucun petit rire ne lui parvint. Cette fois, il entendit dans la voix de Dick une froideur qu'il ne lui connaissait pas. Ça ne le dérangea pas. « Tu te fais du souci pour eux ? »

Non, Danny ne s'en faisait pas.

Lorsque l'ancien propriétaire de l'Overlook reparut peu après le Nouvel An – dans le placard de la chambre de Danny, cette fois –, Danny était prêt. Il entra dans le placard et referma la porte derrière lui. Bientôt, un deuxième coffre-fort mental rejoignit sur sa haute étagère mentale celui dans lequel Mrs. Massey était enfermée. Des coups sourds retentirent, et quelques invectives remarquables que Danny retint pour son utilisation personnelle ultérieurement. Peu de temps après, tout s'arrêta. Le silence régna dans le coffre-fort Derwent comme il régnait dans le coffre-fort Massey. Qu'ils soient ou non vivants (à leur façon de morts-vivants) n'avait plus d'importance.

Ce qui comptait, c'était qu'ils n'en sortent jamais. Danny était en sécurité.

C'était ce qu'il pensait à l'époque. Bien sûr, il se croyait aussi à l'abri de l'alcool. Surtout après avoir vu ce que l'alcool avait fait à son père.

Mais des fois, on se gourre complètement.

SERPENT À SONNETTE

1

Elle s'appelait Andrea Steiner. Elle aimait le cinéma, mais elle n'aimait pas les hommes. Pas étonnant, puisque son père l'avait violée pour la première fois à l'âge de huit ans. Il avait ensuite continué pendant le même nombre d'années. Puis Andrea y avait mis un terme, d'abord en lui crevant les couilles, l'une après l'autre, avec une des aiguilles à tricoter de sa mère, puis en enfonçant cette même aiguille, rouge et dégoulinante, dans l'orbite gauche de son géniteur-violeur. Pour les couilles, ç'avait été facile, parce qu'il dormait, pourtant la douleur avait été assez forte pour le réveiller, malgré le talent spécial d'Andrea. Mais c'était une fille costaude, et il était ivre. Elle avait pu l'immobiliser le temps de lui administrer le *coup de grâce** [1].

Aujourd'hui, elle avait quatre fois huit ans, elle vagabondait sur toute la surface de l'Amérique, et un ex-acteur avait remplacé le planteur de cacahuètes à

1. Les termes en italique suivis d'un astérisque sont en français dans le texte original.

la Maison-Blanche. Le nouveau avait une chevelure d'acteur d'un noir invraisemblable et un sourire d'acteur charmant et faux comme le Diable. Andi avait vu un de ses films à la télé. L'homme qui deviendrait président y jouait un type amputé des deux jambes par un train. Andi aimait bien ça, l'idée d'un homme sans jambes ; un homme sans jambes, ça pouvait pas te courser pour te violer.

Le cinéma, ça c'était quelque chose. Le cinéma te faisait décoller. Tu pouvais toujours compter sur le pop-corn et une fin heureuse. Tu te prenais un homme pour t'accompagner, comme ça c'était tout bénef : tu sortais et il payait. Ce film-ci était vraiment bien, avec des bagarres, des baisers et de la musique à plein tube. Ça s'appelait *Les Aventuriers de l'Arche perdue*. Son bonhomme lui avait passé la main sous la jupe et l'avait remontée jusqu'en haut de sa cuisse nue, mais c'était pas un problème ; une main, c'est pas une bite. Elle l'avait rencontré dans un bar. Elle rencontrait la plupart des mecs qu'elle levait dans des bars. Il lui avait payé un verre, mais un verre à l'œil, c'est pas un rancard ; c'est juste une touche.

Ça veut dire quoi ? il lui avait demandé en promenant le bout de son doigt sur le haut de son bras gauche. Elle portait un bustier sans manches, et son tatouage se voyait. Elle aimait que son tatouage se voie quand elle sortait draguer. Elle voulait que les hommes le voient. Ils le trouvaient érotique. Elle se l'était fait faire à San Diego, un an après avoir liquidé son père.

C'est un serpent, qu'elle avait répondu. *Un serpent à sonnette. Tu vois pas ses crochets ?*

Bien sûr qu'il les voyait. Ils étaient *géants*, ces

crochets, totalement disproportionnés par rapport à la tête. Une goutte de venin était suspendue à l'un d'eux.

Ce type-là était de l'espèce Homme-d'Affaires, costard de prix, abondante chevelure présidentielle coiffée en arrière, et libre pour l'après-midi du quelconque boulot de merde qu'il effectuait dans un bureau de merde. Avec ses cheveux plus blancs que noirs, il avait au moins soixante balais. Soit près du double d'elle. Mais ça, les hommes s'en foutaient. Il y aurait pas regardé à deux fois si elle en avait eu seize au lieu de trente-deux. Ou huit. Elle se souvenait de quelque chose que son père lui avait dit un jour : *Si elles sont assez grandes pour faire pissette, elles sont assez grandes pour ma quéquette.*

Bien sûr que je les vois, lui avait dit l'homme qui se trouvait maintenant assis à côté d'elle au cinéma. *Mais ça veut dire quoi ?*

Peut-être que tu le découvriras, avait répondu Andi. Elle s'était passé la langue sur la lèvre supérieure. *Et j'en ai un autre. Dans un autre endroit.*

Je pourrais le voir ?

Peut-être. T'aimes le cinéma ?

Le type avait froncé les sourcils. *Qu'est-ce que tu veux dire par là ?*

T'as envie de sortir avec moi, hein ?

Ça, il savait ce que ça voulait dire – ou ce que c'était censé vouloir dire. Il y avait d'autres filles, dans ce bar, quand elles te parlaient de sortir avec elles ça voulait dire une seule chose. Mais c'était pas ça qu'Andi voulait dire.

Ouais, bien sûr. T'es jolie.

Alors, sors-moi. Une vraie *sortie. Ils passent* Les Aventuriers de l'Arche perdue *au Rialto.*

Je pensais plutôt à ce petit hôtel à deux rues d'ici, chérie. Une chambre avec bar et balcon, ça te dirait pas ?

Elle avait approché les lèvres de son oreille et laissé ses seins peser sur son bras. *Peut-être plus tard. Emmène-moi d'abord au cinéma. Offre-moi le billet d'entrée et du pop-corn. L'obscurité me rend amoureuse.*

Et voilà qu'ils y étaient, avec Harrison Ford haut comme un gratte-ciel sur l'écran faisant claquer un fouet à bestiaux dans la poussière du désert. Le vieux mec à chevelure présidentielle avait sa main sous sa jupe mais elle avait sa timbale de pop-corn fermement posée à l'endroit stratégique, pour qu'il puisse presque atteindre la troisième base mais pas tout à fait le marbre. Il essayait toujours de monter plus haut, et c'était agaçant, parce qu'elle voulait voir la fin du film et découvrir ce qu'il y avait dans l'Arche perdue. Alors…

2

À deux heures de l'après-midi un jour de semaine, le cinéma était quasi désert, mais trois personnes étaient assises deux rangs derrière Andi Steiner et son pigeon. Deux hommes, un plutôt âgé, l'autre semblant friser l'âge mûr (mais les apparences peuvent être trompeuses), entouraient une femme d'une beauté renversante. Elle avait des pommettes hautes, des yeux gris, un teint crémeux. La masse de ses cheveux noirs était ramenée en arrière et retenue par un large ruban de velours. D'ordinaire, elle portait un gibus – un vieux haut-de-forme élimé – mais ce jour-là elle l'avait laissé dans son appartement roulant. On ne va pas au cinéma en chapeau claque. Cette femme s'appelait Rose O'Hara, mais pour la famille itinérante avec laquelle elle voyageait, c'était Rose Claque.

Le type frisant l'âge mûr c'était Barry Smith. D'origine cent pour cent européenne, il était pour cette même famille de nomades Barry le Noiche en raison de ses yeux légèrement bridés.

« Là, regardez bien maintenant, dit-il. C'est là que ça devient intéressant.

— C'est le *film* qui devient intéressant », grommela le vieux (mais ça, c'était juste son esprit de contradiction). Lui, c'était Grand-Pa Flop. Lui aussi regardait le couple, deux rangées en avant.

« Il vaudrait mieux, dit Rose. Parce que cette nana a pas des masses de vapeur. Un peu, mais…

— Là, là, elle y vient », dit Barry, lorsque Andi se pencha et approcha ses lèvres de l'oreille de sa proie. Barry souriait, sa boîte de nounours gélifiés oubliée dans sa main. « Ça fait trois fois que je la vois faire, et à chaque fois ça me fait bander. »

3

L'oreille de Mr. Homme-d'Affaires était garnie d'un chaume de crins blancs et tapissée de cire couleur de merde, mais Andi ne fut pas rebutée ; elle voulait se tirer de cette ville et ses finances avaient sérieusement besoin d'être renflouées. « Tu n'es pas fatigué ? murmura-t-elle dans l'oreille dégoûtante. Tu n'as pas envie de dormir ? »

La tête du type s'affaissa immédiatement sur sa poitrine et il se mit à ronfler. Andi passa sa main sous sa jupe, en retira l'autre déjà ramollie et la déposa sur l'accoudoir. Puis, glissant la sienne dans le coûteux costard de Mr. Homme-d'Affaires, elle commença la fouille. Elle trouva le portefeuille dans la poche intérieure gauche. Bien. Elle n'aurait pas besoin de lui faire lever son gros cul. Une fois qu'ils pionçaient, il pouvait s'avérer coton de les faire bouger.

Elle ouvrit le portefeuille, se débarrassa des cartes de crédit par terre et examina un instant les photos : Mr. Homme-d'Affaires en compagnie d'une grappe d'autres gros et gras Mr. Hommes-d'Affaires sur un green de golf ; Mr. Homme-d'Affaires avec madame ; Mr. Homme-d'Affaires, beaucoup plus jeune, posant devant un arbre de Noël avec son fils et ses deux filles. Les petites filles étaient coiffées d'un bonnet de Père Noël et portaient des robes assorties. Il ne les violait sans doute pas, mais c'était pas exclu. Un homme te violera s'il sait qu'il peut s'en tirer impunément, voilà un truc qu'elle avait appris. Dans le giron de son père, pour ainsi dire.

Il y avait deux cents dollars dans le compartiment des billets. Elle avait espéré davantage – le bar où elle l'avait rencontré proposait des putes de plus grande classe que ceux du secteur de l'aéroport – mais c'était pas mal pour un jeudi après-midi, et on trouvait toujours des hommes prêts à emmener une jolie fille au cinoche, avec pelotage au programme en guise d'amuse-gueule. Qu'ils espéraient.

4

« Très bien, murmura Rose en commençant à se lever. Je suis convaincue. On tente le coup. »

Mais Barry posa une main sur son bras pour l'arrêter. « Non, attends. Regarde encore. T'as pas vu le meilleur. »

5

Andi se rapprocha encore de l'oreille dégoûtante et murmura : « Tu vas dormir d'un sommeil profond. Très profond. La douleur que tu ressentiras sera juste un rêve. » Elle ouvrit son sac et en retira un couteau à manche de nacre. Il était petit mais sa lame était aussi affilée qu'un rasoir. « La douleur que tu ressentiras sera… ?

— Juste un rêve, marmonna Mr. Homme-d'Affaires dans son nœud de cravate.

— Exact, mon chou. » Elle passa un bras autour de son cou et d'un geste vif lui grava deux entailles en forme de V dans la joue droite – une joue si grasse qu'elle n'allait pas tarder à se transformer en bajoue. La fille se recula un instant pour admirer son œuvre à la lumière incertaine du faisceau de rêve coloré du projecteur. Puis le sang coula. L'homme se réveillerait avec le visage en feu, la manche droite de son coûteux costard trempée, et en besoin pressant d'un service d'urgence.

Et comment t'expliqueras ça à ta femme ? Oh, tu trouveras bien quelque chose, j'en suis sûre. Mais à moins d'avoir recours à la chirurgie esthétique, tu reconnaîtras ma marque chaque fois que tu te regarderas dans la glace. Et chaque fois que t'iras te chercher un petit cul dans un de ces bars, tu te souviendras comment tu t'es fait piquer par un serpent. Un mignon serpent en jupe bleue et bustier blanc.

Elle fourra les deux billets de cinquante et les cinq de vingt dans son sac, le referma d'un clic, et elle se préparait à se lever pour partir quand une main se posa sur son épaule et une femme lui murmura à l'oreille : « Bonjour, ma belle. Tu verras la fin du film une autre fois. Pour le moment, tu nous suis. »

Andi voulut se retourner, mais des mains lui saisirent la tête. Et le truc terrible, c'est que ces mains se trouvaient *à l'intérieur* de sa tête.

Après quoi – jusqu'à ce qu'elle émerge dans l'EarthCruiser de Rose sur un terrain de camping presque à l'abandon à la périphérie de cette ville du Midwest – ce fut le trou noir.

6

Quand elle se réveilla, Rose lui offrit une tasse de thé et lui parla longuement. Andi entendit chaque mot, mais son attention était presque tout absorbée par la femme qui l'avait enlevée. Une sacrée présence, cette femme. Un bon mètre quatre-vingts, de longues jambes gainées d'un pantalon blanc fuselé, des seins plantés bien haut sous un T-shirt au logo de l'Unicef : *Unissons-nous pour les enfants*. Elle avait la physionomie d'une reine calme, sereine et impavide. Ses cheveux, à présent dénoués, lui tombaient jusqu'au milieu du dos. Le seul point discordant était le chapeau claque élimé posé de biais sur sa tête, mais mis à part ce détail, c'était la plus belle femme qu'Andi eût jamais vue.

« Tu as bien compris tout ce que je t'ai dit ? C'est une opportunité que je t'offre là, Andi. Et ce n'est pas à prendre à la légère. Cela fait vingt ans ou plus que nous n'avons pas offert pareille opportunité à quelqu'un.

— Et si je refuse ? Il m'arrive quoi ? Vous me tuez ? Et vous me prenez ma... » Comment avait-elle appelé ça, déjà ? « Ma... *vapeur* ? »

Rose sourit. Lèvres rose corail pulpeuses. Andi se considérait comme asexuelle, mais brusquement elle aurait aimé connaître le goût de ce rouge à lèvres.

« Ta vapeur ? T'en as pas assez pour nous, ma belle, et le peu que tu as, elle serait pas particulièrement savoureuse. Elle aurait le même goût qu'une viande de vieille vache coriace pour les pecnos.

— Les quoi ?

— Laisse tomber, contente-toi de m'écouter. On va pas te tuer. Ce qu'on fera, si tu refuses, c'est effacer de ta mémoire tout souvenir de cette petite conversation. Tu te réveilleras au bord de la route à la sortie d'une ville anonyme – genre Topeka, ou Fargo – sans argent, sans papiers d'identité, et sans aucun souvenir de ce qui t'y aura amenée. La dernière chose dont tu te souviendras, c'est d'être entrée dans le cinéma avec le type que t'as volé et mutilé.

— Il le méritait ! » cracha Andi.

Rose se dressa sur la pointe des pieds et s'étira, pressant ses doigts contre le plafond de son camping-car américain super-luxe. « Ça, c'est toi qui vois, poulette, je suis pas ton psychiatre. » Elle ne portait pas de soutien-gorge ; Andi vit les signes de ponctuation de ses tétons sous l'étoffe. « Mais il y a autre chose à prendre en considération : outre ton argent et tes papiers d'identité sans doute falsifiés, nous te prendrons ton talent. La prochaine fois que tu inviteras un homme à s'endormir dans une salle obscure, il te regardera avec des yeux ronds et te demandera de quoi diable tu lui parles. »

Andi sentit le frisson glacé de la terreur. « Vous pouvez pas faire ça. » Mais elle se souvint des mains de fer à l'intérieur de sa tête et eut la certitude que cette femme en était capable. Peut-être un peu aidée par ses amis qui occupaient les autres camping-cars de luxe et véhicules de loisirs groupés autour de celui de cette femme tels des gorets autour des mamelles d'une truie, mais, ça oui… elle en serait capable.

Rose ignora sa remarque. « Quel âge as-tu, ma jolie ?

— Vingt-huit. » Andi mentait sur son âge depuis qu'elle avait passé la trentaine.

Rose la dévisagea, sourit, ne dit rien. Andi affronta cinq secondes le splendide regard gris et dut baisser le sien. Il se posa sur les seins bombés, libres de toute entrave et apparemment réfractaires à la gravité. Et lorsqu'elle releva les yeux, ceux-ci ne montèrent pas plus haut que les lèvres de la femme. Ses lèvres rose corail.

« T'as trente-deux ans, dit Rose. Disons que ça se voit un peu – parce que t'as pas été dorlotée par la vie. Une vie d'errance. Mais t'es encore jolie. Reste avec nous et dans dix ans, tu les auras vraiment, tes vingt-huit ans.

— C'est pas possible. »

Rose sourit. « Dans cent ans, tu paraîtras et te sentiras pas plus de trente-cinq. Jusqu'à ce que tu prennes de la vapeur. Alors tu retrouveras tes vingt-huit ans et l'impression d'en avoir dix de moins. Et tu prendras souvent de la vapeur. Vivre longtemps ; jeune et bien nourrie, voilà ce que je t'offre. Qu'est-ce que t'en dis ?

— C'est trop beau pour être vrai, répondit Andi. Comme ces pubs qui nous font miroiter des assurances-vie à dix dollars. »

Là, elle n'avait pas tout à fait tort. Rose n'avait pas menti (pas encore) mais elle avait omis de mentionner certaines choses. Que la vapeur venait parfois à manquer. Que tout le monde ne survivait pas au Retournement. Rose pensait qu'Andi y résisterait (intuition prudemment confirmée par Teuch, leur toubib maison), mais rien n'était assuré.

« Et vous et vos amis, vous vous appelez…

— C'est pas mes amis, ma jolie, c'est ma famille. Nous sommes le Nœud Vrai. » Rose entrelaça les doigts de ses mains et les approcha du visage d'Andi. « Ce qui a été noué ne peut plus être dénoué. Tu dois comprendre ça. »

Andi savait déjà qu'une fille qui a été violée ne peut plus être dé-violée, alors elle n'avait aucun mal à comprendre ça.

« J'ai pas vraiment d'autre choix, si ? »

Rose haussa les épaules. « Que des mauvais, ma jolie. Mais c'est mieux si tu es volontaire. Ça facilitera ton Retournement.

— Ça fait mal ? Ce *Retournement* ? »

Rose sourit et proféra son premier mensonge : « Non. Du tout. »

7

Soir d'été. Alentours d'une ville américaine du Midwest.

Ailleurs, des gens regardaient Harrison Ford faire claquer son fouet. Ailleurs, le Président Acteur souriait sûrement de son sourire de faux-cul. Ici, sur ce terrain de camping, Andi Steiner était allongée sur une chaise longue dans la lumière des phares d'un EarthCruiser (celui de Rose) et d'un Winnebago. Rose lui avait expliqué que la Tribu du Nœud Vrai, bien que possédant plusieurs terrains de camping, n'était pas propriétaire de celui-ci. Mais leur Éclaireur était toujours en mesure de leur sécuriser de tels endroits moribonds, à deux doigts de la banqueroute. L'Amérique souffrait peut-être de récession, mais pour les Vrais, l'argent n'était pas un problème.

« C'est qui, cet Éclaireur ? avait demandé Andi.

— Oh, un gars au charme irrésistible, avait répondu Rose en souriant. Il ferait manger des moineaux dans sa main. Tu le rencontreras bientôt.

— C'est votre mec à vous ? »

À ces mots, Rose avait ri. Elle avait caressé la joue d'Andi et, au contact de ses doigts, un petit ver d'excitation brûlant s'était mis à frétiller dans son ventre. Fou, mais véridique. « T'en as une petite étincelle, pas vrai ? Je pense que tout ira bien pour toi. »

Peut-être, mais allongée là dans la lumière des

phares, Andi n'était plus du tout excitée. Seulement terrifiée. Des histoires entendues aux informations lui traversaient l'esprit, des histoires de cadavres retrouvés dans des fossés, dans des clairières, dans des puits asséchés. Des cadavres de femmes et de filles. C'étaient pratiquement toujours des femmes et des filles. Elle n'avait pas peur de Rose – pas exactement – et il y avait d'autres femmes, mais il y avait aussi des hommes.

Rose s'agenouilla près d'elle. La lumière aveuglante des phares aurait dû transformer son visage en un brutal et laid paysage en noir et blanc, mais c'était tout le contraire qui se produisait : cette lumière ne faisait qu'accuser sa beauté. Pour la deuxième fois, elle caressa la joue d'Andi. « N'aie aucune crainte, dit-elle. Aucune crainte. »

Elle se tourna vers une autre femme, une jolie créature au teint diaphane qu'elle avait désignée sous le nom de Sarey la Muette, et lui fit signe de la tête. Sarey répondit de même et monta dans le mastodonte de camping-car de Rose. Pendant ce temps-là, les autres avaient commencé à former un cercle autour de sa chaise longue. Andi n'aimait pas ça du tout. Il y avait quelque chose de *sacrificiel* dans cette mise en scène.

« N'aie aucune crainte. Bientôt tu seras l'une des nôtres, Andi. Tu feras *un* avec nous. »

Sauf si tu cycles à vide, pensa Rose. *Auquel cas, on brûlera tes nippes dans l'incinérateur derrière les sanitaires et on décampera demain matin à la première heure. Qui ne risque rien n'a rien.*

Mais elle espérait que ça n'arriverait pas. Elle l'aimait bien, cette nana, et un talent d'endormeuse serait un fameux atout pour les Vrais.

Sarey revint, apportant une sorte de bouteille thermos en acier. Elle la tendit à Rose qui en retira le capuchon rouge. Un embout et une valve apparurent. Pour Andi, ça avait tout l'air d'une bombe d'insecticide sans marque. Elle songea à bondir de sa chaise longue et à prendre la fuite, mais l'épisode du cinéma lui revint. Les mains qui s'étaient glissées dans sa tête pour l'immobiliser…

« Grand-Pa Flop ? demanda Rose. Tu veux bien officier ?

— Bien volontiers. » C'était le vieux du cinéma. Ce soir-là, il portait un ample bermuda rose, des chaussettes blanches remontées bien haut sur ses tibias maigres jusque sous les genoux, et des sandales de moine. Tout à fait la touche de Grand-Pa Zebulon Walton après deux ans en camp de concentration. Il éleva les deux mains et les autres l'imitèrent. Se détachant à contre-jour dans les faisceaux croisés des phares, ils ressemblaient à une guirlande de figurines bizarres en papier découpé.

« Nous sommes le Nœud Vrai », entonna-t-il. La voix qui sortait de sa poitrine creuse ne tremblait plus ; c'était l'organe profond et sonore d'un homme beaucoup plus jeune et plus fort.

« *Nous sommes le Nœud Vrai*, répondirent les autres. *Ce qui a été noué ne peut plus être dénoué.*

— Voici une femme, enchaîna Grand-Pa Flop. Veut-elle nous rejoindre ? Veut-elle lier sa vie à la nôtre et faire un avec nous ?

— Dis oui, lui intima Rose.

— Ou-oui », réussit à articuler Andi. Son cœur ne battait plus ; il trépidait comme un câble électrique à haute tension.

Rose tourna la valve du thermos en acier. Un petit soupir mélancolique s'en échappa et une bouffée de brume argentée s'éleva. Au lieu de se dissiper dans la légère brise nocturne, elle demeura en suspension au-dessus de la cartouche jusqu'à ce que Rose se penche en avant, ourle ses fascinantes lèvres corail et souffle doucement. Le nuage de brume – qui ressemblait un peu à une bulle de bande dessinée sans mots – dériva et vint flotter au-dessus du visage levé d'Andi et de ses yeux écarquillés.

« Nous sommes le Nœud Vrai qui persiste, proclama le Vieux Flop.

— *Sabbatha hanti* », répondirent les autres.

La brume, très lentement, commença à descendre.

« Nous sommes les élus.

— *Lodsam hanti*, répondit le chœur.

— Inspire profondément », dit Rose. Et doucement, elle baisa la joue d'Andi. « Je te revois bientôt de l'autre côté. »

Peut-être.

« Nous sommes les fortunés.

— *Cahanna risone hanti.* »

Puis, tous en chœur : « Nous sommes le Nœud Vrai qui… »

C'est là qu'Andi perdit le fil. Le brouillard argenté se posa sur son visage et il était froid, très froid. Lorsqu'elle l'inhala, il s'éveilla à une sorte de vie ténébreuse et se mit à hurler en elle. Un enfant de brume – garçon ou fille, elle ne savait – se débattait pour s'échapper mais quelqu'un le tailladait. *Rose* le tailladait tandis que les autres refermaient le cercle (le *nœud*) autour d'elle, éclairant la scène du faisceau d'une douzaine de lampes de poche illuminant un meurtre au ralenti.

Andi tenta de bondir de sa chaise longue mais elle n'avait plus de corps pour bondir. Son corps avait disparu. Là où il se trouvait auparavant ne subsistait qu'une souffrance en forme d'être humain. La souffrance de l'enfant agonisant, et sa propre souffrance à elle.

Accueille-la. Cette pensée lui fit l'effet d'un linge frais pressé sur la plaie brûlante qu'était devenu son corps. *C'est le seul moyen de la traverser.*

Je ne peux pas, j'ai tenté de fuir cette souffrance toute ma vie.

Peut-être bien, mais tu n'as plus aucun endroit où fuir maintenant. Accueille-la. Absorbe-la. Prends la vapeur ou meurs.

8

Mains levées, les Vrais psalmodiaient les paroles antiques : *sabbatha hanti, lodsam hanti, cahanna risone hanti.* Ils surveillaient Andi Steiner, voyaient son corsage se creuser à l'emplacement de ses seins, sa jupe se rétracter comme une bouche qui se ferme. Ils voyaient son visage se changer en verre translucide. Seuls ses yeux demeuraient, flottant tels de minuscules ballons au bout de la corde de nerfs translucides.

Mais les yeux aussi vont disparaître, pensa Teuch. *Elle est pas assez solide. Je croyais qu'elle l'était, mais je me suis trompé. Elle va peut-être revenir une fois ou deux, mais ensuite elle cyclera à vide. Ne restera plus d'elle que ses frusques.* Il tenta de se remémorer son propre Retournement mais ne put se souvenir, à la place de la lumière des phares, que de la pleine lune et des flammes d'un feu de camp. Le feu de bois, l'ébrouement des chevaux… et la souffrance. Peut-on réellement se remémorer la souffrance ? Non, Teuch ne le croyait pas. On sait que la souffrance existe et qu'on l'a connue, mais ce n'est pas la même chose.

Le visage d'Andi réémergea de l'inconsistance, tel le visage d'un spectre au-dessus d'une table de médium. Le devant de son corsage se remplit à nouveau ; sa jupe se regonfla sur ses cuisses et sur ses hanches qui reprenaient forme. Elle poussa un cri d'agonie.

« *Nous sommes le Nœud Vrai qui persiste*, psalmodiaient-ils dans le faisceau des phares. Sabbatha hanti. *Nous sommes les élus,* lodsam hanti. *Nous sommes les fortunés,* cahanna risone hanti. » Ils continueraient ainsi jusqu'à la fin. Quelle qu'elle soit. Ça ne prendrait plus très longtemps maintenant.

Andi recommença à disparaître. Sa chair prit l'apparence du verre dépoli. Au travers, les Vrais virent son squelette et le rictus osseux de son crâne dans lequel luisaient quelques plombages argentés. Ses yeux désincarnés roulèrent sauvagement dans ses orbites absentes. Elle hurlait toujours, mais le son ressemblait de plus en plus à un fragile écho répercuté dans un couloir lointain.

9

Rose pensa tout arrêter (c'était ce qu'ils faisaient quand la souffrance dépassait les bornes), mais cette fille-là était une coriace. Elle réémergea dans un tourbillon, hurlant sans discontinuer. Ses mains revenues à la vie agrippèrent celles de Rose avec une force démesurée et s'y enfoncèrent. Rose se pencha en avant, à peine consciente de la douleur.

« Je sais ce que tu veux, ma poupée-chérie. Reviens et tu l'auras. » Elle abaissa sa bouche sur celle d'Andi, caressa de sa langue sa lèvre supérieure jusqu'à ce que cette lèvre se change en brume. Mais les yeux, fixés sur ceux de Rose, demeurèrent.

« *Sabbatha hanti*, psalmodiait le chœur. *Lodsam hanti. Cahanna risone hanti.* »

Andi revint, son visage s'étoffa autour de ses yeux fixes remplis de souffrance. Puis son corps suivit. Un instant, Rose vit les os de ses bras, les os de ses doigts agrippés aux siens, puis de nouveau la chair les habilla.

Rose lui baisa encore les lèvres. Malgré sa souffrance, Andi répondit à son baiser et Rose insuffla alors sa propre essence dans la gorge offerte de la jeune femme.

Je la veux, celle-là. Et quand je veux quelque chose, je l'ai.

Andi recommença à s'estomper, mais Rose la sentit lutter. Parvenir à dominer. Se nourrir de la force de vie rugissante qu'elle lui avait insufflée plutôt qu'essayer de la repousser.

Prendre sa première vapeur.

10

Le plus jeune membre du Nœud Vrai passa cette nuit-là dans le lit de Rose O'Hara et pour la première fois de sa vie découvrit dans le sexe autre chose qu'horreur et douleur. Elle avait la gorge à vif d'avoir tellement hurlé dans la lumière des phares, mais elle hurla encore lorsque cette sensation neuve – un plaisir qui valait bien la souffrance de son Retournement – s'empara de son corps et sembla une nouvelle fois le rendre transparent.

« Hurle tout ton soûl, lui dit Rose, levant la tête d'entre ses cuisses pour la regarder. Ils en ont déjà entendu d'autres. Des hurlements de toutes sortes. Des bons comme des mauvais.

— C'est comme ça pour tout le monde, le sexe ? » Zut, si c'était le cas, qu'est-ce qu'elle avait loupé ! À cause de son salaud de père ! Et les gens pensaient que c'était *elle* la voleuse ?

« C'est comme ça pour nous, quand on a pris de la vapeur, répondit Rose. C'est tout ce que tu as besoin de savoir. »

Elle baissa la tête et ça recommença.

11

Un peu avant minuit, assis sur le marchepied du bus Bounder de Charlie le Crack, Baba la Russe et Charlie fumaient un joint en contemplant la lune. Du EarthCruiser de Rose montèrent de nouveaux hurlements.

Charlie et Baba se regardèrent en souriant.

« Y en a une qu'aime ça, observa Baba.

— Et qui aimerait pas ça ? » répondit Charlie.

12

Andi s'éveilla à la première lueur du jour, la tête nichée comme dans un oreiller sur la poitrine de Rose. Elle se sentait totalement différente ; elle ne se sentait pas différente du tout. Elle souleva la tête et vit que Rose la regardait de ses incroyables yeux gris.

« Tu m'as sauvée, lui dit Andi. Tu m'as ramenée.

— J'y serais pas arrivée toute seule. Tu le voulais. »

T'en crevais d'envie, poupée-chérie.

« Ce qu'on a fait ensemble après… on pourra plus le refaire, si ? »

Rose secoua la tête, tout sourires. « Non. Et c'est bien comme ça. Certaines expériences sont impossibles à renouveler. Et puis, mon homme rentre demain.

— Il s'appelle comment ?

— Il répond au nom d'Henry Rothman, mais juste pour les pecnos. Son identité *Vraie*, c'est Papa Skunk.

— Tu l'aimes ? Hein, que tu l'aimes ? »

Rose sourit, attira Andi plus près et l'embrassa. Mais sans lui répondre.

« Rose ?

— Oui ?

— Est-ce que je suis… encore humaine ? »

À cette question, Rose apporta la même réponse que Dick Hallorann naguère à Danny Torrance. Et avec la même froideur : « Tu te fais du souci pour ça ? »

Andi décida que non. Elle avait trouvé sa famille.

MAMA

1

C'était un imbroglio de rêves pénibles – un homme armé d'un marteau le poursuivait à travers un dédale de couloirs, un ascenseur montait et descendait tout seul, des haies taillées en forme d'animaux prenaient vie et se refermaient sur lui – et de ce dédale émergea finalement une seule pensée claire : *Je voudrais être mort.*

Dan Torrance ouvrit les yeux. Le soleil s'y engouffra, transperçant son crâne douloureux, menaçant de mettre à feu son cerveau. Lendemain de cuite de première. Son visage palpitait. Il avait les narines bouchées, à part un minuscule trou d'aiguille dans celle de gauche qui laissait filtrer un mince filet d'air. La gauche ? Non, la droite. Il pouvait respirer par ses lèvres entrouvertes, mais il avait un affreux goût de clope et de whisky dans la bouche. Son estomac plombé de mauvaise bouffe était une enclume. *Le bidenvrac du lendemain*, comme un vieux copain de bordée appelait cette sensation ignoble. Quel copain ? Aucun souvenir. C'était un miracle qu'il se souvienne encore de son nom.

Un ronflement sonore à côté de lui lui fit tourner la tête. Sa nuque poussa un cri de protestation et une autre flèche lui vrilla la tempe. Il rouvrit les yeux, à peine une fente : par pitié, arrêtez avec ce soleil aveuglant ! Il était couché sur un matelas nu posé à même un sol nu. À côté de lui, couchée sur le dos, il y avait une femme nue. Dan se regarda et vit que lui aussi était en tenue d'Adam.

Elle s'appelle... Dolores ? Non. Debbie ? T'y es presque, c'est...

Deenie. Elle s'appelait Deenie. Il l'avait rencontrée dans un bar, le Milky Way[1], et ils s'étaient bien marrés jusqu'à...

Il se rappelait plus. Un coup d'œil à ses mains – enflées, jointures droites éraflées et croûteuses – et il décida qu'il tenait pas à se rappeler. À quoi bon ? Le scénario de base ne changeait jamais. Il se soûlait, un mec disait un truc de trop, et ensuite, tout n'était plus que saccage et chaos dans le bar. Un chien enragé vivait dans sa tête. À jeun, il arrivait à le tenir en laisse. Mais dès qu'il buvait, la laisse disparaissait. *Tôt ou tard, je vais tuer quelqu'un.* Pour ce qu'il en savait, il l'avait peut-être fait la nuit dernière.

Hé, Deenie, tripote-moi la weenie.

Il avait vraiment dit ça ? Merde, il avait bien peur que oui. Des bribes lui revenaient à présent, et même ce peu était de trop. La partie de billard. Il avait voulu donner un peu d'effet à sa queue et elle lui avait échappé. Après avoir méchamment raclé le tapis, elle était partie en vol plané et avait roulé jusqu'au juke-box où passait – quoi d'autre ? – de la musique

1. La Voie lactée.

country. Joe Diffie, crut-il se rappeler. Pourquoi avait-il raclé le tapis comme ça ? Parce qu'il était bourré, pardi, et parce que Deenie était collée à lui. En train de lui tripoter la weenie, juste sous la table, et il faisait le malin pour elle. Oh, tout ça juste pour se marrer. Et puis y avait ce type avec sa casquette Case et sa chemise de cow-boy en soie chicos qui avait ricané, et ça, c'était le truc à ne pas faire.

Saccage et chaos dans le bar.

Dan palpa sa bouche et découvrit deux petites saucisses à apéritif rebondies à la place des lèvres normales qu'il avait, hier après-midi encore, quand il était sorti du guichet d'encaissement des chèques avec un peu plus de cinq cents dollars en poche.

Au moins, j'ai encore toutes mes dents...

Son estomac se retourna dans un soubresaut liquide. Un renvoi lui inonda la bouche d'une viscosité acide au goût de whisky et il la ravala. Ça redescendit en brûlant. Il roula du matelas pour se mettre à genoux, se leva en titubant et resta là, debout, à osciller d'avant en arrière tandis que la pièce commençait à danser doucement le tango autour de lui. Il avait mal aux cheveux, la tête qui explosait, le bide en vrac de toute la mauvaise bouffe qu'il avait ingurgitée la veille pour éponger l'alcool... mais surtout, il était encore ivre.

Il ramassa son caleçon par terre au bout de son doigt en crochet et sortit de la chambre en le tenant serré dans sa main, sans boiter vraiment mais en faisant porter nettement plus le poids du corps sur la jambe gauche. Il avait le vague souvenir – pourvu qu'il ne se précise jamais plus – du cow-boy Case bazardant une chaise. C'était le moment qu'ils avaient choisi, lui et Deenie-tripote-moi-la-weenie, pour ficher le camp, pas tout à fait en courant mais en riant comme des fous.

Son estomac contrarié fit une deuxième embardée. Accompagnée cette fois d'une crampe, comme une main dure se crispant dans un gant de caoutchouc mou. Tous les avertisseurs de la phase vomi se déclenchèrent : l'odeur de vinaigre des œufs durs marinés dans le grand bocal en verre, le goût des couennes de porc saveur barbecue, la vision des frites noyées dans un épanchement de ketchup sanglant. Toute la bouffe crade qu'il s'était enfilée la veille entre deux gorgeons. Il allait dégueuler, mais les images continuaient à tournoyer comme la roue d'un jeu télévisé de cauchemar.

Avec quel prix repartira notre prochain candidat, Johnny ? Eh bien, Bob, il s'agit d'une grosse portion de SARDINES BIEN GRASSES !

La salle de bains était juste au fond d'un petit tronçon de couloir. La porte était ouverte, l'abattant des W.-C. relevé. Dan s'élança, atterrit à genoux et vomit une belle gerbe gluante jaune marronnasse sur un étron flottant. Il détourna la tête, chercha le bouton de la chasse à tâtons, le trouva, l'actionna. De l'eau dévala en cascade, mais nul bruit d'évacuation ne suivit. Il regarda à nouveau et vit une chose alarmante : l'étron, probablement le sien, montait sur une houle de bouffe de bar à moitié digérée jusqu'au rebord aspergé de pisse de la cuvette. Juste avant que les chiottes ne débordent, pour compléter la liste de ces banales horreurs matinales, quelque chose se racla la gorge dans la tuyauterie et tout le bordel reflua. Dan vomit une deuxième fois puis, assis sur ses talons, dos au mur, tête baissée, attendit que le réservoir se remplisse pour pouvoir tirer encore la chasse.

C'est fini. Je le jure. Fini la picole, fini les bars, fini les bagarres. Promesse qu'il se faisait pour la centième fois. Ou la millième.

Une chose était sûre : il devait se casser de cette ville avant d'avoir des ennuis. De *gros* ennuis, il pouvait compter là-dessus.

Johnny, qu'avons-nous pour le grand gagnant du jour ? Cher Bob, je vous le donne en mille : DEUX ANS DE DÉTENTION POUR COUPS ET BLESSURES VOLONTAIRES.

Et dans le studio… le public est en délire.

Ayant terminé son bruyant remplissage, le réservoir des toilettes se tut. Dan tendait la main pour vidanger « Lendemain de cuite, acte II », quand il interrompit son geste, contemplant le trou noir de sa mémoire récente. Se rappelait-il encore son nom ? Oui ! Daniel Anthony Torrance. Savait-il le nom de la nénette qui ronflait sur le matelas dans l'autre pièce ? Oui ! Deenie. Il ne se souvenait pas de son nom de famille mais elle ne le lui avait sûrement pas dit. Savait-il le nom de l'actuel président ?

Horrifié, il découvrit que non, du moins pas sur le moment… Ce mec avait une banane funky à la Elvis et il jouait du sax – plutôt mal. Mais son nom… ?

Est-ce que tu sais seulement où tu es ?

Cleveland ? Charleston ? L'un des deux.

Comme il tirait la chasse, le nom du Président lui revint avec une clarté éblouissante. Et Dan ne se trouvait ni à Cleveland ni à Charleston. Il était à Wilmington, Caroline du Nord. Il travaillait comme garçon de salle à l'hôpital Grâce de Marie. Ou plutôt, il *avait* travaillé. L'heure de bouger était arrivée. S'il débarquait dans un autre endroit, un *bon* endroit, il pourrait peut-être arrêter de boire et tout recommencer de zéro.

Il se mit debout et se regarda dans la glace. Les dégâts étaient moins vilains qu'il ne l'avait craint. Nez tuméfié mais pas cassé – du moins à première vue. Croûtes de sang séché au-dessus de la lèvre supérieure enflée. Hématome sur la pommette droite (le cow-boy Case était gaucher) avec l'empreinte sanglante d'une bague en plein milieu. Un autre gros hématome s'élargissait au creux de son épaule gauche. Ça, crut-il se souvenir, ça venait d'une queue de billard.

Il regarda dans l'armoire à pharmacie. Parmi les tubes de maquillage et le fouillis de médocs de base, il trouva trois flacons de médicaments sur ordonnance. Le premier, du Diflucan, était un antifongique, et Dan se réjouit d'être circoncis. Il ouvrit le deuxième, du Darvon Comp 65, et, sur la demi-douzaine de gélules qu'il contenait, en préleva trois pour plus tard. Le troisième flacon, du Fioricet, était presque plein – une chance – et il en avala trois avec de l'eau froide. Son mal de tête empira quand il se pencha au-dessus du lavabo mais il se dit que ça n'allait pas tarder à passer. Le Fioricet, prescrit en cas de migraines et de céphalées de tension, était un casseur de gueule de bois garanti. Enfin… presque garanti.

Il allait refermer l'armoire à pharmacie, quand il se ravisa. Il farfouilla un peu dans le bazar. Pas de plaquette de pilules. Peut-être qu'elle la gardait dans son sac. Il l'espérait, parce que lui-même n'avait pas de capote. S'ils avaient baisé – c'était probable, même si ses souvenirs étaient flous –, il était sorti tête nue.

Il enfila son caleçon et retourna dans la chambre en traînant les pieds, s'arrêtant un instant sur le seuil pour contempler la femme qui l'avait ramené chez elle la nuit précédente. Bras et jambes écartés, tout étalé au grand jour. La veille, avec sa mini-jupe en cuir et ses sandales à semelles de liège compensées, son top brassière et ses créoles, elle ressemblait à la déesse du monde occidental. Ce matin, il voyait la bouée blanche ramollie que la bière était en train de lui passer autour du ventre et le deuxième menton qui commençait à apparaître sous le premier.

Et il vit quelque chose de pire : c'était pas une femme, en fait. Pas une mineure non plus (par pitié, non, pas une mineure), mais une fille de pas plus de vingt ans, si elle les avait. Sur un mur, pour le confirmer, un poster puéril à pleurer de KISS, avec Gene Simmons crachant le feu. Et sur un autre, un joli chaton suspendu à une branche, les yeux écarquillés. Et ce conseil : ACCROCHE-TOI, BÉBÉ.

Il devait se tirer d'ici.

Leurs fringues étaient en tas au pied du matelas. Il sépara son T-shirt du slip de Deenie, l'enfila d'un seul geste, fourra ses jambes dans son pantalon et se figea, la braguette à moitié remontée. Sa poche gauche était beaucoup plus plate que la veille, après qu'il avait encaissé le chèque.

Non. C'est pas possible.

Sa tête, qui commençait à aller un tout petit mieux, se remit à le lancer en même temps que les battements de son cœur se précipitaient. Et quand il glissa la main dans sa poche, il n'en retira qu'un petit billet de dix dollars et deux cure-dents dont l'un s'était planté dans la chair tendre juste sous l'ongle de l'index. C'est à peine s'il le sentit.

Non, on a pas foutu cinq cents dollars dans la picole. C'est pas possible. On serait morts si on avait bu autant.

Son portefeuille était toujours à sa place, dans sa poche arrière. Il le sortit, l'ouvrit, espérant sans espoir. Mais pas d'heureuse surprise. Le billet de dix dollars qu'il y gardait toujours n'y était pas. Il avait dû, à un moment ou à un autre, le transférer dans sa poche avant. Celle qui était moins facile d'accès pour les pickpockets de comptoir. Rétrospectivement, ça ressemblait à un gag.

Il regarda la femme-enfant qui ronflait étalée sur le matelas et voulut la secouer pour lui demander ce qu'elle avait fait de son putain de fric. Mais si elle l'avait volé, pourquoi l'avait-elle ramené chez elle ? N'y avait-il pas eu un épisode intermédiaire ? Une autre aventure, après le Milky Way ? Maintenant que sa tête s'éclaircissait, un souvenir lui revenait – brumeux, mais sans doute crédible – de Deenie et lui prenant un taxi pour la gare.

Je connais un gars qui traîne là-bas, minou-chat.

Lui avait-elle réellement dit ça ou était-ce juste son imagination ?

Elle l'a dit, c'est sûr. Je suis à Wilmington, Bill Clinton est Président, et on est allés à la gare. Il y avait un gars, en effet. Le genre qui préfère faire son trafic dans les toilettes pour hommes, surtout quand le client a la tronche légèrement ravalée. Quand il m'a demandé qui m'avait arrangé le portrait, je lui ai dit...

« Je lui ai dit de s'occuper de ses fesses », marmonna Dan.

Il avait suivi le gars dans les toilettes avec l'intention d'acheter un gramme, pas plus, juste histoire de faire plaisir à sa copine, et seulement à condition que sa poudre soit pas coupée au Manitol. C'était peut-être le truc de Deenie, la coke, mais très peu pour lui. L'Anacine du riche, comme il avait déjà entendu quelqu'un l'appeler, et il était loin d'être riche. Mais au moment où ils entraient, quelqu'un était sorti d'un des W.-C. Le genre businessman avec attaché-case à la main. Et quand Mr. Businessman s'était approché d'un lavabo pour se laver les mains, Dan avait vu des mouches grouiller sur son visage.

Les mouches de la mort. Mr. Businessman était un mort en sursis qui s'ignorait.

Voilà pourquoi, au lieu de s'en tenir à ses modestes projets, Dan était quasi sûr d'avoir joué les grands seigneurs. Il se pouvait même qu'il ait changé d'avis au tout dernier moment : il y avait tellement de choses qu'il avait oubliées.

Mais je me souviens des mouches.

Oui, ça il s'en souvenait. L'alcool étouffait le Don, l'endormait, le mettait K.O., mais Dan n'était même pas sûr que les mouches étaient dues au Don. Elles apparaissaient quand bon leur semblait, qu'il soit ivre ou à jeun.

Il pensa encore : *Je dois me tirer d'ici.*

Il pensa encore : *Je voudrais être mort.*

2

Avec un petit ronflement étouffé, Deenie se retourna, dos à la cruelle lumière matinale. À part le matelas par terre, il n'y avait aucun meuble dans la pièce ; même pas un bureau d'occase dans un coin. Le placard était ouvert et Dan avait vue sur l'essentiel de la maigre garde-robe de Deenie entassée dans deux paniers en plastique de lavomatic. Les quelques fringues sur cintre avaient tout l'air de tenues réservées à la tournée des bars. Il aperçut un T-shirt rouge avec SEXY GIRL imprimé en paillettes sur le devant et une jupe en jean à l'ourlet savamment effrangé. Il vit aussi deux paires de tennis, deux paires de ballerines et une paire de talons hauts à brides, sexy. Mais pas traces de sandales en liège. Et ses propres Reebok éculées n'étaient pas là non plus.

Impossible de se rappeler s'ils s'étaient déchaussés en entrant, mais s'ils l'avaient fait, leurs pompes devaient être dans le salon, pièce dont il se souvenait – *vaguement*. Le sac à main de Deenie risquait d'y être aussi. Peut-être qu'il lui avait confié l'argent liquide qu'il lui restait, pour qu'elle le garde en sécurité. Peu probable, mais possible.

Il transporta sa pauvre tête malade à l'autre bout du couloir où, d'après ses estimations, devait se trouver la seule autre pièce de l'appartement. Elle comprenait un coin kitchenette équipé d'une plaque chauffante, avec un petit réfrigérateur coincé sous le comptoir. Côté salon, un canapé victime d'une hémorragie de mousse monté sur deux briques pour remplacer le pied manquant faisait face à une grosse télé dont l'écran était fêlé de haut en bas. La fêlure avait été rafistolée avec du scotch d'emballage dont on avait laissé le rouleau pendouiller dans l'angle. Deux ou trois mouches s'y étaient collées, dont l'une se débattait encore faiblement. Dan la fixa avec une fascination morbide, se faisant la réflexion (pas pour la première fois) que l'œil, les lendemains de cuite, a une capacité stupéfiante à repérer les détails les plus sordides dans n'importe quel paysage.

Devant le canapé, il y avait une table basse et, dessus, un cendrier plein de mégots, une pochette en plastique remplie de poudre blanche et un magazine *People* saupoudré de restes. À côté, pour compléter le tableau, un billet de un dollar encore à moitié roulé. Dan ignorait combien ils en avaient sniffé, mais à voir ce qui restait dans la pochette, il pouvait dire adieu à ses cinq cents dollars.

Merde. J'aime même pas la coke. Et comment j'ai pu la sniffer ? Je peux à peine respirer.

Il l'avait pas sniffée. *Elle* l'avait sniffée. Lui s'en était juste frictionné les gencives. Tout commençait à lui revenir. Il aurait préféré que non, mais c'était trop tard.

Les mouches de la mort dans les toilettes pour hommes, entrant et sortant de la bouche de Mr. Businessman, grouillant sur sa figure et les surfaces humides de ses yeux. Mr. Dealer demandant à Dan ce qu'il regardait. Dan lui répondant, rien, aucune importance, voyons voir plutôt ce que t'as. Mr. Dealer avait de quoi. Ces mecs ont toujours de quoi. Et puis, nouveau taxi pour retourner à l'appart' de Deenie, elle sniffant déjà sur le dos de sa main, trop avide – ou trop en manque – pour attendre. Tous deux essayant de chanter *Mr. Roboto.*

Il avisa les sandales à semelles compensées et les Reebok juste à côté de la porte et d'autres souvenirs glorieux affluèrent. Elle s'était pas déchaussée, non, elle avait simplement laissé choir ses sandales de ses pieds car, à ce moment-là, Dan avait solidement refermé ses mains sur son cul et elle avait noué ses jambes autour de sa taille. Son cou sentait le parfum, son haleine les couennes de porc fumées. Ils en avaient dévoré par poignées avant de rejoindre la table de billard.

Dan enfila ses tennis, puis gagna la kitchenette, où il pensait trouver peut-être du café instantané dans le placard. Pas de café, mais il avisa le sac à main de Deenie par terre. Il crut se souvenir qu'elle l'avait lancé vers le canapé et qu'elle avait ri en loupant sa cible. La moitié du contenu s'était répandue, dont un petit portefeuille en faux cuir rouge. Dan remit tout le bordel dedans et apporta le sac à la cuisine. Il savait très bien que son fric dormait maintenant dans la poche du jean haute couture de Mr. Dealer, mais quelque chose en lui voulait qu'il en reste au moins *un peu*, ne serait-ce que parce qu'il avait *besoin* qu'il en reste. Dix dollars suffiraient pour trois whiskys ou deux packs de six, mais il allait lui en falloir beaucoup plus que ça aujourd'hui.

Il repêcha le portefeuille dans le sac et l'ouvrit. Il contenait des photos – quelques-unes de Deenie avec un type qui lui ressemblait trop pour ne pas être son frère ou son cousin, quelques-unes de Deenie avec un bébé dans les bras, une de Deenie en robe de bal de fin d'année avec pour cavalier un ado avec des dents de cheval et un épouvantable smoking bleu. Le compartiment des billets était gonflé. Dan retrouva l'espoir, mais quand il l'ouvrit, il découvrit un rouleau de coupons alimentaires. Il y avait aussi quelques billets : deux de vingt et trois de dix.

C'est mon fric. Ce qu'il en reste, en tout cas.

Il n'était pas dupe. Jamais il aurait filé sa paye de la semaine à une rencontre de hasard, biturée par-dessus le marché, pour qu'elle la lui garde dans son sac. Ce fric était à elle.

Ouais, la coke aussi, c'était son idée à elle. Et est-ce que c'était pas à cause d'elle si ce matin il avait non seulement plus un rond, mais en plus la gueule de bois ?

Non. T'as la gueule de bois parce que t'es un ivrogne. Et t'as plus un rond parce que t'as vu les mouches de la mort.

C'était peut-être vrai, mais si elle avait pas insisté autant pour aller acheter de la dope à la gare, jamais il aurait vu ces saloperies de mouches.

Elle a peut-être besoin de ces sept sacs pour les courses.

Ouais. Un pot de beurre de cacahuètes et un de confiture de fraise. Plus un paquet de pain de mie pour tartiner dessus.

Ou pour le loyer. Elle en a peut-être besoin pour le loyer.

Si elle avait besoin de fric pour le loyer, elle avait qu'à revendre sa télé. Peut-être que son dealer la lui rachèterait, écran fêlé et tout. De toute façon, elle irait pas bien loin avec soixante-dix dollars pour un mois de loyer, même pour un trou comme ici.

Cet argent n'est pas à toi, Doc. Ça, c'était la voix de sa mère, la dernière qu'il avait besoin d'entendre quand il avait une gueule de bois à tout péter et désespérément besoin de boire un coup.

« Va te faire foutre, m'man », dit-il tout bas mais avec conviction. Il prit le fric, le fourra dans sa poche, remit le portefeuille dans le sac et se retourna.

Un gosse était là.

Il pouvait avoir dans les dix-huit mois. Son T-shirt des Braves d'Atlanta lui arrivait aux genoux, mais la couche qu'il portait en dessous dépassait parce qu'elle était pleine de pisse et lui pendouillait sur les chevilles. Le cœur de Dan fit un bond gigantesque dans sa poitrine et sa tête résonna d'un soudain et formidable fracas comme si le dieu Thor en personne y avait balancé un coup de marteau. Pendant une seconde, il eut la certitude qu'il allait faire une attaque cérébrale, une crise cardiaque, ou les deux à la fois.

Puis il inhala profondément et exhala. « Et d'où tu sors *toi*, p'tit héros ?

— Mama », fit le gosse.

Ce qui, dans un sens, se tenait parfaitement – Dan aussi était sorti de sa mama – mais ne répondait pas à sa question. Une terrible déduction cherchait à prendre forme dans sa tête qui résonnait maintenant comme une enclume, mais il ne voulait absolument pas se mêler de ça.

Il t'a vu prendre le fric.

P't-êt' ben, mais c'était pas ça, la déduction. Le gosse l'avait vu prendre le fric, et alors ? Il avait même pas deux ans. Les gamins de cet âge acceptent tout ce que font les adultes. S'il avait vu sa mère marcher au plafond avec des flammes lui sortant du bout des doigts, il l'aurait accepté aussi.

« Comment tu t'appelles, bonhomme ? » Sa voix trépidait au même rythme que son cœur emballé.

« Mama. »

Ah ouais ? Y en a qui vont se marrer quand tu leur diras ça au lycée.

« T'arrives de l'appart' d'à côté ? T'as traversé le palier ? »

S'il te plaît, dis oui. Parce que ma déduction, la voici : si t'es le môme de Deenie, alors elle est sortie faire la tournée des bars hier soir en te laissant enfermé ici, tout seul, dans cet appart' pourri.

« Mama ! »

Puis le gosse avisa la coke et trotta vers la table basse, sa couche pleine de pipi ballottant entre ses cuisses.

« Bonbon !

— Non, c'est pas des bonbons », lui dit Dan. Sauf que si, ça l'était : des bonbons à sniffer.

L'enfant ne l'écouta pas et tendit la main vers la poudre blanche. Dan vit des ecchymoses sur son avant-bras. Du genre infligées par une poigne d'adulte.

Il chopa le gosse à la taille et par l'entrejambe. Et lorsqu'il l'éleva au-dessus de la table (la couche essorée laissant goutter de la pisse par terre entre ses doigts), il eut une vision brève mais d'une atroce netteté : le sosie de Deenie, sur la photo du portefeuille, soulevant le gosse et le secouant. Laissant l'empreinte de ses doigts.

(Hé, Tommy, quand je te dis vire de là, *c'est quel mot que tu comprends pas ?*)

(Randy, arrête, c'est qu'un bébé)

Puis la vision se dissipa. Mais la deuxième voix, faible et plaintive, était celle de Deenie, et Dan comprit que Randy était son grand frère. Logique. Le tortionnaire n'est pas toujours le petit copain. Parfois c'est le frère. Parfois l'oncle. Parfois

(viens ici petit merdeux viens recevoir ta raclée)

c'est même le gentil papa.

Dan emporta le bébé – Tommy, il s'appelait Tommy – dans la chambre. Quand le petit vit sa mère, il se mit aussitôt à se tortiller. « Mama ! Mama ! *Mama !* »

Dan le déposa à terre et Tommy trottina vers le matelas où il grimpa pour aller se blottir contre elle. Sans se réveiller, Deenie passa son bras autour de lui et l'attira contre elle. Le T-shirt des Braves remonta et Dan vit d'autres ecchymoses sur les jambes du gosse.

Le frère s'appelle Randy. Je pourrais le retrouver.

Cette pensée lui vint, aussi froide et claire qu'un lac glacé en janvier. S'il prenait la photo du portefeuille et se concentrait en la tenant dans sa main, en faisant abstraction du martèlement dans sa tête, il pourrait sûrement retrouver le grand frère. Il l'avait déjà fait avant.

Moi aussi, je pourrais laisser quelques empreintes. Lui dire que la prochaine fois, je le tuerai.

Sauf qu'il n'y aurait pas de prochaine fois. Fini, Wilmington. Il ne reverrait jamais Deenie ni ce triste petit logement. Il ne repenserait plus jamais à cette nuit, ni à ce matin.

Cette fois, ce fut la voix de Dick Hallorann qui s'éleva : *Non, petit. Tu peux peut-être enfermer les gens de l'Overlook dans des coffres-forts, mais pas tes souvenirs. Tes souvenirs, jamais. Ce sont eux, les vrais fantômes.*

Debout sur le seuil, il contempla Deenie et son petit enfant martyr. Le gosse s'était rendormi, et dans le soleil du matin, tous deux avaient un air presque angélique.

Non, elle, c'est pas un ange. Les bleus, c'est peut-être pas elle, mais elle est sortie hier soir en le laissant tout seul. Si t'avais pas été là ce matin quand il s'est réveillé et qu'il est entré dans le salon...

Bonbon, avait dit le gosse en tendant la main vers la coke. Danger. Quelqu'un devait faire quelque chose.

Peut-être, mais pas moi. J'aurais bonne mine, avec ma gueule massacrée, de me pointer aux services sociaux pour signaler un gosse maltraité. Empestant la picole et le dégueulis par-dessus le marché. Rien qu'un honnête citoyen faisant son devoir.

Tu peux encore remettre l'argent où tu l'as pris, dit Wendy. *Tu peux au moins faire ça.*

Il faillit le faire. Vraiment. Il sortit les billets de sa poche et les tint dans sa main. Il les ramena même vers le sac de Deenie, et ces quelques pas durent lui faire du bien, car il eut une idée.

Si tu dois prendre un truc, prends la coke. Tu pourras te faire dix sacs en revendant ce qui reste. Peut-être même vingt, si elle a pas été trop coupée.

Sauf que, si son client se trouvait être un agent des Stups – ce serait bien sa veine –, il finirait en taule. Où on risquait de lui coller aussi sur le dos tout le grabuge du Milky Way. Prendre le fric, c'était nettement plus sûr. Ça lui ferait soixante-dix tickets en tout.

Je vais partager, décida-t-il. *Quarante pour elle et trente pour moi.*

Sauf qu'avec trente, il irait pas loin. Et puis, il restait encore les coupons alimentaires – un rouleau assez épais pour étouffer un cheval. Elle pourrait nourrir son gosse avec ça, non ?

Il ramassa la coke et le magazine *People* poudré de blanc et les déposa sur le comptoir de la kitchenette, hors d'atteinte du gamin. Il y avait une lavette dans l'évier, il la prit pour essuyer la table basse, effacer les restes de poussière blanche. Se disant que si elle se pointait au salon en titubant avant qu'il ait fini, il lui rendrait son putain d'argent. Se disant que si elle continuait à pioncer, elle méritait ce qui lui arrivait.

Deenie ne se pointa pas. Elle continua à pioncer.

Dan termina son nettoyage, réexpédia la lavette dans l'évier et songea brièvement à laisser un mot. Mais pour dire quoi ? *Occupe-toi mieux de ton môme. Et au fait, je t'ai pris ton pognon.*

D'accord, pas de mot.

Les billets dans la poche gauche de son pantalon, il quitta l'appart', veillant bien à ne pas claquer la porte en sortant, et se disant qu'il se montrait prévenant.

3

Vers midi – sa gueule de bois oubliée grâce au Fioricet de Deenie suivi d'un petit Darvon –, Dan s'approcha d'un établissement portant le nom de Golden Discount, Spiritueux et Bières d'Importation. C'était dans la vieille ville avec ses immeubles en brique, ses trottoirs quasi déserts et ses monts-de-piété nombreux (tous arborant en vitrine d'extraordinaires collections de rasoirs coupe-choux). Il avait l'intention de s'acheter une grande bouteille de whisky pas cher, mais ce qu'il vit devant le magasin le fit changer d'avis. C'était un caddie de supermarché rempli des possessions hétéroclites et folles d'un clodo, lequel clodo était à l'intérieur, occupé à haranguer le vendeur. Une couverture enroulée nouée avec de la ficelle était posée sur le dessus. Dan y aperçut quelques taches, mais dans l'ensemble, elle avait l'air correct. Il la prit, la mit sous son bras et s'éloigna d'un pas rapide. Après avoir fauché soixante-dix dollars à une mère célibataire toxico, emporter le tapis volant d'un clodo, c'était de la petite bière, non ? Ça devait être pour ça qu'il se sentait plus petit que jamais.

Je suis l'Homme qui rétrécit, songea-t-il en se hâtant vers le coin de la rue avec son nouveau butin sous le bras. *Encore deux ou trois vols dans ce goût-là et je vais disparaître entièrement à la vue.*

Il guettait les croassements indignés du clochard – plus ils étaient dingues, plus ils croassaient fort – mais rien ne se produisit. Encore un coin de rue et il pourrait se féliciter de s'en être bien tiré.

Dan tourna au coin.

4

Ce soir-là le trouva assis sur la berge de la rivière Cape Fear, à l'embouchure d'une grosse buse de canalisation d'eaux pluviales sous le pont Memorial. Il avait bien une chambre à lui, mais il y avait le petit problème des loyers en retard, qu'il avait absolument promis de payer la veille, à dix-sept heures au plus tard. Sans compter que s'il y retournait, on risquait de l'inviter à se présenter à un certain bâtiment municipal aux allures de forteresse pour répondre d'une certaine altercation dans un certain bar de la ville. Tout bien réfléchi, il semblait plus prudent de ne pas s'y montrer.

Il y avait bien un foyer d'accueil en centre-ville, le foyer Espérance (que les pochtrons évidemment appelaient le foyer Désespérance), mais Dan n'avait aucune intention de s'y présenter. Tu pouvais y dormir gratis, mais si t'avais une bouteille, on te la confisquait. Wilmington regorgeait de garnis à la nuit et de motels bon marché où tout le monde se foutait de savoir ce que tu t'envoyais dans le gosier, dans le nez ou les veines, mais par un soir si doux, quel intérêt d'aller dépenser pour un pieu et un toit du bon pognon à boire ? Il se soucierait de pieux et de toits quand il remonterait vers le nord. Et d'aller récupérer ses maigres biens dans sa chambre de Birney Street sans se faire voir de sa logeuse.

La lune se levait au-dessus du fleuve. La couverture était étalée dans l'herbe derrière lui. Bientôt il s'allongerait dessus, la ramènerait autour de lui comme un cocon et s'endormirait. Il était juste assez dans les vapes pour être heureux. Le décollage et la montée avaient été un peu tumultueux, mais à présent toutes ces turbulences de basse altitude étaient oubliées. Il ne menait peut-être pas ce que l'Amérique puritaine aurait appelé une vie exemplaire mais, pour le moment, il se sentait bien. Il avait une bouteille d'Old Sun (achetée dans une boutique de spiritueux suffisamment éloignée du Golden Discount) et la moitié d'un grand sandwich-héros pour son petit déjeuner du lendemain. L'avenir était nuageux, mais ce soir, la lune étincelait. Tout allait bien.

(Bonbon)

Soudain le gosse était là. Tommy. Là, avec lui. Main tendue vers la poudre. Ecchymoses sur le bras. Yeux bleus.

(Bonbon)

Il le vit avec une atroce netteté qui n'avait rien à voir avec le Don. Et il vit Deenie couchée sur le dos, ronflant. Et le portefeuille en faux cuir rouge. Et le rouleau de coupons alimentaires marqués U.S. DEPART-

MENT OF AGRICULTURE. Et les billets. Les soixante-dix dollars. Qu'il avait pris.

Pense à la lune. Comme elle est sereine dans sa montée au-dessus de l'eau.

Pendant un moment, c'est ce qu'il fit, puis il revit Deenie couchée sur le dos, le portefeuille en faux cuir rouge, le rouleau de coupons alimentaires, la pitoyable poignée de billets (presque tous envolés à présent). Plus nettement que tout, il vit le petit garçon, la main tendue vers la poudre, une main en forme d'étoile de mer. Les yeux bleus. Les ecchymoses sur les bras.

Bonbon, qu'il disait.

Mama, qu'il disait.

Dan avait appris l'astuce de mesurer ses doses, ainsi l'alcool durait plus longtemps, l'ivresse était plus douce et, le lendemain, le mal aux cheveux plus supportable. Quelquefois, malgré tout, il arrivait qu'on se trompe dans les doses. Les emmerdes, ça n'arrive pas qu'aux autres. Comme au Milky Way. Mais là, ç'avait plus ou moins été un accident. Ce soir, sécher la bouteille en quatre longues gorgées résulta d'un calcul délibéré. L'esprit est un tableau noir. L'alcool, la brosse à effacer.

Il s'allongea, ramena la couverture volée autour de lui et attendit l'inconscience. Elle vint, mais Tommy vint le premier. T-shirt des Braves d'Atlanta. Couche pendouillante. Yeux bleus, ecchymoses sur le bras, main en étoile de mer.

Bonbon. Mama.

J'en parlerai jamais, se dit-il. *À personne.*

Alors que la lune se levait sur Wilmington, Caroline du Nord, Dan Torrance sombra dans l'inconscience. Il rêva de l'Overlook, mais il ne s'en souviendrait pas au réveil. Ce qui lui revint au réveil, ce furent les yeux bleus, les ecchymoses sur le bras, la main tendue.

Il réussit à récupérer ses affaires et fila vers le nord, État de New York dans un premier temps, puis le Massachusetts. Deux années passèrent. Parfois, il aidait des gens, âgés le plus souvent. Il avait un don pour ça. Ses trop nombreux soirs de cuite, le gosse était la dernière de ses pensées avant de sombrer et la toute première à lui venir à l'esprit le lendemain matin. C'était toujours au gosse qu'il pensait quand il se promettait qu'il allait arrêter de boire. Peut-être la semaine prochaine ; le mois prochain, sûr. Le gosse. Les yeux. Le bras. La main tendue comme une étoile de mer.

Bonbon.

Mama.

PREMIÈRE PARTIE

ABRA

CHAPITRE 1

BIENVENUE À TEENYTOWN[1]

1

Après Wilmington, son alcoolisation quotidienne cessa.

Il tenait une semaine, parfois deux, sans rien avaler de plus fort que des sodas allégés. Il se réveillait sans gueule de bois, et ça, c'était bien. Il se réveillait assoiffé – avec le *désir* de boire – et une sensation de déprime, et ça, c'était moins bien. Et puis un soir arrivait. Ou un week-end. Il suffisait parfois d'une pub Budweiser à la télé pour le faire craquer – une bande de jeunes, visage lisse, pas un seul bide de buveur de bière parmi eux, en train de s'en jeter une bien fraîche après une partie de volley acharnée. Parfois, il suffisait de deux jolies femmes en train de prendre un verre après le boulot à la terrasse d'un joli petit café, du genre avec un nom français et des suspensions de plantes vertes à foison. Et des petites ombrelles en papier dans les verres. Parfois, c'était

1. « Miniville ».

juste une chanson à la radio. Comme une fois, Styx chantant *Mr. Roboto*... Quand il était sobre, c'était sobriété totale. Quand il picolait, il se cuitait à mort. S'il se réveillait à côté d'une femme, il pensait à Deenie et au gosse en T-shirt des Braves. Il pensait aux soixante-dix dollars. Parfois aussi, il se soûlait et n'allait pas bosser. On lui donnait encore une chance – il faisait bien son boulot – mais un jour finissait par arriver. Celui où il disait merci beaucoup et remontait dans un bus. Après Wilmington, Albany, après Albany, Utica. Utica s'effaça derrière New Paltz, que remplaça Sturbridge, où il se soûla à un concert de folk en plein air et se réveilla dans une cellule le lendemain matin avec un poignet cassé. Ensuite, ce fut Weston, après quoi, une maison de retraite sur l'île de Martha's Vineyard où, là, on peut dire qu'il fit un passage éclair. Le troisième jour, une infirmière flaira son haleine alcoolisée et, ouste, du balai, j'aimerais pas être dans vos souliers. Une fois, il croisa la route du Nœud Vrai sans s'en apercevoir. Du moins pas au niveau conscient. Mais à un niveau plus profond – dans cette partie *clairvoyante* en lui – il perçut quelque chose. Une odeur, persistante et désagréable, comme un relent de caoutchouc brûlé sur un tronçon d'autoroute où un grave accident s'est produit peu de temps auparavant.

De Martha's Vineyard, il prit un bus MassLines pour Newburyport. Là, il trouva un emploi dans un hospice d'anciens combattants, le genre d'endroit où personne n'est très à cheval sur les principes, le genre d'endroit où on laisse des vieux soldats en fauteuil roulant parqués devant des salles de consultation désertes jusqu'à ce que leur poche de pisse déborde sur le carrelage du couloir. Un endroit détestable pour les patients, un peu meilleur pour les pauvres diables comme lui qui restaient jamais très longtemps quelque part, même si Dan – et quelques autres de ses collègues – apportait aux vieux soldats ce qu'il pouvait leur apporter de mieux. Il en aida même deux ou trois à passer la rampe quand leur heure sonna. Ce boulot dura un certain temps, assez longtemps pour que le Président Saxo remette les clés de la Maison-Blanche au Président Cow-Boy.

Dan avait connu quelques nuits bien arrosées à Newburyport, mais toujours avec un jour de congé le lendemain, donc tout se passait bien. Après l'une de ses courtes bordées, il se réveilla en pensant *au moins j'ai laissé les coupons alimentaires*. Et le vieux duo psychotique de jeu télé remonta en scène.

Désolé, Deenie, c'est perdu pour vous, mais personne ne repart jamais les mains vides. Johnny, qu'avons-nous pour Deenie aujourd'hui ?

Eh bien, Bob, Deenie ne remporte pas d'argent aujourd'hui, mais elle repart avec notre nouveau coffret de jeu pour la maison, quelques grammes de cocaïne et un épais rouleau de COUPONS ALIMENTAIRES !

Ce que remporta Dan, ce fut tout un mois sans boire. Il s'y adonna, supposa-t-il, en bizarre manière de pénitence. Il lui vint plusieurs fois à l'esprit que s'il avait eu l'adresse de Deenie, il lui aurait renvoyé ces sales soixante-dix dollars depuis longtemps. Il lui en aurait même envoyé le double si ça avait pu effacer ses souvenirs du gosse, T-shirt des Braves et main en étoile de mer. Mais comme il n'avait pas son adresse, il resta sobre. À se flageller à coups de fouet. *Secs*, les coups de fouet.

Et puis un soir, il passa devant un troquet qui s'appelait Le Repos du Pêcheur et aperçut une jolie blonde assise toute seule sur un tabouret de bar à l'intérieur. Elle portait une jupe écossaise à mi-cuisse et paraissait se morfondre, alors il entra, et en fait, la fille venait tout juste de divorcer, ça alors, quel dommage, et peut-être qu'un peu de compagnie, ça vous dirait ? et trois jours plus tard, il s'était réveillé avec ce même vieux trou noir dans la mémoire. Il se présenta à l'hospice des anciens combattants où son boulot jusque-là avait consisté à lessiver les sols et à changer les ampoules, espérant que pour cette fois, ça passerait, mais pas de bol. « Pas très à cheval » sur les principes, c'est pas tout à fait pareil que « pas du tout à cheval » ; presque pareil, mais faut pas déconner. En prenant la porte, avec trois affaires récupérées dans son casier, il avait dans la tête une vieille chanson de Bobcat Goldthwaite : « Mon job y était encore mais quelqu'un d'autre l'occupait. » Alors, il était monté dans un autre bus, à destination du New Hampshire celui-là, et il s'était acheté, avant d'embarquer, un contenant en verre empli de liquide alcoolisé.

Il alla s'installer tout au fond, juste à côté des toilettes. La place du pochard. L'expérience lui avait appris que c'était la plus adéquate si t'avais l'intention de passer le trajet à te cuiter. Il plongea la main dans son sac en papier brun, dévissa le bouchon du contenant en verre empli de liquide alcoolisé et renifla l'odeur ambrée. Cette odeur aussi savait parler, même si elle n'avait qu'un seul message à délivrer : *Salut, vieil ami. Meurs encore un peu.*

Il pensa *Bonbon*.

Il pensa *Mama*.

Il pensa à Tommy, qui devait aller à l'école à présent. À condition que son oncle Randy ne l'ait pas tué.

Il pensa, *Le seul qui peut lever le pied, c'est toi*.

Cette pensée lui était déjà venue bien souvent, mais cette fois-ci, une autre lui embraya le pas : *Rien ne t'oblige à vivre comme ça si tu ne veux pas. Tu peux, évidemment... mais rien ne t'y oblige.*

Cette nouvelle voix était si étrange, si différente de ses habituels dialogues intérieurs, qu'il pensa l'avoir captée dans le cerveau de quelqu'un d'autre – il savait faire ça, mais il y avait déjà un bon bout de temps qu'il ne recevait plus d'émissions pirates. Il avait appris à les intercepter et à les bloquer. Il leva néanmoins les yeux pour regarder dans l'allée centrale, pratiquement sûr d'y voir quelqu'un qui se serait retourné pour le regarder. Personne n'était retourné. Tout le monde dormait, ou parlait avec son voisin, ou regardait défiler le jour gris de la Nouvelle-Angleterre derrière la vitre.

Rien ne t'oblige à vivre comme ça si tu ne veux pas.

Si seulement c'était vrai. Il revissa quand même le bouchon et posa la bouteille sur le siège voisin. Deux fois, il la reprit. La première fois, il la reposa. La deuxième, il glissa la main dans le sac et dévissa de nouveau le bouchon, mais c'est le moment que choisit le bus pour faire halte sur l'aire de bienvenue du New Hampshire, juste après la frontière de l'État. Dan entra dans le Burger King avec les autres voyageurs, ne s'arrêtant que le temps nécessaire pour jeter le sac en papier brun dans un conteneur à ordures. Sur le grand réceptacle vert on lisait l'inscription : SI VOUS N'EN AVEZ PLUS BESOIN, LAISSEZ-LE ICI.

Comme ce serait chouette, songea Dan en l'entendant atterrir dans un cliquetis. *Bon Dieu, comme ce serait chouette.*

2

Une heure plus tard, le bus dépassait le panneau BIENVENUE À FRAZIER OÙ CHAQUE SAISON A SA RAISON ! Et au-dessous, BERCEAU DE TEENYTOWN !

Le bus s'arrêta devant le Centre communautaire de Frazier où des passagers montèrent et, du siège vide à côté de Dan, que la bouteille avait occupé durant la première partie du voyage, Tony parla. Tony ne s'était pas exprimé aussi clairement depuis des années mais Dan aurait reconnu sa voix entre toutes.

(*c'est là c'est le bon endroit*)

Aussi bon qu'un autre, pensa Dan.

Il attrapa son sac dans le porte-bagages et descendit. Debout sur le trottoir, il regarda le bus s'éloigner. À l'ouest, les montagnes Blanches cisaillaient l'horizon. Au cours de ses pérégrinations, il avait toujours évité les montagnes, surtout les monstres en dents de scie qui partageaient en deux ce pays. Il pensa : *J'ai fini par revenir vers les hauteurs, en fin de compte. J'imagine que j'ai toujours su que je le ferais.* Mais ces montagnes-là étaient d'un relief plus doux que celles qui hantaient encore parfois ses rêves et il songea qu'il pourrait s'en accommoder, du moins pour un petit bout de temps. À condition qu'il arrive à ne plus penser au gamin en T-shirt des Braves. À condition qu'il arrive à laisser tomber l'alcool. Un jour, tu finis par t'aviser que rien ne sert de cavaler. Où que tu ailles, tu t'emmènes toujours avec toi.

Un tourbillon de neige, plus léger qu'un voile de mariée, traversa l'air en dansant. Dan constata que les commerces bordant la large rue principale étaient principalement destinés aux skieurs qui arriveraient en décembre et aux estivants qui les remplaceraient en juin. Avec certainement, en septembre et octobre, un arrivage d'amoureux des couleurs de l'automne. Mais maintenant, c'était ce qui dans le nord de la Nouvelle-Angleterre tient lieu de printemps : deux mois âpres chromés de froid et d'humidité. De toute évidence, Frazier n'avait pas encore trouvé de raison pour cette saison, car la rue principale – Cranmore Avenue – était pour ainsi dire déserte.

Dan balança son sac sur son épaule et partit d'un pas lent en direction du nord. Il s'arrêta devant une grille en fer forgé pour observer une grande maison victorienne biscornue flanquée d'ailes en brique de construction plus récente communiquant avec la maison mère par des passages couverts. Une tourelle, surplombant le côté gauche de la demeure, dominait le tout, mais elle était sans équivalent sur la droite, ce qui donnait à la bâtisse une allure bizarrement bancale qui lui plut assez. C'était comme si la grosse vieille bicoque disait : *Ouais, une partie de moi s'est écroulée. Ben quoi ? Ça vous arrivera aussi un jour.* Dan esquissa un sourire. Mais le sourire mourut sur ses lèvres.

Posté à la fenêtre de la tourelle, Tony le regardait. Voyant Dan lever les yeux vers lui, il lui fit signe de la main. Ce même geste solennel dont Dan se souvenait depuis l'enfance, lorsque Tony venait souvent. Dan ferma les yeux, puis les rouvrit. Tony n'y était plus. Il n'y avait jamais été d'ailleurs. Comment aurait-il pu y être ? La fenêtre était barricadée par des planches.

Sur la pelouse, une grande pancarte de la même nuance de vert que la maison portait en lettres dorées l'inscription HOSPICE HELEN RIVINGTON.

Ils ont un chat ici, pensa Dan. *Une chatte grise nommée Audrey.*

Son intuition se révéla en partie vraie, en partie fausse. Il y avait bien un chat gris à l'hospice, mais c'était un mâle castré, et il ne s'appelait pas Audrey.

Dan observa longuement la pancarte – suffisamment longtemps pour que les nuages se déchirent et laissent tomber un rai de lumière biblique – puis il poursuivit sa route. Le soleil, étincelant cette fois, faisait scintiller les chromes des rares véhicules garés en épi devant Olympia Sports et Fresh Day Spa, mais la neige tourbillonnait toujours et Dan se souvint d'une phrase que sa mère avait dite il y a longtemps, quand ils vivaient dans le Vermont, devant ce même phénomène printanier : *C'est le diable qui bat sa femme.*

3

Non loin de l'hospice, Dan s'arrêta de nouveau. De l'autre côté de la rue, en face de l'hôtel de ville, se trouvait le jardin public de Frazier. Un ou deux arpents de pelouse commençant tout juste à reverdir, un kiosque à musique, un terrain de soft-ball, un terrain de basket goudronné, des tables de pique-nique et même un golf miniature. Tout ça était très séduisant, mais ce qui l'intéressait, c'était le panneau

VISITEZ TEENYTOWN
LA « PETITE MERVEILLE » DE FRAZIER
ET EMPRUNTEZ SON CHEMIN DE FER !

Pas besoin d'être un génie pour constater que Teenytown était une réplique miniature de Cranmore Avenue. Il y avait l'église méthodiste que Dan venait de dépasser, avec son clocher d'un peu plus de deux mètres de haut ; il y avait le cinéma Music Box, le glacier Spondulicks, la librairie Mountain Books, le magasin Shirts & Stuff, la Galerie de Frazier, spécialité de gravures d'art. Il y avait même une reproduction parfaite, d'environ quatre-vingts centimètres de haut, de l'hospice Helen Rivington avec son unique tourelle mais sans ses deux ailes neuves. Peut-être, songea Dan, parce qu'elles étaient archimoches, surtout comparées à la pièce maîtresse.

Derrière Teenytown était stationné un train miniature avec CHEMIN DE FER DE TEENYTOWN peint sur des wagons si petits qu'ils ne pouvaient sûrement pas embarquer de passagers plus grands que des bambins juste en âge de marcher. Des nuages de fumée s'échappaient de la cheminée de la locomotive rouge vif à peu près grosse comme une moto Honda Goldwing. Dan entendait ronfler son moteur diesel. Sur le côté de la micheline, en lettres dorées patinées à l'ancienne, était écrit LE HELEN RIVINGTON. La patronne de la ville, présuma Dan. Il devait y avoir aussi une rue portant son nom quelque part dans Frazier.

Le soleil s'était de nouveau caché et il faisait assez froid pour que Dan voie son haleine monter devant lui, mais il resta encore un peu immobile. Gosse, il avait toujours désiré un train électrique qu'il n'avait jamais eu. Et là en face, à Teenytown, existait une version géante que les enfants de tout âge pouvaient adorer.

Il remonta son sac sur son épaule et traversa la rue. Entendre la voix de Tony – et le revoir – après tant d'années l'avait perturbé, mais à cet instant il se réjouit d'être descendu là. Peut-être que cet endroit était réellement celui qu'il cherchait, celui où il trouverait enfin le moyen de redresser sa vie qui gîtait dangereusement.

Où que tu ailles, tu t'emmènes avec toi.

Il repoussa cette pensée dans son placard mental. Il était très fort pour ça. Il avait fourré tout un tas de trucs dans ce placard.

4

Un capot dissimulait le moteur de la locomotive des deux côtés. Avisant un tabouret sous l'avant-toit du dépôt ferroviaire de Teenytown, Dan s'en empara et grimpa dessus. La cabine du conducteur était équipée de deux sièges baquets recouverts de mouton retourné que Dan aurait dit récupérés d'une ancienne grosse cylindrée sortie des chaînes de Detroit. Le tableau de bord et les commandes aussi ressemblaient à des pièces de vieux bolide détournées, sauf le grand levier de vitesses en zigzag à l'ancienne qui saillait du plancher. Celui-là venait à tous les coups d'un vieux camion.

Le pommeau d'origine avait été remplacé par une tête de mort hilare coiffée d'un bandana rouge fané devenu rose pâle au fil des années sous l'action d'innombrables étreintes manuelles. Le volant, avec sa moitié supérieure sciée, ressemblait au manche d'un petit avion de tourisme. Peint en noir sur le tableau de bord, à demi effacé mais encore lisible, on déchiffrait VITESSE MAX. 60 À RESPECTER.

« Elle vous plaît ? » La voix avait résonné juste derrière lui.

Dan se retourna brusquement et faillit perdre l'équilibre. Une grande main calleuse se referma sur son avant-bras et le retint. Son possesseur, la cinquantaine bien tassée ou la soixantaine jeune, portait une veste en jean matelassée et une casquette de chasse à carreaux rouges aux oreillettes baissées. Dans l'autre main, il transportait une caisse à outils avec sur le couvercle PROPRIÉTÉ DE LA VILLE DE FRAZIER écrit à la bande Dymo.

« Oh, pardonnez-moi, dit Dan en descendant du tabouret. Je ne voulais pas…

— C'est rien. Il y a tout le temps des gens qui s'arrêtent pour regarder. Des fanas de trains électriques en général. C'est comme un rêve réalisé pour eux. L'été, on est plus pointilleux, quand ça grouille de monde ici et qu'on a un départ du *Riv* toutes les heures. Mais à cette période de l'année, n'y a que moi, et ça me dérange pas un poil. » Il présenta sa main à Dan. « Billy Freeman. Ouvrier mécanicien municipal. Le *Riv* est mon bébé. »

Dan accepta sa poignée de main. « Dan Torrance. »

Billy Freeman zieuta son sac. « Venez d'descendre du bus, j'imagine. Ou vous faites du stop ?

— Bus, confirma Dan. Qu'est-ce qu'elle a comme moteur ?

— V'là une question intéressante. Chevrolet Veraneio, ça vous dit sûrement rien ? »

Non, ça ne disait rien à Dan, mais il savait ce dont Freeman parlait. Parce que Freeman le *savait*. Il ne pensait pas avoir eu d'éclair de voyance aussi lumineux depuis des années. Cette constatation réveilla en lui un frisson de plaisir remontant à sa plus tendre enfance, avant qu'il ait découvert à quel point le Don pouvait être dangereux.

« Break version brésilienne, c'est ça ? Turbo diesel. »

Les sourcils broussailleux de Freeman dessinèrent des accents circonflexes et il se fendit d'un grand sourire. « Sacrénom, c'est exactement ça ! Casey Kingsley, c'est lui le patron, il l'a eu aux enchères l'an passé. Du tonnerre, comme moteur. Démarre au quart de tour, tire du feu de Dieu. Le tableau de bord aussi vient d'un break. Les sièges, c'est bibi. »

La clairvoyance s'estompait, mais Dan intercepta une dernière information. « Pontiac GTO Judge. »

Maintenant, Freeman souriait jusqu'aux oreilles. « Exact. Dans une casse, du côté de Sunapee. Le levier, c'est un *high-hat vintage* de Mack 1961. Neuf vitesses. La classe, hein ? Tu cherches du boulot ou tu regardes juste en passant ? »

Surpris par le changement de sujet, Dan hésita. Cherchait-il du travail ? Il supposait que oui. L'hospice qu'il avait vu en remontant Cranmore Avenue devait être l'endroit logique par où commencer, et – clairvoyance ou simple intuition ? – il avait dans l'idée qu'ils embaucheraient. Mais la vision de Tony à la fenêtre de la tourelle l'avait ébranlé et il n'était pas sûr de vouloir s'y présenter pour le moment.

Surtout, mon petit Danny, tu veux avoir mis un peu plus de distance entre toi et ta dernière biture avant de te pointer là-bas pour poser ta candidature. Même si la seule chose qu'ils ont à t'offrir, c'est de passer la polisseuse de nuit.

La voix de Dick Hallorann. Dan n'avait pas repensé à Dick depuis longtemps. Peut-être bien depuis Wilmington.

À l'approche de l'été – une saison pour laquelle Frazier avait clairement trouvé une raison – les commerces embaucheraient toutes sortes de saisonniers. Mais entre Teenytown et un Chili's à la galerie marchande du coin, y avait pas photo. Il choisissait Teenytown sans hésiter. Il s'apprêtait à répondre à Freeman, qui l'observait avec une franche curiosité, quand Hallorann se manifesta à nouveau.

Tes chances risquent de se réduire, petit. T'approches le cap des trente.

« Oui, dit-il. Je cherche du boulot.

— À Teenytown, tu sais, ça sera un boulot de courte durée. Dès que l'été et les grandes vacances arrivent, Mr. Kingsley préfère embaucher des jeunes du pays. Dix-huit, vingt-deux ans maxi. C'est la politique locale. Et un jeune, ça bosse pour moins cher. » Encore un grand sourire, qui dévoila quelques dents manquantes. « Mais bon, y a des endroits pires pour gagner sa croûte. Bosser dehors peut rebuter un homme, ces jours-ci, mais le grand froid ne durera plus très longtemps. »

Non, quelques semaines à tout casser. Les bâches recouvrant la plupart des attractions du jardin public seraient bientôt retirées pour laisser apparaître la physionomie estivale d'une petite station de villégiature : stands de hot-dogs, roulottes de glaciers, et une structure ronde dans laquelle Dan avait reconnu un manège. Sans parler du petit train, évidemment, avec ses wagons miniatures et sa grosse locomotive turbo diesel. S'il pouvait arrêter de picoler, et qu'il se montrait digne de confiance, Freeman ou son patron – Kingsley – pourraient peut-être le laisser la conduire une fois ou deux. Ça, il aimerait. Et dans quelques mois, quand la mairie embaucherait un étudiant en vacances pour le remplacer, il lui resterait la solution de l'hospice.

S'il décidait de se poser, cela va sans dire.

Faudra bien que tu te poses quelque part, lui fit remarquer Hallorann (décidément, ça semblait être son jour pour avoir des visions et entendre des voix). *Faudra bien que tu te poses quelque part, sans quoi tu seras plus capable de te poser nulle part.*

Il se surprit lui-même à rire. « Ça me tente bien, Mr. Freeman. Ça me tente vraiment bien. »

5

« T'as déjà fait de l'entretien extérieur ? » lui demanda Billy Freeman. Ils marchaient lentement le long du train. Avec le toit des wagons qui ne lui arrivait pas plus haut que le torse, Dan avait l'illusion d'être un géant.

« Je sais désherber, planter et peindre. Je sais me servir d'une souffleuse de feuilles et d'une tronçonneuse. Je suis capable de réparer des petits moteurs si la panne est pas trop compliquée. Et je sais piloter une tondeuse autotractée sans écraser de petits enfants. Pour ce qui est du train, en revanche… là, je saurais pas.

— Faudrait que t'aies l'autorisation de Kingsley pour ça. Assurance et tout le bordel. Dis voir, t'as des références ? Parce que Mr. Kingsley t'embauchera pas sans ça.

— Oui, j'en ai quelques-unes. Surtout comme agent d'entretien et garçon de salle dans des hôpitaux. Dites, Mr. Freeman…

— Billy. Et *tu*, ça ira.

— Dis, Billy, ton train a pas l'air de pouvoir transporter des passagers. Où est-ce que tu les mets ? »

Billy avait de nouveau la banane. « Attends-moi là. Voyons voir si tu trouves ça aussi fendard que moi. Moi, je me lasse jamais du spectacle. »

Freeman retourna à la locomotive et se pencha à l'intérieur. Le moteur, qui avait tourné au ralenti jusque-là, se mit à accélérer en projetant vers le ciel des jets rythmiques de fumée. Un long gémissement hydraulique se répercuta sur toute la longueur du *Helen Rivington*. Soudain, le toit de tous les wagons et de la petite voiture de queue peinte en jaune – neuf voitures au total – commença à se soulever. Dan avait l'impression de voir neuf décapotables s'ouvrir en même temps. Il se pencha pour regarder à l'intérieur et aperçut des sièges de plastique rigide. Six dans chaque wagon de passagers, deux dans la petite voiture de queue. Cinquante en tout.

Lorsque Billy revint, Dan avait la banane lui aussi. « Ton train doit être vraiment rigolo quand il est rempli de passagers.

— Ça, ouais ! Les gens se marrent comme des baleines, ils se filment, se prennent en photo. Tiens, je vais te montrer. »

Billy emprunta le marchepied situé à l'extrémité du wagon, longea la petite allée centrale et s'installa sur un siège. Une étonnante illusion d'optique se produisit. Billy agita majestueusement la main à l'adresse de Dan qui s'imagina fort bien cinquante Brobdingnagiens, réduisant à un format lilliputien le train dont ils s'étaient emparés, quittant la gare de Teenytown avec majesté.

Lorsque Billy se leva et redescendit sur le quai, Dan applaudit. « Je parie que tu vends trois millions de cartes postales entre Memorial Day et Labor Day[1].

— T'as gagné. » Billy fourragea dans la poche de sa veste, en sortit un paquet de cigarettes Duke cabossé – une marque pas chère que Dan connaissait bien, vendue dans les gares autoroutières et les magasins de quartier partout en Amérique – et le présenta à Dan, qui en prit une. Billy lui donna du feu.

« Autant en profiter tant que c'est encore possible, dit-il en contemplant sa clope. Dans quelques années, il sera interdit de fumer ici. Le Club féminin de Frazier s'y emploie déjà. Une bande de vieilles momies, si tu veux mon avis, mais tu sais ce qu'on dit : la main qui balance le foutu berceau gouverne le foutu monde. » Il souffla de la fumée par les narines. « Quoique la plupart n'ont plus balancé de berceau depuis l'époque où Nixon était président. Ni eu besoin de s'enfiler de Tampax, soit dit en passant.

1. Dernier lundi du mois de mai et premier lundi de septembre.

— Ça sera peut-être pas un mal, dit Dan. Les jeunes ont tendance à copier les comportements de leurs aînés. » Il songea à son père. La seule chose que Jack Torrance aimait mieux que boire un verre, c'était boire une douzaine de verres, lui avait un jour dit sa mère peu de temps avant sa mort. Elle, c'était les cigarettes, et ça l'avait tuée. Autrefois, Dan s'était aussi promis de ne jamais commencer à fumer. Il en était venu à penser que la vie est une série d'embuscades pleines d'ironie.

Billy Freeman le dévisageait, un œil plissé, presque fermé. « J'ai des intuitions sur les gens des fois, et j'en ai une avec toi. Je l'ai eue avant même que tu te retournes et que je voie ta tête. Je crois que t'es p't-êt' bien le bon gars que je cherche pour m'aider au grand nettoyage de printemps d'ici au mois de mai. C'est ce que je ressens, en tout cas. Ça peut paraître fou, mais je fais confiance à mon instinct. »

Pour Dan, ça n'avait rien de fou. Et il comprenait maintenant pourquoi il avait capté si clairement les pensées de Billy Freeman, sans même l'avoir voulu. Il se souvint de ce que Dick Hallorann lui avait dit un jour – Dick qui avait été son premier ami adulte : *Beaucoup de gens ont un peu de ce que j'appelle le Don, mais bien souvent c'est juste une étincelle – juste de quoi leur permettre de savoir quelle chanson va passer à la radio ou que le téléphone va se mettre à sonner.*

Billy Freeman avait cette petite étincelle. Cet éclat.

« Je crois que c'est ce Mr. Carey Kingsley que je devrais aller trouver, non ?

— Casey, pas Carey. Mais, ouais, c'est lui le boss. Il est à la tête des services techniques de la ville depuis vingt-cinq ans.

— Quel serait le meilleur moment ?

— J'dirais, tout de suite. » Billy pointa le doigt. « Là-bas, c'tas de briques de l'autre côté de la rue, c'est l'hôtel de ville de Frazier, avec tous les bureaux. Tu trouveras Mr. Kingsley au sous-sol, fond du couloir. Tu sauras que t'y es quand t'entendras de la musique disco au-dessus de ta tête. C'est le cours d'aérobic pour dames, tous les mardis et jeudis.

— D'accord, dit Dan. Je crois que je vais y aller.

— T'as tes références ?

— Oui. » Dan tapota son sac, appuyé contre le mur de la gare de Teenytown.

« Et tu les as pas fabriquées toi-même, hein ? »

Dan sourit. « Non, elles sont tout ce qu'il y a d'authentique.

— Alors à l'attaque, mon gars.

— J'y va.

— Dernière chose, dit Billy comme Dan chargeait son sac. Le père Kingsley est anti-bibine à mort. Si tu picoles, et qu'il te pose la question, je te conseille… de mentir. »

Dan hocha la tête et leva une main complice. C'était un mensonge qu'il avait déjà raconté.

6

À voir son pif couperosé, Casey Kingsley n'avait pas toujours été anti-bibine. C'était un gros homme qui paraissait moins occuper que remplir son petit bureau encombré. Renversé contre le dossier de son fauteuil, il examinait les références de Dan, bien rangées dans une chemise bleue à élastique de chez Staples. L'arrière de sa tête touchait presque le bas d'une sobre croix de bois accrochée au mur à côté d'une photo encadrée de sa famille. On y voyait un Kingsley beaucoup plus jeune et mince en compagnie de son épouse et de leurs trois gamins en maillot de bain sur une plage. À l'étage du dessus, à peine assourdis par le plafond, on entendait les Village People chanter *YMCA* accompagnés par un martèlement de pieds enthousiaste. Dan visualisait un mille-pattes géant, permanente toute fraîche de chez le coiffeur local et justaucorps rouge vif de neuf mètres de long…

« Ah-ha, commenta Kingsley. Ah-ha… ouais… d'accord, d'accord, d'accord… »

Un grand bocal de bonbons colorés trônait sur un coin de son bureau. Sans lever les yeux de la mince liasse de références de Dan, il souleva le couvercle, pêcha un bonbon, l'enfourna. « Servez-vous, dit-il toujours sans lever les yeux.

— Non, je vous remercie », répondit Dan.

Une pensée étrange lui vint. Naguère, son père avait probablement passé un entretien dans un bureau semblable en vue d'obtenir le poste de gardien de l'hôtel Overlook. Qu'avait-il en tête ? Qu'il avait terriblement besoin de ce travail ? Que c'était sa dernière chance ? Peut-être. Sans doute. Car évidemment, Jack Torrance avait charge d'âmes. Dan, non. Si ça ne marchait pas ici, il pourrait encore continuer à vagabonder quelque temps. Ou tenter sa chance à l'hospice. Sauf que… il aimait bien le jardin public. Et le petit train qui transformait des adultes de taille normale en véritables Goliaths. Il aimait bien Teenytown, avec son côté légèrement absurde et fantaisiste, et même assez courageux, typique de cet esprit bravache des bleds de l'Amérique profonde. Et il aimait bien Billy Freeman, détenteur sans doute à son insu d'une petite pincée du Don.

À l'étage, *YMCA* fut remplacé par *I Will Survive*. Comme s'il avait attendu ce signal musical, Kingsley replaça les références de Dan dans la chemise et la lui tendit par-dessus le bureau.

Il va me dire que c'est non.

Mais après une journée d'intuitions justes, celle-ci était fausse. « Tout ça m'a l'air correct, mais j'ai l'impression que vous seriez plus à votre place à l'hôpital de New Hampshire Central, ou même à l'hospice de notre ville. Vous pourriez même postuler pour être auxiliaire de vie – je vois que vous avez des qualifications en secourisme et aide médicale. Savez ce que c'est qu'un auxiliaire de vie ?

— Oui. Et j'avais bien pensé à l'hospice. Et puis j'ai vu le jardin public, et Teenytown, et le petit train. »

Kingsley émit un grognement débonnaire. « Ah, ça vous dirait de prendre les commandes un de ces jours, pas vrai ? »

Dan mentit sans hésiter : « Non, Mr. Kinsley, ça ne me dirait pas spécialement. » Admettre qu'il aurait aimé s'asseoir sur le siège de GTO garni de mouton retourné et poser ses mains sur le manche de la petite loco rouge aurait à tous les coups fait dévier la conversation sur son permis de conduire, et sur la question épineuse de sa suspension, avec pour conséquence une invitation à quitter séance tenante le bureau du sieur Kingsley. « Je suis plutôt du genre tondeuse et râteau.

— Du genre emploi de courte durée aussi, si j'en crois vos références.

— Oh, je vais pas tarder à me poser. Je crois que je commence à être vacciné contre le virus du voyage. » Il se demanda si cette explication résonnerait aussi creux aux oreilles de Kingsley qu'il l'avait entendue résonner aux siennes.

« De toute façon, c'est tout ce que j'ai à vous offrir, poursuivit Kingsley. Un emploi de courte durée. Dès la fin de l'année scolaire…

— Oui, Billy me l'a dit. Si je décide de rester pour l'été, je tenterai l'hospice. Je pourrais même poser une candidature anticipée, si vous n'y voyez pas d'inconvénient.

— Aucun inconvénient. » Kingsley le dévisageait avec curiosité. « Les mourants ne vous rebutent pas ? »

Votre mère est morte là-bas, songea Danny. Sa clairvoyance ne s'était pas estompée, en fin de compte ; elle ne s'était même pas mise en veilleuse. *Vous lui teniez la main quand elle s'est éteinte. Elle s'appelait Ellen.*

« Non », répondit-il. Puis, sans savoir pourquoi, il ajouta : « Nous sommes tous des mourants. Le monde n'est qu'un hospice à ciel ouvert.

— Philosophe avec ça, dites-moi ? Eh bien, Mr. Torrance, je crois bien que je vais vous embaucher. J'ai confiance dans le jugement de Billy – il se trompe rarement sur les gens. N'arrivez pas en retard, ni ivre, ni les yeux rouges et sentant l'herbe, et tout ira bien pour vous. Sinon, vous reprenez la route. Car je ne crois pas que l'hospice Rivington voudra entendre parler de vous – j'y veillerai personnellement. Nous sommes d'accord là-dessus ? »

Dan éprouva un relent d'amertume

(zélé connard)

qu'il réprima. Il était sur le terrain de jeu de Kingsley. Et la balle était dans le camp adverse. « Nous sommes d'accord.

— Vous pouvez commencer dès demain, si ça vous va. Il y a des tas de chambres meublées en ville. Je peux passer quelques coups de fil, si vous voulez. Vous avez les moyens d'avancer quatre-vingt-dix dollars de loyer la semaine avant votre premier chèque de paye ?

— Oui. Merci, Mr. Kingsley. »

Kingsley fit un geste débonnaire de la main. « En attendant, je vous recommande le Red Roof Inn. Le gérant est mon ex-beau-frère. Il vous fera un prix. On est bons ?

— On est bons. »

Tout était arrivé si vite. Comme s'emboîtent rapidement les dernières pièces d'un puzzle de mille pièces très compliqué. Mais Dan s'intima de ne pas trop se fier à ce sentiment.

Kingsley se leva. La manœuvre fut lente, vu sa corpulence. Dan se leva aussi. Et quand Kingsley lui tendit sa grosse patte charnue par-dessus son bureau encombré, Dan la lui serra. À travers le plafond filtrait maintenant la musique de KC and the Sunshine Band proclamant au monde que *c'était comme ça que ça leur plaisait, oh oh, hé hé.*

« Je hais cette daube disco », dit Kingsley.

Non, songea Dan. *Au contraire. Elle te rappelle ta fille, celle qui vient plus tellement te voir. Parce qu'elle t'a pas encore pardonné.*

« Vous vous sentez bien ? s'inquiéta Kingsley. Vous êtes un peu pâle.

— Juste fatigué. J'ai fait un long trajet en bus. »

Le Don était de retour. Et en force. La question était : pourquoi maintenant ?

7

Il travaillait depuis trois jours (qu'il avait passés à repeindre le kiosque et à souffler les feuilles mortes de l'automne dernier) quand Kingsley traversa Cranmore Avenue pour venir lui annoncer qu'il lui avait trouvé une chambre dans Eliot Street. Salle de bains indépendante, avec douche et baignoire, rien que ça. Quatre-vingt-cinq la semaine. S'il la voulait. Oui, Dan la voulait.

« Vas-y pendant ta pause déjeuner, fils, lui conseilla Kingsley. Demande Mrs. Robertson. » Il pointa sur lui un doigt déformé par les premiers signes d'arthrite. « Et ne merde pas, Sonny Jim. C'est une vieille copine à moi. Souviens-toi que je me suis porté garant de toi sur la foi de quelques maigres références et l'intuition de Billy Freeman. »

Dan assura qu'il ne merderait pas. Mais la dose de sincérité supplémentaire qu'il tenta d'injecter dans sa voix sonna faux à ses propres oreilles. Il pensait encore à son père, réduit à mendier du boulot auprès d'un vieil ami friqué après avoir perdu son poste d'enseignant dans le Vermont. Bizarre ça, d'éprouver de la compassion pour un type qui avait failli te tuer, mais la compassion était là, indéniable. Est-ce que des gens avaient éprouvé le besoin de dire à son père de ne pas merder ? Probable. Et bien sûr, Jack Torrance avait merdé. S'était planté dans les grandes largeurs.

Son alcoolisme y avait certainement été pour quelque chose, mais quand t'es à terre, y a toujours des types qui semblent éprouver un malin plaisir à te marcher dessus et à poser un pied sur ta nuque au lieu de t'aider à te relever. C'est dégueulasse, mais la nature humaine l'est, par bien des aspects. Et, évidemment, quand tu cours à ras de terre avec tous les clebs affamés, t'es surtout amené à voir des pattes, des griffes et des trous du cul.

« Et vois avec Billy s'il peut te trouver des bottes à ta pointure. Il en a récupéré un tombereau dans la cabane à outils. Même si la dernière fois que j'ai regardé, je n'ai pas pu en trouver deux assorties. »

Il faisait soleil, l'air était doux. Dan leva les yeux vers le ciel dégagé – il travaillait en jean et T-shirt des Blue Sox d'Utica – puis regarda de nouveau Casey Kingsley.

« Oui, je sais ce que tu penses, mais on est en montagne ici, Sonny Jim. Ils ont annoncé un coup de vent de nord-est pour ce soir à la radio et peut-être trente centimètres de neige. Ça ne durera pas – la neige d'avril, les gens du New Hampshire l'appellent l'engrais du pauvre – mais ils ont aussi annoncé des vents de tempête. J'espère que tu sais aussi bien manier une souffleuse à neige qu'à feuilles. Et j'espère aussi que ton dos est d'attaque, parce que Billy et toi, vous allez devoir ramasser un paquet de branches tombées demain. Et peut-être tronçonner quelques arbres aussi. Les tronçonneuses, ça te connaît ?

— Oui, Mr. Kingsley, dit Dan.

— Bien. »

8

Dan et Mrs. Robertson trouvèrent rapidement un terrain d'entente. Elle lui offrit même un sandwich aux œufs et un café dans la cuisine commune. Il accepta son offre, s'attendant aux questions habituelles sur ce qui l'avait amené à Frazier et ce qu'il avait fait dans la vie auparavant. Mais, ce fut reposant, Mrs. Robertson s'en abstint. Elle lui demanda par contre s'il voulait bien l'aider à fermer les contrevents du rez-de-chaussée au cas où ils auraient vraiment « un coup de chien », comme elle disait. Dan accepta également. L'une de ses devises dans la vie (il en avait peu) était de toujours être en bons termes avec sa logeuse : on ne sait jamais quand on peut avoir besoin d'un sursis pour payer son loyer…

À son retour, Billy l'attendait avec une liste de tâches à accomplir. La veille, ils avaient ôté les bâches protégeant les sujets du manège. Cet après-midi-là, ils les replacèrent et fermèrent hermétiquement les divers stands et attractions. La dernière opération de la journée consista à reculer le *Riv* dans son hangar. Puis tous deux se posèrent sur des chaises pliantes pour fumer une cigarette à côté de la gare de Teenytown.

« Laisse-moi te dire, Danno, lui confia Billy. T'as devant toi un ouvrier bien fatigué.

— Alors, on est deux. » Mais il se sentait bien, muscles déliés et fourmillants. Il avait oublié à quel point c'est bon de travailler au grand air, surtout quand on a pas la gueule de bois.

Billy leva la tête vers le ciel assombri de nuages et soupira. « J'espère foutrement qu'on va pas se taper de la neige et du vent comme la radio l'a annoncé, mais ça m'en a tout l'air. Au fait, je t'ai trouvé des bottes. Elles sont pas de la première jeunesse, mais au moins elles font la paire. »

Dan repartit vers ses quartiers d'habitation en emportant ses nouvelles bottes. Le vent avait commencé à forcir lorsqu'il traversa la ville et l'obscurité gagnait rapidement. Ce matin-là à Frazier, l'été avait semblé tout proche. Ce soir, l'air laissait sur le visage cette humidité glacée annonciatrice de neige. Les rues latérales étaient désertes, les maisons barricadées.

Dan tourna l'angle de Morehead Street pour s'engager dans Eliot et se figea. Poussé par le vent sur le trottoir, escorté par l'entrechoquement de squelette d'une cohorte de feuilles mortes égarées depuis l'automne dernier, un chapeau roulait. Un de ces vieux hauts-de-forme comme n'en portent plus que les magiciens. *Ou les acteurs dans les vieilles comédies musicales*, songea-t-il. La vision le glaça jusqu'aux os car le chapeau n'était pas réellement là. Pas exactement.

Il ferma les yeux, compta lentement jusqu'à cinq pendant que le vent plaquait son pantalon sur ses jambes, et les rouvrit. Les feuilles mortes étaient toujours là, mais le chapeau avait disparu. C'était encore le Don, qui lui offrait une de ses visions d'un réalisme troublant mais généralement dénuées de sens. Les périodes d'abstinence prolongées le renforçaient toujours, mais jamais il n'avait été plus puissant que depuis son arrivée à Frazier. C'était un peu comme si l'air avait été différent ici. Plus conducteur de ces étranges transmissions en provenance de la planète Ailleurs. Spécial.

Comme l'Overlook était spécial.

« Non, dit-il à haute voix. Ça, je le crois pas. »

Quelques verres, Danny, et tout disparaîtra. Tu le crois, ça ?

Malheureusement oui, il le croyait.

9

La vieille maison de Mrs. Robertson était de style colonial à l'architecture tarabiscotée. La chambre de Dan, au deuxième étage, donnait à l'ouest sur les montagnes. C'était un panorama dont il se serait passé. Ses réminiscences de l'Overlook s'étaient brouillées et ternies au fil des années mais, tandis qu'il déballait ses quelques affaires, un souvenir refit surface… Il eut vraiment la sensation d'un objet remontant à la surface, tel un horrible vestige organique (disons, le cadavre putréfié d'un petit animal) remontant des profondeurs d'un lac pour venir flotter à sa surface.

C'était le crépuscule quand la première neige est tombée. On était sous le porche de cet immense hôtel désert, mon père au milieu, entre ma mère et moi. Il nous entourait de ses bras. Tout allait bien à ce moment-là. Il ne buvait pas. D'abord, la neige s'est mise à tomber parfaitement à la verticale, puis le vent a forci et il a commencé à souffler en oblique, l'amoncelant de chaque côté du porche et recouvrant ces…

Il tenta de repousser la vision, mais elle s'imposa.

... ces haies en forme d'animaux. Celles qui bougeaient parfois quand tu les regardais pas.

Les bras couverts de chair de poule, il tourna le dos à la fenêtre. Il avait acheté au Red Apple un sandwich qu'il avait prévu de manger en commençant le livre de John Sanford qu'il avait aussi pris au même magasin, mais au bout de quelques bouchées il remballa son sandwich et le posa au frais sur l'appui de la fenêtre. Il mangerait peut-être le reste plus tard. Mais il ne pensait pas veiller au-delà de neuf heures ce soir-là. S'il arrivait à lire cent pages de son bouquin, il serait content.

Dehors, le vent soufflait de plus en plus fort. De temps en temps, il poussait des hurlements à vous glacer le sang en tournant au coin des avant-toits et Dan levait les yeux de son livre. Vers vingt heures trente, la neige commença à tomber. Une neige lourde et humide qui recouvrit bientôt sa fenêtre et lui masqua les montagnes. Ce qui était pire, d'une certaine façon. À l'Overlook aussi, la neige avait bouché les fenêtres. D'abord celles du rez-de-chaussée… puis celles du premier étage… puis celles du deuxième.

Les ensevelissant avec les morts-vivants.

Mon père s'imaginait qu'ils allaient le nommer gérant de l'hôtel. Tout ce qu'il avait à faire pour leur prouver sa loyauté, c'était de leur offrir son fils en sacrifice.

« Son Fils unique », marmonna Dan. Puis il se retourna comme si c'était quelqu'un d'autre qui avait parlé… et en effet, il ne se sentait pas seul. Pas tout à fait seul. Le vent poussa encore un glapissement contre le mur extérieur de la maison et Dan frissonna.

Pas trop tard pour retourner au Red Apple me

prendre une bouteille de quelque chose. Et endormir toutes ces désagréables pensées.

Non. Il allait lire son livre. Lucas Davenport était sur l'affaire et Dan avait la ferme intention de poursuivre sa lecture.

Il la termina à neuf heures et quart et se glissa sous les draps de son énième lit de chambre meublée. *J'arriverai pas à dormir*, pensa-t-il. *Avec ce vent qui hurle.*

Mais il dormit.

10

Il était assis à l'embouchure de la buse. Son regard errait sur la pente herbue de la berge jusqu'au fleuve Cape Fear en contrebas et le pont qui l'enjambait. La nuit était claire, la lune pleine. Il n'y avait ni vent ni neige. Et l'Overlook avait disparu. Quand bien même il n'aurait pas brûlé de la cave au grenier durant le mandat du Président Planteur de Cacahuètes, il se trouvait à près de deux mille kilomètres de là. Alors, d'où lui venait cette peur ?

De ce qu'il n'était pas seul. Voilà d'où elle venait. Il y avait quelqu'un derrière lui.

« Tu veux un petit conseil, minou-chat ? »

La voix était tremblante, liquide. Dan sentit un frisson glacé lui parcourir l'échine. Ses jambes, couvertes de chair de poule, étaient encore plus froides. Il était en short et voyait sa peau hérissée de minuscules papilles blanches. Bien sûr qu'il était en short. Son cerveau pouvait bien être celui d'un homme adulte, il était logé en cet instant dans le corps d'un gamin de cinq ans.

Minou-chat. Qui... ?

Mais il savait. Il avait dit son nom à Deenie, mais elle l'avait seulement appelé minou-chat.

Tu ne peux pas te souvenir de ça, et d'ailleurs, ce n'est qu'un rêve.

Bien sûr, c'était un rêve. Il était à Frazier, New Hampshire, il dormait dans la pension de famille de Mrs. Robertson pendant qu'une tempête de neige printanière faisait rage au-dehors. Pourtant, il lui sembla plus sage, plus prudent aussi, de ne pas se retourner.

« Non merci, j'ai pas besoin de conseil, dit-il, contemplant toujours le fleuve et la lune. Les conseilleurs ne sont pas les payeurs. Et il y en a plein les bars et les salons de coiffure.

— Fais attention à la femme au chapeau, minou-chat. »

Quel chapeau ? aurait-il pu demander, mais vraiment, à quoi bon se fatiguer ? Il savait de quel chapeau elle parlait, il l'avait vu rouler sur le trottoir, poussé par le vent. Aussi noir que le péché à l'extérieur, doublé de soie blanche à l'intérieur.

« C'est la Reine-Salope du Château-l'Enfer. Si tu la cherches, elle te bouffera vivant. »

Ce fut plus fort que lui. Il tourna la tête. Deenie était là, assise avec lui à l'entrée de la buse, la couverture du clochard drapée sur ses épaules nues. Ses cheveux mouillés collaient à ses joues. Son visage enflé ruisselait. Ses yeux étaient troubles. Elle était morte, sans doute couchée dans sa tombe depuis des années.

Tu n'es pas réelle, voulut lui dire Dan. Mais aucun mot ne sortit. Il avait de nouveau cinq ans, Danny avait cinq ans, l'Overlook était ruines et cendres, mais il y avait ici une femme morte qu'il avait naguère volée.

« C'est pas grave », lui dit-elle. Voix gargouillante montant d'une gorge boursouflée. « J'ai vendu la coke, après l'avoir écrabouillée avec un peu de sucre. Me suis fait vingt sacs. » Elle sourit, et de l'eau gicla entre ses dents. « Je t'aimais bien, minou-chat. C'est pour ça que je suis revenue pour te prévenir. *Ne t'approche pas de la femme au chapeau.*

— Ôtez votre masque », dit Dan…, mais c'était la voix de Danny, une voix d'enfant chantante, fluette et haut perchée. « Imposteur, faux visage, ôtez votre masque. »

Il ferma les yeux comme il l'avait fait si souvent à l'Overlook lorsqu'il était confronté à ses terribles visions. La femme se mit à hurler, mais il se refusa à ouvrir les yeux. Le hurlement s'étira, devint un ululement modulé, et il réalisa que c'était le ululement du vent. Il n'était ni dans le Colorado, ni en Caroline du Nord. Il était dans le New Hampshire. Il venait de faire un cauchemar. Mais il était réveillé maintenant.

11

Sa Timex indiquait deux heures du matin. La chambre n'était pas chauffée mais il avait les bras et le torse collants de sueur.

Un petit conseil, minou-chat ?

« Non, dit-il. Je veux pas de conseil de toi. »

Elle est morte.

Il n'avait aucun moyen de le savoir, mais il le savait.

Deenie – l'ex-déesse du monde occidental en mini-jupe de cuir et sandales à semelles de liège – était morte. Il savait même comment elle s'y était prise. Elle avait avalé des comprimés, relevé ses cheveux sur sa tête et enjambé le rebord de la baignoire pour s'enfoncer dans un bain tiède où elle s'était endormie, avait coulé, et s'était noyée.

Le rugissement du vent, chargé d'une sourde menace, avait une sinistre familiarité. Le vent souffle partout, mais il n'y a qu'en altitude qu'il fait ce bruit-là. Comme si un dieu furieux abattait sur le monde un maillet à air comprimé.

Quand il buvait, je disais qu'il Faisait le Vilain, pensa Dan. *Je pensais que l'alcool était sa Mauvaise Médecine. Sauf que parfois, c'est de la Bonne Médecine. Quand tu te réveilles d'un cauchemar dont tu sais qu'il provient à cinquante pour cent du Don, c'est de la Très Bonne Médecine.*

Une bière le renverrait dans les bras de Morphée. Trois lui garantiraient non seulement le sommeil, mais un sommeil sans rêves. Le sommeil est le médecin de la nature et, en cet instant, Dan Torrance sentait qu'il était malade et avait besoin d'une puissante médecine.

Tout est fermé. T'as de la chance.

Peut-être. Ou peut-être pas.

Il se retourna sur le flanc et sentit quelque chose rouler contre son dos. Non, pas quelque chose. *Quelqu'un*. Quelqu'un était couché avec lui. *Deenie* s'était couchée avec lui. Sauf que c'était trop petit pour être Deenie. Ça ressemblait plutôt à…

Il dégringola du lit, atterrit lourdement par terre et regarda par-dessus son épaule. C'était Tommy, le petit garçon de Deenie. Il avait le côté droit du crâne enfoncé. Des esquilles d'os saillaient entre ses cheveux blonds ensanglantés. Une morve grise écaillée – de la cervelle – séchait sur sa joue. C'était pas possible qu'il soit en vie avec une blessure aussi effroyable, mais il l'était. Il tendit vers Dan une main en étoile de mer.

« Bonbon », dit-il.

Le hurlement reprit, sauf que cette fois, ce n'était pas Deenie et ce n'était pas le vent.

Cette fois-ci, c'était Dan.

12

Lorsqu'il se réveilla pour la deuxième fois – un vrai réveil, cette fois –, il ne criait pas. Il avait juste cette espèce de grondement sourd au fond de la poitrine. Il se redressa, suffoquant, le drap en tirebouchon autour de la taille. Il n'y avait personne d'autre dans le lit, mais le rêve ne s'étant pas encore dissipé, le voir de ses yeux ne suffisait pas. Il repoussa le drap, et ça ne suffisait toujours pas. Il passa sa main sur le drap, cherchant un reste de chaleur, l'empreinte de petites hanches et de petites fesses. Rien. Évidemment, rien. Alors il se pencha pour regarder sous le lit et n'y vit que ses nouvelles bottes.

Le vent soufflait moins fort maintenant. La tempête n'était pas terminée, mais elle se calmait.

Il se dirigea vers la salle de bains, puis pivota pour regarder en arrière, comme s'il s'attendait à surprendre quelqu'un. Mais il n'y avait que le lit défait, drap et couvertures gisant à terre. Il alluma la lumière au-dessus du lavabo, s'aspergea le visage d'eau froide et s'assit sur l'abattant des W.-C., respirant à longs traits, une inspiration après l'autre. Il eut envie de se lever pour aller se chercher une cigarette dans le paquet posé sur l'unique petite table de la chambre, mais ses jambes étaient en caoutchouc et il n'était pas sûr qu'elles le porteraient. Pas encore. Alors, il resta assis là. D'où il était, il voyait le lit et le lit était vide. Toute la chambre était vide. Aucun problème de ce côté-là.

Sauf que… il ne la *sentait* pas vide. Pas encore. Quand elle le serait, il retournerait se coucher. Mais plus pour dormir. Pour cette nuit, le sommeil était terminé.

13

Sept ans auparavant, alors qu'il travaillait comme garçon de salle dans un hôpital de Tulsa, Dan avait sympathisé avec un vieux psychiatre atteint d'un cancer du foie en phase terminale. Un jour qu'Emil Kemmer récapitulait (sans beaucoup de discrétion) les cas les plus intéressants qu'il avait rencontrés dans sa carrière, Dan lui avait confié que, depuis son enfance, il souffrait de ce qu'il appelait ses « rêves doubles ». Kemmer connaissait-il ce phénomène ? Y avait-il un autre nom pour le désigner ?

Kemmer, en son temps, avait été un solide gaillard – la vieille photo de mariage en noir et blanc posée sur sa table de chevet l'attestait – mais le cancer est le super-régime amaigrissant de choc et, le jour de leur conversation, il devait peser en kilos la moitié de son âge, soit quatre-vingt-onze ans. Son esprit toutefois était toujours aussi affûté et, assis là sur l'abattant des W.-C. à écouter la tempête mourir au-dehors, Dan se souvint du sourire chafouin du vieil homme.

« En général, lui avait répondu Kemmer avec son fort accent allemand, on me paye pour mes diagnostics, Daniel. »

Dan avait souri de même. « Pas de chance, alors. Tant pis pour moi.

— Peut-être pas. » Kemmer l'avait dévisagé. Il avait des yeux bleus perçants. Dan avait beau savoir que c'était affreusement injuste, il ne pouvait s'empêcher d'imaginer ces yeux-là sous la visière d'un casque noir de la *Waffen-SS*. « Une rumeur circule dans ce mouroir comme quoi vous êtes un jeune homme doué du talent d'aider les gens à passer de l'autre côté. Est-ce vrai ?

— Quelquefois, avait répondu Dan prudemment. Pas toujours. » La vérité, c'était : *presque* toujours.

« Lorsque mon heure viendra, m'aiderez-vous ?

— Si je le peux, bien sûr.

— Bien. » Kemmer s'était redressé contre son oreiller, entreprise douloureusement laborieuse, mais lorsque Dan s'était avancé pour l'aider, le vieil homme l'avait écarté d'un geste. « Ce que vous appelez "rêve double" est un phénomène bien connu des psychiatres et qui intéresse particulièrement les jungiens qui l'appellent *faux réveil*. Le premier rêve est généralement un rêve lucide, ce qui signifie que le rêveur est conscient qu'il rêve…

— Oui ! s'écria Dan. Mais dans le deuxième…

— Le rêveur *croit* qu'il est réveillé, enchaîna Kemmer. Jung en faisait le plus grand cas, attribuant même à ces rêves des pouvoirs de précognition. Mais bien sûr, nous ne sommes pas si naïfs, n'est-ce pas, Dan ?

— Bien sûr, était convenu Dan.

— Le poète Edgar Allan Poe avait déjà décrit le phénomène du faux réveil longtemps avant la naissance de Jung. Il a écrit : "Tout ce que nous voyons ou renvoyons n'est qu'un rêve dans un rêve." Ai-je répondu à votre question ?

— Je crois, oui. Merci.

— Tout le plaisir est pour moi. Je crois que je prendrais bien un peu de jus de fruits, à présent. Pomme, je vous prie. »

14

Des pouvoirs de précognition... mais bien sûr, nous ne sommes pas si naïfs.

Dan ne s'était jamais vanté d'avoir le Don, mais de toute façon, il ne se serait jamais permis de contredire un mourant… surtout un mourant avec un regard bleu si froidement inquisiteur. La vérité, pourtant, c'était que l'un ou l'autre de ses rêves doubles était souvent prémonitoire, mais d'une façon qu'il ne comprenait jamais qu'à moitié ou ne comprenait pas du tout. Pourtant, là, assis en caleçon sur les W.-C., frissonnant à présent (et pas seulement parce que la chambre était froide), il comprit beaucoup plus de son rêve double qu'il n'aurait souhaité en comprendre.

Tommy était mort. Très certainement assassiné par son oncle tortionnaire. Sa mère s'était suicidée peu après. Quant au reste du rêve… et au chapeau fantôme qu'il avait vu rouler sur le trottoir…

Ne t'approche pas de la femme au chapeau. C'est la Reine-Salope du Château-l'Enfer.

« Je m'en fous », dit Dan.

Si tu la cherches, elle te bouffera vivant.

Il n'avait aucune intention de chercher cette femme, encore moins de la trouver. Quant à Deenie, il n'était responsable ni de la violence de son frère, ni de sa négligence envers son fils. Il n'avait même plus à se coltiner sa culpabilité pour ses misérables soixante-dix dollars ; elle avait revendu la coke – il était sûr que cette partie-là du rêve était vraie – donc ils étaient quittes. Plus que quittes, même.

Ce dont il se foutait pas, en revanche, c'était de se trouver à boire. De se soûler, plus exactement. Se fraca-bourrer-défoncer. À plus pouvoir mettre un pied devant l'autre, à plus savoir où il habitait. La chaleur du soleil le matin, c'était bien, et la sensation agréable de muscles endoloris par le labeur, et se réveiller sans gueule de bois, tout ça c'était très bien, mais le prix à payer – tous ces rêves et visions insensés, sans compter les pensées importunes d'inconnus croisés dans la rue qui trouvaient le moyen de forcer ses défenses mentales –, non, le prix à payer était trop élevé.

Trop dur à supporter.

15

Assis sur la seule chaise de sa chambre, il lut à la lumière de la seule lampe de la chambre jusqu'à ce que les deux églises de la ville dotées d'un clocher sonnent sept heures. Alors, il chaussa ses bottes neuves (neuves pour lui, en tout cas), enfila son duffle-coat et sortit dans un monde métamorphosé et adouci. Plus aucune arête saillante nulle part. La neige tombait toujours, mais avec douceur maintenant.

Je devrais me tirer d'ici. Retourner en Floride. Merde au New Hampshire, où je parie qu'il neige le 4 juillet les années impaires.

La voix de Hallorann lui répondit, aussi bienveillante que dans ses souvenirs d'enfance, du temps où Dan était Danny, mais il y sentit néanmoins affleurer la dureté de l'acier : *Tu ferais mieux de te poser quelque part, petit, sans quoi tu seras plus capable de te poser nulle part.*

« Va te faire foutre, vieux débris », marmonna-t-il.

Il retourna au Red Apple, parce que c'était le seul magasin ouvert à cette heure (les débits de vins et spiritueux n'ouvriraient pas avant une demi-heure), et il déambula lentement entre la vitrine réfrigérée des vins et celle de la bière, ne parvenant pas à se décider. Il finit par conclure que, s'il devait se soûler, autant faire les choses en grand. Il attrapa deux bouteilles de Thunderbird (18 degrés, bon chiffre quand le whisky est temporairement inaccessible), remonta l'allée jusqu'à la caisse et s'arrêta.

Attends encore un jour. Donne-toi encore une chance.

Oui, il pouvait faire ça, mais à quoi bon ? Pour se réveiller encore avec Tommy dans son lit ? Tommy avec la moitié du crâne enfoncée ? À moins que la prochaine fois, ça ne soit Deenie, qui était restée noyée dans sa baignoire pendant deux jours avant que le syndic de l'immeuble, las de cogner à la porte, utilise son passe et la trouve. Il ne pouvait pas savoir ça ; si Emil Kemmer avait été là, il l'aurait reconnu sans hésiter, et pourtant il savait. Oui, il savait. Alors, à quoi bon ?

Peut-être que cet épisode d'hyper-perception va passer. Peut-être que c'est juste une phase, l'équivalent psychique du delirium tremens. *Peut-être que si je me donne encore un peu de temps…*

Mais le temps varie. Ça, c'est une chose que seuls comprennent les alcooliques et les junkies. Quand t'arrives plus à dormir, quand t'as peur de regarder autour de toi par crainte de ce que tu risques de voir, alors le temps se dilate et il lui pousse des dents affilées comme des rasoirs.

« Je peux vous aider ? » lui demanda le vendeur. Et Dan sut

(*saloperie de Don saloperie de truc*)

que le vendeur n'était pas rassuré. Compréhensible, non ? Avec sa tête hirsute, ses cercles noirs autour des yeux et ses gestes hésitants et nerveux, l'autre devait le prendre pour un accro à la méth en train de décider si oui ou non il allait sortir son fidèle calibre du samedi soir pour exiger le contenu de la caisse.

« Non, répondit Dan. Je viens de m'apercevoir que j'ai laissé mon portefeuille à la maison. »

Il alla remettre les bouteilles vertes dans la vitrine réfrigérée. Alors qu'il la refermait, il les entendit lui susurrer gentiment, comme un copain parle à un copain : *À bientôt, Danny.*

16

Billy Freeman l'attendait, emmitouflé jusqu'aux sourcils. Il lui tendit un vieux bonnet de ski à pompon avec ANNISTON CYCLONES brodé sur le devant.

« C'est quoi, ces Cyclones d'Anniston ? demanda Dan.

— Anniston est à trente bornes au nord. Question football, basket-ball et base-ball, ce sont nos rivaux de toujours. Si quelqu'un te voit avec ce bonnet sur la tête, t'es bon pour te prendre une boule de neige en pleine poire, mais désolé, c'est le seul que j'aie. »

Dan coiffa le bonnet. « Eh ben, allez les Cyclones.

— C'est ça, et haut les cœurs. » Billy le regarda plus attentivement. « Ça va, Danno ?

— J'ai pas beaucoup dormi, cette nuit.

— Je comprends ça. Foutu vent, qu'est-ce qu'il a gueulé, hein ? On aurait dit mon ex-femme, quand j'essayais de la convaincre qu'un peu d'exercice le samedi soir nous ferait du bien. Prêt à attaquer ?

— Aussi prêt qu'on peut l'être.

— Bon. Alors en piste. On ne va pas chômer aujourd'hui. »

17

Sûr, c'était pas un jour à chômer mais, dès midi, le soleil était revenu et la température était remontée au-dessus des 10 degrés. À mesure que la neige fondait, Teenytown résonnait du tintement de myriades de petites cascades. Le moral de Dan remontait avec la température et il se surprit même à chanter (« *Young man ! I was once in your shoes*[1] *!* ») tout en faisant aller et venir sa souffleuse à neige dans le périmètre du petit centre commercial adjacent au jardin public. Au-

1. Paroles de la chanson *Y.M.C.A.* des Village People.

dessus de sa tête, une bannière annonçant SUPER SOLDES DE PRINTEMPS À PRIX TEENYTOWN ! claquait dans une brise légère qui n'avait plus rien de commun avec le vent furieux de la nuit précédente.

Et il n'avait plus de visions.

Après le boulot, il emmena Billy au Chuck Wagon et commanda deux repas complets avec steaks. Billy proposa de payer la bière, mais Dan secoua la tête. « J'évite l'alcool en ce moment. Parce que, si je commence, je suis pas sûr de savoir où m'arrêter.

— Tu pourrais en toucher deux mots à Kingsley, lui dit Billy. L'alcool lui a valu un divorce il y a quinze ans. Il est nickel maintenant, mais sa fille refuse encore de lui parler. »

Ils burent donc du café en mangeant. Beaucoup de café.

Dan regagna sa chambre au deuxième étage d'Eliot Street, fatigué, le ventre plein de bonne bouffe chaude, et heureux d'être sobre. Il n'avait pas la télé dans sa chambre mais il lui restait la deuxième moitié de son livre de Sandford à terminer, et il s'y plongea pendant deux bonnes heures. Il gardait l'oreille aux aguets, guettant la reprise du vent, mais le vent ne se leva pas. Dan avait dans l'idée que la tempête de la nuit précédente était le dernier coup de sang de l'hiver. Ça lui convenait. Il se coucha à dix heures et s'endormit presque aussitôt. Sa visite matinale au Red Apple lui paraissait bien floue désormais, comme s'il y était allé sous l'emprise d'une fièvre délirante et que cette fièvre était maintenant passée.

18

Il s'éveilla au petit matin, pas parce que le vent soufflait mais parce qu'il avait envie de pisser comme un cheval dopé. Il se leva, se traîna jusqu'à la salle de bains et alluma la lumière près de la porte.

Le chapeau haut de forme était dans la baignoire et il était plein de sang.

« Non, dit-il. C'est un rêve. »

Un rêve double, peut-être. Ou triple. Ou même quadruple. Il y avait une chose qu'il n'avait pas dite à Emil Kemmer : qu'il redoutait de se perdre dans un labyrinthe de vies nocturnes fantômes et d'être incapable de retrouver la sortie.

Tout ce que nous voyons ou renvoyons n'est qu'un rêve dans un rêve.

Sauf que cette vision était réelle. Le chapeau aussi. Personne d'autre ne l'aurait vu, mais ça ne changeait rien. Le chapeau était réel. Il se trouvait quelque part dans le monde. Dan le savait.

Du coin de l'œil, il aperçut quelque chose d'écrit sur le miroir au-dessus du lavabo. Écrit au rouge à lèvres.

Je ne dois pas regarder.

Trop tard. Sa tête avait pivoté ; il entendit les tendons grincer dans son cou comme de vieux gonds rouillés. Et après ? Quelle importance ? Il savait ce que c'était. Mrs. Massey avait disparu, Horace Derwent avait disparu, solidement bouclés dans les coffres-forts qu'il gardait rangés tout au fond de son esprit, mais l'Overlook n'en avait pas encore terminé avec lui. Sur le miroir, écrit non pas au rouge à lèvres mais avec du sang, il y avait ce seul mot :

TROMAL

Et en dessous, dans le lavabo, un petit T-shirt des Braves d'Atlanta maculé de sang.

Ça n'en finira jamais, pensa Danny. *L'Overlook a brûlé et ses fantômes les plus terribles sont enfermés dans des coffres-forts, mais je ne peux pas enfermer le Don parce qu'il n'est pas juste à l'intérieur de moi, il* est moi. *Sans alcool pour les anesthésier au moins un peu, ces visions continueront jusqu'à me rendre fou.*

Il voyait son reflet dans le miroir avec TROMAL flottant devant son visage, appliqué comme une marque au fer rouge sur son front. Ce n'était pas un rêve. Il y avait le T-shirt d'un enfant assassiné dans son lavabo et un chapeau rempli de sang dans sa baignoire. La folie guettait. Il pouvait la voir approcher dans ses grands yeux exorbités.

Et puis, comme le faisceau d'une torche dans le noir, la voix de Dick Hallorann : *Fils, tu vois peut-être des choses, mais c'est comme les images dans un livre. Tu n'étais pas sans défense à l'Overlook quand tu étais petit et tu n'es pas sans défense aujourd'hui. Loin de là. Ferme les yeux, et quand tu les rouvriras, toutes ces horreurs auront disparu.*

Il ferma les yeux et attendit. Il essaya de compter les secondes mais ne put aller au-delà de quatorze avant que les nombres se perdent dans le tumulte rugissant de ses pensées. Il s'attendait presque à sentir des mains – peut-être celles de la femme au chapeau – se refermer autour de sa gorge. Mais il resta debout là. De toute façon il n'avait nulle part ailleurs où aller.

Rassemblant son courage, Dan ouvrit les yeux. La baignoire était vide. Le lavabo était vide. Il n'y avait rien d'écrit sur le miroir.

Mais ça reviendra. La prochaine fois, ça sera peut-être ses sandales – celles à semelles de liège. Ou alors je la verrai dans la baignoire. Pourquoi pas ? C'est bien là que j'ai vu Mrs. Massey, et elles sont toutes les deux mortes de la même façon. Sauf que je n'ai jamais volé l'argent de Mrs. Massey avant de me tirer.

« Je m'étais donné une journée, dit-il à la pièce vide. J'ai au moins fait ça. »

Oui, et même si ç'avait été une foutue journée de travail acharné, ç'avait aussi été une sacrée bonne journée, il aurait été le premier à l'admettre. Le problème, c'était pas les *journées*. Les nuits, par contre…

L'esprit est un tableau noir. L'alcool, la brosse à effacer.

19

Dan resta couché sans dormir jusqu'à six heures. Puis il s'habilla et reprit le chemin du Red Apple. Cette fois, il n'hésita pas, et au lieu de prendre deux bouteilles de Bird dans la vitrine réfrigérée des vins, il en sortit trois. C'était quoi, la formule consacrée ? « Défonce-toi ou casse-toi. » Le vendeur emballa les bouteilles sans faire de commentaires ; il avait l'habitude des acheteurs de vin matinaux. Dan rejoignit le jardin public, s'assit sur l'un des bancs de Teenytown, tira l'une des bouteilles du sac et la contempla tel

Hamlet le crâne de Yorick. À travers la paroi verte, le contenu ressemblait à de la mort-aux-rats plutôt qu'à du vin.

« Tu dis ça comme si c'était de la mauvaise médecine », dit Dan. Et il dévissa le bouchon.

Cette fois, ce fut sa mère qui lui parla. Wendy Torrance, qui avait fumé jusqu'à la toute dernière extrémité. Car si le suicide est la seule option, qu'au moins on puisse choisir son arme.

C'est comme ça que tu vas finir, Danny ? C'est à ça que tout aura servi ?

Il revissa le bouchon, le serra. Puis le redévissa. Cette fois, il l'ôta. Le vin avait une odeur aigre, l'odeur de la musique des juke-box, des bars crasseux et des querelles vaines suivies de bagarres à coups de poing sur des parkings. Au final, la vie était aussi stupide que ces bagarres. Le monde n'était pas un hospice à ciel ouvert, le monde était l'hôtel Overlook où la fête ne finissait jamais. Où les morts vivaient pour l'éternité. Dan porta la bouteille à ses lèvres.

Danny, est-ce pour ça que nous nous sommes battus si dur pour sortir de cet hôtel maudit ? Que nous nous sommes battus pour reconstruire notre vie ? Il n'y avait aucun reproche dans sa voix, seulement de la tristesse.

Danny revissa le bouchon. Puis le dévissa. Le revissa. Le dévissa.

Il pensa : *Si je bois, c'est l'Overlook qui gagne. Même s'il a brûlé de fond en comble quand la chaudière a explosé, c'est lui qui gagne. Et si je bois pas, je deviens fou.*

Il pensa : *Tout ce que nous voyons ou renvoyons n'est qu'un rêve dans un rêve.*

Il était encore là, à visser et dévisser le bouchon, quand Billy Freeman le trouva, Billy qui s'était réveillé de bonne heure, alarmé par la vague intuition que quelque chose clochait.

« T'as l'intention de boire ce truc, Dan, ou juste de continuer à le branler ?

— Le boire, sans doute. Je vois pas ce que je pourrais faire d'autre. »

Alors, Billy le lui dit.

20

Quand il arriva à huit heures et quart ce matin-là, Casey Kingsley ne fut pas entièrement surpris de voir sa nouvelle recrue assise devant la porte de son bureau. Pas plus qu'il ne fut surpris de voir la bouteille que Torrance avait dans les mains et dont il n'arrêtait pas de dévisser et revisser le capuchon : il avait cet air-là depuis le premier jour, ce regard fixe, perdu à une borne de distance, estampillé Vins et Spiritueux Kappy's Discount.

Billy Freeman avait moins le Don que Danny, largement moins, mais un poil plus qu'une simple étincelle. Ce fameux premier jour, tandis que Dan traversait la rue pour se rendre à l'hôtel de ville, il avait appelé Casey Kingsley depuis le dépôt communal pour lui dire qu'il y avait un jeune type qui cherchait du boulot. Il risquait de pas avoir grand-chose, question références, mais Billy pensait que c'était le type qu'il lui fallait pour l'aider jusqu'à Memorial Day. Kingsley, qui avait l'expérience des intuitions de Billy – toujours bonnes –, était tombé d'accord avec lui. *Je sais qu'il nous faut quelqu'un*, avait-il dit.

Billy alors lui avait sorti un truc curieux, mais Billy *était* un type curieux. Une fois, il y avait deux ans de ça, il avait appelé une ambulance cinq minutes *avant* qu'un petit mioche tombe de la balançoire et se fracture le crâne.

Il a plus besoin de nous que nous n'avons besoin de lui, avait dit Billy.

Et voilà que le gars était là, penché en avant, les épaules voûtées, comme s'il avait déjà embarqué dans son prochain bus ou sur son prochain tabouret de bar, et Kingsley flairait l'odeur de son vin à vingt pas dans le couloir. Il avait un flair de gourmet pour ces odeurs-là et savait mettre un nom sur chacune. Ça, c'était du Thunderbird, comme dans la vieille ballade de saloon : *What's the word ? Thunderbird ! What's the price ? Fifty twice*[1]. Mais quand le jeune gars leva la tête pour le regarder, Kingsley vit que ses yeux étaient vides de tout, sauf de désespoir.

« C'est Billy qui m'envoie. »

Kingsley ne dit rien. Il vit le gosse se rassembler, lutter. Ça se voyait dans ses yeux ; ça se voyait dans le pli tombant de sa bouche ; ça se voyait surtout dans sa façon de tenir la bouteille, avec détestation et adoration, avec envie et besoin aussi.

Enfin, Dan articula les mots qu'il avait fuis toute sa vie :

« J'ai besoin d'aide. »

1. « C'est quoi la marque ? Thunderbird ! C'est quoi le prix ? Deux fois cinquante ! »

Il passa son avant-bras sur ses yeux. Kingsley en profita pour se pencher en avant et saisir la bouteille. Le môme s'y cramponna un instant… puis lâcha prise.

« Tu es malade et fatigué, lui dit Kingsley. Je le vois bien. Mais es-tu malade et fatigué d'être malade et fatigué ? »

Dan leva les yeux pour le regarder et déglutit. Il lutta encore un peu, puis dit : « Vous ne pouvez pas savoir à quel point.

— Peut-être que si. » Kingsley sortit un trousseau de clés géant de son pantalon géant. Il en introduisit une dans la serrure de sa porte où on pouvait lire : SERVICES MUNICIPAUX DE LA VILLE DE FRAZIER sur le verre dépoli. « Entre. On va en parler. »

CHAPITRE 2

MAUVAIS CHIFFRES

1

Son arrière-petite-fille endormie sur les genoux, la vieille poétesse aux prénom italien et patronyme américain regardait la vidéo que l'époux de sa petite-fille avait tournée dans la salle d'accouchement, trois semaines plus tôt. La vidéo commençait par ce carton-titre : ABRA VIENT AU MONDE ! Ensuite les images étaient sautillantes et David avait évité (Dieu merci) de filmer les détails trop cliniques, mais Concetta Reynolds voyait bien les cheveux collés par la sueur sur le front de Lucia, et quand l'une des sages-femmes l'exhorta à *pousser*, elle l'entendit crier : « *C'est ce que je fais !* », et vit les gouttelettes de sang sur le drap bleu – pas beaucoup, mais assez pour en faire ce que la grand-mère de Chetta aurait appelé « un beau spectacle ». Mais pas en langue américaine, évidemment.

L'image tremblota quand le bébé apparut enfin dans le champ et Concetta sentit la chair de poule se propager le long de son dos et de ses bras en entendant Lucy crier : « *Elle n'a pas de visage !* »

Assis à côté de Lucy, David lâcha un petit rire. Car bien sûr Abra avait un visage, et très joli de surcroît. Chetta baissa les yeux vers le nourrisson comme pour s'en réassurer. Lorsqu'elle releva la tête, le nouveau-né venait d'être placé dans les bras de sa jeune mère. Quelque trente ou quarante secondes saccadées plus tard, un nouveau carton-titre apparut à l'écran : JOYEUSE VENUE AU MONDE, ABRA RAFAELLA STONE !

David appuya sur la touche STOP de la télécommande.

« Tu es l'une des très très rares personnes qui auront le droit de voir ça, annonça Lucy d'une voix péremptoire. C'est très gênant.

— C'est formidable, dit David. Et il y a une autre personne qui aura forcément le droit de le voir, c'est Abra. » Il jeta un coup d'œil à son épouse, assise à côté de lui sur le canapé. « Quand elle sera assez grande, et si elle veut le voir, bien sûr. » Il tapota la cuisse de Lucy, puis sourit à sa « belle-grand-mère », une femme pour laquelle il avait le plus grand respect mais pas la plus grande affection. « En attendant, la cassette va dans le coffre-fort rejoindre les polices d'assurance, les titres de propriété de la maison, et mes millions de dollars de la drogue. »

Concetta sourit pour signifier qu'elle avait compris la blague mais qu'elle ne la trouvait pas particulièrement drôle. Sur ses genoux, Abra continuait à dormir. Dans un certain sens, songea-t-elle, tous les bébés naissent coiffés, leurs minuscules visages drapés de mystère et de possibilités. Peut-être était-ce un sujet sur lequel écrire. Ou peut-être pas.

Concetta, arrivée en Amérique à l'âge de douze ans, parlait un anglais idiomatique parfait – sans surprise, puisqu'elle était diplômée de l'université Vassar et professeur (aujourd'hui émérite) d'anglais – mais dans sa tête vivaient encore toutes les superstitions et tous les contes des vieilles femmes de son pays. Parfois, ces dernières lui donnaient des ordres, et elles le faisaient toujours en italien. Chetta croyait que la plupart des artistes étaient des schizophrènes de haut niveau, et elle-même n'échappait pas à la règle. Elle savait qu'il est idiot d'être superstitieux ; mais elle crachait entre ses doigts si elle croisait un corbeau ou un chat noir.

Pour une bonne partie de sa propre schizophrénie, Chetta pouvait dire merci aux sœurs de la Miséricorde. Ces femmes croyaient en Dieu ; elles croyaient en la divinité de Jésus ; elles croyaient aussi qu'un miroir est une mare ensorcelante et qu'un enfant qui s'y contemplerait trop longtemps se couvrirait de verrues. Voilà quelles étaient les femmes qui avaient exercé la plus grande influence sur sa vie, entre l'âge de sept et douze ans. Elles se promenaient avec une règle sous la ceinture – pour frapper, non pour mesurer – et ne pouvaient voir une oreille d'enfant sans avoir envie de la tordre en passant.

Lucy tendit les bras pour reprendre sa fille. Chetta la lui remit à contrecœur. Le bébé faisait un petit ballot si doux.

2

À trente kilomètres au sud-est de la ville où Abra sommeillait dans les bras de Concetta Reynolds, Dan Torrance assistait à une réunion des Alcooliques anonymes où il écoutait d'une oreille distraite une intervenante épiloguer sur « le sexe avec son ex ». Casey Kingsley lui avait enjoint d'assister à quatre-vingt-dix réunions en quatre-vingt-dix jours, et ce rendez-vous de midi au sous-sol de l'église méthodiste de Frazier était son huitième. Il était assis au premier rang parce que Casey – « le Gros Casey », pour les intimes des lieux – lui avait aussi enjoint de le faire.

« Ceux qui veulent guérir s'assoient devant, Danny. Dans les réunions des AA, on appelle le dernier rang "le Rang du Déni". »

Casey lui avait offert un petit calepin avec en couverture une photo de vagues océaniques se brisant sur un promontoire rocheux. Au-dessus figurait un slogan que Dan comprenait mais qui lui était assez indifférent : AUCUNE GRANDE CHOSE NE S'EST CRÉÉE EN UN INSTANT.

« Tu noteras dans ce calepin toutes les réunions auxquelles tu iras. Et chaque fois que je te le demanderai, tu auras intérêt à pouvoir me le sortir de ta poche pour prouver ta parfaite assiduité.

— J'ai pas le droit d'être malade un seul jour ? »

Casey s'était mis à rire. « T'es malade *tous* les jours, mon ami : t'es un alcoolo accro-du-goulot. Tu veux savoir un truc que me disait mon parrain ?

— Je crois que vous me l'avez déjà dit. On peut pas ravoir un cornichon frais après en avoir fait un cornichon au vinaigre.

— Fais pas le malin. Contente-toi d'écouter. »

Dan avait soupiré. « OK, j'écoute.

— Ramène ton cul à une réunion. Si tu perds ton cul en route, ramasse-le, fous-le dans un sac et ramène-le à la réunion.

— Charmant. Et si j'oublie tout simplement ? »

Casey avait haussé les épaules. « Dans ce cas, tu te trouves un autre parrain, un qui croit aux trous de mémoire. Moi, j'y crois pas. »

Dan – qui se sentait un peu comme un objet fragile qui aurait peu à peu glissé jusqu'au bord d'une très haute étagère et menacerait de tomber – ne voulait pas d'un autre parrain, ni d'aucun changement d'aucune sorte. Tout allait bien, même s'il se sentait vulnérable. Très vulnérable. Presque comme un homard sans carapace. Les visions qui l'avaient harcelé dans les premiers jours de son arrivée à Frazier avaient cessé. Il pensait encore souvent à Deenie et à son petit garçon, mais ces pensées étaient un peu moins lancinantes à présent. À la fin de presque toutes les réunions des AA, quelqu'un lisait les Promesses. L'une d'elles était *Nous ne regretterons pas plus le passé que nous ne voudrons l'oublier.* Dan pensait qu'il regretterait *toujours* le passé, mais il avait cessé de vouloir l'oublier. Pourquoi s'acharner, alors qu'il continuerait à faire irruption ? On pouvait bien lui fermer la porte au nez, elle se rouvrait, puisqu'elle n'avait ni verrou ni loquet.

Dan était en train de tracer un mot sur la page de la réunion du jour dans le petit calepin de Casey. Soigneusement, en grandes capitales, sans avoir la moindre idée de ce qui le poussait à le faire, ni de ce que cela signifiait, il écrivait le mot **ABRA**.

Pendant ce temps, l'intervenante était arrivée au bout de son témoignage et avait fondu en larmes, déclarant entre deux sanglots que même si son ex était minable et qu'elle l'aimait encore, elle était contente d'avoir renoncé à l'alcool et d'être sobre. Dan applaudit avec les autres Compagnons du Midi, puis il entreprit de colorier l'intérieur de chaque lettre avec son stylo. Leur donnant de l'épaisseur. Du relief.

Est-ce que je connais ce nom ? Je crois que oui.

Tandis que l'intervenant suivant prenait la parole et que lui-même en profitait pour aller remplir à nouveau son gobelet de café, ça lui revint. Abra était le nom d'un personnage dans un roman de John Steinbeck. *À l'est d'Eden.* Il l'avait lu… il ne se souvenait plus dans quelle ville. Une étape quelconque. Un quelque part quelconque. Peu importe.

Une autre pensée

(*l'as-tu gardé*)

monta comme une bulle dans son esprit et explosa en arrivant à la surface.

Gardé quoi ?

Frankie P., le doyen des Compagnons du Midi qui présidait la réunion, demanda si quelqu'un voulait se charger du Club des Jetons. Comme personne ne levait la main, Frankie tendit le doigt. « Hé, toi là-bas, planqué près du café ? »

Tout penaud, Dan s'avança, espérant qu'il saurait se souvenir de l'ordre d'attribution et de la couleur des jetons. Premier niveau – blanc pour les débutants –, c'était le sien. Alors qu'il prenait la boîte à gâteaux en fer cabossée contenant le fouillis de jetons et de médailles, cette pensée lui revint.

L'as-tu gardé ?

3

Le même jour, la tribu du Nœud Vrai, qui avait hiverné dans un camping KOA en Arizona, plia bagage et entama le sinueux périple du retour vers la côte Est. Les quatorze camping-cars formant leur convoi habituel, certains tractant des voitures individuelles, d'autres chargés de bicyclettes et de chaises longues arrimées à l'arrière, se dirigeaient vers Show Low par la route 77. Il y avait là des Southwind et des Winnebago, des Monaco et des Bounder. L'EarthCruiser de Rose – sept cent mille dollars d'acier sur roues importé, le plus luxueux poids-lourd tout-terrain aménagé qui se puisse acheter de nos jours – menait la parade. Mais lentement, sans jamais excéder la vitesse maximum autorisée.

Ils n'étaient pas pressés. Ils avaient tout leur temps. Les réjouissances n'étaient pas prévues avant plusieurs mois.

4

« L'as-tu gardée ? » demanda Concetta alors que Lucy déboutonnait son corsage pour donner le sein à Abra. Abby cligna des yeux, somnolente, fouit un peu le sein de sa mère et s'en désintéressa. *Quand tu auras des crevasses,* songea Chetta, *tu attendras qu'elle te le réclame pour le lui donner. Et en s'égosillant, encore.*

« Gardé quoi ? » questionna David.

Lucy avait compris. « Je suis tombée dans les pommes juste après qu'on me l'a mise dans les bras. Dave m'a dit que j'ai failli la lâcher. Je n'ai pas eu le temps, Momo.

— Ah ! cette peau de lait qu'elle avait sur la figure. » David avait dit ça d'un ton dédaigneux. « Ils l'ont déchirée et jetée. Et ils ont bien fait, si vous voulez mon avis. » Il souriait, mais ses yeux la mettaient au défi. *Vous n'aurez pas la puérilité de poursuivre sur ce terrain*, disaient-ils. *Vous êtes plus raisonnable que ça, alors laissez tomber.*

Elle l'était… et elle ne l'était pas. Était-elle aussi ambivalente dans sa jeunesse ? Elle ne s'en souvenait pas, alors qu'elle n'avait aucune difficulté à se rappeler tous les sermons sur les saints mystères et l'éternel châtiment de l'enfer administrés par les sœurs de la Miséricorde, ces *banditti* en robe noire. L'histoire de la fillette frappée de cécité pour avoir épié son frère nu dans le bain… celle de l'homme frappé de mort subite pour avoir blasphémé contre le pape…

Donnez-les-nous quand elles sont petites et peu importe le nombre de cours qu'elles auront donnés à l'université, le nombre de recueils de poésie qu'elles auront écrits, ou même que l'un de ces recueils ait remporté tous les prix les plus prestigieux. Donnez-les-nous quand elles sont petites… et elles seront à nous à jamais.

« Tu aurais dû garder la *cuffia della fortuna*. Elle porte bonheur. »

Chetta s'était adressée directement à sa petite-fille, excluant délibérément David. C'était un homme gentil, un bon mari pour sa Lucia, mais merde à son ton dédaigneux. Et double merde à la lueur de défi dans ses yeux.

« Si j'avais pu, je l'aurais fait, Momo. Et David ne savait pas. » Tout en reboutonnant son corsage…

Chetta se pencha pour effleurer du bout de son vieux doigt fripé la peau fine de la joue d'Abra. « On dit que les enfants nés coiffés ont le don de double vue.

— Ne me dites pas que vous croyez à ça ? demanda David. La coiffe n'est qu'un fragment de membrane fœtale. Ça… »

Il continua à discourir, mais Concetta ne l'écoutait pas. Abra avait ouvert les yeux. Ils recélaient tout un univers de poésie, des vers trop magnifiques pour être jamais écrits. Ou même conservés dans la mémoire.

« Peu importe », dit Concetta. Elle souleva le bébé et baisa son crâne tout doux, là où palpitait la fontanelle avec, si proche en dessous, la magie de l'esprit. « Ce qui est fait est fait. »

5

Une nuit, cinq mois environ après le presque-différend au sujet de la coiffe d'Abra, Lucy rêva que sa fille pleurait – pleurait comme si son cœur allait se briser. Dans son rêve, Abby ne se trouvait plus dans la chambre parentale de la maison de Richland Court mais quelque part au fond d'un long couloir. Lucy courait dans la direction des pleurs. Au début, des portes défilaient de chaque côté. Puis ce furent des sièges. Bleus, à dossier haut. Elle se trouvait dans un avion, ou peut-être un train Amtrak. Après avoir couru pendant des kilomètres, lui sembla-t-il, elle atteignit une porte de W.-C. Son bébé pleurait derrière cette porte. Non pas de faim, mais de frayeur. Peut-être même

(*Oh mon Dieu, oh Sainte Vierge*)

étaient-ce des cris de douleur.

Lucy était paniquée à l'idée que la porte soit verrouillée et qu'elle doive l'enfoncer – n'était-ce pas le genre de choses qui arrivent toujours dans les mauvais rêves ? – mais le bouton tourna et la porte s'ouvrit. En même temps, une autre terreur la frappa : et si Abra était dans la cuvette des W.-C. ? On lisait des histoires comme ça dans les journaux. Des bébés dans des toilettes, des bébés dans des poubelles. Et si elle était en train de se noyer dans une de ces horribles cuvettes métalliques qu'il y a dans les toilettes publiques, de l'eau bleue de désinfectant plein la bouche et le nez ?

Mais Abra était couchée par terre. Nue. Ses yeux noyés de larmes se fixèrent sur sa mère. Elle avait le chiffre 11 écrit sur la poitrine avec ce qui ressemblait à du sang.

6

David Stone rêvait qu'il courait vers les pleurs de sa fille, gravissant un escalator interminable qui lentement, mais inexorablement, roulait dans l'autre sens. Le pire, c'était que l'escalator se trouvait dans une galerie marchande et que cette galerie marchande était en feu. Il aurait dû suffoquer et être asphyxié longtemps avant d'arriver en haut, mais ce feu ne produisait pas de fumée, seulement un enfer de flammes. De même, il n'y avait aucun autre bruit que les pleurs d'Abra alors qu'il voyait des gens s'embraser comme des torches imbibées de kérosène. Lorsqu'il atteignit enfin le haut de l'escalier, il aperçut Abby gisant sur le sol comme un vulgaire détritus. Des hommes et des femmes couraient tout autour d'elle, sans lui prêter attention, et, malgré les flammes, personne n'essayait d'emprunter l'escalator qui pourtant descendait. Tous couraient simplement sans but, comme des fourmis dont la fourmilière vient d'être éventrée par un soc de charrue. Il vit une femme en talons aiguilles manquer de piétiner sa fille, ce qui, presque à coup sûr, l'aurait tuée.

Abra était nue. Elle avait le chiffre 175 écrit sur la poitrine.

7

Les Stone s'éveillèrent en même temps, convaincus tous deux que les pleurs qu'ils entendaient n'étaient qu'un écho de leurs rêves. Mais non, les pleurs provenaient bien de leur chambre. Couchée dans son berceau sous son mobile de Shrek, les yeux écarquillés et les joues rouges, ses petits poings boxant l'air, Abby braillait à se déchirer les poumons.

Lui changer sa couche ne la calma pas, le sein non plus, pas plus que d'innombrables allers-retours dans le couloir et une centaine de couplets de la comptine *Les roues du bus (tournent, tournent, tournent)*. En désespoir de cause – Abra était son premier enfant et elle ne savait plus à quel saint se vouer –, Lucy appela Concetta à Boston. Il était deux heures du matin, mais Momo répondit dès la deuxième sonnerie. Elle avait quatre-vingt-cinq ans et le sommeil aussi ténu que sa peau. Elle écouta les vagissements de son arrière-petite-fille plus attentivement que le compte rendu confus de Lucy sur les remèdes classiques qu'ils avaient essayés, puis elle posa les questions pertinentes : « A-t-elle de la fièvre ? Tire-t-elle sur l'une de ses oreilles ? Détend-elle les jambes comme si elle avait besoin de faire *cacca* ?

— Non, répondit Lucy. Rien de tout ça. Elle a un peu chaud à force de pleurer, mais je ne pense pas que ce soit de la fièvre. Momo, qu'est-ce que je dois faire ? »

Chetta, assise à son bureau, n'hésita pas. « Attends encore un quart d'heure. Si elle ne se calme toujours pas et ne veut pas le sein, emmène-la à l'hôpital.

— Où ça ? Brigham[1] ? » C'était le seul endroit auquel Lucy, perturbée et désorientée, pouvait penser. C'est là qu'elle avait accouché. « Mais c'est à plus de deux cents kilomètres !

— Non, non. Bridgton, dans le Maine, juste de l'autre côté de la frontière. C'est plus près que le CNH.

— Tu en es sûre ?

— Est-ce que je ne suis pas installée en ce moment même devant mon ordinateur ? »

Abra ne se calma pas. Ses pleurs étaient monotones, exaspérants, terrifiants. Quand, à quatre heures et quart, ses parents se présentèrent avec elle à l'hôpital de Bridgton, Abra Stone était toujours à plein volume. Généralement, les balades en voiture étaient plus efficaces qu'un somnifère, mais pas ce matin-là. David pensait à une rupture d'anévrisme et se disait qu'il était fou. Les bébés ne font pas d'attaque cérébrale… ou si ?

« Davey ? demanda Lucy d'une toute petite voix lorsqu'ils se garèrent devant le panneau ARRÊT URGENCES UNIQUEMENT. Les bébés ne font pas de crises cardiaques ni d'attaques cérébrales… ou si ?

— Non, je suis sûr que non. »

Mais il venait d'avoir une nouvelle idée. Et si leur fille avait avalé une épingle de nourrice qui lui avait transpercé la paroi abdominale ? *Je suis stupide, elle*

1. Le meilleur hôpital de Boston.

n'a jamais vu une épingle de nourrice de sa vie, nous lui mettons des changes complets.

Autre chose, alors. Une des pinces à cheveux de Lucy. Une punaise tombée dans son berceau. Peut-être même (mon Dieu, ce serait bien leur veine) un petit morceau de plastique cassé de Shrek, princesse Fiona ou Bourriquet. Sauf que le mobile était en mousse, non ?

Dans son désespoir, il était incapable de s'en souvenir.

« Davey ? À quoi penses-tu ?

— À rien. »

Le mobile était inoffensif. Il en était sûr.

Presque sûr.

Et Abra continuait à s'égosiller.

8

David espérait que l'interne de service donnerait un sédatif à sa fille, mais c'était contraire au protocole pour les nouveau-nés en l'absence de diagnostic, or Abra Rafaella Stone ne présentait les symptômes d'aucune maladie. Elle n'avait pas de fièvre, pas d'éruption cutanée, l'échographie avait exclu la sténose du pylore, et la radio, l'occlusion intestinale ou la présence de corps étrangers dans la gorge ou l'estomac. Son seul symptôme, c'était qu'elle refusait de la boucler. À cette heure matinale, un mardi, les Stone étaient les seuls patients des urgences et les trois infirmières de service se relayèrent pour tenter de la calmer. Mais rien n'y faisait.

« Est-ce que vous ne devriez pas lui donner quelque

chose à manger ? » demanda Lucy au médecin quand il revint. Les mots *Ringer's Lactate* lui trottaient dans la tête, un truc qu'elle avait entendu dans une des séries médicales qu'elle regardait depuis son béguin d'adolescente pour George Clooney. Mais pour ce qu'elle en savait, le Ringer's Lactate était une lotion pour les pieds, un anticoagulant ou un plâtre pour les ulcères à l'estomac. « Elle ne veut prendre ni le sein ni un biberon.

— Lorsqu'elle aura assez faim pour manger, elle mangera », répondit le médecin. Ce qui ne rassura ni Lucy ni David. D'abord, parce que le médecin avait l'air plus jeune qu'eux. Ensuite (c'était nettement pire), parce que lui-même n'avait pas l'air très sûr de ce qu'il avançait. « Avez-vous prévenu votre pédiatre ? » Il consultait le dossier d'Abra en parlant. « Le... Dr Dalton ?

— Nous avons laissé un message sur son répondeur, répondit David. Nous n'aurons sûrement pas de ses nouvelles avant le milieu de la matinée et, à ce moment-là, tout sera terminé. »

Dans un sens ou dans l'autre, songea-t-il. Et son esprit – rendu incontrôlable par le manque de sommeil et l'anxiété – lui présenta l'image, aussi nette qu'horrifique, d'une assemblée en deuil autour d'une petite tombe. Et d'un cercueil plus petit encore.

9

À sept heures trente, Chetta Reynolds surgit dans la salle d'examen où l'on avait relégué les Stone et leur fille inconsolable. La poétesse, que la rumeur disait en lice pour la médaille présidentielle de la Liberté, était vêtue d'un jean droit et d'un sweat-shirt de l'université de Boston troué au coude. Sa tenue ne faisait qu'accentuer la maigreur à laquelle ces trois ou quatre dernières années avaient réduit son corps. *Si c'est à ça que vous pensez, ce n'est pas le cancer*, disait-elle à quiconque abordait le sujet de sa minceur de mannequin qu'ordinairement elle dissimulait sous des robes à volants ou des caftans. *Je m'entraîne juste pour le dernier tour de piste.*

Ses cheveux hirsutes, d'habitude tressés ou ramassés en bandeaux compliqués destinés à mettre en valeur sa collection de pinces, peignes et barrettes anciennes, formaient un halo à la Einstein autour de sa tête. Elle n'était pas maquillée et ce fut un choc pour Lucy, malgré sa détresse, de voir à quel point Concetta paraissait vieille. Bon, évidemment, Concetta *était* vieille, quatre-vingt-cinq ans, c'est *très* vieux, mais jusqu'à ce matin-là, on lui aurait toujours donné soixante-cinq, soixante-dix ans au plus. « Je serais arrivée une heure plus tôt si j'avais pu trouver quelqu'un pour me garder Betty. » Betty était sa vieille chienne boxer malade.

Chetta surprit le reproche dans le regard de David.

« Betty est *mourante*, David. Et d'après ce que j'ai pu entendre au téléphone, je n'étais pas très, très inquiète pour Abra.

— Et maintenant, vous l'êtes ? » demanda David.

Lucy le fusilla du regard mais Chetta ne parut pas se formaliser de la condamnation implicite. « Oui, je le suis. » Elle tendit les bras. « Donne-la-moi, Lucy. Voyons si elle veut se calmer pour Momo. »

Mais Abra ne voulut pas se calmer pour Momo.

Celle-ci eut beau la bercer tant et plus. Lui chanter une berceuse avec une douceur et une justesse étonnantes (David crut reconnaître *Les Roues du bus* en italien). Tous s'essayèrent à nouveau à la promenade, d'abord dans l'espace confiné de la salle d'examen, puis s'aventurant dans le hall, pour revenir à leur point de départ. Les pleurs restaient intarissables. À un moment, un certain remue-ménage régna dans le hall – l'arrivée de quelqu'un présentant des blessures ouvertes, présuma David – mais les occupants de la salle d'examen n° 4 n'y prirent pas vraiment garde.

À neuf heures moins cinq, la porte de la salle d'examen s'ouvrit et le pédiatre d'Abra entra. John Dalton était un type que Dan Torrance aurait reconnu même s'il ignorait son nom de famille. Pour lui, c'était juste Dr John, le préposé au café lors des réunions des AA du jeudi soir à Conway.

« Dieu soit loué ! s'exclama Lucy en lui fourrant son enfant hurlant dans les bras. Ça fait des *heures* que nous sommes seuls et abandonnés à nous-mêmes !

— J'étais sur la route quand j'ai eu votre message. » Le Dr Dalton appuya Abra contre son épaule. « D'abord mes visites ici, puis à Castle Rock. Vous êtes au courant de ce qui vient d'arriver, n'est-ce pas ?

— Qu'est-il arrivé ? » s'enquit David. La porte étant restée ouverte, il était subitement conscient d'un certain tumulte au-dehors. Des gens parlaient fort. Quelqu'un pleurait. L'infirmière qui avait procédé à leur admission passa dans le couloir, le visage rouge et bouffi, les joues mouillées de larmes. Elle n'accorda pas un seul regard au bébé en pleurs.

« Un avion de ligne a heurté une tour du World Trade Center, dit Dalton. Et personne ne croit à un accident. »

C'était le vol n° 11 d'American Airlines. À 9 h 02, seize minutes plus tard, le vol n° 175 d'United Airlines heurtait la tour sud. À 9 h 03, Abra Stone cessait brusquement de pleurer. À 9 h 04, elle dormait à poings fermés.

Sur le trajet du retour à Anniston, pendant qu'Abra dormait paisiblement dans son siège-auto derrière eux, David et Lucy écoutèrent la radio. La nouvelle était insoutenable, mais ne pas écouter aurait été impensable… du moins jusqu'à ce que le présentateur donne le nom des compagnies aériennes et le numéro de vol des appareils : deux à New York, un à Washington, le troisième écrasé dans un champ de Pennsylvanie. Alors David tendit la main pour couper court au flot de désastres.

« Lucy, j'ai quelque chose à te dire. J'ai rêvé…

— Je sais. » Elle avait la voix atone de qui vient de subir un choc. « Moi aussi. »

Le temps qu'ils arrivent à la frontière du New Hampshire, David avait commencé à croire que cette histoire de coiffe n'était peut-être pas si absurde que ça.

10

Dans une ville du New Jersey située sur la rive ouest du fleuve Hudson, un parc porte le nom du plus célèbre habitant de cette ville. Par temps dégagé, ce parc offre une vue imprenable sur la partie sud de Manhattan. La tribu du Nœud Vrai arriva à Hoboken le 8 septembre et s'installa sur un terrain privé réservé pour dix jours à son intention. C'était Papa Skunk qui s'était chargé de la transaction. Papa Skunk était bel homme, sociable, physique avenant de quadragénaire, et son T-shirt favori proclamait JE SUIS VOTRE HOMME ! Mais il ne portait jamais de T-shirt quand il négociait pour les Vrais ; pour ces occasions, c'était strictement costume-cravate. C'est ça qu'attendaient les pecnos. Son nom courant était Henry Rothman. C'était un avocat issu de Stanford (classe 38) et il avait toujours du liquide sur lui. Les Vrais disposaient de plus d'un milliard de dollars sur divers comptes en banque dispersés à travers le monde – pour partie en or, pour partie en diamants, pour partie en livres rares, timbres de collection et tableaux de maîtres – mais jamais ils ne payaient par chèque ou carte bancaire. Tous, y compris Pois Sec et Graine à Canari, qui ressemblaient à des gosses, portaient sur eux en permanence une liasse de billets de dix et de vingt.

Comme Jimmy Zéro l'avait dit un jour, « Nous, on pratique la vente à enlever : les pecnos vendent, et nous on enlève. » Jimmy était le comptable des Vrais. En son temps, chez les pecnos, il avait fait route avec l'armée de tueurs du gang de Quantrill. À l'époque, c'était un garçon sauvage vêtu d'un manteau de bison et armé d'un fusil Sharp, mais dans les années intermédiaires il s'était adouci. Aujourd'hui, il avait une photo de Ronald Reagan encadrée et dédicacée dans son véhicule de loisirs.

Le matin du 11 Septembre, équipés de quatre paires de jumelles qu'ils se passaient de main en main, les Vrais assistèrent depuis leur terrain de stationnement aux attaques sur les Tours de Manhattan. Ils auraient bénéficié d'une meilleure vue depuis le parc Sinatra, mais Rose n'avait pas eu besoin de leur dire qu'un attroupement matinal n'aurait pas manqué d'attirer l'attention… et, dans les mois et les années à venir, l'Amérique allait devenir une nation très soupçonneuse : *si vous voyez quelque chose, dites quelque chose.*

Vers dix heures ce matin-là – des foules ayant envahi les berges et la prudence n'étant plus de mise –, ils se dirigèrent vers le parc. Les Petits Jumeaux, Pois Sec et Graine à Canari, poussaient Grand-Pa Flop dans son fauteuil roulant. Le Vieux portait sa casquette proclamant J'AI FAIT LA GUERRE. Ses longs cheveux blancs aussi fins que du duvet de bébé moussaient sous les bords de sa casquette comme de l'herbe aux perruches. Il fut un temps où il racontait aux gens qu'il avait fait la guerre hispano-américaine. Puis ç'avait été la Première Guerre mondiale. Aujourd'hui, c'était la Seconde Guerre mondiale. Encore une vingtaine d'années, et il changerait de disque pour raconter qu'il avait été au Vietnam. La vraisemblance n'avait jamais tourmenté le Vieux Flop : c'était un fan d'histoire militaire.

Dans le parc Sinatra bondé, la plupart des gens étaient silencieux, mais certains pleuraient. Flac Annie et Rude Beckie étaient d'un grand secours en la circonstance : toutes deux savaient pleurer sur commande. Les autres affichaient des mines de circonstance chagrinées, solennelles et effarées.

Globalement, les Vrais se fondaient dans la masse. C'était leur façon de rouler leur bosse.

Les spectateurs arrivaient et repartaient, mais les Vrais restèrent presque toute la journée, laquelle était claire et sans nuages (si l'on exceptait les épaisses volutes de poussière et de fumée qui s'élevaient de la pointe sud de Manhattan). En contemplation, appuyés à la rampe en fer, ils n'échangeaient aucune parole mais aspiraient de longues et profondes bouffées, tels des touristes du Midwest sur la côte du Maine, debout pour la première fois de leur vie sur la pointe Pemaquid ou le promontoire Quoddy, aspirant à pleins poumons de fraîches bouffées d'air océanique. En marque de respect, Rose avait ôté son gibus qu'elle tenait le long du corps.

À quatre heures de l'après-midi, la troupe regagna son terrain de stationnement, revigorée. Ils retourneraient au parc le lendemain, le surlendemain et encore le jour d'après. Ils y retourneraient jusqu'à ce que toute la bonne vapeur soit épuisée, et puis ils repartiraient.

Grand-Pa Flop aurait alors retrouvé sa chevelure gris acier et remisé son fauteuil roulant.

CHAPITRE 3

LA DANSE DES CUILLÈRES

1

N'ayant plus de bus à prendre pour se déplacer, Dan Torrance parcourait tous les jeudis soir les trente kilomètres séparant Frazier de North Conway. Il travaillait désormais à l'hospice Helen Rivington pour un salaire plus que correct, il avait récupéré son permis de conduire et s'était payé une petite voiture pour aller avec, rien de sensationnel, juste une Caprice vieille de trois ans avec des pneus noirs et une radio capricieuse, mais au moteur impeccable. Chaque fois qu'il la démarrait, il se sentait l'homme le plus chanceux du New Hampshire. S'il n'avait plus jamais à reprendre un bus de sa vie, il pensait qu'il pourrait mourir heureux.

On était en janvier 2004 et, mis à part quelques pensées et images parasites (et les missions exceptionnelles qu'il accomplissait parfois à l'hospice), le Don l'avait jusqu'à présent laissé tranquille. Son bénévolat à l'hospice, il l'aurait assuré de toute façon, mais depuis qu'il avait commencé à fréquenter les réunions des AA, il voyait cela comme une façon de réparer ses torts, ce qui, chez les AA, était considéré comme presque aussi important que de rester abstinent. S'il arrivait à ne pas reprendre sa tétine pendant encore trois mois, il pourrait bientôt fêter son troisième anniversaire de sobriété.

Conduire à nouveau figurait bien sûr au premier plan des méditations de gratitude quotidiennes auxquelles tenait tant Casey K. (car « un alcoolique reconnaissant ne se soûle pas », affirmait-il avec l'assurance austère des vieux de la vieille du Programme), mais Dan se rendait surtout à ces réunions du jeudi soir parce qu'elles étaient apaisantes. Intimes, vraiment. Certaines des réunions « ouvertes » de la région attiraient tellement de monde qu'on s'y sentait mal à l'aise, mais ce n'était jamais le cas le jeudi soir à Conway. Un vieux dicton des AA disait *Si tu veux dissimuler quelque chose à un alcoolique, planque-le dans le* Grand Livre, et à voir l'affluence aux réunions du jeudi soir à North Conway, il devait y avoir une part de vérité là-dedans. Même au pic de la saison touristique – entre le 4 juillet et Labor Day – il était rare de trouver plus d'une dizaine de personnes réunies dans la salle des Amvets[1] quand le coup de maillet annonçait l'ouverture de la séance. De sorte que Dan y avait entendu des choses dont il soupçonnait qu'elles n'auraient jamais été dites à haute voix dans des réunions qui attiraient entre cinquante et soixante-dix alcooliques et drogués abstinents. Dans celles-là, les intervenants avaient tendance à se réfugier derrière

1. *American Veterans* : anciens combattants américains.

des platitudes (lesquelles se comptaient par centaines) et à éviter tout sujet personnel. On y entendait des trucs comme *La sérénité paie* et *Je te laisse faire l'inventaire de mes torts si tu veux les réparer*, mais jamais *J'ai couché avec la femme de mon frère un soir où on était bourrés tous les deux*.

Aux réunions du jeudi soir, intitulées « Étudions la sobriété », on lisait en petit comité, et de A jusqu'à Z, le gros manuel bleu de Bill Wilson. On reprenait à chaque séance là où on en était resté la fois précédente. Et quand on arrivait à la fin du livre, on recommençait au début, à partir de « L'opinion d'un médecin ». La plupart des lectures couvraient une dizaine de pages. Ce qui prenait environ une demi-heure. La seconde demi-heure était consacrée à discuter des points évoqués dans le passage qui venait d'être lu. Toutefois, il n'était pas rare que, telle une goutte indisciplinée cavalant sur une planchette de ouija sous les doigts d'adolescents névrosés, la discussion bifurque dans d'autres directions.

Dan se souvenait d'une réunion en particulier, à l'époque où il était abstinent depuis huit mois. Le chapitre du jour, « Aux épouses », était bourré d'affirmations obsolètes qui soulevaient invariablement une riposte enflammée de la part des jeunes femmes du Programme. Elles voulaient savoir (à juste titre, selon Dan) pourquoi, en soixante-cinq ans et des poussières depuis la première publication du *Grand Livre*, personne n'avait pensé à rajouter un chapitre intitulé « Aux époux ».

Aussi, lorsque Gemma T. – une trentenaire dont les deux seuls réglages émotionnels semblaient être En Colère et Dans Une Rogne Noire – leva la main ce soir-là, Dan s'attendait à une tirade féministe. Au lieu de quoi, d'un ton nettement en dessous de son volume habituel, Gemma avait dit : « J'ai besoin de partager un secret. Je le garde en moi depuis l'âge de dix-sept ans, mais si je ne m'en libère pas, jamais je pourrai arrêter le vin et la drogue. »

Le groupe attendit.

« J'ai renversé un homme avec ma voiture un soir que je rentrais bourrée d'une fête, continua Gemma. Ça s'est passé à Somerville. Je me suis pas arrêtée, je l'ai laissé là, au bord de la route, je sais même pas s'il était mort ou vivant. J'ai attendu que les flics viennent m'arrêter, mais ils sont jamais venus. Je m'en suis tirée comme ça. »

Elle avait ri à ces mots comme on rit d'une blague particulièrement bonne puis, posant sa tête sur la table, elle avait éclaté en sanglots si profonds que tout son corps filiforme en avait été secoué. Dan aussi avait été secoué. C'était sa première expérience de ce que peut avoir d'effrayant le principe « l'honnêteté dans toutes nos affaires » lorsqu'il est appliqué à la lettre. Il avait repensé, comme il le faisait encore assez souvent, au jour où il avait vidé le porte-monnaie de Deenie et où le petit Tommy avait essayé d'attraper la cocaïne sur la table. Le cran de Gemma l'impressionnait, mais il savait que ce genre d'honnêteté crue n'était pas faite pour lui. S'il devait choisir entre raconter son histoire ou s'envoyer un verre…

Je m'enverrais un verre. Sans hésiter.

2

Ce soir-là, on en était à « Un clochard fanfaron », l'une des histoires de la troisième partie du *Grand Livre* joyeusement intitulée « Ils ont presque tout perdu ». L'histoire suivait une trame qui commençait à devenir familière à Dan : bonne famille, messe le dimanche, premier verre, première cuite, réussite professionnelle sapée par l'alcool, escalade des mensonges, première arrestation, promesses de s'amender non tenues, cure de désintoxication, et fin heureuse. Toutes les histoires finissaient bien dans le *Grand Livre*. Ça faisait partie de son charme.

Il faisait froid dehors, mais dans la pièce quasi surchauffée Dan commençait à somnoler quand Dr John leva la main et dit : « Je suis en train de mentir à ma femme à propos d'un truc et je sais pas comment faire pour arrêter. »

Dan se réveilla à ces mots. Il aimait beaucoup DJ.

Voici quelle était son histoire : sa femme lui avait offert une montre de prix pour Noël et quand, quelques jours plus tôt, elle lui avait demandé pourquoi il ne la portait pas, John avait répondu qu'il l'avait laissée à son cabinet.

« Or elle n'y est pas. J'ai regardé partout et je ne l'ai pas trouvée. Je fais beaucoup de visites dans les hôpitaux, et si je dois enfiler une blouse, j'utilise un vestiaire dans la salle de repos des médecins. Il y a des casiers à code, mais je m'en sers rarement car je n'ai jamais beaucoup d'argent liquide sur moi ni rien qui soit susceptible d'être volé. Sauf ma montre, je suppose. Je ne me souviens absolument pas de l'avoir enlevée et laissée dans un casier – ni à CNH ni à Bridgton – mais j'ai dû le faire. C'est pas sa valeur financière. C'est juste que ça fait remonter à la surface plein de vieux trucs du temps où j'étais bourré tous les soirs et où il me fallait ma dose de speed le lendemain matin pour redémarrer. »

Il y eut des hochements de tête, puis quelques voix s'élevèrent pour évoquer des histoires semblables de duplicité engendrée par la culpabilité. Personne ne donna de conseils : c'était considéré comme des « interférences » et sanctionné par des sourcils froncés. Chacun se contentait de raconter son histoire. John écouta, tête baissée, mains serrées entre les genoux. Lorsque le panier de la quête eut circulé (« Nous nous finançons par nos propres contributions »), il les remercia tous pour leur participation. À voir sa tête, Dan douta que ladite participation l'ait beaucoup aidé.

Après le Notre-Père, Dan rangea dans le placard marqué RÉSERVÉ AUX AA le reste des gâteaux et les exemplaires en lambeaux du *Grand Livre* que se partageait le groupe. Dehors, quelques personnes s'attardaient autour du cendrier – la réunion d'après la réunion, comme on dit – et John et lui étaient seuls dans la cuisine. Pendant la discussion, trop occupé par le débat intérieur qu'il poursuivait avec lui-même, Dan n'avait pas ouvert la bouche.

Si le Don s'était montré discret, cela ne voulait pas dire qu'il avait disparu. Dan savait au contraire, par ses missions volontaires à l'hospice, qu'il était plus fort à présent qu'il ne l'avait été depuis son enfance. Lui-même semblait disposer d'un degré de contrôle accru sur lui, ce qui le rendait beaucoup moins effrayant et beaucoup plus utile. Ses collègues du Helen Rivington savaient qu'il possédait *un don*, mais pour la plupart ils appelaient ça de l'*empathie* et n'allaient pas chercher plus loin. Tant mieux, car la dernière chose que Dan souhaitait, maintenant que sa vie avait commencé à s'apaiser, ç'aurait été de passer pour une espèce de médium de salon. Mieux valait garder les phénomènes étranges pour soi.

Mais Dr John était un chic type. Et sa souffrance était réelle.

DJ déposa l'urne à café à l'envers sur l'égouttoir à vaisselle, attrapa un bout d'essuie-tout suspendu à la poignée du four pour se sécher les mains, puis se tourna vers Dan, le visage tordu par un sourire qui paraissait aussi vivant que la cafetière que Dan avait remisée sur l'étagère, à côté de la boîte à gâteaux et du sucrier. « Bon, j'y vais. À la semaine prochaine. »

En fin de compte, la décision se prit d'elle-même : Dan ne pouvait tout bonnement pas laisser ce mec s'en aller comme ça. Il lui ouvrit les bras. « Abandonne-toi. »

La célèbre étreinte des AA. Dan en avait vu beaucoup mais n'en avait jamais donné une seule. Un instant, John parut perplexe puis il fit un pas en avant. *Il ne va sans doute rien se passer*, pensa Dan en l'attirant contre lui.

Mais il se passa quelque chose. Cela lui vint aussi vite que lorsque, petit garçon, Danny aidait parfois sa mère ou son père à retrouver des objets perdus.

« Écoute-moi, Doc, dit-il à John en le relâchant. Tu étais préoccupé par ton petit patient qui a une maladie de Goocher ou un truc comme ça. »

John se recula. « Qu'est-ce que tu racontes ?

— Je sais, j'emploie pas les bons mots. Maladie de Goocher ? Glutcher ? Une maladie des os. »

John en resta bouche bée. « Tu me parles de Norman Lloyd ?

— Si tu le dis.

— Normie a la maladie de Gaucher. C'est un désordre des lipides. Héréditaire et très rare. Qui entraîne un grossissement de la rate, des troubles neurologiques et généralement une mort prématurée, et peu enviable. Le pauvre gosse a pour ainsi dire un squelette de verre, et il mourra probablement avant l'âge de dix ans. Mais comment t'es au courant de ça ? Par ses parents ? Les Lloyd ne sont pourtant pas du coin, ils habitent à perpète, à Nashua.

— Ça te bouleversait de devoir lui parler – les enfants en phase terminale te rendent malade. C'est pour ça que tu t'es arrêté aux toilettes Tigrou pour te laver les mains alors qu'elles n'avaient aucun besoin d'être lavées. Tu as retiré ta montre et tu l'as posée en hauteur sur l'étagère où ils rangent ce désinfectant rouge foncé qui sent l'iode. Je sais pas le nom. »

John Dalton le regardait fixement comme s'il était devenu fou.

« Où est hospitalisé ce gosse ? demanda Dan.

— À Elliot. Le moment correspondrait à peu près, et je me suis effectivement arrêté aux toilettes à côté du poste des infirmières de pédiatrie pour me laver les mains. » Il se tut, sourcils froncés. « Et ouais, je crois bien qu'il y a des personnages de Winnie l'Ourson aux murs dans celles-là. Mais si j'avais retiré ma montre, je m'en souv… » Sa voix mourut.

« Tu t'en souviens », lui dit Dan. Et il sourit. « Tu t'en souviens maintenant, pas vrai ?

— J'ai vérifié aux objets trouvés à Elliot. Et à Bridgton et CNH, aussi. Rien.

— D'accord, peut-être que quelqu'un est passé par là, l'a vue et l'a volée. Dans ce cas, pas de bol pour toi… Mais au moins, tu peux expliquer à ta femme ce qui s'est passé. Et *pourquoi* ça s'est passé. Tu étais perturbé par le gosse, *obnubilé* par le gosse, et tu as oublié de remettre ta montre avant de sortir des toilettes. Aussi simple que ça. Et puis, sait-on jamais, elle y est peut-être encore. L'étagère est haute et personne se sert jamais de ce machin qui pue parce qu'il y a un distributeur de savon juste à côté du lavabo.

— C'est de la Bétadine, dit John. En hauteur pour que les gamins puissent pas l'attraper. J'avais jamais remarqué. Mais… Dan, es-tu *déjà* allé à Elliot ? »

Ce n'était pas une question à laquelle il avait envie de répondre. « Regarde juste sur l'étagère, Doc. Peut-être que t'auras de la chance. »

3

Le jeudi suivant, Dan arriva de bonne heure à la réunion « Étudions la sobriété ». Si Dr John avait décidé de foutre en l'air son ménage, et pourquoi pas sa carrière, pour avoir égaré une montre à sept cents dollars (les alcooliques ont l'habitude de foutre en l'air leur ménage et leur carrière pour bien moins que ça), quelqu'un devrait faire le café à sa place. Mais John était là. Et la montre aussi.

Cette fois, ce fut John qui prit l'initiative de l'étreinte.

Une étreinte extrêmement chaleureuse. Dan s'attendait presque à se voir claquer deux belles bises gauloises sur les joues avant que DJ ne le relâche.

« Elle était juste là où t'avais dit. Dix jours, et toujours là. C'est un vrai miracle.

— Mais non, lui dit Dan. La plupart des gens ne regardent pas au-dessus du niveau de leurs yeux. C'est prouvé.

— Comment le savais-tu ? »

Dan secoua la tête. « Je ne peux pas l'expliquer. Je le savais, c'est tout.

— Comment puis-je te remercier ? »

C'était la question que Dan attendait, et espérait. « En respectant la douzième étape, bêta. »

John D. haussa les sourcils.

« Anonymat. En une syllabe : chut. »

Comprenant soudain, John sourit. « D'accord, je peux faire ça.

— Bien. Prépare le café pour commencer. Moi, je sors les livres. »

4

Dans tous les groupes AA de la Nouvelle-Angleterre, on fête les anniversaires – de re-naissance – avec un gâteau et une fête après la réunion. Peu de temps avant que Dan ne fête son troisième anniversaire de sobriété, David Stone et l'arrière-grand-mère d'Abra vinrent trouver John Dalton – connu dans certains cercles comme Dr John ou DJ – pour l'inviter à un autre troisième anniversaire. Celui que les Stone organisaient pour Abra.

« C'est très aimable, dit John, et je serai plus que ravi de passer faire un tour, si je peux. Mais pourquoi ai-je l'impression qu'il y a un petit quelque chose de plus derrière cette invitation ?

— Parce que c'est le cas, confirma Chetta. Et Mr. Tête-de-Mule ici présent a enfin décidé que le moment était venu de vous en parler.

— Y a-t-il un problème avec Abra ? Auquel cas, dites-le-moi. D'après son dernier examen, elle est en parfaite santé. Fabuleusement intelligente. Aptitudes sociales épatantes. Capacités verbales prodigieuses. Lecture, idem. Elle m'a lu *Max et les Maximonstres* d'un bout à l'autre la dernière fois. Mémorisation automatique, sans doute, mais néanmoins remarquable pour une enfant qui n'a pas encore trois ans. Lucy sait-elle que vous êtes ici ?

— C'est elle qui s'est liguée avec Chetta pour me faire venir, répondit David. Elle est à la maison avec Abra, elles préparent des petits gâteaux pour l'anniversaire. Quand je suis parti, la cuisine était un vrai chantier.

— Alors, que dois-je comprendre ? Que vous m'invitez à son anniversaire en qualité d'observateur autorisé ?

— C'est cela, approuva Chetta. Aucun de nous ne peut affirmer avec certitude que quelque chose va se produire, mais il y a plus de risques quand elle est excitée, or elle est très excitée par son goûter d'anniversaire. Tous ses petits camarades de la crèche seront là et un clown va faire des tours de magie. »

John ouvrit un tiroir de son bureau et en sortit un bloc-notes. « À quel genre de chose vous attendez-vous ? »

David hésita. « C'est… difficile à dire. »

Chetta se retourna pour le regarder. « Allons, *caro mio*. Ce n'est plus le moment de tergiverser. »

Son ton était léger, presque gai, mais John Dalton lui trouvait l'air inquiet. Il leur trouvait à tous les deux l'air inquiet.

« Commence par la nuit où elle s'est mise à pleurer sans arrêt. »

5

David Stone, qui enseignait depuis dix ans l'histoire américaine et l'histoire européenne du XXe siècle à ses étudiants, savait comment organiser un récit pour que sa logique interne ne puisse passer inaperçue. Il commença donc par indiquer que le marathon de larmes de leur bébé s'était terminé presque immédiatement après que le deuxième avion avait percuté le World Trade Center. Puis il revint en arrière pour évoquer les rêves dans lesquels son épouse avait vu le numéro du vol American Airlines sur la poitrine d'Abra et lui celui du vol United Airlines.

« Dans son rêve, Lucy trouvait Abra dans les toilettes d'un avion de ligne. Moi, je la trouvais dans un centre commercial en feu. Je vous laisse tirer vos propres conclusions. Ou pas. Pour moi, ces numéros de vol imposent forcément une conclusion. Mais laquelle, je ne sais pas. » Il partit d'un petit rire sans humour, éleva deux mains impuissantes, les laissa retomber. « À moins que je ne craigne de le savoir. »

John Dalton n'avait pas oublié le matin du 11 Septembre – ni la crise de détresse ininterrompue d'Abra.

« Laissez-moi comprendre. Vous croyez que votre fille – qui n'avait que cinq mois à l'époque – a eu la prémonition de ces attaques et vous en a en quelque sorte avertis par télépathie.

— Oui, répondit Chetta. Exposé de façon concise, c'est ça. Bravo.

— Je sais que ça a l'air fou, dit David. C'est la raison pour laquelle Lucy et moi n'avons rien dit. Sauf à Chetta, bien sûr. Lucy lui a tout raconté le soir même. Lucy raconte tout à sa Momo. » Il soupira. Concetta le gratifia d'un regard froid.

« Vous-même n'avez fait aucun rêve similaire ? » la questionna John.

Elle secoua la tête. « J'étais à Boston. Hors de… je ne sais pas… son rayon de transmission ?

— Nous sommes presque à trois ans du 11 Septembre, reprit John. J'imagine que d'autres choses se sont produites depuis. »

Des tas d'autres choses s'étaient produites, et maintenant qu'il avait réussi à parler de la première (et de la plus incroyable) de toutes, Dave se découvrit capable d'aborder assez facilement les autres :

« Le piano. C'est ça qui est arrivé ensuite. Vous savez que Lucy joue du piano ? »

John fit non de la tête.

« Oui. Elle en joue depuis l'école primaire. Ce n'est pas une virtuose, mais elle se débrouille pas mal. Nous avons un Vogel que mes parents lui ont offert en cadeau de mariage. Il est dans le salon, où nous installions aussi le parc d'Abra. À Noël 2001, j'ai offert à Lucy un recueil des chansons des Beatles avec arrangements pour piano. Elle jouait pendant qu'Abra l'écoutait, allongée dans son parc. À voir comment elle souriait et donnait des coups de pied, on voyait bien que la musique lui plaisait. »

John n'avait aucun doute là-dessus. La plupart des bébés adorent la musique et ils ont leur façon bien à eux de vous le faire comprendre.

« Il y a tous les grands succès dans ce recueil : *Hey Jude*, *Lady Madonna*, *Let It Be*, mais la préférée d'Abra, c'était une moins connue, une chanson de face B, *Not a Second Time.* Vous la connaissez ?

— Non, pas de mémoire, dit John. Mais je la reconnaîtrais sûrement si je l'entendais.

— C'est un air entraînant, mais contrairement à la majorité des titres rapides des Beatles, il est construit autour d'un riff de piano, pas de guitare. Ce n'est pas un boogie-woogie, mais ça y ressemble. Abra l'adorait. Elle ne se contentait pas de donner des coups de pied quand Lucy le jouait, elle pédalait carrément. » Dave sourit au souvenir d'Abra dans sa barboteuse violette, ne sachant pas encore marcher mais dansant à l'horizontale dans son parc comme une reine du disco. « Le break instrumental, quasiment tout au piano, est d'une simplicité enfantine. La main gauche aligne juste les notes, vingt-neuf au total – je les ai comptées. Un enfant pourrait les jouer. Et notre enfant les a jouées. »

Les sourcils de John remontèrent presque jusqu'à la racine de ses cheveux.

« Ça a commencé au printemps 2002. Un soir, Lucy et moi lisions au lit, avec la télé allumée. C'était le moment du bulletin météo, qui tombe à peu près au milieu du journal de vingt-trois heures. Abra était dans sa chambre – dormant à poings fermés, pour ce qu'on en savait. Lucy m'a demandé d'éteindre la télé parce qu'elle voulait dormir. J'ai appuyé sur le bouton de la télécommande, et c'est là qu'on l'a entendu : le break instrumental de *Not a Second Time*. Les vingt-neuf notes. Parfaites. Pas une seule ne manquait, et ça venait du rez-de-chaussée.

« On a eu la frousse de notre vie, Doc. On a cru qu'un cambrioleur s'était introduit dans la maison, mais avez-vous déjà entendu parler d'un cambrioleur qui s'arrête pour jouer une chanson des Beatles avant de faire main basse sur l'argenterie ? Comme je n'ai pas d'arme à feu, et que mes cannes de golf étaient au garage, je me suis emparé du plus gros livre que j'avais sous la main et je suis descendu affronter l'intrus. Complètement stupide, je sais. J'avais dit à Lucy d'appeler le 911 seulement si elle m'entendait hurler. Mais il n'y avait personne, toutes les portes étaient verrouillées et le couvercle du piano fermé.

« Je suis remonté à l'étage, j'ai dit à Lucy que je n'avais rien vu, ni personne. Alors on a filé vers la chambre du bébé. Sans se consulter, on y est allés directement. Je pense qu'on savait que c'était Abra, mais aucun de nous deux ne voulait le dire tout haut. Abra était réveillée, tranquille dans son berceau, et elle nous regardait. Vous savez, cette façon qu'ont les bébés de vous fixer avec leurs petits yeux pleins de sagesse ? »

John savait. Les bébés vous raconteraient tous les secrets de l'univers, si seulement ils pouvaient parler. Et il arrivait au toubib de le croire, sauf que le bon Dieu s'était arrangé pour que, le temps qu'ils soient capables de dire autre chose que *gouh-gouh-gah-gah*, ils aient tout oublié, comme nous oublions nos rêves, même les plus lumineux, quelques heures à peine après le réveil.

« En nous voyant, elle a souri, elle a fermé les yeux et elle s'est endormie. Le lendemain, même chose, même heure. Encore ces vingt-neuf notes s'égrenant depuis le salon… puis le silence… et nous, fonçant vers sa chambre et la trouvant réveillée. Pas agitée, ni même en train de sucer son pouce, non, elle était juste là à nous regarder. Puis elle s'est endormie.

— Vous ne me racontez pas des blagues », dit John. Il ne leur posait pas vraiment la question, il s'assurait simplement qu'il avait bien compris. « C'est la vérité. »

David répondit sans sourire : « La vérité vraie. »

John se tourna vers Chetta. « Vous-même, avez-vous entendu cette musique ?

— Non. Mais laissez David finir…

— Nous avons passé deux ou trois soirs tranquilles et puis… vous nous avez bien dit que l'art d'être de bons parents commence par une bonne organisation ?

— Oui, certes. » C'était le credo que John Dalton inculquait à tous les jeunes parents. *Comment allez-vous faire face aux tétées nocturnes ?* Établissez un roulement. Pour qu'il y en ait toujours un de garde, et en forme. *Comment allez-vous assurer les bains, les repas, les changes, les temps de jeu, pour que votre enfant bénéficie d'une routine régulière, et donc rassurante ?* Faites un planning. Un tableau des tâches. *Saurez-vous quelle attitude adopter en cas d'urgence : de la chute du berceau à la crise d'étouffement ?* Si vous prévoyez bien tout, vous saurez, et dix-neuf fois sur vingt, tout se passera bien.

« C'est donc ce que nous avons fait. Les trois nuits suivantes, j'ai dormi sur le canapé en face du piano.

La troisième nuit, la musique s'est élevée alors que je m'installais sous mes couvertures. Le couvercle du Vogel était fermé, j'ai couru l'ouvrir. Les touches ne bougeaient pas. Ça ne m'a pas beaucoup surpris car je me rendais bien compte que la musique ne provenait pas du piano.

— Pardon ?

— Elle venait de… plus haut. Du dessus. Comme si elle prenait sa source dans l'air. À ce moment-là, Lucy se trouvait déjà dans la chambre d'Abra. Les autres fois, nous n'avions rien dit, nous étions trop soufflés. Mais cette fois-là, Lucy s'était préparée. Elle a demandé à Abra de rejouer l'air. Il y a eu un petit moment de silence… et puis elle l'a fait. Je me trouvais si près que j'aurais pu cueillir les notes à mesure qu'elles s'envolaient. »

Silence dans le cabinet du Dr Dalton. Il avait cessé d'écrire sur son bloc. Chetta le considérait gravement. Finalement, il demanda : « Le fait-elle toujours ?

— Non. Ce soir-là, Lucy l'a prise sur ses genoux et lui a expliqué qu'elle ne devait plus jouer de la musique le soir car cela nous empêchait de dormir. Et elle ne l'a plus fait. » Il se tut pour réfléchir un instant. « Plus *autant*, corrigea-t-il. Un soir, environ trois semaines plus tard, nous avons entendu à nouveau de la musique, mais très douce, et provenant de l'étage cette fois. De sa chambre.

— Elle jouait pour elle-même, expliqua Chetta. Elle s'était réveillée… et comme elle ne parvenait pas à se rendormir tout de suite… elle se jouait une petite berceuse. »

6

Un lundi après-midi, environ un an après la chute des Tours jumelles, Abra, qui marchait maintenant et dont quelques mots reconnaissables émergeaient de son babil quasi incessant, trottina en chancelant vers la porte d'entrée et là, se laissa tomber sur les fesses, sa poupée préférée sur les genoux.

« Kess tu fais, ma puce ? » lui demanda Lucy. Elle était au piano, en train de jouer un morceau de Scott Joplin.

« Papa ! claironna Abra.

— Chérie, Papa ne rentrera pas avant l'heure du dîner », lui dit Lucy. Mais un quart d'heure plus tard, l'Acura de David s'engageait dans l'allée et Dave en descendait en traînant son attaché-case derrière lui. Il y avait eu une rupture de canalisation d'eau dans le bâtiment où il donnait ses cours, lesquels avaient par conséquent été annulés.

« Lucy m'a raconté cet épisode, indiqua Concetta. Comme j'étais déjà au courant pour la crise de larmes du 11 Septembre et pour le piano fantôme, j'ai décidé de leur rendre une petite visite quelques jours plus tard. J'ai dit à Lucy de ne pas prévenir Abra. Mais Abra savait. Elle s'est plantée devant la porte dix minutes avant mon arrivée. Et quand Lucy lui a demandé qui allait venir, Abra lui a répondu sans hésiter : "Momo."

— Elle fait souvent ça, dit David. Pas systématiquement, mais si c'est quelqu'un qu'elle connaît et qu'elle aime bien… presque toujours. »

Au printemps 2003, Lucy avait surpris sa fille dans

leur chambre, cherchant à ouvrir le dernier tiroir de sa commode.

« Sou ! avait clamé Abra à sa mère. Sou, sou !

— Je ne comprends pas ce que tu veux dire, mon poussin, lui dit Lucy. Mais tu peux regarder dans le tiroir si tu veux. Il n'y a pas grand-chose dedans, tu sais, à part quelques vieux sous-vêtements et du maquillage dont je ne me sers plus. »

Mais visiblement, ce n'était pas le tiroir qui intéressait Abra ; elle ne regarda même pas à l'intérieur quand Lucy l'ouvrit pour lui montrer son contenu.

« Iè ! Sou ! » Et, prenant une forte inspiration : « Sou iè, Man ! »

Les parents ne deviennent jamais experts en Parler Bébé : ils n'en ont guère le temps. Mais certains arrivent à le maîtriser un tant soit peu et Lucy finit pas comprendre que ce qui intéressait sa fille ne se trouvait pas dans le tiroir mais *derrière*.

Curieuse, elle le retira complètement. Abra se jeta immédiatement dans l'ouverture. Lucy tendit aussitôt la main pour retenir sa fille par le dos de sa salopette et la manqua. Sans aller jusqu'à imaginer que le recoin était infesté d'araignées ou de souris, elle pensait qu'il devait être plein de poussière. Le temps qu'elle ait tiré la commode pour atteindre elle-même l'interstice, Abra était ressortie en brandissant un billet de vingt dollars qui avait glissé derrière. « Garde ! Garde ! dit-elle joyeusement. Sou ! *Moi* sou !

— Non-non-non, lui dit Lucy en retirant le billet de son petit poing fermé. Les sous ne sont pas à toi, les bébés n'ont pas besoin de sous. Mais tu as gagné une glace pour ta peine, tu l'as bien méritée.

— G'asse ! s'écria Abra. *Moi* g'asse ! »

« Racontez au Dr Dalton l'histoire de Mrs. Judkins, demanda David à Concetta. Puisque vous étiez là.

— Oui, j'y étais, confirma Chetta. C'était le week-end du 4 juillet suivant. »

Concetta était venue passer le week-end férié prolongé chez les Stone. Le dimanche, David était sorti acheter un flacon de Blue Rhino au 7-Eleven pour allumer le barbecue. Lucy et Chetta étaient à la cuisine et se relayaient régulièrement pour aller vérifier qu'Abra, qui jouait avec un jeu de construction dans le salon, n'avait pas décidé de mordiller le câble de la télé ou de grimper sur le mont Canapé. Mais Abra ne s'intéressait à rien de tout ça ; elle était trop occupée à construire ce qui ressemblait à un Stonehenge en blocs de plastique colorés.

Lucy et Chetta vidaient le lave-vaisselle quand Abra s'était mise à hurler.

« On aurait dit qu'elle agonisait, précisa Chetta. Vous savez à quel point les cris des petits peuvent être terrifiants, n'est-ce pas ? »

John hocha la tête. Il savait.

« À mon âge, la course n'est pas mon passe-temps favori, mais là, je peux vous dire que j'ai couru comme Wilma Rudolph. J'ai battu Lucy et je suis arrivée la première au salon. J'étais tellement persuadée que la petite était blessée que, l'espace d'un instant, j'ai réellement vu du sang. Mais elle n'était pas blessée. Du moins pas physiquement. Elle a couru vers moi et m'a étreint les jambes. Je l'ai prise dans mes bras. Lucy m'avait rejointe et à nous deux, nous avons réussi à la calmer un peu. "Wannie ! sanglotait-elle. Voir Wannie, Momo ! Wannie tomber !" J'ignorais qui était Wannie, mais Lucy le savait : Wanda Judkins, leur voisine d'en face.

— C'est sa voisine préférée, précisa David. Quand elle fait des cookies, elle en apporte toujours un à Abra avec son nom écrit dessus. Des fois en raisins secs, des fois en sucre glace. Mrs. Judkins est veuve. Elle vit seule.

— Nous avons donc traversé la rue, poursuivit Chetta. Moi en tête et Lucy derrière qui portait Abra. J'ai frappé. Personne n'a répondu. “Wannie dans salle manger ! disait Abra. Wannie a fait mal, Momo ! Wannie a fait mal, Mama ! Elle a tombé et y a du sang !”

« La porte n'était pas verrouillée. Nous sommes entrées. La première chose que j'ai sentie, c'était une odeur de cookies brûlés. Mrs. Judkins était étendue dans la salle à manger au pied d'un escabeau. Elle avait encore son torchon à la main et elle saignait, en effet, il y avait une petite flaque de sang autour de sa tête comme un halo. J'ai cru qu'elle était perdue – je ne la voyais pas respirer – mais Lucy a trouvé son pouls. Elle s'était fracturé le crâne dans sa chute. Elle a fait une petite hémorragie cérébrale, mais dès le lendemain, elle avait repris connaissance. Elle sera là pour l'anniversaire d'Abra. Vous pourrez la rencontrer, si vous venez. » Elle regarda le pédiatre d'Abra dans les yeux. « D'après le médecin des urgences, si elle n'avait pas été secourue dans les minutes qui ont suivi, ou bien elle serait morte, ou bien elle serait restée à l'état de légume… ce qui est bien pire que la mort, à mon humble avis. Dans tous les cas de figure, la petite lui a sauvé la vie. »

John jeta son stylo sur son bloc-notes. « J'en reste sans voix.

— Et ce n'est pas tout, dit Dave. Mais le reste est difficile à évaluer… Peut-être juste parce que Lucy et moi nous y sommes habitués, comme on s'habitue, je pense, à vivre avec un jeune enfant aveugle. Sauf qu'en l'occurrence, c'est quasiment l'inverse. Je crois que nous en avons été conscients avant même cette histoire du 11 Septembre. Je crois que nous avons su qu'elle avait quelque chose de *spécial* pratiquement depuis le jour où nous l'avons ramenée à la maison après sa naissance. C'est comme… »

Il exhala une longue bouffée d'air et leva les yeux vers le ciel, comme pour y trouver de l'inspiration. Concetta lui pressa le bras. « Continue. Il n'a pas encore appelé les hommes armés de filets à papillons… c'est encourageant.

— D'accord… C'est comme s'il y avait toujours un vent qui souffle dans la maison, sauf qu'on ne le sent pas vraiment et qu'on ne le voit pas non plus. J'ai toujours l'impression que les rideaux vont se mettre à onduler et que les tableaux vont se décrocher des murs et s'envoler… mais ça n'arrive jamais. D'autres phénomènes se produisent, pourtant. Deux ou trois fois par semaine – ou même par *jour* – le disjoncteur saute. Nous avons fait venir deux électriciens différents, ils ont vérifié l'installation et ont conclu que tout était impeccable. Certains matins, quand nous descendons au rez-de-chaussée, nous trouvons tous les coussins des chaises et du canapé par terre. Avant de la coucher, nous tenons à ce qu'Abra range ses jouets dans son coffre à jouets, et elle le fait volontiers quand elle n'est pas trop fatiguée ou énervée.

Mais parfois, le lendemain matin, nous retrouvons son coffre à jouets ouvert et certains de ses jouets par terre. Ses blocs de construction en général. C'est le jeu qu'elle préfère. »

Il se tut longuement, fixant d'un regard vide le tableau optométrique sur le mur d'en face. John pensait que Chetta allait l'encourager à poursuivre, mais elle aussi garda le silence.

« Voilà, conclut Dave. Tout ça est totalement étrange, j'en conviens, mais je vous jure que c'est réellement arrivé. Un soir, nous avons allumé la télé et il y avait *Les Simpson* sur toutes les chaînes. Abra riait comme si c'était la meilleure blague du monde. Lucy a failli se trouver mal. Elle lui a dit : "Abra Rafaella Stone, si c'est toi qui fais ça, arrête immédiatement !" Lucy prend rarement un ton sévère avec elle, et quand elle le fait, Abra se liquéfie. C'est ce qui s'est passé ce soir-là. J'ai éteint la télé, et quand je l'ai rallumée, tout était redevenu normal. Je pourrais vous donner encore une demi-douzaine d'exemples… de choses… de phénomènes… d'incidents… la plupart tellement infimes qu'on ne les remarque même pas. » Il haussa les épaules. « Comme je vous l'ai dit, on s'y habitue. »

John dit : « Je viendrai au goûter d'anniversaire. Après cet exposé, comment puis-je résister ?

— Il n'arrivera probablement rien, dit Dave. Vous connaissez la blague sur les robinets qui fuient et qui s'arrêtent dès que vous appelez le plombier ? »

Concetta émit un petit reniflement de mépris. « Si tu crois ça, mon cher, tu n'es pas au bout de tes surprises. » Puis, se tournant vers le Dr Dalton : « Il a fallu faire des pieds et des mains pour le traîner ici.

— Je vous en prie, Momo. » Le rouge lui était monté aux joues.

John soupira. Il avait déjà perçu l'antagonisme entre ces deux-là. Il en ignorait la cause – un genre de compétition pour l'affection de Lucy, peut-être – mais il ne tenait pas à le voir exploser au grand jour maintenant. Leur étrange mission avait temporairement fait d'eux des alliés et il entendait qu'il continue d'en être ainsi.

« Du calme. » Il était intervenu d'un ton suffisamment autoritaire pour qu'ils cessent de se regarder en chiens de faïence et, surpris, se tournent vers lui. « Je vous crois. Je n'ai encore jamais eu vent de ce genre de choses… »

Ah non ? Sa voix mourut tandis qu'il repensait à l'épisode de la montre perdue.

« Doc ? interrogea David.

— Excusez-moi. Crampe de cerveau. »

À ces mots, la grand-mère et le beau-petit-fils sourirent. Alliés de nouveau. Parfait.

« Bien. Rassurez-vous, personne ne va appeler les hommes en blouse blanche. Je vous considère l'un et l'autre comme des gens sains d'esprit… des gens *instruits*, peu enclins à l'hystérie ou aux hallucinations. Si un seul d'entre vous était venu me soutenir ce genre de choses… sur ces phénomènes paranormaux… j'aurais pu penser à une étrange forme du syndrome de Münchhausen… mais ce n'est pas le cas. Vous en avez été témoins tous les trois. Ce qui m'amène à cette question : qu'attendez-vous de moi ? »

Dave parut décontenancé, mais la vieille dame ne l'était pas. « Que vous veniez l'observer, comme vous observeriez n'importe quel enfant souffrant de… »

Le rouge, qui avait quitté les joues de David Stone, y reflua violemment. « Abra ne souffre de rien ! » s'insurgea-t-il.

La vieille dame se tourna vers lui. « Je le sais bien ! *Cristo !* Vas-tu me laisser finir ? »

Dave prit un air excédé et leva les mains en l'air. « Pardon, pardon, pardon.

— Ne me saute pas à la gorge comme ça, David. »

John intervint une nouvelle fois : « Si vous continuez à vous disputer, les enfants, je vais devoir vous envoyer en salle d'isolement. »

Concetta soupira. « Tout cela est très éprouvant. Pour nous tous. Je regrette, Davey, je n'ai pas employé le bon mot.

— C'est bon, *cara*. Pas de problème. Cette histoire est la nôtre. »

Elle eut un bref sourire. « Oui, oui, c'est exactement ça. Venez l'observer, docteur Dalton, comme vous observeriez n'importe quel enfant dont l'état n'a pas encore fait l'objet d'un diagnostic. C'est tout ce que nous pouvons vous demander. Pour le moment, c'est suffisant. Peut-être aurez-vous des idées. C'est ce que j'espère. Car voyez-vous… »

Elle se tourna vers David Stone avec une expression de détresse qui, de l'avis de John, devait rarement se peindre sur son visage énergique.

« Nous sommes inquiets, reprit Dave. Lucy, Chetta, moi… Plus qu'inquiets… Terrifiés. Pas *par* elle, *pour* elle. Elle est si petite, vous comprenez ? Qu'arrivera-t-il si ce pouvoir qu'elle a… je ne sais pas quel autre nom lui donner… ce *pouvoir* continue à se développer ? Que ferons-nous ? Elle pourrait… je ne sais pas…

— Il *sait*, poursuivit Chetta. Elle pourrait perdre le contrôle et se blesser, ou blesser quelqu'un. J'ignore quelle est la probabilité pour que cela arrive, mais la simple idée que cela puisse arriver… – elle posa sa main sur celle de John – … est terrifiante. »

7

À la seconde où il avait vu son vieil ami Tony lui faire signe depuis la fenêtre barricadée de l'hospice Helen Rivington, Dan Torrance avait su qu'il vivrait dans la chambre de la tourelle. Il en fit la demande à Mrs. Clausen, la directrice, environ six mois après y être entré comme aide-soignant, et docteur officieux en résidence. Avec son fidèle aide de camp Azzie, bien sûr.

« Cette pièce est remplie jusqu'à la gueule d'un bric-à-bac indescriptible », lui avait répondu Mrs. Clausen, sexagénaire à l'improbable chevelure rouge, dotée d'un esprit sarcastique et d'une langue bien pendue. Mais comme administratrice, c'était une femme aussi intelligente que bienveillante. Et une collectrice de fonds hors pair, ce qui, du point de vue du conseil d'administration du HRH, lui conférait encore plus de valeur. Dan n'était pas sûr de l'aimer particulièrement, mais il avait appris à la respecter.

« Je débarrasserai tout, assura-t-il. Sur mon temps libre. Ce serait nettement mieux que je sois ici à demeure, vous ne trouvez pas ? Constamment de garde ?

— Danny, dites-moi : comment vous débrouillez-vous pour être aussi bon dans ce que vous faites ?

— Je n'en sais trop rien. » C'était au moins une semi-vérité. Peut-être même un trois quarts de vérité. Dan vivait depuis toujours avec le Don et ne le comprenait toujours pas.

« Bric-à-brac mis à part, la tourelle est épouvantablement torride en été et assez glaciale l'hiver pour geler les couilles d'un singe de bronze.

— Ça peut être aisément rectifié, avait répondu Dan.

— Ne me parlez pas de votre *rectum*, s'il vous plaît. » Mrs. Clausen le toisait sévèrement par-dessus les verres en demi-lune de ses lunettes. « Si le conseil d'administration savait ce que je m'apprête à vous laisser faire, ils m'enverraient sans délai tresser des paniers en institution de vie assistée. Celle de Nashua, par exemple, avec ses murs roses et son Mantovani en fond sonore. » Elle lâcha un petit reniflement narquois. « Docteur Sleep, rien que ça.

— Ce n'est pas moi le docteur », répondit Dan sans se vexer. Il savait déjà qu'il obtiendrait gain de cause. « C'est Azzie. Moi, je ne suis que son assistant.

— Tu parles, Charles, *Dr* Azraël, c'est le *chat*. Un foutu chat de gouttière aux oreilles écornées qui a réussi il y a des années à s'introduire chez nous et à se faire adopter par des résidents qui ont depuis des lustres fait le Grand Plongeon. Tout ce qui l'intéresse, c'est son bol de croquettes deux fois par jour. »

Là, Dan n'avait rien répondu. C'était inutile, puisqu'ils savaient tous deux qu'il n'en était rien.

« Je vous croyais parfaitement bien installé dans Eliot Street. Pauline Robertson est convaincue que le soleil brille par le trou de votre cul. Je le sais parce que nous chantons ensemble dans la chorale de l'église.

— Quel est votre cantique préféré ? s'enquit Dan. Quel putain d'ami nous avons en Jésus-Christ ? »

Elle lui répondit de la grimace pincée qui, chez Rebecca Clausen, tenait lieu de sourire.

« Oh, très bien. Installez-vous donc dans cette pièce, si vous y tenez. Débarrassez le foutoir, faites-vous installer le câble si ça vous chante, le son en quadriphonie, un bar pour vos soirées. Qu'en ai-je à foutre, après tout ? Je ne suis que la chef, ici.

— Merci, Mrs. C.

— Ah ! et n'oubliez pas le radiateur électrique, hein ? Voyez si vous ne pouvez pas trouver dans un vide-grenier un truc avec un joli cordon usagé. Pour foutre le feu à toute la baraque par une froide nuit de février. Comme ça, ils pourront nous construire une troisième monstruosité de brique assortie aux deux avortons qui nous flanquent de chaque côté. »

Dan se leva et, portant le dos de sa main à son front, esquissa un approximatif salut militaire britannique.

« À vos ordres, Chef. »

Elle le chassa d'une main impatiente. « Foutez-moi le camp d'ici avant que je change d'avis, Doc. »

8

Dan installa effectivement un radiateur électrique, mais au cordon en parfait état, et du style qui s'éteint automatiquement quand il se renverse. Il ne fallait pas compter installer l'air conditionné dans la chambre du deuxième étage de la tourelle, mais deux ventilateurs de chez Wal-Mart judicieusement placés sur les appuis des fenêtres ouvertes produisaient un agréable courant d'air croisé. Les jours d'été y étaient néanmoins étouffants, mais Dan ne s'y trouvait jamais pendant la journée. Et dans le New Hampshire les nuits sont généralement fraîches en été.

La plupart du bric-à-brac entreposé là n'était que vieilleries bonnes à jeter, mais derrière une barricade branlante de vieux fauteuils roulants estropiés, il dégota un grand tableau noir d'école primaire qu'il conserva. Ce tableau lui était bien utile pour tenir la liste des patients de l'hospice. Il les inscrivait, avec leur numéro de chambre, et quand l'un d'eux les quittait, il effaçait son nom et ajoutait celui des nouveaux pensionnaires au fur et à mesure de leur arrivée. Au printemps 2004, trente-deux noms étaient inscrits sur le tableau. Dix à Rivington 1 et douze à Rivington 2, ainsi que l'on désignait les affreux bâtiments de brique qui flanquaient la demeure victorienne dans laquelle la célèbre Helen Rivington avait jadis vécu et écrit de palpitants romans à l'eau de rose sous le nom ronflant de Jeannette de Montparsse. Les autres patients étaient répartis sur les deux étages du corps principal, au-dessous de l'appartement exigu mais bien commode de Dan dans la tourelle.

Mrs. Rivington est-elle célèbre pour autre chose que pour avoir écrit de mauvais romans ? avait demandé Dan à Claudette Albertson peu de temps après avoir été embauché à l'hospice. Tous deux étaient dehors, dans la zone réservée aux fumeurs, en train de s'adonner à leur vilaine habitude. Claudette, une joviale infirmière afro-américaine à la carrure de footballeur de la FNL, avait renversé la tête en arrière dans un éclat de rire.

« Je veux, mon n'veu ! Pour avoir légué à la ville un max de blé ! Et cette bicoque, *natürlich*. Elle estimait que les vieilles gens doivent pouvoir disposer d'un endroit où mourir dans la dignité. »

Et c'était bien ce que la Maison Rivington rendait possible à la plupart d'entre eux. Dan – aidé d'Azzie – y contribuait désormais. Il pensait avoir trouvé sa vocation. Il était comme chez lui à l'hospice, à présent.

9

Le matin de l'anniversaire d'Abra, Dan se leva et vit tout de suite que tous les noms avaient été effacés sur son tableau noir. Un seul mot les remplaçait, écrit à la craie en grandes lettres fantaisistes :

hEll ☺

Assis en caleçon au bord de son lit, Dan resta longtemps à le regarder. Puis il se leva, posa une main dessus, brouillant légèrement les lettres, espérant recevoir un flash de clairvoyance. Même une minuscule étincelle. Quand enfin il retira sa main, essuyant la poussière de craie sur sa cuisse nue, il dit : « Hello, toi aussi… » Puis : « Est-ce que tu ne t'appellerais pas Abra, par hasard ? »

Rien. Il enfila son peignoir, prit sa serviette et son savon, et descendit au premier prendre sa douche dans le vestiaire du personnel. À son retour, il se saisit de la brosse qu'il avait trouvée avec le tableau et commença à effacer le mot. C'est alors qu'une pensée

(*papa dit qu'y aura des ballons*)

lui vint et il interrompit son geste, attendant la suite. Mais rien d'autre ne vint, il termina donc d'effacer le tableau et réécrivit les noms et les numéros de chambre, d'après le mémo de présence de ce lundi-là. Lorsqu'il remonta chez lui, à midi, il s'attendait presque à trouver le tableau encore effacé et les noms et les numéros remplacés par hEll ☺ , mais tout était tel qu'il l'avait laissé.

10

Le goûter d'anniversaire d'Abra se tenait dans le jardin des Stone, un joli terrain verdoyant planté de pommiers et de cornouillers en tout début de floraison. Le fond du jardin était fermé par une clôture grillagée et un portail dont la sécurité était renforcée par un cadenas. Cette clôture n'avait rien d'esthétique, mais Lucy et David n'en avaient cure, car de l'autre côté coulait la Saco River, déroulant ses méandres vers le sud-est et le Maine, après avoir traversé Frazier et North Conway. Les rivières et les petits enfants ne sont pas faits pour s'entendre, pensaient les Stone, surtout au printemps, quand la fonte des neiges grossit les eaux de la Saco River et les rend tumultueuses. Chaque année, l'hebdomadaire local rapportait au moins une noyade.

Ce jour-là, les enfants avaient largement de quoi s'occuper sur la pelouse. Le seul jeu organisé auquel on avait réussi à les faire participer était la danse du

Hokey Pokey, et voilà maintenant qu'ils galopaient en tous sens dans l'herbe (et se roulaient dessus aussi), grimpaient comme des singes sur le portique d'Abra, rampaient dans les tunnels de jeu que David et quelques autres papas avaient montés pour eux, et poursuivaient les ballons, tous jaunes (la couleur qu'Abra disait préférer), qui voltigeaient de tous côtés. Il y en avait pas loin d'une centaine, John Dalton pouvait l'attester. Il avait aidé Lucy et sa grand-mère à les gonfler. Pour une femme de son âge, Chetta avait un sacré coffre.

Il y avait neuf enfants en comptant Abra, et comme chacun était accompagné d'au moins un parent, il ne manquait pas d'adultes pour les surveiller. Des chaises longues avaient été disposées sur la terrasse, et, tandis que l'après-midi battait son plein, John en avait réquisitionné une près de Concetta, très chic en jean couture et sweat-shirt proclamant MEILLEURE ARRIÈRE-GRAND-MA DU MONDE. Elle était en train d'engloutir méthodiquement une part géante de gâteau d'anniversaire. John, qui avait accumulé quelques centimètres de ballast superflu au niveau de la taille au cours de l'hiver, se contentait d'une boule de glace à la fraise.

« Je me demande où vous le mettez, commenta-t-il en désignant du menton la part de gâteau disparaissant à vitesse grand V de l'assiette de sa voisine. Vous n'avez que la peau et les os. Une corde empaillée serait plus épaisse !

— Peut-être bien, mais je suis un Grandgousier, *caro mio.* » Elle jeta un coup d'œil aux enfants folâtrant dans l'herbe et poussa un profond soupir. « Je regrette que ma fille n'ait pas vécu pour voir ça. J'ai peu de regrets, mais celui-là, je l'ai. »

John décida de ne pas s'aventurer sur ce terrain. Il savait, par le bref historique familial figurant dans le dossier d'Abra, que la mère de Lucy s'était tuée dans un accident de voiture alors que sa fille était plus petite qu'Abra aujourd'hui.

Chetta n'attendit pas sa réponse pour changer elle-même de sujet : « Savez-vous ce que j'aime chez les enfants de cet âge ?

— Dites voir. » John les aimait à tous les âges… du moins jusqu'à leur quatorzième année. Quand ils atteignaient quatorze ans, leurs hormones s'emballaient et ils éprouvaient le besoin de se comporter comme des crétins pendant les cinq ans qui suivaient.

« Regardez-les, Johnny. On se croirait dans la version enfantine de la toile d'Edward Hicks, *Royaume pacifique* ! Nous en avons six blancs – évidemment, faut pas rêver, nous sommes dans le New Hampshire – mais nous en avons aussi deux noirs et cette splendide petite Coréenne-Américaine dont on se demande pourquoi elle n'est pas modèle dans le catalogue Hanna Andersson. Vous connaissez cette chanson de catéchisme qui dit "Rouges, jaunes, noirs ou blancs, ils sont tous précieux à Ses yeux" ? C'est exactement ce que nous avons sous nos propres yeux. Deux heures qu'ils sont ensemble, et il n'y a pas eu un seul geste agressif, pas un coup de poing, pas une bourrade. »

John – qui avait vu des tas de mouflets se donner des coups de pied, de poing, se pousser, se mordre, se gifler – lui répondit d'un sourire où le cynisme le disputait à la mélancolie. « Rien d'étonnant à cela, observa-t-il. Ils vont tous à *L'il Chums*[1], la crèche chic

1. « P'tits copains ».

et chère du coin. Où leurs parents paient le prix choc pour les faire garder. Ce qui veut dire que lesdits parents appartiennent au moins à la classe moyenne supérieure, qu'ils sont tous diplômés de l'université et pratiquent l'évangile du Conformisme de Bon Aloi. Ces gamins sont de purs animaux sociaux apprivoisés. »

John se tut car Chetta le regardait en fronçant les sourcils, mais il aurait pu continuer. Il aurait pu dire que jusqu'à l'âge de sept, huit ans – le prétendu âge de raison – la plupart des enfants sont des chambres d'écho émotionnel. S'ils sont élevés par des gens qui s'entendent bien et n'élèvent pas la voix, ils font de même. S'ils sont élevés par des mordeurs et des hurleurs… eh bien…

Vingt ans passés à soigner ces p'tits bouts (et à en élever deux à lui, maintenant partis dans des classes préparatoires d'un Conformisme de Bon Aloi) n'avaient pas anéanti les rêves romantiques qui avaient motivé sa décision de se spécialiser en pédiatrie, mais les avaient incontestablement modérés. Les enfants viennent peut-être au monde en charriant des nuées de gloire, ainsi que Wordsworth le poète l'a si hardiment proclamé, mais ils chient aussi dans leur culotte jusqu'à ce qu'ils apprennent à faire mieux.

11

Un carillon argentin – assez semblable au tintement de cloche d'un glacier ambulant – résonna dans l'air de l'après-midi. Les enfants se retournèrent comme un seul homme pour découvrir cette sympathique apparition : un jeune homme perché sur un tricycle rouge géant venait de débouler sur la pelouse des Stone. Il portait un comique costume de zazou surépaulé et des gants blancs. La fleur à sa boutonnière avait la taille d'une orchidée de serre. Tandis qu'il pédalait, son pantalon (trop large aussi) lui remontait au niveau des genoux. Des clochettes, qu'il faisait tinter du bout du doigt, étaient suspendues au guidon de son tricycle, lequel tanguait d'un côté à l'autre sans jamais se renverser tout à fait. Dépassant de son gros chapeau melon marron, une perruque bleue coiffait la tête de cet énergumène. David Stone le suivait, chargé d'une grosse valise dans une main et d'une table pliante dans l'autre. Il avait l'air bluffé.

« Approchez ! Approchez les petits éléphants ! s'écria le gars en tricycle. Le *spectacle* va *commencer* dans *un instant* ! » Il n'eut pas à le répéter deux fois ; une volée de gamins riants et piaillants convergeait déjà vers lui.

Lucy rejoignit John et Chetta, se laissa tomber sur un siège et dans un *vouff !* comique souffla les cheveux qui lui tombaient dans les yeux. Elle avait du glaçage au chocolat sur le menton. « Regardez bien ce magicien. C'est un artiste de rue qui se produit pendant la saison d'été à Frazier et North Conway. David a repéré un de ses encarts publicitaires dans un journal gratuit, il lui a fait passer une audition et il l'a engagé. Il s'appelle Reggie Pelletier mais son nom de scène est Le Grand Mystério. Je suis curieuse de voir combien de temps il va réussir à capter leur attention une fois qu'ils auront fini d'examiner son tricycle rigolo. Moi, je dirais trois minutes chrono. »

John avait dans l'idée qu'elle risquait de se tromper. L'entrée en scène du gars avait été parfaitement calculée pour captiver l'imagination des tout-petits et sa perruque bleue était plus marrante qu'effrayante. Son visage plein de gaieté était exempt de tout fard gras et luisant, ce qui selon lui était aussi une bonne chose. De l'avis de John Dalton, la réputation des clowns était largement surfaite. Ils terrorisaient les gamins de moins de six ans. Et les plus grands les trouvaient totalement chiants.

Ben, mon vieux, t'es d'humeur particulièrement massacrante aujourd'hui.

C'était peut-être dû au fait qu'il était venu pour être témoin d'un truc fantabuleux et que pour le moment il en était pour ses frais. Selon lui, Abra n'était rien d'autre qu'une fillette parfaitement normale. Plus gaie que la majorité, peut-être, mais la bonne humeur semblait être une caractéristique familiale. Sauf quand Chetta et David se bouffaient le nez.

« Ne sous-estimez pas la capacité d'attention des tout-petits », dit-il simplement. Et, se penchant pardessus Chetta, il essuya de sa serviette la trace de chocolat sur le menton de Lucy. « S'il tient un bon numéro, il saura les captiver pendant au moins quinze minutes. Même vingt.

— *Si...* », répéta Lucy d'un ton sceptique.

Reggie Pelletier, alias Le Grand Mystério, tenait bel et bien un bon numéro. Tandis que son fidèle assistant, Le Pas-Si-Grand-Davidio, lui dépliait sa table et lui ouvrait sa valise, Mystério pria Miss Anniversaire et ses invités de venir admirer sa fleur. Lorsque les gamins s'approchèrent, la fleur leur expédia un jet d'eau à la figure : une giclée rouge, puis verte, puis bleue. Les gamins glapirent avec des rires tout poissés de sucre.

« Maintenant, les petits éléphants… *ooh ! aahh ! Ouille !* Ça chatouille ! »

Il ôta son chapeau melon et en retira un lapin blanc. Les gosses en restèrent comme deux ronds de flan. Mystério passa le lapin à Abra, qui le caressa un moment puis le fit passer au suivant sans qu'on ait à le lui demander. Le lapin ne semblait pas gêné de l'attention qu'on lui portait. Peut-être qu'il a gobé quelques bouchées fourrées au Valium avant le spectacle, se dit John Dalton. Le dernier gosse le restitua à Mystério qui le remit dans son chapeau, passa une main ensorceleuse dessus et montra l'intérieur aux enfants. À part la doublure aux couleurs du drapeau américain, le chapeau était vide.

« Il est allé où le lapin ? demanda la petite Susie Soong-Bartlett.

— Dans tes rêves, mon cœur, répondit Mystério. Il les traversera à grands bonds cette nuit. Qui veut une écharpe magique ? »

Un concert de *Moi ! Moi !* lui répondit, émanant des garçons aussi bien que des filles. Mystério extirpa les écharpes de ses poings fermés et les distribua à la ronde. D'autres tours se succédèrent ensuite à une vitesse de feu d'artifice. D'après la montre du Dr Dalton, les gamins restèrent plantés en un demi-cercle ébaubi autour de Mystério pendant au moins vingt-cinq minutes. Juste au moment où son public commençait à manifester les premiers signes d'impatience, Mystério mit brillamment fin au spectacle. Prenant cinq assiettes dans sa valise (qui, lorsqu'il l'avait montrée aux enfants, était aussi vide que son chapeau), il se mit à jongler avec en chantant « Joyeux Anniversaire ». Tous les enfants reprirent la chanson en chœur tandis qu'Abra semblait carrément léviter de joie.

Les assiettes réintégrèrent la valise, qu'il montra à nouveau aux enfants pour qu'ils voient bien qu'elle était vide, et dont il sortit ensuite une demi-douzaine de cuillères à soupe qu'il entreprit de suspendre à son visage, en terminant par le bout de son nez. Ce numéro plut particulièrement à Miss Anniversaire : assise dans l'herbe, elle riait de bon cœur, les bras serrés autour de ses genoux.

« Abba sait faire, dit-elle (elle était dans sa "phase Rickey Henderson", comme disait David, et se plaisait à parler d'elle-même à la troisième personne). Abba sait faire les cugnères.

— Super, ma puce », lui répondit Mystério. Il avait dit ça d'un ton absent et John pouvait difficilement lui en vouloir : il venait de donner un spectacle enfantin du tonnerre, il avait le visage rouge et dégoulinant de sueur malgré la brise fraîche qui soufflait de la rivière, et il avait encore sa grande sortie à faire en remontant l'allée sur son tricycle géant.

Il se pencha pour tapoter la tête d'Abra de sa main gantée de blanc. « Bon anniversaire, souricette, et merci à tous d'avoir été de si gentils petits élé... »

Un grand tintement musical, assez semblable à celui des clochettes suspendues au guidon de son tricycle de Godzilla, retentit dans la maison. Les bambins jetèrent à peine un coup d'œil dans cette direction, avant de se retourner pour regarder Mystério s'éloigner en pédalant, mais Lucy se leva pour aller voir ce qui était tombé dans la cuisine.

Une minute plus tard, elle était de retour. « John, dit-elle. Je crois que vous devriez venir voir. Il me semble que c'est pour ça que vous êtes venu. »

12

John, Lucy et Conchetta étaient dans la cuisine, les yeux rivés au plafond, muets. Aucun d'eux ne se retourna quand Dave entra à son tour : ils étaient hypnotisés. « Qu'est-ce qui se passe ? » dit-il. Puis, le voyant : « Oh, bon sang ! »

À cela, personne ne répondit. David resta un instant le regard fixe, cherchant à comprendre ce qu'il voyait, puis il ressortit. Deux minutes plus tard, il était de retour, tenant sa fille par la main. Abra avait un ballon dans les bras. Nouée en ceinture autour de la taille, elle portait l'écharpe que lui avait donnée Le Grand Mystério.

John Dalton s'accroupit devant elle. « C'est toi qui as fait ça, ma puce ? » C'était une question dont il était sûr de connaître la réponse, mais il voulait entendre ce que la fillette avait à dire. Il voulait mesurer le degré de conscience qu'elle en avait.

Abra regarda d'abord par terre, où gisait le tiroir des couverts. Quelques couteaux et fourchettes s'en étaient échappés dans sa chute, mais aucun ne manquait. Ce n'était pas le cas des cuillères. Les cuillères étaient suspendues au plafond, comme si elles y avaient été attirées et y demeuraient collées par quelque exotique attraction magnétique. Quelques-unes se balançaient doucement aux luminaires. La plus grosse, une louche, pendait à la hotte du four.

Tous les enfants ont leur propre mécanisme de

défense. Pour la plupart d'entre eux, John le savait de par sa longue expérience, c'est un pouce fermement planté dans la bouche. Celui d'Abra était différent. Plaçant sa main en coupe devant sa bouche, elle se frotta les lèvres de la paume. Ce qui eut pour résultat d'étouffer ses paroles. Gentiment, John écarta sa main. « Qu'est-ce que tu dis, ma puce ? »

D'une toute petite voix, Abra dit : « Je vais me faire disputer ? Je… je… » Sa petite poitrine se gonfla. Elle tenta de replacer sa main-doudou devant sa bouche, mais John la retint. « Je voulais faire comme Minstrosio. » Elle se mit à pleurer. John lâcha sa main qui remonta aussitôt vers sa bouche qu'elle frictionna furieusement.

David prit sa fille dans ses bras et lui fit une bise sur la joue. Lucy les enveloppa tous deux dans une étreinte et posa un baiser sur le sommet de la tête d'Abra. « Mais non, ma chérie, on ne va pas te disputer. Tu n'as rien fait de mal. »

Quand Abra enfouit son visage dans le cou de sa mère, les cuillères tombèrent. Le fracas les fit tous sursauter.

13

Deux mois plus tard, alors que l'été pointait son nez dans les montagnes Blanches, David et Lucy Stone étaient assis dans le cabinet du Dr John Dalton aux murs tapissés de portraits d'enfants souriants. C'étaient tous les petits patients qu'il avait eus au fil de sa carrière, certains étant maintenant assez âgés pour avoir leurs propres enfants.

« J'ai embauché un de mes neveux féru d'informatique – à mes frais et, n'ayez crainte, ses tarifs sont bon marché – pour savoir s'il existe d'autres cas répertoriés semblables à celui de votre fille et en explorer certains s'ils existent. Mon neveu a limité sa recherche aux trente dernières années et en a dénombré neuf cents. »

David émit un sifflement. « Tant que ça ! »

John secoua la tête. « Non, pas tant que ça. S'il s'agissait d'une maladie – et nous n'avons pas besoin de revenir là-dessus, car ce n'en est pas une –, elle serait aussi rare que l'éléphantiasis. Ou les lignes de Blaschko, qui font ressembler les gens qui en sont atteints à des zèbres. Cette maladie a une incidence de l'ordre de un pour sept millions. La "disposition" que présente Abra serait de cet ordre-là.

— Et comment définiriez-vous la "disposition" d'Abra ? » Lucy avait pris la main de son mari et l'étreignait. « De la télépathie ? de la télékinésie ? une autre *télé*-quelque chose ?

— Ces facultés-là jouent clairement un rôle. Est-elle télépathe ? Étant donné qu'elle sait à l'avance quels visiteurs vont arriver, et qu'elle savait que Mrs. Judkins s'était blessée, la réponse est vraisemblablement oui. Est-elle télékinésique ? D'après ce que nous avons pu voir dans votre cuisine le jour de son anniversaire, la réponse est sans conteste oui. Est-elle médium ? ou douée de "précognition", pour faire plus savant ? Nous ne pouvons en être certains, même si l'histoire du billet de vingt dollars derrière la commode semble le suggérer. Et que penser du soir où il y avait *Les Simpson* sur toutes les chaînes de votre télé ? Comment doit-on appeler cela ? Et que penser de l'air fantôme des Beatles ? Ce serait de la télékinésie si les notes avaient été produites par le piano… mais vous dites que ce n'était pas le cas.

— Qu'allons-nous faire maintenant ? demanda Lucy. Quels signes devons-nous guetter ?

— Je l'ignore. Nous ne disposons d'aucun protocole préétabli. L'ennui avec le champ des phénomènes parapsychiques, c'est que précisément ce n'est pas un champ scientifique. Il est occupé par trop de charlatans, et par trop de gens complètement perchés.

— Donc, pour résumer, vous ne pouvez rien nous conseiller », conclut Lucy.

John sourit. « Si. J'ai un conseil à vous donner : continuez de l'aimer. Si mon neveu ne se trompe pas – et veuillez considérer que, et d'un il n'a que dix-sept ans, et que, de deux il base ses conclusions sur des données instables –, vous risquez de continuer à assister à des phénomènes étranges jusqu'à son adolescence. Des phénomènes étranges et pour certains *dérangeants*. Autour de treize, quatorze ans, vous observerez une stabilisation, puis un recul progressif. Lorsqu'elle atteindra vingt ans, les différents phénomènes dont elle est la cause seront certainement devenus négligeables. » Il sourit. « Mais elle restera une fieffée joueuse de poker toute sa vie.

— Et si elle commence à voir des morts-vivants, comme le petit garçon dans ce film ? demanda Lucy. Que devrons-nous faire ?

— Je dirais que vous aurez alors la preuve qu'il y a une vie après la mort. Entre-temps, ne vous mettez pas martel en tête. Et n'en parlez à personne, d'accord ?

— Oh, pour ça, vous pouvez être tranquille », assura Lucy. Elle parvint à sourire, mais comme elle avait suçoté tout son rouge à lèvres, son sourire parut quelque peu exsangue. « La dernière chose que nous voulons, c'est voir notre fille faire la une d'*Inside View*.

— Heureusement qu'aucun des autres parents n'a vu le truc des cuillères, ajouta David.

— J'ai une question, dit John. Pensez-vous qu'elle soit consciente de ses dons ? »

Les Stone échangèrent un regard.

« Je… je ne crois pas, finit par dire Lucy. Même si après les cuillères… nous en avons un peu fait toute une histoire…

— Vous en avez fait toute une histoire dans *votre* tête, dit John. Mais probablement pas dans la sienne. Elle a pleuré un peu, et puis elle est retournée jouer avec un grand sourire aux lèvres. Vous n'avez pas crié, vous ne l'avez pas grondée ni corrigée. Le conseil que j'ai envie de vous donner pour le moment, c'est de faire comme si de rien n'était. Quand elle sera un peu plus grande, vous pourrez la mettre en garde pour qu'elle évite de se livrer à ses tours de passe-passe à l'école. Traitez-la comme une enfant normale, parce qu'elle l'est en grande partie. D'accord ?

— D'accord, dit David. Et ce n'est pas comme si elle avait des taches sur la peau, ou des boutons, ou un troisième œil.

— Oh, que si, elle l'a », dit Lucy. Elle pensait à la naissance coiffée d'Abra… « Elle a un troisième œil. On ne peut pas le voir… mais il est là. »

John se leva. « Je vais rassembler dans un dossier tous les documents imprimés par mon neveu et vous l'envoyer, si vous le voulez.

— Ah oui, je voudrais bien le lire, dit David. Et je crois que notre chère vieille Momo le voudra aussi. » Il plissa le nez en disant ça, Lucy s'en aperçut et fronça les sourcils.

« En attendant, profitez bien de la vie avec votre fille, leur enjoignit John Dalton. D'après mes observations, c'est une enfant particulièrement agréable à vivre. Cette épreuve ne durera pas. »

Et durant un certain temps, ils le crurent.

CHAPITRE 4

ALLÔ, DOCTEUR SLEEP

1

C'était le mois de janvier 2007. Dans la chambre de la tourelle de la Maison Rivington, le radiateur de Dan était réglé au maximum mais l'atmosphère était toujours glaciale. Un vent de nord-est venu des montagnes et soufflant à quatre-vingts kilomètres à l'heure avait enseveli la ville assoupie de Frazier sous une couche de neige qui s'épaississait de dix centimètres par heure. Lorsque la tempête cessa le lendemain après-midi, certaines des congères amoncelées contre les façades de Cranmore Avenue atteignaient presque quatre mètres de hauteur.

Le froid ne dérangeait pas Dan : niché sous deux édredons de duvet, il était comme un coq en pâte. Le vent cependant avait réussi à s'insinuer sous son crâne, comme il s'était insinué sous les encadrements et les appuis de fenêtre de la vieille bicoque victorienne où il avait désormais élu domicile. En rêve, il l'entendait gémir autour de l'hôtel où il avait passé un hiver de son enfance. En rêve, il était cet enfant de l'hôtel.

Il est au premier étage de l'Overlook. Maman dort pendant que Papa est au sous-sol, à éplucher des vieilles paperasses. Papa fait de la RECHERCHE. *Sa* RECHERCHE, *c'est pour le livre qu'il va écrire. Danny n'a pas le droit d'être ici à l'étage, et il n'a pas le droit d'avoir emprunté le passe qu'il serre fort dans sa main, mais il n'a pas pu résister. Il regarde fixement une lance à incendie fixée au mur. Enroulé sur lui-même, le tuyau ressemble à un serpent à tête de laiton. Un serpent endormi. Bien sûr, ce n'est pas un serpent – sa peau est en toile, pas en écailles – mais il ressemble* vraiment *à un serpent.*

Et des fois, c'est *réellement* un serpent.

« Vas-y », murmure Dan au serpent du rêve. Il tremble de terreur, mais quelque chose le propulse vers l'avant. Pourquoi donc ? Parce que lui-même se livre à sa propre RECHERCHE, *pardi. « Vas-y, mords-moi ! Tu peux pas, hein ? Parce que t'es rien qu'un* TUYAU *idiot ! »*

La lance au bout du tuyau idiot remue, et tout d'un coup, au lieu de la regarder de côté, Dan se retrouve les yeux plongés dans son embouchure. Ou peut-être dans sa gueule. Une goutte transparente se forme au bord du trou noir, et s'étire. Dans son miroir liquide, Dan voit le reflet de ses grands yeux écarquillés.

Goutte d'eau ou goutte de poison ?

Est-ce un serpent ou un tuyau ?

Qui le sait, mon cher Tromal, Tromal mon cher ? Qui le sait ?

Le tuyau-serpent lui bruisse au visage. La terreur lui saute à la gorge, remontant de son cœur qui bat à tout rompre. C'est le même bruissement qu'émettent les crotales.

Maintenant la lance du tuyau-serpent se détache de la toile lovée en cercles concentriques sur laquelle elle repose et se laisse choir sur la moquette avec un bruit sourd. Elle bruisse encore et il sait qu'il devrait reculer avant qu'elle ne se dresse et le morde, mais il est figé sur place, il est incapable de bouger et la lance bruisse encore...

« Réveille-toi, Danny ! crie la voix de Tony. Réveille-toi, réveille-toi ! »

Mais il est tout aussi incapable de se réveiller qu'il est incapable de bouger, c'est l'Overlook, ils sont bloqués par la neige et tout a changé maintenant. Les tuyaux deviennent des serpents, les femmes mortes ouvrent les yeux, et son père... oh, cher bon Dieu, FAITES QU'ON S'EN AILLE D'ICI PARCE QUE MON PÈRE EST EN TRAIN DE DEVENIR FOU.

Le crotale bruisse. Il bruisse. Il

2

Dan entendit le vent hurler, mais pas à l'extérieur de l'Overlook. Non, le vent hurlait à l'extérieur de la tourelle de la Maison Rivington. Il entendit la neige crépiter contre la fenêtre nord. On aurait dit du sable. Et il entendit son interphone émettre son discret bruissement.

Il rejeta ses édredons, glissa ses jambes hors du lit et grimaça lorsque ses pieds chauds entrèrent en contact avec le sol froid. Dansant sur ses talons, il traversa sa chambre, allumant au passage sa lampe de bureau et exhalant son haleine devant lui. Aucun nuage de vapeur ne se forma, mais même avec le radiateur au maximum, la température de la pièce ne devait pas dépasser les dix degrés.

Brrzzz.

Il pressa le bouton de l'interphone et dit : « Je suis là. Qui m'appelle ?

— Claudette. Je crois que tu as quelqu'un, Doc.

— Mrs. Winnick ? » Il était pratiquement sûr que c'était elle, ce qui signifierait qu'il devrait enfiler sa parka, car Vera Winnick se trouvait dans Rivington 2 et il ferait un froid de loup dans le passage de communication. Vera, comateuse, en respiration de Cheyne-Stokes, ne tenait plus qu'à un fil depuis une semaine maintenant. Et les nuits comme celle-ci étaient tout à fait de celles que choisissent les plus frêles pour s'en aller. Généralement autour de quatre heures du matin. Il consulta sa montre. À peine trois heures vingt, mais question horaires de bureau, la chef n'y trouverait rien à redire.

La réponse de Claudette Albertson le surprit : « Non, c'est Mr. Hayes, ici au rez-de-chaussée avec nous.

— Tu en es sûre ? » Dan avait fait une partie d'échecs avec Charlie Hayes l'après-midi même, et pour un homme atteint de leucémie aiguë myéloïde, il l'avait trouvé frais comme un gardon.

« Moi, non, mais Azzie y est. Et tu sais ce que tu dis. »

Ce qu'il disait, c'était qu'Azzie ne se trompait jamais, et il avait près de six ans d'expérience à son actif sur lesquels fonder cette certitude. Azraël se promenait librement dans les trois bâtiments composant le complexe Rivington, passant la plupart de ses après-midi lové sur le canapé de la salle télé, mais il n'était pas rare de le trouver aussi étalé de tout son long sur une table de jeu – et parfois sur un puzzle à demi terminé – telle une écharpe négligemment jetée. Tous les résidents semblaient l'aimer (si certains s'étaient plaints du chat de la Maison, leurs récriminations n'étaient jamais parvenues aux oreilles de Dan), et Azzie semblait leur rendre leur affection. Quand il sautait sur la poitrine des vieillards moribonds… c'était toujours avec légèreté, sans paraître les incommoder. Chose remarquable compte tenu de son gabarit. Azzie pesait bien six kilos.

En dehors de ses siestes de l'après-midi, Az ne s'éternisait jamais longtemps quelque part : il avait des choses à faire, des gens à voir, des endroits à visiter. (« Ce chat est un *coureur* », avait un jour dit Claudette à Dan.) On le trouvait de passage au spa, à se lécher la patte en prenant un peu de chaleur. Se prélassant sur un tapis de course arrêté dans la suite Forme et Santé. Assis sur un chariot abandonné, le regard dans le vague, voyant des choses que seuls les chats peuvent voir. Parfois, on l'apercevait à l'affût sur la pelouse, les oreilles rabattues en arrière, image même de la prédation féline, mais s'il attrapait des oiseaux ou des petits rongeurs, il les emportait toujours ailleurs pour les dévorer.

La salle télé était ouverte nuit et jour, mais Azzie s'y rendait rarement quand la télé était éteinte et les résidents couchés. Lorsque le soir cédait la place à la nuit et que le pouls de la Maison Rivington ralentissait, Azzie devenait agité, parcourant les couloirs telle une sentinelle à quatre pattes longeant la frontière d'un territoire ennemi. Une fois les lumières baissées, il pouvait même disparaître à votre vue, pour peu que vous ne regardiez pas droit dans sa direction : son pelage d'un gris quelconque se fondait dans les ombres.

Il n'entrait dans les chambres des résidents que lorsque l'un d'eux était mourant.

Il se glissait alors à l'intérieur, si la porte était ouverte, ou s'asseyait devant, la queue enroulée autour des pattes, miaulant doucement, poliment, pour qu'on le laisse entrer. Dès qu'on lui ouvrait, il sautait sur le lit de l'hôte (on recevait toujours des « hôtes » dans la Maison Rivington, jamais des « patients ») et s'y installait en ronronnant. Si l'hôte ainsi choisi était éveillé, il ou elle pouvait le caresser. À la connaissance de Dan, personne n'avait jamais demandé qu'on chasse Azzie. Tous semblaient savoir qu'il venait là en ami.

« Qui est le médecin de garde ? s'enquit Dan.

— Toi, répondit Claudette.

— Arrête. Je parle du vrai toubib.

— Emerson. Mais quand j'ai appelé son service, on m'a dit de ne pas rêver. De Berlin à Manchester, toutes les routes sont bloquées par la neige. À part sur les autoroutes, même les chasse-neige attendent demain matin.

— C'est bon, dit Dan. J'arrive. »

3

Peu de temps après avoir commencé à travailler à l'hospice, Dan s'était rendu compte que les mourants non plus n'échappent pas au système de classes. Les chambres situées dans la maison principale étaient plus vastes et plus chères que celles des ailes Rivington 1 et 2. Dans la demeure victorienne où Helen Rivington avait naguère accroché son chapeau et rédigé ses romans sentimentaux, les chambres étaient appelées des « suites » et portaient le nom d'habitants célèbres du New Hampshire. Charlie Hayes occupait la suite Alan Shepard. Pour s'y rendre, Dan dut passer devant le coin détente au pied de l'escalier où étaient installés des distributeurs de boissons et de friandises avec quelques chaises en plastique autour. Fred Carling s'y trouvait, avachi dans l'une d'elles, en train de bâfrer des crackers au beurre de cacahuètes en lisant un vieux numéro de *Popular Mechanics*. Carling était l'un des trois aides-soignants de nuit, de garde de minuit à huit heures du matin. Les deux autres travaillaient de jour deux fois par mois, mais Carling jamais. Oiseau de nuit autoproclamé, c'était un ancien taulard aux biceps couverts de tatouages suggérant aussi un passé de motard.

« Tiens, tiens, r'gardez qui que v'là, dit-il. Le p'tit Danny-boy. Ou t'es en mission sous ton identité secrète cette nuit ? »

Dan n'était qu'à moitié réveillé, et pas d'humeur à plaisanter. « Dis-moi plutôt ce que tu sais de Mr. Hayes.

— Rien. Sauf que le chat est dans sa chambre. Ce qui signifie en général qu'ils vont sortir les tétons vers le plafond.

— Pas de saignement ? »

Le gros balèze haussa les épaules. « Ben, si, il a un peu saigné du nez. J'ai foutu les serviettes sanglantes dans un sani-sac, comme on est censé faire, et j'les ai expédiées à la buanderie A, s'tu veux aller vérifier. »

Dan hésita à lui demander comment il pouvait dire que Mr. Hayes avait « un peu » saigné du nez alors qu'il avait fallu plusieurs serviettes pour étancher le saignement… puis il décida de laisser pisser. Carling était un abruti insensible. Il ne savait vraiment pas comment il s'y était pris pour décrocher un boulot ici – même de nuit, quand la plupart des pensionnaires dormaient ou bien s'efforçaient d'être discrets pour ne pas déranger les autres. Il soupçonnait le coup de piston. Ainsi allait le monde. Son propre père n'avait-il pas fait marcher le piston pour décrocher son ultime boulot de gardien de l'hôtel Overlook ? Ce n'était peut-être pas la preuve absolue que jouer de ses relations est une manière pourrie de se débrouiller dans la vie, mais ça le suggérait fortement.

« Bonne *nuiiiit*, docteur *Sleeeep* », lança Carling dans son dos, sans faire le moindre effort pour baisser le ton.

Au bureau des infirmières, Claudette mettait à jour des dossiers pendant que Janice Barker regardait un petit poste de télé, le son réglé au minimum. L'émission en cours proposait l'une de ces publicités interminables pour un nettoyeur de côlon… mais Janice la contemplait les yeux grands ouverts et la bouche béante. Elle sursauta quand Dan tapota du bout des ongles sur le comptoir et il s'aperçut que ce qu'il avait pris pour de la fascination était en fait de la somnolence.

« Est-ce que l'une d'entre vous peut m'en dire un peu plus sur Charlie Hayes ? Carling est bouché à l'émeri. »

Claudette jeta un œil dans le hall pour s'assurer que Fred Carling n'était pas en vue, mais elle répondit tout de même à voix basse : « Ce type serait pas plus utile s'il chantait la messe à un sourd. Je prie tous les jours pour qu'on le vire. »

Même s'il pensait la même chose, Dan le garda pour lui. Il avait découvert qu'une sobriété constante opère des miracles sur les capacités de discrétion d'un individu.

« Je suis allé le voir il y a quinze minutes, dit Jan. Nous les surveillons de plus près quand Mr. Mistrigris s'invite.

— Azzie est avec lui depuis combien de temps ?

— Il miaulait devant la porte quand nous avons pris notre service à minuit, dit Claudette, alors je lui ai ouvert. Tu sais comment il fait. Il a aussitôt sauté sur le lit. J'ai failli t'appeler à ce moment-là mais Charlie était réveillé et réceptif. Je lui ai parlé, il m'a parlé aussi et il a commencé à caresser Azzie. Alors j'ai décidé d'attendre. C'est environ une heure plus tard qu'il a fait une épistaxis. Fred est venu nettoyer. J'ai dû lui rappeler de mettre les serviettes dans un sani-sac. »

Sani-sacs : c'était ainsi que le personnel appelait les sacs en plastique biodégradable dans lesquels on enfermait vêtements, linge et serviettes souillés par des matières et fluides organiques de toute nature, conformément au règlement, pour éviter la prolifération des germes infectieux.

« Quand je suis retourné le voir il y a environ quarante-cinq minutes, poursuivit Jan, il dormait. Je l'ai secoué et quand il a ouvert les yeux, j'ai vu qu'ils étaient injectés de sang.

— C'est là que j'ai appelé Emerson, dit Claudette. Et quand la fille de garde m'a envoyé bouler, je t'ai appelé. Tu y vas, là ?

— Oui.

— Bonne chance, dit Jan. Sonne si tu as besoin de nous.

— D'ac. Tu peux me dire pourquoi tu regardes une pub sur le nettoyage du côlon, Janice ? Ou c'est trop personnel ? »

L'infirmière bâilla. « À cette heure-ci, le seul autre truc qu'il y a c'est une pub pour les soutifs Ahh Bra. Et j'en ai déjà. »

4

La porte de la suite Shepard était entrouverte mais Dan frappa tout de même avant d'entrer. N'obtenant pas de réponse, il l'ouvrit complètement. Quelqu'un (probablement l'une des infirmières, il ne fallait pas compter sur Fred Carling pour y avoir pensé) avait un peu redressé le lit. On avait aussi descendu le drap sur le torse de Charlie. À quatre-vingt-dix ans, il était d'une maigreur poignante et d'une pâleur telle qu'il semblait presque transparent. Dan dut rester en arrêt une trentaine de secondes avant d'être absolument sûr que la veste de pyjama du vieillard se soulevait et s'abaissait au rythme de sa respiration. Azzie était lové contre la protubérance osseuse d'une de ses hanches. Dan entra, suivi par les yeux jaunes impénétrables du chat.

« Mr. Hayes ? Charlie ? »

Les yeux de Charlie ne s'ouvrirent pas. Ses paupières étaient bleuâtres. Ses cernes, plus sombres, noir violacé. Lorsque Dan approcha du bord du lit, il vit une autre touche de couleur : une petite croûte de sang séché sous chacune des narines et à la commissure des lèvres serrées.

Dans la salle de bains, il prit un gant qu'il mouilla

d'eau tiède. À son retour au chevet de Charlie, Azzie se mit debout sur ses pattes et, délicatement, passa sur l'autre flanc de l'homme endormi, laissant sa place à Dan pour s'asseoir. Le drap était tiède de la chaleur du chat. Avec douceur, Dan nettoya le sang séché sous le nez de Charlie. Lorsqu'il passa à la bouche, Charlie ouvrit les yeux. « Dan. C'est bien toi ? J'ai la vue un peu trouble. »

Brouillée par le sang, oui.

« Comment vous sentez-vous, Charlie ? Vous souffrez ? Si vous souffrez, je peux demander à Claudette de vous apporter un comprimé.

— Je ne souffre pas », dit Charlie. Ses yeux se posèrent sur Azzie, puis revinrent au visage de Dan. « Je sais pourquoi il est là. Et je sais pourquoi *tu* es là.

— Je suis là parce que le vent m'a réveillé. Et Azzie avait sans doute besoin de compagnie. Les chats vivent la nuit, vous savez. »

Dan remonta la manche de pyjama de Charlie pour lui prendre le pouls et découvrit quatre hématomes violets alignés sur l'avant-bras squelettique du vieillard. Un souffle suffit pour contusionner les patients à un stade de leucémie avancé, mais ça, c'étaient des empreintes de doigts, et Dan savait parfaitement qui les avait laissées. Maintenant qu'il était sobre, il contrôlait plus facilement sa colère, mais elle était toujours présente, comme l'était par moments l'envie terrible de boire.

Carling, salopard. Il se bougeait pas assez vite à ton goût ? Ou t'étais juste en rogne d'avoir à nettoyer son sang alors que tu rêvais que de te prélasser en lisant tes magazines et en bouffant tes saloperies de crackers ?

Il tenta de dissimuler son émotion, mais Azzie dut la percevoir car il lâcha un petit miaulement ennuyé. En d'autres circonstances, Dan aurait pu poser des questions, mais dans l'instant, des affaires plus urgentes l'appelaient. Encore une fois, Azzie ne s'était pas trompé. Il suffisait à Dan de toucher le vieil homme pour le savoir.

« J'ai peur », dit Charlie. Sa voix n'était guère plus qu'un murmure. Dehors, le gémissement étouffé et régulier du vent était plus fort. « Je ne pensais pas que j'aurais peur, mais j'ai peur.

— Vous n'avez aucune raison d'avoir peur. »

Au lieu de lui prendre le pouls – à quoi bon –, il prit l'une des mains du vieillard dans la sienne. Il vit les jumeaux de Charlie, à l'âge de quatre ans, sur des balançoires. Il vit l'épouse de Charlie tirer le store de leur chambre, seulement vêtue de la combinaison en dentelle de Bruges qu'il lui avait offerte pour leur premier anniversaire de mariage. Il vit la queue-de-cheval de la jeune femme voltiger quand elle se tourna pour le regarder, le visage illuminé par un sourire qui n'était qu'un grand *oui*. Il vit un tracteur Farmall avec un parasol rayé ouvert fixé au siège du conducteur. Il sentit une odeur de bacon et entendit Frank Sinatra chanter *Come Fly with Me* dans un poste de radio Motorola fêlé posé sur un établi encombré d'outils. Il vit un enjoliveur mouillé par la pluie refléter les murs rouges d'une grange. Il goûta la saveur des myrtilles, dépeça un cerf, pêcha dans les eaux d'un lac isolé à la surface pommelée par la chute régulière d'une pluie d'automne. Il avait soixante ans, il dansait avec son épouse dans la salle de la Légion américaine. Il avait trente ans, il fendait du bois. Il avait cinq ans, il était en short et poussait un petit camion rouge. Puis les images se brouillèrent, telles des cartes rapidement battues par les mains d'un expert, et dehors le vent soufflait, apportant des montagnes une neige épaisse, et dans cette chambre régnait le silence, et le regard solennel des yeux attentifs d'Azzie. À des heures comme celle-ci, Dan savait à quoi il était utile. À des heures comme celle-ci, il ne regrettait ni la souffrance ni le chagrin ni la colère ni l'horreur, parce que c'était tout ça qui l'avait conduit jusqu'ici, dans cette chambre, pendant qu'au-dehors le vent ululait. Charlie Hayes avait atteint la frontière.

« Je n'ai pas peur de l'enfer. J'ai vécu une vie honorable et, de toute façon, je ne pense pas qu'un tel endroit existe. J'ai peur qu'il n'y ait *rien*. » Le vieillard reprit laborieusement son souffle. Une perle de sang gonflait au coin de son œil droit. « Il n'y avait rien *avant*, nous le savons tous, alors est-ce qu'il ne serait pas logique qu'il n'y ait rien après ?

— Mais il y a quelque chose. » Dan essuya le visage de Charlie avec le gant humide. « Nous ne finissons jamais vraiment, Charlie. Je ne sais pas comment c'est possible, ni ce que cela signifie, je sais seulement que c'est vrai.

— Peux-tu m'aider à passer de l'autre côté ? On dit que tu peux nous aider.

— Oui. Je le peux. » Il prit l'autre main de Charlie. « Vous allez juste vous endormir. Et quand vous vous éveillerez – car vous *allez* vous éveiller –, tout sera meilleur.

— Le paradis ? Tu parles du paradis ?

— Je ne sais pas, Charlie. »

La puissance était très forte cette nuit-là. Il la sentait

passer comme un courant électrique entre leurs mains nouées et il s'enjoignit la douceur. Une part de lui-même habitait le corps chancelant qui ralentissait et les sens défaillants

(*dépêche-toi s'il te plaît*)

qui s'éteignaient. Il habitait un esprit

(*dépêche-toi s'il te plaît c'est l'heure*)

aussi vif qu'il l'avait toujours été et conscient de penser ses dernières pensées… du moins en tant que Charlie Hayes.

Les yeux injectés de sang se fermèrent, puis se rouvrirent. Très lentement.

« Tout va bien, dit Dan. Vous avez seulement besoin de sommeil. Le sommeil vous fera du bien.

— C'est comme ça que tu l'appelles ?

— Oui. Je l'appelle le sommeil, et vous pouvez vous abandonner sans crainte au sommeil.

— Ne pars pas.

— Non, je ne pars pas. Je suis avec vous. » Il y était de fait. C'était son terrible privilège.

Les yeux de Charlie se fermèrent à nouveau. Dan ferma les siens et vit une lente pulsation bleue dans les ténèbres. Un… deux… stop. Un… deux… stop. Dehors, le vent soufflait.

« Dormez, Charlie. C'est bien, vous vous débrouillez très bien, mais vous êtes fatigué et vous avez besoin de dormir.

— Je vois ma femme. » Le plus infime des murmures.

« Vous la voyez ?

— Elle dit… »

Et ce fut tout, il y eut une ultime pulsation bleue derrière les paupières closes de Dan, une ultime expiration de l'homme étendu dans le lit. Dan rouvrit les yeux, écoutant le vent, attendant l'ultime émanation. Elle se produisit quelques secondes plus tard : une brume d'un rouge mat monta de la bouche de Charlie, de son nez, de ses yeux. C'était ce qu'une vieille infirmière de Tampa – douée de la même étincelle que Billy Freeman – appelait « *le suspir* ». Elle disait l'avoir vu souventes fois.

Dan, lui, le voyait à *chaque* fois.

Le suspir monta et flotta au-dessus du corps du vieil homme. Puis se dissipa.

Relevant la manche droite du pyjama de Charlie, Dan chercha le pouls. Simple formalité.

5

Généralement, Azzie s'en allait avant la fin. Mais pas cette nuit-là. Dressé sur la courtepointe à côté de la hanche de Charlie, il fixait la porte. S'attendant à voir Claudette ou Jan, Dan se retourna, mais il n'y avait personne.

Sauf qu'il y avait quelqu'un.

« Oui ? »

Rien.

« C'est toi la petite fille qui écrit sur mon tableau parfois ? »

Pas de réponse. Mais quelqu'un était là, sans l'ombre d'un doute.

« Tu t'appelles Abra ? »

Légères, presque inaudibles à cause du vent, des notes de piano s'égrenèrent. S'il n'y avait pas eu Azzie, dont les oreilles frémissaient et les yeux ne quittaient pas le pas de porte désert, Dan aurait pu croire que c'était son imagination qui lui jouait des tours (il n'était pas toujours capable de la différencier du Don). Mais quelqu'un était là, qui observait.

« Tu es Abra ? »

Un autre arpège de notes, puis le silence à nouveau. Mais cette fois, c'était celui de l'absence. Quel que soit son prénom, elle avait disparu. Azzie s'étira, sauta à bas du lit et sortit sans un regard en arrière.

Dan resta encore un moment assis au bord du lit, à écouter le vent. Puis il ramena le drap sur le visage de Charlie et retourna au poste des infirmières les prévenir de la présence d'un mort dans leur service.

6

Lorsqu'il eut rempli sa part de paperasse administrative, Dan se dirigea vers le coin détente. Il fut un temps où il n'aurait pas attendu pour s'y ruer, les poings serrés, mais ce temps était révolu. Il marchait donc, tout en prenant de longues inspirations pour calmer son cœur et son esprit. Un dicton AA disait : « Réfléchis avant de boire », mais ce que Casey K. lui disait lors de leur tête-à-tête hebdomadaire, c'était de réfléchir avant d'agir, quelle que soit l'action envisagée. *T'es pas devenu sobre pour être stupide, Danny. Souviens-toi de ça la prochaine fois que tu t'écouteras débattre la putain de commission lunatique que t'as dans la tête.*

Mais ces foutues marques de doigts…

Renversé en arrière sur sa chaise, Carling se balançait en gobant maintenant des Junior Mints. Il avait échangé son *Popular Mechanics* contre un magazine de photos avec en couverture la star de la dernière sitcom de mauvais garçons.

« Mr. Hayes vient de nous quitter, l'informa Dan d'un ton neutre.

— Désolé de l'apprendre. » Sans quitter des yeux son magazine. « Mais c'est bien pour ça qu'ils sont ici, non… »

Dan leva la jambe, crocheta l'un des pieds de la chaise et tira. Le siège se renversa et Carling se retrouva le cul par terre. Sa boîte de Junior Mints lui échappa. Il leva un regard incrédule vers Dan.

« Ça y est, tu m'écoutes ?

— Espèce de fils de… » Carling commença à se redresser. Dan posa son pied sur sa poitrine et le repoussa contre le mur.

« C'est bon, je vois que tu m'écoutes. Je te conseille de pas essayer de bouger. Reste sagement assis là et écoute-moi. » Dan se pencha en avant et posa ses mains sur ses genoux. En les crispant bien, car tout ce que ces mains avaient envie de faire, là tout de suite, c'était de cogner. Et cogner. Et encore cogner. Ses tempes palpitaient. *Ralentis*, s'intima-t-il. *Ne te laisse pas submerger*.

Mais c'était dur.

« La prochaine fois que je vois les marques de tes doigts sur un patient, je les prends en photo et je vais trouver Mrs. Clausen. Et peu importe qui tu connais, tu te retrouveras à la rue. Et quand tu seras plus employé par cette institution, je te retrouverai et je te foutrai la rouste de ta vie. »

Prenant appui contre le mur, Carling se remit sur ses pieds, sans quitter Dan une seconde des yeux. Il était plus grand que lui et pesait bien cinquante kilos de plus. Il serra les poings. « J'aimerais voir ça. Pourquoi pas tout de suite ?

— Pas de problème, mais pas ici, dit Dan. Y a des gens qui essaient de dormir, et un homme mort pas loin. Avec la marque de tes doigts sur lui.

— J'ai rien fait d'autre qu'essayer de lui prendre le pouls. Tu sais qu'ils marquent tout de suite quand ils sont leucémiques.

— Je sais, admit Dan. Mais là, tu as fait exprès de lui faire mal. Je ne sais pas pourquoi, mais je sais que tu l'as fait. »

Il vit clignoter quelque chose dans les yeux bourbeux de Carling. Pas de la honte, non : Dan ne le pensait pas capable d'éprouver un tel sentiment. Rien qu'un malaise suscité par le fait d'avoir été démasqué. Et la peur d'être dénoncé. « Qu'il est *fort*… le docteur *Sleeeep*… Tu te prends pas pour une merde, hein ?

— Ramène-toi, Fred, on va dehors. J'en meurs d'envie. » Et c'était la vérité. Il y avait un autre Dan à l'intérieur de lui. Il n'était plus aussi près de la surface qu'avant, mais il était toujours là et c'était toujours le même affreux, le même irrationnel fils de pute qu'avant. Du coin de l'œil, il apercevait Claudette et Jan debout au milieu du couloir, s'étreignant l'une l'autre, les yeux écarquillés.

Carling réfléchit à deux fois. Oui, il était plus costaud, et oui, il avait plus d'allonge. Mais il n'était pas en super-forme physique – trop de burritos, trop de bières, beaucoup moins de souffle que quand il avait vingt ans – et il y avait quelque chose d'inquiétant sur le visage du petit freluquet. Il avait déjà vu ça avant, du temps de sa période des Saints du Bitume. Certains mecs avaient des coupe-circuits pouraves dans la chetron. Ils prenaient la mouche pour un rien, et une fois qu'ils montaient en pression, ils cramaient tout sur leur passage jusqu'à avoir séché toute leur rage. Il avait pris Torrance pour une espèce de petit morveux d'intello, un caniche foireux qui la ramènerait pas si tu te fritais avec lui, mais il devait constater qu'il s'était gouré. C'était pas Docteur Sleep, l'identité secrète de ce mec, c'était Docteur Cinglé.

Ayant soigneusement pesé le pour et le contre, Fred déclara : « M'en voudrais d'aller perdre mon temps avec un naze. »

Dan approuva de la tête. « Bien. Ça nous évitera des engelures à tous les deux. Souviens-toi juste de ce que je t'ai dit : si tu veux pas finir à l'hosto, garde bien tes mains le long du corps.

— Qui c'est qu'a clamecé et qui t'a tout foutu sur les endosses ?

— J'en sais rien, dit Dan. J'en sais fichtre rien. »

7

Dan regagna sa chambre, se recoucha, mais ne put se rendormir. Il avait assisté près d'une cinquantaine de mourants depuis son arrivée à la Maison Rivington et d'une manière générale, ces séances le laissaient calme et apaisé. Mais pas cette nuit. Fred Carling lui avait gâché sa sérénité. Il en tremblait encore de rage. Son esprit conscient détestait cette tornade rouge qui le balayait, mais quelque part dans son subconscient il la chérissait. Peut-être que ça se résumait à de la bonne vieille génétique : triomphe de la nature sur la culture. Plus sa sobriété durait, plus ses vieux souvenirs revenaient. Les crises de rage de son père figuraient parmi les plus clairs d'entre eux. Il avait espéré que Carling l'aurait pris au mot. Qu'ils seraient sortis dans le vent et la neige pour que Dan Torrance, le fils de Jack, file sa raclée à ce sale bâtard.

Dieu sait qu'il ne voulait pas ressembler à son père, dont les périodes de sobriété étaient du style combat intérieur surhumain. Les AA étaient censés t'aider à tenir la colère en bride, et la plupart du temps, ça marchait, mais il y avait des moments comme cette nuit où Dan s'avisait de la fragilité de ce garde-fou. Des moments où il se sentait inutile et indigne, et où l'alcool semblait être la seule médecine, la seule raclée qu'il méritait. En de tels moments, il se sentait très, très proche de son père.

Il pensa : *Mama.*

Il pensa : *Bonbon.*

Il pensa : *Les sales bâtards ont besoin de prendre leur raclée. Et tu sais où on en vend, pas vrai ? À peu près partout, bon sang.*

Le vent se leva en une furieuse bourrasque qui fit gronder la tourelle. Lorsque le vent mourut, la petite fille du tableau noir était là. Dan pouvait presque entendre son souffle.

Il sortit une main de sous ses édredons. Un instant, elle resta simplement suspendue là, dans l'air froid, et puis il sentit celle de la fillette – petite, chaude – se glisser dans la sienne. « Abra, dit-il. Tu t'appelles Abra, mais des fois on t'appelle Abby. C'est vrai, n'est-ce pas ? »

Aucune réponse ne lui parvint, mais il n'en avait pas vraiment besoin. Tout ce qu'il lui fallait, c'était la sensation de cette petite main chaude dans la sienne.

Ça ne dura que quelques secondes, mais cela suffit à l'apaiser. Il ferma les yeux et s'endormit.

8

À trente kilomètres de là, dans la petite ville d'Anniston, Abra Stone ne dormait pas. La main qui avait enveloppé la sienne tint bon quelques secondes, puis elle se changea en brume et disparut. Mais elle l'avait sentie, la main avait été là. *Il* avait été là. Elle l'avait trouvé en rêve, mais en se réveillant, elle avait découvert que le rêve était réalité. Elle se tenait sur le seuil d'une chambre. Et ce qu'elle avait vu dans cette chambre était à la fois terrible et merveilleux. Il y avait la mort, et la mort est effrayante, mais il y avait aussi l'entraide. L'homme qui en aidait un autre n'avait pas pu la voir, mais le chat, lui, l'avait vue. Le chat avait un nom un peu comme le sien, mais pas tout à fait.

Il m'a pas vue mais il m'a sentie. Et on était ensemble juste maintenant. Je crois que je l'ai aidé, comme lui, il a aidé l'homme qui mourait.

C'était une douce pensée. Se blottissant contre elle (comme sa main s'était blottie dans la main fantôme), Abra roula sur le flanc, ramena son lapin en peluche contre sa poitrine et s'endormit.

CHAPITRE 5

LE NŒUD VRAI

1

Le Nœud Vrai n'était pas constitué en société, mais s'il l'avait été, certaines bourgades reculées du Maine, de la Floride, du Colorado et du Nouveau-Mexique auraient pu être qualifiées de « villes privées ». En effet, à travers un imbroglio de différentes holdings, on aurait pu remonter jusqu'à eux et constater qu'ils étaient propriétaires de la plupart des commerces et terrains de ces villes. Avec leurs noms pittoresques tels Dry Bend, Jerusalem's Lot, Oree et Sidewinder, ces bourgades étaient des havres de paix, mais les Vrais ne pouvaient jamais y séjourner très longtemps ; ils étaient, fondamentalement, des oiseaux migrateurs. Vous les avez sûrement vus si vous roulez sur les autoroutes et les artères les plus fréquentées d'Amérique. Peut-être sur la I-95 en Caroline du Sud, quelque part au sud de Dillon et au nord de Santee. Peut-être sur la I-80 dans le Montana, et le pays montagneux au-dessus de Draper. Ou bien en Géorgie, au moment de dépasser – lentement, si vous êtes soucieux de conserver vos points de permis – le célèbre radar sur la 41 à la sortie de Tifton.

Combien de fois ne vous êtes-vous pas trouvés derrière un camping-car roulant à une vitesse d'escargot, à bouffer du gaz d'échappement et à attendre impatiemment votre chance de doubler ? À vous traîner à soixante alors que vous auriez pu observer en toute légalité une vitesse de cent dix ou même cent vingt ? Et quand une trouée se présente enfin dans la circulation d'en face et que vous déboîtez… bordel de Dieu ! vous découvrez une longue file de ces satanés engins, de ces gouffres à gas-oil conduits à exactement dix kilomètres au-dessous de la vitesse autorisée par de vieux papis et mamies à lunettes cramponnés à leur volant comme s'ils craignaient qu'il s'envole.

Ou peut-être les avez-vous rencontrés sur les aires de repos des autoroutes, quand vous vous arrêtez pour vous dégourdir les jambes et glisser peut-être quelques pièces dans les distributeurs. Les voies d'accès à ces aires de repos sont toujours divisées en deux, vous avez remarqué ? Une zone de stationnement pour les voitures, une autre pour les poids-lourds et les camping-cars, la seconde étant généralement un peu plus éloignée. Vous avez pu voir les maisons roulantes des Vrais, rassemblées en grappe, stationnées sur cette zone-là. Vous avez pu voir leurs propriétaires se diriger vers le bâtiment principal – lentement, car bon nombre d'entre eux n'ont plus l'air tout jeune et certains sont joliment bardés de lard – toujours en groupe, toujours entre eux.

Parfois, ils empruntent une de ces sorties saturées de stations-service, de motels et de chaînes de restauration rapide. Et pour peu que vous voyiez tous ces camping-cars garés autour d'un McDonald's ou d'un Burger King, vous ne vous arrêtez pas car vous savez qu'ils seront tous là à faire la queue au comptoir, les types en casquette de golf raplapla ou casquette de pêcheur à longue visière, les bonnes femmes en caleçon élastique (généralement bleu layette) et T-shirt proclamant MOI J'AI DES PETITS-ENFANTS ! ou JÉSUS EST ROI ou JE VOYAGE HEUREUSE. Vous préférez faire huit cents mètres de plus pour aller vous attabler au Waffle House ou au Shoney's, hein ? Parce que vous savez qu'il leur faudra des plombes pour commander, à tergiverser devant la carte, puis à réclamer leur Royal Cheese sans cornichons ou leur Whopper sans sauce. Ils demanderont ensuite s'il y a des attractions touristiques dans la région, alors qu'il ne faut pas être devin pour se rendre compte que c'est juste une de ces petites bourgades de rien du tout avec trois feux rouges et des gamins qui n'ont qu'une hâte : se tirer dès la fin de leurs études au lycée du coin.

Vous les remarquez à peine, exact ? Et pourquoi les remarqueriez-vous ? C'est juste des camping-caristes, des retraités âgés accompagnés de quelques compatriotes plus jeunes qui vivent leur vie sans attaches sur les autoroutes et les grandes routes bleues d'Amérique, faisant halte dans des terrains de camping où ils s'assoient sur leurs chaises de jardin Wal-Mart et cuisinent sur leurs grils Hibachi en causant investissements, concours de pêche, recettes traditionnelles et Dieu sait quoi encore. Ce sont eux qui freinent dès qu'ils voient un marché à la brocante ou un vide-grenier et qui rangent leurs foutus dinosaures à touche-touche, moitié sur le bas-côté, moitié sur la chaussée, si bien que vous devez ralentir pour les dépasser quasiment au pas. Ils sont à l'opposé des clubs de motards que vous apercevez parfois sur ces mêmes autoroutes et itinéraires bleus : Mild Angels plutôt que Hells Angels.

Ils sont chiants comme la pluie quand ils débarquent *en masse** sur une aire de repos pour prendre d'assaut les toilettes, mais quand leurs boyaux rétifs, abrutis par la route, se décident enfin à fonctionner et que votre tour sur le trône arrive, vous les reléguez dans un coin de votre mémoire, pas vrai ? Ils n'ont rien de plus remarquable qu'une volée d'oiseaux sur un fil électrique ou un troupeau de vaches paissant dans un champ en bordure de route. Oh ! vous pouvez brièvement vous demander comment ils ont les moyens de faire le plein de ces monstres assoiffés de gas-oil (ils ont *forcément* des revenus confortables et réguliers, sinon, comment pourraient-ils passer ainsi tout leur temps à vadrouiller ?) et vous pouvez aussi vous étonner que des gens aient envie de passer leurs années de retraite dorée à parcourir ces interminables routes américaines entre Pétaouchnok et Pouzzoule, mais à part ça, vous ne leur accordez probablement pas la moindre de vos pensées.

Et si d'aventure vous êtes l'un de ces malheureux qui ont un jour ou l'autre perdu un enfant – dont on n'a retrouvé que le vélo dans le terrain vague au bout de la rue ou la petite casquette dans les fourrés aux abords de la rivière proche –, vous n'avez probablement jamais pensé que c'étaient *eux*. Pourquoi l'auriez-vous pensé ? Non, c'était sans doute quelque vagabond. Ou (éventualité bien pire, mais effroyablement plausible) quelque sinistre tordu de votre propre ville, voire de votre propre quartier, peut-être même de *votre propre rue*, quelque tueur malade et pervers qui sait y faire pour avoir l'air normal et continuera à avoir l'air normal jusqu'à ce que quelqu'un découvre une brassée d'ossements dans sa cave ou au fond de son jardin. Jamais vous ne penseriez aux camping-caristes, ces rentiers d'âge mûr et ces retraités souriants en casquette et visière de golf brodée de fleurs appliquées.

Et la plupart du temps, vous auriez raison. Les camping-caristes se comptent par milliers en Amérique, mais en 2011, il ne reste plus qu'un seul Nœud : le Nœud *Vrai*. Les *Vrais* aiment aller et venir, et ils font bien, car ils le doivent. S'ils restaient sur place, ils finiraient par attirer l'attention, car ils ne vieillissent pas comme tout le monde. Flac Annie et Phil Amphet' (de leurs noms de pecnos Anne Lamont et Phil Caputo) peuvent prendre vingt ans du jour au lendemain. Les Petits Jumeaux (Pois Sec et Graine à Canari) peuvent passer de but en blanc de vingt-deux à douze ans (ou pas loin), l'âge qu'ils avaient lors de leur Retournement, mais leur Retournement ne date pas d'hier. Le seul membre des *Vrais* qui soit véritablement jeune, c'est Andrea Steiner, désormais connue sous le nom d'Andi la Piquouse… et encore, elle n'est pas aussi jeune qu'il y paraît.

Une vieille ronchonne flageolante de quatre-vingts piges redevient soudain sexagénaire. Un vieux monsieur buriné de soixante-dix printemps n'a plus besoin de sa canne pour marcher ; ses cancers de la peau au visage et aux bras disparaissent.

Rude Beckie ne boite plus.

Dada Doug, rendu à moitié aveugle par la cataracte, retrouve un regard perçant, sa calvitie disparaît comme par magie. D'un claquement de doigts, voilà qu'il a de nouveau quarante-cinq ans.

Le dos cassé de Steve Vap' se redresse. Sa femme, Baba la Rouge, se débarrasse de ses inconfortables culottes d'incontinente, enfile ses bottes Ariat cloutées de strass et annonce qu'elle veut aller danser sur un air de country.

Si on leur laissait le temps d'observer pareils changements, les gens se poseraient des questions et jaseraient. Pour finir, un journaliste rappliquerait. Or les Vrais fuient la publicité comme les vampires fuient la lumière du jour.

Mais comme ils ne restent jamais longtemps au même endroit (et quand ils font halte un certain temps dans l'une de leurs villes privées, ils restent entre eux), ils passent inaperçus. Et pourquoi pas ? Ils s'habillent comme les autres camping-caristes, portent les mêmes lunettes de soleil bon marché, achètent les mêmes T-shirts souvenirs et consultent les mêmes cartes routières de l'AAA. Sur le pare-brise arrière de leurs Bounder et de leurs Winnebago, ils collent les mêmes décalcomanies vantant tous les endroits bizarres qu'ils ont visités (J'AI AIDÉ À DÉCORER L'ARBRE DE NOËL LE PLUS GRAND DU MONDE !) et pendant que vous êtes coincé derrière eux, vous vous retrouvez à regarder indéfiniment les mêmes autocollants sur leurs pare-chocs (VIEUX MAIS PAS MORT, SAUVEZ MEDICARE, JE SUIS CONSERVATEUR ET JE *VOTE* !!) en attendant de pouvoir doubler. Ils mangent du poulet frit chez le Colonel[1] et achètent un billet de loterie ici ou là dans ces petits bazars pratiques où on trouve de tout, bière, appâts, cartouches, le magazine *Motor Trend* et dix mille variétés de barres chocolatées. S'il y a une salle de bingo dans la ville où ils font escale, un petit groupe d'entre eux peut s'y rendre, prendre une table et jouer jusqu'à ce que la dernière partie soit terminée. Lors d'une de ces soirées, Grande G (Greta Moore de son nom de pecnode) a remporté cinq cents dollars. Elle en a fait des gorges chaudes pendant des *mois*, et les Vrais ont beau avoir tout le fric qu'ils veulent, ça en a énervé plus d'un dans la bande. Ça n'a pas trop plu à Charlie le Crack non plus. Il disait qu'il attendait le B7 depuis cinq tours quand G avait gueulé Bingo.

« Grande G, t'es une putain de veinarde, il lui a fait.

— Et toi, t'es un foutu poissard, elle lui a répondu. Un foutu poissard *noir.* » Et elle s'est tirée en gloussant.

Si par malchance l'un d'eux se fait choper pour excès de vitesse ou arrêter pour une bénigne infraction routière – c'est rare, mais ça peut arriver –, les flics ne voient que des papiers en règle, permis valides et assurances à jour. Même s'il s'agit de toute évidence d'un contrôle abusif, personne n'élève la voix pendant que le flic est planté là, son carnet de PV à la main. Les contraventions ne sont jamais contestées et les amendes toujours payées sur-le-champ. L'Amérique est un corps vivant, les routes sont ses artères et le Nœud Vrai se glisse dans sa circulation tel un virus silencieux.

---

1. Kentucky Fried Chicken, fondé par le « colonel » Sanders.

Mais les Vrais n'ont pas de chien.

D'ordinaire, les camping-caristes voyagent en compagnie canine, généralement de ces petites machines à crottes à fourrure blanche et collier d'aussi mauvais goût que leur mauvais caractère. Vous connaissez cette engeance : ils aboient à vous écorcher les oreilles et ils ont des petits yeux de rat pleins d'intelligence malsaine. Vous les voyez trottiner derrière leur truffe, flairant l'herbe des zones réservées aux animaux de compagnie sur les aires de repos des autoroutes, leurs propriétaires leur collant au train, sachet ou pelle à crottes en plastique à la main. En plus des décalcomanies et des autocollants, vous risquez de voir sur les pare-brise et les pare-chocs de ces ordinaires camping-caristes des insignes jaunes en forme de losange proclamant LOULOU DE POMÉRANIE À BORD ou J'♥ MON CANICHE.

Pas chez les Vrais. Ils n'aiment pas les chiens et les chiens le leur rendent bien. C'est comme si les chiens les *perçaient à jour*. Démasquaient les yeux perçants et aux aguets derrière les lunettes de soleil au rabais. Démasquaient les jambes de prédateur aux muscles puissants et déliés sous le polyester des pantalons Wal-Mart. Démasquaient les crocs acérés somnolant sous les dentiers.

Ils n'aiment pas les chiens, non, mais ils aiment les enfants.

Oh, oui, ils aiment beaucoup certains enfants.

2

En mai 2011, peu après qu'Abra eut fêté son dixième anniversaire et Dan Torrance ses dix ans de sobriété AA, Papa Skunk frappa à la porte du EarthCruiser de Rose Claque. Les Vrais étaient alors stationnés sur le camping Kozy Kampground à la sortie de Lexington, Kentucky. Ils étaient en route pour le Colorado où ils devaient passer la majeure partie de l'été dans une de leurs villes sur mesure, une que Dan revoyait parfois dans ses rêves. En général, ils n'étaient jamais pressés d'arriver quelque part, mais cet été-là, une certaine urgence les poussait. Tous le savaient même si aucun d'eux n'en parlait.

Rose veillerait au grain. Elle l'avait toujours fait.

« Entre », répondit-elle. Et Papa Skunk entra.

Quand il sortait pour affaires, il était toujours vêtu de chouettes costards et de coûteuses pompes cirées comme des miroirs. S'il se sentait d'humeur particulièrement rétro chic, il pouvait même se munir d'une canne à pommeau. Ce matin-là, il était attifé d'un pantalon flottant retenu par des bretelles, d'un débardeur imprimé d'un poisson (avec CARPE DIEM imprimé au-dessous) et d'une gapette plate d'ouvrier qu'il ôta en refermant la porte derrière lui. Skunk était l'amant occasionnel de Rose, et son commandant en second, mais il ne manquait jamais de lui témoigner du respect. C'était un des nombreux traits que Rose appréciait chez lui. Si elle venait à mourir, elle ne doutait pas que les Vrais pourraient poursuivre leur route sous sa conduite. Au moins pendant un temps. Mais tenir encore cent ans ? Ça, peut-être pas. *Sans doute* pas.

Skunk était beau parleur et il se mettait en frais quand il avait à faire avec les pecnos, mais ses talents d'organisateur étaient rudimentaires et il n'avait pas de véritable vision.

Ce matin-là, il paraissait inquiet.

Assise sur son canapé, en corsaire et simple soutien-gorge blanc, Rose fumait une cigarette en regardant la troisième heure de *Today* sur sa grande télé encastrée. C'était l'heure « cool » où les invités étaient des chefs cuisiniers célèbres et des acteurs en tournée de promo pour leur dernier film. Elle portait son chapeau claque incliné en arrière sur la tête. Papa Skunk la connaissait depuis plus d'années que les pecnos ne vivaient, mais il ne savait toujours pas quelle magie faisait tenir le chapeau dans cette position défiant les lois de la gravité.

Rose brandit la télécommande et coupa le son. « Oh mais c'est Henry Rothman ! Et fringué avec un goût ! Même si je me doute que tu ne viens pas pour que je te goûte. Pas à dix heures moins le quart du matin et avec cette tête à faire peur. Qui est mort ? »

Elle avait dit ça en forme de boutade mais le froncement de sourcils soucieux qui barra le front de Skunk lui apprit que ça n'en était pas une. Elle éteignit la télé et prit son temps pour écraser sa cigarette, ne voulant pas lui laisser voir à quel point elle était contrariée. Naguère les Vrais avaient été forts d'une population de plus de deux cents membres. La veille, ils étaient encore quarante et un. Si elle avait correctement interprété la crispation du visage de Skunk, ils étaient un de moins aujourd'hui.

« Tommy le Taxi, dit-il. Il est parti dans son sommeil. Il a cyclé à vide une fois et crac. Il a pas souffert du tout. Ce qui est foutrement rare, comme tu sais.

— Teuch l'a vu ? » *Pendant qu'il était encore là pour qu'on le voie*, pensa-t-elle, mais elle se dispensa de l'ajouter – c'était inutile. Teuch, dont le permis de conduire pecno et ses diverses cartes de crédit pecnos mentionnaient Peter Wallis de Little Rock, Arkansas, était le toubib des Vrais.

« Non, ç'a été trop rapide. Mary Juana était avec lui. Tommy l'a réveillée en se débattant. Elle a cru qu'il faisait un cauchemar et elle lui a filé un coup de coude… sauf que son coude a rien rencontré, y avait déjà plus rien dans son pyjama. Il a dû faire une crise cardiaque. Il avait attrapé un gros rhume. Teuch pense que ç'a dû être un facteur aggravant. Et tu sais que cette andouille a toujours fumé comme un pompier.

— Nous ne *faisons pas* de crises cardiaques », répliqua Rose. Puis, avec réticence : « Nous n'attrapons pas non plus de rhumes. Il respirait vraiment avec difficulté ces derniers jours, hein ? Pauvre TT.

— Ouais, pauv' vieux TT. Teuch dit qu'on peut être sûr de rien si on ne fait pas d'autopsie. »

Ce qui était impossible. Puisqu'il n'y avait plus trace de corps à découper.

« Comment le prend Mary ?

— D'après toi ? Elle est anéantie, putain. Ils sont ensemble depuis l'époque où Tommy le Taxi était encore Tommy le Fiacre. Près de quatre-vingt-dix ans. C'est elle qui s'est occupée de lui quand il a fait son Retournement. Elle qui lui a donné sa première vap' au réveil le lendemain. Elle en est à dire qu'elle veut se suicider. »

Rose était rarement choquée, mais là, le coup porta. Jamais personne ne s'était suicidé chez les Vrais. Vivre était – si l'on peut dire – leur seule raison de vivre.

« Ça va sûrement lui passer, dit Papa Skunk. Quoique…

— Quoique quoi ?

— T'as raison quand tu dis que nous n'attrapons pas de rhumes, mais il se trouve qu'on en a vu un certain nombre récemment. Des petits rhumes de cerveau sans conséquence pour la plupart. Sauf que, d'après Teuch, ça pourrait être la malnutrition. C'est rien qu'une supposition, bien sûr. »

Pianotant du bout de ses doigts sur son sternum dénudé, fixant d'un regard vide le rectangle noir de sa télé, Rose réfléchissait. Finalement, elle dit : « D'accord, je reconnais que le ravitaillement a été un peu maigre ces derniers temps, mais on a pris de la vapeur dans le Delaware il y a tout juste un mois et le Tommy était en super forme. Ça l'a regonflé illico.

— Ouais, Rosie, mais… le môme du Delaware avait pas grand-chose, tu sais bien. Plus de pif que de vap'. »

Elle n'avait jamais pensé à ça comme ça, mais c'était vrai. Faut dire que le môme avait dix-neuf ans, d'après son permis de conduire. Ça faisait déjà longtemps qu'il n'avait plus le potentiel qu'il avait pu avoir autour de la puberté. Encore dix ans – voire cinq – et il n'aurait plus été qu'un pecno parmi les autres. Le repas avait laissé à désirer, message reçu. Mais on ne peut pas toujours avoir du steak. Quelquefois, faut savoir s'accommoder de germes de soja et de tofu. Ça permet au moins de survivre le temps d'abattre la prochaine vache.

Sauf que… tofu et germes de soja psychiques n'avaient pas aidé Tommy le Taxi à survivre, vrai ?

« On avait plus de bonne vap' autrefois, fit Skunk.

— Sois pas con. On croirait entendre les pecnos dire qu'y a cinquante ans les gens étaient plus serviables. C'est un mythe, et je t'interdis de le propager. Tout le monde est assez nerveux comme ça.

— Tu me connais mieux que ça. Et je crois pas que ça soit un mythe, chérie. Si t'y réfléchis, ça se tient. Y a cinquante ans, on avait plus de *tout* : pétrole, bêtes sauvages, terre arable, air pur. On avait même quelques politiciens honnêtes.

— Oui ! s'exclama Rose. Richard Nixon, tu te souviens ? Le Prince des Pecnos ? »

Mais Papa n'allait pas enfourcher ce faux cheval de bataille. Il était peut-être un peu faible, question vision à long terme, mais il se laissait rarement distraire. C'est pour ça qu'il était son second. Et il tenait peut-être bien une vérité. Qui pouvait dire que le nombre d'humains capables de servir de ravitaillement aux Vrais n'était pas en baisse, exactement comme les bancs de thons dans le Pacifique ?

« Tu ferais bien d'ouvrir un de ces bocaux, Rosie. » Voyant ses yeux s'agrandir, il leva une main pour la devancer. « Personne le réclame à haute voix, mais toute la famille y pense. »

Rose n'en doutait pas et l'idée que Tommy soit mort de complications dues à la malnutrition avait un caractère horriblement plausible. Quand la vapeur venait à manquer, la vie devenait dure et perdait toute saveur. Ils n'étaient pas de ces vampires sortis des films d'horreur de la Hammer, mais ils avaient tout de même besoin de manger.

« Et ça fait combien de temps qu'on a pas eu une septième vague ? » demanda Papa.

Rose connaissait la réponse aussi bien que lui. Les Vrais avaient des capacités de précognition limitées, mais lorsqu'une catastrophe vraiment importante menaçait de survenir chez les pecnos – une septième vague –, tous la sentaient venir. Les détails concernant l'attaque du World Trade Center n'avaient commencé à prendre forme pour eux que vers la fin de l'été 2001, mais ils savaient depuis des mois que *quelque chose* allait se produire à New York. Rose se souvenait encore de leur joie et de leur impatience. Elle imaginait que les pecnos affamés éprouvaient les mêmes sensations en reniflant le fumet d'un plat particulièrement goûteux mijotant en cuisine.

Il y avait eu à manger en pagaille pour tous ce jour-là et les jours d'après. Peut-être n'y avait-il eu que deux ou trois vraies tronches-à-vapeur dans le lot de tous ceux qui étaient morts dans l'effondrement des Tours, mais quand un désastre était d'assez grande envergure, même l'agonie et la mort violente des gens ordinaires étaient d'une qualité enrichissante. Ce qui expliquait que les Vrais étaient attirés vers ces endroits comme des insectes vers l'éclat d'une lampe. Il était nettement plus difficile en revanche de localiser des tronches-à-vapeur isolées parmi les pecnos, et aujourd'hui seuls trois des leurs étaient dotés de ce sonar spécialisé dans la tête : Grand-Pa Flop, Barry le Noiche et Rose elle-même.

Elle se leva, attrapa un haut à encolure bateau soigneusement plié sur le comptoir et l'enfila. Comme toujours, elle avait une allure du tonnerre, avec quelque chose d'un poil surnaturel (ces pommettes hautes et ces yeux légèrement bridés) mais de suprêmement sexy. Elle remit son chapeau sur sa tête et lui donna une petite tape pour la chance. « Combien il nous reste de cartouches, selon toi, Papa ? »

Il haussa les épaules. « Je dirais une douzaine ? Une quinzaine ?

— Dans ces eaux-là », acquiesça-t-elle. Mieux valait que tous ignorent la vérité, y compris son second. La dernière chose qu'elle souhaitait, c'était que le malaise actuel se transforme en panique incontrôlable. Quand les gens paniquent, ils se mettent à courir dans tous les sens. Si cela se produisait, le Nœud Vrai pouvait se désintégrer.

Pendant ce temps, Papa Skunk la dévisageait, avec attention. Avant qu'il ne puisse lire trop loin en elle, elle reprit : « Tu peux nous privatiser cet endroit pour ce soir ?

— Tu veux rire ? Vu le prix des carburants, le proprio peut à peine remplir la moitié de ses emplacements, même le week-end. Il va sauter sur l'occase.

— Alors, fais-le. On va prendre de la vapeur en boîte. Fais-le-leur savoir.

— Bonne décision. » Il l'embrassa, lui caressa un sein au passage. « C'est mon haut préféré. »

Elle rit et le repoussa. « Tous les hauts sont tes préférés pourvu qu'il y ait des nichons dedans. File. »

Mais il s'attarda, un sourire relevant le coin de ses lèvres. « La Petite Piquouse vient toujours renifler à ta porte, beauté ? »

Rose tendit la main et exerça une brève pression au-dessous de sa ceinture. « Oh, bigre. C'est l'os de ta jalousie que je viens de sentir là ?

— Ouais, disons que c'est ça. »

Elle en doutait, mais c'était néanmoins flatteur. « Elle est avec Sarey maintenant et elles sont parfaitement heureuses toutes les deux. Mais en parlant d'Andi, elle peut nous aider. Tu sais comment. Fais-leur savoir pour ce soir, mais parle-lui d'abord à elle. »

Après son départ, elle verrouilla la porte, passa dans la cabine du EarthCruiser et s'agenouilla. Entre le siège du conducteur et les pédales, elle passa les doigts sous la moquette et la souleva. Dessous apparut un carré de métal avec cadenas numérique intégré. Rose tapota la combinaison, et le couvercle du coffre-fort s'entrebâilla de quelques centimètres. Elle l'ouvrit grand et regarda à l'intérieur.

Douze ou quinze cartouches… C'était l'estimation de Skunk, et même si elle ne pouvait lire dans le cerveau des membres de la Tribu comme elle pouvait le faire dans celui des pecnos, Rose était sûre qu'il avait intentionnellement revu son estimation pour lui remonter le moral.

Si seulement il savait, songea-t-elle.

Le coffre-fort était doublé de polystyrène pour protéger les cartouches en cas d'accident de la route et comportait quarante niches. En ce doux matin de mai dans le Kentucky, trente-sept des cartouches logées dans ces compartiments étaient vides.

Rose prit l'une des trois pleines qui restaient et la tint devant elle. Elle était légère ; si vous l'aviez soulevée, vous auriez pu la croire vide, celle-là aussi. Rose retira le capuchon, examina la valve en dessous pour s'assurer que le joint était intact, puis elle referma le coffre-fort et déposa délicatement – presque cérémonieusement – la cartouche sur le comptoir là où elle avait pris son haut.

Après ce soir, il n'en resterait plus que deux.

Il faudrait qu'ils trouvent de la bonne grosse vapeur pour reremplir quelques-unes de ces cartouches vides, et il faudrait qu'ils en trouvent vite. Les Vrais n'étaient pas au pied du mur, pas encore, mais ils s'en rapprochaient.

3

Le propriétaire du Kozy Kampground et sa femme avaient leur propre caravane installée à demeure sur des blocs de béton peints, tout au bout de l'allée menant à leur terrain depuis la route 12. Les averses d'avril avaient fait surgir une quantité de fleurs et le jardin de devant de Mr. et Mrs. Kozy en était rempli. Andrea Steiner, désormais connue sous le nom d'Andi la Piquouse, s'arrêta un moment pour admirer les tulipes et les pensées avant de gravir les trois marches de la grosse caravane Redman et de frapper à la porte.

Mr. Kozy finit par se décider à ouvrir. C'était un petit type à grosse bedaine présentement sanglée dans un maillot de corps à bretelles rouge vif. Dans une main, il tenait une canette de Pabst Blue Ribbon. Dans l'autre, une saucisse rôtie engluée de moutarde roulée dans une tranche de pain de mie blanc spongieux. Comme sa femme était dans la pièce d'à côté, il prit le temps de se livrer à un inventaire visuel des attraits de la jeune personne qui se tenait devant lui, sans rien omettre, de la queue-de-cheval aux chaussures de tennis.

« Oueye ? »

S'il y avait quelques autres membres de la Tribu dotés de talents d'hypnotiseur, Andi était de loin la meilleure et son Retournement s'était avéré un bénéfice énorme pour les Vrais. Elle utilisait encore occasionnellement sa compétence pour subtiliser de l'argent liquide dans le portefeuille de certains des vieux pecnos de sexe masculin qui avaient le tort d'être attirés par elle. Rose trouvait ça risqué et puéril, mais savait d'expérience qu'avec le temps, ce qu'Andi appelait ses *pulsions* finirait par s'atténuer. Pour les Vrais, la seule pulsion qui vaille était la survie.

« J'avais juste une petite question, fit Andi.

— Si ça concerne les toilettes, ma jolie, l'aspirateur de caca passera pas avant jeudi.

— Non, c'est pas pour ça.

— Alors, quoi ?

— Vous n'êtes pas fatigué ? Vous n'avez pas envie de dormir ? »

Mr. Kozy ferma aussitôt les yeux. Échappant à ses mains, bière et saucisse dégueulassèrent la moquette. *Bah*, songea Andi, *le Skunk lui a largué douze cents tickets. Mr. Kozy peut bien se payer une bouteille de nettoyant pour moquette. Même deux.*

Andi le prit par le bras et le conduisit dans le salon où se trouvaient une paire de fauteuils Kozy recouverts de chintz et équipés de plateaux-télé intégrés.

« Assieds-toi », dit-elle.

Les yeux toujours fermés, Mr. Kozy s'assit.

« T'aimes bien fricoter avec les petites filles ? lui demanda Andi. Tu le ferais bien si tu pouvais, hein ? Si tu pouvais courir assez vite pour les attraper, pour commencer. » Elle le détaillait, mains sur les hanches. « T'es dégoûtant. Tu peux dire ça ?

— Je suis dégoûtant », convint Mr. Kozy. Puis il se mit à ronfler.

Mrs. Kozy s'amena de la cuisine. Elle grignotait un sandwich glacé. « Ben, vous alors, qu'est-ce que vous faites là ? Qu'est-ce que vous lui racontez ? Qu'est-ce que vous voulez ?

— Que vous dormiez », lui dit Andi.

Mrs. Kozy en laissa tomber son sandwich. Puis ses genoux fléchirent et elle s'assit dessus.

« Ah, merde, fit Andi. J'ai pas dit là. Lève-toi. »

Mrs. Kozy se leva, le sandwich aplati collé dans le bas de sa robe. Andi la Piquouse passa le bras autour de la taille mastoc de la femme et la conduisit à l'autre fauteuil Kozy où elle la déposa après avoir prestement décollé de son postérieur le sandwich en train de fondre. Bientôt, tous deux furent assis côte à côte, les yeux fermés.

« Vous allez dormir toute la nuit, leur enjoignit Andi. Monsieur pourra rêver qu'il pourchasse des petites filles. Toi, la Madame, tu peux rêver qu'il est mort d'une crise cardiaque et t'a laissé un million de dollars d'assurance-vie. Contents ? Bon plan ? »

Elle alluma la télé et monta le volume. Une femme dotée d'une paire d'airbags monstrueux donnait l'accolade à Pat Sajak[1]. Elle venait de résoudre l'énigme SE REPOSER SUR SES LAURIERS. Andi prit quelques secondes pour admirer ces mammouths mammaires avant de se retourner vers les Kozy.

« Quand le journal de vingt-trois heures sera fini,

1. Animateur de *La Roue de la fortune*.

vous pourrez éteindre la télé et aller vous coucher. À votre réveil demain matin, vous n'aurez aucun souvenir de ma présence ici. Des questions ? »

Ils n'en avaient aucune. Andi les laissa là et se hâta de retourner aux camping-cars. Elle avait faim, ça faisait des semaines qu'elle avait faim, et, ce soir, il y aurait à manger pour tout le monde. Quant à demain… C'était le boulot de Rose de s'en inquiéter, et pour ce qui la concernait, Andi la Piquouse le lui laissait volontiers.

4

À vingt heures, la nuit était tombée. À vingt et une heures, les Vrais se rassemblèrent sur l'aire de pique-nique du Kozy Kampground. Rose Claque arriva la dernière, la cartouche entre les mains. À son approche, un petit murmure avide s'éleva. Rose savait ce qu'ils éprouvaient. Elle-même était bigrement affamée.

Elle grimpa sur l'une des tables de pique-nique scarifiées d'initiales et les regarda tous un à un. « Nous sommes le Nœud Vrai.

— *Nous sommes le Nœud Vrai* », répétèrent-ils. Leurs visages étaient solennels, leurs yeux fiévreux et avides. « *Ce qui a été noué ne peut plus être dénoué.*

— Nous sommes le Nœud Vrai qui persiste.

— *Nous persistons*.

— Nous sommes les élus. Nous sommes les fortunés.

— *Nous sommes élus et fortunés*.

— Ils sont les faiseurs, nous sommes les preneurs.

— *Nous prenons ce qu'ils font*.

— Prenez et profitez.

— *Nous profiterons.* »

Il était une fois, dans la dernière décennie du XXe siècle en Amérique, un petit garçon appelé Richard Gaylesworthy. Il vivait à Enid, Oklahoma. *Je jurerais que cet enfant sait lire dans mon esprit*, disait parfois sa mère. Les gens souriaient en l'entendant dire ça, mais elle ne plaisantait pas. Et peut-être savait-il lire *ailleurs* que dans son esprit. Car Richard obtenait des A à ses devoirs scolaires sans même avoir étudié. Il savait quand son père allait rentrer à la maison de bonne humeur et quand il allait rentrer de mauvais poil à cause d'un truc qui l'avait contrarié au magasin de fournitures de plomberie dont il était propriétaire. Une fois, jurant qu'il connaissait les numéros gagnants, Richard avait supplié sa mère de jouer au Loto. Mrs. Gaylesworthy avait refusé – ils étaient de bons croyants baptistes – mais plus tard, elle s'en était mordu les doigts. Sur les six numéros que Richard avait notés sur l'aide-mémoire de la cuisine, cinq étaient sortis. Leurs convictions religieuses leur avaient coûté soixante-dix mille dollars. Mrs. Gaylesworthy avait supplié son fils de n'en rien dire à son père, et Richard avait promis. C'était un bon garçon, un garçon adorable.

Deux mois après le gain raté au Loto, Mrs. Gaylesworthy était abattue d'une balle dans sa cuisine et le bon garçon adorable disparaissait. Son corps était depuis longtemps décomposé sous la terre en friche d'une ferme abandonnée, mais lorsque Rose Claque ouvrit la valve de la cartouche d'acier, son essence – sa *vapeur* – s'échappa sous la forme d'un nuage de brume blanche scintillante. Le nuage s'éleva à une hauteur d'environ soixante centimètres au-dessus du récipient qui l'avait contenu et se répandit en une nappe horizontale. Le visage empli d'attente, les Vrais levèrent les yeux. Presque tous tremblaient. Certains même pleuraient.

« Mangez et persistez », dit Rose. Et elle éleva les deux mains jusqu'à ce que ses doigts écartés viennent effleurer la nappe de brume argentée, l'invitant à se poser. Aussitôt, la brume se mit à descendre, s'arrondissant en forme de parapluie à mesure qu'elle s'abaissait vers ceux qui l'attendaient. Lorsque leurs têtes furent enveloppées de brume blanche, ils commencèrent à inhaler profondément. La séance dura environ cinq minutes durant lesquelles plusieurs d'entre eux se mirent en hyperventilation et s'évanouirent sur le sol.

Rose sentit son propre corps se dilater et son esprit s'aiguiser. Toutes les odeurs parfumées de cette nuit printanière se manifestèrent. Elle sut que les ridules sur le pourtour de ses yeux et de sa bouche étaient en train de disparaître. Les fils blancs dans ses cheveux redevenaient noirs. Plus tard dans la soirée, Papa Skunk monterait le marchepied de sa caravane et la rejoindrait dans son lit, où ils flamberaient comme des torches.

Ils inhalèrent le petit Richard Gaysleworthy jusqu'à ce qu'il ait disparu – vraiment et réellement disparu. La brume blanche s'amincit et se dissipa. Ceux qui s'étaient évanouis se redressèrent et se regardèrent en souriant. Grand-Pa Flop empoigna Petty la Noiche, la femme de Barry, et dansa une agile petite gigue avec elle.

« Lâche-moi, vieille bourrique ! » glapit-elle. Mais elle riait.

Andi la Piquouse et Sarey la Muette s'embrassaient à pleine bouche. Andi plongeait les mains dans la chevelure couleur brûlé de Sarey.

Rose sauta de la table de pique-nique et se tourna vers Papa Skunk. Il forma un cercle à l'aide de son pouce et de son index en lui souriant de toutes ses dents.

Tout baigne, disait ce sourire. Et tout baignait, en vérité. Pour le moment. Car en dépit de son euphorie, Rose songeait à la réserve de cartouches dans son coffre-fort. Ce soir-là, il y avait trente-huit compartiments vides au lieu de trente-sept. Le dos des Vrais se rapprochait un peu plus du mur.

5

Ils reformèrent leur convoi le lendemain à la première heure. Tête à cul, leurs quatorze véhicules prirent la route 12, direction l'Interstate 64 sur le ruban de laquelle ils se disperseraient afin de ne pas trop attirer l'attention sur eux. Ils resteraient en contact radio, au cas où un incident surviendrait.

Ou si une opportunité se présentait.

Ernie et Maureen Salkowicz, requinqués par une merveilleuse nuit de sommeil, convinrent que ce groupe de camping-caristes était sans doute le meilleur qu'ils aient jamais eus. Non seulement ils avaient payé cash et laissé leurs emplacements propres comme des sous neufs, mais quelqu'un avait trouvé le moyen de déposer un pudding aux pommes sur le marchepied de leur caravane avec un délicieux petit mot de remerciement par-dessus. Avec un peu de chance, se disaient les Salkowicz en dégustant leur pudding au petit déjeuner, ils reviendraient l'an prochain.

« Tu sais quoi ? dit Maureen. J'ai rêvé que Flo, la femme de la pub des assurances, te vendait une grosse assurance-vie. C'est pas fou comme rêve ? »

Ernie grogna et ajouta une bonne cuillerée de crème fouettée sur sa part de pudding.

« Et toi, qu'est-ce t'as rêvé, mon chou ?

— R'en. »

Mais en disant ça, ses yeux évitèrent les siens.

6

Le Nœud Vrai vit sa chance tourner par une chaude journée de juillet en Iowa. Comme à l'accoutumée, Rose menait le convoi et, juste à l'ouest d'Adair, le sonar dans sa tête émit un *ping* distinct. Certes pas de quoi lui vriller le crâne, mais suffisamment sonore pour qu'elle ne l'ignore pas. Elle se cala aussitôt sur la CiBi avec Barry le Noiche – qui était aussi chinois que Tom Cruise. Il avait les yeux un peu bridés, c'est vrai. Et sa femme aussi – ce qui prouvait, selon Rose, que qui se ressemble s'assemble.

« Barry, t'as senti ça, toi aussi ? Réponds.

— Ouaip. » Barry n'était pas du genre loquace.

« Grand-Pa Flop roule avec qui aujourd'hui ? »

Avant que Barry puisse répondre, il y eut une interruption dans la communication et Flac Annie intervint : « Il est avec moi et Long Paul, Rosie. C'est… c'est du *bon* ? » Annie avait le ton anxieux et Rosie pouvait la comprendre. Richard Gaylesworthy avait été du *très* bon, mais six semaines entre deux repas, c'était long, et on commençait à ne plus rien sentir.

« Le Vieux est en forme, Annie ? »

Avant qu'elle ait pu répondre, une voix âpre retentit : « Je suis d'attaque, fistonne. » Et pour un type à qui il arrivait de ne pas se souvenir de son nom, Grand-Pa Flop avait vraiment l'air d'être ce qu'il disait. Grincheux aussi, mais grincheux valait mieux que gâteux.

Un deuxième *ping* lui parvint, moins net cette fois. Comme pour confirmer une évidence qui n'avait aucun besoin d'être confirmée, Grand-Pa lança : « On roule dans la mauvaise direction, putain de Dieu. »

Rose ne se fatigua pas à répondre. Après une autre interruption, elle dit dans son micro : « Skunk ? Réponds, mon poussin.

— Je suis là. » Prompt comme à l'accoutumée. Toujours prêt à répondre à l'appel.

« Arrêtez-vous à la prochaine aire de repos. Moi, Flop et Barry, on continue. On prendra la prochaine sortie pour revenir sur nos pas.

— T'auras besoin d'une équipe de renfort ?

— Je peux pas savoir tant qu'on est pas plus près… Mais je crois pas.

— D'accord. » Un blanc, puis il ajouta : « Merde. »

Rose raccrocha le micro et son regard se perdit sur les hectares de maïs à perte de vue de chaque côté de la quatre-voies. Skunk était déçu, bien sûr. Ils le seraient tous. Les grosses tronches-à-vapeur présentaient des difficultés car elles étaient insensibles à la suggestion. Ce qui signifiait qu'il fallait s'emparer d'elles par la force. Des amis ou des membres de leur famille tentaient parfois de s'interposer. On arrivait quelquefois à les endormir, mais pas toujours ; un môme à grosse vapeur pouvait même neutraliser les meilleurs efforts d'Andi. Alors de temps en temps, certaines personnes devaient être éliminées. Mauvais, ça, mais le jeu en valait toujours la chandelle : force et vie entreposées dans une cartouche d'acier. Mises en réserve pour les jours de pluie. Dans beaucoup de cas, il en résultait même un bénéfice annexe. La vapeur était héréditaire et bien souvent les autres membres de la famille ciblée en possédaient au moins un peu.

7

Tandis que le gros de la troupe des Vrais attendait sur une aire de repos agréablement ombragée à quelques kilomètres à l'est de Council Bluffs, les véhicules des trois rabatteurs firent demi-tour, sortirent au péage d'Adair et montèrent vers le nord. Une fois loin de l'I-80 et en pleine cambrousse, ils se sépareraient et commenceraient à quadriller le réseau de pistes de terre bien entretenues menant aux fermes qui délimitaient cette partie de l'Iowa en grandes surfaces carrées. Convergeant vers le *ping*, mais de différents endroits. Procédant par triangulation.

Le *ping* se renforça… se renforça encore un peu… puis se stabilisa. Bonne vapeur, mais pas *grosse* vapeur. Ah… bah. Faute de grives, on mange des merles.

8

Bradley Trevor avait été dispensé de ses corvées quotidiennes à la ferme pour aller s'entraîner avec son équipe locale de Petite Ligue de base-ball All-Star. Si son père lui avait refusé sa journée, l'entraîneur aurait probablement organisé ses autres joueurs en commando de lynchage, car Brad était le meilleur batteur de l'équipe. On n'aurait pas cru à le voir – il était maigre comme un coucou et n'avait que onze ans – mais il était capable de taguer même les meilleurs coureurs du district sur des simples ou des doubles. Il frappait toujours les balles frondes assez tôt et bien bas. Sa qualité de frappe était en grande partie due à sa force physique de petit gars élevé à la ferme, mais ça n'expliquait pas tout. Brad semblait toujours savoir à quelle balle s'attendre. Ce n'était pas parce qu'il était capable d'intercepter les signes de l'équipe adverse (les autres entraîneurs du district s'étaient longuement interrogés sur cette éventualité). Non, il *savait*, voilà tout. Comme il savait découvrir le meilleur emplacement pour un nouveau forage pour le bétail, l'endroit où on retrouverait une vache égarée, ou celui où était tombée l'alliance de sa mère la dernière fois qu'elle l'avait perdue. *Regarde sous le tapis de sol du Suburban*, il lui avait dit. Et en effet, la bague y était.

L'entraînement du jour s'était super bien passé mais ensuite, pendant la phase-bilan, Brad avait paru perdu dans la couche d'ozone et avait refusé un des sodas mis au frais dans le baquet de glace. Il avait dit qu'il ferait mieux de rentrer chez lui sans tarder aider sa mère à ramasser le linge.

« Il va pleuvoir ? » avait demandé le coach, Micah Johnson. Question météo, ils avaient tous appris à se fier à lui.

« Ch'ais pas, avait répondu Brad avec apathie.

— Tu t'sens bien, petit ? Tu m'as l'air tout chose. »

Non, Brad ne se sentait pas bien, il s'était levé le matin avec un mal de tête diffus et l'impression d'être un peu fiévreux. Mais ce n'était pas pour cela qu'il voulait rentrer chez lui sans attendre ; il avait juste le sentiment de n'avoir plus envie d'être sur le terrain de base-ball. Son esprit semblait... ne plus vraiment lui appartenir. Il n'était pas certain de savoir s'il était réellement là ou en train de rêver qu'il y était – c'était fou, ça, non, comme truc ? Il se gratta une plaque rouge sur l'avant-bras d'un geste absent. « Même heure demain, OK ? »

Le coach Johnson lui répondit que c'était ça, le plan, et Brad partit à pied, son gant traînant au bout de son bras. D'habitude, il partait au petit trot – ils le faisaient tous – mais aujourd'hui il ne se sentait pas dispos. Il avait encore mal à la tête, et voilà que ses jambes s'y mettaient à leur tour. Il disparut dans le champ de maïs derrière les gradins, un raccourci pour rentrer à la ferme distante d'un peu plus de trois kilomètres. Lorsqu'il déboucha sur le chemin vicinal D, brossant d'une main molle et distraite le pollen accroché à ses cheveux, un WanderKing de taille moyenne tournait au ralenti sur le bas-côté gravillonné. Debout près de la portière ouverte, souriant, se tenait Barry le Noiche.

« Ah, te voilà, dit Barry.

— Qui êtes-vous ?

— Un ami. Grimpe. J'te ramène à la maison.

— Ah, volontiers », dit Brad. Patraque comme

il était, il n'allait pas refuser. Il se gratta la plaque rouge qu'il avait au bras. « Vous êtes Barry Smith. Vous êtes un ami. Je monte et vous me ramenez à la maison. »

Il grimpa dans le camping-car. La portière se ferma. Le WanderKing démarra.

Le lendemain, tout le comté serait mobilisé pour rechercher le meilleur batteur de l'équipe d'Adair All-Star. Un porte-parole de la police d'État demanda aux habitants de signaler tout véhicule suspect, voiture, fourgon ou utilitaire. Il y eut beaucoup de signalements, mais qui n'aboutirent à rien. Et les trois gros cubes qui transportaient les rabatteurs avaient beau être beaucoup plus gros que la normale (celui de Rose Claque était vraiment un engin gigantesque), personne ne les signala. C'étaient des camping-caristes, après tout, et on les voyait voyager partout. Brad, lui, avait juste… disparu.

Comme des milliers d'autres enfants infortunés, il avait été avalé par l'Amérique.

9

Ils l'emmenèrent vers le nord, dans une usine d'éthanol abandonnée située à des kilomètres de la ferme la plus proche. Papa Skunk débarqua le gosse du EarthCruiser de Rose et le déposa délicatement sur le sol. Brad était ligoté avec de l'adhésif de chantier et il pleurait. Lorsque le Nœud Vrai se rassembla autour de lui (telle une assemblée en deuil autour d'une tombe), il leur dit : « S'il vous plaît, ramenez-moi à la maison. Je dirai rien. »

Rose posa un genou à terre près de lui et soupira : « Je le ferais si je pouvais, bonhomme, mais je peux pas. »

Les yeux de Brad trouvèrent Barry. « Vous avez dit que vous étiez un gentil ! Je vous ai entendu le dire ! Vous l'avez dit !

— Désolé, mon pote. » Barry n'avait pas l'air désolé. Il avait l'air affamé. « On n'a rien contre toi. »

Brad reporta son regard sur Rose. « Vous allez me faire mal ? S'il vous plaît, ne me faites pas mal. »

Bien sûr qu'ils allaient lui faire mal. C'était regrettable, mais la douleur purifiait la vapeur, et il fallait bien que les Vrais mangent. Les homards aussi souffrent quand on les plonge dans l'eau bouillante et ça n'empêchait pas les pecnos de le faire. La bouffe, c'est la bouffe, et la survie, c'est la survie.

Rose mit ses mains derrière son dos. Dans l'une, Grande G plaça un couteau. Sa lame était courte et effilée. Rose sourit à l'enfant et lui dit : « Le moins possible. »

L'enfant résista longtemps. Il hurla jusqu'à ce que ses cordes vocales se rompent puis ses cris se changèrent en aboiements rauques. À un moment, Rose s'interrompit et regarda autour d'elle. Ses longues mains fortes étaient des gants rouges de sang.

« Un problème ? demanda Skunk.

— On en parlera plus tard », dit Rose. Et elle se remit au travail. La lumière d'une douzaine de lampes torches avait transformé ce bout de terre derrière l'usine en bloc opératoire improvisé.

Brad Trevor chuchota : « S'il vous plaît, tuez-moi. »

Rose Claque lui adressa un sourire encourageant. « Bientôt. »

Mais c'était faux.

Les aboiements rauques s'élevèrent encore et se changèrent finalement en vapeur.

À l'aube, ils enterrèrent le corps de l'enfant. Et ils reprirent la route.

CHAPITRE 6

DRÔLE DE RADIO

1

Ça ne s'était plus produit depuis au moins trois ans, mais il y a certaines choses qu'on n'oublie pas. Comme d'entendre hurler son enfant en pleine nuit… David étant parti à Boston pour un colloque de deux jours, Lucy était seule à la maison mais elle savait que si son mari avait été là, il l'aurait prise de vitesse pour courir vers la chambre d'Abra. Lui non plus n'avait pas oublié.

Leur fille était assise dans son lit, le visage blême, les cheveux embroussaillés par le sommeil dressés sur la tête, les yeux exorbités fixant le vide. Le drap – qui suffisait à la couvrir par les nuits chaudes d'été – était tout défait et ramené en boule autour d'elle en un cocon grotesque.

Lucy s'assit à côté d'elle et passa un bras autour de ses épaules. Elle eut l'impression d'étreindre de la pierre. C'était le moment le plus pénible, avant qu'Abra ne revienne complètement à elle. Être arrachée au sommeil par les hurlements de sa fille est déjà assez terrifiant, mais l'absence de réactions de l'enfant était encore pire. Entre cinq et sept ans, ses terreurs nocturnes avaient été assez courantes et Lucy vivait dans la frayeur qu'un jour ou l'autre son mental ne craque sous la pression. Abra continuerait à respirer, mais ses yeux resteraient à jamais fixés sur le monde invisible qu'elle seule voyait.

Ça n'arrivera pas, lui avait assuré David. Ce que John Dalton avait confirmé. *Les enfants sont résistants. Si elle ne présente pas de séquelles persistantes immédiates, repli sur soi, isolement, comportement obsessionnel, énurésie..., tout sera certainement normal par la suite.*

Mais il n'était pas normal qu'une enfant se réveille en hurlant après avoir fait d'affreux cauchemars. Il n'était pas normal qu'ensuite des accords de piano montent parfois du salon, ou que des robinets s'ouvrent tout seuls dans la salle de bains au fond du couloir, ou que l'ampoule grille au-dessus du lit d'Abra quand David ou elle appuyait sur l'interrupteur.

Et puis, son ami invisible était arrivé et ses cauchemars s'étaient espacés. Pour finalement s'arrêter. Jusqu'à cette nuit-là. Mais ce n'était plus tout à fait la nuit ; Lucy vit avec soulagement que les premières lueurs de l'aube blanchissaient l'horizon.

« Abby ? C'est maman. Parle-moi. »

Pendant cinq ou six secondes, rien ne se passa. Puis, enfin, la statue que Lucy tenait dans les bras se détendit et redevint une petite fille. Abra prit une longue inspiration frissonnante.

« J'ai refait un cauchemar. Comme ceux d'avant.

— Je crois que j'avais deviné, ma chérie. »

Généralement, Abra ne se souvenait que de bribes. Quelquefois, c'étaient des gens qui se hurlaient au visage ou se battaient à coups de poing. *Il a renversé la table en la poursuivant*, racontait-elle. Une fois, elle avait rêvé d'une poupée borgne gisant au milieu de la route. Une autre fois, elle n'avait que quatre ans, elle leur avait raconté qu'elle avait vu des gens-fantômes rouler dans le *Helen Rivington*, une attraction touristique populaire à Frazier. Le petit train faisait un circuit au départ de Teenytown jusqu'à Cloud Gap et retour. *Je les voyais bien parce que c'était la pleine lune*, avait raconté Abra à ses parents cette fois-là. Assis chacun d'un côté du lit, Lucy et David la tenaient enlacée. Lucy se souvenait encore du contact moite de sa veste de pyjama trempée de sueur. *Je savais que c'étaient des gens-fantômes parce qu'ils avaient des figures comme des vieilles pommes transparentes et la lune brillait à travers.*

Le lendemain après-midi, Abra courait, jouait et riait de nouveau avec ses petits camarades, mais cette image était restée gravée dans l'esprit de Lucy : des morts aux visages comme des vieilles pommes transparentes roulant dans le petit train à travers bois. Elle avait demandé à Chetta si par hasard elle avait déjà emmené Abra faire un tour en train lors d'une de leurs sorties « entre filles ». Chetta avait dit que non. Elles étaient allées à Teenytown, mais le train était en réparation ce jour-là, alors elles avaient fait un tour de manège à la place.

Abra, maintenant, regardait sa mère dans les yeux. Elle lui demanda : « Quand rentre papa ?

— Après-demain. Il a dit qu'il serait là pour déjeuner.

— C'est trop tard », dit Abra. Une larme jaillit du coin de son œil, roula le long de sa joue et s'écrasa sur sa veste de pyjama.

« Trop tard pour quoi ? De quoi te souviens-tu, Abba-Doo ?

— Ils ont fait mal au p'tit gars. »

Lucy n'avait pas envie de s'engager sur cette pente-là, mais il lui sembla qu'elle le devait. Il y avait eu trop de corrélations entre certains des rêves antérieurs d'Abra et des choses qui s'étaient réellement passées. C'était David qui avait repéré la photo de la poupée borgne dans le *Sun* de North Conway, sous le titre OSSIPEE : TROIS MORTS DANS UNE COLLISION. C'était Lucy qui avait épluché les faits divers faisant état d'arrestations pour violences conjugales dans les jours qui avaient suivi deux des rêves d'Abra sur *des gens qui se criaient dessus et qui se tapaient.* Même John Dalton avait admis qu'Abra interceptait peut-être des transmissions sur ce qu'il appelait « la drôle de radio dans sa tête ».

Lucy se décida et lui dit : « Quel petit gars ? Tu sais s'il vit près d'ici ? »

Abra secoua la tête. « Non, très loin. Je me souviens pas. » Puis elle s'illumina. La vitesse avec laquelle elle récupérait de ses absences était pour Lucy tout aussi surnaturelle que les absences elles-mêmes. « Mais je crois que je l'ai dit à Tony ! Peut-être qu'il va le dire à *son papa* à lui. »

Tony, son ami invisible. Cela faisait quelques années qu'elle n'avait plus parlé de lui et Lucy espéra qu'il ne s'agissait pas d'une sorte de régression. Dix ans, c'est un peu grand pour avoir des amis invisibles.

« Peut-être que le papa de Tony pourra les arrêter. » Puis le visage d'Abra s'assombrit. « Mais je crois que c'est trop tard.

— Ça faisait un petit moment que Tony n'était plus venu, non ? » Lucy se leva et secoua le drap défait. Abra pouffa de rire quand il se posa en flottant sur son visage. Le plus beau son du monde, de l'avis de Lucy. Un son *sain*. Et la chambre s'éclaircissait de minute en minute. Bientôt, les premiers oiseaux commenceraient à chanter.

« Maman, ça chatouille !

— Les mamans adorent faire des chatouilles. Ça fait partie de leur charme. Mais parle-moi de Tony…

— Il m'a dit qu'il viendrait chaque fois que j'aurais besoin de lui », dit Abra en se blottissant sous son drap. Elle tapota le matelas, se poussa pour faire une place à sa mère sur son oreiller et Lucy s'allongea près d'elle. « C'était un mauvais rêve et j'avais besoin de lui. Je crois qu'il est venu, mais je me souviens plus bien. Son papa travaille dans un gros spitz. »

Voilà qui était nouveau. « Tu veux parler d'un élevage de chiens ?

— Mais non, bêtate, c'est pour les gens qui vont mourir. » Abra avait pris un ton indulgent, presque docte, mais Lucy sentit un frisson lui remonter l'échine. « Quand les gens deviennent trop malades et qu'ils vont plus jamais aller bien, Tony m'a dit qu'ils vont dans le gros spitz et son papa essaye de les aider. Le papa de Tony n'a pas de chien mais il a un chat avec un nom presque comme le mien. Moi, je m'appelle Abra et son chat s'appelle Azzie. C'est *drôle*, tu trouves pas ? Je veux dire drôle… rigolo.

— Oui. C'est drôle et c'est rigolo. »

John et David s'accorderaient sans doute pour dire que vu la similarité entre les deux noms, cette histoire de chat était la fabulation d'une petite fille très intelligente de dix ans. Mais ils ne le croiraient qu'à moitié, et Lucy n'y croyait pas du tout. Combien d'enfants de dix ans savent ce qu'est un hospice, même s'ils se trompent dans la prononciation ?

« Parle-moi du petit gars de ton rêve. » Maintenant qu'Abra était calme, cette conversation semblait moins risquée. « Dis-moi qui lui a fait du mal, Abba-Doo.

— Je m'en souviens pas, rien que de Barney, il pensait que c'était son ami. Ou peut-être que c'était Barry. Maman, je peux avoir Pippo mon lapin merveilleux ? »

Elle parlait de son lapin en peluche, désormais en exil, les oreilles tombantes, en haut de la plus haute étagère de sa chambre. Abra n'avait plus dormi avec lui depuis au moins deux ans. Lucy attrapa l'animal magique et le glissa dans les bras de sa fille. Abra le serra fort contre sa veste de pyjama rose et s'endormit presque aussitôt. Avec un peu de chance, elle dormirait encore une heure ou deux. Lucy s'assit près d'elle et la regarda.

Pourvu que tout cela s'arrête définitivement dans quelques années, comme John l'a promis. Ou mieux, que ça s'arrête aujourd'hui, ce matin, tout de suite. Que ce soit fini. Fini les recherches fiévreuses pour savoir si un petit garçon a été assassiné par son beau-père ou battu à mort par des brutes épaisses qui avaient sniffé de la colle. Faites que ça cesse.

« Dieu, dit-elle d'une voix très basse, si tu es là, Tu veux bien faire quelque chose pour moi ? Tu veux bien casser la radio dans la tête de ma petite fille ? »

2

Lorsque les Vrais reprirent l'I-80 en direction de l'ouest et de la contrée montagneuse du Colorado où ils passeraient l'été (à moins bien sûr que ne se présente en cours de route l'occasion de faire provision de bonne grosse vapeur), Papa Skunk occupait le siège du passager dans l'EarthCruiser de Rose. C'était Jimmy Zéro, le magicien comptable de la Tribu, qui conduisait le Country Coach Affinity de Skunk. La radio satellitaire de Rose était réglée sur Outlaw Country et Hank Junior chantait *Whiskey Bent and Hellbound*. C'était une bonne chanson et Skunk l'écouta jusqu'à la fin avant d'éteindre la radio.

« T'as dit qu'on parlerait plus tard. On est plus tard. Y s'est passé quoi là-bas ?

— On avait un intrus », dit Rose.

Skunk haussa les sourcils. « Ah oui ? »

Il avait aspiré autant de vapeur du môme Trevor que possible mais il ne paraissait pas rajeuni pour autant. Ça ne se voyait jamais, chez lui, quand il mangeait. D'un autre côté, il ne paraissait pas vieillir non plus entre deux repas, sauf si un intervalle très long les séparait. Rose trouvait que, l'un dans l'autre, il s'en tirait bien. Probablement un truc dans ses gènes. À condition qu'il *ait* encore des gènes. Teuch disait que oui, ils devaient certainement tous en avoir encore. « Une tronche-à-vapeur, tu veux dire. »

Rose hocha la tête. Devant eux, le ruban de l'I-80 se déroulait sous un ciel bleu jean délavé parcouru de bancs de cumulus mouvants.

« Super vap' ?

— Ah, ouais. Surpuissante.

— À quelle distance ?

— Côte Est. Je crois.

— T'es en train de me dire que quelqu'un nous a observés de… quoi ? plus de deux mille kilomètres de distance ?

— Peut-être même plus que ça. Même carrément tout là-haut depuis le Canada.

— Garçon ou fille ?

— Sans doute une fille, mais j'ai pas eu beaucoup plus qu'un éclair. Trois secondes à tout péter. Ça a une importance ? »

Non, ça n'en avait pas. « Combien de cartouches tu penses pouvoir remplir avec une môme qu'a autant de vapeur dans la chaudière ?

— Difficile à dire. Trois, au moins. » Cette fois-ci, c'était Rose qui sous-évaluait. Elle soupçonnait que l'intruse pourrait bien remplir dix cartouches, voire douze. Sa présence avait été brève, mais musclée. L'intruse avait vu ce qu'ils faisaient et l'horreur qu'elle avait ressentie (si c'était bien une *fille*) avait été suffisamment violente pour figer les mains de Rose et l'emplir d'une répugnance momentanée. Une répugnance qui n'était pas son propre sentiment – étriper un pecno n'était pas plus répugnant qu'étriper un cerf – mais une sorte de ricochet psychique.

« Peut-être qu'on devrait faire demi-tour, suggéra Skunk. La choper tant qu'on a des chances de pouvoir le faire.

— Non. Je crois que celle-là va encore gagner en puissance. Nous allons la laisser mûrir quelque temps.

— T'es sûre de ça ou c'est juste une intuition ? »

Rose fit voleter sa main dans les airs.

« Une intuition suffisante pour qu'on risque de la perdre écrasée par un chauffard ou chopée par un pervers violeur d'enfants ? » Skunk avait dit ça sans la moindre ironie. « Sans parler de la leucémie ou d'un autre cancer ? Tu sais qu'ils sont sujets à ce genre de maladies.

— Si tu demandes son avis à Zéro, il te dira que les statistiques penchent en notre faveur. » Rose sourit et gratifia son amant d'une petite tape affectueuse sur la cuisse. « Tu t'inquiètes trop, Papa. On va continuer jusqu'à Sidewinder, comme prévu, puis on ira passer quelques mois en Floride. Barry et Grand-Pa Flop pensent tous les deux que ça risque d'être une bonne année à ouragans. »

Skunk fit la grimace. « Autant aller faire les poubelles.

— Peut-être, mais dans quelques-unes de ces poubelles, on trouve des restes assez succulents. Je m'en veux encore d'avoir loupé cette tornade à Joplin. Même si, évidemment, on reçoit jamais de signal assez anticipé pour ce genre de tempêtes-éclairs.

— Cette gamine… Elle nous a *vus*.

— Ouais.

— Et elle a vu ce qu'on faisait.

— Ouais. Où tu veux en venir, Skunk ?

— Elle pourrait nous coincer ?

— Mon chou, si elle a dépassé les onze ans, je veux bien manger mon chapeau. Ses parents n'ont probablement aucune idée de ce qu'elle est ni de ce qu'elle est capable de faire. Et s'ils s'en doutent, ils doivent essayer de le minimiser au maximum pour pas trop avoir à y penser.

— Ou ils vont l'envoyer chez un psychiatre qui

l'assommera de tranquillisants et nous la rendra plus difficile à trouver », dit Skunk.

Rose sourit. « Si mon intuition est bonne, et je suis quasiment sûre qu'elle l'est, droguer cette gamine au Paxil serait aussi efficace qu'obturer un projecteur avec du film étirable. Nous la trouverons le moment venu. T'en fais pas.

— Si tu le dis. C'est toi le chef.

— Exact, mon poussin. » Cette fois, au lieu de lui tapoter la cuisse, elle lui mit la main au paquet. « Omaha, ce soir ?

— Ouais, au LaQuinta Inn. J'ai réservé toute la partie arrière du rez-de-chaussée.

— Bien. J'ai l'intention de te chevaucher comme un taureau de rodéo.

— On verra qui chevauchera qui », répondit Skunk. Il se sentait plein de vivacité depuis qu'ils avaient bouffé le môme Trevor. Tout comme Rose. Tout comme tous. Il ralluma la radio. Maintenant, c'était Cross Canadian Ragweed qui chantait que les gars de l'Oklahoma roulent leurs joints à l'envers.

Les Vrais, eux, roulaient vers l'ouest.

3

Il y avait des parrains AA cool, et il y avait des parrains AA durs, et il y en avait des comme Casey Kingsley, qui ne se laissaient pas mener en bateau par leurs protégés. Au début de leur relation, Casey avait ordonné à Dan de suivre quatre-vingt-dix réunions en quatre-vingt-dix jours et de l'appeler tous les matins à sept heures. « T'appelles trop tôt, je raccroche.

T'appelles trop tard, je te dis de rappeler le lendemain… pour autant que tu sois encore à jeun le lendemain. T'appelles bourré, ou avec la gueule de bois, et aux trois premiers mots qui sortiront de ta bouche, je le saurai. »

Dan ayant bouclé ses quatre-vingt-dix réunions d'affilée s'était vu dispensé des appels matinaux. Après, Casey et lui s'étaient retrouvés trois fois par semaine pour prendre un jus ensemble au Sunspot Café. Lorsque Dan y entra, cet après-midi de juillet 2011, Casey était déjà installé sur une banquette. Son parrain AA de longue date (et premier employeur dans le New Hampshire) n'avait pas encore atteint l'âge de la retraite mais Dan lui trouvait l'air bien vieux. Il était presque totalement dégarni et boitait sévèrement. Il aurait eu besoin d'une prothèse de la hanche mais ne cessait de repousser l'opération.

Dan le salua, s'assit en face de lui, croisa les mains et attendit de recevoir le Catéchisme, comme l'appelait Casey.

« Es-tu sobre aujourd'hui, Danno ?

— Oui.

— Comment ce miracle de la tempérance s'est-il produit ? »

Dan récita : « Grâce au programme des Alcooliques anonymes et à Dieu tel que je le conçois. Il est possible que mon parrain ait également joué un petit rôle.

— Délicieux compliment. Mais me bourre pas le mou, et je te le bourrerai pas non plus. »

Patty Noyes s'approcha, cafetière en main, et servit Dan sans qu'il l'ait demandé. « Comment tu vas, mon beau ? »

Dan lui fit un grand sourire. « Bien, bien. »

Elle lui ébouriffa les cheveux puis retourna au comptoir avec un balancement des hanches un tout petit peu plus prononcé. Les deux hommes (comme font les hommes) suivirent des yeux le joli tic-tac de ses hanches, puis Casey reporta son regard sur Dan.

« Tu as un peu avancé dans la conception de ce Dieu-tel-que-tu-le-conçois ?

— Pas beaucoup, avoua Dan. J'ai dans l'idée que ça va être le travail de toute une vie.

— Mais le matin tu lui demandes de t'aider à t'abstenir de boire ?

— Oui.

— À genoux ?

— Oui.

— Et le soir tu lui dis merci ?

— Oui. Et à genoux.

— Pourquoi ?

— Pour me rappeler que l'alcool m'a mis à genoux », dit Dan. C'était la vérité.

Casey hocha la tête. « Ça, c'est les trois premières étapes. Résume-les-moi brièvement.

— Tout seul, je ne peux pas, Dieu peut, je me confie à ses soins. » Il précisa : « Dieu tel que je le conçois.

— Et que tu ne conçois *pas vraiment* ?

— Non.

— Maintenant, dis-moi pourquoi tu buvais.

— Parce que je suis un alcoolique.

— Pas parce que ta maman t'a jamais aimé ?

— Non. » Wendy avait eu ses failles, mais son amour pour lui – et celui de Dan pour elle – n'avait jamais flanché.

« Parce que ton papa t'a jamais aimé ?

— Non. » *Même si un jour il m'a cassé le bras et qu'à la fin il a failli me tuer.*

« Parce que c'est héréditaire ?

— Non. » Dan but une gorgée de café. « Bien que ça le soit. Tu le sais aussi bien que moi.

— Absolument. Je sais aussi que ça ne compte pas. Nous avons bu parce que nous sommes des alcooliques. Nous n'en guérissons pas. Nous bénéficions de rémissions au jour le jour en fonction de notre état spirituel, et c'est *tout*.

— Oui, chef. C'est bon, on en a fini avec ça ?

— Presque. Est-ce que tu as eu envie de boire aujourd'hui ?

— Non. Et toi ?

— Non. » Casey se fendit d'un grand sourire qui, illuminant son visage, le rajeunit. « C'est un miracle. Toi aussi tu dirais que c'est un miracle, Danny ?

— Oui. Je le dirais. »

Patty revint et posa un gros ramequin de flan à la vanille devant Dan avec deux – pas juste une – cerises rouges posées dessus. « Mange-moi ça. Cadeau de la maison. Tu as besoin de te remplumer.

— Et moi, ma jolie ? » demanda Casey.

Patty renifla. « Vous, vous mangez comme quatre. Je peux vous apporter un rondin flottant, si vous voulez. C'est un grand verre d'eau avec un cure-dents dedans. » Ayant eu le dernier mot, elle s'éloigna de son pas dansant.

« Tu te tapes toujours ça ? demanda Casey à Dan qui avait commencé à manger son flan.

— Charmant, répondit Dan. Très distingué et New Age.

— Merci. Alors, tu te la tapes toujours ?

— Patty et moi avons eu une liaison qui a duré environ quatre mois, et ça fait trois ans de ça, Case. Patty est fiancée à un chouette gars de Grafton.

— Grafton, reprit Casey d'un ton dédaigneux. Joli panorama, ville merdique. Elle a pas l'air tellement fiancée quand t'es en visite dans son établissement.

— Casey…

— Non, comprends-moi bien. Loin de moi l'idée d'inciter un de mes protégés à aller fourrer son nez – ou autre chose – dans une relation déjà engagée. C'est le genre de plan tout indiqué pour recommencer à boire. Mais… est-ce que tu as *quelqu'un*, Dan ?

— Ça te regarde ?

— J'dirais qu'oui.

— Pas en ce moment. Il y a bien eu mon infirmière de Rivington – je t'en avais parlé…

— Sarah quelque chose.

— Olson. On avait un peu évoqué l'idée de s'installer ensemble et puis elle a décroché un boulot à Mass General. On s'envoie des mails quelquefois.

— Pas de liaison durant la première année, c'est la règle numéro un, dit Casey. Peu d'alcooliques abstinents la prennent au sérieux. Toi, tu l'as fait. Mais, Danno… il serait temps que t'aies une relation suivie avec *quelqu'un* maintenant.

— J'y crois pas ! Voilà que mon parrain se prend pour Docteur Phil, maintenant.

— Est-ce que ta vie est meilleure aujourd'hui ? Meilleure que lorsque tu glandais et que t'as débarqué de ton bus, les yeux injectés de sang ?

— Tu sais bien que oui. Meilleure que j'aurais jamais pu imaginer.

— Alors pense à la partager avec quelqu'un. C'est tout ce que je dis.

— Je vais noter ça quelque part. On peut parler d'autre chose maintenant ? Des Red Sox, par exemple ?

— Je dois d'abord te demander autre chose, en tant que parrain. Ensuite, on pourra redevenir copains, devant un café.

— D'accord... » Dan l'épiait avec circonspection.

« Nous n'avons jamais beaucoup parlé de ce que tu fais à l'hospice. Comment tu aides les gens.

— Non, dit Dan. Et j'aimerais autant qu'on s'en tienne là. Tu sais ce qu'on dit à la fin de toutes les réunions, n'est-ce pas ? "Ce que vous avez vu ici, ce que vous avez entendu ici, quand vous sortez d'ici, vous le laissez ici." C'est comme ça que je fonctionne dans l'autre partie de ma vie.

— Et combien d'autres parties de ta vie ont été affectées par ton alcoolisme ? »

Dan soupira. « Tu connais la réponse. Toutes.

— Alors ? » Et comme Dan ne disait rien : « Le personnel du Rivington t'appelle Docteur Sleep. Les choses se savent, Danno. »

Dan se taisait. Il n'avait pas terminé son flan et Patty allait le houspiller s'il en laissait, mais son appétit s'était envolé. Il savait quelque part au fond de lui que cette conversation lui pendait au nez, il savait aussi qu'après dix ans de sobriété (en plus, il était maintenant lui-même parrain d'un ou deux protégés) Casey respecterait ses limites, mais il n'avait quand même pas envie de poursuivre.

« Tu aides les gens à mourir. Oh, pas en leur mettant un oreiller sur la figure, ni rien, personne ne pense ça, mais juste en… je ne sais pas. *Personne* ne semble très bien le savoir.

— Je m'assois près d'eux, c'est tout. Je leur parle un peu. S'ils le souhaitent.

— Tu travailles tes étapes, Danno ? »

Si Dan s'était imaginé que Casey avait changé de sujet, il aurait pu s'en réjouir, mais il n'était pas dupe. « Tu sais bien que oui. Tu es mon parrain.

— Ouais, tu demandes de l'aide le matin et tu dis merci le soir. Tu le fais à genoux. Ça, c'est les trois premières, on l'a dit. La quatrième, c'est ce truc crétin d'inventaire moral. Et la cinq ? »

Il y avait douze étapes en tout. Dan les connaissait par cœur pour les entendre lire à haute voix au début de toutes les réunions auxquelles il assistait. Il récita : « "Nous avons avoué à Dieu, à nous-mêmes et à un autre être humain la nature exacte de nos torts."

— Exact. » Casey but une gorgée de café en regardant Dan par-dessus le rebord de sa tasse. « Tu l'as franchie celle-là ?

— En gros, oui. » Dan eut soudain envie d'être ailleurs. Quasiment n'importe où ailleurs. Il se surprit aussi – pour la première fois depuis pas mal de temps – à avoir envie de boire.

« Laisse-moi deviner. Tu t'es raconté à *toi-même* tous tes torts, et tu as raconté à Dieu tel-que-tu-le-conçois-pas-vraiment tous tes torts, et tu as raconté à une autre personne – ça doit être moi en l'occurrence – *la plupart* de tes torts. Bingo ? »

Dan resta silencieux.

« Je vais te dire ce que je pense, reprit Casey. Et n'hésite pas à me corriger si je me trompe. Les étapes 8 et 9 consistent à réparer les dégâts qu'on a commis quand on était soûl comme des bourriques quasiment non stop. Je pense qu'une partie au moins de ton travail à l'hospice, la partie *importante*, consiste précisément à réparer ces torts. Mais je pense aussi qu'il te reste un tort avec lequel tu t'es pas encore colleté parce que ça te fout une putain de honte d'en parler. Si c'est le cas, tu serais pas le premier, crois-moi. »

Dan pensa : *Mama.*

Dan pensa : *Bonbon.*

Il vit le portefeuille rouge et la pitoyable liasse de coupons alimentaires. Il vit aussi un peu d'argent. Soixante-dix dollars, assez pour quatre jours de cuite. Cinq, en les répartissant bien et en tirant au maximum sur la bouffe. Il vit l'argent d'abord dans sa main puis le vit passer dans sa poche. Il vit le petit en T-shirt des Braves avec sa couche-culotte pendouillante.

Il pensa : *Le petit s'appelait Tommy.*

Il pensa, ni pour la première ni pour la dernière fois : *Je parlerai jamais de ça.*

« Danno ? Y a-t-il quelque chose que tu veux me dire ? Je pense que oui. Je ne sais pas depuis combien de temps tu te traînes cette honte, mais tu peux la laisser ici avec moi et ressortir avec cinquante kilos de moins sur les épaules. C'est comme ça que ça marche. »

Il pensa au petit, comment il avait trottiné vers sa mère

(*Deenie elle s'appelait Deenie*)

et comment, même dans son inconscience alcoolisée, elle avait passé un bras autour de lui et l'avait ramené contre elle. Mère et fils se faisaient face dans la lumière du soleil filtrant par la fenêtre sale de la chambre.

« Non, il n'y a rien, dit-il.

— Lâche prise, Dan. Je te le dis aussi bien en tant qu'ami qu'en tant que parrain. »

Dan le regarda fixement sans ciller et ne dit rien.

Casey soupira. « À combien de réunions as-tu assisté où quelqu'un a dit qu'on n'est jamais aussi malade que de ses secrets ? Une centaine ? Oui, sans doute une bonne centaine. De toutes les formules qu'affectionnent les AA, celle-ci est probablement la plus ancienne. »

Dan ne dit toujours rien.

« Nous avons tous touché le fond, reprit Casey. Un jour ou l'autre, il va falloir que tu dises à quelqu'un comment toi tu l'as touché. Si tu ne le fais pas, un de ces quatre matins, tu vas te retrouver dans un bar avec un verre à la main.

— Message reçu, dit Dan. On peut parler des Red Sox maintenant ? »

Casey consulta sa montre. « Une autre fois. Faut que je rentre chez moi. »

C'est ça, songea Dan. *Retrouver ton chien et ton poisson rouge.*

« D'accord. » Il ramassa l'addition avant Casey. « Une autre fois. »

4

Revenu dans sa chambre de la tourelle, Dan regarda longuement le tableau noir avant d'effacer lentement ce qui y était écrit :

Ils sont en train de tuer le p'tit gars du base-ball !

Lorsque le tableau fut redevenu vierge, il demanda : « De quel petit gars tu me parles ? »

Pas de réponse.

« Abra ? Tu es encore là ? »

Non. Mais elle avait été là ; s'il était rentré dix minutes plus tôt de son rendez-vous éprouvant avec Casey, il aurait pu apercevoir sa forme fantomatique. Mais était-elle venue pour lui ? Dan ne le pensait pas. C'était complètement fou, mais il pensait qu'elle était probablement venue pour Tony. Tony qui, il était une fois, avait été l'ami invisible de Danny. Celui qui lui apportait parfois des visions. Celui qui le prévenait parfois. Celui qui s'était révélé être une version plus profonde et plus sage de lui-même.

Pour le petit garçon terrifié qui avait tenté de survivre à l'hôtel Overlook, Tony avait été un grand frère protecteur. Aujourd'hui, l'ironie voulait que, sa vie d'alcoolique derrière lui, Daniel Anthony Torrance soit devenu un vrai adulte alors que Tony était resté un enfant. Peut-être même ce légendaire enfant intérieur auquel les gourous New Age faisaient tout le temps référence. Dan était plus ou moins convaincu que cette histoire d'enfant intérieur n'était bien souvent qu'un stratagème pour excuser quantité de comportements égoïstes et destructeurs (ce que Casey aimait appeler le syndrome du je-veux-tout-tout-de-suite), mais il était aussi convaincu que les adultes, hommes et femmes confondus, abritent quelque part dans leur cerveau tous les stades de leur développement – pas juste l'enfant intérieur, mais le nouveau-né intérieur, l'adolescent intérieur, le jeune adulte intérieur. Et si cette mystérieuse Abra venait le trouver, n'était-il pas naturel qu'à l'intérieur de lui, passant outre son esprit d'adulte, elle recherche quelqu'un de son âge ?

Un copain ?

Un protecteur, même ?

En ce cas, c'était un boulot que Tony savait faire. Mais avait-elle besoin de protection ? Certes, il y avait de l'angoisse

(*ils sont en train de tuer le p'tit gars du base-ball*)

dans son message, mais comme Dan l'avait découvert dans un passé lointain, le Don était naturellement générateur d'angoisse. Les enfants ne sont pas faits pour en voir et en savoir autant. Il pouvait tenter de la rechercher, peut-être d'en apprendre davantage, mais que dirait-il aux parents ? *Salut, vous ne me connaissez pas, mais moi je connais votre fille, elle vient parfois me rendre visite dans ma chambre et on est devenus copains comme cochons ?*

Dan ignorait s'ils lui lanceraient le shérif du comté aux trousses (et il ne leur en voudrait pas s'ils le faisaient), mais, vu son passé bigarré, il n'était pas tellement pressé de le savoir. Mieux valait laisser Tony être l'ami longue distance d'Abra, si c'était vraiment de ça qu'il retournait. Tony était peut-être invisible, mais lui au moins avait à peu près l'âge adéquat.

Dan reprit le morceau de craie. Il réécrirait plus tard les noms et les numéros de chambres sur son tableau. Pour le moment, il écrivit : **Tony et moi te souhaitons une heureuse journée d'été, Abra ! Ton AUTRE ami, Dan.**

Il observa un moment son message, hocha la tête

et alla se poster à la fenêtre. Une belle journée de fin d'été et il était en congé. Il décida d'aller marcher pour tenter d'oublier sa dérangeante conversation avec Casey. Oui, il supposait qu'il avait touché le fond dans l'appartement de Deenie à Wilmington. Mais si avoir gardé ça pour lui ne l'avait pas empêché d'enquiller dix ans de sobriété, il ne voyait pas pourquoi continuer de le garder pour lui l'empêcherait d'en enquiller dix de plus. Ou vingt. Et pourquoi penser en années, alors que la devise des AA c'était *un jour à la fois* ?

Wilmington remontait à perpète. Cette partie de sa vie était loin derrière lui.

Il verrouilla sa porte en sortant comme il le faisait toujours mais une serrure n'empêcherait pas la mystérieuse Abra d'entrer si elle le voulait. À son retour, il risquait de trouver un autre message d'elle sur le tableau noir.

Peut-être qu'on peut devenir correspondants.

Ouais, c'est ça, et peut-être qu'une coalition de modèles de lingerie Victoria's Secret percerait le secret de la fusion de l'hydrogène.

Un sourire sardonique aux lèvres, Dan sortit.

5

C'était le jour de la braderie d'été à la bibliothèque publique d'Anniston et lorsque Abra manifesta le désir d'y aller, Lucy fut ravie de remettre à plus tard ses corvées de l'après-midi pour partir à pied avec sa fille jusqu'à Main Street. On avait installé sur la pelouse des tables pliantes garnies d'ouvrages donnés par les abonnés. Pendant que Lucy examinait le stand des livres de poche (1 $ PIÈCE, 5 $ LES 6 AU CHOIX), en quête de titres de Jody Picoult qu'elle n'avait pas lus, Abra alla se pencher sur les tables « JEUNES ADULTES ». Elle était loin de l'âge adulte même dans sa section la plus jeune, mais elle était une lectrice vorace (et précoce) avec une prédilection pour la fantasy et la science-fiction. Son T-shirt préféré avait pour motif une énorme machine fumante très compliquée avec écrit au-dessous EN AVANT POUR LE FUTUR À VAPEUR !

Juste au moment où Lucy allait se décider à se rabattre sur un vieux Dean Koontz et un Lisa Gardner légèrement plus récent, Abra vint la retrouver en courant. Elle souriait.

« M'man ! Maman ! Il s'appelle Dan !

— Qui s'appelle Dan, mon cœur ?

— Le papa de Tony ! Il m'a souhaité une heureuse journée d'été ! »

Lucy regarda autour d'elle, s'attendant presque à voir un inconnu tenant un enfant de l'âge d'Abra par la main. Il y avait en effet quantité de gens inconnus – c'était l'été, après tout – mais aucun duo de ce genre.

La voyant faire, Abra pouffa. « Mais non, il est pas ici !

— Où est-il alors ?

— Je sais pas vraiment. Mais pas loin.

— Bon… alors, j'imagine que tu es contente, mon chou. »

Lucy eut juste le temps d'ébouriffer les cheveux de sa fille avant qu'elle ne retourne au galop à sa chasse aux fuséologues, remonteurs de temps et autres ensorceleurs. Lucy la suivit des yeux, ses propres trouvailles oubliées à la main. Devait-elle raconter ça à David quand il appellerait de Boston ou non ? Elle décida que non.

Les ondes de la drôle de radio, c'était tout.

Pas de quoi se frapper.

6

Dan décida de faire un saut à Java Express prendre deux cafés sur un plateau et d'en porter un à Billy Freeman à Teenytown. Dan n'était resté son collègue que très peu de temps au Service technique municipal de Frazier mais ça n'empêchait pas les deux hommes d'être amis depuis dix ans. C'était en partie lié au fait d'avoir Casey – patron de Billy et parrain de Dan – en commun, mais c'était surtout dû à une affection mutuelle. Dan aimait le côté simple et sans chichi de Billy.

Il aimait aussi piloter le *Helen Rivington*. Sans doute encore cette histoire d'enfant intérieur… C'était à tous les coups ce qu'aurait dit un psychiatre. Billy lui confiait volontiers les commandes et, durant la saison d'été, le faisait même avec soulagement. Entre le 4 juillet et Labor Day, le *Riv* effectuait dix fois par jour le circuit de quinze kilomètres jusqu'à Cloud Gap et retour, et Billy n'était plus tout jeune.

En traversant la pelouse pour rejoindre Cranmore Avenue, Dan repéra Fred Carling assis sur un banc à l'ombre du passage couvert reliant le bâtiment principal à Rivington 2. L'aide-soignant qui avait un jour marqué de ses empreintes le pauvre Charlie Hayes travaillait toujours de nuit, il était toujours aussi feignant et mal embouché, mais du moins avait-il appris à éviter Docteur Sleep. Dan ne demandait rien d'autre.

Carling, qui n'allait pas tarder à prendre son service, dévorait un Big Mac, un sac graisseux de McDonald's sur les genoux. Le regard des deux hommes se croisa. Aucun ne salua l'autre. Pour Dan, Carling était comme un peigne-cul et un tire-au-flanc sadique et pour Carling, Dan était un emmerdeur qui se prenait pour un petit saint, donc ils étaient quittes. Du moment qu'ils restaient à distance l'un de l'autre, tout allait bien.

Dan se munit des deux cafés (celui de Billy avec quatre sucres, comme il l'aimait) et traversa l'avenue en direction du jardin public encore très fréquenté dans la lumière dorée du soir. Des frisbees volaient. Des mamans et des papas poussaient des gamins sur les balançoires ou les rattrapaient à leur arrivée au bas des toboggans. Une partie était en cours sur le terrain de soft-ball : les gosses de la YMCA de Frazier contre une équipe à maillots orange marqués CENTRE DE LOISIRS D'ANNISTON. À la gare de Teenytown, perché sur un tabouret, Billy polissait les chromes du *Riv*. Une impression de quiétude se dégageait de tout cela. Une impression d'être chez soi.

Et si ce n'est qu'une impression, songea Dan, *c'est ce qui, de ma vie, s'est pour moi le plus rapproché d'un chez-soi. Il ne me manque plus qu'une petite femme nommée Sally, un petit gosse nommé Pete et un petit chien nommé Rover.*

Souriant, il se dirigea vers la version miniature de Cranmore Avenue et gagna l'ombre du dépôt ferroviaire de Teenytown. « Ohé, Billy, je t'ai apporté ton sirop de café comme t'aimes ! »

Au son de sa voix, le premier habitant de Frazier à avoir eu un mot d'amitié pour Dan se retourna. « Toi, t'es un vrai copain ! J'étais juste en train de me dire… Oh, zut alors ! »

Le plateau en carton avait échappé aux mains de Danny. Il sentit la chaleur du café se répandre sur ses tennis, mais cette sensation avait quelque chose de lointain, d'insignifiant.

Il y avait des mouches sur le visage de Billy Freeman.

7

Le lendemain matin, il était toujours hors de question pour Billy d'aller voir Casey Kingsley, hors de question de prendre un jour de congé, et *absolument* hors de question d'aller consulter un médecin. Il persistait à dire à Danny qu'il allait impec, au poil, absolument nickel-chrome. Il n'avait même pas chopé le rhume des foins qu'il attrapait toujours en juin ou juillet.

Dan, lui, n'avait pratiquement pas dormi de la nuit et il n'était pas question pour lui de s'entendre dire non. Il aurait pu l'accepter s'il avait eu la conviction qu'il était trop tard, mais il ne le pensait pas. Il avait déjà vu des mouches auparavant et savait apprécier leur signification. Quand elles grouillaient en essaim – assez nombreuses pour obscurcir les traits d'un visage derrière un voile d'obscènes corps fourmillants –, on savait qu'il n'y avait plus d'espoir. Une poignée signifiait que *quelque chose* pouvait être tenté. À peine quelques-unes, qu'on avait encore du temps. Il n'en avait vu que trois ou quatre sur le visage de Billy.

Il n'en voyait jamais sur le visage des mourants à l'hospice.

Dan se rappelait être allé voir sa mère neuf mois avant sa mort, un jour où elle aussi avait prétendu qu'elle allait impec, au poil, absolument nickel-chrome. *Qu'est-ce que tu regardes, Danny ?* avait demandé Wendy Torrance à son fils. *J'ai quelque chose sur le nez ?* Quand elle s'était frotté comiquement le bout du nez, ses doigts étaient passés à travers la centaine de mouches de la mort qui, telle la coiffe d'un nouveau-né, voilaient son visage du menton à la racine de ses cheveux.

8

Casey avait l'habitude de jouer les médiateurs. Enclin à l'ironie, il aimait dire aux gens que c'était ce talent qui lui valait son énorme salaire annuel à six chiffres.

Il commença par écouter Dan. Puis il écouta Billy se récrier qu'il ne pouvait pas s'absenter maintenant, au pic de la saison touristique, alors que des gens faisaient la queue dès huit heures du matin pour le premier départ du *Riv*. Et puis, quel médecin accepterait de le recevoir au pied levé, sans rendez-vous ? C'était le pic de la saison pour eux aussi.

« De quand date ton dernier bilan ? » lui demanda Casey lorsque Billy fut à bout d'arguments. Dan et Billy se tenaient debout devant son bureau. Renversé en arrière dans son fauteuil de direction, la tête appuyée comme à son habitude sous la croix fixée au mur derrière lui, Casey les considérait, les doigts entrelacés sur son ventre.

Billy avait l'air sur la défensive. « Je dirais… 2006. RAS, Case. Le toubib m'a dit que j'avais une meilleure tension que lui. »

Les yeux de Casey se reportèrent sur Dan. Ils exprimaient la spéculation et la curiosité, mais pas la moindre incrédulité. Dans leurs interactions avec le monde extérieur, les AA la mettaient généralement en veilleuse, mais au sein des groupes, ça causait – et parfois cancanait – assez librement. Casey savait donc que le talent dont usait Dan Torrance pour aider les mourants à s'en aller paisiblement n'était pas son *seul* talent. D'après la rumeur, Dan T. était aussi sujet de temps en temps à certaines intuitions et visions. Du genre qui ne s'expliquent pas vraiment.

« T'es bien avec Johnny Dalton, dis ? lui demanda-t-il. Le pédiatre ?

— Oui. Je le vois surtout aux réunions du jeudi, à North Conway.

— T'as son numéro ?

— Oui, il se trouve que je l'ai. » Dan avait toute une liste de contacts AA au dos du petit calepin que Casey lui avait donné et qu'il gardait toujours sur lui.

« Appelle-le. Dis-lui que c'est important, que notre apache ici doit voir quelqu'un tout de suite. J'imagine que tu ne sais pas quel genre de spécialiste il a besoin de voir, ou si ? Y a de fortes chances que ça soit pas un pédiatre, à son âge.

— Casey…, commença Billy.

— Silence », lui intima Casey. Et il retourna à Dan : « Je crois que tu le sais, nom de Dieu. C'est ses poumons ? Vu ce qu'il fume, ça serait le plus plausible. »

Dan décida qu'il était allé trop loin pour se débiner,

à présent. Il soupira et dit : « Non, je crois qu'il a quelque chose au niveau de l'estomac.

— À part une petite indigestion, mon ventre se porte…

— *Silence*, j'ai dit. » Puis, s'adressant à Dan : « Un spécialiste de l'appareil digestif, alors. Dis à Johnny D. que c'est urgent. » Il hésita. « Est-ce qu'il te croira ? »

C'était une question que Dan était content d'entendre. Depuis qu'il vivait dans le New Hampshire, il avait aidé plusieurs camarades AA et, bien qu'il leur eût demandé à tous la plus parfaite discrétion, il savait très bien que certains d'entre eux avaient parlé et continuaient à le faire. Il était heureux d'apprendre que John Dalton n'était pas l'un d'eux.

« Oui. Je pense que oui.

— Parfait. » Casey pointa son doigt sur Billy. « Je te donne ton jour de congé. Payé. Autorisation médicale d'absence.

— Le *Riv*…

— Il y a bien dix personnes dans cette ville capables de le conduire. Moi le premier. Je vais passer quelques coups de fil et aller assurer les deux premiers départs.

— Casey, ta hanche…

— Que ma hanche aille au diable. Et vous deux, décampez.

— Mais Casey, je me sens…

— Je me fous que tu te sentes d'attaque pour un marathon jusqu'au lac Winnipesaukee. Tu vas voir un toubib, un point c'est tout. »

Billy jeta un regard assassin à Dan. « Tu vois dans quel pétrin tu me fous. Et j'ai même pas pris mon café du matin. »

Les mouches n'étaient plus là à présent – sauf

qu'elles y étaient toujours. Dan savait qu'en se concentrant, il pourrait encore les voir s'il le voulait… mais qui diable aurait *voulu* les voir ?

« Je sais, dit Dan. C'est pas grave, la vie craint juste un peu des fois. Je peux utiliser ton téléphone, Casey ?

— Bien sûr. » Casey se leva. « Moi, je m'en vais à la gare poinçonner quelques billets. T'aurais une casquette de conducteur qui m'irait, Billy ?

— Non.

— La mienne devrait t'aller », dit Dan.

9

Pour une organisation qui ne faisait pas de la publicité, ne vendait rien et se subventionnait elle-même grâce aux billets chiffonnés jetés dans les paniers ou casquettes de base-ball passés de main en main, les Alcooliques anonymes exerçaient une influence tranquille s'étendant bien au-delà des diverses salles de réunion et sous-sols d'église loués pour y mener leurs activités. Ce n'était pas l'Amicale des anciens élèves, songea Dan, mais l'Amicale des anciens ivrognes.

Il appela John Dalton, et John appela un spécialiste de médecine interne du nom de Greg Fellerton. Fellerton ne suivait pas le Programme, mais il devait à John D. une petite faveur. Dan ignorait pour quoi et s'en moquait. L'important, c'est que Billy Freeman, dès avant midi ce jour-là, se trouverait allongé sur la table d'examen du cabinet de Fellerton. Un cabinet situé à cent dix kilomètres de Frazier, et Billy n'avait pas cessé de râler pendant tout le trajet.

« T'es sûr que t'as eu que des indigestions ? lui redemanda Dan alors qu'ils se garaient dans Pine Street sur le petit parking attenant au cabinet.

— Ouais », réaffirma Billy. Puis, à contrecœur : « Ça s'est un peu aggravé ces derniers temps, mais rien qui m'empêche de dormir la nuit. »

Menteur, songea Dan. Mais il ne dit rien. Il avait réussi à amener ce fils de pute récalcitrant jusqu'ici, la partie était presque gagnée.

Installé dans la salle d'attente, Dan feuilletait un exemplaire de *OK !* avec en couverture le prince William et sa jolie, mais maigrelette, jeune fiancée, quand un vigoureux cri de douleur lui parvint du fond du couloir. Dix minutes plus tard, Fellerton apparut et vint s'asseoir près de lui. Avisant la couverture de *OK !*, il dit : « Ce mec est peut-être l'héritier de la couronne d'Angleterre, mais ça ne l'empêchera pas d'être aussi chauve qu'une boule de billard avant quarante ans.

— Vous avez sans doute raison.

— Bien sûr que j'ai raison. Dans les affaires humaines, c'est la génétique la vraie reine. J'envoie votre ami à Central Maine General pour un scanner. Je suis à peu près sûr de ce qu'on va découvrir. Si j'ai raison, je donne rendez-vous à Mr. Freeman pour une petite chirurgie vasculaire demain matin de bonne heure.

— De quoi s'agit-il ? »

Billy arrivait dans le couloir en bouclant son ceinturon. Son visage bronzé était blême et moite de sueur. « Il dit que j'ai un renflement de l'aorte. Un peu comme une hernie dans un pneu. Sauf que les pneus, ça gueule pas quand tu les palpes.

— Un anévrisme, expliqua Fellerton. Oh, il est toujours possible que ce soit une tumeur, mais je ne le pense pas. Dans tous les cas, la rapidité d'intervention est cruciale. Cette grosseur a déjà la taille d'une balle de ping-pong. Heureusement que vous me l'avez amené. En cas de rupture d'anévrisme sans hôpital à proximité… » Fellerton secoua la tête.

10

Le scanner confirma le diagnostic de Fellerton et à dix-huit heures ce soir-là, Billy était allongé dans un lit d'hôpital l'air considérablement diminué. Dan était assis auprès de lui.

« Je crève d'envie de fumer une cigarette, dit Billy d'un ton nostalgique.

— Là, j'peux rien faire pour toi. »

Billy soupira. « Y serait temps que j'arrête, de toute façon. Tu vas pas leur manquer à Rivington ?

— C'est mon jour de congé.

— Quelle manière fantastique de le passer. Tu sais quoi ? S'ils me zigouillent pas demain avec leurs couteaux et leurs fourchettes, je crois bien que je te devrai la vie. Je sais pas comment t'as su, mais si jamais il y a quoi que ce soit que je puisse faire pour toi – je veux dire, n'importe quoi – surtout n'hésite pas. »

Dan repensa au jour, dix ans auparavant, où il avait débarqué d'un bus long courrier et marché sous une neige aussi fine qu'un voile de mariée. Il repensa à son ravissement quand il avait repéré la locomotive rouge vif tractant le *Helen Rivington*. Et comment cet homme, au lieu de lui dire de dégager, qu'il n'avait rien à faire là, lui avait demandé si le petit train lui plaisait. Rien qu'une petite gentillesse, mais qui lui avait ouvert la porte sur tout ce qu'il avait aujourd'hui.

« Billy-boy, c'est moi qui te suis redevable, et de bien plus que je ne pourrai jamais te rembourser. »

11

Il avait remarqué un fait étrange durant ses années de sobriété. Quand des événements désagréables survenaient dans sa vie – comme ce matin de 2008 où il avait découvert qu'on lui avait cassé le pare-brise arrière de sa voiture avec un caillou –, il éprouvait rarement le désir de boire. Quand tout se passait bien, en revanche, l'ancienne soif sèche avait le don de se remanifester. Ce soir-là, alors qu'il rentrait de Lewiston après avoir dit au revoir à Billy et que tout baignait dans l'huile, il avisa un bar routier nommé Le Cow-Boy Boot et ressentit une envie quasi irrésistible de s'arrêter. Prendre un bock et faire assez de monnaie pour alimenter le juke-box pendant au moins une heure. Rester assis là à écouter Jennings, Jackson et Haggard, sans parler à personne, sans faire d'histoires, juste laisser l'euphorie monter. Sentir le poids de la sobriété – parfois c'était comme d'avoir des souliers de plomb – s'alléger. Quand il ne lui resterait plus que cinq pièces d'un quart de dollar, il se repasserait *Whiskey Bent and Hellbound* six fois de suite.

Il dépassa le bar, s'engagea sur le parking d'un gigantesque Wal-Mart et ouvrit son téléphone. Sur le numéro de Casey, il laissa son doigt hésiter, puis se souvint de leur pénible conversation au café. Casey risquait de vouloir remettre ça, surtout l'histoire du truc que Dan était censé dissimuler. Non, valait mieux pas.

Avec la sensation d'être sorti de son corps, il fit demi-tour, roula jusqu'au bar routier et alla se ranger au fond du parking en terre battue. Il se sentait bien de l'avoir fait. Il se sentait aussi comme un homme venant de saisir un pistolet chargé et de l'appliquer contre sa tempe. Sa vitre était ouverte et il entendait un orchestre jouer une vieille chanson des Derailers, *Lover's Lie*. Il trouvait leur son pas mauvais, et après s'être envoyé quelques coups, il le trouverait excellent. Il y aurait aussi des filles qui auraient envie de danser. Des filles avec des formes, des filles filiformes, des filles en jean et des filles en jupe. Il y en avait toujours. Il se demanda quelle sorte de whiskey ils servaient là-dedans, et bon sang, oh bon Dieu de bon Dieu – ce qu'il avait soif. Il ouvrit sa portière, posa un pied dehors et resta assis là, la tête basse.

Dix ans. Dix *bonnes* années, et dans les dix minutes il pouvait les envoyer balader. Ça serait vraiment pas compliqué. *D'une simplicité enfantine.*

Nous avons tous touché le fond. Un jour ou l'autre, il va falloir que tu dises à quelqu'un comment toi tu l'as touché. Si tu ne le fais pas, un de ces quatre matins, tu vas te retrouver dans un bar avec un verre à la main.

Et je peux te dire merci, Casey, songea-t-il froidement. *Pour m'avoir mis cette idée dans la tête l'autre jour quand on prenait un café au Sunspot.*

Une flèche rouge clignotait au-dessus de la porte et le néon disait BOCK DE MILLER LITE 2 $ AVANT 21 HEURES ENTREZ.

Dan claqua la portière, rouvrit son téléphone et appela John Dalton.

« Ton pote va bien ? lui demanda John.

— Bien bordé et au chaud, prêt à passer sur le billard demain matin à sept heures. John, j'ai envie de boire.

— *Oh, nooon !* s'écria John d'une voix de fausset tremblotante. Pas d'*alcoooool* ! »

Et juste comme ça, son envie lui passa. Dan se mit à rire. « Merci, j'avais besoin de ça. Mais si jamais tu me refais le coup de la voix de Michael Jackson, je te préviens que je re-*bois* !

— Tu devrais m'entendre chanter *Billie Jean*. Je suis une bête au karaoké. Je peux te poser une question ?

— Ouais, vas-y. » À travers le pare-brise, Dan voyait les clients du Cow-Boy Boot entrer et sortir, y trouvant certainement de la pâture.

« Ce truc… que tu as, est-ce que l'alcool le… je sais pas, moi… l'éteignait ?

— L'atténuait, ouais. Lui foutait un oreiller sur la gueule et le faisait se débattre pour respirer.

— Et maintenant ?

— Je suis comme Superman, j'utilise mes superpouvoirs pour promouvoir la vérité, la justice et la voie de l'Amérique.

— Traduction : tu veux pas en parler.

— Exact, confirma Dan. Je veux pas en parler. Mais c'est mieux maintenant. Mieux que je ne l'aurais jamais imaginé. À l'adolescence… » Sa voix mourut. À l'adolescence, chaque jour était une lutte contre la folie. Les voix qu'il entendait dans sa tête le persécutaient ; et bien souvent ses visions étaient encore pires.

Il avait promis à sa mère, et s'était promis à lui-même, qu'il ne boirait jamais comme son père, mais quand il avait fini par s'y mettre, en première année de lycée, le soulagement avait été tel que – dans un premier temps – il avait regretté de ne pas avoir commencé plus tôt. Les gueules de bois du matin étaient mille fois préférables aux cauchemars toutes les nuits. Le tout convergeant vers la question suivante : jusqu'à quel point était-il le fils de son père ? Et de combien de façons ?

« À l'adolescence, quoi ? relança John.

— Rien. Ça n'a pas d'importance. Écoute, je ferais mieux de bouger. Je suis garé sur le parking d'un bar.

— Ah oui ? fit John d'un ton intéressé. Quel bar ?

— Une boîte qui s'appelle Le Cow-Boy Boot. Deux dollars le bock avant vingt et une heures.

— Dan…

— Oui, John.

— Je connais cet endroit pour y avoir pas mal traîné en mon temps. Si tu comptes foutre ta vie en l'air, commence pas par là. Les nanas sont toutes des pouffes farcies de meth et les chiottes des mecs empestent le vieux slip moisi. Le Boot est réservé à ceux qui ont touché le fond. »

Encore cette expression.

« Nous avons tous touché le fond, dit Dan. N'est-ce pas ?

— Vire de là, Dan. » John avait un ton terriblement sérieux à présent. « N'attends pas une seconde de plus. Arrête de zoner dans ce coin. Et reste au téléphone avec moi jusqu'à ce que ce grand néon en forme de botte de cow-boy ait disparu dans ton rétroviseur. »

Dan redémarra, quitta le parking et reprit la route 11.

« Il s'éloigne, dit-il. Il s'éloigne… il s'ééééé… il a disparu. » Il ressentait un inexprimable soulagement. Et aussi un amer regret – combien de bocks à deux dollars aurait-il pu écluser avant vingt et une heures ?

« Dis, tu vas pas t'arrêter acheter un pack de six ou une bouteille de vin avant de rentrer à Frazier, tu me promets ?

— Je te promets. Je suis tiré d'affaire, maintenant.

— On se voit jeudi soir alors. Arrive tôt, c'est moi qui paie le café. Du Folger, ma réserve privée.

— J'y serai », dit Dan.

12

Lorsqu'il réintégra sa chambre de la tourelle et alluma la lumière, un nouveau message l'attendait sur le tableau :

J'ai passé une super journée !
Ton amie,
ABRA

« Ça me fait plaisir, ma puce, dit Dan. Je suis content pour toi. »

Brrzzzz. L'interphone. Il alla presser le bouton.

« Allô, docteur Sleep ? dit Loretta Ames. Il me semblait bien t'avoir vu rentrer. J'imagine que, en principe, c'est encore ton jour de congé, mais est-ce que tu pourrais descendre pour une visite de courtoisie ?

— Pour qui ? Mr. Cameron ou Mr. Murray ?

— Cameron. Azzie est avec lui, il y est entré juste après dîner. »

Ben Cameron logeait à Rivington 1. Premier étage. C'était un homme de quatre-vingt-trois ans, comptable à la retraite, qui souffrait d'une insuffisance cardiaque congestive. Un type adorable. Bon joueur de Scrabble et redoutable au go, c'était un stratège hors pair qui rendait fous ses adversaires.

« J'arrive tout de suite », dit Dan. Avant de sortir, il jeta un rapide coup d'œil en arrière au tableau noir. « Bonne nuit, ma puce », dit-il.

Il ne reçut plus de nouvelles d'Abra pendant deux ans.

Durant ces deux mêmes années, quelque chose couva dans le sang des Vrais. Un cadeau d'adieu de Bradley Trevor, *alias* le p'tit gars du base-ball.

DEUXIÈME PARTIE

LES DÉMONS VIDES

CHAPITRE 7

« AVEZ-VOUS VU L'UN DE CES VISAGES ? »

1

Par un matin d'août 2013, Concetta Reynolds se réveilla tôt dans son appartement en copropriété de Boston. Comme toujours, la première chose qu'elle vit fut qu'il n'y avait pas de petit chien lové dans le coin près de la commode. Betty était morte depuis des années mais Chetta ressentait encore son absence. Elle enfila sa robe de chambre et se dirigea vers la cuisine pour aller se préparer son café du matin. C'était un trajet qu'elle avait parcouru des milliers de fois auparavant et elle n'avait aucune raison de croire que cette fois-ci serait en quelque manière différente. Il ne lui vint certes pas à l'esprit qu'elle se révélerait *a posteriori* comme le premier maillon d'un malin enchaînement de mésaventures. Elle ne trébucha pas, ainsi qu'elle le raconterait plus tard ce jour-là à sa petite-fille Lucy, ne heurta non plus aucun obstacle. Elle entendit seulement un claquement anodin, à peu près à mi-hauteur du corps, côté droit, et l'instant d'après, elle était par terre, la jambe au supplice, irradiée par une cuisante douleur.

Elle demeura là plusieurs minutes, à fixer son reflet indistinct dans le luisant parquet de chêne tout en essayant de faire refluer la douleur par la seule force de sa volonté. Dans le même temps, elle se parlait à elle-même : *Stupide vieille femme, vivre ainsi seule sans compagnie. Cela fait cinq ans que David te serine que tu es trop âgée pour vivre seule et tu n'as pas fini de l'entendre.*

Mais pour accueillir une dame de compagnie, il aurait fallu sacrifier la chambre que Chetta réservait à Lucy et Abra. Et leurs visites étaient toute sa vie, plus que jamais depuis que Betty était morte et qu'elle-même semblait avoir épuisé toute son inspiration poétique. Quatre-vingt-dix-sept ans ou pas, elle s'était très bien débrouillée jusque-là et elle se sentait bien. De bons gènes du côté féminin de la famille. Sa propre Momo n'avait-elle pas enterré quatre maris et sept enfants, et vécu jusqu'à cent deux ans ?

Bon, pour être franche (ne serait-ce qu'envers elle-même), elle ne s'était pas sentie si bien que cela l'été dernier. Cet été, les choses avaient été… difficiles.

Lorsque enfin la douleur reflua – un peu – Chetta entreprit de ramper dans le couloir en direction de la cuisine que commençait à envahir l'aube. Elle trouva qu'au ras du sol, il était plus dur d'apprécier l'exquise lumière rose. Chaque fois que la douleur se faisait trop intense, elle s'arrêtait, haletante, la tête posée sur son bras décharné. Durant ces pauses, elle méditait sur les sept âges de l'homme, et sur la façon qu'ils avaient de décrire un cercle parfait (et parfaitement stupide). Durant la quatrième année de la Grande Guerre, connue aussi sous le nom – quelle ironie – de Der des ders, ce mode de locomotion avait déjà été le sien. Elle était alors Concetta Abruzzi et rampait dans la basse-cour de la ferme familiale de Davoli, en Calabre, pour attraper des poules qui lui échappaient sans difficulté. Depuis ces débuts poussiéreux, elle avait fait du chemin, lequel l'avait conduite à vivre une vie intéressante et féconde. Elle avait publié vingt volumes de poésie, pris le thé avec Graham Greene, dîné avec deux Présidents et – cerise sur le gâteau – s'était vu accorder une arrière-petite-fille adorable et extrêmement brillante, dotée d'étranges talents. Et tous ces merveilleux cadeaux pour en arriver où ?

À ramper de nouveau, pardi. Retour à la case départ. *Dio me benedica.*

Une fois dans la cuisine, elle ondoya comme une anguille à travers un rectangle de soleil pour atteindre la petite table où elle prenait la plupart de ses repas. Son téléphone portable y était posé. Chetta referma la main sur un pied de la table et la secoua jusqu'à ce que le téléphone glisse au bord, bascule et tombe à terre. Sans se briser, *meno male*. Elle pianota les trois chiffres du numéro que l'on vous recommande d'appeler lorsque des merdes comme celle-là vous tombent dessus, puis attendit pendant qu'une voix enregistrée résumant à elle seule toute l'absurdité du XXIe siècle lui disait que son appel allait être enregistré.

Et enfin, louée soit Marie, une authentique voix humaine :

« Ici le 911. Quelle est votre urgence ? »

La femme clouée au sol, qui jadis avait rampé au cul des poules dans le sud de l'Italie, s'exprima avec clarté et cohérence malgré la douleur : « Je m'appelle Concetta Reynolds, j'habite au 219, Marlborough Street, troisième étage, dans une copropriété. Je crois que je me suis cassé la hanche. Pouvez-vous m'envoyer une ambulance ?

— Y a-t-il quelqu'un avec vous, Mrs. Reynolds ?

— Non, et c'est ma faute. Vous êtes en train de parler à une stupide vieille femme qui se croyait assez valide pour vivre seule. Et je vous le signale au passage, je préfère qu'on m'appelle *Miz* Reynolds désormais. »

2

Lucy reçut l'appel de sa grand-mère juste avant que Conchetta n'entre au bloc opératoire. « Je me suis cassé la hanche, mais ils peuvent me la réparer, annonça-t-elle à Lucy. Je crois qu'ils vont y mettre des broches, ou je ne sais quoi.

— Tu es tombée, Momo ? » La première pensée de Lucy fut pour Abra, encore pour une semaine en camp d'été.

« Oh oui, mais la cause de ma chute, c'est une fracture complètement spontanée. Apparemment, c'est très courant chez les gens de mon âge. Et comme il y a tellement plus de gens de mon âge qu'il n'y en a jamais eu, les médecins en voient beaucoup. Tu n'as pas besoin de venir tout de suite, mais je pense que tu voudras venir assez vite. Je crois qu'il va falloir que nous parlions de certaines choses. »

Lucy ressentit un froid au creux du ventre. « Quelle sorte de choses ? »

Concetta, maintenant shootée au Valium, à la morphine ou Dieu sait quel autre calmant, éprouvait une relative sérénité. « J'ai l'impression que ma fracture de la hanche est le cadet de mes soucis. » Elle s'en expliqua. Il ne lui fallut pas longtemps. Elle termina en disant : « N'en parle pas à Abra, *cara*. J'ai reçu d'elle des dizaines de mails et même une *vraie* lettre ! On dirait qu'elle se plaît énormément à son camp d'été. Elle aura bien le temps plus tard de découvrir que sa vieille Momo est en train de passer l'arme à gauche. »

Lucy songea : *Si tu crois vraiment que je vais devoir le lui dire...*

« Pas la peine d'être médium pour deviner ce que tu es en train de penser, *amore*, mais peut-être que cette fois-ci, la mauvaise nouvelle ne lui parviendra pas.

— Peut-être », dit Lucy.

Elle n'eut pas plus tôt raccroché que le téléphone sonna. « M'man ? Maman ? » C'était Abra. Elle était en pleurs. « Je veux rentrer à la maison. Momo a le cancer. Je veux rentrer. »

3

Après son retour du camp Tapawingo dans le Maine, Abra eut un aperçu de ce que serait sa vie si elle devait faire la navette entre des parents divorcés. Sa mère et elle passèrent les deux dernières semaines d'août et la première de septembre dans l'appartement de Chetta dans Marlborough Street. La vieille dame, qui s'était plutôt bien remise de son opération de la hanche, avait décidé d'écourter son séjour à l'hôpital et de refuser tout traitement pour le cancer du pancréas qu'on lui avait dépisté.

« Ni rayons, ni chimio. Quatre-vingt-dix-sept ans, c'est suffisant. Et toi, Lucy, je refuse que tu passes les six prochains mois à m'apporter mes repas et mes médicaments et à me présenter le bassin. Tu as ta famille, moi je peux me payer une aide à domicile à plein temps.

— Tu ne passeras pas la fin de ta vie avec des inconnus », avait décrété Lucy, prenant sa voix je-ne-tolérerai-aucune-objection, qui faisait filer doux Abra aussi bien que son père, et devant laquelle même Concetta était impuissante.

Abra ne resterait pas à Boston, il n'en fut même pas question ; sa rentrée en classe de 3e était prévue le 9 septembre au collège d'Anniston. David Stone avait pris une année sabbatique pour écrire un livre comparant les folles années 20 aux psychédéliques années 60. C'est ainsi qu'Abra – comme bon nombre des filles qu'elle avait connues au camp Tap – apprit à faire la navette entre ses deux parents. Elle passait la semaine avec son père et partait pour Boston le week-end afin de retrouver sa mère et sa Momo. Elle se disait que les choses ne pouvaient pas être pires… mais elles peuvent toujours le devenir, et bien souvent elles ne s'en privent pas.

4

Même s'il travaillait maintenant à la maison, David Stone ne se fatiguait jamais à descendre chercher le courrier à la boîte aux lettres. Il prétendait que le Service postal des États-Unis était une bureaucratie ne visant qu'à se perpétuer elle-même qui avait perdu toute pertinence au tournant de ce siècle. De temps à autre cependant arrivait un colis, quelquefois des livres qu'il avait commandés pour son travail, le plus souvent des commandes faites par Lucy sur catalogue, mais pour le reste, il proclamait que tout ça n'était que de la paperasse inutile.

Quand Lucy était à la maison, c'était elle qui relevait le courrier dans la boîte aux lettres près du portail et l'ouvrait en prenant son deuxième café de la matinée. C'était surtout des pubs et de la paperasse sans intérêt, en effet, qui terminait dans ce qu'elle appelait le Classeur Circulaire. Mais en ce début de mois de septembre, Lucy n'était pas là et c'était donc Abra – alors la seule femme de la maison – qui vérifiait le contenu de la boîte en descendant du bus scolaire. Elle faisait aussi la vaisselle, deux machines de linge par semaine pour elle et son père, et, quand elle y pensait, programmait l'aspirateur robot Roomba. Elle se chargeait de ces corvées sans se plaindre car elle savait que Momo avait besoin de sa mère et que le livre de son père était super important. Il disait que celui-ci serait POPULAIRE et pas UNIVERSITAIRE. Et s'il se vendait bien, peut-être qu'il pourrait arrêter d'enseigner pour se consacrer à l'écriture à plein temps, du moins pendant un moment.

Ce jour-là, le 17 septembre, la boîte contenait une brochure Wal-Mart, une carte postale annonçant l'ouverture d'un nouveau cabinet dentaire en ville (N'AYEZ PLUS PEUR DE SOURIRE !), et deux prospectus en papier glacé d'agences immobilières pour des appartements en multipropriété à la station de ski de Mount Thunder.

Il y avait aussi un gratuit d'annonces locales, l'*Anniston Shopper*. Sur ses deux premières pages, ce magazine proposait des dépêches d'agences et, dans les pages du milieu, quelques nouvelles locales (avec une place importante pour le sport régional). Tout le reste n'était que publicités et coupons de réduction. Eût-elle été là, Lucy en aurait découpé quelques-uns avant de jeter le *Shopper* dans la poubelle de recyclage et sa fille n'aurait jamais vu ce canard. Mais ce jour-là, Lucy était à Boston, et Abra le vit.

Tout en remontant paresseusement l'allée, elle le feuilleta puis le retourna. Sur la dernière page, disposées en damier, il y avait quarante ou cinquante photos guère plus grandes que des timbres-poste, quelques-unes en noir et blanc, mais la majorité en couleurs. Avec ce titre au-dessus :

AVEZ-VOUS VU L'UN DE CES VISAGES ?
Un service hebdomadaire de votre *Anniston Shopper*

Un instant, Abra pensa qu'il s'agissait d'une sorte de concours, comme une chasse au trésor. Puis elle comprit que ces visages étaient ceux d'enfants disparus et elle sentit comme une main lui agripper la paroi intérieure de l'estomac et l'essorer comme un linge mouillé. Les trois paquets d'Oreo qu'elle avait achetés à la cafét' à midi pour les manger dans le bus au retour lui remontèrent dans la gorge, poussés vers la sortie par cette main de fer.

Ne regarde pas si ça te dérange, se dit-elle. C'était la voix sévère et moralisatrice qu'elle prenait souvent lorsqu'elle était perturbée ou contrariée (une voix-de-Momo, bien qu'elle n'en ait jamais pris conscience). *Balance ça dans la poubelle du garage avec tout le reste.* Sauf qu'elle semblait incapable de s'en détourner.

Là, il y avait Cynthia Abelard, DDN 9 juin 2005. Après une seconde de réflexion, Abra réalisa que DDN signifiait « date de naissance ». Donc Cynthia aurait huit ans aujourd'hui. Si elle était encore en vie… Elle avait disparu en 2009. *Comment est-ce qu'on peut laisser disparaître un gamin de quatre ans ?* se demanda Abra. *Elle doit avoir des parents vraiment en dessous de tout.* Mais bien sûr, ses parents ne l'avaient sans doute pas *laissée* disparaître. C'était probablement un taré, rôdant dans le quartier, qui l'avait repérée et enlevée.

Là, c'était Merton Askew, DDN 4 septembre 1998. Lui avait disparu en 2010.

Et plus bas, au milieu de la page, il y avait une très belle petite fille d'origine hispanique, Angel Barbera, disparue de son domicile de Kansas City à l'âge de sept ans, donc depuis déjà neuf ans maintenant. Abra se demanda si ses parents pensaient vraiment que cette minuscule photo les aiderait à la retrouver. Et dans ce cas, est-ce que seulement ils la reconnaîtraient encore ? Et *elle, les* reconnaîtrait-elle ?

Fiche-moi ça en l'air, gronda la voix-de-Momo. *Tu as assez de soucis comme ça sans avoir à regarder un tas d'enfants disp…*

Ses yeux tombèrent sur une photo, dans la rangée du bas, et un petit son lui échappa. C'était probablement un sanglot. Sur le coup, elle ne comprit même pas pourquoi, mais en fait, si, elle savait ; comme quand on sait le mot qu'on veut employer dans un devoir d'anglais mais qu'on n'arrive pas à le trouver, on l'a juste sur le bout de la langue et impossible de l'attraper.

C'était la photo d'un enfant blanc, avec des cheveux courts et un grand sourire rigolo. On aurait dit qu'il avait des taches de rousseur sur les joues. La photo était trop petite pour en être sûr, mais

(*c'est des taches de rousseur tu le sais*)

Abra croyait bien en être sûre. Oui, c'étaient des taches de rousseur et ses grands frères le taquinaient à cause de ça et sa mère lui disait qu'elles disparaîtraient avec le temps.

« Elle lui disait que les taches de rousseur portent bonheur », chuchota Abra.

Bradley Trevor, DDN 2 mars 2000. Disparu le 12 juillet 2011. Race : caucasienne. Lieu : Bankerton, Iowa. Âge actuel : 13. Et sous sa photo – sous la photo de tous ces enfants pour la plupart souriants : *Si vous pensez avoir vu Bradley Trevor, prière de contacter le Centre national pour les enfants disparus et exploités.*

Sauf que personne ne les contacterait au sujet de Bradley parce que personne ne le verrait. Son âge actuel n'était pas non plus treize ans. Bradley Trevor s'était arrêté à onze. Il s'était arrêté comme une montre cassée qui donne la même heure toutes les heures de la journée. Abra se surprit à se demander si les taches de rousseur s'effacent sous la terre.

« Le p'tit gars du base-ball », murmura-t-elle.

Des fleurs bordaient l'allée de sa maison. Abra se pencha, les mains en appui sur les genoux, son sac pesant soudain beaucoup trop lourd dans son dos, et elle vomit ses Oreo et ce qu'elle n'avait pas encore digéré de son déjeuner dans les asters de sa mère. Quand elle eut la certitude qu'elle ne vomirait pas une deuxième fois, elle rentra dans le garage et jeta le courrier à la poubelle. *Tout* le courrier.

Son père avait raison, c'était de la paperasse inutile.

5

La porte de la petite pièce qui servait de bureau à son père était ouverte, et quand Abra s'arrêta à l'évier de la cuisine pour se rincer la bouche avec un grand verre d'eau, elle entendit le cliquetis régulier de son clavier d'ordinateur. Tant mieux. Quand il ralentissait, ou s'arrêtait complètement, son père avait tendance à être grognon. Et puis, il risquait davantage de remarquer sa présence. Ce jour-là, elle ne tenait pas à se faire remarquer.

« Abba-Doo, c'est toi ? » chantonna son père.

Un autre jour, elle lui aurait demandé d'arrêter, *s'il te plaît,* de m'appeler de ce nom de bébé, mais pas aujourd'hui. « Ouais, c'est moi.

— Ça va, l'école ? »

Le cliquetis régulier s'était arrêté. *S'il te plaît, ne sors pas*, pria Abra. *Ne viens pas me voir et me demander pourquoi je suis aussi pâle ou un truc comme ça.*

« Bien. Et ton bouquin ?

— J'ai super bien bossé aujourd'hui, dit-il. Fini mon chapitre sur le charleston et le black bottom. *Vo-do-do-dee-O !* » Va savoir ce qu'il voulait dire par là… Mais bon, l'important c'était que le cliquetis avait repris. Ouf.

« Génial », répondit-elle en rinçant son verre. Elle le posa sur l'égouttoir. « Je monte commencer mes devoirs.

— Voilà une fille sérieuse ! Pense Harvard, 2018 !

— D'accord, p'pa. » Et peut-être bien qu'elle le ferait. Tout pour s'empêcher de penser Bankerton, Iowa, 2011.

6

Mais elle en fut incapable.

Parce que.

Parce que quoi ? Parce que pourquoi ? Parce que… eh bien…

Parce qu'il y a des choses que je peux faire.

Elle échangea quelques SMS avec sa copine Jessica, puis Jessica partit dîner avec ses parents au Panda Garden de North Conway, alors Abra ouvrit son livre d'instruction civique. Elle avait prévu d'aller direct au chapitre 4 : vingt pages chiantes pour la plupart, intitulées « Comment fonctionne notre gouvernement », mais son livre s'ouvrit au chapitre 5 : « Vos responsabilités en tant que citoyen ».

Oh, zut, s'il y avait un mot qu'elle n'avait pas envie de voir cet après-midi-là, c'était bien le mot « responsabilité ». Elle alla boire un autre verre d'eau à la salle de bains parce qu'elle avait encore le goût du vomi dans la bouche et, sans le vouloir, se retrouva à regarder ses propres taches de rousseur dans la glace. Elle en avait exactement trois, une sur la joue gauche et deux sur le pif. On faisait pire. Question taches de rousseur, elle n'avait pas trop à se plaindre. Elle n'avait pas non plus de tache de naissance, comme Bethany Stevens, ni un œil qui dit merde à l'autre comme Norman McGinley, ni un bégaiement comme

Ginny Whitlaw, ni un nom affreux comme ce pauvre Pence Effersham qui était la risée de tout le monde. Abra, c'était un peu étrange, d'accord, mais c'était quand même cool, et les gens trouvaient que c'était un prénom intéressant plutôt que juste bizarre, pas comme Pence, que les garçons surnommaient (mais les filles avaient toujours le don de découvrir ces trucs-là) Pence le Pénis.

Et surtout, surtout, *j'ai pas été coupée en morceaux par des gens cinglés qui s'en foutaient de m'entendre hurler et les supplier d'arrêter. J'ai pas été obligée de voir un de ces cinglés lécher mon sang sur la paume de ses mains avant que je meure. Abba-Doo est une petite renarde veinarde.*

Peut-être pas si veinarde que ça, en fait. Les petites renardes veinardes n'étaient pas obligées de savoir des trucs qu'elles n'avaient aucun besoin de savoir.

Abra referma le couvercle des toilettes, s'assit dessus et pleura silencieusement, les mains sur le visage. Être obligée de repenser à Bradley Trevor et à sa mort atroce était déjà assez affreux comme ça, mais il n'y avait pas que lui. Il y avait aussi tous ces autres enfants, tellement de photos qu'elles étaient toutes serrées les unes contre les autres sur la dernière page de l'*Anniston Shopper*, comme l'assemblée des élèves de l'école de l'enfer. Tous ces petits sourires édentés et tous ces yeux qui en savaient encore moins sur le monde qu'Abra n'en savait elle-même, et qu'*en* savait-elle ? Même pas « Comment fonctionne notre gouvernement ».

À quoi pensaient les parents de ces enfants disparus ? Comment faisaient-ils pour continuer à vivre ? Est-ce que leur première pensée au réveil et leur dernière pensée le soir étaient pour Cynthia, Merton ou Angel ? Gardaient-ils leur chambre prête au cas où ils rentreraient à la maison, ou bien avaient-ils donné tous leurs vêtements et leurs jouets au Secours populaire ? Abra avait entendu dire que c'était ce que les parents de Lennie O'Meara avaient fait quand Lennie s'était fracassé la tête sur une pierre en tombant d'un arbre et qu'il était mort. Lennie O'Meara, qui était allé jusqu'en cours moyen et puis qui s'était juste… arrêté. Mais évidemment, les parents de Lennie *savaient* qu'il était mort, il y avait une tombe sur laquelle ils pouvaient aller déposer des fleurs, et peut-être que ça faisait toute la différence. Ou peut-être pas. Mais, de l'avis d'Abra, si. Parce que, autrement, ils devaient tout le temps se demander, non ? Comme le matin, en petit-déjeunant, ils devaient se demander si leur

(*Cynthia Merton Angel*)

enfant disparu prenait lui aussi son petit déjeuner quelque part, ou s'amusait avec un cerf-volant, ou ramassait des oranges avec une équipe de migrants, ou Dieu sait quoi. Quelque part au fond de leur esprit, ils pensaient sans doute qu'il ou elle était mort, c'était ce qui arrivait à la plupart de ces enfants (il suffisait de regarder *Action News at Six* pour le savoir), mais ils ne pouvaient pas en être sûrs.

Pour l'incertitude des parents de Cynthia Abelard ou de Merton Askew, Abra était impuissante, elle n'avait aucune idée de ce qui leur était arrivé, mais ce n'était pas le cas pour Bradley Trevor.

Elle avait presque oublié ce garçon, et il avait fallu ce stupide *journal*… ces stupides *photos*… pour que tout ce truc lui revienne, un truc qu'elle ne savait même pas qu'elle savait, comme si ces photos avaient été débusquées de son subconscient…

Et ces choses dont elle était capable… Des choses qu'elle n'avait jamais dites à ses parents pour ne pas les inquiéter, comme elle s'imaginait qu'ils s'inquiéteraient s'ils savaient qu'elle était sortie avec Bobby Flannagan – oh, juste un peu, sans se rouler des pelles ni rien d'aussi dégoûtant – un jour après l'école. Ça, c'était une chose qu'ils ne *voudraient* pas savoir. Abra supposait (là-dessus, elle ne se trompait pas de beaucoup, et la télépathie n'y était pour rien) que dans l'esprit de ses parents elle était en quelque sorte restée figée à l'âge de huit ans et y resterait probablement encore longtemps, au moins jusqu'à ce qu'elle ait des seins, et elle n'en avait toujours pas – en tout cas, ça ne se voyait pas.

Jusqu'à présent, elle n'avait même pas eu droit au SPEECH. Julie Vandover disait que c'était presque toujours ta mère qui te faisait le sermon, mais le seul sermon qu'Abra avait reçu dernièrement, c'était sur l'importance de sortir les poubelles le jeudi matin avant de partir au collège. « Nous ne te demandons pas de faire grand-chose, lui avait dit Lucy. Mais cet automne, il est particulièrement important que chacun d'entre nous mette la main à la pâte. »

Momo avait au moins effleuré LE SPEECH. Un jour, au printemps dernier, elle avait pris Abra à part pour lui dire : « Tu sais ce que veulent les garçons, une fois que les garçons et les filles atteignent à peu près ton âge ?

— Le sexe, j'imagine », avait répondu Abra… même si tout ce que semblait vouloir ce pauvre Pence Effersham, avec son air penaud et fuyant, c'était un de ses cookies, ou lui emprunter une pièce pour le distributeur, ou lui raconter combien de fois il avait vu *The Avengers*.

Momo avait hoché la tête. « On ne peut pas condamner la nature humaine, les choses sont ainsi faites, mais ne leur donne pas satisfaction. Point. Fin de la discussion. Tu pourras reconsidérer les choses quand tu auras dix-neuf ans, si tu veux. »

Ç'avait été un peu embarrassant, mais au moins c'était clair et net. Ce qui se passait dans sa tête, en revanche, était loin de l'être. C'était *ça*, sa tache de naissance, invisible mais bien réelle. Ses parents ne parlaient plus de tous les trucs dingues qui s'étaient produits quand elle était petite. Peut-être pensaient-ils que ce qui avait causé ces trucs avait disparu. D'accord, elle avait su que Momo était malade, mais ce n'était pas la même chose que jouer du piano dans les airs ou ouvrir les robinets de la salle de bains, ou que le jour de son anniversaire (dont elle se souvenait à peine) quand elle avait suspendu des cuillères au plafond de la cuisine. Elle avait simplement appris à le contrôler. Pas complètement, mais en grande partie.

Et ça avait évolué. Maintenant, il était rare qu'elle voie les choses avant qu'elles se produisent. Ou qu'elle déplace des objets. Quand elle avait six ou sept ans, en se concentrant sur sa pile de livres scolaires, elle aurait pu les soulever carrément jusqu'au plafond. Fastoche. Simple comme l'œuf de Colomb, comme aimait bien dire Momo. Aujourd'hui, même avec un seul livre, même en se concentrant jusqu'à ce qu'elle ait l'impression que son cerveau allait lui gicler par les oreilles, elle parviendrait peut-être juste à le pousser de quelques centimètres sur son bureau. Et encore, les jours avec. La plupart du temps, elle n'arrivait même pas à faire bruisser les pages.

Mais elle était capable de faire *d'autres* choses, et souvent beaucoup mieux que lorsqu'elle était petite. Regarder dans la tête des gens, par exemple. Elle ne pouvait pas le faire avec tout le monde – certaines personnes étaient entièrement murées, d'autres ne laissaient passer que des éclairs intermittents – mais la plupart des gens ressemblaient à des fenêtres aux rideaux largement écartés. Elle pouvait regarder à l'intérieur dès qu'elle en avait envie. Généralement, elle n'en avait pas envie parce que ce qu'elle y apercevait était parfois triste et souvent choquant. Son plus grand choc, elle l'avait eu en découvrant que Mrs. Moran, sa professeur de sixième bien-aimée, avait UN AMANT. Ça, ç'avait carrément été un coup de massue.

Ces temps-ci, elle préférait mettre la part *clairvoyante* de son esprit en veilleuse. Au début, ça lui avait coûté d'apprendre à le faire, un peu comme apprendre à patiner à l'envers ou à écrire de la main gauche, mais à force, elle avait appris. Si c'est en forgeant qu'on devient forgeron, elle était sur la bonne voie. Il lui arrivait encore de lorgner, mais toujours prudemment, prête à faire machine arrière au moindre signe de quoi que ce soit de bizarroïde ou de dégoûtant. Et *jamais* elle ne jetait un coup d'œil dans l'esprit de ses parents, ni dans celui de Momo. Ç'aurait été mal. Sûrement que c'était mal avec tout le monde, mais c'était comme Momo avait dit : on ne peut pas condamner la nature humaine, et il n'y a rien de plus humain que la curiosité.

Parfois, elle arrivait à *faire faire* des choses aux gens. Pas à tous. Même pas à la *moitié*. Mais il y avait *beaucoup* de gens *très* ouverts aux suggestions. (C'étaient probablement les mêmes qui s'imaginaient que les trucs qu'on vend à la télé allaient vraiment faire disparaître leurs rides ou pousser leurs cheveux.) Abra savait que c'était un talent qui pouvait se renforcer si elle l'exerçait comme un muscle, mais elle ne le faisait pas. Il l'effrayait.

Elle avait d'autres capacités encore, dont certaines qu'elle ne savait pas sous quel nom désigner. Mais pour celle à laquelle elle pensait en ce moment, elle avait inventé un nom. Elle l'appelait la « vision télescopique ». Comme les autres aspects de son talent particulier, ce don allait et venait, mais, si elle le désirait vraiment – et si elle avait un objet précis sur lequel le concentrer –, elle pouvait en général le mobiliser.

Je pourrais le faire maintenant.

« Ferme-la, Abba-Doo, se força-t-elle à dire à voix basse. Ferme-la, Abba-Doo-Doo. »

Elle ouvrit *Initiation à l'algèbre* à la page des exercices qu'elle avait à faire, une page marquée d'une feuille où elle avait écrit *Pete*, *Jimmy*, *Cam* et *Mike* au moins vingt fois chacun. Ensemble, les quatre formaient le groupe 'Round Here, son boys band préféré. *Trop* beaux, surtout Cam. Sa meilleure copine, Emma Deane, trouvait aussi. Ses yeux bleus… ses cheveux blonds en pétard.

Je pourrais peut-être apporter ma contribution. Ses parents seraient tristes, mais au moins, ils sauraient.

« Ta gueule, Abba-Doo. Ta gueule, Abba-Doo-Doo-Neu-Neu. »

Si 5 x – 4 = 26, à combien est égal x ?

« Soixante millions ! s'exclama-t-elle. On s'en fout ! »

Son regard tomba sur les noms des beaux mecs de 'Round Here, écrits avec ces lettres toutes rondes qu'Emma et elle affectionnaient (« Ça rend notre écriture plus romantique », avait décrété Emma), et tout à coup ça lui parut stupide, puéril et ridicule. *Ils l'ont tailladé et ils ont léché son sang et puis ils lui ont fait quelque chose d'encore pire.* Dans un monde où une telle chose pouvait arriver, se pâmer en rêvassant d'un boys band semblait même pire que ridicule.

Abra ferma son livre d'un coup sec, descendit l'escalier (le cliquetis en provenance du bureau de son père résonnait toujours sans relâche) et retourna au garage. Elle récupéra le *Shopper* dans la poubelle, le monta dans sa chambre et l'étala bien à plat sur son bureau.

Tous ces visages… mais en cet instant, elle ne se souciait plus que d'un seul.

7

Son cœur cognait fort-fort-fort. Elle avait déjà eu peur avant, les fois où elle s'était essayée consciemment à la vision télescopique ou à lire dans les pensées, mais jamais comme ça. Absolument rien à voir.

Qu'est-ce que tu vas faire si tu trouves ?

Ça, c'était une question pour plus tard. Parce qu'elle n'y arriverait peut-être pas. Comme une part craintive et lâche de son esprit l'espérait.

Abra posa deux doigts de sa main gauche sur la photo de Bradley Trevor, car c'était sa main gauche qui voyait le mieux. Elle aurait bien voulu y poser tous ses doigts (si ç'avait été un objet, elle l'aurait pris dans sa main), mais la photo était trop petite. Une fois ses doigts posés dessus, elle ne pouvait même plus la voir. Sauf que si. Elle la visualisait très clairement.

Des yeux bleus, comme ceux de Cam Riley de ’Round Here. On ne pouvait pas vraiment dire, d’après la photo, mais ils étaient de la même nuance profonde. Elle le *savait.*

Droitier, comme moi. Mais aussi gaucher comme moi. C’est sa main gauche qui savait à quel lancer s’attendre, balle fronde, balle liftée ou ba…

Abra eut un petit hoquet. Le p’tit gars du base-ball *savait* des choses.

Le p’tit gars du base-ball était comme elle, en fait.

Oui, c’est vrai. C’est pour ça qu’ils l’ont enlevé.

Elle ferma les yeux et vit son visage. Bradley Trevor. Brad, pour ses copains. Le p’tit gars du base-ball. Des fois, il mettait sa casquette à l’envers pour en faire une casquette-talisman. Son père était agriculteur. Sa mère confectionnait des tourtes qu’elle vendait à un restaurant local et aussi sur leur stand familial au bord de la route. Quand son grand frère était parti à l’université, Brad avait récupéré tous ses CD d’AC/DC. Avec son meilleur copain Al, la chanson qu’ils préféraient, c’était *Big Balls*. Ils l’écoutaient, assis sur le lit de Brad, et la chantaient ensemble en riant comme des fous.

Il marchait dans le maïs et quand il est sorti, un homme l’attendait. Brad a cru que c’était un gentil parce que l’homme…

« Barry », chuchota Abra à voix basse. Derrière ses paupières closes, ses yeux bougeaient rapidement comme ceux d’un dormeur en proie à un rêve particulièrement réaliste. « Il s’appelait Barry le Chinois. Il t’a entubé, Brad. Hein, qu’il t’a entubé ? »

Mais c'était pas juste Barry. S'il n'y avait eu que lui, Brad l'aurait sans doute su. Il fallait que toute la Bande des Lampes Torches ait agi ensemble, pour lui envoyer la même pensée : qu'il pouvait monter tranquillement dans le camion de Barry le Chinois, son camping-car, son bus aménagé ou autre, parce que Barry était un gentil. Un ami.

Et ils l'avaient enlevé…

Abra s'aventura plus profond. Elle ne s'attarda pas sur ce qu'avait vu Brad car il n'avait rien vu qu'une moquette grise. Il était ligoté avec du ruban adhésif et couché face contre terre sur le plancher de cet engin monstrueux que conduisait Barry le Chinois. Mais ce n'était pas un problème. Car maintenant qu'elle était syntonisée, elle pouvait voir au-delà de lui. Elle pouvait voir…

Son gant. Un gant de base-ball Wilson. Et Barry le Chinois…

Puis ce passage se brouilla. Peut-être referait-il surface plus tard. Ou pas.

Il faisait nuit. Elle sentait une odeur de fumier. Il y avait une usine. Une espèce d'usine

(*elle est abandonnée*)

isolée. Une longue file de véhicules, certains modestes, la plupart grands, quelques-uns énormes, se dirigeait vers cette usine. Leurs phares étaient éteints, au cas où quelqu'un regarderait, mais la lune aux trois quarts pleine éclairait assez pour y voir. Ils roulaient sur une route goudronnée défoncée. Ils dépassèrent un château d'eau, puis une grange au toit effondré, franchirent un portail rouillé grand ouvert, dépassèrent un panneau. Le panneau défila si vite qu'elle n'eut pas le temps de le lire. Puis ce fut l'usine. Une usine déglinguée aux cheminées écroulées et aux fenêtres cassées. Il y avait un autre panneau, qu'elle put lire, celui-ci, grâce à la pleine lune : COMTÉ DE CANTON – ENTRÉE INTERDITE SUR ORDRE DU SHÉRIF.

Voilà qu'ils contournaient l'usine, et quand ils seraient derrière, ils tortureraient Brad, le petit gars du base-ball, et ils le tortureraient jusqu'à ce que mort s'ensuive. Abra ne voulait pas voir ce passage-là, aussi rembobina-t-elle pour revenir en arrière. Ce fut un peu dur, comme ouvrir un bocal au couvercle très serré, mais elle y parvint. Lorsqu'elle fut de retour à l'endroit voulu, elle relâcha la tension.

Barry le Chinois aimait bien ce gant parce que ça lui rappelait son enfance. C'est pour ça qu'il l'a essayé. Il l'a essayé en reniflant l'odeur de l'huile avec laquelle Brad le graissait pour l'empêcher de durcir. Et il a refermé plusieurs fois son poing à l'intér...

Mais à présent les images se déroulaient vers l'avant et de nouveau elle oublia le gant de base-ball de Brad.

Château d'eau. Grange au toit effondré. Portail rouillé. Et le premier panneau. Qu'y avait-il écrit dessus ?

Zut. Encore trop rapide, même avec le clair de lune. Elle rembobina encore (maintenant, des gouttes de sueur perlaient sur son front) et regarda à nouveau. Château d'eau. Grange au toit effondré. *Prépare-toi, ça approche.* Portail rouillé. Et le panneau. Cette fois, elle put le lire, quoiqu'elle ne fût pas très sûre de le comprendre.

Abra attrapa la feuille sur laquelle elle avait calligraphié tous ces stupides noms de garçons de boys band et la retourna. Rapidement, avant d'oublier, elle griffonna tout ce qu'elle avait lu sur le panneau : INDUSTRIES

ORGANIQUES et USINE D'ÉTHANOL N° 4 et FREEMAN, IOWA et FERMÉ JUSQU'À NOUVEL ORDRE.

Bien. Maintenant, elle savait où ils l'avaient tué, et où – elle en était sûre – ils l'avaient enterré, lui et son gant de base-ball. Si elle appelait le numéro des Enfants disparus et exploités, ils entendraient une voix de gamine et raccrocheraient… ou alors ils donneraient son numéro de téléphone à la police, et on viendrait probablement l'arrêter pour avoir voulu jouer un tour à des gens qui étaient déjà tristes et malheureux. Elle pensa appeler sa mère, mais avec Momo qui allait mourir, c'était hors de question. Maman avait assez de soucis comme ça.

Abra se leva, gagna la fenêtre et regarda sa rue en contrebas, avec le petit magasin Lickety-Split au coin (que les jeunes plus âgés appelaient le Lickety-Spliff à cause de toute l'herbe qu'on y fumait derrière, du côté des bennes à ordures), et les montagnes Blanches au loin qui dressaient leurs cimes dans un ciel de fin d'été bleu sans nuages. Elle s'était mise à se frictionner la bouche, un tic d'anxiété que ses parents essayaient de lui faire perdre, mais comme ils n'étaient pas là, *NA*. *NA* à tout *ça*.

Y a papa, en bas.

Lui non plus, elle n'avait pas envie de le lui dire. Pas parce qu'il avait son livre à finir, mais parce qu'il refuserait d'être impliqué dans une histoire comme ça, même s'il la croyait. Elle n'avait pas besoin de lire dans ses pensées pour le savoir.

Qui alors ?

Avant qu'elle ait pu trouver la réponse logique, le monde derrière sa fenêtre commença à tourner, comme s'il avait été posé sur la platine d'un tourne-disque géant. Un petit cri lui échappa et elle s'accrocha aux bords de sa fenêtre, agrippant les rideaux dans ses poings fermés. C'était un phénomène qu'elle avait déjà vécu, toujours par surprise, et chaque fois qu'il se produisait, elle était terrifiée parce qu'elle n'avait aucun contrôle dessus : c'était comme avoir une attaque. Elle n'était plus dans son corps, elle était dans une *projection* télescopique plutôt que dans une *vision* télescopique. Que se passerait-il si elle ne parvenait pas à réintégrer son envoloppe physique ?

La plaque tournante ralentit, et s'immobilisa. Au lieu d'être dans sa chambre, Abra était maintenant dans un supermarché. Elle le savait parce que, juste en face d'elle, il y avait le rayon viande. Au-dessus (cette pancarte était facile à lire à la lumière des néons étincelants), il y avait écrit : CHEZ SAM, VIANDE « CORDON BLEU » PORTION COW-BOY ! L'espace d'une ou deux secondes, le rayon viande se rapprocha car le mouvement de la plaque tournante avait fait *glisser* Abra à l'intérieur de quelqu'un qui marchait. Qui faisait ses courses. Barry le Chinois ? Non, pas lui. Mais il n'était pas loin ; c'était par son intermédiaire qu'elle avait *atterri* ici. Sauf que quelqu'un de beaucoup plus puissant que Barry l'avait détournée de lui. Juste au-dessous du niveau de ses yeux, Abra voyait un caddie rempli de victuailles. Puis le mouvement de travelling avant s'interrompit et elle éprouva cette sensation, cette

(*invasion fouille perquisition*)

folle impression d'une présence À L'INTÉRIEUR D'ELLE, et Abra comprit subitement que, cette fois-ci, elle n'était pas seule sur la plaque tournante. Tandis qu'elle-même regardait le rayon viande au bout d'une allée de supermarché, l'autre personne était en train de regarder Richland Court par sa fenêtre et les montagnes Blanches au-delà…

Il y eut une explosion de panique en elle ; comme un jet d'essence dirigé sur des flammes. Pas un son ne franchit ses lèvres, si étroitement soudées l'une à l'autre que sa bouche n'était plus qu'une cicatrice. Mais à l'intérieur de sa tête, elle poussa un hurlement surpuissant :

(***NON ! SORS DE MA TÊTE !***)

8

Quand David sentit la maison trembler et vit le plafonnier de son bureau osciller au bout de sa chaîne, sa première pensée fut

(*Abra*)

que sa fille venait d'être prise d'un de ses accès parapsychiques, même si ça faisait des années qu'aucune de ces foutaises télékinétiques ne s'était plus produite, et jamais rien qui ressemblât à *ça*. Lorsque tout rentra dans l'ordre, sa seconde pensée – largement plus raisonnable, à son avis – fut qu'il venait juste de vivre son premier tremblement de terre dans le New Hampshire ! Il savait que ça arrivait de temps en temps, mais… ouah !

Il se leva de son bureau (sans avoir omis de cliquer sur Enregistrer) et courut dans l'entrée. Du bas des escaliers, il appela : « Abra ! T'as senti ça ? »

Abra sortit de sa chambre, pâle et l'air un peu effrayé. « Ouais, un peu. Je… je crois que je…

— C’était un tremblement de terre ! l’informa David en souriant jusqu’aux oreilles. Ton premier tremblement de terre ! C’est pas génial ?

— Oui, fit Abra d’un ton beaucoup moins enthousiaste. Génial. »

David regarda par la fenêtre du salon et vit que ses voisins, dont son bon ami Matt Renfrew, étaient sortis sur leur perron ou leur pelouse. « Je vais en face parler avec Matt, chérie. Tu veux venir ?

— Je crois que je vais plutôt finir mes devoirs. »

David se tourna vers la porte d’entrée, puis se retourna vers Abra. « Tu n’as pas peur, dis-moi ? Tu n’as plus de raisons d’avoir peur. C’est fini. »

Abra aurait bien aimé que ce soit vrai.

9

Rose Claque faisait des courses pour deux parce que Grand-Pa Flop était encore mal foutu. Apercevant quelques autres membres des Vrais chez Sam, elle les salua d’un signe de tête. Elle s’arrêta un moment au rayon des conserves pour parler avec Barry le Noiche, qui avait la liste de sa femme en main. Barry se faisait du mauvais sang pour Flop.

« Y va rebondir, lui dit Rose. Tu connais le Vieux. »

Barry lui sourit. « Plus coriace qu’un hibou bouilli. »

Rose hocha la tête et poussa son caddie pour repartir. « Je te le fais pas dire. Bien le bonjour à Petty de ma part.

— J’y manquerai pas, Rose. »

C’était juste un après-midi de semaine ordinaire au supermarché et, tandis qu’elle prenait congé de Barry,

Rose crut tout d'abord que ce qui lui arrivait était un phénomène banal, peut-être une crise d'hypoglycémie. Elle y était sujette et avait toujours une barre chocolatée dans son sac, au cas où. Puis elle s'avisa que quelqu'un se trouvait à l'intérieur de sa tête. En train de *regarder*.

Aussitôt, Rose – qui n'était pas parvenue à la tête du Nœud Vrai en étant indécise – fit halte, son caddie dirigé vers le rayon viande (sa prochaine destination), et s'engouffra dans le conduit ouvert par cet individu fouinard et potentiellement dangereux. Ce n'était pas un membre de la Tribu – elle aurait immédiatement identifié n'importe lequel d'entre eux – mais pas non plus un pecno ordinaire.

Non, ça c'était tout sauf ordinaire.

Le supermarché bascula, et disparut ; soudain, voilà qu'elle contemplait une chaîne de montagnes. Pas les Rocheuses, elle les aurait reconnues. Non, des montagnes plus petites. Les Catskill ? Les Adirondacks ? Celles-là, ou d'autres encore. Quant à l'observateur… Rose pensait que c'était un enfant. Presque à coup sûr une fille. Et une fille qu'elle avait déjà rencontrée.

Je dois voir à quoi elle ressemble. Pour pouvoir la retrouver quand je voudrai. Je dois la pousser à se regarder dans une gl…

Mais c'est là qu'une pensée aussi assourdissante qu'un coup de feu dans une pièce fermée

(**NON ! SORS DE MA TÊTE !**)

lui vida instantanément la cervelle et l'envoya dinguer contre la paroi de boîtes de conserve, qui se répandirent en cascade par terre et roulèrent dans toutes les directions. Pendant quelques secondes, Rose crut qu'elle allait faire de même, s'évanouir comme l'héroïne ingénue d'un roman à l'eau de rose. Puis elle revint à elle. La môme avait rompu la connexion, et d'assez spectaculaire façon.

Saignait-elle du nez ? Elle passa les doigts sous ses narines pour vérifier. Non. Heureusement.

Un des employés occupé au réassort du magasin se précipita. « Vous n'avez rien, madame ?

— Je vais bien. Juste un instant de faiblesse. Sans doute à cause de la dent que je me suis fait arracher hier. Mais ça va, maintenant. On dirait que j'ai causé quelques dégâts ? Désolée. Heureusement que c'étaient des boîtes et pas des bouteilles.

— Il n'y a pas de problème, aucun problème. Voulez-vous que je vous accompagne à l'entrée, vous asseoir un peu sur le banc d'attente des taxis ?

— Non, ce ne sera pas nécessaire », répondit Rose. Et c'était vrai. Mais elle en avait terminé avec les courses pour aujourd'hui. Elle poussa son caddie deux allées plus loin et le laissa là.

10

Pour descendre de leur camping d'altitude à l'ouest de Sidewinder, Rose Claque avait pris sa vieille camionnette Tacoma (fiable malgré son âge). Dès qu'elle fut montée dans la cabine, elle sortit son téléphone de son sac et pressa la touche d'appel rapide. Une seule sonnerie suffit.

« Oui, ma Rosie ? répondit Papa Skunk.

— On a un problème. »

Naturellement, c'était aussi une opportunité. Une môme avec assez de vapeur dans la chaudière pour déclencher une secousse pareille – pour non seulement avoir détecté Rose mais l'avoir fait *tomber* – c'était pas seulement une tronche-à-vapeur, c'était la découverte du siècle. Rose se sentait tel le capitaine Achab la première fois qu'il avait repéré sa baleine blanche.

« Vas-y, raconte. » Sérieux comme un pape maintenant, le Skunk.

« Y a un peu plus de deux ans… Le môme de l'Iowa. Tu te souviens de lui ?

— Oui, bien sûr.

— Tu te rappelles, je t'avais dit qu'on avait un intrus ?

— Ouais. Côte Est. Probablement une fille, tu pensais…

— Une fille, absolument. Elle vient de me retrouver. J'étais chez Sam, je faisais mes courses, et d'un seul coup elle était là.

— Pourquoi, après tout ce temps ?

— J'en sais rien et je m'en fous. Mais on doit la choper, Skunk. On *doit* la choper.

— Elle sait qui tu es ? Où *nous* sommes ? »

Rose avait réfléchi à ça en regagnant sa camionnette. L'intruse ne l'avait pas vue, de ça elle était sûre. La môme était au-dedans et regardait au-dehors. Quant à savoir ce qu'elle avait *réellement* vu… Une allée de supermarché. Combien en existait-il de semblables en Amérique ? Probablement un million.

« Je ne crois pas, mais c'est pas ça l'important.

— C'est quoi alors ?

— Tu te souviens quand je t'ai dit que c'était de la grosse vap' ? de la super vap' ? Ben, cette môme, c'est encore plus que ça. Quand j'ai essayé de retourner la situation à son désavantage, elle m'a éjectée de sa tête comme on souffle sur des aigrettes de pissenlit. Jamais il m'était arrivé un truc pareil. J'aurais juré que c'était impossible.

— Vraie en puissance, ou bouffe en puissance ?

— J'sais pas. » Mais elle savait. Les Vrais avaient bien plus besoin de vapeur – de *réserve* de vapeur – que de nouvelles recrues. Et Rose ne voulait personne doué d'un si grand pouvoir dans la Tribu.

« D'accord. Comment on fait pour la trouver ? T'as une idée ? »

Rose repensa à ce qu'elle avait vu par les yeux de la gamine avant d'être éjectée et réexpédiée dans le supermarché Sam's de Sidewinder. Pas grand-chose, mais il y avait ce petit magasin…

« Les jeunes l'appellent le Lickety-Spliff.

— Quoi ?

— Rien, t'occupe. Faut que j'y réfléchisse. Mais on va la choper, Skunk. On *doit* la choper. »

Il y eut un blanc. Quand il reprit la parole, Skunk avait le ton circonspect : « D'après ce que tu dis, ça pourrait nous fournir de quoi remplir une bonne douzaine de cartouches. Si du moins tu veux vraiment pas tenter un Retournement. »

Rose lâcha un petit rire, comme un jappement distrait. « Si j'ai vu juste, on n'aura *même pas assez* de cartouches pour stocker toute la vapeur de celle-là. Si c'était une montagne, ça serait l'Everest. » Skunk ne répondit rien. Rose n'avait pas besoin de le voir ni de s'immiscer dans son esprit pour savoir qu'il était scié. « Mais peut-être qu'on devra faire ni l'un ni l'autre.

— Je te suis pas. »

Évidemment qu'il ne la suivait pas. La pensée à long terme n'avait jamais été sa spécialité. « Peut-être qu'on aura besoin *ni* de la Retourner, *ni* de la tuer. Pense vache.

— Vache ?

— T'as une vache, tu l'abats, tu t'assures pour plusieurs mois de steaks et de hamburgers. Mais si tu la gardes en vie, et que tu prends soin d'elle, tu peux la traire pendant au moins six ans. Voire huit. »

Silence. Long silence. Elle le laissa s'étirer. Lorsque Skunk répondit, il avait le ton plus circonspect que jamais : « C'est la première fois que j'entends parler d'un truc comme ça. On les achève quand ils sont à court de vapeur ou bien, s'ils ont un talent dont on a besoin et s'ils sont assez forts pour survivre au Retournement, on les Retourne. Comme on a Retourné Andy dans les années quatre-vingt. Le Vieux Flop pourrait avoir un avis différent. Il prétend se souvenir de l'époque où Henry VIII assassinait ses femmes, mais je crois pas que la Tribu ait jamais essayé de garder une tronche-à-vapeur en l'état. Ça pourrait être dangereux, si elle est aussi puissante que tu le dis. »

Dis-moi quelque chose que je ne sais pas, mon chéri. Si t'avais senti ce que j'ai senti, tu me traiterais de folle de seulement y penser. Et peut-être bien que je le suis. Mais...

Mais elle en avait sa claque de consacrer autant de son temps – le temps de toute la Famille – à courir après la nourriture. À vivre comme des bohémiens du xe siècle alors qu'ils auraient dû vivre comme les rois et les reines de la Création. Qu'ils étaient.

« Va parler au Vieux, s'il va mieux. Et à Mary Juana, elle aussi c'est une de nos plus anciennes. À Andi la Piquouse aussi. Elle est jeune, mais elle a la tête sur les épaules. Et à qui tu jugeras bon de parler qui soit susceptible d'avoir un avis autorisé.

— Bon sang, Rosie. Je sais pas…

— Moi non plus, pas encore. Je suis encore sous le choc. Tout ce que je te demande pour le moment, c'est de mener un peu l'enquête. Tu es notre éclaireur, après tout.

— D'accord…

— Oh, et n'oublie pas de parler à Teuch. Demande-lui quelle drogue pourrait rendre une petite pecnode gentille et docile sur une longue période de temps.

— Cette fille m'a pas tellement l'air d'une pecnode.

— Oh, que si, elle l'est. Une bonne grosse vieille vache à lait de pecnode. »

Pas tout à fait vrai. Une grosse et grande baleine blanche, voilà ce qu'elle est.

Rose pressa la touche FIN de son téléphone sans attendre de voir si Papa Skunk avait autre chose à dire. C'était elle le chef, et en ce qui la concernait, la discussion était close.

C'est ma baleine blanche et je la veux.

Mais, tout comme Achab n'avait pas voulu Moby Dick juste pour les tonnes de graisse et les innombrables barils d'huile que la baleine blanche pouvait donner, Rose ne voulait pas la môme pour la provision quasi inépuisable de vapeur qu'ils pourraient en tirer (moyennant le cocktail adéquat de barbituriques et une bonne dose de sédation psychique). C'était plus personnel que ça. La Retourner ? Faire d'elle un membre à part entière du Nœud Vrai ? Jamais. La môme avait éjecté Rose Claque de sa tête comme une vulgaire enquiquineuse, comme on chasse du pas de sa porte ces cinglés des Écritures qui vous abreuvent de littérature d'Apocalypse. Jamais personne ne lui avait infligé un tel coup de balai. Puissante ou pas, elle méritait une bonne leçon.

Et je suis la femme de l'emploi.

Rose Claque démarra sa camionnette, quitta le parking du supermarché et prit la route du Bluebell Campground, géré par la Famille. C'était un site magnifique, et quoi d'étonnant à ça ? L'un des plus grands hôtels de villégiature d'Amérique s'était jadis dressé là.

Mais évidemment, ça faisait belle lurette que l'hôtel Overlook avait brûlé de fond en comble.

11

Matt et Cassie Renfrew étaient les fêtards du quartier et, spontanément, ils décidèrent d'organiser une soirée barbecue-tremblement-de-terre. Ils invitèrent tous leurs voisins de Richland Court et presque tout le monde répondit présent. Matt fit un saut au Lickety-Split acheter des sodas, quelques bouteilles de vin bon marché et un mini-fût de bière. On s'amusa comme des fous et David passa un super-moment. D'après ce qu'il vit, Abra aussi. Elle traîna avec ses copines Julie et Emma et il veilla à ce qu'elle mange un hamburger et un peu de salade. Lucy lui avait recommandé d'être vigilant sur ses habitudes alimentaires car elle arrivait à un âge où les filles commencent à être obsédées par leur poids et leur physique – un âge où anorexie et boulimie ont toutes les chances de dresser leurs horribles têtes étiques et faméliques.

Ce qu'il ne remarqua pas (et que Lucy aurait pu remarquer si elle avait été là), c'est qu'Abra ne partagea pas les crises de fou rire apparemment ininterrompues de ses copines. Et après avoir mangé une boule de glace (une *petite* boule), elle demanda à son père si elle pouvait retourner à la maison terminer ses devoirs.

« D'accord, dit David. Mais va dire merci à Mr. et Mrs. Renfrew d'abord. »

Ça, Abra l'aurait fait d'elle-même sans avoir besoin qu'on le lui dise, mais elle accepta sans faire de commentaires.

« Mais tout le plaisir était pour nous, Abby, lui dit Mrs. Renfrew, les yeux brillant d'une lueur quasi surnaturelle après ses trois verres de vin blanc. C'est sympa, hein ? On devrait avoir des tremblements de terre plus souvent. Même si, j'en ai parlé avec Vicky Fenton… tu connais les Fenton, de Pond Street ? – c'est à deux pas d'ici, et Vicky dit qu'ils n'ont rien senti. C'est *bizarre*, quand même ?

— Super bizarre », convint Abra. Mais en fait de bizarre, elle se dit que Mrs. Renfrew n'avait encore rien vu.

12

Elle avait fini ses devoirs et regardait la télé avec son père quand sa mère appela. Abra parla un moment avec elle, puis passa le téléphone à son père. Lucy lui dit quelque chose et Abra sut ce que c'était avant même que David se soit tourné vers elle pour la regarder. « Ouais, ça va, simplement claquée d'avoir fait ses devoirs, je pense. Ils leur en filent vraiment trop. Elle t'a dit qu'on avait eu un petit tremblement de terre ?

— Je monte, papa », dit Abra. Et son père lui adressa un petit signe distrait de la main.

Assise à son bureau, elle alluma son ordinateur, puis l'éteignit. Elle n'avait pas envie de jouer à Fruit Ninja, ni d'échanger de SMS avec personne. Il fallait qu'elle réfléchisse à *quoi* faire, car elle *devait* faire quelque chose.

Elle rangea ses livres dans son sac et, quand elle releva la tête, la femme du supermarché était là, à la fenêtre, qui la regardait. C'était impossible, vu que la fenêtre était au premier étage, mais la femme était bien là. Sa peau sans défaut était du blanc le plus pur, elle avait les pommettes hautes, des yeux bruns très écartés et légèrement en amande. Il vint à l'esprit d'Abra que c'était peut-être la plus belle femme qu'elle ait jamais vue. Et aussi – Abra s'en rendit compte aussitôt et sans l'ombre d'un doute – que c'était une folle. Son opulente chevelure noire, encadrant son visage parfait à l'expression vaguement arrogante, tombait sur ses épaules. Et, perché sur cette masse fastueuse, tenant en équilibre malgré l'angle fou selon lequel il était posé, elle portait un insolent chapeau haut de forme en velours râpé.

Elle n'est pas réellement là, et elle n'est pas non plus dans ma tête... Je ne sais pas comment ça se fait que je puisse la voir, mais je la vois, et je ne crois pas qu'elle le sa...

Dans la vitre gagnée par l'obscurité, la folle sourit, et lorsque ses lèvres s'écartèrent, Abra vit qu'elle n'avait qu'une seule dent sur la mâchoire du haut, une monstrueuse défense jaunie. Abra comprit que c'était la dernière chose que Bradley Trevor avait vue de sa vie, et elle hurla, elle hurla de toutes ses forces... mais seulement dans sa tête parce que sa gorge était obstruée et ses cordes vocales paralysées.

Elle ferma les yeux. Lorsqu'elle les rouvrit, la femme au rictus arrogant dans son visage si blanc avait disparu.

Elle n'était pas là. Mais elle peut venir. Elle me connaît et elle pourrait venir.

À cet instant, alors qu'elle aurait dû y penser dès qu'elle avait vu l'usine abandonnée, Abra prit conscience qu'il n'y avait véritablement qu'une seule personne qu'elle puisse appeler à la rescousse. Une seule qui soit capable de l'aider. Elle ferma de nouveau les yeux, non pour se protéger d'une quelconque vision de cauchemar cette fois, mais pour appeler à l'aide.

(*TONY, J'AI BESOIN DE TON PAPA ! S'IL TE PLAÎT, TONY, JE T'EN PRIE !*)

Les yeux toujours fermés – mais sentant maintenant la chaleur des larmes filtrer entre ses cils et sur ses joues –, elle chuchota : « Aide-moi, Tony. J'ai peur. »

CHAPITRE 8

LA THÉORIE DE LA RELATIVITÉ D'ABRA

1

Le dernier trajet de la journée à bord du *Helen Rivington* s'appelait le Tour rouge horizon et il arrivait souvent à Dan, lorsqu'il n'était pas de garde à l'hospice, de prendre les manettes à l'heure du crépuscule. Billy Freeman, qui avait dû boucler le circuit approximativement trente-cinq mille fois durant sa carrière d'employé municipal, était toujours ravi de les lui confier.

« Tu t'en lasses jamais, hein ? avait-il un jour observé.

— Mets ça sur le compte d'une frustration infantile. »

Ce n'était pas tout à fait vrai, bien sûr, mais sa mère et lui avaient beaucoup bourlingué, une fois épuisé l'argent de l'indemnité consécutive à la catastrophe de l'Overlook, et Wendy, sans diplôme universitaire, avait enchaîné les petits boulots, pour la plupart sous-payés. Elle avait réussi à garder un toit au-dessus de leur tête et de la nourriture dans leurs assiettes, mais à part ça, mère et fils n'avaient jamais beaucoup connu le superflu.

Une fois – Dan était alors au lycée et tous deux vivaient à Bradenton, près de Tampa –, il lui avait demandé pourquoi elle n'avait jamais de petit copain. Il était assez mûr à l'époque pour se rendre compte que sa mère était encore une très jolie femme. Wendy Torrance, qui ne s'était jamais totalement remise de la blessure au dos qu'elle devait à son mari, lui avait répondu avec un petit sourire forcé : « Un homme m'a suffi, Danny. Et puis, maintenant, je t'ai, toi. »

« Elle savait que tu buvais ? lui avait demandé Casey K. lors d'un de leurs rendez-vous hebdomadaires au Sunspot. Tu as commencé plutôt jeune, exact ? »

Dan avait dû réfléchir avant de répondre. « Elle devait s'en douter. Sûrement plus que je ne le croyais à l'époque. Mais nous n'en avons jamais parlé. Je pense qu'elle craignait d'aborder la question. Et puis, je n'ai jamais eu de problèmes avec la justice – pas dans mes années lycée, en tout cas – et j'ai eu mon bac avec mention. » Par-dessus sa tasse de café, il eut un sourire désabusé. « Et bien sûr, je ne l'ai jamais frappée. J'imagine que ça faisait une grosse différence. »

Il n'avait jamais eu son train électrique, non plus. Mais le principe de base qu'appliquaient les AA au quotidien, c'était : Ne bois pas et tu verras que les choses iront mieux. Aujourd'hui, il avait la plus grosse micheline miniature qu'un gamin pouvait rêver posséder, et Billy disait vrai, elle ne vieillissait jamais. Il imaginait que ça pourrait changer d'ici dix ou vingt ans, mais même alors, Dan était sûr qu'il continuerait à se proposer pour faire le dernier trajet de la journée, juste pour le plaisir de piloter le *Riv* au crépuscule jusqu'au demi-tour de Cloud Gap. La vue y était spectaculaire, et quand la Saco River était calme (une fois ses convulsions printanières passées), on pouvait contempler toutes les couleurs du couchant deux fois, d'abord en contre-haut, puis en contrebas. Là-bas, tout n'était que silence, comme si Dieu lui-même retenait Son souffle.

Les trajets de début septembre à mi-octobre (date où le *Riv* était hiverné) étaient les plus agréables. Les touristes étaient partis et les rares passagers étaient tous des gens du cru que Dan connaissait pour la plupart par leur nom. Les jours de semaine comme ce soir-là, il y avait moins d'une dizaine de passagers payants. Ce qui lui convenait parfaitement.

La nuit était tombée lorsqu'il mit le *Riv* sur sa voie de garage dans la gare de Teenytown. Accoudé à la première voiture, sa casquette de conducteur (avec CHAUFFEUR DAN brodé en lettres rouges au-dessus de la visière) inclinée en arrière, il souhaita bonne nuit à sa poignée de passagers. Assis sur un banc, l'extrémité rougeoyante de sa cigarette illuminant son visage par intermittence, Billy le regardait. Il devait approcher les soixante-dix ans, mais il les portait bien, il avait complètement récupéré de son opération deux ans plus tôt et assurait ne pas encore penser à la retraite.

« Pour quoi faire ? avait-il demandé la seule fois où Dan avait abordé le sujet. Aller m'enfermer dans ce mouroir où tu bosses ? Attendre que ton acolyte de chat vienne me rendre visite ? Merci bien, mais non merci. »

Lorsque les derniers passagers furent partis, probablement pour aller dîner, Billy écrasa sa cigarette et vint le retrouver. « Je vais la rentrer à l'écurie. Sauf si tu veux t'en charger.

— Non, vas-y, Billy. T'es assis sur ton cul depuis trop longtemps. Et c'est quand que t'arrêtes de fumer ? Tu sais que, d'après le docteur, le tabac n'a pas arrangé ton histoire d'estomac.

— J'ai réduit pratiquement à zéro », répondit Billy. Mais sa façon de baisser les yeux était éloquente. Dan aurait probablement pu savoir de combien exactement Billy avait réduit – et sans même avoir à le toucher pour ça – mais il s'en garda. Un jour de l'été dernier, il avait vu un jeune gars portant un T-shirt avec un panneau routier octogonal où était écrit TPI à la place de STOP. Quand Dan lui en avait demandé la signification, le jeune gars lui avait adressé le genre de sourire compatissant qu'il devait réserver aux vieux de plus de trente ans : « Trop-plein d'informations. » Dan l'avait remercié en pensant : *À qui le dis-tu, jeune homme, c'est l'histoire de ma vie.*

Tout le monde a ses secrets. Ça, il le savait depuis sa plus tendre enfance. Les gens honnêtes méritent de garder les leurs et Billy Freeman était l'honnêteté personnifiée.

« T'as le temps pour un p'tit café, Danno ? Y me faudra pas dix minutes pour mettre cette vieille rosse dans sa paille. »

Dan passa une main amoureuse sur le flanc de la micheline rouge. « P't-êt' bien, mais fais gaffe à ce que tu dis. C'est pas une vieille rosse, c'est une jeune pouli… »

C'est là que sa tête explosa.

2

Lorsque Dan revint à lui, il était à moitié affalé sur le banc de Billy. Celui-ci le dévisageait, l'air inquiet. Ou plutôt, l'air terrifié. Téléphone dans une main, doigt levé, prêt à pianoter.

« Range ça », lui dit Dan dans un croassement rauque. Il s'éclaircit la gorge et ajouta : « Je vais bien.

— T'es sûr ? Bon Dieu, j'ai cru que tu nous faisais une attaque. Je l'ai vraiment cru. »

C'est tout à fait l'impression que ça m'a donné.

Pour la première fois depuis des années, Dan pensa à Dick Hallorann, le *chef extraordinaire** de l'hôtel Overlook. Dick avait tout de suite compris que le petit garçon de cinq ans possédait le même talent que lui. Dan se demanda s'il était encore en vie. Non, il y avait peu de chances ; Dick avait déjà la soixantaine à l'époque.

« C'est qui Tony ? lui demanda Billy.

— Hein ?

— Tu as dit "S'il te plaît, Tony, aide-moi." C'est qui ce Tony ?

— Un gars que je connaissais du temps que je buvais. » Pas terrible, dans le genre improvisation sauvage, mais c'était le premier truc que son esprit commotionné avait pu trouver. « Un bon copain. »

Billy contempla encore une seconde le rectangle lumineux de son téléphone portable, puis le referma et le rangea. « Tu sais, j'y crois pas un seul instant, à ton histoire. Je pense que t'as eu une de tes intuitions fulgurantes. Comme le jour où t'as eu la vision de mon… » Il se tapota le ventre.

« Ben… »

Billy leva une main pour l'arrêter. « T'as pas besoin de m'en dire plus. Du moment que t'es remis d'aplomb, ça me va. Et du moment que c'est pas un truc qui déconne chez moi. Parce que si c'est ça, j'aimerais autant le savoir. J'imagine que c'est pas le cas de tout le monde, mais moi, oui.

— C'est rien qui te concerne, Billy. » Dan se leva et découvrit avec soulagement que ses jambes tenaient bon. « Mais je vais reporter le café à une autre fois, si ça te fait rien.

— Absolument rien. T'as besoin de rentrer chez toi t'allonger. T'es encore tout pâle. Je sais pas ce que c'était, mais ça t'a foutu un sacré coup de jus. » Billy zieuta la loco. « Heureusement que ça t'est pas arrivé pendant que t'étais perché là-haut aux commandes avec le compteur fixé sur soixante.

— Ça, tu peux le dire », dit Dan.

3

Prêt à suivre le conseil de Billy et à aller s'allonger dans sa chambre, il traversa Cranmore Avenue en direction de la Maison Rivington, mais, au moment de franchir le portail donnant sur l'allée fleurie de la grosse demeure victorienne, il préféra aller marcher un peu. Il retrouvait peu à peu sa respiration – il se retrouvait peu à peu *lui-même* – et l'air du soir était doux. De plus, il avait besoin de réfléchir à ce qui venait de lui arriver, et d'y réfléchir sérieusement.

Je sais pas ce que c'était, mais ça m'a foutu un sacré coup de jus.

Ces mots lui rappelèrent encore Dick Hallorann et toutes les choses qu'il n'avait jamais dites à Casey Kingsley. Et ne lui dirait jamais. Comme le tort qu'il avait causé à Deenie – et à son fils aussi, supposait-il, ne serait-ce qu'en n'ayant rien fait… Ce remords, telle une dent de sagesse incluse, était profondément incrusté en lui, et le resterait. Mais quand il avait cinq ans, c'était au petit Danny Torrance qu'on avait causé du tort – et à sa mère aussi, bien entendu – et son père n'en avait pas été le seul coupable. Sans l'intervention de Dick, Dan et sa mère seraient morts à l'Overlook. Il lui était encore douloureux de penser à ces événements anciens, toujours étincelants des couleurs primaires dont l'enfance peint la terreur et l'horreur. Il aurait préféré ne plus jamais y penser, seulement voilà, il y était obligé. Parce que.. eh bien…

Parce que la vie est un boomerang. Elle te revient dans la gueule d'une façon ou d'une autre, sous forme de chance ou sous forme de destin. C'était quoi la formule de Dick, le jour où il m'a fait cadeau du coffre ? Quand l'élève est prêt, le maître apparaît. Pas que je sois qualifié pour enseigner quoi que ce soit à quiconque... sauf peut-être que... si tu bois pas, tu risques pas d'être soûl...

Il était arrivé au bout de la rue ; il fit demi-tour et revint sur ses pas. Il avait le trottoir pour lui tout seul. Une fois que l'été était terminé, c'était hallucinant la vitesse à laquelle Frazier se vidait, et ça lui rappela comment l'Overlook s'était vidé autrefois. Avec quelle rapidité la petite famille Torrance s'était retrouvée toute seule, avec l'immense hôtel rien que pour elle.

Et pour les fantômes, bien entendu. Eux n'étaient jamais partis.

4

Hallorann avait dit à Danny qu'il partait pour Denver et de là qu'il prendrait l'avion pour la Floride. Il avait demandé à Danny s'il voulait bien l'aider à porter ses bagages jusqu'au parking de l'hôtel et Danny avait porté l'un des sacs du cuisinier jusqu'à sa voiture de location. Pas un bien grand sac, à peine plus qu'une serviette, mais il lui avait fallu ses deux bras pour le porter. Une fois les bagages rangés dans le coffre, ils s'étaient assis tous les deux dans la voiture et c'est là que Hallorann avait donné un nom à cette chose que Danny Torrance avait dans sa tête, cette chose à laquelle ses parents ne croyaient qu'à moitié.

Toi, mon petit, tu as le Don. Un pouvoir exceptionnel. Ma grand-mère l'avait, elle aussi ; c'est elle qui me l'a transmis. Elle disait que nous avions le Don. Tu croyais être unique au monde ? Ça devait être lourd à porter.

Oui, il s'était cru unique au monde, et oui, c'était lourd à porter, il s'était senti bien seul. Hallorann l'avait détrompé et, au cours des années, Dan avait rencontré des tas de gens qui avaient, selon les mots du cuisinier, « un tout petit peu de jus en eux ». Billy, par exemple.

Mais jamais personne avec autant de jus que la petite fille qui avait hurlé dans sa tête ce soir-là. Il avait l'impression que ce cri aurait pu le désintégrer.

Lui-même avait-il eu autant de puissance ? Il pensait que oui, ou pas loin. Le jour de la fermeture de l'Overlook, Hallorann avait demandé au petit garçon un peu déboussolé, assis à côté de lui dans sa voiture, de lui envoyer une pensée, et quand Danny l'avait fait… que lui avait-il dit ?

« Que je l'avais foudroyé. »

Dan était revenu devant le portail de la Maison Rivington. Les premières feuilles étaient déjà tombées et une brise nocturne les fit tourbillonner autour de ses pieds.

Et quand je lui ai demandé à quoi il fallait que je pense, il m'a dit : « N'importe quoi. Pourvu que tu y penses de toutes tes forces. » Alors c'est ce que j'ai fait, mais au dernier moment, comme je voulais pas lui faire de mal, j'ai modéré un peu mon élan. Sinon, je crois que j'aurais pu le tuer. Il a sursauté – non, il a été projeté contre son dossier – et il s'est mordu la lèvre. Je me souviens du sang. Il m'a dit que je l'avais foudroyé. Et ensuite, il m'a questionné sur Tony. Mon camarade invisible. Alors, je lui en ai parlé.

Tony était de retour, apparemment, mais ce n'était plus le camarade de Dan. À présent, c'était l'ami d'une petite fille nommée Abra. Elle avait des ennuis, tout comme Danny en avait eu naguère, mais les hommes qui se mettent en quête de petites filles ont le don d'attirer l'attention et d'éveiller la suspicion. Il menait une bonne vie ici à Frazier, une vie qu'il avait le sentiment de mériter après toutes ces années gâchées.

Seulement…

Seulement quand il avait eu besoin de Dick – à l'Overlook, puis plus tard en Floride, quand Mrs. Massey était réapparue –, Dick avait tout de suite accouru. Chez les AA, on appelait ce genre de démarche une visite de la douzième étape. Car, lorsque l'élève est prêt, le maître apparaît.

Plusieurs fois, Dan avait eu l'occasion d'accompagner Casey Kingsley ou un autre membre du Programme lors de visites de la douzième étape à des hommes profondément abîmés dans la drogue ou l'alcool. Parfois, ce service leur était demandé par des amis ou un patron, mais le plus souvent par la famille, ayant épuisé toutes les autres ressources et ne sachant plus à quel saint se vouer. Ils avaient connu quelques réussites au cours du temps, mais la plupart de ces visites se soldaient par des portes claquées et l'invitation faite à Casey et à ses acolytes de se les foutre au cul, leurs bondieuseries de secte bien-pensante. Un type au cerveau détruit par la méthamphétamine, un ancien combattant de la glorieuse équipée de George Bush en Irak, les avait même menacés d'un calibre. En s'éloignant du taudis dans le petit bled de Chocorua où le vétéran était terré avec sa femme terrifiée, Dan avait dit : « C'était une fameuse perte de temps.

— Peut-être, si nous l'avions fait pour eux, avait répondu Casey. Mais on ne l'a pas fait pour eux. On l'a fait pour nous. Tu aimes la vie que tu mènes, Danny-boy ? » Ce n'était pas la première fois qu'il lui posait cette question, et ce ne serait pas la dernière.

« Oui. » Zéro hésitation là-dessus. Peut-être qu'il n'était pas le président de General Motors et qu'il ne tournait pas de scènes déshabillées avec Kate Winslet, mais, de la façon dont Dan voyait les choses, il avait tout.

« Tu crois que tu l'as gagnée ?

— Non, avait répondu Dan en souriant. Pas vraiment. Ça ne peut pas se gagner.

— Alors, d'après toi, qu'est-ce qui t'a fait ramener ton cul dans un endroit où tu as plaisir à te lever le matin ? La chance ou la grâce ?

— J'en sais rien. »

Il pensait que Casey voulait l'entendre dire que c'était la grâce, mais ses années de sobriété lui avaient fait prendre l'habitude, même inconfortable, de l'honnêteté.

« Normal, quand t'as le dos au mur, y a aucune différence entre les deux. »

5

« Abra, Abra, Abra, marmonna-t-il en remontant l'allée de la Maison Rivington. Dans quoi tu t'es fourrée, ma petite ? Et dans quoi tu es en train de *me* fourrer ? »

Il pensait qu'il allait devoir recourir au Don pour essayer de la contacter, mais en entrant dans sa chambre de la tourelle, il vit que ce ne serait pas nécessaire. Sur son tableau noir, en lettres soignées, il y avait écrit :

cadabra@nhml.com

L'adresse électronique d'Abra le fit gamberger quelques secondes, puis, pigeant soudain, il éclata de rire. « Pas mal, fillette, pas mal. »

Il alluma son ordinateur portable. Quelques secondes plus tard, il cliquait sur « Nouveau message ». Ayant tapé l'adresse d'Abra sur la ligne du haut, il resta les yeux fixés sur le curseur. Quel âge avait-elle ? D'après leurs communications précédentes, entre douze et seize ans, ce qui faisait d'elle une préadolescente mûre ou une adolescente un peu candide. Probablement plus près des douze. Et il était là, prêt à engager une conversation virtuelle avec elle. Lui, un homme en âge d'avoir la barbe poivre et sel s'il arrêtait de se raser… Qui veut arrêter un pédophile ?

C'est peut-être une broutille. Ce serait bien possible ; c'est rien qu'une gosse, après tout.

Oui, mais une gosse sacrément effrayée. Et elle avait piqué sa curiosité. Depuis déjà un certain temps. Tout comme lui-même, supposait-il, avait naguère piqué la curiosité de Dick Hallorann.

Un petit peu de grâce ne me ferait pas de mal. Juste maintenant. Et beaucoup de chance.

Sur la ligne « Objet » du nouveau message, Dan tapa *Coucou Abra.* Il descendit le curseur dans la zone de texte, respira un bon coup et écrivit : *Dis-moi ce qui t'arrive.*

6

Le dimanche après-midi suivant, Dan était assis au grand soleil sur un banc devant la façade couverte de lierre de la bibliothèque municipale d'Anniston. Il tenait le *Union Leader* du jour ouvert devant lui, il y avait des mots sur la page, mais il était bien trop nerveux pour avoir la moindre idée de ce qu'ils racontaient.

À quatorze heures précises, une jeune fille en jean arriva à bicyclette. Elle alla la ranger dans le garage à vélos au bord de la pelouse en lui adressant un petit bonjour de la main et un grand sourire.

Voilà donc Abra. Comme dans Abracadabra.

Elle était grande pour son âge. Presque toute en

jambes. Une queue-de-cheval fournie retenait une masse de boucles blondes qui semblaient prêtes à se rebeller et à se répandre en cascade. Le fond de l'air était frais et elle portait un blouson léger floqué ANNISTON CYCLONES dans le dos. Ayant récupéré les quelques livres fixés à son porte-bagages par un tendeur, elle vint à lui en courant, toujours avec ce grand sourire franc sur les lèvres. Jolie sans être belle. Quoique… si, ses grands yeux bleus largement écartés étaient très beaux.

« Oncle Dan ! Ouah, que je suis contente de te voir ! » Et elle lui claqua une bise enthousiaste sur la joue. Ça, ça ne figurait pas dans le scénario. La confiance de cette gamine dans l'honnêteté de « l'oncle Dan » était effrayante.

« Moi aussi, Abra, je suis content de te voir. Assieds-toi. »

Il l'avait prévenue qu'ils devraient se montrer prudents et Abra – en enfant de son siècle – avait instantanément compris. Ils étaient convenus que la meilleure solution serait sans doute de se rencontrer au grand jour ; or peu d'endroits à Anniston se trouvaient aussi exposés que la pelouse de la bibliothèque, située quasiment au centre de la petite ville.

Abra le dévisageait avec un franc intérêt, peut-être même un brin d'avidité. Dan avait la sensation de minuscules doigts lui tapotant légèrement l'intérieur du crâne.

(*où est Tony ?*)

Il porta son index à sa tempe.

Abra sourit, et sa beauté s'en trouva confirmée, la métamorphosant en une jeune fille qui briserait des cœurs dans peu d'années.

(*SALUT TONY !*)

La pensée sonore le fit tressaillir et il repensa à la façon dont Dick Hallorann avait encaissé le choc derrière le volant de sa voiture, tandis que son regard se vidait momentanément.

(*il faut que nous parlions tout haut*)

(*oui OK*)

« Je suis le cousin de ton père, d'accord ? Pas un vrai oncle, mais c'est comme ça que tu m'appelles.

— OK, ouais, t'es mon oncle Dan. Tout se passera bien, du moment que la meilleure copine de ma mère ne rapplique pas. Elle s'appelle Gretchen Silverlake. Je crois bien qu'elle connaît tout notre arbre généalogique, et il est pas très touffu. »

Ah, génial, songea Dan. *La meilleure copine fouinarde.*

« Mais y a aucun risque, dit Abra. Son fils aîné joue dans l'équipe de football et elle rate jamais un match des Cyclones. Presque tout le monde est au match aujourd'hui, alors arrête d'avoir peur que quelqu'un te prenne pour »

Elle termina sa phrase par une image mentale, crue mais limpide : un dessin animé, en fait, qui montrait une petite fille dans une allée sombre menacée par une grosse silhouette en pardessus. Les genoux de la fillette s'entrechoquaient, et, juste avant que l'image ne s'efface, Dan vit une bulle s'épanouir au-dessus de sa tête : *« Ouh, un type chelou ! »*

« Je trouve pas ça très drôle. »

Il conçut sa propre image et la lui envoya : Dan Torrance en uniforme rayé, emmené par deux policiers baraqués. Il ne s'était jamais essayé à ce genre de communication, et il n'était pas aussi doué qu'elle, mais il fut ravi de découvrir qu'il y arrivait. Puis, avant même qu'il ait compris ce qui se passait, Abra s'était approprié son image et l'avait modifiée. Dan sortait un revolver de sa ceinture, le braquait sur un des policiers et pressait la détente. Un mouchoir portant le mot PAN ! jaillissait du canon du revolver.

Dan la regarda fixement, bouche bée.

Abra porta son poing à sa bouche et pouffa. « Désolée. J'ai pas pu résister. On pourrait jouer à ça tout l'après-midi, hein ? On rigolerait bien. »

Il imaginait que ce serait aussi un soulagement pour elle qui avait passé des années avec un splendide ballon entre les mains, et personne avec qui jouer. Même chose pour lui, évidemment. Pour la première fois depuis son enfance – depuis Dick Hallorann –, il était en position d'émettre autant que de recevoir.

« Tu as raison, on s'amuserait bien, mais c'est pas le jour. Il faut que tu me racontes à nouveau toute l'histoire. Ton courriel ne m'en a donné qu'un aperçu.

— Par où je commence ?

— Si tu me disais ton nom de famille, pour commencer ? Si je suis ton oncle à titre honorifique, je devrais sûrement le connaître. »

Cela la fit rire. Dan tenta de garder son sérieux, en vain. Que Dieu lui vienne en aide, cette gamine lui plaisait déjà.

« Je m'appelle Abra Rafaella Stone », dit-elle. Son rire s'était brusquement éteint. « J'espère juste que la femme au chapeau ne le découvrira jamais. »

7

Ils restèrent quarante-cinq minutes assis ensemble sur le banc de la bibliothèque, avec le doux soleil d'automne sur leur visage. Pour la première fois de sa vie, Abra éprouvait un plaisir sans mélange – une joie même – à user de ce talent qui l'avait toujours déconcertée et parfois terrifiée. Cet homme lui avait même procuré un nom pour le désigner : le Don. C'était un super nom, un nom réconfortant, car elle avait toujours plutôt eu le sentiment que c'était pas un cadeau.

Tous deux avaient beaucoup de choses à se raconter – des tonnes de notes mentales à comparer – et ils avaient à peine commencé quand une femme en jupe de tweed, la cinquantaine rondelette, s'approcha d'eux pour les saluer. Elle les examinait avec curiosité, mais pas une curiosité déplacée.

« Bonjour, Mrs. Gerard. Je vous présente mon oncle Dan. Mrs. Gerard était ma prof d'anglais l'an dernier.

— Ravi de vous rencontrer, madame. Dan Torrance. »

Mrs. Gerard serra sa main tendue d'un seul petit aller-retour digne. Abra sentit Dan – *oncle* Dan – se détendre. Ouf.

« Vous habitez par ici, Mr. Torrance ?

— Tout près d'ici, à Frazier. Je travaille à l'hospice là-bas. La Maison Rivington.

— Ah. C'est un travail estimable que vous faites là. Abra, as-tu lu *Le cœur est un chasseur solitaire* ? Le roman de Carson McCullers que je vous avais recommandé ? »

Abra se renfrogna. « Il est sur mon étagère – j'ai

eu une carte-cadeau de la librairie pour mon anniversaire – mais je l'ai pas encore commencé. Il a l'air difficile à lire.

— Tu es prête pour les livres difficiles, lui dit Mrs. Gerard. Plus que prête. L'entrée au lycée va arriver plus vite que tu ne crois, puis ce sera l'université. Je te suggère de le commencer dès aujourd'hui. C'était un plaisir de vous rencontrer, Mr. Torrance. Vous avez une nièce extrêmement intelligente. Mais, Abra, sache qu'avec le jugement vient la responsabilité. »

Elle lui tapota la tempe pour appuyer son propos, puis gravit les marches de la bibliothèque et disparut à l'intérieur.

Abra se tourna vers Dan. « C'était pas trop méchant, n'est-ce pas ?

— Jusque-là, ça va, admit Dan. Bien sûr, si elle en parle à tes parents…

— Elle leur en parlera pas. Maman est à Boston pour s'occuper de ma Momo qui a le cancer.

— Ça me fait de la peine. Est-ce que ta Momo est ta

(*grand-mère*)

(*arrière-grand-mère*)

— En plus, dit Abra, c'est pas vraiment un mensonge, que tu es mon oncle. En sciences, l'an dernier, Mr. Staley nous a dit que tous les humains partagent le même patrimoine génétique. Il a dit que les choses qui nous différencient sont infimes. Est-ce que tu savais qu'on partage environ quatre-vingt-dix pour cent de nos gènes avec les *chiens* ?

— Non, dit Dan, mais ça explique pourquoi les Frolic m'ont toujours paru si appétissants. »

Abra éclata de rire. « Donc, tu *pourrais* être mon oncle ou mon cousin ou autre. C'est tout ce que je dis.

— C'est la théorie de la relativité d'Abra, c'est ça ?

— Ouais, je crois. Est-ce qu'on a besoin d'avoir la même couleur d'yeux ou la même implantation de cheveux pour être parents ? Toi et moi avons en commun quelque chose d'autre que quasiment personne n'a. Ça nous apparente d'une façon encore plus spéciale. Est-ce que tu crois que c'est un gène, comme celui des yeux bleus ou des cheveux roux ? Et au fait, tu savais que c'est en Écosse qu'il y a la plus grande proportion de rouquins ?

— Non, je l'ignorais, dit Dan. Tu es un puits de science. »

Le sourire d'Abra s'éteignit. « C'est une critique ?

— Pas du tout. J'imagine que le Don pourrait provenir d'un gène, mais non, vraiment, je ne le pense pas. Je pense qu'il n'est pas quantifiable.

— Ça veut dire qu'on ne peut pas se le représenter ? Comme Dieu, le paradis et tout ça ?

— Oui. » Dan se surprit à penser à Charlie Hayes et à tous ceux, avant et après Charlie, qu'il avait aidés, sous son avatar de Docteur Sleep, à quitter ce monde. Certains parlaient de l'instant de la mort comme d'un « passage ». Dan aimait bien cette idée car elle lui paraissait tout à fait fondée. Lorsque l'on voyait, de ses propres yeux, des hommes et des femmes littéralement « passer » de ce monde-ci à ce monde-là – quitter ce Teenytown qu'on appelait « réalité » pour rejoindre une sorte de Cloud Gap dans l'au-delà –, notre façon de penser en était radicalement transformée. Pour ceux qui se trouvaient dans cette extrémité fatale, c'était le monde qui passait. Dans ces moments de passage, Dan s'était toujours senti en présence d'une sorte d'énormité à peine entrevue. Ces hommes et ces femmes s'endormaient, s'éveillaient, s'en allaient… *ailleurs*. Ils continuaient. Enfant déjà, il avait eu des raisons de le croire.

« À quoi tu penses ? demanda Abra. Je vois ce que c'est, mais j'arrive pas à le comprendre. Et je *voudrais* comprendre.

— Je ne sais pas comment te l'expliquer, lui dit-il.

— Ça avait un rapport avec les gens-fantômes, non ? J'en ai vu une fois, dans le petit train de Frazier. »

Dan écarquilla les yeux. « Tu en as vu ?

— Oui. Je pense pas qu'ils me voulaient du mal – ils m'ont regardée, c'est tout – mais ils étaient plutôt effrayants. Je crois que, peut-être, c'étaient des gens qui avaient pris le train dans le passé. Tu as déjà vu des gens-fantômes ? Tu en as vu, hein ?

— Oui, mais ça fait très longtemps. » Et certains étaient beaucoup plus que de simples fantômes. Les fantômes ne laissent pas de traces sur les lunettes des cabinets et les rideaux de douche. « Abra, tes parents sont au courant que tu as le Don ?

— Mon père croit que je l'ai perdu, sauf pour certaines choses – comme quand j'ai téléphoné depuis mon camp d'été parce que je savais que Momo était malade – et il en est bien content. Maman sait que je l'ai encore, parce qu'elle me demande parfois de l'aider à retrouver des choses qu'elle a perdues – il n'y a pas longtemps, c'était ses clés de voiture, qu'elle avait laissées sur l'établi de papa dans le garage –, mais ce qu'elle sait pas, c'est que je l'ai encore *très fort*. En tout cas, ils n'en parlent plus. » Elle se tut un instant. « Momo le sait. Elle en a pas peur comme papa et maman, mais elle m'a dit de faire attention.

Parce que si les gens le découvrent… » Elle fit une grimace comique, riboula des yeux et darda le bout de sa langue par un coin de sa bouche. « Ouh, une nana chelou. Tu connais ? »

(*Oui*)

Elle lui sourit avec gratitude. « Sûr que tu connais.

— Personne d'autre ne le sait ?

— Ben… Momo m'a dit d'en parler au Dr John, parce qu'il est déjà en partie au courant. Il a... hum… vu un truc que j'ai fait avec des cuillères quand j'étais toute petite. Je les avais genre suspendues au plafond, à ce qu'il paraît.

— Ton Dr John, ça serait pas par hasard John Dalton ? »

Le visage d'Abra s'éclaira. « Tu le connais ?

— En fait, oui. J'ai retrouvé quelque chose qu'il avait perdu, un jour. »

(*une montre !*)

(*exact*)

« Mais je lui dis pas tout », précisa Abra. Elle parut embarrassée. « Je lui ai pas parlé du p'tit gars du base-ball, et jamais j'irais lui parler de la femme au chapeau. Parce qu'il en parlerait à mes parents, et ils ont déjà assez de tracas comme ça. En plus, qu'est-ce qu'ils pourraient faire ?

— Laissons ça de côté pour le moment. Parle-moi de ce petit gars du base-ball. Qui est-ce ?

— Bradley Trevor. Brad. Des fois, il mettait sa casquette à l'envers pour en faire une casquette-talisman. Tu sais ce que c'est ? »

Dan hocha la tête.

« Il est mort. *Ils* l'ont tué. Mais d'abord ils l'ont torturé. Ils l'ont *horriblement* torturé. »

Sa lèvre inférieure se mit à trembler, et tout à coup, elle fit davantage petite fille de neuf ans que préado de treize.

(*ne pleure pas Abra nous ne devons pas attirer l'attention*)

(*je sais oncle Dan je sais*)

Elle baissa la tête, inspira plusieurs fois profondément, puis le regarda à nouveau. Ses yeux étaient toujours brillants, mais sa bouche avait cessé de trembler. « Ça va, dit-elle. Oui, ça va aller. Je suis vraiment contente de plus être toute seule avec ça dans ma tête. »

8

Dan l'écouta attentivement décrire ce dont elle se souvenait de sa toute première rencontre avec Bradley Trevor, deux ans auparavant. L'image la plus nette qu'elle conservait était celle de nombreux faisceaux de lampes de poche entrecroisés illuminant l'enfant couché par terre. Et ses cris. Elle se souvenait de ses cris.

« Ils devaient l'éclairer parce qu'ils pratiquaient sur lui une sorte de chirurgie, expliqua Abra. C'est comme ça qu'ils disaient, mais en fait tout ce qu'ils faisaient, c'était le torturer. »

Elle lui raconta comment elle avait retrouvé Bradley sur la dernière page de l'*Anniston Shopper*, avec tous les autres enfants disparus. Comment elle avait touché sa photo pour voir si elle arrivait à retrouver où il était.

« Tu peux faire ça ? lui demanda-t-elle. Toucher des choses et voir des images dans ta tête ? Voir dans le passé ?

— Parfois. Pas toujours. Je pouvais le faire davantage – et mieux – quand j'étais petit.

— Est-ce que tu crois que ça me passera en grandissant ? Ça me dérangerait pas. » Elle se tut pour réfléchir un peu. « Sauf que si, ça me dérangerait un peu. C'est dur à expliquer.

— Je comprends ce que tu veux dire. C'est notre Don, tu comprends ? Ce que nous pouvons donner. »

Abra lui sourit.

« Tu crois vraiment savoir où ils ont tué ce garçon ?

— Oui, et ils l'ont enterré là aussi. Ils ont même enterré son gant de base-ball. » Abra lui tendit une feuille de cahier. C'était une copie, pas l'original. Ça l'aurait gênée de laisser voir à quiconque qu'elle avait écrit les noms des garçons de 'Round Here non pas juste une fois mais des dizaines de fois. Même la *façon* dont elle les avait écrits lui paraissait maintenant totalement imbécile, avec ces grosses lettres rondes censées exprimer non pas l'amour, mais l'*amûûûr*.

« Te fais pas de bile pour ça, lui dit Dan distraitement tout en examinant ce qu'elle avait écrit sur la page. Moi, j'ai été toqué de Stevie Nicks quand j'avais ton âge. Et d'Ann Wilson aussi, de Heart. Tu n'as probablement jamais entendu parler d'elle, elle est rétro maintenant, mais à l'époque je rêvais de l'inviter à un de nos bals du vendredi soir au lycée de Glenwood. C'est pas idiot, ça, d'après toi ? »

Abra le dévisageait, bouche bée.

« Idiot, mais normal. La chose la plus naturelle du monde. Alors lâche-toi un peu les baskets avec ça. Et j'ai pas fureté dans ta tête, Abra. C'était là, en gros plan. Ça m'a comme qui dirait sauté à la figure.

— Oh là là. » Les joues d'Abra étaient en feu. « Va falloir que je m'y habitue…

— Moi aussi, ma petite. » Il reposa les yeux sur la feuille de cahier.

COMTÉ DE CANTON – ENTRÉE INTERDITE SUR ORDRE DU SHÉRIF

INDUSTRIES ORGANIQUES
USINE D'ÉTHANOL N° 4
FREEMAN, IOWA

FERMÉ JUSQU'À NOUVEL ORDRE.

« Comment… tu as réussi à obtenir tout ça ? En te le repassant plusieurs fois en boucle ? Comme une séquence de film ?

— Pour le panneau ENTRÉE INTERDITE, ça a été facile, je l'ai eu du premier coup, mais pour le truc des industries organiques et de l'usine d'éthanol, j'ai dû recommencer plusieurs fois. Tu sais le faire, toi ?

— J'ai jamais essayé. Peut-être une fois… mais non, je crois pas.

— J'ai trouvé Freeman, Iowa, sur l'ordinateur. Et j'ai même vu l'usine avec Google Earth. Ces endroits existent vraiment. »

Les pensées de Dan retournèrent John Dalton. D'autres membres du Programme avaient ébruité qu'il avait un don particulier pour retrouver des objets ; John, jamais. Pas vraiment surprenant. Les médecins sont soumis au secret professionnel, non ? Un peu comme celui auquel s'engagent les AA… Ce qui, dans le cas de John, offrait une double sécurité.

Abra était en train de lui dire : « Tu pourrais appeler

les parents de Bradley Trevor, non ? ou le shérif du comté de Canton ? Moi, ils me croiraient pas, mais un adulte, oui.

— J'imagine que c'est possible. » Mais évidemment, un témoin affirmant savoir où était enterré le corps serait automatiquement placé en tête de la liste des suspects, donc s'il le faisait, il faudrait qu'il veille très, très attentivement aux *mots* qu'il emploierait.

Abra, dans quel pétrin tu es en train de me fourrer.

« Pardon », murmura-t-elle.

Il posa sa main sur la sienne et la pressa doucement. « Non, ne dis pas ça. Tu n'étais pas censée l'entendre, celle-là. »

Abra se redressa. « Oh, zut, v'là Yvonne Stroud qui s'amène. Elle est dans ma classe. »

Dan lâcha promptement sa main. Une fille brune et ronde, à peu près de l'âge d'Abra, remontait le trottoir dans leur direction. Elle portait un sac sur le dos et serrait un bloc-notes contre sa poitrine. Ses yeux étaient vifs et pleins de curiosité.

« Elle va vouloir tout savoir sur toi, dit Abra. *Tout*, je t'assure. Et elle *cafte*. »

Oh-oh.

Dan regarda la fille qui approchait.

(*on n'est pas intéressants*)

« Aide-moi, Abra », dit-il. Et il la sentit se joindre à lui. Dès qu'ils s'y mirent ensemble, la pensée gagna immédiatement en force et en intensité.

(*ON N'EST PAS DU TOUT INTÉRESSANTS*)

« Ça marche, dit Abra. Encore un peu. Fais-le avec moi. Comme si on chantait. »

(*TU NOUS VOIS À PEINE ON N'EST PAS INTÉRESSANTS ET D'AILLEURS T'ES PRESSÉE T'AS MIEUX À FAIRE QUE NOUS REGARDER*)

Yvonne Stroud remonta l'allée d'un pas rapide, adressant sans ralentir un vague salut à Abra du bout des doigts. Elle gravit en courant les marches de la bibliothèque et disparut à l'intérieur.

« Je suis l'oncle invisible », dit Dan.

Abra le dévisagea sérieusement. « D'après la théorie de la relativité d'Abra, c'est tout à fait ce que tu es. Un peu comme… » Elle lui envoya l'image d'un pantalon claquant au vent sur une corde à linge.

(*un jean*)

Et tous deux éclatèrent de rire.

9

Pour s'assurer qu'il avait bien compris de quoi il s'agissait, Dan la fit revenir trois fois sur l'épisode de la plaque tournante.

« T'as jamais fait ça non plus ? lui demanda Abra. La vision télescopique ?

— La projection astrale ? Non. Est-ce que ça t'arrive souvent ?

— Ça m'est arrivé une ou deux fois. » Elle réfléchit. « Peut-être trois. Une fois, je suis entrée à l'intérieur d'une fille qui se baignait dans la rivière. Je la regardais depuis notre portail, au fond du jardin. J'avais neuf ou dix ans. Je ne sais pas pourquoi ça m'est arrivé, elle était pas en danger, ni rien, elle se baignait juste avec ses amis. C'est cette fois-là que ça a duré le plus longtemps. Au moins trois minutes.

T'appelles ça de la projection astrale, toi ? Comme… dans l'espace ?

— C'est un terme ancien, qui remonte aux séances de spiritisme du siècle dernier, et ce n'est probablement pas le plus adapté. Aujourd'hui, on parlerait plutôt d'expérience de sortie du corps. » Si tant est qu'on puisse mettre des mots sur une expérience comme celle-là. « Mais… laisse-moi bien comprendre… la fille qui nageait n'est pas entrée en toi ? »

Abra secoua vigoureusement la tête, faisant voltiger sa queue-de-cheval. « Elle ne s'est même pas rendu compte que j'étais là. La seule fois où ça a marché dans les deux sens, c'était avec la femme. La femme au chapeau. Sauf que j'ai pas vu son chapeau cette fois-là parce que j'étais à l'intérieur d'elle. »

Dan décrivit un cercle avec son doigt. « Tu es entrée en elle et elle est entrée en toi.

— Oui. » Abra frissonna. « C'est elle qui a coupé Bradley Trevor jusqu'à ce qu'il meure. Quand elle sourit, elle a une grande dent sur la mâchoire du haut. »

Cette histoire de chapeau lui rappelait vaguement quelque chose, quelque chose qui lui fit penser à Deenie de Wilmington. Parce que Deenie portait un chapeau ? Non, du moins pas qu'il s'en souvienne ; mais faut dire qu'il était bien bourré. Ça n'avait probablement rien à voir avec elle – le cerveau fait parfois de ces associations fantômes, voilà tout, surtout quand il est sous pression – mais la vérité, c'était que Deenie n'était jamais très éloignée de ses pensées. Il suffisait d'une chose aussi dérisoire qu'un étalage de sandales à semelles de liège dans la vitrine d'un magasin pour la lui rappeler.

« Qui c'est, Deenie ? » demanda Abra. Puis elle cligna rapidement des yeux et rejeta la tête en arrière, comme si Dan avait brusquement agité sa main devant elle. « Oups. J'aurais pas dû voir ça. Pardon.

— Ça ne fait rien, dit-il. C'est pas grave. Revenons à ta femme au chapeau. Quand tu l'as revue ensuite, à ta fenêtre, ce n'était plus pareil ?

— Non. Je suis même pas sûre que c'était l'effet du Don. Je crois plutôt que c'était l'effet du *souvenir*, de la fois où je l'ai vue faire du mal au p'tit gars du base-ball.

— Donc, elle ne t'a pas vue non plus, cette fois-là. Elle ne t'a *jamais* vue. » Si cette femme était aussi dangereuse que le croyait Abra, ce détail avait son importance.

« Non. Je suis sûre qu'elle ne m'a jamais vue. Mais elle veut me voir. » Elle le dévisagea, les yeux agrandis, la bouche de nouveau tremblante. « Quand on était sur la plaque tournante, elle a pensé *miroir*. Elle voulait que je me regarde dans un miroir. Elle voulait se servir de mes yeux pour me voir.

— Qu'a-t-elle vu à travers tes yeux ? Cela pourrait-il l'aider à te localiser ? »

Abra réfléchit sérieusement à la question. Puis, elle dit : « Je regardais par ma fenêtre quand c'est arrivé. Tout ce que je vois de là, c'est ma rue. Et les montagnes, bien sûr. Mais il y a des tas de montagnes comme ça en Amérique, pas vrai ?

— Vrai. » La femme au chapeau pourrait-elle rapprocher les montagnes qu'elle avait vues par les yeux d'Abra d'une photo de ces mêmes montagnes, si elle faisait une recherche fouillée sur internet ? Comme pour tant d'autres choses dans ce domaine, il n'y avait aucun moyen de le savoir.

« Pourquoi ils l'ont tué, Dan ? Pourquoi ils ont tué le p'tit gars du base-ball ? »

Dan pensait le savoir, et il le lui aurait caché s'il l'avait pu, mais même une entrevue aussi brève avec Abra Rafaella Stone avait suffi à lui apprendre qu'il n'aurait jamais ce genre de relation avec elle. Les alcooliques abstinents qui s'efforcent à « l'honnêteté dans toutes nos affaires » y parviennent rarement, mais lui et Abra y étaient voués.

(*nourriture*)

Elle le regardait fixement, atterrée. « Ils mangent le *Don* ? »

(*oui je crois*)

(*c'est des VAMPIRES ?*)

Puis, à haute voix : « Comme dans *Twilight* ?

— Non, pas comme ceux-là, lui dit Dan. Mais, c'est juste une supposition, Abra, ne t'emballe pas. »

La porte de la bibliothèque s'ouvrit. Dan regarda qui sortait, craignant que ce ne soit la trop curieuse Yvonne Stroud, mais c'était un garçon et une fille qui n'avaient d'yeux que l'un pour l'autre. Il se retourna vers Abra. « Il faut qu'on en termine.

— Je sais. » Elle porta sa main à sa bouche, se frotta les lèvres, s'aperçut de son geste et reposa sa main sur ses genoux. « Mais j'ai tellement de questions à te poser. Il y a tellement de choses que je voudrais savoir. Ça prendrait des *heures*.

— Et nous ne les avons pas. Tu es sûre d'avoir reconnu un Sam's ?

— De quoi ?

— Elle était bien dans un supermarché Sam's ?

— Ah… oui.

— Je connais cette chaîne. J'en ai fréquenté quelques-uns, mais pas par ici. »

Abra sourit. « Évidemment, oncle Dan, il n'y en a

aucun par ici. Ils sont tous dans l'Ouest. Ça aussi, j'ai vérifié sur Google. » Son sourire s'estompa. « Il y en a des centaines, du Nebraska jusqu'en Californie.

— J'ai besoin de réfléchir un peu plus longuement à tout ça. Et toi aussi. Tu peux me contacter par courriel en cas d'urgence, mais il vaudrait mieux qu'on se contente de… » Il se tapota le front. « Zip-zip. Tu vois ?

— Oui », dit-elle. Et elle sourit. « Le seul avantage de tout ça, c'est d'avoir un ami qui connaît ça, *zip-zip*. Et qui sait le faire.

— Tu peux toujours écrire sur le tableau ?

— Oh, oui. C'est facile.

— Tu dois garder une chose en tête, en priorité. La femme au chapeau ne sait pas où tu es, mais elle sait que tu es quelque part. »

Abra ne bougeait plus un cil. Il tenta d'atteindre ses pensées, mais elle les défendait.

« Peux-tu programmer une alarme anti-effraction dans ta tête ? De manière à ce que si elle s'approche trop de toi, mentalement ou physiquement, tu sois aussitôt prévenue ?

— Tu penses qu'elle va venir me chercher, c'est ça ?

— Elle pourrait essayer. Deux raisons à ça. Premièrement, parce que tu sais qu'elle existe.

— Et ses amis aussi, murmura Abra. Elle a beaucoup d'amis.

(*avec des lampes de poche*)

Et l'autre raison, c'est quoi ? » Et sans laisser à Dan le temps de répondre : « Parce que je serais bonne à manger. Comme le p'tit gars du base-ball était bon à manger. C'est ça ? »

Il était vain de le nier ; pour Abra, le front de Dan était une fenêtre sans rideau. « Peux-tu programmer une alarme ? une alarme de proximité ? C'est…

— Je sais ce que c'est. Je ne sais pas si je peux, mais je vais essayer. »

Il sut ce qu'elle allait dire ensuite avant même qu'elle ne le dise, et sans avoir lu dans ses pensées. Après tout, Abra n'était encore qu'une enfant. Il jeta un regard alentour quand elle lui prit la main, mais ne se déroba pas. « Promets-moi que tu ne la laisseras pas m'attraper, Dan. *Promets-le.* »

Il promit, parce que Abra était une enfant et qu'elle avait besoin de réconfort. Mais il ne voyait qu'un seul moyen de tenir semblable promesse : c'était d'éliminer la menace.

Il pensa encore : *Abra, dans quel pétrin t'es en train de me fourrer.*

Et elle répéta, mais en silence cette fois :

(*pardon*)

« C'est pas ta faute, ma puce. Tu n'as

(*rien demandé*)

et moi non plus. Va ramener tes livres. Moi, il faut que je rentre à Frazier. Je suis de garde ce soir.

— D'accord. Mais on est amis, hein ?

— Complètement amis.

— Je suis contente.

— Et je parie que tu vas aimer *Le cœur est un chasseur solitaire.* Parce que c'est bien ce que ton cœur a toujours été, je me trompe ? »

De jolies fossettes se creusèrent aux commissures de ses lèvres. « Oh, j'te crois, oncle Dan, t'en sais quelque chose.

— J'en sais quelque chose », dit Dan.

Il la regarda se lever, commencer à gravir les marches, puis s'immobiliser et se retourner. « Je sais pas comment s'appelle la femme au chapeau, mais je connais un de ses amis. Il s'appelle Barry le Chinois, ou quelque chose comme ça. Je parie que là où elle est, Barry le Chinois est tout près. Et si j'avais le gant de base-ball de Brad, je pourrais le trouver. » Elle le fixa, de ses beaux yeux bleus qui ne cillaient pas. « Je pourrais, parce que *Barry le Chinois a enfilé le gant* et il a gardé sa main dedans un petit moment. »

10

En route pour Frazier, alors qu'il ressassait l'histoire de la femme au chapeau d'Abra, un souvenir lui revint qui lui produisit comme une décharge électrique. Dan fit une embardée, mordit la ligne médiane et un camion venant en sens inverse sur la route 16 le klaxonna vigoureusement.

C'était il y a douze ans, alors qu'il venait d'arriver à Frazier et que sa sobriété était encore extrêmement fragile. Il rentrait à pied chez Mrs. Robertson où il avait loué une chambre un peu plus tôt dans la journée. Une tempête menaçait et Billy Freeman l'avait renvoyé avec une paire de bottes sous le bras. *Elles sont pas de la première jeunesse, mais au moins, elles font la paire.* Et alors qu'il tournait au coin des rues Morehead et Eliot, il avait vu…

Une aire de repos se profilait devant lui. Dan s'y arrêta, descendit de voiture et marcha en direction d'un bruit d'eau vive. C'était la Saco River, évidemment ; elle traversait une vingtaine de villes et villages du

New Hampshire entre North Conway et Crawford Notch, qu'elle enfilait comme des perles sur un fil.

J'ai vu un chapeau rouler dans le caniveau. Un vieux chapeau haut de forme élimé comme en portent les magiciens. Ou les acteurs dans les vieilles comédies musicales. Sauf qu'il n'y était pas vraiment, car après que j'ai fermé les yeux et compté jusqu'à cinq, il avait disparu.

« D'accord, c'était une vision, dit-il à l'eau vive. Mais ça ne veut pas dire que c'est le même chapeau qu'a vu Abra. »

Sauf qu'il pouvait difficilement s'en convaincre, parce que la même nuit, il avait rêvé de Deenie. Elle était morte, sa chair dégoulinait sur son visage comme de la pâte molle. Morte et vêtue de la couverture que Dan avait volée dans le caddie du clodo. *Ne t'approche pas de la femme au chapeau, minou-chat*. Voilà ce qu'elle lui avait dit. Et autre chose… mais quoi ?

C'est la Reine-Salope du Château-l'Enfer.

« Tu ne peux pas te souvenir de ça, dit-il à l'eau vive. Personne ne se souvient de ses rêves d'il y a douze ans. »

Mais il s'en souvenait. Et il se souvenait aussi de ce que la femme morte de Wilmington lui avait dit ensuite : *Si tu la cherches, elle te bouffera vivant.*

11

Peu après dix-huit heures, un plateau-repas de la cafète dans les mains, il ouvrit la porte de sa chambre de la tourelle. Son premier regard fut pour le tableau noir, et il sourit en voyant ce qui y était écrit :

Merci de m'avoir crue.

Comme si tu m'avais laissé le choix, ma puce.

Il effaça le message d'Abra, puis s'assit à son bureau devant son dîner. En quittant l'aire de repos, il s'était mis à penser à Dick Hallorann. Ce qui n'avait rien de très surprenant, à son avis ; lorsque quelqu'un vous demande de lui apprendre ce que vous savez, vous vous tournez vers votre propre professeur pour savoir comment vous y prendre. Dan avait perdu tout contact avec Dick durant ses années d'alcoolisme (à cause de la honte, principalement), mais il se dit qu'il était peut-être possible de savoir ce qu'était devenu son vieux copain. Peut-être même de reprendre contact avec lui, s'il était encore en vie. Ben oui, des tas de gens vivent jusqu'à quatre-vingt-dix ans et plus. L'arrière-grand-mère d'Abra, par exemple : elle ne devait pas en être très loin.

J'ai besoin de quelques réponses, Dick, et tu es la seule personne que je connaisse qui soit susceptible de me les donner. Alors, fais-moi une fleur, mon ami, et sois encore en vie.

Il alluma son ordi et ouvrit Firefox. Il savait que l'hiver, Dick faisait la saison comme cuisinier dans divers hôtels de Floride, mais il ne savait plus leurs noms ni même sur quelle côte de Floride ils étaient situés. Probablement les deux : Naples une année, Palm Beach l'année suivante, et Sarasota ou Key West entre les deux. Pour un cuisinier qui savait chatouiller le palais de ses convives aussi bien que lui, il y avait toujours du travail. Dan songea que l'orthographe étrange du nom de famille de Dick risquait de lui porter chance : pas Halloran, mais Hallorann, avec deux *n*. Il tapa **Richard Hallorann** et **Floride** dans le champ de recherche, et cliqua sur Entrée. Il récolta plusieurs milliers de résultats, mais il eut la conviction immédiate que celui qui l'intéressait était le troisième de la première page, et un petit soupir de déception lui échappa. Il cliqua sur le lien, et un article du *Miami Herald* apparut. Aucun doute. Quand le nom et l'âge d'une personne figurent dans la première ligne, on sait exactement à quoi s'en tenir sur la teneur du message :

Le distingué chef cuisinier Richard « Dick » Hallorann, 81 ans

Il y avait une photo, petite, mais Dan aurait reconnu ce visage sagace et jovial entre tous. Était-il mort seul ? Dan en doutait. L'homme était trop sociable pour cela… et trop amateur de femmes. Il avait probablement été très entouré sur son lit de mort, mais les deux personnes qu'il avait sauvées, cet hiver-là dans le Colorado, n'y étaient pas. Pour Wendy Torrance, elle avait une excuse : elle avait précédé Dick dans la mort de plusieurs années. Son fils, par contre…

Quand Dick avait « passé », ce fils se trouvait-il dans un bouge quelconque, imbibé de whisky, à écouter des chansons de routiers dans le juke-box ? Ou peut-être en cellule de dégrisement pour troubles sur la voie publique en état d'ébriété ?

L'article imputait la cause du décès à une crise cardiaque. Dan fit redéfiler le texte vers le haut afin de vérifier la date : 19 janvier 1999. Cela faisait bientôt quinze ans que l'homme qui leur avait sauvé la vie, à lui et sa mère, était mort. Aucune aide à espérer de ce côté-là.

Derrière lui, Dan perçut le doux crissement de la craie sur l'ardoise. Il resta assis à sa place encore un instant, devant son ordinateur allumé et sa nourriture qui refroidissait. Puis, lentement, il se retourna.

La craie était toujours posée sur le rebord en bas du tableau, mais un dessin était néanmoins en train d'apparaître. Assez grossier, mais reconnaissable. Un gant de base-ball. Le dessin achevé, la craie – invisible, mais produisant toujours ce petit crissement discret – traça un point d'interrogation dans la paume du gant.

« Laisse-moi y réfléchir », dit-il. Mais l'interphone ne lui en laissa pas le temps. Il bourdonnait, appelant Docteur Sleep.

CHAPITRE 9

LA VOIX DE NOS CHERS DISPARUS

1

En cet automne 2013, à quatre-vingt-douze ans, Eleanor Ouellette était la résidente la plus âgée de la Maison Rivington : assez âgée pour que son patronyme n'ait jamais été américanisé. Elle ne le prononçait pas *WILL-let* à l'américaine, mais de plus élégante et française façon : *OUHH-lette*. Dan l'appelait parfois Miss Ouhh-Là-Là !, ce qui la faisait toujours sourire. Ron Stimson, l'un des quatre médecins attachés à l'hospice, avait un jour confié à Dan qu'Eleanor était la preuve vivante que la vie triomphe parfois de la mort. « Ses fonctions hépatiques sont foutues, ses poumons carbonisés par quatre-vingts ans de tabagisme, elle a un cancer colorectal – à progression lente mais extrêmement maligne – et les parois de son cœur sont plus fines que les moustaches d'un chat. Et pourtant, elle continue. »

Si Azraël ne se trompait pas (et l'expérience avait appris à Dan qu'il ne se trompait *jamais*), la longue vie d'Eleanor touchait à sa fin, or la vieille dame n'avait en rien l'apparence d'une femme sur le point de tirer sa révérence. Dan la trouva assise dans son lit, en train de caresser le chat. Le coiffeur étant passé pas plus tard que l'avant-veille, sa permanente était aussi impeccable que sa chemise de nuit rose. Cette teinte mettait un peu de couleur sur ses joues exsangues et le bas, légèrement remonté sur les baguettes sèches de ses jambes, bouffait comme une robe de bal.

Dan porta ses deux mains à ses joues et agita ses doigts écartés. « *Ouhh-là-là ! Une belle femme ! Je suis amoureux* !* »

Eleanor riboula des yeux, puis lui sourit en inclinant la tête sur le côté. « Maurice Chevalier et toi, ça fait deux, mais je t'aime bien, *cher**. Tu es gai, ce qui est important, tu es malicieux, ce qui est *plus* important, et tu as de belles fesses, ce qui est *extrêmement* important. Le fessier d'un homme est le piston qui entraîne le monde et le tien n'est pas mal du tout. Dans ma jeunesse folle, je l'aurais enroulé autour de mon petit doigt, ton joli petit cul, et je t'aurais croqué tout cru. De préférence au bord de la piscine du Méridien de Monte-Carlo, devant un public admiratif qui aurait applaudi mes exploits par-derrière et par-devant. »

Sa voix, rauque mais modulée, réussissait à rendre l'image charmante plutôt que vulgaire. Aux oreilles de Dan, le timbre de vieille fumeuse d'Eleanor était celui d'une chanteuse de cabaret qui avait déjà tout fait et tout vu avant que les troupes allemandes ne défilent au pas de l'oie sur les Champs-Élysées au printemps 1940. Une femme qui avait roulé sa bosse mais qui n'était pas encore au bout du rouleau. Et même s'il était vrai qu'elle ressemblait à la mort personnifiée (malgré le choix judicieux de sa chemise de nuit qui donnait quelque couleur à son visage), elle ressemblait à la mort personnifiée depuis 2009, année où elle avait emménagé dans la chambre 15 de Rivington 1. Seule la présence d'Azzie indiquait qu'il en allait différemment ce soir-là.

« Je suis sûr que vous auriez été merveilleuse, lui dit-il.

— Y a-t-il une dame dans ta vie, *cher* ?

— Pas en ce moment, non. » À une exception près… mais elle était beaucoup trop jeune pour l'*amour*.

« Quel dommage. Car en vieillissant, *ça*… – elle leva un index osseux, puis le laissa retomber – devient *ça*. Tu verras. »

Dan sourit et s'assit au bord de son lit. Comme il l'avait fait au bord de nombreux lits.

« Comment vous sentez-vous, Eleanor ?

— Plutôt bien. » Elle regarda Azzie sauter du lit et, son travail achevé pour ce soir, se glisser dehors par la porte entrouverte. « J'ai eu de nombreuses visites. Elles ont rendu ton chat nerveux, mais il est resté jusqu'à ce que tu viennes.

— Ce n'est pas mon chat, Eleanor. C'est le chat de la maison.

— Mais non, dit-elle comme si ce sujet avait déjà cessé de l'intéresser. C'est le tien. »

Dan doutait qu'Eleanor ait eu ne serait-ce qu'une visite – à part celle d'Azraël, cela dit. Pas plus ce soir que cette dernière semaine, ou ce dernier mois, ou même cette dernière année. Elle était seule au monde. Même son dinosaure de comptable, qui avait géré son argent au fil de si longues années, débarquant d'un pas lourd tous les trimestres en traînant après lui une sacoche grande comme le coffre d'une Saab, avait rendu ses billes depuis longtemps. Miss Ouhh-Là-Là disait avoir de la famille à Montréal, « mais il ne me reste plus assez d'argent pour que cela vaille le déplacement, *cher* ».

« Qui donc est venu vous voir ? » demanda Dan. Pensant qu'il s'agissait sans doute de Gina Weems ou d'Andréa Bottstein, les deux infirmières de service de quinze à vingt-trois heures à Rivington 1. Ou alors c'était Poul Larson, un aide-soignant aux mouvements lents mais aux gestes corrects que Dan considérait comme l'anti-Fred Carling, qui était passé lui faire un brin de causette.

« Comme je viens de te dire, une flopée. Ils sont encore en train de passer. Un défilé interminable. Ils me sourient, ils s'inclinent, un enfant me tire la langue et la fait frétiller comme un chien sa queue. Certains parlent. Connais-tu le poète Georges Séféris ?

— Non, Miss Ouhh-Là-Là, je regrette. » Y avait-il d'*autres* personnes dans cette chambre ? Il avait des raisons de croire la chose possible, même si ce soir-là il n'avait aucune perception de leur présence. Ça n'avait pas toujours été le cas.

« Dans un poème, Mr. Séféris demande, "Ces voix sont-elles celles de nos chers disparus, ou est-ce juste le gramophone ?" Le plus triste, ce sont les enfants. J'ai vu passer un petit garçon qui était tombé dans un puits.

— Vraiment, Eleanor ?

— Oui, et une femme qui s'est suicidée avec un ressort de matelas. »

Dan ne percevait toujours aucune présence. Son entrevue avec Abra Stone l'aurait-elle vidé de tout pouvoir ? C'était possible ; et de toute façon, le Don allait et venait par vagues dont il n'avait jamais été en mesure d'établir la fréquence. Pourtant, il ne pensait pas que c'était ça. Il se dit qu'Eleanor avait probablement sombré dans la démence. Ou qu'elle le menait en bateau. Ce n'était pas impossible. Pour un numéro, c'était un sacré numéro, cette Eleanor Ouhh-Là-Là. Quelqu'un – était-ce Oscar Wilde ? – était connu pour avoir fait une blague sur son lit de mort : *Soit c'est le papier peint qui s'en va, soit c'est moi.*

« Tu dois attendre », lui dit Eleanor. Il n'y avait plus une once d'humour dans sa voix. « Les lumières te préviendront de son arrivée. Il se produira peut-être d'autres perturbations. La porte s'ouvrira. Puis *ton* visiteur entrera. »

Dan lança un regard dubitatif à la porte du couloir déjà ouverte. Il la laissait toujours ouverte pour qu'Azzie puisse sortir à sa guise. Ce que l'animal faisait généralement dès que Dan se présentait pour prendre le relais.

« Eleanor, aimeriez-vous un peu de jus de fruits frais ?

— Certainement, si j'en avais encore le t… », commença-t-elle. Puis comme l'eau se vide d'une cuvette percée, la vie quitta son visage. Ses yeux se fixèrent sur un point au-dessus de la tête de Dan et sa bouche s'ouvrit. Ses joues se creusèrent et son menton se décrocha, s'affaissant presque sur sa poitrine décharnée. Son dentier du haut se décrocha lui aussi, glissa sur sa lèvre inférieure et resta suspendu là, dans un inquiétant sourire ouvert sur le vide.

Merde alors, ç'a été rapide.

Délicatement, Dan crocheta le dentier du doigt et le retira. La lèvre d'Eleanor avança, puis se rétracta en faisant un *blip* minuscule. Dan déposa le dentier sur la table de nuit, commença à se lever, puis se ravisa. Il attendit que monte la brume rouge, que la vieille infirmière de Tampa appelait le *suspir*… Comme s'il s'agissait d'une inspiration d'air plutôt que d'une expiration… Il ne la vit pas.

Tu dois attendre.

Très bien, il pouvait faire ça, du moins pendant un petit moment. Il tenta d'atteindre l'esprit d'Abra, mais ne rencontra rien. C'était peut-être aussi bien. Sans doute s'entraînait-elle déjà à défendre ses pensées. À moins que ce ne soit ses propres capacités à lui – sa *sensibilité* – qui l'aient quitté. Si tel était le cas, ce n'était pas grave. Ça reviendrait. C'était toujours revenu, par le passé.

Il se demanda (comme il se l'était déjà souvent demandé) pourquoi il n'avait jamais vu de mouches sur le visage des patients de la Maison Rivington. Peut-être parce qu'il n'avait pas besoin de les voir. Il avait Azzie pour le prévenir. Azzie voyait-il quelque chose de particulier avec ses yeux verts ? Peut-être pas des mouches, mais *autre chose* ? Oui, sûrement.

Ces voix sont-elles celles de nos chers disparus, ou est-ce juste le gramophone ?

Tout était si tranquille ce soir-là dans le service. Il était pourtant bien tôt ! On n'entendait aucun bruit de conversation en provenance de la salle commune au bout du couloir. Aucune télé, aucune radio ne fonctionnait. Dan ne percevait pas non plus le crissement des tennis de Poul dans le couloir, ni les voix basses de Gina et d'Andréa au poste des infirmières. Pas un téléphone ne sonnait. Quant à sa montre…

Dan la porta à son oreille. Pas étonnant qu'il n'entende plus son tic-tac discret. Elle s'était arrêtée.

La rampe fluorescente au-dessus du lit s'éteignit, ne laissant que la lampe de chevet d'Eleanor allumée. Le néon se ralluma, la lampe s'éteignit en clignotant. Puis elle se ralluma et les deux s'éteignirent ensemble. Allumé… éteint… allumé…

« Il y a quelqu'un ? »

Le pichet sur la table de nuit trépida, puis s'immobilisa. Le dentier émit un claquement inquiétant. Une onde insolite rida le drap de lit d'Eleanor, comme si quelque chose, en dessous, s'était brusquement mis en mouvement. Un souffle d'air tiède plaqua un baiser rapide sur la joue de Dan, et se dissipa.

« Qui est là ? » Les battements de son cœur restaient réguliers, mais il percevait leurs pulsations dans son cou et ses poignets. Les poils sur sa nuque lui semblaient drus et durs. Il comprit soudain ce qu'Eleanor avait vu dans ses derniers instants : un défilé de

(*gens-fantômes*)

morts traversant sa chambre, entrant par un mur et sortant par l'autre. Sortant ? Non, juste passant. Il ne connaissait peut-être pas Séféris, mais il avait lu Auden : *La mort prend les gros richards qui se la pètent, les petits marrants qui contrepètent, et même les qui-sont-bien-montés.* Elle les avait tous vus passer et ils étaient ici en ce mo…

Mais non, ils n'étaient pas là. Il savait qu'ils n'y étaient pas. Les fantômes qu'avait vus Eleanor avaient disparu et elle avait rejoint leur cortège. Mais il avait reçu l'ordre d'attendre. Alors il attendait.

La porte du couloir se referma en silence. Celle de la salle de bains s'ouvrit. De la bouche morte d'Eleanor Ouellette, un simple mot sortit : « *Danny.* »

2

Quand vous entrez dans la ville de Sidewinder, vous dépassez un panneau qui vous dit BIENVENUE AU SOMMET DE L'AMÉRIQUE ! Ça n'est pas vrai, pas tout à fait, mais pas de beaucoup. À trente kilomètres de l'endroit où le versant est devient le versant ouest, un chemin de terre bifurque de la route principale et monte en serpentant vers le nord. Le panneau de bois pyrogravé sous lequel vous passez si vous empruntez cette piste vous dit BIENVENUE AU BLUEBELL CAMPGROUND ! SÉJOURNE UN PEU PARMI NOUS, ÉTRANGER !

Ça ressemble à de la bonne vieille hospitalité de l'Ouest, mais les gens du pays savent qu'en règle générale, le chemin est le plus souvent fermé par un portail, et qu'alors un panneau nettement moins engageant y est accroché : FERMÉ JUSQU'À NOUVEL ORDRE. Comment le camping fait-il des affaires, cela reste un mystère pour les habitants de Sidewinder, qui aimeraient bien voir le Bluebell ouvert tous les jours de l'année quand les routes d'altitude ne sont pas fermées à la circulation. Les touristes qu'attirait l'Overlook leur manquent, et ils avaient espéré que le camping compenserait au moins un peu (même s'ils savent que les camping-caristes n'ont pas autant d'argent à injecter dans l'économie locale que n'en avaient les pensionnaires de l'hôtel). Ils en sont restés pour leurs frais. L'opinion générale est que ce camping sert de paradis fiscal à une riche multinationale, de société écran volontairement déficitaire.

C'est un paradis, pas de doute, mais la multinationale qu'il couvre est le Nœud Vrai, et lorsque les Vrais sont en résidence, les seuls camping-cars que l'on voit rangés dans le vaste parking sont les leurs, l'EarthCruiser de Rose Claque les dominant tous de sa taille.

En ce soir de septembre, neuf membres des Vrais sont réunis dans la bâtisse haute de plafond et au cachet agréablement rustique dénommée l'Overlook Lodge. Lorsque le camping est ouvert au public, le Lodge fait office de restaurant, proposant deux repas par jour, petit déjeuner et dîner. C'est Popote Eddie et Mo Ka (noms de pecnos : Ed et Maureen Higgins) qui cuisinent. Ni l'un ni l'autre n'arrivent à la cheville de Dick Hallorann (bien peu y arrivent !), mais pour rater le genre de plats que les camping-caristes affectionnent, il faut vraiment le vouloir : pain de viande, macaronis au fromage, pain de viande, crêpes noyées de sirop d'érable, pain de viande, poulet en sauce, pain de viande, pâtes au thon, pain de viande, sauce aux champignons. Après dîner, les tables sont débarrassées pour laisser place au Bingo ou aux parties de cartes. Le week-end, on danse. Ces festivités n'ont lieu que lorsque le camping est ouvert. En ce soir de septembre – pendant qu'assis au chevet d'une défunte, à trois fuseaux horaires à l'est, Dan Torrance attendait son visiteur –, on se livrait à des transactions d'un tout autre ordre à l'Overlook Lodge.

Jimmy Zéro présidait au bout d'une unique table installée au centre du parquet d'érable moucheté. Sur son PowerBook ouvert, on voyait l'illustration qu'il avait choisie pour fond d'écran : une photo de son village natal, au fin fond des Carpates (Jimmy aimait plaisanter sur le sujet, disant que son grand-père avait jadis reçu sous son toit un jeune avocat londonien du nom de Jonathan Harker).

Debout autour de lui, les yeux rivés sur l'écran, il y avait Rose, Papa Skunk, Barry le Noiche, Andy la Piquouse, Charlie le Crack, Flac Annie, Dada Doug et Grand-Pa Flop. Personne ne voulait rester à côté de Grand-Pa qui schlinguait comme si une petite catastrophe s'était produite dans son falzar et qu'il avait ensuite oublié de se passer au jet (ce qui tendait à se produire de plus en plus fréquemment ces derniers temps), mais l'affaire étant d'importance, ils s'étaient résignés à le supporter.

Jimmy Zéro était un type d'aspect effacé, au front dégarni et à la physionomie agréable quoique vaguement simiesque. On lui donnait cinquante ans, soit le tiers de son âge réel. « J'ai entré Lickety-Spliff dans Google et comme je m'y attendais, ça m'a sorti que dalle. Des fois que ça vous intéresse, c'est de l'argot ado pour dire qu'on fait les choses super lentement plutôt qu'à toute berzingue…

— On s'en fout, dit Dada Doug. Par contre, tu fouettes un peu, Granp'. Sans vouloir t'offenser, c'est quand la dernière fois que tu t'es torché le cul ? »

Le Vieux Flop se tourna vers Doug en découvrant les dents, qu'il avait jaunes et érodées, mais toutes d'origine. « Ta femme me l'a torché pas plus tard que ce matin, mon Dadou. Avec sa tronche, en fait. Plutôt dégueu, mais on dirait que ce genre de truc lui pl…

— Fermez-la, tous les deux », coupa Rose. Sa voix était neutre, dépourvue de toute menace, mais Doug et Grand-Pa tressaillirent et reculèrent avec une mine de gamins pris en faute. « Continue, toi, Jimmy. Et sans t'éloigner du sujet. Je veux qu'on ait un plan d'action concret, et vite.

— Concret ou pas, le reste de la troupe risque de renâcler, fit remarquer Skunk. Ils vont dire qu'on a eu une bonne année de vap'. Entre le coup du cinoche, l'incendie de l'église de Little Rocks et l'attaque terroriste d'Austin. Sans parler de Juarez. Moi qui tenais pas trop à aller au sud de la frontière, je dois dire que c'était bon. »

Mieux que bon, à vrai dire. Avec plus de deux mille cinq cents homicides par an, dont la plupart étaient des meurtres avec tortures, Juarez avait acquis la réputation de capitale mondiale du crime. L'atmosphère y était incroyablement riche. Ça n'était pas de la vapeur pure, et ça pouvait vous filer quelques petites nausées, mais ça faisait l'affaire.

« Moi, tous leurs putains de fayots m'ont filé la courante, répliqua Charlie le Crack, mais je dois reconnaître qu'on s'est tapé de bons restes.

— Oui, ç'a été une bonne année, convint Rose. Mais on ne peut pas devenir abonnés au Mexique : on s'y fait trop remarquer. Là-bas, nous sommes de riches *Americanos*. Ici, nous nous fondons dans le décor. Et puis, vous n'êtes pas fatigués de vivre dans l'insécurité, année après année ? Toujours sur les routes, toujours à compter les cartouches ? Là, ce qu'on tient est différent. C'est le filon principal de la mine d'or. »

Aucun d'eux ne répondit. Elle était leur chef et, au final, ils feraient ce qu'elle leur dirait, mais pour la gamine, ils ne comprenaient pas. Ils ne pouvaient pas comprendre. Peu importe. Quand ils la rencontreraient en personne, ils comprendraient. Et quand ils la tiendraient sous clé, à produire de la vapeur plus ou moins sur commande, ils voudraient se jeter aux pieds de Rose pour les lui baiser. Elle pourrait même les laisser faire.

« Vas-y, Jimmy, mais viens-en au fait.

— Je suis à peu près sûr que le mot que t'as capté était la version argot-ado de Lickety-Split. C'est une chaîne de magasins de quartier. Il y en a soixante-treize en tout, de Providence jusqu'à Presque Isle. Un écolier de primaire aurait trouvé ça en deux minutes sur son iPad. J'ai imprimé la liste des soixante-treize localités et cherché les photos correspondantes avec Whirl 360 qui, soit dit en passant, est bien mieux que Google Earth. J'en ai trouvé six d'où on aperçoit des montagnes. Deux dans le Vermont, deux dans le New Hampshire et deux dans le Maine. »

La housse de son ordinateur portable était sous sa chaise. Il l'attrapa, fouilla dans la pochette extérieure et en sortit une chemise qu'il tendit à Rose. « C'est pas les photos des magasins mais des différentes montagnes qu'on aperçoit dans leurs environs. Merci Whirl 360 et son p'tit cœur de voyeur. Jettes-y un coup d'œil et dis-moi s'il y en a une qui te rappelle quelque chose. Sinon, vois s'il y en a certaines que tu peux éliminer d'entrée. »

Rose ouvrit la chemise, parcourut lentement les photos et élimina directement les deux des montagnes Vertes dans le Vermont. L'une des deux du Maine ne collait pas non plus ; on n'y voyait qu'un sommet alors qu'elle avait vu toute une chaîne montagneuse. Elle s'attarda un peu plus longtemps sur les trois restantes. Finalement, elle les rendit à Jimmy Zéro.

« Une de ces trois. »

Il les retourna. « Fryeburg, Maine… Madison, New Hampshire… Anniston, New Hampshire. Laquelle te parle le plus ? »

Rose les reprit, puis leur présenta les deux photos des montagnes Blanches vues de Fryeburg et d'Anniston. « Je crois que c'est l'une de ces deux-là, mais je vais aller m'en assurer.

— Et comment tu vas t'y prendre ? demanda Skunk.

— Je vais aller lui rendre une petite visite.

— Si tout ce que tu nous as dit est vrai, ça pourrait être dangereux.

— Je le ferai quand elle dormira. Les petites filles, ça dort à poings fermés. Elle ne saura même pas que je suis passée par là.

— T'es sûre d'avoir besoin de faire ça ? Ces trois localités sont assez proches les unes des autres. On pourrait les passer toutes en revue.

— C'est ça ! s'écria Rose. On va les sillonner en long en large et en travers en disant : "Nous recherchons une gamine du coin, mais nous n'arrivons pas à bien la localiser comme nous le faisons d'habitude, alors filez-nous un coup de main. Auriez-vous entendu parler d'une collégienne des environs douée de superpouvoirs ?" »

Papa Skunk soupira, fourra ses grandes mains au fond de ses poches et la regarda.

« Pardonne-moi, dit Rose. Je suis un peu à cran, d'accord ? Je veux arriver à mes fins et vite. Et ne vous inquiétez pas. Je sais faire attention à moi. »

3

Dan, assis au chevet de feu Eleanor Ouellette, regardait la vieille dame. Ses yeux ouverts qui commençaient à s'opacifier. Ses mains minuscules, paumes tournées vers le ciel. Et surtout, sa bouche ouverte. Avec tout le silence sans horloge de la mort à l'intérieur.

« Qui est là ? » Pensant aussitôt : *Comme si je ne le savais pas.* N'avait-il pas souhaité l'interroger ?

« Tu as bien grandi. » Les lèvres ne remuaient pas et les mots semblaient dénués de toute émotion. La mort aurait-elle dépouillé son vieil ami de tous ses sentiments humains ? Quel dommage. À moins que ce ne soit quelqu'un d'autre, se faisant passer pour Dick. Quelque *chose* d'autre…

« Si tu es Dick, prouve-le. Dis-moi quelque chose que lui et moi sommes seuls à savoir. »

Silence. Mais la présence était toujours là. Il la sentait. Puis :

« Tu m'as parlé de Tony et je t'ai parlé de l'odeur d'orange. »

Tout d'abord, Dan ne comprit pas de quoi lui parlait la voix. Puis cela lui revint. Le souvenir était rangé avec tous ses autres souvenirs de l'Overlook tout en haut d'une étagère. À côté des coffres-forts renfermant les plus mauvais. Hallorann lui avait posé des tas de questions dans sa voiture avant de partir pour la Floride et Danny lui avait parlé de Tony, qui annonçait toujours la venue de ses visions et dont il n'avait jamais parlé qu'à son père et sa mère. Dick lui avait alors raconté comment lui-même sentait toujours une odeur d'orange avant d'avoir ses prémonitions, comme celle de la mort de son frère, qu'il avait eue pendant son service militaire et qui s'était vérifiée, et celle de l'avion qui ne s'était jamais écrasé, et que Hallorann avait racontée au petit Danny pour le faire rire et le rassurer.

« Tu étais juste un tout petit garçon avec une grosse radio dans la tête. Et j'avais très peur pour toi. J'avais raison d'avoir peur, n'est-ce pas ? »

Dan perçut dans ces mots l'écho ténu de la bonté et de l'humour de son vieil ami. C'était bien Dick, pas de doute. Il contempla la vieille dame morte, fasciné. Les lumières clignotèrent encore. Le pichet d'eau trépida brièvement.

« Je ne peux pas rester longtemps. C'est douloureux pour moi d'être ici.

— Dick, il y a une petite fille…

— *Abra.* » Presque un soupir. *« Elle est comme toi. La vie est un boomerang.*

— Elle pense qu'une femme est peut-être à ses trousses. Une femme coiffée d'un chapeau. Un haut-de-forme à l'ancienne. Parfois, elle n'a qu'une longue dent sur le devant. Quand elle a faim. C'est ce que dit Abra, en tout cas.

— *Pose-moi ta question, petit. Je ne peux pas rester. Le monde est le rêve d'un rêve pour moi maintenant.*

— Il y a aussi les amis de la femme au chapeau. Abra les a vus avec des lampes de poche. Qui sont-ils ? »

Encore le silence. Mais Dick était toujours présent. Transformé, mais présent. Dan le percevait dans l'hyper-sensibilité de ses nerfs et le courant électrique vibrant à la surface moite de ses paupières.

« Ce sont les démons vides. Ils sont malades et ne le savent pas.

— Je ne comprends pas.

— *Non, tu ne peux pas comprendre. Et ça vaut peut-être mieux. Si tu avais eu le malheur de les rencontrer – s'ils t'avaient ne serait-ce que flairé –, tu serais mort depuis longtemps, ils t'auraient utilisé puis jeté à la poubelle comme un vieux carton. C'est ce qui est arrivé à celui qu'Abra appelle le p'tit gars du base-ball. Et à beaucoup d'autres. Les enfants qui ont le Don sont leurs proies, mais ça, tu l'avais déjà deviné, n'est-ce pas ? Les démons vides sont sur la terre comme un cancer sur la peau. À une autre époque, ils montaient des chameaux dans le désert ; à une autre, ils circulaient en roulotte en Europe de l'Est. Ils mangent les cris et boivent la souffrance. Tu as eu ton content d'horreurs à l'Overlook, Danny, mais du moins la rencontre de ces gens t'a été épargnée. Maintenant que la femme étrange a décidé d'avoir la petite, ils iront jusqu'au bout pour l'avoir. Ils peuvent la tuer. Ou la Retourner. Ou la garder et l'utiliser jusqu'à ce qu'elle soit vidée, ce qui serait le pire.*

— Je ne comprends pas.

— *La pomper. La rendre vide comme eux.* » La bouche de la morte exhala un soupir automnal.

« Dick, que suis-je censé faire, grands dieux ?

— *Procure à la petite l'objet qu'elle t'a demandé.*

— D'où viennent-ils, ces démons vides ?

— *De l'enfance, d'où proviennent tous les démons. Je ne suis pas autorisé à en dire davantage.*

— Comment vais-je les arrêter ?

— *Le seul moyen, c'est de les tuer. En leur faisant*

ingurgiter leur propre poison. Fais ça, et ils disparaîtront.

— La femme au chapeau, la femme étrange, comment s'appelle-t-elle ? Tu le sais ? »

Du fond du couloir monta le claquement d'un balai en caoutchouc contre un seau, et Poul Larson se mit à siffloter. L'air se modifia dans la chambre. L'atmosphère qui avait été jusque-là délicatement équilibrée se modifia.

« *Va trouver tes amis. Ceux qui savent ce que tu es. Tu m'as tout l'air d'être devenu quelqu'un de bien en grandissant, mais il te reste une dette à honorer.* » Un silence suivit, puis la voix qui était et n'était pas celle de Dick Hallorann parla pour la dernière fois, sur un ton d'évidence sans réplique : *« Honore-la. »*

La brume rouge monta des yeux, du nez et de la bouche d'Eleanor, plana au-dessus d'elle quelque cinq secondes, puis se dissipa. Les lumières ne flanchèrent pas. L'eau dans le pichet ne tressaillit pas. Dick s'en était allé. Dan n'avait plus pour compagnie qu'un cadavre.

Des démons vides.

S'il avait jamais entendu expression plus terrible que celle-là, il ne s'en souvenait pas. Mais elle avait du sens… pour peu qu'on ait vu l'Overlook pour ce qu'il était vraiment. C'était un endroit rempli de démons, mais qui avaient au moins l'avantage d'être des démons *morts*. Tout le contraire, pensa-t-il, de la femme au chapeau de magicien et de ses amis.

Il te reste une dette à honorer. Honore-la.

Oui. Il avait abandonné à son sort le petit bonhomme en couche-culotte pendouillante et T-shirt des Braves d'Atlanta. Il ne ferait pas ça à Abra.

4

Dan attendit au poste des infirmières qu'arrive le corbillard de chez Geordie & Sons et accompagna la civière ensachée jusqu'à la porte dérobée à l'arrière de Rivington 1. Puis il retourna dans sa chambre où il resta assis à sa fenêtre à contempler Cranmore Avenue parfaitement déserte à cette heure. Il soufflait un vent nocturne qui dénudait les chênes de leurs feuilles déjà jaunies et les emportaient, dansant et pirouettant, le long de la rue. De l'autre côté du jardin public, Teenytown était tout aussi déserte sous son éclairage de sécurité orange.

Va trouver tes amis. Ceux qui savent ce que tu es.

Billy Freeman savait, avait su quasiment depuis le début, car Billy détenait une étincelle du pouvoir que détenait Dan. Et si Dan avait une dette à honorer, il supposait que c'était aussi le cas de Billy, car c'était au Don plus vaste et plus fort de Dan que Billy devait d'être encore en vie.

Mais je vais pas lui présenter les choses comme ça.

Ce ne serait pas nécessaire, de toute façon.

Et puis il y avait John Dalton, et sa montre perdue et retrouvée, qui incidemment se trouvait être le pédiatre d'Abra. Que lui avait dit Dick par la bouche de feu Miss Ouhh-Là-Là ? *La vie est un boomerang.*

Quant à l'objet qu'Abra lui avait demandé, il était encore plus facile à deviner. Mettre la main dessus cependant… risquait d'être un peu plus compliqué.

5

Lorsque Abra se leva, le dimanche matin, elle avait un message électronique de dtor36@nhml.com :

> Abra,
>
> J'ai utilisé le talent que nous partageons pour communiquer avec un ami et j'ai la conviction que tu cours un danger. Je veux m'entretenir de ta situation avec notre ami commun : John Dalton. Mais je n'en ferai rien sans ta permission. Je pense que John peut m'aider à récupérer l'objet que tu as dessiné sur mon tableau.
>
> As-tu branché ton alarme anti-effraction ? Des gens sont peut-être en train de te chercher et il est très important qu'ils ne te trouvent pas. Tu dois faire très attention. Je suis avec toi, PRENDS GARDE. Supprime ce message.
>
> Oncle D.

Le seul fait qu'il lui ait envoyé un mail contribua davantage à la convaincre que le contenu lui-même. Elle savait combien Dan répugnait à communiquer avec elle de cette façon-là : il craignait que ses parents ne mettent leur nez dans sa boîte électronique et aillent s'imaginer qu'elle échangeait des messages avec Chester le Pervers.

S'ils avaient su de quelle sorte de pervers elle avait *réellement* à s'inquiéter…

Elle avait peur, mais d'un autre côté – maintenant que le soleil brillait et qu'il n'y avait plus de folle en chapeau haut de forme à sa fenêtre – elle était aussi plutôt excitée. C'était un peu comme être l'héroïne d'un de ces romans d'amour et d'épouvante que Mrs. Robinson, la bibliothécaire du collège, appelait du « porno prépubère ». Dans ce genre de romans, les filles flirtaient avec des loups-garous, des vampires – et même des zombies – mais sans jamais *se transformer* en ces créatures.

Et puis aussi, c'était bien agréable d'avoir un homme adulte pour prendre ta défense, et c'était pas non plus désagréable qu'il soit beau gosse, dans un style un peu négligé qui lui rappelait Jax dans la série *The Sons of Anarchy* qu'elle et Emma regardaient en douce sur l'ordinateur d'Em.

Elle expédia le courriel d'oncle D. non seulement à la corbeille, mais à la corbeille *définitive*, celle que sa copine Emma appelait « le dossier p'tits copains atomisés ». (*Ma pauvre Em*, songea Abra, sarcastique, *comme si t'en avais ne serait-ce qu'un seul à conserver ou à atomiser.*) Puis elle éteignit son ordi et le referma. Inutile d'écrire un mail quand il lui suffisait de fermer les yeux.

Zip-zip.

Son message envoyé, Abra fila sous la douche.

6

Lorsque Dan revint avec son café du matin, il y avait un nouveau communiqué sur son tableau :

Tu peux le dire à Dr John mais PAS À MES PARENTS.

Non. Pas à ses parents. Du moins pas encore. Mais pour Dan, il ne faisait aucun doute qu'ils découvriraient tôt ou tard qu'il se passait *quelque chose*. Il s'en occuperait (s'il le fallait), le moment venu. Pour l'heure, il avait quantité d'autres choses à faire, à commencer par passer un coup de fil.

Une voix d'enfant lui répondit, et quand il demanda à parler à Rebecca, le téléphone tomba brutalement et un cri retentit en s'éloignant : *« Grand-mère ! C'est pour toi ! »* Quelques secondes plus tard, Rebecca Clausen était en ligne.

« Salut, Becka, c'est Dan Torrance.

— Si vous appelez pour Mrs. Ouellette, j'ai déjà été prévenue par courriel ce matin…

— Ce n'est pas pour ça. J'aurais besoin de quelques jours de congé.

— Docteur Sleep a besoin de congés ? ironisa sa chef. Je ne le crois pas ! J'ai pratiquement dû vous botter le cul pour que vous preniez les vôtres au printemps dernier, et vous n'avez pas pu vous empêcher de venir pointer votre nez une ou deux fois par jour. Une urgence familiale ? »

La théorie de la relativité d'Abra en tête, Dan répondit par l'affirmative.

CHAPITRE 10

DÉCORATIONS EN VERRE

1

En peignoir devant le bar de la cuisine, David Stone battait des œufs dans un saladier quand le téléphone sonna. À l'étage, l'eau martelait dans la cabine de douche. Si Abra restait fidèle à son *modus operandi* du dimanche matin, l'eau chaude continuerait à marteler jusqu'à ce que le cumulus déclare forfait.

David regarda sur l'écran d'où venait l'appel. Code régional 617, d'accord, mais le numéro qui suivait n'était pas celui qu'il connaissait à Boston, celui de l'appartement de sa grand-mère par alliance. « Allô ?

— Oh, David, je suis trop contente que ce soit toi qui répondes. » C'était Lucy, et elle avait une voix épuisée. « Où es-tu ? Pourquoi t'appelles pas avec ton portable ?

— Je suis à Mass General, j'appelle d'une cabine. On n'a pas le droit d'utiliser les portables dans l'enceinte de l'hôpital, c'est rappelé partout.

— Il y a un problème avec Momo ? Et toi, ça va ?

— Moi, ça va. Pour Mom'z, son état est stabilisé maintenant… mais il y a eu un moment… ça a été vraiment dur. » Un sanglot. « C'est encore dur. » C'est là que Lucy s'effondra. Pas juste en larmes, mais en sanglots déchirants.

David attendit. Il était soulagé qu'Abra soit sous la douche et il espérait que le ballon d'eau chaude tiendrait le choc encore un moment. La situation paraissait grave.

Enfin, Lucy put reprendre la parole : « Cette fois, elle s'est cassé le bras.

— Ah. Et c'est tout ?

— Non, c'est pas *tout* ! » lui hurla-t-elle presque aux oreilles sur ce ton excédé qu'il abhorrait (mais-qu'ont-donc-les-hommes-à-être-si-stupides ?) et qu'il mettait sur le compte de ses origines italiennes sans avoir jamais envisagé que lui-même pouvait effectivement se montrer *assez* stupide par moments.

Il inspira pour garder son calme. « Raconte, chérie. »

Ce qu'elle fit, non sans céder par deux fois aux sanglots. Et par deux fois, David attendit patiemment qu'elle ait fini. Elle était claquée, mais c'était seulement un aspect du problème. Le plus important, s'aperçut-il, c'était qu'elle commençait tout juste à admettre ce que sa tête savait déjà depuis des semaines : sa Momo allait vraiment mourir. Et peut-être pas d'une mort paisible.

Concetta, qui ne dormait plus que d'un sommeil très superficiel, l'avait réveillée aux alentours de minuit. Elle voulait aller aux toilettes et, au lieu de sonner pour que Lucy lui apporte le bassin, elle avait essayé de se lever pour y aller toute seule. Elle avait réussi à s'asseoir sur le bord du lit et à poser les pieds par terre, mais, prise d'un étourdissement, elle avait basculé en avant et chuté sur son bras gauche. Son bras n'était pas seulement cassé, il était en miettes. Lucy, épuisée par ses semaines de garde-malade de nuit, rôle pour lequel elle n'avait reçu aucune formation, s'était réveillée aux cris de sa grand-mère.

« Elle ne criait pas au secours, expliqua Lucy. Elle ne hurlait pas non plus. Elle *glapissait*, comme un renard avec la patte prise dans un de ces horribles pièges à mâchoires.

— Ma chérie, ça a dû être horrible. »

Debout dans un coin-détente du rez-de-chaussée de l'hôpital, avec des distributeurs de friandises et – *mirabile dictu* – quelques téléphones en état de marche, son corps meurtri et couvert de sueur aigre (elle flairait son odeur et c'était loin d'être Light Blue de Dolce & Gabbana), la tête comme une enclume sous les coups de sa première migraine depuis quatre ans, Lucia Stone savait qu'elle ne pourrait jamais lui dire à quel point ç'avait été horrible, en réalité. Quelle ignoble révélation ç'avait été. On croit comprendre de quoi il retourne – une femme vieillit, s'affaiblit et meurt – et puis on découvre que les implications sont infiniment plus complexes. Et ça, on en prenait conscience quand on découvrait la femme qui avait écrit quelques-uns des plus beaux poèmes de son époque gisant dans une mare de pisse, glapissant à sa petite-fille d'*arrêter* la douleur, oh *arrête ça, madre de Cristo*, *arrête*-moi cette douleur. Quand on voyait son bras, auparavant maigre mais droit, tordu comme une serpillière et que l'on entendait la poétesse se traiter de conne et souhaiter être morte pour que la douleur s'arrête…

Pouviez-vous dire à votre mari que vous étiez à moitié dans le coaltar et glacée de terreur à l'idée que le moindre de vos gestes risquait de lui être fatal ? Pouviez-vous lui dire qu'elle vous avait griffée au visage en hurlant comme un chien écrasé quand vous aviez tenté de la déplacer ? Pouviez-vous lui expliquer ce que c'était que d'abandonner votre grand-mère bien-aimée étalée par terre pendant que vous appeliez les urgences, puis d'attendre l'arrivée de l'ambulance assise à côté d'elle en lui faisant boire à la paille de l'Oxycodone dans un peu d'eau ? Et que l'ambulance n'arrivait pas, et que vous vous étiez mise à penser à cette chanson de Gordon Lightfoot, *The Wreck of the* Edmund Fitzgerald[1], où l'on demande si quelqu'un sait où va l'amour de Dieu lorsque les vagues changent les minutes en heures ? Les vagues qui déferlaient sur Momo étaient des vagues de douleur, Momo sombrait et les secours ne voulaient toujours pas arriver.

Quand sa grand-mère avait recommencé à crier, Lucy avait passé les deux bras sous elle et, d'un coup de reins malhabile dont elle savait qu'elle le ressentirait dans ses épaules et le bas de son dos pendant des jours, sinon des semaines, elle l'avait hissée sur son lit. En se bouchant les oreilles aux cris de Momo braillant *Laisse-moi, tu me tues*... Puis elle s'était assise dos au mur, haletante, les cheveux plaqués en queues de rat sur les joues pendant que Momo pleurait en berçant son bras hideusement déformé et en demandant pourquoi Lucy lui avait fait mal comme ça et pourquoi il fallait qu'une chose pareille lui arrive à elle.

---

1. « Le naufrage de l'*Edmund Fitzgerald.* »

Enfin, l'ambulance était arrivée, et un homme – Lucy ignorait comment il s'appelait mais elle l'avait béni dans un chapelet de prières incohérentes – avait fait une piqûre à Momo pour la calmer. Pouviez-vous dire à votre mari que vous regrettiez que l'injection ne l'ait pas *tuée* ?

Tout ce qu'elle lui dit, ce fut : « Oui, c'était assez horrible. » Puis : « Je suis tellement soulagée qu'Abra n'ait pas voulu venir ce week-end.

— Oh si, elle voulait venir, mais elle avait des tonnes de devoirs, et il fallait qu'elle aille à la bibliothèque. Ça devait être archi-important parce que tu sais comment elle me harcèle, d'habitude, pour que je l'amène au football. » Il s'entendait jacasser. Stupidement. Mais que faire d'autre ? « Lucy, je suis vraiment navré que tu aies dû affronter ça toute seule.

— C'est juste que… si tu avais entendu ses cris. Là, tu comprendrais. Je ne veux plus jamais entendre quelqu'un crier comme ça. Elle qui a toujours été d'un calme incroyable… qui a toujours su garder la tête froide quand tout le monde autour d'elle perdait les pédales…

— Je sais…

— Être réduite à l'état de loque comme je l'ai vue cette nuit… Les seuls mots qu'elle arrivait à se rappeler c'était *merde*, *putain*, *con*, *chier*, *enc*…

— Chut, chérie, cesse de te tourmenter. » À l'étage, la douche s'était arrêtée. Il ne faudrait plus que quelques minutes à Abra pour se sécher, sauter dans sa tenue de week-end et dévaler l'escalier, pans de chemise battants et lacets de tennis défaits.

Mais Lucy n'était pas encore prête à cesser. « Je me souviens d'un de ses poèmes. Je ne saurais pas te le dire par cœur, mais il commençait à peu près comme ça : “Dieu, en connaisseur des choses fragiles, orne Ses sombres perspectives de décorations en verre fin de Venise.” J’ai toujours trouvé ça d’un conventionnel plutôt cucul, pour ne pas dire ringard, de la part de Concetta Reynolds. »

Et voilà que son Abba-Doo – *leur* Abba-Doo – arrivait, la peau rougie par la douche. « Tout baigne, papa ? »

David leva la main. *Attends une minute.*

« Maintenant, je sais ce qu’elle voulait vraiment dire et je ne pourrai jamais plus relire ce poème…

— Abby est là, mon cœur, plaça-t-il d’une voix faussement enjouée.

— Bien. Je vais devoir lui parler. J’ai fini de pleurnicher, ne t’inquiète pas. Mais même avec la meilleure volonté, nous ne pouvons pas la protéger de ça.

— Peut-être quand même du pire ? » suggéra-t-il gentiment. Abra se tenait debout près de la table, ses cheveux mouillés séparés en deux couettes qui lui donnaient l’air d’avoir de nouveau dix ans. Son expression était grave.

« Peut-être, acquiesça Lucy. Mais c’est fini, Davey, je ne peux plus faire ça. Même avec une aide à domicile. Je croyais pouvoir, mais je ne peux pas. Il y a un hospice à Frazier, pas loin de chez nous. L’infirmière qui a procédé à l’admission m’en a parlé. Je crois que les hôpitaux ont des réponses toutes prêtes pour faire face précisément à ce genre de situations. Bon, toujours est-il que l’endroit s’appelle la Maison Rivington. Je leur ai téléphoné avant de t’appeler, et ils ont justement une place libre à partir d’aujourd’hui. J’imagine que Dieu a poussé l’une de Ses décorations en verre du manteau de la cheminée, la nuit dernière…

— Chetta est réveillée ? Est-ce que tu lui en as…

— Elle s'est réveillée de l'opération il y a deux heures, mais elle était complètement dans les vapes. Elle mélangeait passé et présent, une vraie salade russe. »

Pendant que je dormais comme un bébé, songea David avec culpabilité. *En rêvant de mon livre, sans doute.*

« Quand elle émergera tout à fait – j'y compte bien –, je lui dirai, aussi gentiment que possible, que la décision ne lui appartient plus. L'heure est à la prise en charge en hospice.

— Très bien. » Quand Lucy décidait quelque chose – le décidait vraiment –, la meilleure chose à faire était de se pousser et de la laisser passer.

« Papa ? Ça va, maman ? Et Momo ? »

Abra savait que sa mère allait, et que son arrière-grand-mère n'allait pas. La plupart des propos de Lucy lui étaient parvenus alors qu'elle était encore sous la douche, du shampoing et des larmes ruisselant sur ses joues. Mais tant qu'elle n'avait pas expressément reçu le signal qu'elle pouvait avoir l'air triste, elle faisait joyeuse figure. Elle se demandait si son nouvel ami Dan avait appris aussi le truc de la joyeuse figure quand il était petit. Elle aurait parié que oui.

« Tchía, je crois qu'Abby veut te parler. »

Lucy soupira et dit : « Passe-la-moi. »

David tendit le téléphone à sa fille.

2

À quatorze heures ce dimanche-là, Rose Claque apposa l'écriteau NE ME DÉRANGER QU'EN CAS D'ABSOLUE NÉCESSITÉ sur la porte de son VL XXL. Les heures suivantes avaient été soigneusement programmées. Elle ne consommerait aucune nourriture et ne boirait que de l'eau. Au lieu de son café de dix heures, elle avait avalé un vomitif. Ainsi, quand viendrait le moment de traquer l'esprit de la gamine, son corps serait aussi propre qu'un verre vide.

Libérée des distractions imposées par les fonctions organiques, Rose serait en mesure de découvrir tout ce dont elle avait besoin : le nom de la môme, sa localisation précise, l'étendue exacte de son savoir, et – plus important encore – à qui elle avait pu se confier. De quatre heures de l'après-midi à dix heures du soir, elle s'étendrait sur le lit double de son EarthCruiser, immobile, les yeux au plafond, pour entrer en méditation. Lorsque son esprit serait aussi propre que son corps, elle prendrait de la vapeur d'une des cartouches dissimulées dans le compartiment secret – une bouffée suffirait – et elle ferait à nouveau pivoter le monde jusqu'à ce qu'elle soit dans la fille et que la fille soit en elle. À une heure du matin, heure de l'Est, sa proie dormirait comme une souche et elle pourrait se servir à volonté dans les rayonnages de son esprit. Peut-être aurait-elle même l'opportunité d'y implanter une suggestion : *Des hommes viendront. Ils vont t'aider. Suis-les.*

Mais comme Bobbie Burns, ce vieux poète-paysan daté, l'avait fait remarquer deux cents ans plus tôt :

des souris et des hommes, les plans les mieux montés ont tôt fait de foirer… Et elle venait à peine de commencer à réciter les premières phrases de son mantra de relaxation quand on cogna à sa porte.

« Foutez le camp ! gueula-t-elle. Vous savez pas lire ?

— Rose, j'ai Teuch avec moi, cria Skunk. Je crois qu'il a dégoté ce que tu voulais, mais il lui faut ton feu vert, et y a pas une minute à perdre. »

Rose resta encore un peu allongée, puis elle exhala un souffle rageur et se leva. Elle attrapa au passage un T-shirt touristique de Sidewinder (VIENS M'EMBRASSER SUR LE TOIT DU MONDE !), l'enfila – il lui arrivait en haut des cuisses – et ouvrit la porte. « Ça a intérêt à valoir le coup.

— On peut revenir plus tard », dit Teuch. C'était un petit type au crâne dégarni avec des toupets gris brillantinés lui frisottant au-dessus des oreilles. Il tenait une feuille de papier à la main.

« Non, entrez et faites vite. »

Ils s'assirent autour de la table dans le combiné salon-cuisine. Rose s'empara du papier que tenait Teuch et le parcourut d'un œil rapide. On y voyait une sorte de schéma de chimie compliqué rempli d'hexagones. Ça ne signifiait rien pour elle. « C'est quoi ce truc ?

— Un sédatif puissant, dit Teuch. C'est nouveau et c'est propre. C'est Jimmy qu'a eu le tuyau par une de nos taupes à la NSA. Ça va te l'envoyer dans le coaltar, la petite, sans risquer de nous la niquer par overdose.

— Très bien, ça m'a l'air d'être ce qu'il nous faut. » Rose reprit un ton sec : « Mais ça n'aurait pas pu attendre jusqu'à demain ?

— Pardon, pardon, dit Teuch craintivement.

— Non, pas pardon, fit Skunk. Si tu veux qu'on se grouille avec la môme et qu'on la chope proprement, je vais devoir non seulement me procurer ce truc mais aussi me débrouiller pour me le faire livrer dans une de nos boîtes postales sur la route. »

Les Vrais en avaient des centaines à travers l'Amérique, la plupart chez Mail Boxes Etc. et divers bureaux d'UPS. Y avoir recours impliquait de tout prévoir plusieurs jours à l'avance, car ils ne se déplaçaient jamais qu'en voiture, répugnant à emprunter les transports en commun autant qu'à se trancher la gorge. Si les lignes aériennes intérieures restaient envisageables, elles n'en étaient pas moins désagréables : les Vrais avaient le mal de l'air. Teuch était persuadé que c'était en rapport avec leur système nerveux, qui différait radicalement de celui des pecnos. Rose se préoccupait plutôt d'un autre système nerveux, financé par les contribuables, celui-là. Un système… *très* nerveux. Depuis le 11 Septembre, la surveillance exercée par le département de la Sécurité intérieure s'était renforcée, y compris sur les vols privés.

La première règle de survie des Vrais étant de ne jamais se faire remarquer, le réseau autoroutier inter-États et leurs camping-cars avaient toujours servi leurs intérêts, et les serviraient encore cette fois. Un petit peloton d'intervention, avec un roulement de chauffeurs frais se relayant toutes les six heures, pouvait couvrir la distance de Sidewinder au nord de la Nouvelle-Angleterre en moins de trente heures.

« D'accord, dit-elle, radoucie. On aura quoi à notre disposition sur l'I-90, nord de l'État de New York ou Massachusetts ? »

Skunk (pas du genre à dire qu'il reviendrait plus tard avec l'info) avait la réponse toute prête : « EZ Mail Services, Sturbridge, Massachusetts. »

Rose tapota la feuille de papier couverte de trucs incompréhensibles de chimie que Teuch avait en main. « Fais-nous envoyer la camelote là-bas. Débrouille-toi pour qu'elle transite par au moins trois boîtes écrans pour qu'on puisse brouiller les pistes en cas d'emmerdes. Fais-la bien balader.

— Tu crois qu'on a vraiment le temps pour ça ? demanda Skunk.

— Je vois pas pourquoi on l'aurait pas », dit Rose. (Cette remarque ne manquerait pas de revenir la hanter.) « Envoie-la dans le Sud, puis dans le Midwest, puis en Nouvelle-Angleterre. Qu'on l'ait jeudi à Sturbridge. Par Express Mail, surtout *pas* FedEx, ni UPS.

— Je peux faire ça », acquiesça Skunk. Sans hésitation.

Rose reporta son attention sur le toubib des Vrais. « T'as intérêt à assurer sur ce coup, Teuch. Si elle fait une overdose au lieu de juste faire dodo, je t'assure que tu seras le premier Vrai à être frappé d'exil depuis Little Big Horn. »

Teuch pâlit légèrement. Bien. Elle n'avait l'intention d'exiler personne, mais elle leur en voulait encore de l'avoir dérangée.

« La came nous attendra à Sturbridge et Teuch saura comment l'utiliser, assura Skunk. Sans problème.

— Y a vraiment rien de plus simple ? Un truc qu'on pourrait se procurer sur place ? »

Teuch se risqua à répondre : « Non, sauf si tu veux qu'elle nous la joue Michael Jackson. Cette cam' est sûre et elle agit vite. Si cette môme est aussi puissante que tu le penses, la vitesse sera notre meilleur all…

— D'accord, d'accord, pigé. On en a terminé ?

— Encore un truc, dit Teuch. J'imagine que ça pourrait attendre, mais… »

Rose regarda par la fenêtre et, il ne manquait plus que ça, c'était maintenant Jimmy Zéro qui rappliquait, trottant à travers le parking adjacent à l'Overlook Lodge, lui aussi avec un petit papier à la main. Bon sang, pourquoi avait-elle accroché NE PAS DÉRANGER à sa porte et pas ENTREZ TOUS ?

Rose rassembla toute sa mauvaise humeur, la fourra dans un sac, la remisa au fond de son esprit et sourit bravement. « Quoi encore ?

— C'est Grand-Pa Flop, dit Skunk. Il retient plus la mouscaille.

— Ça fait plus de vingt ans qu'il la retient plus, dit Rose. Il veut pas porter de couches-culottes et je peux pas l'obliger. Personne peut l'obliger.

— Là, c'est différent, dit Teuch. Il peut pratiquement plus se lever de son lit. Baba et Becky y sont, elles s'occupent de lui du mieux qu'elles peuvent, mais ça empeste dans son tacot pire que la colère de Dieu…

— Il va se remettre. On va lui faire prendre un peu de vapeur. » Mais la mine de Teuch ne lui plaisait pas. Tommy le Taxi avait passé l'arme à gauche il y a deux ans, et sur l'échelle du temps des Vrais, autant dire que ça faisait deux semaines. Et maintenant le Vieux Flop ?

« Il a le cerveau qui se détraque, lâcha Skunk sans ménagement. Et… » Il chercha Teuch du regard.

« Petty s'occupait de lui ce matin et elle dit qu'elle pense l'avoir vu cycler.

— Elle *pense* », dit Rose. Elle voulait pas y croire. « Quelqu'un d'autre l'a vu ? Baba ? Becky ?

— Non. »

Elle haussa les épaules, comme pour leur dire *Vous voyez bien.* Jimmy frappa sur ces entrefaites et, cette fois, Rose se réjouit de l'interruption.

« Entre ! »

Jimmy passa la tête à la porte. « T'es sûre que je peux ?

— Oui ! Pourquoi tu ramènes pas les Rockettes et la fanfare de l'UCLA, tant que tu y es ? Merde, j'essayais juste d'entrer en méditation après avoir passé quelques charmantes heures à vomir tripes et boyaux ! »

Skunk la regarda avec un léger reproche dans les yeux, et peut-être bien qu'elle le méritait – *probablement* qu'elle le méritait : ces enquiquineurs faisaient seulement le travail qu'elle leur avait demandé de faire au nom des Vrais –, mais s'il était un jour promu au poste de capitaine, il comprendrait sa douleur. Jamais un moment à soi, sauf à les menacer de mort. Et bien souvent, même ça ne suffisait pas.

« J'ai quelque chose qui t'intéressera certainement, dit Jimmy. Et puisque Skunk et Teuch étaient déjà là, je me suis dit…

— Je sais ce que tu t'es dit. Parle.

— J'ai farfouillé un peu sur internet pour trouver des infos sur Fryeburg et Anniston, les deux villes que t'as retenues. Et j'ai trouvé ça, dans le *Union Leader* de Manchester. Ça date de jeudi dernier… Mais peut-être que ça veut rien dire. »

Rose prit la feuille. Le premier article concernait l'école d'un bled quelconque qui arrêtait son programme de football pour cause de coupes budgétaires.

Au-dessous, Jimmy avait entouré en rouge un entrefilet plus court.

« MINI-SÉISME » À ANNISTON

Les tremblements de terre miniature existent-ils ? Si l'on en croit les habitants de Richland Court, petite rue d'Anniston se terminant en cul-de-sac sur la Saco River, oui ! Mardi en fin d'après-midi, plusieurs habitants de la rue disent avoir perçu une secousse qui a ébranlé les fenêtres, fait trembler les planchers et tomber des verres des étagères. Nous montrant une fissure dans l'asphalte tout frais de l'allée de sa maison située à l'extrémité de la rue, Dane Borlan, retraité, assène : « Si vous voulez une preuve, la voici. »

L'Observatoire géologique de Wrentham, MA, n'a pourtant relevé aucune activité sismique en Nouvelle-Angleterre ce mardi après-midi. Matt et Cassie Renfrew ont profité de l'événement pour organiser une « soirée tremblement de terre » qu'ont honorée de leur présence la plupart des habitants de la rue.

Andrew Sittenfeld de l'Observatoire géologique affirme que la secousse ressentie par les habitants de Richland Court pourrait provenir d'une remontée d'eau dans le système d'égouts de la ville, ou bien d'une commotion provoquée par un avion militaire passant le mur du son. Lorsque ces deux hypothèses ont été présentées à Mr. Renfrew, celui-ci a ri de bon cœur. « Nous savons ce que nous avons ressenti, a-t-il maintenu. C'était un tremblement de terre. Et vraiment on ne s'en plaint pas. Les dégâts sont dérisoires, et ça nous a permis de passer une soirée du tonnerre… heuh, du tremblement de terre ! »

Andrew Gould

Rose lut l'article deux fois et, quand elle releva la tête, ses yeux brillaient. « Bonne prise, Jimmy. »

Il sourit fièrement. « Merci. Alors, je vous laisse à vos affaires, les gars.

— Emmène Teuch avec toi, il faut qu'il aille voir où en est Grand-Pa. Toi, Skunk, reste encore une minute. »

Lorsqu'ils furent partis, Skunk referma la porte. « Tu crois que c'est la môme qui a provoqué cette secousse à Anniston ?

— Oui. Pas sûre à cent pour cent, mais au moins à quatre-vingts. Et quand je partirai à sa recherche, ce soir, ça va rudement me faciliter la vie d'avoir un endroit aussi précis sur lequel me concentrer – pas juste un bled, mais une *rue*.

— Si tu pouvais lui implanter un ver dans la tête qui lui dise de nous suivre de son plein gré, Rosie, on n'aurait même pas à se fatiguer à la droguer. »

Elle sourit, pensant une nouvelle fois que Skunk n'avait aucune idée de la valeur toute particulière de cette fille. Plus tard, elle penserait : *Moi non plus j'en avais aucune idée. Je croyais juste être plus maligne.* « J'imagine qu'y a aucune loi qui interdit d'espérer. Mais quand on aura mis la main sur elle, il nous faudra quelque chose d'un peu plus sophistiqué qu'un tranquillisant pour chats, même super-corsé. Il nous faudra la super-drogue miraculeuse qui la rendra bien gentille et coopérative jusqu'à ce qu'elle décide dans son intérêt de collaborer de son plein gré.

— Tu viendras avec nous pour la choper ? »

Rose en avait eu l'intention, mais là, pensant à Grand-Pa Flop, elle hésita. « Je suis pas sûre. »

Sans s'étendre sur la question – ce qu'elle apprécia –, Skunk se tourna vers la porte. « Je veillerai à ce que tu ne sois plus dérangée.

— Bien. Et assure-toi que Teuch soumet Grand-Pa à un examen complet – je veux dire, du trou du cul jusqu'à l'appétit. S'il a vraiment commencé à cycler, je veux être prévenue demain, quand je sortirai de mon *purdah*. » Elle ouvrit le compartiment sous le plancher et en retira l'une des cartouches. « Et donne-lui le restant de celle-ci. »

Skunk parut choqué. « *Tout ?* Mais, Rose, s'il a commencé à cycler, ça sert plus à rien.

— Donne-lui. On a eu une bonne année de vapeur, comme plusieurs d'entre vous me l'ont fait remarquer récemment. On peut se permettre une petite extravagance. Et puis, le Nœud Vrai n'a qu'un seul Grand-Pa. Il se souvient de l'époque où les peuples d'Europe vénéraient encore les arbres et pas encore les appartements en multipropriété. On ne le perdra pas, si on peut l'éviter. On n'est pas des sauvages.

— Les pecnos pourraient avoir un avis différent.

— C'est pour ça que c'est des pecnos. Maintenant, vire. »

3

Après Labor Day, Teenytown fermait à quinze heures le dimanche. Ce dimanche après-midi, à dix-sept heures quarante-cinq, trois géants étaient assis sur les petits bancs de Cranmore Avenue miniature, réduisant à un décor pour nains le drugstore de Teenytown et le cinéma Music Box de Teenytown (où pendant la saison touristique on pouvait glisser un œil par la fenêtre et voir des mini-séquences filmées projetées sur le mini-écran). John Dalton était venu à la réunion coiffé d'une casquette des Red Sox qu'il posa sur la tête de la mini-statue de Helen Rivington dressée sur la mini-place du mini-tribunal. « Je suis sûr qu'elle était fan, dit-il. Tout le monde l'est dans le coin. À part les exilés dans mon genre, personne ici ne mégote sur l'admiration pour les Yankees. Qu'est-ce que je peux faire pour toi, Dan ? Je loupe le dîner en famille pour être ici. Mon épouse est une femme compréhensive, mais sa patience a des limites.

— Qu'est-ce qu'elle dirait si tu venais passer quelques jours avec moi en Iowa ? demanda Dan. Entièrement à mes frais, cela va sans dire. Je dois faire une visite de la douzième étape à un oncle qui est en train de se démolir à l'alcool et à la cocaïne. Ma famille me supplie d'intervenir, et je peux pas faire ça tout seul. »

Les AA n'ont pas de règles mais de nombreuses traditions (qui, de fait, sont des règles). L'une des plus strictes est qu'on ne rend jamais seul une visite de la douzième étape à un alcoolique dur, à moins que l'alcoolo en question ne soit incarcéré en toute sécurité dans un hôpital, un centre de désintoxication, ou l'asile d'aliénés du coin. Si l'on s'y risque, on a toutes les chances de finir en bordée avec l'alcoolo dur, à rivaliser coup pour coup, et ligne pour ligne, avec lui. Comme aimait bien dire Casey Kingsley, l'addiction est une source intarissable de bienfaits.

Dan regarda Billy Freeman et sourit. « Tu as quelque chose à dire ? Vas-y, je t'en prie.

— Je crois pas que tu as un oncle. Je suis même pas sûr que tu aies encore de la famille.

— Ah ouais ? T'es juste "pas sûr" ?

— Ben… t'en parles jamais.

— Y a des tas de gens qui ont de la famille et qui n'en parlent pas. Mais tu *sais* que je n'ai personne, hein, Billy ? »

Billy, l'air embarrassé, ne répondit rien.

« Danny, je peux pas aller en Iowa, dit John. J'ai des rendez-vous toute la semaine et jusqu'au week-end. »

Dan était toujours concentré sur Billy. Il plongea la main dans sa poche, la ressortit poing fermé. « Qu'est-ce que j'ai ? »

Billy avait l'air plus embarrassé que jamais. Il glissa un coup d'œil à John, ne décela aucune aide de ce côté-là, et revint à Dan.

« John sait ce que je suis, dit Dan. Je l'ai aidé une fois, et il sait que j'en ai aidé quelques autres du Programme. On est entre amis, ici. »

Billy réfléchit, puis dit : « Peut-être une pièce, mais je crois plutôt que c'est une de tes médailles des AA. Celles qu'on vous donne chaque fois que vous fêtez une année de plus de sobriété.

— De quelle année est celle-ci ? »

Billy hésita, les yeux posés sur le poing fermé de Dan.

« Laissez-moi vous aider, dit John. Il est sobre depuis le printemps 2001, donc s'il a une médaille récente dans sa poche, c'est probablement une 12e année.

— Logique, mais c'est pas ça. » Billy se concentrait et deux sillons verticaux ridaient son front entre les deux yeux. « Je pense que c'est… une 7e année ? »

Dan ouvrit la paume. La médaille portait un grand VI gravé dessus.

« Bordel à queue, fit Billy. Je suis bon pour les devinettes, en général.

— T'étais pas loin, dit Dan. Et c'est pas de la devinette, c'est de la voyance. »

Billy sortit ses cigarettes, jeta un coup d'œil au médecin assis sur le banc à côté de lui et les remit dans sa poche. « Si tu le dis.

— Laisse-moi te parler un peu de toi, Billy. Quand tu étais petit, tu étais *doué* pour deviner des trucs. Tu savais quand ta mère était de bonne humeur et que tu pouvais lui taper un ou deux dollars de plus. Tu savais quand ton père était à cran et tu évitais de le caresser à rebrousse-poil.

— Ça oui, y avait des soirs où je savais que rouspéter parce qu'on mangeait encore les restes du rôti du dimanche était une vache de mauvaise idée, confirma Billy.

— Tu as été joueur ?

— Courses de chevaux à Salem, oui. J'ai souvent raflé la mise. Et puis, autour de vingt-cinq ans, comme ça, j'ai comme qui dirait perdu le truc de flairer les gagnants. Un mois, j'ai dû demander un délai pour payer mon loyer et ça m'a guéri du virus des champs de courses.

— Oui, le Don s'estompe avec l'âge, mais tu l'as encore un peu.

— Tu l'as beaucoup plus », dit Billy. Aucune hésitation, cette fois.

« Tout ça est réel, je rêve pas ? » dit John. C'était plus une observation qu'une question.

« Tu as un seul rendez-vous la semaine prochaine que tu ne te sens pas le droit d'annuler ou de reporter, dit Dan. Une petite fille qui a un cancer de l'estomac. Elle s'appelle Felicity…

— Frederika, corrigea John. Frederika Bimmel. Elle est à l'hôpital Merrimack Valley. J'ai une rencontre prévue avec son oncologue et ses parents.

— Samedi matin.

— Ouais. Samedi matin. » John jeta un regard stupéfait à Dan. « Bon Dieu de bon Dieu. J'avais jamais réalisé que… ce truc que tu as… tu l'as *tellement* fort.

— Je te promets que tu seras rentré d'Iowa jeudi. Vendredi maximum. »

À moins qu'on ne se fasse arrêter, songea-t-il. *Dans ce cas, on devra y rester un tout petit peu plus longtemps.* Il regarda Billy pour voir s'il avait capté cette pensée moins réjouissante. Aucun signe qu'il l'ait perçue.

« Tu peux m'expliquer de quoi il s'agit ?

— Une autre de tes patientes. Abra Stone. Elle est comme Billy et moi, John, mais ça, je crois que tu le sais déjà. Sauf qu'elle, elle est encore plus puissante. Je l'ai plus que Billy, mais à côté d'elle, j'ai l'air d'un hypnotiseur de foire.

— Oh, mon Dieu, le truc des cuillères…

— Quand elle les a suspendues au plafond ? »

John le dévisagea, les yeux écarquillés. « T'as lu ça dans mes pensées ?

— Un tout petit peu moins prestigieux, mon pote. Elle me l'a dit.

— Quand ? *Quand ?*

— On va y venir, mais pas tout de suite. D'abord, on va s'essayer à un peu d'authentique transmission de pensées. » Dan prit la main de John. Ça aidait ; le contact physique aidait presque toujours. « Ses parents

– il y avait peut-être une tante ou une grand-mère aussi – sont venus t'en parler quand elle était juste en âge de marcher. Avant même qu'elle ne décore la cuisine d'argenterie. Ils s'inquiétaient parce qu'il se produisait déjà toutes sortes de phénomènes paranormaux dans la maison. Une histoire de piano… Billy, aide-moi sur ce coup-là, tu veux. »

Billy se saisit de l'autre main de John et Dan prit sa main libre, créant ainsi un mini-cercle connecté. Séance de spiritisme miniature à Teenytown.

« De la musique des Beatles, dit Billy. Au piano, pas à la guitare. C'est… je sais pas. Ça les a déboussolés pendant un temps. »

John le regardait fixement.

« Écoute-moi, dit Dan. Elle te donne la permission de parler. Elle veut que tu le fasses. Fais-moi confiance là-dessus, John. »

John Dalton pesa le pour et le contre pendant une bonne minute. Puis il leur raconta tout, à une exception près.

Le truc des *Simpson* sur toutes les chaînes en même temps était vraiment trop dur à avaler.

4

Lorsqu'il eut terminé, John posa la question évidente : comment Dan connaissait-il Abra ?

De sa poche arrière, Dan sortit un vieux calepin fatigué. Sur la couverture figurait une photo de vagues déferlant sur un promontoire rocheux avec cette légende AUCUNE GRANDE CHOSE NE S'EST CRÉÉE EN UN INSTANT.

« Ça fait longtemps que tu le trimballes celui-là, dit John.

— Ouais. Tu connais Casey K., mon parrain ? »

John leva les yeux au ciel. « Comment je pourrais l'oublier, alors que chaque fois que tu ouvres la bouche en réunion, tu commences par “Mon parrain, Casey K., dit toujours…”.

— John, personne aime trop les petits malins.

— Si, ma femme, répondit l'intéressé. Parce que je suis un petit malin qui a des couilles en plus d'avoir un cerveau. »

Dan soupira. « C'est ce qu'on va voir. Regarde dans mon calepin. »

John le feuilleta. « C'est des réunions. Depuis 2001.

— Casey m'avait demandé d'en faire quatre-vingt-dix en quatre-vingt-dix jours, et de les noter. Va voir à la huitième. »

John trouva la page. Église méthodiste de Frazier. Une réunion qu'il connaissait mais à laquelle il assistait rarement. Sous le commentaire de la réunion, en lettres tarabiscotées, était écrit ABRA.

John leva un regard incrédule vers Dan. « Tu veux dire qu'elle t'a contacté à l'âge de *deux mois* ?

— Tu vois ma réunion suivante juste en dessous, dit Dan. Donc, j'ai pas pu rajouter son nom après coup pour t'impressionner. À moins d'avoir falsifié tout le carnet. Or il y a des tas de gens dans le Programme qui se souviendront de m'avoir vu avec.

— Moi y compris, dit John.

— Ouais, toi y compris. À cette époque, j'avais toujours mon calepin de réunions dans une main et un gobelet de café dans l'autre. C'étaient mes boucliers de sécurité. J'ignorais qui était Abra à ce moment-là, et j'avoue que je m'en souciais peu. C'était juste un de ces contacts de hasard. Un peu comme un bébé dans un berceau qui tend la main et t'effleure le bout du nez.

« Et puis, deux ou trois ans plus tard, elle m'a écrit un mot sur le tableau noir que j'ai dans ma chambre et où je note mon planning. Un seul mot : *hello*. Et après ça, elle a continué à se manifester à intervalles plus ou moins réguliers. Comme pour vérifier que le contact n'était pas rompu. Je ne suis même pas sûr qu'elle en avait conscience. Mais j'étais là. Et quand elle a eu besoin d'aide, c'est à moi qu'elle a pensé, c'est moi qu'elle connaissait et c'est moi qu'elle a appelé.

— Et de quelle aide a-t-elle besoin ? Quel danger court-elle ? » John se tourna vers Billy. « Vous le savez, *vous* ? »

Billy secoua la tête. « J'ai jamais entendu parler de cette gosse et je mets quasiment jamais les pieds à Anniston.

— Qui a dit qu'Abra vivait à Anniston ? »

Billy tourna le pouce vers Dan. « *Lui*. Il l'a pas dit ? »

John se retourna vers Dan. « D'accord. Disons que je suis convaincu. Raconte-nous toute l'histoire. »

Dan leur raconta le cauchemar d'Abra. Le p'tit gars du base-ball. Les silhouettes aux lampes torches braquées sur lui. La femme au couteau, léchant le sang du gosse sur ses mains. Et, beaucoup plus tard, comment Abra était tombée sur une photo de ce même garçon dans le *Shopper*.

« Et si elle a pu le voir en rêve, c'est parce que ce gosse qu'ils ont tué avait le Don ? Comme elle, et comme vous ?

— Je suis à peu près sûr que c'est comme ça qu'a eu lieu le premier contact, oui. Le gamin a dû chercher à se connecter pendant que ces gens le torturaient – Abra n'a aucun doute à ce sujet, c'était bien de la torture – et cela a créé un lien entre eux.

— Un lien qui s'est conservé même après la mort de… Brad Trevor, c'est ça ?

— Je pense que le dernier point de contact d'Abra avec lui est un objet qu'il possédait : son gant de baseball. Et elle a pu entrer en contact avec ses meurtriers car l'un d'eux a essayé ce gant. Elle ignore comment elle fait ça, et je n'en sais pas plus qu'elle. Tout ce que je sais, c'est qu'elle a un pouvoir prodigieux.

— Comme toi.

— Voilà toute l'histoire, récapitula Dan. Ces gens – si ce sont des *gens* – sont menés par une femme qui se charge elle-même de l'exécution. Le jour où Abra est tombée sur la photo de Brad dans le gratuit du coin, elle est entrée dans la tête de cette femme. Et cette femme est entrée dans la tête d'Abra. Pendant quelques secondes, chacune a vu par les yeux de l'autre. » Il leva ses deux poings serrés et les fit permuter. « Dans un sens, et dans l'autre. Abra pense qu'ils sont peut-être déjà à sa recherche. Je le pense aussi. Car elle pourrait représenter un danger pour eux.

— Mais pas uniquement, n'est-ce pas ? » demanda Billy.

Dan le regarda, attendant la suite.

« Ces gosses qui ont le Don ont aussi autre chose, pas vrai ? Quelque chose que veulent ces gens. Et qu'ils ne peuvent se procurer qu'en les tuant.

— C'est ce que je crois, oui. » En réalité, il en était persuadé.

John intervint : « Cette femme sait-elle où habite Abra ?

— Non, Abra ne le pense pas. Mais, souviens-toi qu'elle n'a que treize ans ; elle pourrait se tromper.

— Et Abra sait-elle où se trouve cette femme ?

— Tout ce qu'elle sait, c'est que lorsque ce contact – cette vision réciproque – s'est produite, la femme se trouvait dans un supermarché Sam's. C'est-à-dire quelque part dans l'Ouest, mais il y a des Sam's dans pas moins de neuf États.

— Dont l'Iowa ? »

Dan secoua la tête.

« Dans ce cas, je ne vois pas à quoi ça nous avancerait d'aller là-bas.

— Nous pourrions récupérer le gant, dit Dan. Abra pense qu'avec le gant, elle pourra entrer en contact avec l'homme qui l'a enfilé et a gardé sa main dedans pendant quelques instants. Elle l'appelle Barry le Chinois. »

La tête penchée en avant, John réfléchissait. Dan le laissa faire.

« D'accord, dit John. Tout cela est complètement fou, mais je marche. Vu ce que je sais de l'histoire d'Abra et de ma propre histoire avec toi, j'aurais du mal à faire autrement. Mais si cette femme ignore où habite Abra, ne serait-il pas plus sage de laisser les choses en l'état ? d'éviter de foutre un coup de pied au chien qui dort, ou quelque chose comme ça ?

— Je ne crois pas que le chien dorme, dit Dan. Ces

(*démons vides*)

illuminés la veulent pour la même raison qu'ils voulaient le petit Trevor : je suis sûr que Billy a raison sur ce point. Ils savent aussi qu'elle représente un danger pour eux. Pour parler en termes AA, elle a le pouvoir de rompre leur anonymat. Quant à eux, il est possible qu'ils disposent de ressources que nous ne pouvons même pas imaginer. Voudrais-tu qu'une de tes patientes vive dans la peur, mois après mois, année après année, craignant qu'à tout moment une famille Manson paranormale se matérialise pour la kidnapper en pleine rue ?

— Bien sûr que non.

— Abra pense que ces salopards *vivent* en se nourrissant d'enfants comme elle. Et comme l'enfant que j'ai été. Des enfants-voyants. » Il fixa John Dalton avec intensité. « Si c'est vrai, il faut les arrêter. »

Billy ajouta : « Quel sera mon rôle, si je ne vais pas en Iowa ?

— Eh bien, dit Dan, tu vas profiter de la semaine qui vient pour rattraper ton retard dans ta connaissance d'Anniston. Si Casey te donne un congé, tu vas même aller t'installer là-bas dans un motel. »

5

Rose finit par entrer dans l'état de méditation qu'elle recherchait. Le plus difficile fut d'oublier ses craintes pour Grand-Pa Flop, mais elle finit par passer outre. Passer *par-dessus*, plutôt. À présent, elle voguait à l'intérieur d'elle-même, répétant les formules antiques – *sabbatha hanti, lodsam hanti, cahanna risone hanti* – encore et encore, ses lèvres remuant à peine. Il était trop tôt pour rechercher la petite fauteuse de troubles, mais maintenant qu'elle avait enfin la paix et que le monde – extérieur et intérieur – était silencieux, elle n'était pas pressée. La méditation en soi était une saine activité. Rose s'y adonnait, rassemblant ses instruments, affûtant sa concentration, procédant lentement et méticuleusement.

Sabbatha hanti, lodsam hanti, cahanna risone hanti : des mots qui étaient déjà anciens du temps où le Nœud Vrai sillonnait l'Europe en roulotte, vendant briques de tourbe et colifichets. Sans doute déjà vieux du temps où Babylone était jeune. La gamine était puissante mais le Nœud Vrai était *tout*-puissant et Rose ne prévoyait aucune difficulté réelle. La môme dormirait et elle se déplacerait furtivement et silencieusement, prélevant des informations, implantant des suggestions tels des explosifs miniatures. Pas juste *un* ver, mais tout un nid grouillant. La fille pourrait peut-être en détecter certains, et les désamorcer.

Mais pas tous.

6

Ce soir-là, après avoir fini ses devoirs, Abra parla au téléphone avec sa mère pendant près de quarante-cinq minutes. La conversation se déroula à deux niveaux. En surface, elles parlèrent de la journée d'Abra, de sa semaine d'école à venir et du costume qu'elle avait prévu pour le bal d'Halloween ; elles évoquèrent les toutes dernières décisions relatives au transfert de Momo à l'hospice de Frazier (le « gros spitz », comme Abra continuait à l'appeler dans sa tête) ; Lucy informa Abra de l'évolution de l'état de santé de Momo, qu'elle qualifia de « plutôt encourageant, tout bien considéré ».

À un autre niveau, Abra écouta le désarroi sous-jacent de Lucy (qui pensait avoir en quelque sorte trahi son engagement auprès de sa grand-mère), et la vérité sur l'état de santé de Momo : sa peur, sa confusion mentale et sa souffrance physique. Abra tenta d'envoyer à sa mère des pensées rassérénantes : *ne t'en fais pas, maman,* et *nous t'aimons, maman,* et *tu as fait du mieux que tu pouvais, aussi longtemps que tu as pu le faire.* Elle aimait se dire que certaines de ces pensées arrivaient à bon port, sans y croire vraiment. Elle avait de nombreux talents – dans le genre merveilleux et effrayants en même temps – mais pas celui de régler le thermostat émotionnel d'une autre personne.

Dan en était-il capable ? Oui, peut-être. Elle pensait qu'il utilisait cette facette du Don pour aider les très vieilles personnes du gros spitz. S'il pouvait vraiment faire ça, peut-être qu'il pourrait aider sa Momo quand elle en arriverait là. Ce serait bien.

Elle redescendit, vêtue du pyjama de flanelle rose que Momo lui avait offert pour le dernier Noël. Son père regardait les Red Sox à la télé en buvant une bière. Elle lui plaqua un gros bécot bruyant sur le nez (il disait toujours qu'il détestait ça, mais elle savait qu'il aimait bien, en fait) et lui annonça qu'elle allait se coucher.

« *La homework est complète, mademoiselle* ?*

— Oui, papa, mais "homework" se dit *devoirs* en français !

— Content de le savoir, content de le savoir. Et comment va ta mère ? Je te demande ça parce que j'ai dû lui parler environ quatre-vingt-dix secondes avant que tu m'arraches le téléphone des mains.

— Elle va pas mal. » Abra savait que c'était la vérité, mais elle savait aussi que tout est relatif. Elle allait remonter l'escalier quand elle se retourna. « Elle a dit que Momo était comme une décoration en verre. » Lucy ne l'avait pas vraiment dit, pas à haute voix, mais elle l'avait pensé. « Elle a dit que nous le sommes tous. »

Dave coupa le son de la télé. « Eh bien, j'imagine que c'est vrai, mais certains d'entre nous sont en verre sacrément costaud. N'oublie pas que ta Momo est restée tout en haut de l'étagère, en toute sécurité, pendant des années et des années. Maintenant, Abba-Doo, viens voir un peu ici, faire un gros câlin à ton papa. Je ne sais pas toi, mais moi ça me ferait drôlement du bien. »

7

Vingt minutes plus tard, Abra était couchée. Mr. Peluche Patapouf, son nounours-luciole qu'elle avait depuis qu'elle était toute petite, brillait doucement sur sa table de nuit. Elle chercha Dan et le trouva dans une salle de jeux où il y avait des puzzles, des magazines, une table de ping-pong et une grande télé au mur. Il jouait aux cartes avec deux résidents du gros spitz.

(*est-ce que tu as parlé à Dr John ?*)

(*oui nous partons pour l'Iowa après-demain*)

Cette pensée fut illustrée par la brève image d'un vieux biplan avec deux pilotes aux commandes équipés de casques d'aviateur à l'ancienne, d'écharpes et de grosses lunettes. L'image fit sourire Abra.

(*si nous te rapportons*)

Image d'un gant de receveur. Ce n'était pas tout à fait le même modèle que celui du petit gars du base-ball, mais Abra sut ce que Dan voulait lui dire.

(*est-ce que tu vas flipper*)

(*non*)

Elle n'avait pas intérêt. Ce serait terrible, bien sûr, de tenir le gant du garçon mort, mais elle n'avait pas le choix.

8

Dans la pièce commune de Rivington 1, Mr. Braddock fusillait Dan d'un regard à la fois prodigieusement irrité et légèrement perplexe, une expression dont seules sont capables les très vieilles personnes frisant la sénilité. « Allez-vous vous défausser, Danny, ou bien rester là à bayer aux corneilles jusqu'à la fonte de la calotte glaciaire ? »

(*bonne nuit Abra*)

(*bonne nuit Dan dis bonne nuit à Tony pour moi*)

« Danny ? » Mr. Braddock tambourinait de ses jointures déformées sur la table. « Danny Torrance, c'est à vous, Danny Torrance ? »

(*n'oublie pas de mettre ton alarme*)

« Hou-hou, Danny », fit Cora Willingham.

Dan les regarda. « Est-ce que je me suis défaussé ou est-ce que c'est encore mon tour ? »

Mr. Braddock leva les yeux au ciel en prenant Cora à témoin ; Cora lui rendit la pareille.

« Et mes filles qui pensent que c'est *moi* qui perds les pédales », dit-elle.

9

Abra avait programmé l'alarme de son iPad pour le lendemain car non seulement il y avait école mais c'était son jour pour préparer le petit déjeuner – œufs brouillés aux champignons et aux poivrons avec du fromage fondu. Mais ce n'était pas de cette alarme-là que parlait Dan. Elle ferma les yeux et se concentra, le front plissé. Une de ses mains se faufila hors des draps et vint frictionner ses lèvres. Ce qu'elle était en train de combiner était compliqué, mais peut-être que le jeu en vaudrait la chandelle.

Une alarme, c'était très bien, mais si la femme au chapeau venait fouiner de son côté, un piège serait encore mieux.

Au bout de cinq ou six minutes, les plis de son front disparurent et sa main retomba sur le drap. Abra roula sur le côté en remontant l'édredon sous son menton. Sa joue et ses cheveux étaient les seules parties de son corps encore visibles. Mr. Peluche Patapouf le nounours-luciole observait de son poste sur la table de nuit comme il le faisait depuis qu'Abra avait quatre ans, projetant une douce lueur sur sa joue gauche. Lorsqu'elle s'endormit, elle était en train de se visualiser elle-même en tenue guerrière chevauchant un étalon blanc.

En rêve, elle galopait, survolant de vastes étendues de champs sous des milliards d'étoiles.

10

En cette nuit du dimanche au lundi, Rose poursuivit ses méditations jusqu'à une heure trente du matin. Le reste de la Tribu (à l'exception de Flac Annie et de Mo Ka qui montaient la garde auprès du Vieux Flop) dormait profondément lorsqu'elle décida qu'elle était prête. Dans une main, elle tenait une photo, imprimée à partir de son ordinateur, du centre-ville plus que quelconque d'Anniston, New Hampshire. Dans l'autre, elle tenait une cartouche. Celle-ci ne contenait plus qu'une infime bouffée de vapeur, mais ce serait suffisant, Rose en était certaine. Ses doigts étaient posés sur la valve, prêts à la relâcher.

Nous sommes le Nœud Vrai qui persiste : Sabbatha hanti.

Nous sommes les élus : Lodsam hanti.

Nous sommes les fortunés : Cahanna risone hanti.

« Prends et profite, ma Rosie », dit-elle. Lorsqu'elle ouvrit la valve, un bref gémissement de brume argentée s'échappa. Rose inhala, se renversa sur son oreiller et laissa la cartouche choir sur la moquette avec un bruit sourd. Elle leva devant ses yeux la photo de la grand-rue d'Anniston. L'image semblait flotter au bout d'une main et d'un bras qui avaient perdu de leur netteté. Non loin de cette rue, une fillette habitait dans une artère plus petite sans doute appelée Richland Court. Cette fillette serait profondément endormie, mais Rose Claque occupait une partie de son esprit. Elle présumait que la fillette ne savait pas à quoi elle ressemblait (pas plus qu'elle ne savait à quoi ressemblait la fillette… du moins pour l'instant), mais elle savait comment elle l'avait *perçue*. Elle avait vu ce que Rose regardait la veille chez Sam. Voilà quel était son point de repère, sa voie de passage.

Les yeux dans le vague, Rose fixait la grand-rue d'Anniston, mais ce qu'elle cherchait réellement, c'était le rayon boucherie de chez Sam, où la « VIANDE CORDON BLEU » est « PORTION COW-BOY ». Elle se cherchait elle-même. Et, heureusement assez vite, elle se trouva. À peine une trace auditive tout d'abord : une musique de supermarché. Puis un caddie de supermarché. Au-delà, tout était encore obscur. C'était parfait ; le reste viendrait. Rose suivait la musique se réverbérant maintenant en échos lointains.

Obscurité, obscurité, obscurité… un peu de lumière, un peu plus… Voilà, l'allée du supermarché… se changeant en couloir… et Rose sut qu'elle y était presque. Son pouls s'accéléra imperceptiblement.

Étendue sur son lit, elle ferma les yeux : comme ça, si la môme s'apercevait de ce qui se passait – peu probable, mais pas impossible –, elle ne verrait rien. Rose consacra quelques secondes à réviser ses objectifs principaux : nom, localisation exacte, étendue de ses connaissances, personnes à qui elle avait pu parler.

(*tourne, monde*)

Rassemblant ses forces, elle poussa. Cette fois, la sensation de rotation ne la prit pas par surprise puisqu'elle l'avait anticipée et la contrôlait complètement. Un instant, elle demeura dans ce couloir – le conduit entre leurs deux esprits – puis elle se retrouva dans une grande pièce où une petite fille avec des couettes pédalait sur un vélo en chantonnant une chanson sans queue ni tête. C'était le rêve de la fillette et Rose y assistait. Mais elle avait mieux à faire. Les murs de la pièce n'étaient pas de vrais murs mais des tiroirs à dossiers. Maintenant qu'elle était entrée, elle pouvait les ouvrir à volonté. Dans la tête de Rose, la fillette rêvait paisiblement qu'elle avait cinq ans et qu'elle pédalait sur son premier petit vélo à roulettes. C'était parfait. *Rêve donc, petite princesse.*

L'enfant passa près d'elle en pédalant, chantant *la-la-la* et ne la voyant pas. Les roulettes de son vélo apparaissaient et disparaissaient alternativement, et Rose comprit que la princesse rêvait du jour où elle avait appris à s'en passer. Toujours un grand jour dans la vie d'un enfant.

Amuse-toi bien sur ton petit vélo, ma poupée chérie, pendant que je découvre tout sur toi.

D'un geste assuré, Rose ouvrit l'un des tiroirs.

À peine eut-elle plongé la main à l'intérieur qu'une alarme assourdissante se mit à mugir et d'aveuglants projecteurs blancs illuminèrent la pièce, dardant sur elle autant de chaleur que de lumière. Pour la première fois depuis une foultitude d'années, Rose Claque, naguère Rose O'Hara du comté d'Antrim en Irlande du Nord, fut totalement prise au dépourvu. Avant qu'elle n'ait pu retirer sa main du tiroir, celui-ci se referma. La douleur fut immense. Rose poussa un hurlement et se rejeta en arrière, mais sa main était solidement piégée.

Son ombre grandit brusquement sur le mur… mais pas seulement la sienne. Tournant la tête, elle vit la petite fille foncer sur elle. Sauf que ce n'était plus une petite fille. C'était à présent une jeune fille en pourpoint de cuir orné d'un dragon brodé sur sa poitrine naissante, la chevelure retenue par un bandeau bleu ceint sur son front. Le petit vélo s'était transformé en étalon blanc. Les yeux de celui-ci, tout comme ceux de sa cavalière, étincelaient.

La jeune guerrière brandissait une lance

(*vous êtes revenue comme Dan l'avait dit*)

et elle éprouvait – incroyable pour une petite pecnode, même une bourrée de super vap' comme elle – du *plaisir*...

(*je suis* BIEN CONTENTE)

L'enfant qui n'était plus une enfant s'était postée à l'affût pour l'attendre... elle lui avait tendu un piège avec l'intention de la tuer... et vu l'état de vulnérabilité mentale dans lequel Rose se trouvait, elle pourrait bien y arriver...

Mobilisant toutes ses forces, Rose riposta, non pas avec une lance de bande dessinée, mais avec un bélier massif mû par toute la puissance de ses années et de sa volonté.

(*ARRIÈRE PUTAIN ! RECULE ME TOUCHE PAS ! PEU IMPORTE POUR QUI TU TE PRENDS T'ES QU'UNE FILLETTE !*)

Sa vision d'elle-même adulte – son avatar – continuait de la charger, mais la fillette tressaillit quand la pensée de Rose l'atteignit, et sa lance, la manquant de peu, s'enfonça dans le mur de tiroirs juste sur son flanc gauche.

La fillette (*c'est tout ce qu'elle est*, continuait à penser Rose) fit tourner bride à sa monture. Se tournant vers le tiroir qui la retenait toujours prisonnière, Rose affermit sa main libre dessus et, au mépris de la douleur, tira de toutes ses forces. D'abord, le tiroir résista. Puis il céda un peu et elle parvint à lui arracher la moitié de sa paume et de son pouce. Sa peau écorchée saignait.

Autre chose était en train de se produire. Rose éprouvait une sensation de volettement dans la tête, comme un oiseau battant des ailes. Qu'est-ce que c'était encore que ce bordel ?

S'attendant à sentir la foutue lance s'enfoncer dans son dos à tout moment, Rose tira violemment sur sa main et acheva de la libérer. Elle replia les doigts juste à temps et referma le poing. Si elle avait attendu une demi-seconde de plus, le tiroir les lui aurait sectionnés net en se refermant d'un coup sec. Ses ongles palpitaient. Dès qu'elle put les regarder, elle sut qu'ils allaient virer au violet foncé, la couleur du sang qui s'y était accumulé.

Elle se retourna. La fillette avait disparu. La pièce était vide. Mais la sensation de volettement continuait. Il s'était même intensifié. Soudain, elle ne pensa plus du tout à la douleur dans sa main et son poignet. Car elle n'était pas seule à avoir actionné la plaque tournante, et peu importait que, dans le monde réel où elle était allongée sur son lit double, elle ait toujours les yeux fermés.

La petite salope aussi se trouvait dans une pièce remplie de tiroirs à dossiers.

Sa pièce. *Sa* tête.

De cambrioleuse, Rose était devenue cambriolée.

(*DÉGAGE DÉGAGE DÉGAGE*)

Le volettement continua ; s'accéléra. Balayant d'un coup sa panique, Rose lutta pour retrouver sa concentration et sa clarté d'esprit. Elle y parvint juste le temps de déclencher la rotation de la plaque tournante. Qui était devenue étrangement lourde.

(*tourne, monde*)

Tandis que la plaque tournait, l'affolant volettement dans sa tête commença à diminuer, avant de cesser tout à fait, à mesure que la fillette était renvoyée d'où elle venait.

Sauf que ce n'est pas vrai, et c'est beaucoup trop grave pour que tu te payes le luxe de te mentir à toi-même. Tu es venue pour elle. Et tu es tombée dans un piège. Pourquoi ? Parce que, malgré tout ce que tu savais, tu l'as sous-estimée.

Rose ouvrit les yeux, s'assit, balança les jambes hors du lit. Elle heurta la cartouche vide sur la moquette et y flanqua un coup de pied. Son T-shirt de l'université du Colorado était trempé ; elle puait la sueur. Une odeur de gros porc, tout sauf séduisante. Incrédule, elle considéra sa main écorchée, contusionnée, et qui enflait. Ses ongles viraient déjà du violet au noir et elle pensa qu'elle en perdrait au moins deux.

« Mais je *savais* pas, dit-elle. J'avais aucun moyen de savoir. » Elle détesta le ton geignard de sa voix. Une voix de vieille femme acariâtre. « Absolument aucun. »

Il fallait qu'elle sorte de ce maudit camping-car. Ç'avait beau être le plus grand et le plus luxueux du monde, à cet instant il lui faisait l'effet d'un cercueil. Elle tituba vers la porte en se cramponnant aux éléments pour ne pas tomber. Avant de sortir, elle jeta un coup d'œil à l'horloge du tableau de bord. Deux heures moins dix. Incroyable. Tout s'était produit en à peine vingt minutes.

Combien de choses a-t-elle découvertes avant que je me débarrasse d'elle ? Combien en sait-elle ?

Aucun moyen de le savoir exactement. Même un tout petit peu pouvait s'avérer dangereux. Il fallait régler son compte à cette morveuse, et vite.

Rose sortit dans la pâle clarté lunaire et aspira une dizaine de longues et bienfaisantes bouffées d'air frais.

Elle commençait à se sentir un peu mieux, un peu plus elle-même, mais elle n'arrivait toujours pas à se débarrasser de cette sensation de *volettement*. Cette sensation d'avoir quelqu'un à l'intérieur d'elle – une pecnode, rien que ça – en train de fouiller dans ses affaires personnelles. La douleur avait été atroce, mais la surprise de se voir ainsi piégée avait été pire. Et le pire de tout, c'était l'humiliation et l'impression de viol. Violée, et *volée*.

Tu vas me le payer, princesse. T'as choisi la mauvaise chienne à qui venir te frotter.

Une silhouette s'avançait vers elle. Rose, qui s'était installée sur la marche supérieure du marchepied de son véhicule, se leva, tendue, prête à n'importe quoi. Puis, la silhouette se rapprochant, elle vit que c'était Skunk. Il était en pantalon de pyjama et pantoufles.

« Rose, je crois que tu ferais bien… » Il s'interrompit. « Nom de Dieu, qu'est-ce tu t'es fait à la main ?

— Fous la paix à ma putain de main, répliqua-t-elle. Qu'est-ce tu viens foutre ici à deux heures du matin ? Surtout sachant que je serais occupée ?

— C'est Grand-Pa Flop, dit Skunk. Il est mourant. »

CHAPITRE 11

THOME 25

1

Ce matin-là, le Fleetwood de Grand-Pa Flop sentait moins le désodorisant au pin et les cigares Alcazar que la pisse, la merde, la maladie et la mort. Une petite foule l'encombrait. Une demi-douzaine de membres de la Tribu étaient là, qui entourant le lit du vieil homme, qui assis ou debout à boire du café dans son salon. Les autres faisaient le planton dehors. Tous paraissaient abasourdis et mal à l'aise. Les Vrais n'étaient pas habitués à la mort.

« Virez de là, leur dit Rose. Skunk et Teuch, vous restez.

— Regarde-le, dit Petty la Noiche d'une voix tremblotante. Regarde-moi ces taches ! Et il arrête pas de cycler ! Oh, Rose, c'est trop horrible !

— Allons », dit Rose. Elle le dit gentiment en pressant l'épaule de Petty d'une main réconfortante, alors qu'elle n'avait qu'une envie : lui botter son gros cul de rosbif cockney et l'éjecter. Cette Petty, c'était une sale commère et une feignasse bonne qu'à réchauffer le pieu de Barry, et encore, elle devait pas être très douée pour ça non plus. Rose soupçonnait que le harcèlement était davantage sa spécialité. Du moins quand elle ne flippait pas au point de perdre les pédales…

« Allons, tout le monde, dit Skunk. S'il doit mourir, il a pas besoin de le faire en public.

— Il va s'en sortir, dit Sam Cam. Plus coriace qu'un hibou bouilli, v'là c'qu'il est le Vieux Flop. » Il enlaça Baba la Rouge, qui paraissait anéantie, et l'étreignit bien fort un instant.

Ils sortirent, jetant un dernier coup d'œil par-dessus leur épaule, avant de descendre rejoindre les autres devant la porte. Quand il ne resta plus qu'eux trois, Rose s'approcha du lit.

Grand-Pa Flop la fixa sans la voir. Ses lèvres étaient retroussées sur ses gencives. Ses fins cheveux blancs, qui s'étaient détachés par grandes plaques, parsemaient son oreiller ; on aurait dit un chien atteint de la maladie de Carré. Ses yeux mouillés, dilatés, étaient saturés de souffrance. Mis à part un caleçon boxer, il était nu, et son corps décharné était moucheté de petites taches rouges semblables à des pustules ou à des piqûres d'insecte.

Rose se tourna vers Teuch. « Qu'est-ce que c'est que ces trucs ?

— Des taches de Koplik, dit-il. C'est mon impression, en tout cas. Même si le signe de Koplick est plus généralement buccal.

— Cause en langage normal, tu veux. »

Teuch passa ses mains dans sa chevelure clairsemée. « Je crois qu'il a la rougeole. »

Rose s'étrangla sous le choc. Puis elle aboya de

rire. Elle n'avait aucune envie de rester là à écouter ces conneries ; sa main blessée palpitait au rythme de ses pulsations cardiaques et elle voulait avaler une aspirine pour calmer la douleur lancinante. Elle était obsédée par la vision d'un personnage de dessin animé venant de se prendre un bon coup de marteau sur les doigts. « Les Vrais n'attrapent pas les maladies des pecnos !

— Ben… non, pas jusqu'à maintenant. »

Elle le dévisagea d'un air furieux. Elle voulait son chapeau, elle se sentait nue sans son haut-de-forme, mais elle l'avait laissé dans son EarthCruiser.

Teuch reprit : « Je peux seulement te faire état de ce que je vois, et ce sont les symptômes de la rougeole, appelée aussi "première maladie". »

Première maladie… une *dernière* maladie ?

« Mais c'est des foutues… *conneries* ! » explosa-t-elle.

Teuch tressaillit. Normal. Même Rose avait trouvé sa propre voix stridente, mais… bordel de Dieu, la *rougeole* ? Le plus vieux membre de la Tribu des Vrais en train de mourir d'une maladie infantile que même les gosses des pecnos n'attrapaient plus ?

« Ce môme, qui jouait au base-ball dans l'Iowa, présentait quelques taches rouges, mais j'ai jamais pensé… Parce que, ouais, comme tu l'as dit : on n'attrape pas leurs maladies.

— Mais il y a *des années* de ça !

— Je sais. Ma seule hypothèse, c'est que sa vapeur contenait le virus et que celui-ci a... en quelque sorte… hiberné. Il y a des maladies qui font ça, tu sais. Elles restent inactives parfois pendant des années, puis elles se déclarent.

— Chez les pecnos peut-être, mais pas chez nous ! » Elle en revenait toujours à ça.

Teuch se contenta de secouer la tête.

« Pourquoi est-ce qu'on l'a pas tous, si Grand-Pa l'a ? Parce que chez les pecnos ces maladies infantiles – rougeole, oreillons, varicelle, que sais-je – passent d'un môme à l'autre plus vite que la merde à travers les tripes des oies. Tout ça ne tient pas debout. » Puis, se tournant vers Papa Skunk, elle se contredit aussitôt elle-même : « À quoi tu pensais, bordel, quand tu les as laissés s'entasser ici et respirer son air ? »

Skunk se contenta de hausser les épaules. Son beau visage étroit était pensif. Ses yeux ne quittaient pas le vieil homme frissonnant étendu sur le lit.

« Les choses changent, dit Teuch. C'est pas parce qu'on était immunisés contre les maladies des pecnos il y a cinquante ou cent ans qu'on l'est toujours. Pour ce qu'on en sait, il pourrait s'agir d'un processus naturel.

— Tu voudrais me faire croire qu'il y a quoi que ce soit de naturel à *ça* ? » Elle montra Grand-Pa Flop du doigt.

« Un cas isolé ne préfigure pas une épidémie, dit Teuch. Il s'agit peut-être de totalement autre chose. Mais, si ça devait se reproduire, on devrait mettre en quarantaine celui ou celle à qui ça arrivera.

— Et ça suffirait ? »

Teuch hésita longuement. « Je sais pas. Peut-être qu'on l'a tous. Une sorte de bombe à retardement intégrée. Ou de la dynamite branchée sur un minuteur. D'après les dernières recherches scientifiques, c'est comme ça que vieillissent les pecnos. Ils vivent, ils vivent, sans pratiquement aucun changement, et tout d'un coup quelque chose se déclenche dans leurs gènes. Leurs rides commencent à apparaître et, du jour au lendemain, ils ont besoin d'une canne pour marcher. »

Skunk n'avait pas quitté Grand-Pa des yeux. « Oh, *merde*, v'là qu'y recommence. »

La peau de Grand-Pa Flop devint laiteuse. Puis translucide. Lorsqu'elle atteignit un niveau de transparence complète, Rose put voir son foie à travers, les deux sacs gris-noir ratatinés de ses poumons, le nœud rouge palpitant de son cœur. Elle vit ses veines et ses artères, semblables aux routes et aux autoroutes sur le GPS intégré à son tableau de bord. Elle vit les nerfs optiques connectant ses yeux à son cerveau. On aurait dit des cordes fantomatiques.

Et puis, il revint. Ses yeux bougèrent, accrochèrent ceux de Rose, s'y cramponnèrent. Il tendit le bras, saisit la main intacte de Rose, dont le réflexe fut de se dérober – s'il avait la maladie que Teuch disait qu'il avait, il était contagieux –, mais bon, au point où on en était… Teuch avait raison : ils avaient tous été exposés.

« Rose, chuchota-t-il. Me laisse pas.

— Non, je vais pas te laisser. » Leurs doigts entrelacés, elle s'assit près de lui sur le lit. « Skunk ?

— Oui, Rose.

— Le colis que t'as fait envoyer à Sturbridge… ils peuvent nous le garder quelques jours, tu crois ?

— Bien sûr.

— Très bien, alors on va d'abord faire ce qu'on a à faire ici. Mais on ne peut pas attendre trop longtemps. La môme est beaucoup plus dangereuse que ce que je pensais. » Rose Claque soupira. « Pourquoi faut-il que les problèmes arrivent toujours tous en même temps ?

— C'est elle qui a fait ça à ta main ? »

Voilà une question à laquelle elle ne souhaitait pas répondre. « Je pourrai pas être des vôtres parce qu'elle me connaît maintenant. » *Et aussi*, pensa-t-elle sans le dire, *parce que s'il nous arrive ici ce que Teuch pense qu'il nous arrive, les autres auront besoin de moi pour jouer les Mère Courage.* « Mais il faut qu'on la chope. C'est plus important que jamais.

— Parce que… ?

— Si elle a déjà eu la rougeole, elle aura développé une immunité contre le virus. Ce qui pourrait nous rendre sa vapeur encore plus utile.

— Les gosses sont vaccinés contre toutes ces merdes de nos jours », remarqua Skunk.

Rose approuva de la tête. « Si elle est vaccinée, sa vapeur pourrait nous vacciner à notre tour. »

Grand-Pa Flop recommença à cycler. C'était un spectacle pénible mais Rose s'obligea à le regarder. Lorsque les organes de Flop ne furent plus visibles sous sa peau fragile, elle leva les yeux vers Skunk en lui montrant sa main blessée.

« Et elle mérite une bonne leçon. »

2

Lorsque Dan se réveilla le lundi matin dans sa chambre de la tourelle, son emploi du temps avait de nouveau été effacé et remplacé par un message d'Abra. En haut figurait une trombine souriante, toutes dents dehors, ce qui lui donnait l'air de jubiler.

Elle est venue ! J'étais prête et je l'ai blessée !
JE TE JURE !!
HOURRA !!! Elle l'a pas volé !
Je dois te parler, mais ni comme ça, ni par mail.
Même endroit que la dernière fois,
15 heures.

Dan se rallongea, se couvrit les yeux et la chercha. Il la trouva en route pour l'école, à pied avec trois copines, ce qui lui parut dangereux en soi. Pour les copines autant que pour Abra. Il espérait que Billy était là, en poste. Et qu'il serait discret. Et qu'aucun espion de quartier zélé ne le repère et ne lui colle l'étiquette de suspect.

(*je peux venir d'accord John et moi partons seulement demain mais il faudra être prudents et ne pas s'éterniser*)

(*oui d'accord compris*)

3

Dan était de nouveau assis sur un banc, à l'extérieur de la bibliothèque couverte de lierre d'Anniston, lorsque Abra apparut. Elle était en uniforme scolaire, robe chasuble rouge et baskets chic de la même couleur. Elle tenait son sac à dos par une bretelle. Dan eut l'impression qu'elle avait grandi de trois centimètres depuis la dernière fois qu'il l'avait vue.

Elle agita la main en l'apercevant. « Salut, oncle Dan !

— Salut, Abra. C'était bien, l'école ? »

Abra s'approcha du banc, si bondissante de grâce et d'énergie qu'elle semblait danser. Yeux brillants, joues empourprées : une adolescente pleine de santé à la sortie de l'école, tous signes vitaux allumés en vert sur son écran de contrôle.

« Super ! J'ai eu un A en biologie !

— Assieds-toi une minute et raconte-moi ça. »

Elle s'assit, vibrante d'intensité. Tout en elle clamait : « À vos marques ! Prêt ! Partez ! » Il n'y avait aucune raison pour que ça inquiète Dan, or ça l'inquiétait. Quelque chose, cependant, avait tout lieu de le rassurer : la camionnette Ford sans âge garée un peu plus loin avec un vieux zigue assis au volant en train de siroter un café tout en lisant un magazine. Ou plutôt, feignant de lire un magazine.

(*Billy ?*)

Pas de réponse, mais l'homme leva brièvement les yeux de son magazine et cela suffit.

« Très bien, dit Dan en baissant la voix. Je veux savoir exactement ce qui s'est passé. »

Abra lui raconta tout : le piège qu'elle avait tendu et comment il avait bien fonctionné. Dan l'écouta avec stupeur, admiration… et une sensation grandissante de malaise. La confiance qu'elle avait en ses propres pouvoirs l'effrayait. C'était une confiance enfantine, or les gens qu'elle avait en face d'elle n'étaient pas des enfants.

« Je t'avais juste dit de brancher une alarme, lui dit-il quand elle eut terminé.

— Un piège, c'était bien mieux. Et je suis pas sûre que j'aurais pu l'affronter comme je l'ai fait si je m'étais pas identifiée à Daenerys dans la saga du

Trône de fer. Je crois que si, pourtant. Parce qu'elle a tué le p'tit gars du base-ball, et beaucoup d'autres. Et aussi parce que… » Pour la première fois, son sourire flancha un peu. Pendant qu'elle lui relatait son exploit, Dan avait vu l'Abra qu'elle serait à dix-huit ans. Mais là, il vit l'Abra qu'elle avait été à neuf ans.

« Parce que quoi… ?

— Elle est pas humaine. Ils sont pas humains, aucun d'entre eux. Peut-être qu'ils l'ont été un jour, mais ils le sont plus. » Elle redressa les épaules, rejeta ses cheveux en arrière. « Mais je suis plus forte. Elle le sait, en plus. »

(*je croyais qu'elle t'avait repoussée*)

Abra se renfrogna, vexée, se frotta la bouche, prit conscience de son geste, ramena sa main sur ses genoux et plaqua aussitôt son autre main dessus pour l'immobiliser. Ce geste avait quelque chose de familier pour Dan, et pourquoi pas ? Il avait déjà vu Abra le faire auparavant. Et pour l'heure, des interrogations plus importantes l'occupaient.

(*la prochaine fois s'il y a une prochaine fois je serai prête*)

C'était peut-être vrai. Mais s'il y avait une prochaine fois, la femme au chapeau aussi serait prête.

(*je te demande seulement de faire très attention*)

« Je te le promets. » Ces mots bien sûr étaient ceux que tous les enfants disent à leurs adultes tutélaires pour les rassurer, mais Dan se sentit mieux en les entendant. Un tout petit peu mieux. Et puis, il y avait Billy, là-bas, dans sa F-150 à la carrosserie rouge fané.

Une flamme dansait de nouveau dans les yeux d'Abra. « J'ai découvert plein de trucs. C'est pour ça que j'avais besoin de te voir.

— Quel genre de trucs ?

— Je ne sais pas où elle habite, je suis pas allée aussi loin, mais j'ai trouvé… Tu comprends, quand elle était dans ma tête, j'étais dans la sienne. Comme quand on fait un échange, tu vois ? C'était plein de tiroirs, comme dans la salle des fichiers de la plus grande bibliothèque du monde, mais peut-être que j'ai juste vu les choses comme ça parce qu'*elle* les voyait comme ça. Si elle avait regardé des écrans d'ordinateur dans ma tête, j'aurais peut-être vu des écrans d'ordinateur dans la sienne.

— Combien de ses tiroirs as-tu réussi à ouvrir ?

— Trois. Peut-être quatre. C'est la Tribu du Nœud Vrai, comme ils s'appellent entre eux. C'est des vieux, pour la plupart, mais c'est surtout des vampires. Ils cherchent des enfants comme moi. Et comme toi quand tu étais petit. Sauf que c'est pas leur sang qu'ils boivent. Ce qu'ils respirent, c'est la substance qui sort des enfants spéciaux quand ils meurent. » Elle frissonna de dégoût. « Plus ils les font souffrir, plus cette substance est puissante. Ils appellent ça la vapeur.

— Elle est rouge, n'est-ce pas ? Rouge ou rose foncé. »

Il en était sûr, mais Abra fronça les sourcils et le détrompa d'un signe de tête. « Non, elle est blanche. Elle forme un nuage blanc lumineux. Pas du tout rouge. Et, écoute-moi bien : ils peuvent la conserver ! Ce qu'ils n'aspirent pas, ils le mettent en bocaux, dans des genres de bouteilles thermos. Mais ils en ont jamais assez. Comme dans ce documentaire sur les requins que j'ai vu. Il paraît que les requins doivent se déplacer tout le temps parce qu'ils n'ont jamais assez à manger. Je crois que ces Nœuds Vrais sont comme ça. » Elle grimaça. « C'est des méchants, c'est sûr. »

De la brume blanche. Pas rouge, mais blanche. Ce devait pourtant être la même chose, quoique d'une qualité différente, que ce que la vieille infirmière de Tampa appelait le « *suspir* ». Parce qu'elle provenait de jeunes êtres humains vigoureux et non de vieillards mourant de quasiment tous les maux qui sont le legs de la chair ? Parce qu'ils étaient, comme les appelait Abra, des « enfants spéciaux » ? Les deux, certainement.

Abra approuva de la tête. « Oui, sûrement les deux.

— D'accord. Mais le plus important, c'est qu'ils savent que tu existes. Qu'*elle* le sait.

— Ils ont un peu peur que je parle d'eux à quelqu'un, mais pas tellement.

— Parce que tu n'es qu'une enfant et que personne ne croit les enfants.

— Vrai. » Abra souffla sur sa frange pour dégager son front. « Momo me croirait, mais elle va mourir. Elle va aller dans ton gros spitz, Dan. Heu… ton hospice. Tu l'aideras, hein ? Si tu n'es pas en Iowa ?

— Je ferai tout ce que je pourrai. Dis-moi, Abra… sont-ils à ta recherche ?

— Peut-être, mais s'ils me veulent, c'est pas pour ce que je sais, c'est pour ce que je *suis*. » Son bonheur s'était envolé, balayé par cette réalité. Elle se frotta de nouveau la bouche, et quand elle laissa retomber sa main, il vit ses lèvres s'écarter en un sourire mauvais. *Cette fille a du caractère*, pensa Dan. Encore quelque chose qui les rapprochait. Lui-même avait du caractère. Ça lui avait d'ailleurs attiré pas mal d'ennuis par le passé.

« Mais, *elle*, elle viendra pas. Cette salope. Elle sait que je la connais maintenant et que si elle s'approche trop près, je la sentirai. C'est comme si maintenant on était liées, elle et moi. Mais il y a les autres. Et ils n'hésiteront pas à s'en prendre à quiconque se mettra en travers de leur chemin pour les empêcher de m'avoir. »

Abra prit les mains de Dan dans les siennes et les serra fort. Le geste était risqué, mais il la laissa faire. En cet instant, elle avait besoin d'un contact physique avec quelqu'un de confiance.

« Nous devons les empêcher de faire du mal à mon père ou ma mère, ou à mes amis. Et de tuer d'autres enfants. »

Durant une seconde, Dan capta une image nette dans son esprit – non pas une image qu'elle lui avait envoyée mais une qui se trouvait là, présente au premier plan. C'était un assemblage de photos. Des portraits d'enfants, une vingtaine, sous le titre AVEZ-VOUS VU L'UN DE CES VISAGES ? Elle se demandait combien d'entre eux avaient été enlevés par le Nœud Vrai, assassinés pour leur dernier souffle psychique – l'obscène mets raffiné dont se repaissait cette clique – et abandonnés dans des tombes anonymes.

« *Il faut que tu retrouves le gant de base-ball*, Dan. Si je le tiens dans mes mains, je pourrai savoir où est Barry le Chinois. Je sais que je peux. Et là où il sera, il y aura tous les autres. Tu pourras au moins les dénoncer à la police si tu ne peux pas les tuer. Trouve le gant, Dan, *je t'en prie*.

— S'il est bien là où tu le dis, nous allons le trouver. Mais pendant mon absence, Abra, tu devras te montrer très prudente.

— Je serai prudente. Mais je pense pas qu'elle essaiera de revenir fouiner dans ma tête. » Le sourire d'Abra reparut et Dan y vit celui de la guerrière indomptable à laquelle elle s'identifiait parfois – cette Daenerys, ou autre. « Si elle essaie, elle le regrettera. »

Dan décida de ne pas relever. Ils n'étaient restés que trop longtemps assis ensemble sur ce banc. « J'ai branché mon propre système d'alarme pour toi. Si tu cherches dans mon esprit, j'imagine que tu pourras facilement le découvrir, mais je ne veux pas que tu le fasses. Si quelqu'un d'autre s'avise de venir prospecter dans ta tête – pas la femme au chapeau mais un autre –, ils ne pourront pas te voler ce que tu ne sais pas.

— Ah… D'accord. » Il la vit penser encore que si l'un d'eux essayait, il le regretterait, et son inquiétude augmenta.

« Un dernier mot… Si tu te trouves en mauvaise posture, hurle *Billy* de toutes tes forces. Compris ? »

(*oui comme quand tu as appelé ton ami Dick au secours*)

Dan sursauta un peu. Abra sourit. « J'ai pas espionné ; c'était juste là.

— D'accord. Dis-moi maintenant une dernière chose avant de partir.

— Quoi ?

— C'est vrai que tu as eu un A en biologie ? »

4

À huit heures moins le quart ce lundi soir, Rose reçut un appel sur son talkie-walkie. C'était Skunk. « Ramène-toi, lui dit-il. C'est maintenant. »

Les Vrais, debout autour du camping-car de Grand-Pa Flop, formaient un cercle silencieux. Rose (cette fois coiffée de son gibus incliné selon son angle habituel défiant les lois de la gravité) coupa à travers eux, ne s'arrêtant au passage que pour étreindre Andi, avant de gravir les marches, de toquer une fois à la porte, et d'entrer. Teuch se tenait debout auprès de Mo Ka et Flac Annie, les deux infirmières désignées de Grand-Pa Flop. Skunk était assis au bout du lit. Il se leva à l'entrée de Rose. Il accusait son âge ce soir-là. Des rides mettaient sa bouche entre guillemets et l'on devinait des fils de soie blanche dans sa chevelure noire.

On doit prendre de la vapeur, songea Rose. *On le fera tout de suite après.*

Grand-Pa Flop cyclait rapidement maintenant : alternant transparence et solidité, puis à nouveau transparence et solidité. Mais chaque transparence durait plus longtemps que la précédente et un peu plus de lui disparaissait à chaque cycle. Il savait ce qui était en train de lui arriver, Rose le voyait. Ses yeux étaient dilatés et terrifiés ; son corps se tordait, en proie à la souffrance des transformations successives. Dans ses profondeurs mentales, elle s'était toujours autorisée à croire à l'immortalité du Nœud Vrai. Tous les cinquante ou cent ans, il est vrai que l'un d'entre eux mourait – comme Hans le Rance, ce gros benêt de Hollandais électrocuté par la chute d'une ligne électrique pendant une tempête en Arkansas juste après la fin de la Seconde Guerre mondiale, ou Katie la Couture, qui s'était noyée, ou Tommy le Taxi – mais ça, c'étaient des exceptions. En règle générale, ceux qui cassaient leur pipe étaient victimes de leur propre imprudence. Du moins c'est ce qu'elle avait toujours cru. À présent, elle se rendait compte qu'elle avait été aussi naïve que les mômes pecnos avec leur Père Noël.

Flop, geignant, pleurant et frissonnant, rétrocycla vers la phase solide. « Arrête ça, ma Rosie, arrête-moi ça. Ça fait *mal*... »

Avant qu'elle ait pu lui répondre – et qu'aurait-elle bien pu lui répondre ? – il cycla encore une fois, s'estompant jusqu'à ce qu'il ne reste de lui que l'esquisse d'un squelette et deux yeux fixes et flottants. C'étaient les yeux, le pire.

Rose tenta de contacter son esprit afin de le réconforter mentalement, mais il n'y avait plus rien à contacter. Là où Grand-Pa Flop avait toujours été – souvent ronchon, quelquefois tendre –, il ne restait qu'une tempête hurlante d'images saccadées. Secouée, Rose se détacha de lui. De nouveau, elle pensa : *C'est pas possible, ça peut pas arriver.*

« On devrait peut-êtr' abréger sa misèr' », suggéra Mo. Elle enfonçait ses ongles dans le bras d'Annie, qui semblait ne rien sentir. « Lui faire une piqûr' ou j'sais pas. T'as bien que'chose dans ta sacoche, Teuch ? T'as bien ça.

— À quoi ça servirait ? » La voix de Teuch était rauque. « Avant, peut-être, mais là, ça va trop vite. Il a plus de système par où le produit pourrait circuler. Si je lui fais une intraveineuse dans le bras, on verra le matelas l'absorber dans les cinq secondes. Mieux vaut laisser faire. Ça sera plus très long. »

Teuch avait raison. Rose compta quatre autres cycles complets. Au cinquième, même le squelette du Vieux disparut. Un instant, ses globes oculaires demeurèrent en suspension, la fixant d'abord elle, puis roulant pour regarder Papa Skunk. Ils flottaient au-dessus de l'oreiller creusé par l'empreinte de sa tête et taché de sa lotion capillaire, du Wildroot Cream Oil dont il semblait avoir des réserves inépuisables. Rose se souvint que Grande G lui avait dit un jour qu'il le commandait sur eBay. Sur eBay, non mais vous imaginez ?

Puis lentement les yeux disparurent à leur tour. Sauf que bien sûr ils n'avaient pas disparu ; Rose savait que plus tard dans la nuit elle les reverrait dans ses rêves. Tout comme ceux qui faisaient cercle avec elle autour du lit de mort du Vieux Flop. Pour peu qu'ils arrivent à dormir.

Ils attendirent, aucun d'eux n'étant entièrement convaincu que le vieil homme n'allait pas réapparaître devant eux tel le spectre du père d'Hamlet ou de Jacob Marley. Mais il ne restait plus que la forme de sa tête, les taches de sa lotion capillaire et le caleçon boxer raplapla qu'il portait, zébré de pisse et de merde.

Mo éclata en sanglots désespérés et enfouit sa tête dans la poitrine généreuse de Flac Annie. Ceux qui attendaient dehors l'entendirent et une voix (Rose ne saurait jamais qui c'était) s'éleva. Une autre se joignit à elle, suivie d'une troisième et d'une quatrième. Bientôt, tous psalmodiaient sous les étoiles et Rose sentit un frisson glacé lui remonter l'échine en zigzaguant. Elle tendit la main, prit celle de Skunk, la serra.

La voix d'Annie s'éleva. Puis celle de Mo, étouffée par les sanglots. Puis celle de Skunk. Rose Claque inspira profondément et joignit sa voix à la leur :

> Lodsam hanti, *nous sommes les élus*.
> Cahanna risone hanti, *nous sommes les fortunés*.
> Sabbatha hanti, sabbatha hanti, sabbatha hanti.
> Nous sommes le Nœud Vrai qui persiste.

5

Plus tard, Skunk vint la rejoindre dans son Earth-Cruiser. « Tu vas pas venir dans l'Est, hein ?

— Non, ce sera toi le chef.

— Qu'est-ce qu'on va faire, maintenant ?

— Prendre le deuil. Malheureusement, on ne peut lui accorder que deux jours. »

La période de deuil traditionnelle était de sept jours : bavardages, baise et vapeur interdits. Méditation exclusive. Puis se tiendrait un cercle d'adieu où chacun s'avancerait à tour de rôle pour raconter un souvenir de Grand-Pa Jonas Flop et remettre un objet venant de lui ou lui étant associé dans leur esprit : Rose avait déjà choisi le sien, une bague à motif celtique que Grand-Pa lui avait offerte quand cette partie de l'Amérique était encore une terre indienne et qu'elle-même était la petite Rose d'Irlande. La mort d'un membre de la Tribu ne laissant jamais de cadavre, c'étaient les objets de mémoire qui en tenaient lieu. Après les avoir enveloppés dans un linge blanc, on les enterrait.

« Je pars quand avec mon groupe ? Mercredi soir ou jeudi matin ?

— Mercredi soir. » Rose voulait la môme le plus vite possible. « Vous roulerez sans vous arrêter. Tu es sûr qu'ils garderont l'anesthésiant à la boîte postale de Sturbridge ?

— Oui, sûr, détends-toi. »

Je me détendrai que lorsque j'aurai cette petite salope sous les yeux, couchée dans la pièce d'à côté, droguée jusqu'aux ouïes, menottée, et regorgeant de vapeur.

« Qui t'emmènes ? Énumère.

— Moi, Teuch, Zéro, si tu peux faire sans lui…

— Je peux faire sans lui. Qui d'autre ?

— Andi la Piquouse. Si on a besoin d'endormir quelqu'un, il nous la faut. Et le Noiche. Incontournable. C'est notre meilleur rabatteur, maintenant qu'on a plus Grand-Pa. À part toi, évidemment.

— Vas-y, prends-le, mais vous aurez pas besoin de rabatteur pour la trouver, celle-là, dit Rose. Ça sera pas ça, le problème. Et un seul véhicule suffira. Prenez le Winnebago de Steve Vap'.

— Je lui en ai déjà parlé. »

Rose approuva de la tête. « Autre chose. Il y a une petite boutique à Sidewinder… District X. »

Skunk haussa les sourcils en souriant. « Le porno palace avec la poupée-infirmière gonflable en vitrine ?

— Je vois que tu connais. » Le ton de Rose était dépourvu d'humour. « Maintenant, écoute-moi bien, Papa. »

Skunk l'écouta.

6

Dan et John Dalton décollèrent de l'aéroport Logan de Boston le mardi matin au lever du soleil. Ils changèrent d'avion à Memphis et atterrirent à Des Moines à onze heures quinze, heure d'été du Centre, avec une température plus proche de la mi-juillet que de la fin septembre.

Dan passa la première partie du voyage entre Boston et Memphis à faire semblant de dormir pour ne pas avoir à affronter les doutes et les incertitudes qu'il sentait germer comme des mauvaises herbes dans le cerveau de John. Quelque part au-dessus du nord de l'État de New York, le simulacre cessa et il s'endormit pour de bon. Entre Memphis et Des Moines, ce fut au tour de John de dormir, donc de ce côté-là, tout alla pour le mieux. Et lorsqu'ils furent sur le sol de l'Iowa, roulant en direction de la ville de Freeman à bord d'un Ford Focus Hertz totalement passe-partout, Dan sentit que John avait relégué ses doutes au vestiaire. Pour le moment, du moins. Il les avait remplacés par de la curiosité et une excitation un peu embarrassée.

« Des garçons à la chasse au trésor », dit Dan. C'était lui qui avait le plus dormi, donc c'est lui qui était au volant. De hautes tiges de maïs déjà jaunies défilaient de chaque côté.

John sursauta légèrement. « Hein ? »

Dan sourit. « Ce n'est pas ce que tu étais en train de te dire ? Que nous ressemblons à des garçons à la chasse au trésor ?

— Tu sais que tu me fous la pétoche, Dan ?

— Ça m'étonne pas. J'en ai pris mon parti. » Ce n'était pas tout à fait vrai.

« Quand as-tu découvert que tu pouvais lire dans les pensées ?

— Si ce n'était que ça... Le Don est un talent multiple. *Si* c'est un talent. Quelquefois – bien des fois – on le vit plutôt comme une marque de naissance défigurante. Je suis sûr qu'Abra en dirait autant. Quant à te dire quand je m'en suis aperçu... Je ne m'en suis jamais aperçu. Je l'ai toujours eu. Livré avec l'équipement d'origine.

— Tu buvais pour l'atténuer, je présume. »

Avec une nonchalance intrépide, un gros chien de

prairie traversait pesamment la route 150. Dan fit un écart pour l'éviter et, toujours sans se presser, le chien de prairie disparut dans les maïs. Le paysage était agréable par ici, le ciel semblait d'une profondeur infinie et il n'y avait pas une montagne en vue. Le New Hampshire était cool, et Dan en était venu à s'y sentir chez lui, mais il continuait à penser qu'il se sentirait toujours mieux – plus en sécurité – en plaine.

« Tu n'es pas dupe, Johnny. Pourquoi est-ce qu'un alcoolique boit ?

— Parce qu'il est alcoolique ?

— Bingo. Aussi simple que ça. Mets le blabla psy dans ta poche avec ton mouchoir par-dessus et il te reste la pure et simple vérité. Nous buvions parce que nous étions des alcoolos. Amen. »

John rit. « Casey K. t'a vraiment bien endoctriné.

— Bon, je t'accorde qu'il y a aussi une part d'hérédité, reprit Dan. Casey s'en débarrasse toujours d'un revers de la main, mais c'est bien réel. Ton père buvait, John ?

— Ma mère aussi. Rien qu'à eux deux, ils auraient pu assurer la prospérité de la buvette du country club. Je me souviens du jour où ma mère a enlevé sa robe de tennis pour plonger en petite culotte dans la piscine avec nous autres, les gosses. Les hommes ont applaudi. Mon père a trouvé ça désopilant. Moi, pas tellement. J'avais neuf ans, et jusqu'à ce que je parte pour l'université, j'ai été le Fils de la Strip-Teaseuse. Et toi ?

— Ma mère savait boire et s'arrêter. Elle se surnommait parfois Wendy Deux Bières. Mon père par contre… un verre de vin ou une canette de Bud, et c'était parti. » Dan regarda le tableau de bord et constata qu'il leur restait encore soixante kilomètres à parcourir. « Tu veux que je te raconte une histoire ? Une que j'ai encore jamais racontée à personne ? Je te préviens, ça fout la trouille. Si tu penses que le Don n'est que de la petite bière comme la télépathie, tu te fourres le doigt dans l'œil. » Il se tut un instant. « Il existe d'autres mondes.

— Et… hum… tu as vu ces autres mondes ? » Dan s'était déconnecté des pensées de John, mais il le sentit soudain nerveux. Comme s'il craignait que le type au volant à côté de lui glisse brusquement sa main dans sa chemise en lui déclarant qu'il était la réincarnation de Napoléon.

« Non, juste certains de ceux qui les habitent. Abra les appelle les gens-fantômes. Tu veux entendre mon histoire, ou pas ?

— Je suis pas sûr de le vouloir, mais j'ai peut-être intérêt. »

Dan ignorait jusqu'à quel point ce pédiatre de la Nouvelle-Angleterre accepterait de croire ce qu'avait vécu la famille Torrance l'hiver qu'ils avaient passé à l'hôtel Overlook, mais il s'aperçut que ça lui était égal. Le raconter dans cette voiture anonyme, sous ce ciel lumineux du Midwest, lui ferait du bien. Il connaissait quelqu'un qui l'aurait cru d'un bout à l'autre, mais Abra était trop jeune, et l'histoire trop effroyable. John Dalton ferait l'affaire. Mais par où commencer ? Par Jack Torrance, présuma-t-il. Un homme profondément malheureux qui avait échoué dans ses trois rôles d'enseignant, d'écrivain et d'époux. Comment déjà appelait-on un retrait sur trois prises au base-ball ? Le Sombrero d'Or ? Le père de Dan n'avait qu'un succès à son actif : lorsque le moment crucial était arrivé – celui vers lequel l'Overlook le poussait depuis leur tout premier jour à l'hôtel –, il avait refusé de tuer son petit garçon. S'il existait une épitaphe appropriée pour lui, ce serait…

« Dan ?

— Mon père a fait des efforts, dit-il. C'est le mieux que je puisse dire en sa faveur. Les génies les plus malveillants de sa vie étaient enfermés dans les bouteilles. S'il avait tenté les AA, tout aurait pu changer pour lui. Mais il l'a pas fait. Et je pense que ma mère en ignorait l'existence, sinon elle lui aurait suggéré de tenter le coup. Lorsque nous sommes montés à l'hôtel Overlook, où un ami lui avait obtenu le boulot de gardien pour l'hiver, sa photo aurait pu illustrer l'entrée *ivresse mentale* dans le dictionnaire.

— C'est là que tu as vu des fantômes ?

— Oui, moi je les ai vus. Lui non, mais il les a sentis. Peut-être qu'il avait son propre Don. Sans doute qu'il l'avait. Après tout, plein de choses sont héréditaires, pas juste la tendance à l'alcoolisme. Et ces… fantômes l'ont harcelé. Lui pensait que c'était lui qu'ils voulaient, mais ce n'était qu'un mensonge de plus. Ce qu'ils voulaient, c'était le petit garçon avec la grosse dose de jus. Comme cette bande de Nœuds Vrais veut Abra. »

Il se tut au souvenir de la réponse de Dick *via* la bouche de feu Eleanor Ouellette lorsqu'il lui avait demandé où se trouvaient les démons vides. *Dans ton enfance, d'où proviennent tous les démons.*

« Dan ? Ça va ?

— Oui, répondit Dan. En tout cas, j'ai compris que quelque chose ne tournait pas rond dans ce maudit hôtel avant même d'en franchir la porte. Je l'ai su alors que mes parents et moi vivions encore – *vivotions* plutôt – à Boulder, sur le versant est. Mais mon père avait besoin de ce boulot pour pouvoir terminer d'écrire la pièce de théâtre qu'il avait commencée… »

7

Quand ils entrèrent dans Adair, il en était au moment où la chaudière de l'Overlook avait explosé et il raconta à John comment le vieil hôtel avait brûlé de fond en comble en plein blizzard. Adair était une petite ville avec juste deux feux de circulation, mais il y avait un Holiday Inn Express, et Dan en prit note.

« C'est ici que nous descendrons tout à l'heure, dit-il à John. Nous ne pouvons pas aller creuser en plein jour pour déterrer notre trésor. Et puis, je suis crevé, j'ai absolument besoin de sommeil. J'ai pas beaucoup dormi ces derniers temps.

— Tu as vraiment vécu tout ça ? demanda John d'une toute petite voix.

— Oui, je l'ai vraiment vécu. » Dan sourit. « Tu penses pouvoir me croire ?

— Si nous trouvons le gant de base-ball là où Abra a dit qu'il serait, je serai forcé de croire beaucoup de choses. Pourquoi me l'avoir raconté ?

— Parce que, malgré ce que tu sais d'Abra, une partie de toi pense que nous sommes fous d'être ici. Et aussi, parce que tu mérites de savoir qu'il existe des… *forces*. Je les ai déjà rencontrées auparavant ; pas toi. Tout ce que tu as vu, c'est une petite fille capable de réaliser des tours dignes de séances de spiritisme, du genre suspendre des cuillères au plafond. Mais ce n'est pas un jeu de chasse au trésor pour petits garçons, John. Si ces Nœuds Vrais découvrent ce que nous avons entrepris, ils vont nous clouer à la cible à côté d'Abra Stone. Alors, si tu décidais de te retirer de l'affaire, je le comprendrais. Je tracerais le signe de la croix devant toi et je te dirais de suivre la voie de Dieu.

— Et tu continuerais seul. »

Dan le gratifia d'un sourire. « Ben… y a encore Billy.

— Billy a soixante-treize ans sonnés.

— Il te dirait que c'est un plus. Il répète tout le temps que l'avantage de vieillir, c'est de ne plus avoir peur de mourir jeune. »

John désigna un panneau. « On entre dans la commune de Freeman. » Il adressa un sourire crispé à Dan. « Je n'arrive pas à croire ce que je suis en train de faire. Et si cette usine d'éthanol a disparu ? Si elle a été démolie depuis que Google Earth l'a prise en photo et que le terrain est reconverti en champ de maïs ?

— Elle y est toujours », affirma Dan.

8

Elle y était : une enfilade de blocs de béton fuligineux sous des toits de tôle rouillée. Une cheminée tenait encore debout ; deux autres s'étaient effondrées et gisaient sur le sol tels des serpents terrassés. Les fenêtres avaient été fracassées et les murs étaient couverts de grossiers graffitis à la bombe qui auraient fait rire les graffeurs professionnels de n'importe quelle grande ville. Un chemin privé défoncé partait de la route goudronnée et se terminait dans un parc de stationnement parsemé de plants de maïs égarés. Le château d'eau qu'Abra avait vu était tout près, dressé contre l'horizon telle une machine de guerre martienne sortie d'un roman de H.G. Wells. FREEMAN, IOWA était peint sur sa paroi. Le hangar au toit effondré était là aussi.

« Satisfait ? » demanda Dan. Ils avaient ralenti et roulaient au pas. « Usine, château d'eau, hangar, panneau Entrée interdite. Tout y est, exactement comme elle l'a décrit. »

John désigna le portail rouillé au bout du chemin. « Et s'il y a un cadenas ? Je n'ai pas dû escalader une clôture grillagée depuis l'adolescence...

— Il n'y avait pas de cadenas quand ces tarés ont amené Brad Trevor ici, sinon Abra nous l'aurait dit.

— Tu es sûr de ça ? »

Une camionnette agricole arrivait dans l'autre sens. Dan accéléra un peu et leva la main en la croisant. Le type au volant – casquette John Deere verte, lunettes de soleil, salopette – les salua d'un signe, sans vraiment les regarder. Tant mieux.

« Je t'ai demandé...

— Je sais ce que tu m'as demandé, dit Dan. S'il y a un cadenas, on s'en occupera. On trouvera bien un moyen. Maintenant, on retourne prendre une chambre au motel. Je suis claqué. »

9

Pendant que John leur prenait deux chambres adjacentes au Holiday Inn – et réglait en espèces –, Dan trouva la quincaillerie True-Value Hardware d'Adair et y acheta une pelle, un râteau, deux sarcloirs, un déplantoir de jardin, deux paires de gants et un sac marin pour transporter le tout. Le seul outil dont il eût réellement besoin était la pelle, mais il lui semblait préférable d'acheter tout l'assortiment.

« Vous vous installez à Adair ? lui demanda le caissier en encaissant les articles.

— Non, juste de passage. Ma sœur habite Des Moines, et c'est une passionnée de jardin. Elle est déjà bien équipée, mais arriver avec un cadeau renforce toujours son sens de l'hospitalité.

— Entièrement d'accord avec vous, vieux frère. Elle vous remerciera vraiment pour ce petit sarcloir à manche court, c'est un outil drôlement pratique que la plupart des jardiniers amateurs ne pensent pas à acheter. Nous prenons les cartes Visa, MasterCard…

— Je vais garder le plastique au chaud, aujourd'hui, répondit Dan en sortant son portefeuille. Donnez-moi juste un reçu pour mon vieil oncle Fisc.

— Pas de problème. Et si vous me donnez vos nom et adresse, ou ceux de votre sœur, nous vous enverrons notre catalogue.

— Oh, ne vous fatiguez pas », répondit Dan. Et il déploya un éventail de billets de vingt sur le comptoir.

10

À onze heures du soir, un petit coup résonna à la porte de Dan. Il ouvrit pour laisser entrer John. Le pédiatre d'Abra était pâle et nerveux. « Tu as dormi ?

— Un peu, dit Dan. Et toi ?

— Couci-couça. Je suis nerveux comme un chat. Si un flic nous arrête, qu'est-ce qu'on dira ?

— Qu'on nous a parlé d'une super boîte de nuit à Freeman et qu'on a décidé d'y aller.

— Y a que du maïs à Freeman. À peu près dix millions d'hectares.

— Ça, on ne le sait pas, lui fit remarquer Dan tranquillement. On est juste de passage. Et puis, aucun flic ne va nous arrêter, John. Personne ne va même nous remarquer. Mais si tu veux rester ici…

— Non, j'ai pas traversé la moitié du pays pour rester assis dans une chambre de motel à regarder Jay Leno à la télé. Laisse-moi juste aller pisser. J'y suis déjà allé avant de quitter ma chambre mais j'ai encore besoin. *Bon Dieu*, qu'est-ce que je suis nerveux. »

Le trajet jusqu'à Freeman leur parut très long, mais une fois qu'ils furent sortis d'Adair, ils ne croisèrent aucune voiture. Les paysans se couchent tôt, et on était à l'écart des grandes routes.

Lorsqu'ils furent en vue de l'usine d'éthanol, Dan éteignit les phares, s'engagea sur le chemin privé et roula lentement jusqu'au portail. Les deux hommes descendirent. John lâcha un juron quand le plafonnier de la Ford s'alluma. « Merde, j'aurais dû le débrancher avant qu'on quitte le motel. Ou péter l'ampoule.

— Relax, lui dit Dan. Il n'y a personne d'autre que nous ici. » Pourtant, tandis qu'ils marchaient jusqu'au portail, son cœur cognait dans sa poitrine. Si Abra disait vrai, un jeune garçon avait été assassiné et enterré ici après avoir été horriblement torturé. Si jamais lieu avait été hanté…

D'abord poussant, puis tirant, John tenta d'ouvrir le portail. « Rien. Qu'est-ce qu'on fait maintenant ? Escalader, je suppose. Je veux bien essayer, mais je suis sûr que je vais me ram…

— Attends. » Dan sortit une torche stylo de la poche de son blouson et braqua le faisceau de lumière sur le portail, éclairant d'abord un cadenas brisé, puis deux longueurs d'épais fil de fer torsadées dessus et dessous. Il retourna à la voiture, et ce fut son tour de grimacer quand la lumière du coffre s'alluma. On ne pouvait pas penser à tout. Il prit le sac marin, referma le coffre, et l'obscurité revint.

« Tiens, dit-il à John en lui tendant une paire de gants. Mets ça. » Dan enfila les siens et, ensemble, ils détortillèrent les deux morceaux de fil de fer qu'ils laissèrent suspendus au portail pour plus tard. « Très bien, on y va.

— J'ai encore envie de pisser.

— Oh, mec, retiens-toi. »

11

Dan reprit le volant et amena lentement et prudemment la Ford Hertz jusqu'au quai de chargement de l'usine. Les nids-de-poule étaient nombreux, certains profonds et tous difficiles à voir avec les phares éteints. La dernière chose au monde qu'il souhaitait était de tomber dans l'un d'eux et de casser un essieu de leur voiture de location. Derrière l'usine, le sol était un mélange de terre battue et d'asphalte effrité. Une cinquantaine de mètres plus loin, une autre clôture grillagée fermait le terrain et des armées innombrables de maïs se profilaient au-delà.

« Dan ? Comment on va savoir…

— Chut, tais-toi. » Dan pencha la tête, appuya son front contre le volant et ferma les yeux.

(*Abra*)

Rien. Elle dormait, évidemment. À Anniston, c'était déjà mercredi matin. Immobile à côté de lui, John se mordillait les lèvres.

(*Abra*)

Un frémissement infime. Peut-être le fruit de son imagination. Dan espéra que non.

(*ABRA !*)

Des yeux s'ouvrirent dans sa tête. Il éprouva une seconde de désorientation, une sorte de double vision, puis Abra fut là, qui regardait avec lui. Le quai de chargement et les restes brisés des deux cheminées gagnèrent soudain en netteté, alors qu'il n'y avait toujours que la clarté des étoiles pour les éclairer.

Sa vision est nettement meilleure que la mienne.

Dan descendit de voiture. John aussi, mais Dan le remarqua à peine. Il avait laissé le contrôle à la jeune fille maintenant réveillée dans son lit à presque deux mille kilomètres de là. Il avait l'impression d'être un détecteur de métal humain. Sauf que ce n'était pas du métal qu'ils étaient venus chercher.

(*va jusqu'à cette dalle en béton*)

Dan marcha jusqu'au quai de chargement et, lui tournant le dos, se tint debout devant.

(*maintenant commence à marcher en faisant des allers-retours*)

Un blanc dans la communication tandis qu'elle cherchait comment mieux expliquer ce qu'elle voulait.

(*comme dans* Les Experts)

Il fit une vingtaine de pas sur la gauche, puis tourna à droite, quadrillant le terrain à partir du quai de chargement en suivant des diagonales opposées. John avait sorti la pelle du sac marin et attendait en observant la scène, debout près de la voiture.

(*c'est là qu'ils avaient garé leurs véhicules*)

Dan repartit vers la gauche, marchant à pas lents, écartant de temps en temps d'un coup de pied un morceau de brique ou de béton gênant.

(*tu te rapproches*)

Dan s'arrêta. Il sentait une mauvaise odeur. Un effluve de décomposition sulfureux.

(*Abra est-ce que tu*)

(*Oui oh mon Dieu Dan*)

(*ne te laisse pas déstabiliser Abby*)

(*tu es allé trop loin retourne-toi va doucement*)

Dan pivota sur un talon, tel un soldat exécutant une molle volte-face, et repartit lentement vers le quai de chargement.

(*à gauche un peu plus à gauche lentement*)

Il obéit, s'arrêtant maintenant après chacun de ses tout petits pas. Là, de nouveau l'odeur, un petit peu plus forte. Soudain, le monde nocturne surnaturellement net qui l'environnait se brouilla alors que ses yeux s'emplissaient des larmes d'Abra.

(*c'est là qu'il est le p'tit gars du base-ball tu es juste au-dessus de lui*)

Dan prit une forte inspiration et s'essuya les joues. Il tremblait. Non parce qu'il ressentait le froid mais parce qu'*elle* le ressentait. Assise dans son lit, serrant fort son lapin en peluche dans ses bras, tremblante comme une vieille feuille sur un arbre mort.

(*va-t'en d'ici Abra*)

(*Dan ça va aller toi*)

(*oui ça va aller mais tu n'as pas besoin de voir ça*)

Soudain, sa parfaite clarté de vision cessa. Abra avait rompu la connexion, et c'était très bien comme ça.

« Dan ? appela John tout bas. Ça va ?

— Oui. » Sa voix était étranglée par les larmes d'Abra. « Apporte la pelle. »

12

Il leur fallut vingt minutes. Dan creusa pendant les dix premières, puis passa la pelle à John, et ce fut lui qui trouva Brad Trevor. Il se détourna de l'excavation en se couvrant le nez et la bouche. Ses paroles, étouffées, restaient compréhensibles : « C'est ça, il y a un corps. Oh, *mon Dieu* !

— Tu ne l'avais pas senti avant ?

— Enterré à cette profondeur, depuis deux ans ? Ne me dis pas que toi, oui ? »

Dan ne répondit pas, et John se retourna vers la petite excavation qu'ils avaient pratiquée, mais sans plus de conviction cette fois. Il demeura là quelques secondes, penché en avant comme s'il avait encore l'intention de creuser, puis il se redressa et recula lorsque Dan braqua sa torche stylo dans le trou. « Je ne peux pas, dit-il. Je pensais que je pourrais, mais je peux pas. Pas avec… *ça*. J'ai les bras comme du caoutchouc. »

Dan lui confia la lampe. John la dirigea vers la fosse, projetant le faisceau sur ce qui l'avait fait reculer : une chaussure de tennis pleine de terre. Progressant lentement afin de ne pas déranger la dépouille du petit gars du base-ball d'Abra, Dan dégagea le corps. Petit à petit, une forme couverte de terre émergea. Cela lui rappela les sculptures sur les sarcophages qu'il avait vues dans le *National Geographic*.

L'odeur de putréfaction était très prononcée maintenant.

Dan se recula et respira profondément plusieurs fois, terminant par la plus forte inspiration qu'il put. Puis il descendit dans la petite tombe, du côté où les tennis de l'enfant dépassaient, dessinant un V. Il avança jusqu'à l'endroit où devait se trouver sa taille et tendit la main pour avoir la lampe. John la lui donna et se détourna. Il sanglotait maintenant ouvertement.

Dan ficha la mince lampe torche entre ses lèvres et continua de brosser délicatement la terre. Un T-shirt d'enfant apparut, plaqué sur une cage thoracique creuse. Puis des mains. Les doigts, désormais guère plus que des os enveloppés de peau jaune, étaient refermés sur un objet. Dan commençait à être oppressé, sa poitrine réclamait de l'air, mais il desserra l'étreinte des doigts du jeune Bradley Trevor le plus délicatement qu'il put. Ça n'empêcha pas l'un des doigts de se rompre avec un petit bruit sec de fracture.

Ils l'avaient enterré tenant son gant de base-ball contre sa poitrine. La paume de cuir, que de son vivant il avait si amoureusement huilée, grouillait de minuscules bestioles.

Sous le choc, les poumons de Dan se vidèrent dans une expiration brutale et la bouffée d'air qu'il aspira avait des relents d'ancienne pourriture. Il bondit hors de la tombe et parvint à vomir sur le tas de terre meuble et non sur les restes décharnés de Bradley Trevor dont le seul tort avait été de naître avec une qualité convoitée par des monstres. Et qu'ils lui avaient volée sur le souffle même de ses cris d'agonie.

13

Ils réensevelirent le corps, et cette fois ce fut John qui accomplit presque tout le travail, et ils terminèrent en recouvrant l'emplacement d'une crypte de fortune faite de blocs d'asphalte brisé. Tous deux se refusaient à imaginer des renards ou des chiens errants venant gratter quelque malheureux lambeau de chair restante.

Puis ils regagnèrent la voiture où ils restèrent assis en silence. Enfin, John parla : « Qu'allons-nous faire, Danno ? Nous ne pouvons pas le laisser comme ça. Il a des parents. Des grands-parents. Sans doute des frères et sœurs. Ils ont le droit de savoir.

— Il devra attendre là encore un peu. Juste assez pour que personne ne puisse dire : "Tiens donc, cet appel anonyme a été passé juste après qu'un inconnu est venu acheter une pelle à la quincaillerie d'Adair." Ça n'arriverait sûrement pas, mais nous ne pouvons pas prendre le risque.

— Combien de temps ?

— Peut-être un mois. »

John réfléchit et soupira. « Peut-être même deux. Laisser encore un peu de répit à sa famille pour qu'elle continue à penser qu'il a peut-être juste fait une fugue. » Il secoua la tête. « Si j'avais dû voir son visage, je crois que plus jamais je n'aurais pu dormir de ma vie.

— Tu serais surpris de tout ce à quoi un être humain peut survivre », lui dit Dan. Il pensait à Mrs. Massey, désormais reléguée en lieu sûr dans le fond de sa tête ; fini pour elle de venir le hanter. Il démarra la voiture, abaissa sa vitre et tapa plusieurs fois le gant de base-ball contre la portière pour en déloger la terre. Puis il l'enfila, glissant ses doigts où l'enfant les avait lui-même glissés par tant d'après-midi ensoleillés. Il ferma les yeux. Et au bout d'une trentaine de secondes, les rouvrit.

« Tu as capté quelque chose ?

— “Vous êtes Barry. Vous êtes un gentil.”

— Qu'est-ce que ça signifie ?

— Je ne sais pas, mais je parierais que c'est celui qu'Abra appelle Barry le Chinois.

— Rien d'autre ?

— Abra saura en tirer davantage.

— Tu es sûr de ça ? »

Dan pensa à la façon dont sa vision s'était aiguisée dès qu'Abra avait ouvert les yeux à l'intérieur de sa tête. « Absolument. Éclaire une seconde la paume avec ta lampe, tu veux ? Il y a quelque chose d'écrit là. »

John s'exécuta, illuminant un tracé d'enfant appliqué : **THOME 25.**

« Qu'est-ce que ça veut dire ? demanda-t-il. Je croyais qu'il s'appelait Trevor.

— Jim Thome est un joueur de base-ball professionnel. Il porte le numéro 25. » Dan garda les yeux fixés un instant sur la paume du gant, puis le déposa doucement sur le siège arrière. « C'était le joueur préféré de ce gosse. Il a donné son nom à son gant. Je vais te les choper, ces enculés. Je le jure devant Dieu Tout-Puissant, je vais les choper et leur faire regretter d'être nés. »

14

Rose Claque avait du Don – tous les Vrais en avaient – mais pas de la même façon que Dan ou Billy. Et donc ce soir-là, alors qu'ils se faisaient leurs adieux, ni Rose ni Skunk n'eurent la moindre intuition que, dans le même temps, l'enfant qu'ils avaient enlevé plusieurs années auparavant en Iowa était exhumé par deux hommes qui en savaient déjà beaucoup trop long sur leur compte. Eût-elle été en état de profonde méditation, Rose aurait pu intercepter les échanges entre Dan et Abra, mais évidemment la jeune fille aurait alors immédiatement repéré sa présence. D'autre part, les adieux se déroulant dans l'EarthCruiser de Rose, ce soir-là, étaient d'une nature particulièrement intime.

Allongée sur son lit, les mains derrière la tête, Rose regardait Skunk se rhabiller. « T'es allé faire un tour à District X, comme je t'avais demandé ?

— Pas moi perso, j'ai ma réputation à protéger. J'y ai envoyé Jimmy Zéro. » Skunk sourit largement en bouclant son ceinturon. « Ç'aurait dû lui prendre quinze minutes, mais il y est bien resté deux heures. Je crois que Jimmy s'est trouvé une deuxième famille.

— Bien. C'est bien. Je suis contente que vous preniez votre pied, les mecs. » Elle affectait un ton léger… mais après les deux jours de deuil pour Grand-Pa, avec pour point culminant le cercle d'adieu, prendre les choses à la légère requérait un véritable effort.

« Rien de ce qu'il y a trouvé ne peut se comparer à toi. »

Rose haussa un sourcil. « Ah, tu l'as testé en avant-première, hein, Henry ?

— Avec ce que j'ai là ? Pas besoin. » Il la regarda, étendue nue, les cheveux déployés en un sombre éventail. Elle était grande. Même allongée, elle était grande. Il avait toujours aimé les grandes. « Tu es l'attraction vedette de mon théâtre intime et tu le seras toujours. »

Ampoulé – juste un échantillon du style enjôleur breveté de Skunk – mais ça lui fit néanmoins plaisir. Elle se leva et vint se presser contre lui, fourrageant à pleines mains dans sa chevelure. « Tu seras prudent. Ramène bien tout le monde au bercail. Et ramène-la, *elle*.

— Tu peux compter sur nous.

— Alors, tu ferais bien de te magner le train.

— Relax. On sera à Sturbridge vendredi matin à l'ouverture d'EZ Mail Services. Et dans le New Hampshire à midi. À ce moment-là, Barry l'aura déjà localisée.

— Tant qu'elle ne le localise pas, *lui*.

— Je me fais aucun souci pour ça. »

Très bien, pensa Rose. *Alors je me ferai du souci pour deux. Je m'en ferai jusqu'à ce que j'aie la môme sous les yeux, poignets menottés et chevilles entravées.*

« La beauté du truc, dit Skunk, c'est que si elle nous renifle et qu'elle essaie de nous opposer un mur d'interférences, ça aidera juste Barry à se syntoniser sur elle.

— Si elle prend vraiment peur, elle risque d'alerter la police. »

Skunk lui décocha un grand sourire. « Tu crois ça ? "Mais oui, petite fille, qu'ils lui diraient, nous sommes persuadés que des gens affreux te poursuivent. Alors, raconte-nous s'ils viennent de l'espace ou si c'est juste des petits zombies d'arrière-cour. Comme ça, on saura ce qu'on doit chercher."

— Déconne pas avec ça, c'est pas à prendre à la légère. Va et reviens sans faire de vagues, c'est notre seule option. N'implique aucun élément extérieur. Aucun badaud innocent. Liquidez les parents s'il le faut, liquidez *quiconque* essaiera d'interférer, mais faites ça discrètement. »

Skunk esquissa un comique salut militaire. « Oui, mon capitaine.

— Allez, vire de là, idiot. Mais fais-moi encore un bécot avant de partir. Une bonne grosse galoche, tiens, avec cette belle langue sucrée que tu as. »

Il lui donna ce qu'elle demandait. Rose le retint longtemps, étroitement serré.

15

Dan et John roulaient en silence. La pelle était dans le coffre, le gant de base-ball sur le siège arrière, enveloppé dans une serviette de toilette Holiday Inn. Finalement, John se décida : « Nous allons devoir prévenir les parents d'Abra maintenant. Elle ne va pas aimer ça, et Dave et Lucy ne voudront pas y croire, mais il n'est plus possible de reculer. »

Dan, le visage neutre, le regarda et dit : « Tu es quoi, toi, télépathe ? »

John ne l'était pas, mais Abra si, et quand sa voix de stentor explosa soudain dans sa tête, Dan fut soulagé que John ait pris le volant. Si ç'avait été lui, ils auraient fini dans le champ de maïs d'un paysan du coin.

(*NOOOON !*)

« Abra. » Il s'adressa à elle à haute voix pour que John puisse suivre au moins une partie de la conversation : « Abra, écoute-moi. »

(*NON, DAN ! ILS PENSENT QUE JE VAIS BIEN MAINTENANT ! QUE JE SUIS REDEVENUE NORMALE !*)

« Abby, écoute-moi, tu sais bien que ces gens – ces *choses* – n'hésiteraient pas à tuer ton père et ta mère pour s'approcher de toi, tu me l'as bien dit ? Et après ce que John et moi avons découvert ici, je n'en doute plus une seule seconde, moi non plus. »

Elle n'avait aucun contre-argument à lui opposer, et elle n'essaya même pas… mais brusquement, la tête de Dan s'emplit de son chagrin et de sa frayeur. Des larmes gonflèrent à nouveau ses yeux et jaillirent sur ses joues.

Merde.

Merde, merde, *merde*.

16

Jeudi matin de bonne heure.

Déjà, les premiers lambeaux de l'aube striaient l'horizon. Faisant route vers l'est sur l'I-80, le Winnebago de Steve Vap', avec Andi la Piquouse au volant, traversait l'ouest du Nebraska à une vitesse parfaitement légale de cent dix kilomètres heure. À Anniston, il était deux heures de plus. Dave Stone, en peignoir, se faisait son café du matin quand le téléphone sonna. C'était Lucy, appelant de l'appartement de Concetta, à Boston. Elle avait la voix d'une femme au bout du rouleau.

« Si les choses n'empirent pas – mais à mon avis, elles ne peuvent plus qu'empirer maintenant –, Momo devrait sortir de l'hôpital en début de semaine prochaine. J'ai parlé avec les deux médecins qui s'occupaient d'elle hier soir.

— Pourquoi tu ne m'as pas appelé, chérie ?

— Trop fatiguée. Et trop déprimée. Je me disais que je me sentirais mieux après une nuit de sommeil, mais j'ai mal dormi. Si tu savais, chéri, son appartement est tellement plein d'elle… Pas seulement de son travail, mais de sa *vitalité*… »

Sa voix se brisa. David attendit. Ils étaient ensemble depuis plus de quinze ans et quand Lucy était bouleversée, il savait qu'il valait mieux parfois attendre sans parler.

« Je ne sais pas ce qu'on va faire de tout ça… Rien que de regarder tous ses bouquins m'épuise. Elle en a des milliers sur les étagères et empilés dans son bureau. Et d'après le syndic, il y en a encore des milliers d'autres à la cave.

— On n'a pas besoin de décider tout de suite.

— Toujours d'après le syndic, il y aurait aussi une malle marquée *Alessandra*. C'était le vrai prénom de ma mère, mais elle se faisait appeler Sandra ou Sandy. J'ignorais totalement que Momo avait gardé ses affaires.

— Pour quelqu'un qui se lâchait en poésie, Chetta savait par ailleurs être une grosse cachottière. »

Lucy parut ne pas l'entendre et poursuivit du même ton morne, légèrement vindicatif et épuisé : « Tout est arrangé, sauf que s'ils la laissent partir dimanche, je vais devoir avancer la réservation de l'ambulance privée que j'ai commandée pour lundi. Ils m'ont dit que c'était possible. Heureusement qu'elle a une bonne assurance. Ça remonte à ses années d'enseignement à Tufts, tu savais ? La poésie ne lui a jamais rapporté un centime. De toute façon, on se demande bien qui voudrait encore dépenser un centime pour lire de la poésie dans ce foutu pays !

— Lucy…

— Elle aura une bonne chambre dans le bâtiment central de la Maison Rivington – une petite suite, en fait. J'ai fait la visite par internet. Oh, elle n'en profitera pas longtemps. J'ai sympathisé avec la surveillante de son service ici, et selon elle, Momo n'en a plus pour…

— Tchía, je t'aime, chérie. » Ces mots – avec le vieux diminutif qu'utilisait Concetta – finirent par l'arrêter. « De tout mon cœur et de toute mon âme, même s'ils ne sont pas italiens.

— Je sais, et j'en rends grâce au Ciel. C'est tellement dur ici, mais c'est bientôt fini. Je serai là lundi, au plus tard.

— Nous avons hâte de te revoir.

— Comment ça va, vous deux ?

— Bien. » David allait encore disposer d'une soixantaine de secondes pour y croire.

Il entendit Lucy bâiller. « Bon, je vais me recoucher une heure ou deux. Je crois que je pourrai dormir un peu maintenant.

— Oui, repose-toi. Moi, je vais aller réveiller Abs pour l'école. »

Ils se dirent au revoir et, quand Dave se retourna après avoir raccroché le téléphone mural de la cuisine, il vit qu'Abra était déjà réveillée. Encore en pyjama. Les cheveux en bataille, les yeux rouges et le teint blême. Pour la première fois depuis quatre ans au moins, elle serrait contre elle Pippo, son vieux lapin en peluche.

« Abba-Doo ? Chérie ? Tu es malade ? »

Oui. Non. Je sais pas. Mais toi tu vas l'être quand tu vas entendre ce que j'ai à te dire.

« Il faut que je te parle, papa. Et je ne veux pas aller à l'école aujourd'hui. Ni demain non plus. Et peut-être pas pendant un petit moment. » Elle hésita. « J'ai des ennuis. »

La première idée que cette phrase éveilla dans l'esprit de Dave était si affreuse qu'il la repoussa aussitôt, mais pas avant qu'Abra ne l'ait captée.

Elle esquissa un pâle sourire. « Mais non, je suis pas enceinte. »

Dave, qui s'avançait à sa rencontre, s'arrêta net au milieu de la cuisine, bouche bée. « Tu viens de me… tu as lu dans mes…

— Oui, papa. Je viens de lire dans tes pensées. Mais rien qu'à voir ta tête, n'importe qui aurait pu deviner. Et ça s'appelle de la clairvoyance, pas de la télépathie. Je sais encore faire la plupart des trucs qui vous faisaient si peur quand j'étais petite. Pas tous, mais encore pas mal. »

Dave parla très lentement : « Je sais que tu as encore des prémonitions, quelquefois.

— C'est beaucoup plus que ça, papa. J'ai un ami. Il s'appelle Dan. Il a été en Iowa avec Dr John…

— John Dalton ?

— Oui. Il…

— C'est qui, ce Dan ? Un patient de Dr John ?

— Non, c'est pas un enfant. C'est un adulte. » Elle prit son père par la main et le conduisit jusqu'à la table de la cuisine où ils s'assirent, Abra serrant toujours Pippo contre elle. « Mais quand il était petit, il était comme moi.

— Abs, je ne comprends rien à ce que tu me racontes.

— Il y a des gens méchants qui me cherchent, papa. » Tant que Dan et John n'étaient pas là pour l'aider à s'expliquer, elle savait qu'elle ne pouvait pas lui dire que ce n'étaient pas des gens, que c'était *pire* que des gens. « Ils pourraient me faire du mal.

— Mais enfin, qui pourrait chercher à te faire du mal ? Tout ça ne tient pas debout. Quant à ces trucs que tu faisais quand tu étais petite, si tu savais encore les faire, on s'en serait aper... »

Le tiroir des couverts s'ouvrit d'une secousse, se referma, se rouvrit. Abra n'était plus capable de soulever les cuillères, mais le tiroir suffit à capter l'attention de son père.

« Quand j'ai compris que ça vous inquiétait, maman et toi – que ça vous effrayait –, j'ai arrêté de le faire. Mais là, je peux plus vous le cacher. Et Dan m'a dit de le dire. »

Pressant son visage contre la fourrure râpée de Pippo, elle se mit à pleurer.

CHAPITRE 12

ILS APPELLENT ÇA LA VAPEUR

1

Dès qu'ils débouchèrent dans le terminal de Logan tard dans l'après-midi du jeudi, John alluma son téléphone portable. Il eut à peine le temps de voir qu'il avait plus d'une dizaine d'appels manqués que l'appareil sonnait dans sa main. Il consulta le numéro affiché.

« Stone ? interrogea Dan.

— Vu que j'ai une avalanche d'appels manqués du même numéro, je dirais que c'est lui.

— Ne réponds pas. Tu le rappelleras quand on sera sur l'autoroute pour lui dire qu'on devrait être là à… » Dan consulta sa montre, qu'il avait gardée à l'heure de l'Est. « Dix-huit heures. On lui racontera tout en arrivant. »

John rempocha son portable à contrecœur. « J'ai passé tout le vol du retour à prier pour ne pas être radié de l'ordre des médecins à cause de tout ça. Maintenant, j'espère juste que les flics ne vont pas nous tomber dessus dès qu'on freinera devant la maison des Stone. »

Dan, qui s'était plusieurs fois entretenu avec Abra pendant leur traversée du pays, secoua la tête. « Elle l'a convaincu d'attendre. Mais leur famille est en train de vivre une période difficile et Mr. Stone est un Américain troublé. »

John accueillit la remarque d'un sourire singulièrement lugubre. « Il n'est pas le seul. »

2

Abra était assise avec son père sur la première marche du perron quand Dan s'engagea dans l'allée des Stone. Il était à peine dix-sept heures trente. Ils avaient bien roulé.

Avant que Dave ait pu la retenir, elle se leva d'un bond et dévala l'allée en courant, ses cheveux voltigeant derrière elle. Voyant qu'elle fonçait droit sur lui, Dan tendit le gant enveloppé dans la serviette à John et la reçut dans ses bras. Elle tremblait comme une feuille.

(*tu l'as trouvé tu l'as trouvé et tu as trouvé son gant donne-le-moi*)

« Pas encore, dit Dan en la reposant à terre. Nous devons d'abord en discuter sérieusement avec ton père.

— Discuter sérieusement de quoi ? » demanda Dave. Il prit Abra par le poignet et l'éloigna de Dan. « Qui sont ces gens méchants dont elle me parle ? Et qui diable êtes-vous ? » Son regard se déplaça vers John et il n'y avait rien d'amical dans ses yeux. « Est-ce que vous pouvez me raconter ce qui se trame, nom de Dieu ?

— C'est Dan, papa. Il est comme moi. Je te l'ai *dit*. »

John intervint : « Où est Lucy ? Est-elle au courant de tout ça ?

— Je ne vous dirai rien tant que je ne saurai pas ce qui se passe. »

Abra répondit : « Elle est encore à Boston avec Momo. Papa voulait l'appeler mais je l'ai persuadé d'attendre que vous arriviez. » Ses yeux restaient rivés sur le gant enveloppé dans la serviette.

« Vous êtes Dan Torrance, dit Dave. C'est bien ça ?

— Oui.

— Vous travaillez à l'hospice de Frazier ?

— C'est exact.

— Depuis quand rencontrez-vous ma fille ? » Ses mains se crispaient convulsivement. « Vous l'avez rencontrée sur internet ? Je parie que c'est ça. » Son regard épingla John. « Si vous n'étiez pas le pédiatre d'Abra depuis sa naissance, j'aurais déjà appelé la police depuis six heures, voyant que vous ne répondiez à aucun de mes appels.

— J'étais dans un avion, dit John. Je ne pouvais pas répondre.

— Mr. Stone, dit Dan, je ne connais pas votre fille depuis aussi longtemps que John, mais presque. La première fois que je l'ai rencontrée, elle était encore bébé. Et c'est elle qui m'a contacté. »

Dave secoua la tête. Il paraissait incrédule, irrité et moins enclin à croire Dan qu'à mettre en doute tout ce qu'il pourrait lui raconter.

« Rentrons, dit John. Je pense que nous sommes à même de tout vous expliquer – *presque* tout – et après, vous serez très heureux non seulement que nous soyons ici mais que nous soyons aussi allés en Iowa faire ce que nous y avons fait.

— Je l'espère, John, mais j'en doute. »

Ils entrèrent, Dave tenant Abra contre lui, un bras passé autour de ses épaules – et tous deux, à cet instant, ressemblaient moins à un père et sa fille qu'à une prisonnière et son geôlier –, suivis de près par John. Dan fermait la marche. Avant de franchir la porte d'entrée, il jeta un coup d'œil au trottoir d'en face où était garée une vieille camionnette rouge fané. Billy leva aussitôt les pouces… puis croisa les doigts. Dan fit de même, et suivit les autres à l'intérieur.

3

Pendant que Dave, dans son salon de Richland Court, s'entretenait avec son effrayante fille et ses non moins effrayants hôtes, le Winnebago transportant le peloton d'intervention des Vrais passait au sud-est de Toledo. Teuch était au volant. Andi Steiner et Barry dormaient à l'arrière : Andi comme une morte, Barry en grommelant, ne cessant de se tourner et de se retourner sur le flanc. Assis dans le coin salon, Skunk feuilletait le *New Yorker*. Le seul truc qu'il aimait vraiment là-dedans, c'étaient les bandes dessinées et les minuscules pubs pour des trucs pas possibles comme des pulls en poil de yack, des chapeaux de coolie vietnamien et des faux cigares cubains.

Jimmy Zéro, son ordinateur portable à la main, vint poser son cul à côté de lui. « Je ratisse le net depuis tout à l'heure. J'ai piraté quelques bases de données et j'ai dû neutraliser les ripostes des sites visés, mais… je peux te montrer quelque chose ?

— Comment tu peux surfer sur le net depuis une autoroute, toi ? »

Jimmy le regarda d'un air gentiment condescendant. « Connexion 4G, bébé. Réveille-toi, on est à l'ère de la modernité.

— Si tu le dis. » Skunk mit son magazine de côté. « Et qu'est-ce que t'as trouvé ?

— Des photos de classe du collège d'Anniston. » Jimmy tapota son écran tactile et une photo s'afficha. Pas un cliché de presse à gros grain mais le portrait haute définition d'une petite fille en robe rouge à manches bouffantes, cheveux châtains nattés, large sourire confiant.

« Julianne Cross », indiqua Jimmy. Il tapota encore l'écran et une rousse au sourire espiègle remplaça la précédente. « Emma Deane. » Nouveau tapotement et une fille encore plus jolie apparut. Yeux bleus, opulente chevelure blonde encadrant son visage et cascadant sur ses épaules. Expression sérieuse mais deux fossettes suggéraient l'esquisse d'un sourire. « Et voici Abra Stone.

— Abra ?

— Ouais, ils leur donnent de ces noms aujourd'hui. N'importe quoi. Tu te souviens du temps où Jane et Mabel étaient des noms assez bien pour les petites pecnodes ? J'ai lu quelque part que Sly Stallone avait appelé son fils Sage Moonblood, t'as déjà entendu un nom aussi débile ?

— Tu penses qu'une de ces trois-là est la môme à Rosie ?

— Si Rosie a vu juste et que la môme est une préado, ça doit être ça. Sûrement la Deane ou la Stone, c'est les deux qui habitent dans la rue où s'est produit le petit tremblement de terre, mais on peut pas éliminer complètement la Cross. Elle habite dans la rue voisine. » Jimmy Zéro exécuta une rotation des doigts sur son écran et les trois photos s'alignèrent en rang d'oignon. Sous chacune, en anglaises tarabiscotées, était écrit MES SOUVENIRS D'ÉCOLE.

Skunk les examina. « Dis, tu risques pas de te faire repérer à choper des photos de petites filles sur Facebook ou autre ? Les pecnos ne rigolent pas avec ce genre de trucs. »

Jimmy parut offensé. « Facebook, mon cul. J'ai été chercher celles-là dans les archives du collège d'Anniston, et je les ai téléchargées direct de leur site dans mon ordinateur. Et je vais te dire, même un type installé devant un mur d'écrans d'ordinateurs à la NSA serait infoutu de retrouver ma trace. C'est qui le meilleur ?

— C'est toi, dit Skunk. Je suppose.

— Alors, c'est laquelle, d'après toi ?

— Si je devais choisir… » Skunk tapota la photo d'Abra. « Elle a quelque chose de spécial dans les yeux. Une vapeur *torride.* »

Jimmy réfléchit une seconde, décida que c'était une remarque cochonne et s'esclaffa. « Qu'est-ce t'en dis ? Ça peut nous aider ?

— Oui. Tu peux les imprimer et en faire des copies pour tout le monde ? Surtout pour Barry. C'est notre Rabatteur en Chef, sur ce coup.

— Je m'en occupe de suite. J'ai mon Fujitsu ScanSnap. Une super petite machine mobile. J'avais un S1100, mais j'ai changé quand j'ai lu dans *Computerworld* que…

— Fais-le, point barre, d'accord ?

— Ouais, ouais, bien sûr. »

Skunk reprit son magazine et alla direct à la bande dessinée de la dernière page, celle où le lecteur est censé écrire la légende. Cette semaine, c'était le dessin d'une vieille entrant dans un bar avec un ours enchaîné. Elle avait la bouche ouverte, donc la légende à trouver, c'était ce qu'elle disait. Skunk réfléchit intensément, puis écrivit : *« Bon alors, c'est lequel d'entre vous qui m'a traité de conne, bande d'enculés ? »*

Ouais, bof, on pouvait sûrement trouver mieux…

Le Winnebago poursuivait sa route dans le soir tombant. Dans l'habitacle, Teuch alluma le plafonnier. Sur l'une des banquettes, Barry le Noiche se retourna dans son sommeil en se grattant le poignet. Une tache rouge y avait fait son apparition.

4

Les trois hommes restèrent assis en silence pendant qu'Abra montait chercher quelque chose dans sa chambre. Dave pensa leur proposer un café – ils paraissaient fatigués et n'étaient pas rasés – puis décida qu'il ne leur offrirait même pas un cracker nature tant qu'il n'aurait pas eu le fin mot de l'histoire. Lucy et lui avaient déjà discuté de ce qu'il conviendrait de faire quand Abra, un jour prochain, dans un avenir pas si lointain, rentrerait à la maison en leur annonçant qu'un garçon lui avait demandé de sortir avec elle… mais là, il avait affaire à des hommes, des *hommes*, bon sang, et il semblait que celui qu'il ne connaissait pas voyait sa fille depuis déjà un certain temps. La voyait comment, d'abord ?

Avant qu'aucun d'entre eux ne se soit risqué à entamer une conversation qui aurait forcément été tendue – et peut-être acrimonieuse –, le tonnerre assourdi des tennis d'Abra retentit dans l'escalier. Elle entra dans la pièce en tendant un numéro de l'*Anniston Shopper* à son père. « Regarde la dernière page, papa. »

Dave retourna le journal et fit la grimace. « Qu'est-ce que c'est que ces traces marron ?

— Du marc de café. Je l'avais jeté à la poubelle, mais comme j'arrêtais pas d'y repenser, je suis allée le repêcher. J'arrêtais pas de penser à *lui*. » Elle désigna la photo de Bradley Trevor dans la rangée du bas. « Et à ses parents. Et à ses frères et sœurs, s'il en a. » Ses yeux s'emplirent de larmes. « Il avait des taches de rousseur, papa. Il les détestait, mais sa mère lui disait que ça porte bonheur.

— Tu ne peux pas savoir ça, dit Dave sans la moindre conviction.

— Elle le sait, dit John. Et vous savez qu'elle sait. Allons, Dave, s'il vous plaît, coopérez. C'est de la plus haute importance.

— Je veux avoir des explications sur vos relations avec ma fille, dit Dave en se tournant vers Dan. Parlez-moi d'abord de ça. »

Dan reprit le récit du début. Comment il avait gribouillé le nom d'Abra dans son carnet de réunions des AA. Le premier « hello » à la craie sur le tableau. Sa claire perception de la présence d'Abra, le soir de la mort de Charlie Hayes. « Je lui ai demandé si elle était la petite fille qui m'écrivait parfois sur mon tableau. Elle ne m'a pas répondu avec des mots, mais il y a eu un petit arpège de piano. Un vieil air des Beatles, je crois. »

Dave regarda John. « Vous lui avez raconté ça ! »

John fit non de la tête.

Dan reprit : « Il y a deux ans, j'ai eu un nouveau message d'elle sur mon tableau me disant, "Ils sont en train de tuer le p'tit gars du base-ball." Je ne savais pas ce que ça voulait dire, et je ne suis pas certain qu'Abra le savait très bien, sur le moment. Tout aurait pu en rester là, si ensuite elle n'avait pas vu *ça*. » Il désigna la page de l'*Anniston Shopper* avec tous les portraits de la taille d'un timbre-poste.

Abra lui raconta le reste.

Lorsqu'elle eut terminé, Dave dit : « Alors comme ça, vous avez pris l'avion pour l'Iowa sur les dires d'une gamine de treize ans ?

— Une gamine de treize ans très spéciale, précisa John. Dotée de talents très spéciaux.

— Nous pensions que tout cela était terminé. » Dave décocha un regard accusateur à Abra. « À part quelques rares petites prémonitions, nous pensions que ça lui était passé en grandissant.

— Je suis désolée, papa. » La voix d'Abra était à peine plus qu'un murmure.

« Je ne vois pas pourquoi elle devrait être désolée, dit Dan, espérant que la colère qu'il ressentait ne transparaissait pas dans sa voix. Elle a dissimulé son talent parce qu'elle savait que vous et votre femme souhaitiez qu'elle en soit débarrassée. Elle l'a dissimulé parce qu'elle vous aime et voulait être la fille loyale de ses parents.

— Elle vous a dit ça, je suppose ?

— Non, nous n'en avons jamais discuté, répondit Dan. Mais j'avais une mère que j'aimais tendrement, et parce que je l'aimais, j'ai fait la même chose. »

Abra lui décocha un regard de pure gratitude.

Comme elle baissait de nouveau les yeux, elle lui envoya une pensée. Quelque chose qu'elle n'osait pas dire tout haut.

« Et aussi, elle ne voulait pas que ses amies le sachent. Elle pensait qu'elles ne l'aimeraient plus si elles l'apprenaient, qu'elles auraient peur d'elle. Elle ne se trompait sans doute pas.

— Ne perdons pas de vue la question majeure, dit John. Nous sommes allés en Iowa, en effet. Nous avons trouvé l'usine d'éthanol dans la ville de Freeman, à l'emplacement exact indiqué par Abra. Nous avons trouvé le corps de l'enfant. Et son gant. Il a écrit le nom de son joueur préféré sur la paume, mais son propre nom – Brad Trevor – est écrit sur la patte de boutonnage.

— Il a été assassiné. C'est ce que vous prétendez. Par une bande de nomades cinglés.

— Ils voyagent en camping-car et en autocaravanes Winnebago », dit Abra. Elle parlait d'une voix basse et rêveuse. Tout en parlant, elle regardait le gant de baseball enveloppé dans la serviette-éponge. Elle en avait peur, mais elle voulait aussi le toucher. Son conflit émotionnel apparut si clairement à Dan qu'il sentit son estomac se nouer. « Ils ont des drôles de noms, comme des noms de pirates. »

D'un ton presque plaintif, Dave demanda : « Êtes-vous *sûrs* que ce gosse a été assassiné ?

— La femme au chapeau a léché son sang sur ses mains », dit Abra. Elle était restée assise sur les marches de l'escalier. Elle se leva et vint poser son visage contre la poitrine de son père. « Quand elle veut du sang, elle a une dent spéciale qui pousse. Tous les autres aussi.

— Ce garçon était vraiment comme toi ?

— Oui. » La voix d'Abra était étouffée, mais audible. « Il pouvait voir à travers sa main.

— Qu'est-ce que ça veut dire ?

— Qu'il pouvait savoir comment certains lancers allaient arriver, parce que sa main les voyait avant. Et quand sa mère perdait quelque chose, il mettait sa main devant ses yeux et il regardait à travers pour voir où se trouvait l'objet. Je crois. J'en suis pas tout à fait sûre, mais moi aussi, des fois, je me sers de ma main comme ça.

— Et c'est pour ça qu'ils l'ont tué ?

— J'en suis persuadé, dit Dan.

— Pour quoi faire ? Pour récolter une espèce de vitamine favorisant les perceptions extra-sensorielles ? Avez-vous conscience du ridicule de la chose ? »

Personne ne lui répondit.

« Et ils savent qu'Abra les a repérés ?

— Oui, ils le savent. » Elle leva la tête. Ses joues rougies étaient mouillées de larmes. « Ils ne savent pas comment je m'appelle ni où j'habite, mais ils savent que j'existe.

— Dans ce cas, nous devons prévenir la police, dit Dave. Ou… le FBI serait peut-être plus indiqué. Ils auront sûrement un peu de mal à nous croire, au début, mais si le corps est là où… »

Dan l'interrompit : « Je ne vous dirai pas que c'est une mauvaise idée avant d'avoir vu ce qu'Abra peut faire avec le gant de base-ball, mais vous devez réfléchir sérieusement aux conséquences. Pour John, pour moi, pour vous et votre épouse, mais surtout pour Abra.

— Je ne vois pas quel genre d'ennuis John et vous pourriez… »

John remua avec impatience sur sa chaise. « Enfin, Dave. Qui a trouvé le corps ? Qui l'a exhumé et réenterré après avoir retiré une pièce à conviction que la police scientifique considérerait certainement comme capitale ? Qui a transporté cette pièce à conviction à travers la moitié du pays pour qu'une collégienne de treize ans s'en serve comme d'une planchette de ouija ? »

Malgré lui, Dan monta au créneau. Ils faisaient bloc et, en d'autres circonstances, il aurait pu en éprouver des scrupules, mais pas là. « Écoutez, Mr. Stone, votre famille a déjà à affronter une épreuve. Votre grand-mère par alliance est mourante, votre épouse est sérieusement éprouvée, et épuisée. Cette nouvelle fera l'effet d'une bombe dans la presse et sur internet. Clan de nomades meurtriers contre collégienne aux pouvoirs parapsychiques. Ils la voudront sur tous les plateaux télé, vous refuserez, et cela ne fera qu'attiser leur avidité. Votre rue se transformera en studio en plein air, Nancy Grace n'hésitera pas à emménager dans la maison d'à côté et il faudra moins d'une semaine pour que tout le gang des médias hurle *canular* d'une seule voix. Vous vous souvenez du papa de Balloon Boy ? Vous n'aimeriez pas être à sa place, n'est-ce pas ? Et pendant ce temps-là, ces gens qu'Abra appelle la Tribu des Winnebago courront toujours.

— Et qui sera censé protéger ma petite fille, s'ils viennent l'enlever ? Vous deux ? Un toubib et un aide-soignant d'hospice ? Ou vous êtes juste l'homme de ménage ? »

Si tu savais qu'un vieil employé municipal de soixante-treize ans monte la garde en bas dans ta rue, pensa Dan. Et il ne put s'empêcher de sourire. « Je suis un peu les deux. Écoutez, Mr. Stone…

— Étant donné que vous et ma fille semblez être de grands copains, j'imagine que vous pouvez m'appeler Dave.

— Va pour Dave. À mon avis, la décision que vous allez prendre dépend du pari que vous êtes prêt à faire sur la capacité des forces de l'ordre à croire votre fille. Surtout quand elle leur dira que la Tribu des Winnebago sont des vampires qui sucent la vie des enfants.

— Merde, dit David, je ne peux pas raconter ça à Lucy. Elle va péter un câble. *Tous* ses câbles.

— Ce qui tendrait à résoudre le dilemme d'appeler ou non la police », fit remarquer John.

Le silence s'établit durant quelques secondes. Quelque part dans la maison, on entendait le tic-tac d'une horloge. Quelque part à l'extérieur, l'aboiement d'un chien.

« Le tremblement de terre, dit David brusquement. Ce miniséisme. C'était toi, Abby ?

— J'en suis quasiment sûre », chuchota-t-elle.

Dave la serra contre lui, puis il se leva et déplia la serviette qui enveloppait le gant de base-ball. Il le tint devant lui, l'examinant sous toutes les coutures. « Ils l'ont enterré avec, dit-il. Ils l'ont enlevé, torturé, assassiné, et ils l'ont enterré avec son gant de base-ball.

— Oui », confirma Dan.

Dave se tourna vers sa fille. « Tu veux vraiment toucher ça, Abra ? »

Elle tendit les mains et dit : « Non. Mais donne-le-moi quand même. »

5

David Stone hésita, puis le lui tendit. Abra le prit dans ses mains et regarda à l'intérieur de la paume. « Jim Thome », dit-elle. Dan aurait parié toutes ses économies (et après douze ans de travail régulier et de sobriété sans faille, il en avait de fait accumulé un peu) qu'elle n'avait jamais rencontré ce nom auparavant, or elle le prononça correctement : *Toe-may*. « Il fait partie du Six Hundred Club.

— Exact, dit Dave. Thome…

— Chut », lui intima Dan.

Ils la regardèrent. Elle porta le gant à son visage et en renifla la paume. (Dan se souvint du grouillement d'insectes et dut réprimer un haut-le-corps.) Elle dit : « Pas Barry le Chinois, Barry le *Noiche*, comme ils disent. Même s'il est pas chinois. Ils l'appellent comme ça parce qu'il a les yeux un peu bridés. C'est leur… leur… je sais pas… attendez… »

Elle berça le gant contre sa poitrine, comme un bébé. Elle avait commencé à respirer plus vite. Sa bouche s'ouvrit, et elle gémit. Dave, alarmé, posa sa main sur son épaule. Abra s'en débarrassa d'une secousse. « Non, papa, *non* ! » Elle ferma les yeux en serrant le gant contre elle. Ils attendirent.

Enfin, ses yeux s'ouvrirent et elle dit : « Ils viennent me chercher. »

Dan se leva, s'agenouilla à côté d'elle et posa une main sur les siennes.

(*combien sont-ils tous ou seulement quelques-uns*)

« Seulement quelques-uns. Barry est avec eux. C'est pour ça que je peux voir. Il y en a trois autres. Peut-être quatre. Une femme avec un tatouage de serpent. Ils nous appellent les pecnos. On est des pecnos pour eux. »

(*est-ce que la femme au chapeau*)

(*non*)

« Quand vont-ils arriver ici ? demanda John. Tu le sais ?

— Demain. Ils doivent s'arrêter en route pour prendre… » Elle se tut. Ses yeux fouillèrent la pièce, sans la voir. Une de ses mains s'échappa de sous la main de Dan et vint frotter sa bouche. L'autre était cramponnée au gant. « Ils doivent prendre… je sais pas… » Des larmes, non de chagrin mais d'effort, filtrèrent au coin de ses yeux. « Est-ce que c'est un médicament ? C'est… attendez, attendez. Lâche-moi, Dan, je dois… il faut que tu me lâches… »

Dan retira sa main. Il y eut un bref claquement accompagné d'une étincelle bleue d'électricité statique. Le piano joua un arpège de notes discordantes. Sur une petite table près de la porte du couloir, une collection de figurines en céramique Hummel trépidait et sautillait. Abra enfila le gant. Ses yeux s'agrandirent.

« L'un est un skunk ! L'un est un docteur et heureusement pour eux parce que Barry est malade ! Il est *malade* ! » Elle promena un regard halluciné sur eux puis éclata de rire. Le son de ce rire fit dresser les poils sur la nuque de Dan. Il pensa que c'est ainsi que doivent rire les aliénés quand ils n'ont pas pris leur traitement à l'heure. Il dut se retenir pour ne pas arracher le gant de la main d'Abra.

« *Il a la rougeole ! Grand-Pa Flop lui a filé la rougeole et il va pas tarder à cycler ! C'est ce putain de môme ! Il devait pas être vacciné ! On doit le dire à Rose ! On doit...* »

C'en fut trop pour Dan. Il lui arracha le gant et le jeta de l'autre côté de la pièce. Le piano cessa de jouer. Les figurines Hummel firent entendre une ultime trépidation et s'immobilisèrent, l'une d'elles à l'extrême bord de la table, prête à basculer dans le vide. Dave, la bouche ouverte, regardait fixement sa fille. John s'était levé, mais semblait incapable d'avancer.

Dan prit Abra par les épaules et la secoua vigoureusement. « Abra, sors de ta transe. »

Elle le fixait d'un regard immense, les yeux dans le vague.

(*Reviens Abra c'est bon*)

Ses épaules, qu'elle avait presque remontées jusqu'aux oreilles, se détendirent peu à peu. Ses yeux le voyaient de nouveau. Elle exhala un long souffle et se laissa aller en arrière dans le cercle du bras de son père.

« Abby ? appela Dave. Abba-Doo ? Ça va ?

— Oui, mais ne m'appelle pas comme ça. » Elle inspira et relâcha l'air dans un autre long soupir. « Ouh, c'était intense. » Elle regarda son père. « C'est pas moi qui ai lâché la bombe P, papa, c'est l'un d'entre eux. Je crois que c'était le Skunk, comme ils l'appellent. C'est le chef de la troupe qui est en route. »

Dan s'assit près d'Abra sur le canapé. « Tu es sûre que ça va ?

— Oui. Maintenant, oui. Mais je veux plus jamais retoucher ce gant. Ils sont pas comme nous. Ils ressemblent à des gens et je pense qu'ils ont été des gens un jour, mais maintenant ils ont des pensées de lézard.

— Tu as dit que Barry a la rougeole. Tu t'en souviens ?

— Barry, oui. Celui qu'ils appellent le Noiche. Je me souviens de tout. Oh, ce que j'ai soif.

— Je vais te chercher de l'eau, dit John.

— Non, quelque chose de sucré, s'il vous plaît.

— Il y a des canettes de Coca au frigo », dit Dave. Il caressa les cheveux d'Abra, puis sa joue, puis sa nuque. Comme pour se rassurer, et s'assurer qu'elle était toujours là.

Ils attendirent que John revienne avec une canette. Abra la prit, but goulûment et rota. « Excusez-moi », dit-elle. Et elle gloussa.

Dan n'avait jamais été aussi heureux d'entendre quelqu'un roter et glousser.

« Dis-moi, John, la rougeole est plus grave pour les adultes, hein ?

— Absolument. Elle peut évoluer en pneumonie et même entraîner la cécité à la suite de cicatrices sur la cornée.

— La mort ?

— Aussi, mais c'est rare.

— C'est différent pour eux, dit Abra. Parce que je crois pas qu'ils ont l'habitude de tomber malades. Mais Barry *est* malade. Ils doivent s'arrêter en route récupérer un colis. Ça doit être un médicament pour lui. Pour lui faire des piqûres.

— Qu'est-ce que tu voulais dire par “cycler” ?

— Aucune idée.

— La maladie de Barry peut-elle les arrêter ? demanda John. Cela peut-il les inciter à rebrousser chemin et à retourner d'où ils viennent ?

— Je crois pas. Barry est peut-être contagieux, ils

sont peut-être déjà tous contaminés et ils le savent. Ils n'ont rien à perdre et tout à gagner, c'est ce que dit le Skunk. »

Elle but encore un peu de Coca, tenant la canette à deux mains, puis leva les yeux et regarda les trois hommes tour à tour, terminant par son père. « Ils connaissent ma rue. Et peut-être qu'ils connaissent mon nom, après tout. Ils ont même ma photo, si ça se trouve. Je sais pas très bien. Barry a le cerveau tout chamboulé. Mais ils pensent… ils pensent que si je suis immunisée contre la rougeole…

— Alors ton essence pourrait les soigner, dit Dan. Ou au moins vacciner les autres.

— Ils appellent pas ça l'essence, dit Abra. Ils appellent ça la vapeur. »

Dave tapa dans ses mains, un seul claquement définitif. « C'est bon, maintenant. J'appelle la police. Nous allons faire arrêter ces gens.

— Tu ne peux pas. » Abra avait dit ça d'une voix blanche de femme de cinquante ans dépressive. *Fais comme tu veux*, disait cette voix. *Je t'aurai prévenu.*

Dave avait sorti son portable de sa poche, mais il le tenait dans sa main sans l'ouvrir. « Pourquoi je ne peux pas ?

— Ils auront une bonne excuse pour expliquer qu'ils voyagent dans le New Hampshire, et tout plein de papiers d'identité en règle. Et puis, il sont riches. *Vraiment* riches, comme les banques, les compagnies pétrolières et Wal-Mart sont riches. Ils pourront peut-être reculer, mais ils reviendront. Ils reviennent toujours chercher ce qu'ils veulent. Ils tuent les gens qui s'interposent et ceux qui essayent de les dénoncer, et en cas de besoin, ils achètent leur *impunité*. Je viens d'apprendre le mot à l'école, cette semaine. » Elle posa sa canette de Coca sur la table basse et noua ses bras autour de son père. « Je t'en prie, papa, ne dis rien à *personne*. Je préférerais aller avec eux plutôt que risquer qu'ils vous fassent du mal, à toi et maman. »

Dan intervint : « Mais en ce moment, leur nombre se trouve réduit à quatre ou cinq.

— Oui.

— Où sont les autres ? Est-ce que tu le sais ?

— Dans un camping qui s'appelle le Bluebird Campground. Ou peut-être que c'est Bluebell. Il leur appartient. Il y a une ville juste à côté. C'est là que se trouve le supermarché Sam's. Ça s'appelle Sidewinder. Rose est là-bas, avec le reste des Vrais. C'est comme ça qu'ils s'appellent entre eux, les… Dan ? Ça va ? »

Dan ne répondit pas. Il était incapable de parler, momentanément du moins. Il se rappelait la voix de Dick Hallorann lui parlant par la bouche de feu Eleanor Ouellette. Il avait demandé à Dick où se trouvaient les démons vides, et maintenant il comprenait sa réponse.

Dans ton enfance.

« Dan ? » C'était John. Sa voix paraissait venir de très loin. « Tu es blanc comme un linge. »

Tout prenait un sens terrifiant. Dès le début, il avait su – avant même de le voir de ses yeux – que l'hôtel Overlook était un lieu malfaisant. Ravagé par un incendie, il avait disparu, mais qui pouvait prétendre que le mal avait lui aussi disparu ? Lui-même ne s'y serait pas risqué. Enfant, n'avait-il pas reçu la visite de revenants qui en avaient réchappé ?

Ce camping qu'ils possèdent… il est situé sur le terrain qu'occupait l'hôtel autrefois. Je le sais. Et tôt ou tard, je vais devoir y retourner. Ça aussi, je le sais. Et probablement sans trop tarder. Mais d'abord...

« Ça va, je vais bien, dit-il.

— Tu veux un Coca ? demanda Abra. Le sucre est un bon remède pour beaucoup de maux, moi personnellement je trouve.

— Plus tard. J'ai une idée. Encore vague, mais en nous y mettant tous les quatre, nous pourrons l'étoffer et en faire un plan. »

6

Andi la Piquouse se gara sur le parking des camions sur une aire d'autoroute proche de Westfield, État de New York. Teuch entra dans la boutique chercher du jus de fruits pour Barry, qui avait maintenant la fièvre et un sérieux mal de gorge. Pendant qu'ils attendaient son retour, Skunk passa un coup de fil à Rose. Elle répondit dès la première sonnerie. Il la mit au courant le plus brièvement possible, puis attendit.

« C'est quoi que j'entends dans le fond ? » demanda-t-elle.

Skunk soupira et frictionna d'une main sa joue mal rasée. « C'est Jimmy Zéro. Il chiale.

— Dis-lui de la fermer tout de suite. Dis-lui qu'on chiale pas au base-ball. »

Skunk transmit le message, en passant sous silence le sens de l'humour particulier de Rose. Jimmy, occupé à éponger le visage de Barry avec un linge humide, parvint à étouffer ses sanglots bruyants et agaçants (Skunk devait bien le reconnaître).

« C'est mieux, commenta Rose.

— Que veux-tu qu'on fasse ?

— Attends une seconde, j'essaie de réfléchir. »

Que Rose doive *essayer* de réfléchir était une idée au moins aussi perturbante pour Skunk que les taches rouges qui s'étaient maintenant propagées sur tout le corps et le visage de Barry, mais il obtempéra, gardant son iPhone collé à son oreille, et se taisant. Il transpirait. Fièvre, ou juste la chaleur qui régnait dans le véhicule ? Il examina ses bras, à l'affût de marques rouges, mais n'en trouva pas. Pas encore.

« Vous êtes dans les temps ? demanda Rose.

— Jusqu'ici, oui. Un peu en avance, même. »

Un double coup rapide résonna à la portière. Andi regarda dehors et ouvrit.

« Skunk ? Toujours là ?

— Oui. Teuch vient de revenir avec le jus de fruits pour Barry. Il a super mal à la gorge.

— Tiens, essaie ça, dit Teuch à Barry en dévissant le bouchon. C'est de la pomme. Tout frais de la vitrine réfrigérée. Ça va merveilleusement soulager ta gorge enflammée. »

Barry se souleva sur les coudes et avala quand Teuch inclina la petite bouteille en verre contre ses lèvres. Skunk trouva la scène difficile à regarder. Il avait vu des petits agneaux boire comme ça au biberon avec ce même air de faiblesse maladive qui semblait dire aidez-moi-j'y-arrive-pas-tout-seul.

« Est-ce que Barry peut parler, Skunk ? Si oui, passe-le-moi. »

Skunk écarta Teuch du coude et s'assit à côté de Barry. « Rose. Elle veut te parler. »

Il voulut tenir le téléphone contre l'oreille de Barry, mais le Noiche s'en saisit. Soit c'était le jus de fruits, soit l'aspirine que Teuch lui avait fait avaler qui lui avait redonné un peu de vigueur.

« Rose, croassa-t-il, désolé de tout ça, chérie. » Il écouta, hocha la tête. « Je sais. Je comprends. Je... » Il écouta encore. « Non, non, pas encore, mais... ouais. Je peux. Je vais faire ça. Ouais. Je t'aime aussi. Tiens, je te le repasse. » Il tendit le téléphone à Skunk, puis, vidé de ce regain de force passager, s'effondra de nouveau sur son tas d'oreillers.

« Je suis là, dit Skunk.

— Il a déjà commencé à cycler ? »

Skunk épia Barry à la dérobée. « Non.

— Dieu soit loué pour ses modestes bienfaits. Il me dit qu'il peut encore la localiser. J'espère que c'est vrai. S'il ne peut pas, vous devrez la trouver vous-mêmes. *Il nous faut cette fille.* »

Skunk savait qu'elle voulait la gamine – Julianne, Emma, plus probablement Abra – pour des raisons personnelles, et c'était suffisant pour lui, mais il y avait bien plus en jeu. Peut-être la survie durable des Vrais. Lors d'un entretien chuchoté à l'arrière du Winnebago, Teuch avait confié à Skunk que cette môme n'avait sans doute jamais eu la rougeole, mais que sa vapeur pourrait quand même les protéger à cause des vaccins qu'on avait dû lui faire quand elle était bébé. Ce n'était qu'une supposition, mais ça valait bougrement mieux que pas de supposition du tout.

« Skunk ? Parle-moi, mon poussin.

— On va la trouver. » Il jeta un coup d'œil en direction de l'as de l'informatique de la Tribu. « Jimmy a resserré le filet sur trois possibilités, toutes dans le rayon d'un même pâté de maisons. On a des photos.

— Ça, c'est *excellent.* » Elle se tut et, quand elle

reprit la parole, elle avait la voix plus basse, plus chaude et, peut-être un poil chevrotante. Skunk détestait l'idée d'une Rose apeurée, pourtant, il pensait qu'elle l'était. Pas pour elle, mais pour le Nœud Vrai qu'elle avait le devoir de protéger. « Tu sais que je vous obligerais jamais à continuer avec Barry malade si je ne pensais pas que c'est absolument vital.

— Ouais, je sais.

— Chopez-la, endormez-la-moi comme il faut et ramenez-la. Compris ?

— Compris.

— S'il y en a d'autres qui tombent malades, et si tu penses qu'il vaut mieux affréter un jet pour la ramener…

— On le fera aussi, s'il le faut. » Mais Skunk redoutait cette éventualité. Tous ceux d'entre eux qui ne seraient pas malades en montant dans l'avion le seraient en arrivant : perte de l'équilibre, troubles auditifs pendant un mois ou plus, tremblements, vomissements… Et puis aussi, tout déplacement par avion laisse dans son sillage sa piste de paperasses. Pas très bon pour des passagers escortant une fillette kidnappée et droguée. Mais bon : quand le diable invite, faut y aller avec une longue cuillère.

« Il est temps que vous repreniez la route, dit Rose. Prends soin de mon Barry, Papa. Et des autres aussi.

— Tout le monde va bien, de ton côté ?

— Impec », dit Rose. Et elle raccrocha sans lui laisser le temps de poser plus de questions. C'était mieux comme ça. Parfois, pas besoin d'être télépathe pour savoir que quelqu'un ment. Même les pecnos le savaient.

Skunk jeta le téléphone sur la table et tapa énergiquement dans ses mains. « C'est bon, les gars, on fait le plein et on y va. Prochain arrêt, Sturbridge, Massachusetts. Teuch, tu restes avec Barry. Je conduis pendant six heures, ensuite, tu prends le relais, Jimmy.

— Je veux rentrer à la maison », dit Jimmy Zéro d'une voix morose. Il s'apprêtait à en dire plus, mais une main brûlante lui saisit le poignet et l'en empêcha.

« On a pas le choix », dit Barry. Ses yeux étincelaient de fièvre, mais ils étaient attentifs et lucides. À cet instant, Skunk se sentit très fier de lui. « Pas le choix du tout, Ordi-Boy. Alors, du nerf, pépère. Les Vrais avant tout. Toujours. »

Skunk s'installa au volant et tourna la clé de contact. « Jimmy, appela-t-il, viens t'asseoir une minute près de moi. Pour bavarder un peu. »

Jimmy Zéro vint se poser sur le siège du passager.

« Ces trois gamines, elles ont quel âge ? Tu le sais ?

— Oui, je le sais, ça et plein d'autres choses. Après avoir chopé leurs photos, j'ai piraté leurs dossiers scolaires. Tant qu'à remporter le banco, autant tenter le super-banco. Deane et Cross ont quatorze ans. La petite Stone a un an de moins. Elle a sauté une classe à l'école primaire.

— Ça, ça me semble un indice de vapeur, dit Skunk.

— Ouais.

— Et elles habitent toutes les trois dans le même quartier.

— Exact.

— *Ça*, ça me semble un indice de copinage. »

Les yeux de Jimmy étaient encore brouillés de larmes, mais la remarque le fit rire. « Ouais. Des filles, quoi. Elles doivent mettre toutes les trois le même rouge à lèvres et mouiller leur petite culotte pour les mêmes chanteurs. Où tu veux en venir ?

— Nulle part, dit Skunk. Juste pour savoir. L'information, c'est le pouvoir, comme on dit. »

Deux minutes plus tard, le Winnebago de Steve Vap' rejoignait l'Interstate 90. Lorsque le compteur se fixa sur cent dix, Skunk enclencha le régulateur de vitesse et laissa rouler.

7

Dan esquissa les grandes lignes de son plan, puis attendit la réponse de Dave Stone. Pendant un long moment, celui-ci resta assis près de sa fille, tête baissée, mains jointes entre les genoux.

« Papa ? interrogea Abra. S'il te plaît, dis quelque chose. »

Dave leva la tête et dit : « Qui veut une bière ? »

Dan et John échangèrent un bref regard amusé, et déclinèrent.

« Ben moi, j'en veux une. Ce dont j'ai réellement envie, c'est d'un double scotch, mais je veux bien admettre sans que vous ayez à me le dire, messieurs, que me siffler un whisky ce soir pourrait ne pas être une très bonne idée.

— Je vais t'en chercher une, papa. »

Abra bondit vers la cuisine. Ils entendirent le claquement de la languette à l'ouverture de la canette, suivi du sifflement du gaz carbonique – deux sons qui ranimèrent chez Dan une foule de souvenirs, dont certains traîtreusement associés au bonheur. Abra revint avec une Coors et un verre Pilsner.

« Je peux te la verser, p'pa ?

— Fais-toi plais'. »

Avec une fascination silencieuse, Dan et John regardèrent Abra incliner le verre et, avec l'assurance et l'aisance d'un barman expérimenté, verser la bière doucement afin de maîtriser la formation de mousse. Elle tendit le verre à son père et posa la canette sur la table basse. Dave avala une longue gorgée, soupira, ferma les yeux, les rouvrit.

« Que c'est bon ! » dit-il.

Je te crois, pensa Dan. Et il vit qu'Abra le regardait. Son visage, d'habitude si ouvert, était impénétrable, et il fut momentanément incapable de lire ses pensées.

Dave dit : « Ce que vous proposez est fou, mais ne manque pas d'attraits. Le principal étant de me donner peut-être l'occasion de voir ces… créatures… de mes propres yeux. Je crois que j'en ai besoin, parce que, en dépit de tout ce que vous m'avez raconté, je trouve encore difficile de croire à leur existence. Même avec le gant, et le corps que vous dites avoir trouvé. »

Abra ouvrit la bouche pour parler. Son père leva la main pour l'arrêter.

« Je veux bien croire que *tu* y crois, poursuivit-il. Que vous y croyez tous les trois. Et je veux bien croire aussi qu'un groupe d'individus dangereux et sérieusement dérangés sont peut-être – je dis bien *peut-être* – aux trousses de ma fille. Et j'adhérerais volontiers à votre idée, Mr. Torrance, si elle n'impliquait pas d'emmener Abra. Je refuse d'utiliser mon enfant comme un appât.

— Ce ne sera pas nécessaire », dit Dan. Il n'avait pas oublié comment la présence d'Abra dans la zone du quai de l'usine d'éthanol avait fait de lui une sorte de chien limier pour restes humains et combien sa vision s'était aiguisée quand Abra avait ouvert les yeux à l'intérieur de sa tête. Il avait aussi pleuré ses larmes à elle, même si aucun test ADN n'aurait pu le prouver.

À moins que... pensa-t-il. *Qui sait ?*

« Que voulez-vous dire ?

— Votre fille n'a pas besoin d'être avec nous... pour être avec nous. C'est sa façon d'être unique. Abra, as-tu une copine chez qui tu pourrais aller demain après l'école ? Peut-être même y rester pour la nuit ?

— Oui, Emma Deane, bien sûr. » À la lueur d'excitation qui dansait dans ses yeux, il vit qu'elle avait déjà compris ce qu'il avait en tête.

« Mauvaise idée, dit Dave. Je refuse de la laisser sans protection.

— Abra a été protégée durant tout le temps que nous avons passé en Iowa », dit John.

Les sourcils d'Abra se froncèrent et sa bouche s'entrouvrit. Dan s'en réjouit. Il était persuadé qu'elle aurait pu pêcher cette info dans son cerveau à tout moment, mais elle ne l'avait pas fait. Elle s'était conformée à ce qu'il lui avait demandé.

Dan sortit son téléphone portable, sélectionna rapidement un contact, l'appela. « Billy ? Si tu venais nous rejoindre ? On t'attend. »

Trois minutes plus tard, Billy pénétrait dans la maison des Stone. Il portait un jean, une chemise de flanelle rouge dont les pans lui descendaient presque à hauteur des genoux et une casquette Chemin de fer de Teenytown qu'il ôta pour serrer la main à Dave et à Abra.

« Tu l'as aidé pour son estomac, dit Abra en se tournant vers Dan. Je m'en souviens.

— Ah, tu as quand même un peu fureté », dit Dan.

Abra rougit. « Pas exprès. Jamais. Mais des fois… ça arrive, c'est tout.

— À qui le dis-tu.

— Avec tout le respect que je vous dois, Mr. Freeman, dit Dave, vous êtes un tout petit peu âgé pour jouer les gardes du corps, et c'est de ma fille qu'il est question, ici. »

Billy souleva un pan de sa chemise, révélant un pistolet automatique rangé dans un vieux holster râpé. « Colt 9 mm, dit-il. Entièrement automatique. Modèle authentique de la Seconde Guerre mondiale. Lui aussi il est vieux, mais il fera le boulot.

— Abra ? interrogea John. Penses-tu que les balles sont capables de tuer ces choses, ou seulement les maladies infantiles ? »

Abra regardait le pistolet. « Oh, oui, dit-elle. Les balles en viendront à bout. Ce sont pas des gens-fantômes. Ils sont réels, tout comme nous. »

John regarda Dan. « Je ne pense pas que tu possèdes une arme ? »

Dan secoua la tête et regarda Billy. « J'ai un fusil de chasse que je peux te prêter.

— Ça risque… de ne pas suffire », dit Dan.

Billy réfléchit. « D'accord, je connais un gars du côté de Madison. Il achète et revend des armes plus puissantes. Certaines vraiment très puissantes.

— Oh, Seigneur, dit Dave. C'est de pire en pire. » Mais il n'ajouta plus rien.

Dan reprit : « Billy, est-ce qu'on pourrait réserver le train pour demain, si on veut aller pique-niquer au crépuscule à Cloud Gap ?

— Bien sûr. Les gens font ça tout le temps, surtout après Labor Day, quand les prix baissent. »

Abra sourit. C'était un sourire que Dan avait déjà vu avant. Son sourire mauvais. Il se demanda si ces Vrais auraient changé d'avis s'ils avaient su que leur cible avait ce genre de sourire à son répertoire.

« Bien, dit-elle. *Bien*.

— Abra ? » Dave paraissait déconcerté et un peu effrayé. « Abra ? »

Un instant, elle l'ignora. C'est à Dan qu'elle s'adressa : « Ils le méritent pour ce qu'ils ont fait au p'tit gars du base-ball. » De sa main en coupe, elle s'essuya la bouche, comme pour effacer ce sourire, mais quand elle la retira, le sourire était toujours là, et ses lèvres amincies laissaient voir la pointe de ses dents. Elle crispa le poing.

« *Ils le méritent.* »

TROISIÈME PARTIE

QUESTIONS DE VIE ET DE MORT

CHAPITRE 13

CLOUD GAP

1

EZ Mail Services était situé dans un centre commercial en enfilade, entre un café Starbucks et un Pièces Auto O'Reilly. Skunk y entra juste après dix heures, justifia de son identité d'Henry Rothman, signa le récépissé pour un colis de la taille d'une boîte à chaussures et ressortit avec le paquet sous le bras. Celui-ci portait comme adresse d'expéditeur une entreprise de fournitures sanitaires de Flushing, État de New York. Cette entreprise existait bel et bien, mais elle n'avait joué aucun rôle dans cette expédition particulière.

Malgré la clim', l'atmosphère dans le Winnebago empestait l'odeur fétide de la maladie de Barry, mais tous s'y étaient habitués et ne la sentaient quasiment plus. Sous les regards attentifs de Skunk, la Piquouse et Zéro, Teuch trancha l'adhésif avec son couteau suisse et souleva les rabats du carton. Il en sortit un emballage de plastique à bulles puis une double épaisseur de peluche de coton. En dessous, encastrés dans du polystyrène, apparurent un grand flacon sans étiquette empli de liquide jaune paille, huit seringues, huit fléchettes et un pistolet en alu.

« Bonté divine, y en a assez pour expédier toute sa classe en Terre du Milieu, lâcha Jimmy.

— Rose a le plus grand respect pour cette petite *chiquita* », observa Skunk. Il sortit le pistolet anesthésiant de sa coque de polystyrène, l'examina, le remit à sa place. « Et nous en aurons aussi.

— Skunk ! » La voix de Barry était rauque et encombrée. « Viens ici. »

Skunk confia le contenu de la boîte à Teuch et rejoignit l'homme en sueur sur le lit. Barry était maintenant couvert de centaines de pustules rouge vif, ses paupières étaient presque soudées sur ses yeux gonflés, ses cheveux emmêlés lui collaient au front. Skunk sentait la fièvre irradier de lui comme d'un four, mais le Noiche était vachement plus solide que le pauvre Flop. Il n'avait pas encore commencé à cycler.

« Ça va, vous autres ? demanda Barry. Pas de fièvre ? Pas de plaques ?

— Ça va. T'inquiète pas pour nous, t'as besoin de te reposer. Essaye de dormir un peu.

— Je dormirai quand j'serai mort, et j'suis pas encore crevé. » Ses yeux striés de filaments rouges luisaient. « Je la capte. »

Skunk saisit sa main sans y penser, se fit intérieurement la remarque de la laver ensuite à l'eau bien chaude avec beaucoup de savon, puis se demanda à quoi bon. Ils respiraient tous son air vicié, s'étaient tous relayés pour l'aider à se traîner jusqu'aux toilettes. Leurs mains l'avaient touché de partout. « Tu sais laquelle des trois gamines c'est ? T'as capté son nom ?

— Non.

— Elle sait qu'on arrive ?

— Non. Arrête de poser des questions et laisse-moi te dire ce que je sais. Elle pense à Rose, c'est comme ça que je l'ai détectée, mais elle pense pas à elle par son nom. Elle l'appelle "la femme au chapeau avec la longue dent de devant". La môme… » Barry se pencha sur sa droite et toussa dans un mouchoir mouillé. « La môme a peur d'elle.

— M'étonne pas, fit Skunk d'un ton froid. Autre chose ?

— Des sandwiches au jambon et des œufs durs. »

Skunk attendit.

« Je suis pas encore très sûr, mais je crois… qu'elle organise un pique-nique. Peut-être avec ses parents. Ils vont prendre un… train miniature ? » Barry fronça les sourcils.

« Quel train miniature ? Où ça ?

— J'sais pas. Rapproche-moi d'elle et je saurai. Je sais que j'saurai. » La main de Barry tourna dans celle de Skunk et ses ongles se plantèrent dans sa paume. « Elle pourra peut-être m'aider, Papa. Si je peux tenir le coup et que vous arrivez à la choper… et à la faire souffrir assez pour qu'elle lâche un peu de vapeur… alors peut-être que je…

— Peut-être », fit Skunk. Mais, baissant les yeux, il vit – l'espace d'une seconde, pas plus – les os de Barry à travers ses doigts crispés.

2

Abra fut extraordinairement silencieuse en classe ce vendredi-là. Bien qu'elle fût d'ordinaire une élève pleine de vivacité et plutôt bavarde, aucun prof ne trouva cela étrange. Son père avait appelé l'infirmière du collège le matin même pour lui demander de solliciter leur indulgence. Elle tenait à venir à l'école, mais ils avaient reçu la veille de très mauvaises nouvelles concernant son arrière-grand-mère. « Elle accuse le coup », avait expliqué Dave.

L'infirmière avait dit qu'elle comprenait et qu'elle ferait passer le message.

Ce que faisait en réalité Abra ce jour-là, c'était se concentrer pour être à deux endroits en même temps. C'était un peu comme se taper sur la tête tout en se frottant le ventre : dur au début et puis de moins en moins difficile à mesure qu'on pigeait le truc.

Une partie d'elle-même devait rester dans son corps physique et répondre aux questions occasionnelles posées par ses profs (comme elle levait toujours le doigt depuis le cours préparatoire, elle trouvait plutôt agaçant d'être sollicitée aujourd'hui alors qu'elle était sagement assise les mains croisées sur son bureau), bavarder avec ses copines aux récrés et pendant le déjeuner, demander à sa prof de sport si elle pouvait être dispensée de cours ce jour-là et aller plutôt à la bibliothèque. « J'ai mal au ventre », avait-elle dit ; c'était la formule des filles de troisième pour dire *J'ai mes règles*.

Elle fut également silencieuse chez Emma après l'école, mais ce n'était pas un gros problème car

Emma, grande lectrice comme tous les autres membres de sa famille, était plongée dans la lecture de *L'Embrasement* de Suzanne Collins qu'elle relisait pour la troisième fois. Mr. Deane chercha bien un peu à lui faire la conversation à son retour du boulot mais, Abra lui répondant par monosyllabes et Mrs. Deane le rabrouant du regard, il battit vite en retraite et se plongea dans le dernier numéro de *The Economist*.

Abra eut vaguement conscience qu'Emma fermait son livre et lui demandait si elle voulait aller faire un tour dehors, mais elle était presque tout entière avec Dan : voyant par ses yeux, sentant ses mains et ses pieds sur les commandes de la petite locomotive du *Helen Rivington*, goûtant le sandwich au jambon qu'il mangeait et la limonade qu'il buvait. Et quand Dan parlait à David, c'était en fait Abra qui s'exprimait. Et que faisait Dr John pendant ce temps ? Il était assis à l'arrière du petit train, de telle sorte qu'il n'y avait *pas* de Dr John. Rien que Dave et Abra dans la cabine, un petit couple père-fille resserrant leurs liens après l'annonce de l'aggravation de l'état de santé de leur Momo, partageant un simple moment d'intimité.

De temps à autre, ses pensées se tournaient vers la femme au chapeau, celle qui avait fait du mal au p'tit gars du base-ball jusqu'à ce qu'il en meure et avait léché son sang sur ses mains de sa bouche avide et difforme. Abra ne pouvait s'empêcher d'y penser, mais elle ne croyait pas que cela la ferait repérer. Si Barry la touchait de son esprit, il ne serait pas vraiment étonné qu'elle ait peur de Rose, si ?

Son intuition lui disait qu'elle n'aurait pas pu berner le rabatteur du Nœud Vrai s'il avait été en bonne santé, mais Barry était extrêmement malade. Il ne savait même pas qu'elle connaissait le nom de Rose. Il ne s'était même pas demandé comment une gamine qui n'aurait l'âge de passer son permis qu'en 2015 pouvait conduire le train de Teenytown sur son circuit à travers bois à l'ouest de Frazier. Et s'il s'était posé la question, il aurait probablement conclu que ce train n'avait pas vraiment besoin d'un conducteur.

Parce qu'il croit que c'est un jouet.

« … Scrabble ?

— Hmmmh ? » Elle tourna les yeux vers Emma, sans très bien savoir où elles se trouvaient toutes les deux. Puis elle vit qu'elle avait un ballon de basket entre les mains. D'accord, elles étaient dans le jardin. Elles jouaient aux TIRS AU PANIER.

« Je t'ai demandé si tu voulais rentrer jouer au Scrabble avec ma mère et moi, parce qu'on s'emmerde royalement, là !

— C'est toi qui gagnes ?

— Pff ! Ouais, les trois parties. T'es dans quelle dimension, là ?

— Excuse, je suis inquiète pour ma Momo. Ouais, d'accord pour le Scrabble. » Super, en fait. Emma et sa mère étaient les joueuses de Scrabble les plus lentes de tout l'univers connu, et elles auraient poussé les hauts cris si on leur avait imposé de jouer avec un sablier. Ça laisserait plein de temps à Abra pour continuer à réduire au minimum sa présence ici. Barry était malade, mais pas mort, et s'il s'avisait qu'Abra était en train de pratiquer une sorte de ventriloquie télépathique, les conséquences risquaient d'être terribles. Il pourrait même repérer où elle se trouvait.

Plus pour très longtemps. Tiens encore un peu. Oh, pourvu que tout se passe bien.

Pendant qu'Emma débarrassait la table dans la salle de jeux du rez-de-chaussée et que Mrs. Deane installait le plateau de Scrabble, Abra s'excusa pour aller aux toilettes. Ce n'était pas qu'un prétexte, mais elle fit d'abord un détour par le salon pour jeter un coup d'œil par la fenêtre en encorbellement. La camionnette de Billy était garée de l'autre côté de la rue. Il vit les rideaux frissonner et leva bien haut les pouces pour qu'elle le voie. Abra leva aussi les siens. Puis la petite part d'elle qui était là se dirigea vers les toilettes tandis que le reste occupait toujours la cabine de la locomotive du *Helen Rivington*.

Nous allons manger notre pique-nique, ramasser nos déchets, admirer le soleil couchant, puis nous allons rentrer.

(*manger notre pique-nique, ramasser nos déchets, admirer le soleil couchant, puis*)

Quelque chose de désagréable et d'inattendu fit irruption dans ses pensées, suffisamment fort pour projeter sa tête en arrière. Un homme et deux femmes. L'homme avait un aigle tatoué dans le dos et les deux femmes avaient chacune un tatoo-pouf en bas des reins. Abra voyait leurs tatouages parce qu'ils étaient en train de faire des trucs sexuels au bord d'une piscine sur un fond sonore de stupide musique disco. Les femmes laissaient échapper tout un tas de gémissements faux comme c'est pas permis. Merde, sur quoi elle était tombée, là ?

Le spectacle que donnaient d'eux-mêmes ces gens lui fit un tel choc que le délicat exercice d'équilibre auquel elle se livrait fut anéanti. Pendant un bref instant, elle fut tout entière en un seul endroit, tout entière *ici*. Prudemment, elle regarda de nouveau et vit que les gens au bord de la piscine étaient tout flous. Pas réels. Presque comme des gens-fantômes. Et pourquoi ? Parce que Barry était déjà presque un fantôme lui-même et que ça ne l'intéressait pas de regarder des gens s'exciter au bord d'une…

Ils sont pas au bord d'une piscine, ils sont à la télé.

Barry le Noiche savait-il qu'elle le regardait regardant un film porno à la télé ? et les autres ? Abra n'en était pas très sûre, mais elle ne le pensait pas. Quoique… ils avaient envisagé cette hypothèse. Ils l'avaient même peut-être fait un peu exprès… Si elle était là, ils essayaient de la choquer pour qu'elle s'en aille, ou qu'elle se dévoile, ou les deux…

« Abra ? l'appela Emma. On est prêtes pour jouer ! »

Je suis déjà en train de jouer et c'est un jeu super plus important que ton Scrabble.

Elle devait retrouver son équilibre, et vite. Elle se fichait de cette histoire de film porno avec sa musique disco pourrie. Elle était dans le petit train. Elle *conduisait* le petit train. C'était son cadeau spécial. Elle s'amusait.

Nous allons manger, nous allons ramasser nos déchets, nous allons admirer le soleil couchant, et puis nous allons rentrer. J'ai peur de la femme au chapeau mais pas trop*, parce que je ne suis pas à la maison, je suis en route pour Cloud Gap avec mon papa.*

« Abra ! T'es tombée dans le trou ?

— J'arrive ! lança-t-elle. Je me lave les mains ! »

Je suis avec mon papa. Je suis avec mon papa, et c'est tout.

Abra se regarda dans la glace avant de sortir et se murmura : « Accroche-toi à cette pensée, bébé. »

3

Jimmy Zéro était au volant quand ils s'arrêtèrent sur l'aire de repos de Bretton Woods, plus très loin d'Anniston, la ville où habitait la petite merdeuse. Sauf qu'elle n'y était plus. D'après le Noiche, elle se trouvait dans une ville appelée Frazier, un peu plus au sud-est. En pique-nique avec son père. Histoire de se faire oublier. Grand bien que ça lui ferait.

La Piquouse inséra la première vidéo dans le lecteur DVD. Un truc intitulé *Les Aventures de Kenny au bord de la piscine*. « Si la môme regarde, ça fera son éducation », dit-elle. Et elle appuya sur PLAY.

Assis à côté de Barry, Teuch lui faisait avaler un peu de jus… quand il le pouvait. Car Barry avait commencé à cycler grave. Il se fichait pas mal du jus de fruits et encore plus du *ménage à trois** au bord de la piscine. S'il regardait l'écran, c'était seulement parce qu'il obéissait aux ordres. Et chaque fois qu'il reprenait sa forme solide, il grognait plus fort.

« Skunk, dit-il. Papa, viens me voir. »

Skunk approcha aussitôt et poussa Teuch du coude.

« Penche-toi », chuchota Barry. Après une petite seconde d'hésitation, Skunk fit ce qu'il lui demandait.

Barry ouvrit la bouche, mais le cycle suivant démarra avant qu'il ait pu parler. Sa peau devint laiteuse, puis fine jusqu'à la transparence. À travers, Skunk vit ses dents serrées, ses orbites contenant ses yeux douloureux et – pire que tout – les jointures crénelées de son crâne. Il attendit, tenant dans la sienne une main qui n'était plus qu'un nid d'os. Et quelque part, à une distance très lointaine, cette musique disco à chier qui semblait tourner en boucle. Skunk pensa, *Ils doivent être camés. On peut pas baiser sur une musique pareille à moins d'être camé.*

Lentement, lentement, Barry le Noiche retrouva sa densité. Cette fois, son retour s'accompagna d'un hurlement et sa main se crispa violemment sur celle de Skunk. La sueur perlait à grosses gouttes sur son front. Ses pustules rouges luisaient tellement qu'elles ressemblaient à du sang.

Il s'humecta les lèvres et dit : « Écoute-moi. »

Skunk écouta.

4

Dan s'appliquait à vider son esprit pour laisser Abra l'emplir. Il avait conduit assez souvent le *Riv* jusqu'au terminus de Cloud Gap pour que ce soit devenu quasi automatique pour lui, et comme John était installé dans la voiture de queue avec les armes (deux pistolets automatiques et le fusil de chasse de Billy), il pouvait oublier sa présence. Loin des yeux, loin du cœur. Loin de l'esprit, en l'occurrence. Ou presque. Même dans le sommeil, on ne peut jamais complètement se perdre soi-même. Mais la présence d'Abra était assez imposante pour être vaguement inquiétante. Dan pensait que si elle restait encore longtemps dans sa tête et continuait d'émettre avec sa puissance singulière, il n'allait pas tarder à courir faire les boutiques pour dénicher les sandales dernier cri et les accessoires pour aller avec. Sans parler de craquer pour les mecs géniaux de 'Round Here.

Ce qui l'aidait, c'était qu'au dernier moment, elle

avait insisté pour qu'il emporte Pippo, son lapin en peluche. « Ça me donnera quelque chose sur quoi me concentrer », avait-elle dit. Aucun d'eux ne se doutant que certain gentleman pas tout à fait humain dont le nom de pecno était Barry Smith aurait parfaitement compris ça. Il avait appris ce truc avec Grand-Pa Flop et s'en était servi bien des fois.

Ce qui l'aidait aussi, c'était que Dave Stone ne cessait de l'abreuver d'histoires de famille qu'Abra n'avait pour la plupart jamais entendues. Dan était toutefois convaincu que rien de tout ça n'aurait fonctionné si l'individu chargé de la localiser n'avait pas été malade.

« Les autres ne sont-ils pas capables de ce travail de localisation ? lui avait-il demandé.

— La femme au chapeau pourrait le faire, même depuis l'autre côté du pays, mais elle préfère rester en dehors de ça. » Encore ce sourire troublant, dévoilant la pointe de ses dents. Dans ces moments, on lui aurait donné beaucoup plus que son âge. « Rose a peur de moi. »

La présence d'Abra n'était pas constante dans la tête de Dan. De temps à autre, il la sentait s'en aller, lorsqu'elle partait chercher le contact – oh, très prudemment – de l'autre côté, avec celui qui avait eu la bêtise d'enfiler le gant de base-ball de Bradley Trevor. Elle disait qu'ils s'étaient arrêtés dans une ville appelée Starbridge (Dan était quasiment sûr qu'elle voulait dire Sturbridge) et que là ils avaient quitté l'autoroute pour continuer par des routes secondaires, guidés par l'écholocalisation des brillants clics ultrasoniques de sa conscience. Plus tard, ils avaient fait halte pour déjeuner dans un resto de bord de route, sans se presser, faisant durer la dernière partie du voyage. Ils savaient où elle se rendait à présent et avaient l'intention de la laisser y arriver, parce que Cloud Gap est un lieu isolé. Ils pensaient qu'elle leur facilitait la tâche, ce qui était parfait, mais c'était un travail délicat, une sorte de chirurgie télépathique au laser.

Il y avait eu un moment pénible où des images pornographiques avaient envahi le cerveau de Dan – une sorte de scène de sexe de groupe au bord d'une piscine – mais elles s'étaient effacées presque aussitôt. Il supposait qu'il avait eu fugitivement accès au subconscient d'Abra où – si l'on en croyait le Dr Freud – toutes sortes d'images primitives étaient tapies. C'est une supposition qu'il devrait regretter par la suite, sans pour autant se culpabiliser : il s'était fait un devoir de ne jamais mettre son nez dans les affaires les plus privées d'autrui.

Dan tenait le manche du *Riv* d'une seule main. L'autre était posée sur le lapin en peluche galeux assis sur ses genoux. Des bois denses, flambant déjà de formidables couleurs, filaient des deux côtés. Sur le siège à sa droite – le siège dit du chauffeur –, Dave ne cessait de jacasser, continuant de raconter des histoires de famille à sa fille et laissant au moins un cadavre sortir en dansant du placard.

« Quand ta mère a appelé hier matin, elle m'a dit qu'il y avait une malle marquée *Alessandra* rangée dans la cave de Momo. Tu sais qui est Alessandra, n'est-ce pas ?

— Grand-ma Sandy », répondit Dan. Ça alors, même sa voix rendait un son plus aigu. Plus jeune.

« C'est ça. Et je vais te dire quelque chose que peut-être tu ne sais pas, et si c'est le cas, ce n'est *pas* moi qui te l'ai raconté, d'accord ?

— Oui, papa. » Dan sentit ses lèvres se relever aux commissures tandis qu'à quelques kilomètres de là, Abra souriait en regardant son choix de jetons de Scrabble : S M A R I L A.

« Ta grand-ma Sandy a fait ses études à SUNY, l'université d'État de New York à Albany, et elle faisait son premier stage d'élève professeur dans un lycée du Vermont, ou du Massachusetts ou du New Hampshire, je ne sais plus, quand, au beau milieu de ses huit semaines de stage, elle a tout plaqué. Elle est restée quelque temps dans le coin, faisant sûrement des petits boulots à droite et à gauche pour survivre, serveuse, des choses comme ça, et en allant aussi à des tas de concerts et de soirées. Sandy était… »

5

(*une sacrée fêtarde*)

Du coup, Abra repensa aux trois obsédés sexuels près de la piscine, en train de se peloter et de s'enfiler au son d'une vieille musique disco à la noix. Beurck. Y avait des gens qui avaient vraiment une drôle de conception de ce que c'était que faire la fête.

« Abra ? » C'était Mrs. Deane. « C'est à toi de jouer, chérie. »

Si elle devait continuer ce tour de force encore longtemps, elle allait faire une crise de nerfs. Ç'aurait été tellement plus facile si elle était restée toute seule à la maison. Elle en avait suggéré l'idée à son père, mais il n'avait rien voulu entendre. Même avec Mr. Freeman devant la porte pour monter la garde.

Elle se servit d'un E sur le plateau pour faire le mot MARE.

« Merci beaucoup, Abba-Dooch, je voulais justement m'y mettre », dit Emma. Et elle se tourna vers le plateau qu'elle étudia, les yeux rétrécis, avec une concentration typique des contrôles de fin de trimestre qui allait durer au moins les cinq prochaines minutes. Peut-être même dix. Et puis elle pondrait un truc totalement minable, genre RAP ou PAR.

Abra retourna sur le *Riv*. Ce que racontait son père n'était pas sans intérêt, sauf qu'elle en savait largement plus là-dessus qu'il se l'imaginait.

(*Abby ? Est-ce que tu*)

6

« Abby ? Est-ce que tu m'écoutes ?

— Mais oui », affirma Dan. *J'ai juste dû prendre un peu de temps pour poser mon mot.* « C'est super intéressant.

— Momo vivait à Manhattan à l'époque, et quand Alessandra est venue la voir au mois de juin, elle était enceinte.

— Enceinte de maman ?

— Exact, Abba-Doo.

— Alors, maman est née *hors mariage* ? »

Surprise totale, peut-être un poil surjouée… Placé dans la situation insolite d'être à la fois partie prenante de la conversation et oreille indiscrète l'écoutant, Dan s'aperçut alors de quelque chose qu'il trouva touchant et délicieusement comique : Abra savait parfaitement que sa mère était une enfant illégitime. Lucy le lui avait raconté l'année précédente. Et ce que faisait Abra en ce moment précis, incroyable mais vrai, c'était protéger l'innocence de son père.

« Eh oui, chérie. Mais ce n'est pas un crime. Parfois, il arrive que les gens… je ne sais pas… soient un peu désorientés. Des branches un peu étranges poussent alors sur leur arbre généalogique, et il n'y a aucune raison pour que tu ne le saches pas.

— Et grand-ma Sandy est morte quelques mois après la naissance de maman, hein ? Dans un accident de voiture.

— Exact. Momo gardait Lucy pour l'après-midi, et elle a fini par l'élever complètement. C'est la raison pour laquelle elles sont si proches toutes les deux, et pourquoi le fait que Momo vieillisse et soit malade soit si dur pour ta mère.

— Qui était l'homme qui a mis grand-ma Sandy enceinte ? Est-ce qu'elle l'a dit ?

— Ça, c'est une question intéressante, répondit Dave. Mais si Alessandra l'a dit à Momo, Momo ne l'a dit à personne. » Il tendit le doigt devant lui, montrant un sentier dans les bois. « Regarde, ma chérie, on y est presque ! »

En effet, ils dépassaient un panneau indiquant AIRE DE PIQUE-NIQUE DE CLOUD GAP 3 KM.

7

La troupe de Skunk fit un bref arrêt à Anniston pour faire le plein, mais dans la partie basse de la ville, à deux kilomètres environ de Richland Court. Comme ils quittaient la ville – Andi la Piquouse avait pris le volant et un film intitulé *Fraternités échangistes à l'université* se dévidait dans le lecteur DVD –, Barry appela Jimmy Zéro à son chevet.

« Faudrait que vous accélériez un poil, les gars, dit Barry. Ils y sont presque. Un endroit qui s'appelle Cloud Gap. Je te l'avais dit ?

— Oui, oui, tu nous l'as dit. » Jimmy faillit tapoter la main de Barry, mais se retint de justesse.

« Ils vont déballer leur pique-nique aussitôt arrivés. C'est là qu'y faudrait que vous les chopiez, quand ils vont être assis pour manger.

— C'est ce qu'on va faire, promit Jimmy. Juste à temps pour lui faire cracher un peu de vapeur pour te requinquer. Rose verra aucun inconvénient à ça.

— Ça lui viendrait pas à l'idée, renchérit Barry, mais c'est trop tard pour moi. Par contre, ça l'est peut-être pas pour toi.

— Hein ?

— Regarde tes bras. »

Ce qu'il fit. Et sur la peau blanche et fine au creux des coudes, Jimmy vit les premiers signes de l'éruption. La mort rouge. Sa bouche s'assécha en voyant ça.

« Oh, Seigneur Jésus, voilà que ça me reprend », gémit Barry. Et soudain, ses vêtements s'aplatirent sur un corps qui n'était plus là. Jimmy le vit déglutir… puis sa gorge disparut.

« Bouge de là, dit Teuch. Laisse-moi la place.

— Ah ouais ? Et tu vas lui faire quoi ? Il est cuit. »

Jimmy passa à l'avant et se laissa choir sur le siège du passager que Skunk avait libéré. « Prends la route 14-A pour contourner Frazier, dit-il. C'est plus court que de passer par le centre. Tu vas tomber sur la route de la Saco River… »

La Piquouse tapota le GPS. « Tu me crois aveugle ou juste stupide ? J'ai tout programmé là-dedans. »

C'est à peine si Jimmy Zéro l'entendit. Tout ce qu'il savait, c'est qu'il ne pouvait pas mourir. Il était trop jeune pour mourir, surtout avec tous les progrès incroyables à l'horizon dans le champ de l'informatique. Et la pensée de cycler, la souffrance horrible à chaque fois qu'on revenait…

Non. *Non*. Pas question. Impossible.

La lumière de cette fin d'après-midi entrait en oblique par les grandes vitres avant du Winnebago. Un soleil d'automne magnifique. C'était la saison préférée de Jimmy et il avait l'intention d'être encore vivant, de voyager avec les Vrais, à l'automne suivant. Et au suivant. Et au suivant. Heureusement, il était avec la bonne équipe pour ça. Papa Skunk était courageux, malin et astucieux. Les Vrais avaient déjà subi des revers auparavant. Papa saurait les sortir d'affaire encore cette fois.

« Guette bien le panneau indiquant l'aire de pique-nique de Cloud Gap. Le rate pas. Barry dit qu'ils y sont presque.

— Jimmy, tu me soûles, dit la Piquouse. Va donc t'asseoir derrière. On y sera dans une heure, peut-être moins.

— Appuie sur le champignon », lui dit Jimmy Zéro.

Andi la Piquouse sourit, mais le fit.

Ils venaient de s'engager sur la route de la Saco River quand Barry le Noiche cycla à vide, ne laissant que ses habits derrière lui. Ils étaient encore tout chauds de la fièvre qui l'avait consumé.

8

(*Barry est mort*)

Il n'y avait aucune horreur dans cette pensée lorsqu'elle atteignit Dan. Pas de compassion non plus. Seulement de la satisfaction. Abra Stone pouvait bien ressembler à une jeune fille américaine ordinaire, plus jolie que certaines et plus brillante que beaucoup, mais sous la surface – et même pas très loin en dessous – il y avait une jeune femme viking dotée d'une âme féroce et assoiffée de sang. Dan trouvait dommage qu'elle n'ait pas de petits frères et sœurs. Elle les aurait protégés.

Dan laissa la vitesse du *Riv* tomber à son minimum lorsque le train émergea des bois denses et longea un vallon clôturé. En contrebas, la Saco River luisait comme de l'or liquide dans la lumière du couchant. Des deux côtés, descendant en pente abrupte jusqu'au bord de l'eau, les bois étaient embrasés d'orange, de rouge, de jaune et de pourpre. Au-dessus, semblant proches à les toucher, dérivaient de petits nuages duveteux.

Il s'arrêta au niveau du panneau GARE DE CLOUD GAP dans un soupir d'aérofreins, puis coupa le moteur diesel. Un instant, il ne sut que dire, mais Abra parla pour lui par sa bouche : « Merci de m'avoir laissée conduire, papa. Maintenant, déballons notre butin. » Dans la salle de jeux des Deane, Abra venait juste de former ce mot. « Heu, notre pique-nique, je veux dire.

— Je ne peux pas croire que tu aies encore faim après tout ce que tu as mangé dans le train, la taquina Dave.

— Je suis affamée, pourtant. T'es pas content que je sois pas anorexique ?

— Si. Très content. »

Du coin de l'œil, Dan vit John Dalton, tête baissée, traverser la clairière de l'aire de pique-nique, marchant silencieusement sur l'épais tapis d'aiguilles de pin. Il tenait un pistolet dans une main et le fusil de chasse de Billy Freeman dans l'autre. Des arbres entouraient un parking destiné aux visiteurs motorisés ; après un seul regard en arrière, John disparut sous les arbres. Pendant l'été, le petit parking et toutes les tables de pique-nique auraient été occupés. En ce jour de semaine de la fin septembre, à part eux, Cloud Gap était désert.

Dave interrogea Dan du regard. Dan hocha la tête. Le père d'Abra – agnostique par préférence mais catholique par alliance – traça en l'air le signe de la croix et suivit John dans les bois.

« Que c'est beau ici, papa », dit Dan. Sa passagère invisible parlait maintenant à Pippo, car il ne restait plus que Pippo à qui parler. Dan posa le lapin borgne, pelé et bosselé sur l'une des tables de pique-nique, puis retourna chercher le panier dans la première voiture. « C'est bon, papa, dit-il à la clairière vide. Je peux le porter. »

9

Dans la salle de jeux des Deane, Abra repoussa sa chaise et se leva. « Il faut encore que j'aille aux toilettes. J'ai mal au ventre. Et après, je crois que je vais rentrer chez moi. »

Emma leva les yeux au ciel, mais Mrs. Deane se montra compatissante : « Oh, ma chérie, tu as tes ragnagnas ?

— Oui, et elles sont vraiment douloureuses cette fois.

— Tu as tout ce qu'il te faut ?

— Oui, dans mon sac. Ça ira. Excusez-moi.

— C'est ça, dit Emma, profite que tu gagnes pour arrêter.

— *Em-ma !* s'exclama sa mère.

— C'est pas grave, Mrs. Deane. Elle m'a battue aux tirs au panier. » Abra monta les escaliers, une main plaquée sur le ventre d'une façon qu'elle espérait assez convaincante. Elle jeta un nouveau regard par la fenêtre, vit la camionnette de Mr. Freeman mais ne prit pas la peine de lui faire signe. Une fois dans la salle de bains, elle ferma la porte à clé et s'assit sur l'abattant des W.-C. Quel soulagement de ne plus avoir à jongler avec toutes ces identités. Barry était mort ; Emma et sa mère étaient au rez-de-chaussée ; maintenant, il ne restait plus que l'Abra de la salle de bains et l'Abra de Cloud Gap. Elle ferma les yeux.

(*Dan*)

(*je suis là*)

(*t'as plus besoin de faire croire que t'es moi*)

Elle perçut son soulagement et sourit. Oncle Dan aussi s'était bien décarcassé, mais il n'était pas du genre poule mouillée.

Un petit coup hésitant à la porte. « Abra ? » C'était Emma. « Ça va ? Excuse-moi, j'ai pas été cool.

— Ça va, ça va. Mais je vais rentrer chez moi, prendre un Motrin et m'allonger.

— Je croyais que tu devais passer la nuit ici ?

— T'en fais pas pour moi.

— Mais ton père est pas parti ?

— Je verrouillerai bien toutes les portes jusqu'à son retour.

— Bon… tu veux que je te raccompagne ?

— Non, ça ira. »

Elle voulait être seule pour pouvoir acclamer Dan, son père et Dr John quand ils élimineraient ces *choses*. Parce qu'ils le feraient. Maintenant que Barry était mort, les autres étaient aveugles. Rien ne pouvait dérailler.

10

Pas un souffle de brise ne faisait bruire les feuilles d'automne craquantes et, une fois le moteur du *Riv* éteint, l'aire de pique-nique de Cloud Gap était très silencieuse. Il n'y avait que la conversation assourdie de la rivière en contrebas, le croassement d'un corbeau et le bruit d'un véhicule qui approchait. *Eux*. Ceux que la femme au chapeau avait envoyés. Rose. Dan souleva l'un des rabats du panier en osier, plongea la main à l'intérieur et la referma sur le Glock 22 que Billy lui avait procuré – par quel biais, Dan l'ignorait et s'en foutait. Ce dont il ne se foutait pas, c'était que le pistolet automatique pouvait tirer quinze coups sans avoir besoin d'être rechargé, et si quinze coups ne suffisaient pas, eh bien, dans ce cas, il serait dans une sacrée panade. Un souvenir fantôme de son père lui vint, Jack Torrance souriant de son charmant sourire de guingois et disant *Si ça, ça marche pas, j'sais pas quoi t'dire*. Dan regarda le vieux jouet en peluche d'Abra.

« T'es prêt, Pippo ? J'espère. Je nous espère prêts tous les deux. »

11

Billy Freeman était avachi derrière le volant de sa camionnette, ce qui ne l'empêcha pas de se redresser d'un bond lorsqu'il vit Abra sortir de chez les Deane. Son amie – Emma – resta sur le seuil. Les deux filles se dirent au revoir en se tapant les paumes des mains, d'abord à hauteur d'épaule, puis à hauteur du buste, et Abra s'en alla vers chez elle, de l'autre côté de la rue et quatre maisons plus bas. *Ça*, ça ne faisait pas partie du plan, et quand elle lui jeta un bref coup d'œil, il leva ses deux mains écartées : *C'est quoi, ça ?*

Abra lui sourit et leva les deux pouces : *T'inquiète, tout roule.* Ça, c'est ce qu'elle pensait, il le pigeait clairement, mais la voir toute seule dehors n'était pas pour le rassurer, même si les autres tarés se trouvaient à plus de trente kilomètres au sud. C'était un phénomène, cette gamine, et elle savait peut-être très bien ce qu'elle faisait, mais elle n'avait que treize ans.

Tout en la regardant remonter l'allée de sa maison, son sac sur le dos et ses mains dans les poches à la recherche de ses clés, Billy se pencha pour ouvrir la boîte à gants. Son propre Glock 22 était là. Il avait loué les autres armes à un membre émérite des Saints du Bitume du New Hampshire. Dans sa jeunesse, il avait quelquefois roulé avec eux mais sans jamais adhérer au club. Il s'en félicitait, même s'il comprenait l'attrait de ce genre de fratrie. L'esprit de camaraderie. Il supposait que c'était ce que Dan et John ressentaient par rapport à l'alcool.

Abra se faufila dans la maison et referma la porte derrière elle. Billy n'attrapa ni son arme ni son téléphone portable – pas encore – mais il ne referma pas la boîte à gants. Il ignorait si c'était ce que Dan appelait le Don, mais il avait un mauvais pressentiment. Abra aurait dû rester chez sa copine.

Elle aurait dû s'en tenir au plan.

12

Ils roulent en camping-car et en Winnebago, avait dit Abra. Et c'était bien un Winnebago qui se garait sur le petit parking de l'aire de pique-nique de Cloud Gap. La main toujours dans le panier, Dan l'observait. Maintenant que le moment était venu, il se sentait plutôt calme. Il tourna le panier de manière à pointer l'arme qui se trouvait à l'intérieur en direction des nouveaux arrivants et ôta le cran de sûreté. La porte du 'Bago s'ouvrit et les aspirants kidnappeurs d'Abra débarquèrent, l'un derrière l'autre.

Elle avait dit aussi qu'ils avaient de drôles de noms – des noms de pirates – mais ces gens-là paraissaient tout à fait ordinaires. Les hommes étaient du genre vieux pépères qu'on voit se trimbaler dans des véhicules divers et variés ; la femme, jeune et jolie, était l'Américaine type, genre pom-pom girl qui garde la ligne même dix ans après le lycée, voire après un gosse ou deux. Elle aurait pu être la fille d'un des deux autres. Dan eut un moment de doute. Après tout, on se trouvait sur un lieu touristique et c'était le début de l'automne indien en Nouvelle-Angleterre. Il espéra que John et David se retiendraient de tirer ; ce serait vraiment horrible si ces gens étaient juste d'innocents visi…

C'est là qu'il vit le crotale aux crochets acérés sur le bras gauche de la femme et la seringue dans sa main droite. L'homme qui se pressait à ses côtés tenait aussi une seringue. Et le meneur avait à la ceinture ce qui ressemblait fort à un pistolet. Ils s'arrêtèrent juste entre les piliers de bouleau qui marquaient l'entrée de l'aire de pique-nique. L'homme de tête dégaina son arme, ce qui chassa les derniers doutes de Dan. Mais son pistolet était bien fin pour ressembler à une arme normale.

« Où est la fille ? »

De sa main libre, Dan désigna Pippo, le lapin en peluche. « C'est le plus près que vous vous approcherez jamais d'elle. »

L'homme au drôle de pistolet était de petite taille, avec une implantation de cheveux en V sur le front au-dessus d'un visage affable d'expert-comptable. Un bout de bidoche bien nourrie débordait de sa ceinture. Il portait un chino et un T-shirt affirmant DIEU NE DÉDUIT PAS LES HEURES DE PÊCHE DE NOTRE PASSAGE SUR TERRE.

« J'ai une question pour toi, mon lapin », dit la femme.

Dan leva les sourcils. « Allez-y.

— T'es pas fatigué ? T'as pas envie de faire dodo ? »

Si. Tout d'un coup, il avait les paupières aussi lourdes que des poids en plomb. Sa main se ramollit sur son arme. Deux secondes de plus et il aurait piqué du nez et se serait mis à ronfler, la joue écrasée sur la surface gravée d'initiales de la table de pique-nique. Mais le cri d'Abra l'en empêcha.

(*OÙ EST LE SKUNK ? JE VOIS PAS LE SKUNK !*)

13

Dan sursauta comme un homme qu'on secoue brutalement alors qu'il glisse dans le sommeil. Dans le panier à pique-nique, sa main se crispa et le coup partit dans une explosion de brindilles d'osier. La balle se perdit dans les airs mais les passagers du Winnebago bondirent ; la somnolence de Dan se dissipa comme l'illusion qu'elle était. La femme au tatouage de serpent et l'homme à la couronne de cheveux en pop-corn reculèrent prudemment, mais celui au drôle de pistolet chargea en gueulant : *« Chopez-le ! Chopez-le !*

— Chopez *ça*, enfoirés de kidnappeurs de mes deux ! » hurla Dave Stone, surgissant du sous-bois et ouvrant le feu. La plupart de ses projectiles se perdirent mais une balle toucha Teuch dans le cou et le docteur des Vrais s'écroula sur le tapis d'aiguilles de pin en laissant échapper sa seringue.

14

Mener la Tribu impliquait des responsabilités, mais cela avait aussi des avantages. Le gigantesque EarthCruiser de Rose, importé d'Australie à un coût faramineux puis aménagé pour la conduite à droite, en était un. L'accès privé et illimité aux douches des dames du Bluebell Campground en était un autre. Après des mois sur la route, il n'y avait rien de tel qu'une longue douche bien chaude dans une grande pièce carrelée où vous pouviez étirer les bras ou même danser le cha-cha-cha si l'envie vous en prenait. Et où l'eau chaude ne coupait pas au bout de quatre minutes et demie.

Rose aimait éteindre les lumières et se doucher dans l'obscurité. Elle trouvait que ça favorisait la réflexion, et c'était justement pour ça qu'elle avait filé à la douche aussitôt après le coup de fil inquiétant qu'elle avait reçu à treize heures, heure locale. Elle continuait à croire que tout allait bien, mais quelques doutes avaient commencé à germer dans son esprit, tels des pissenlits sur une pelouse auparavant impeccablement tenue. Et si la môme était encore plus intelligente qu'ils le pensaient… ? Et si elle avait recruté des associés… ?

Non. Impossible. D'accord, c'était une tronche-à-vapeur – une tronche-à-vapeur qui surpassait toutes les tronches-à-vapeur – mais ça restait qu'une môme. Une môme *pecnode*. De toute façon, tout ce que Rose pouvait faire pour le moment, c'était attendre la suite des événements.

Après quinze minutes revigorantes, elle sortit de la douche, se sécha, s'enveloppa dans un drap de bain moelleux et retourna vers son camping-car, ses habits sous le bras. Popote Eddie et Mo Ka étaient en train de nettoyer l'aire de barbecue, après un de leurs excellents déjeuners. C'était pas leur faute si personne avait très envie de manger, avec deux de plus des leurs couverts de ces maudites plaques rouges. Ils la saluèrent de la main. Rose allait répondre de même quand une rangée de bâtons de dynamite explosa dans sa tête. Elle s'affala, son pantalon et son T-shirt lui échappèrent. Son drap de bain se dénoua.

C'est à peine si Rose le remarqua. Quelque chose avait mal tourné pour le peloton d'intervention. Très mal tourné. Dès qu'elle retrouva un peu ses esprits, elle fouilla dans la poche de son jean froissé pour récupérer son téléphone portable. Jamais de sa vie elle n'avait si profondément (et si amèrement) déploré que Skunk soit incapable de télépathie longue distance, mais, à quelques exceptions près comme elle, ce don semblait réservé aux petites tronches-à-vapeur pecnodes comme la môme du New Hampshire.

Eddie et Mo accouraient vers elle. Suivis de Long Paul, Sarey la Muette, Charlie le Crack et Sam Cam. Rose pianota. À quelque deux mille bornes de là, le téléphone de Skunk sonna à peine une demi-fois.

« Bonjour, vous êtes bien sur le répondeur d'Henry Rothman. Je ne suis pas disponible pour le moment. Laissez-moi un message et… »

Putain de répondeur. Soit Papa était déjà au téléphone, soit il l'avait éteint. Rose opta pour la deuxième hypothèse. À poil et à genoux dans la poussière, ses talons enfoncés dans l'arrière de ses cuisses, Rose se frappa le front de la main.

Skunk, t'es où ? Qu'est-ce que tu fais ? Que se passe-t-il ?

15

L'homme en chino et T-shirt visa Dan avec son drôle de pistolet. Il y eut un souffle d'air comprimé et, l'instant d'après, une fléchette se fichait dans le dos de Pippo, le lapin merveilleux. Dan souleva le Glock des ruines du panier à pique-nique et fit feu de nouveau.

Mr. Chino se prit le coup en pleine poitrine et tomba à la renverse en grondant, tandis que de fines gouttelettes de sang se pulvérisaient dans son dos.

Il ne restait plus debout qu'Andi Steiner. Elle se retourna, vit Dave Stone figé sur place, l'air hébété, et le chargea, cramponnée à sa seringue comme à un poignard. Sa queue-de-cheval se balançait à la manière d'un pendule. Elle hurlait. Pour Dan, tout semblait se dérouler au ralenti et avoir gagné en netteté. Il eut le temps de remarquer que le capuchon en plastique était toujours sur l'aiguille et de se dire : *Mais quel genre de clowns sont ces types ?* La réponse, bien sûr, c'est que ce n'étaient pas des clowns du tout. C'étaient des chasseurs pas habitués à ce que leurs proies leur résistent. Mais il faut dire que leurs cibles habituelles étaient des enfants. Et des enfants candides, en plus.

Dave regardait fixement la harpie qui glapissait en fonçant sur lui. Soit son chargeur était vide ; soit, plus probable, il avait atteint sa limite avec cette unique salve. Dan leva son arme mais ne tira pas. Le risque de rater la fille tatouée et de toucher le père d'Abra était trop grand.

C'est là que John surgit du bois et s'encastra dans le dos de Dave, le poussant droit dans les bras de la furie. Dans la collision, les hurlements de la fille (rage ? panique ?) s'éteignirent dans une violente expulsion d'air. Tous deux s'écrasèrent au sol. La seringue s'envola. Pendant que Miss Tatouée, à quatre pattes, grattait la terre à la recherche de son arme, John Dalton lui asséna la crosse du fusil de chasse de Billy sur le côté du crâne. C'était un coup plein de vigueur, nourri par l'adrénaline. On entendit la mâchoire de la fille craquer. Tout son visage se tordit vers la gauche, son œil fulminant de stupeur lui sortit de l'orbite. Elle s'effondra et roula sur le dos. Du sang dégoulinait des coins de sa bouche. Ses mains se crispaient et se décrispaient convulsivement.

John lâcha le fusil et se tourna vers Dan, consterné. « Merde, je voulais pas la frapper si fort ! Mais j'avais trop *les jetons* !

— Regarde l'autre, avec les cheveux en pop-corn », lui dit Dan. Il se leva, avec l'impression que ses jambes étaient trop longues et pas complètement là. « Regarde ça, John. »

John se retourna. Teuch gisait dans une mare de sang, une main pressée contre son cou déchiqueté. Il cyclait rapidement. Ses vêtements s'aplatissaient puis se regonflaient. Le sang qui ruisselait entre ses doigts disparaissait puis réapparaissait. Les doigts eux-mêmes semblaient vouloir jouer à cache-cache. L'homme n'était plus qu'un cliché radio insensé.

John recula en plaquant ses deux mains sur son nez et sa bouche. Dan avait toujours cette impression de ralenti et de parfaite netteté. Il eut le temps de voir le sang de Miss Tatouée et une touffe de ses cheveux blonds restés collés à la crosse du Remington apparaître et disparaître aussi. Ça lui rappela comment sa queue-de-cheval s'était balancée d'un côté à l'autre comme un pendule quand elle

(*Dan où est le Skunk ? OÙ EST LE SKUNK ???*)

avait couru vers Dave. Dan comprenait maintenant ce qu'Abra voulait dire quand elle leur avait raconté que Barry cyclait.

« L'autre aussi, regarde », dit Dave Stone. Sa voix ne tremblait que très légèrement et Dan crut comprendre de qui Abra tenait en partie son cran. Mais ce n'était pas le moment d'y penser. Abra était en train de lui dire qu'ils n'avaient pas eu la troupe au complet.

Dan piqua un sprint jusqu'au Winnebago. La porte était restée ouverte. Il monta les marches en courant, se jeta à plat ventre sur la moquette et percuta tête la première le pied de la table à manger au point d'en voir des étoiles. *Ça se passe jamais comme ça dans les films*, pensa-t-il. Et il roula sur le côté, s'attendant à se faire tirer dessus, tabasser à coups de pied ou injecter Dieu sait quoi par le gugusse resté planqué en arrière-garde. Celui qu'Abra appelait le Skunk. Ils n'étaient peut-être pas si stupides et arrogants que ça, en fin de compte.

Ou bien si. Le Winnebago était désert.

Paraissait désert.

Dan se releva et traversa rapidement la kitchenette. Il dépassa une couchette aux draps défaits et chiffonnés. Une partie de son cerveau enregistra la puanteur qui régnait dans le véhicule malgré l'air conditionné qui continuait à tourner. Il y avait un placard ouvert qui semblait ne contenir que des habits. Dan se pencha, guettant une paire de pieds. Pas de pieds. Il courut à l'arrière du Winnebago et se posta devant la porte de la salle de bains.

Il pensa, *Encore un truc de cinéma à la con*, et ouvrit la porte en s'accroupissant dans la foulée. Les chiottes du Winnebago étaient désertes ; pas étonnant, vu l'odeur. Celui qui aurait eu l'idée de s'y planquer en serait mort.

(*peut-être que quelqu'un est vraiment mort ici peut-être ce Skunk*)

Abra resurgit aussitôt, toujours paniquée, émettant si violemment que les pensées de Dan en furent brouillées.

(*non c'est Barry qu'est mort* OÙ EST LE SKUNK TROUVE-MOI LE SKUNK)

Dan sauta du camping-car. Les deux kidnappeurs d'Abra avaient disparu ; ne restaient d'eux que leurs vêtements. La kidnappeuse – celle qui avait essayé de l'envoyer à la sieste – était toujours là, mais sûrement plus pour longtemps. Elle avait rampé jusqu'à la table de pique-nique où était posé le panier et s'était adossée à l'un des bancs, ses yeux fixes dans son nouveau visage de traviole rivés sur Dave, John et Dan. Le sang qui coulait de son nez et de sa bouche lui dessinait un petit bouc rouge. Le devant de son chemisier était imbibé. Comme Dan s'approchait d'elle, il vit sa peau fondre sur les os de son crâne, ses vêtements se creuser sur l'armature de son squelette. Sans plus d'épaules pour les retenir, les bretelles de son soutien-gorge retombèrent en boucles molles. Ne demeuraient de ses organes que ses yeux braqués sur lui. Puis sa peau se ressouda et ses vêtements reprirent forme. Les bretelles du soutien-gorge lui restèrent en travers des biceps, celle de gauche bâillonnant la gueule du crotale, l'empêchant de mordre. Les os de ses doigts, refermés sur sa mâchoire défoncée, se regarnirent de chair.

« On s'est fait niquer, fit Andi la Piquouse. Niquer par une bande de pecnos. J'y crois pas. »

Dan montra Dave du doigt. « Ce pecno-là est le père de la fille que vous veniez kidnapper. Juste pour info. »

La Piquouse réussit à ébaucher un sourire douloureux. Ses dents étaient laquées de sang. « Tu crois que j'en ai quelque chose à foutre ? Pour moi, c'est rien qu'une bite molle de plus. Même le pape en a une, et vous êtes prêts à la fourrer n'importe où. Putains de *mecs*. Faut toujours que vous soyez les meilleurs, hein ? Toujours...

— Il est où, l'autre ? Le Skunk ? »

Andi toussa. Des bulles de sang moussaient aux commissures de ses lèvres. Il fut un temps où elle avait été perdue. Puis elle avait été retrouvée. Dans une salle de cinéma obscure. Retrouvée par une déesse aux cheveux noirs comme un nuage d'orage. Maintenant elle mourait et elle n'aurait rien voulu changer. Les années entre le Président ex-acteur et le Président noir avaient été de bonnes années ; la nuit magique avec Rose avait été encore meilleure. Elle sourit vaillamment, la tête levée vers le plus grand et le plus beau des trois. Ça faisait mal de sourire, mais elle souriait quand même.

« Oh, lui. Il est à Reno. Voir les mochetés de pecnodes emplumées. »

Elle recommença à disparaître. Dan entendit John Dalton chuchoter : « Oh, mon Dieu, regardez ça. Hémorragie cérébrale. Je peux carrément la suivre en direct. »

Patiemment, Dan attendit de voir si Miss Tatouée reviendrait. Ce qu'elle finit par faire, avec un long grondement entre ses dents serrées et ensanglantées. Ces cycles semblaient encore plus douloureux que le coup de crosse qui les avait causés ; Dan pensait pouvoir remédier à ça. Il écarta la main avec laquelle Miss Tatouée tenait sa mâchoire bousillée et enfonça ses doigts à la place. Il sentit tout son crâne bouger ; c'était comme saisir un vase brisé recollé avec du scotch. Cette fois, Miss Tatouée ne se contenta pas de gronder entre ses dents. Elle hurla en tentant faiblement de frapper Dan, qui n'en tint aucun cas.

« *Où est le Skunk* ?

— *Anniston !* glapit la Piquouse. *Il est descendu à Anniston ! S'il te plaît papa, arrête de me faire mal ! S'il te plaît, papa, je ferai tout ce que tu veux !* »

Dan pensa à ce qu'Abra prétendait que ces monstres avaient fait à Brad Trevor en Iowa ; comment ils l'avaient torturé, lui et Dieu seul savait combien d'autres, et il éprouva le désir presque incontrôlable d'arracher complètement la mâchoire de cette salope de meurtrière. Et de lui asséner des coups sur sa tronche massacrée et sanglante avec sa propre mâchoire jusqu'à ce que crâne et mâchoire aient disparu.

Et puis – absurde, vu les circonstances – il repensa au petit gosse en T-shirt des Braves essayant d'attraper le reste de coke sur la couverture brillante du magazine. *Bonbon*, avait dit le petit. Cette femme n'avait rien à voir avec ce gosse, *rien*, mais ça ne le réconforta pas de se le dire. Sa colère retomba brusquement, il se sentit nauséeux, fragile et vide.

S'il te plaît, papa, arrête de me faire mal.

Il se releva, essuya sa main sur son T-shirt et marcha d'un pas d'automate vers le *Riv*.

(*Abra tu es là*)

(*oui*)

Moins paniquée qu'avant, et ça, c'était bien.

(*il faut que tu dises à la maman de ta copine d'appeler la police tu es en danger le Skunk est à Anniston*)

Impliquer la police dans une histoire qui, fondamentalement, tenait du surnaturel, était la dernière chose que Dan voulait, mais il n'avait plus le choix.

(*je ne suis plus*)

Avant qu'elle ait pu terminer, les pensées d'Abra furent balayées par un puissant glapissement de rage

(SALE BÂTARDE)

Soudain, la femme au chapeau était de retour dans la tête de Dan, et ce n'était pas un rêve cette fois mais une image brûlante sur la rétine de ses yeux éveillés : une créature d'une terrible beauté, nue en cet instant, sa chevelure mouillée répandue sur ses épaules tels les serpents de Méduse. Puis sa bouche s'ouvrit et la beauté se désintégra. Ne restait qu'un trou noir béant avec une seule dent jaunie et saillante. Presque une défense.

(QU'EST-CE QUE T'AS FAIT)

Dan chancela et se retint d'une main au premier wagon du *Riv*. Dans sa tête, le monde était en train de tourner. La femme au chapeau disparut et, l'instant d'après, une foule de visages inquiets se pressait autour de lui, lui demandant si ça allait.

Il se souvint d'Abra essayant de lui expliquer comment le monde s'était retourné le jour où elle avait découvert la photo de Brad Trevor dans l'*Anniston Shopper* ; comment, d'un seul coup, elle avait regardé par les yeux de la femme au chapeau et la femme au chapeau avait regardé par les siens. Il comprenait maintenant. C'était en train de se reproduire, et cette fois, il faisait partie du voyage.

Rose était à terre. Dan voyait au-dessus de sa tête un grand pan de ciel du soir. L'attroupement autour d'elle, c'était sans aucun doute sa tribu de tueurs d'enfants. Dan voyait ce qu'Abra voyait.

La question était : que voyait *Rose* ?

16

La Piquouse cycla, puis revint. Ça la *brûlait*. Elle regarda l'homme agenouillé devant elle.

« Est-ce que je peux faire quelque chose pour vous ? demanda John. Je suis médecin. »

Malgré la douleur, la Piquouse ricana. Ce toubib, qui venait juste d'expédier le toubib des *Vrais* à la mort, lui proposait maintenant son aide ? Hippocrate devait se retourner dans sa tombe. « M'achever, connard. Je vois pas ce que tu peux faire d'autre. »

Le crâne d'œuf, le salaud qui avait abattu Teuch, vint se planter à côté de celui qui se prétendait docteur. « Vous le mériteriez, dit Dave. Vous croyiez peut-être que j'allais vous laisser emmener ma fille comme ça ? vous laisser la torturer à mort ? comme vous avez fait à ce pauvre p'tit gars en Iowa ? »

Ils étaient au courant de *ça* ? Comment c'était possible ? Mais peu importait maintenant, du moins pour Andi. « Vous massacrez bien les cochons, les vaches et les moutons. En quoi ce qu'on fait est différent ?

— À mon humble avis, assassiner des êtres humains est très différent, dit John. Traitez-moi d'idiot et de sentimental, si vous voulez. »

La Piquouse avait la bouche pleine de sang, avec des machins grumeleux dedans. Ses dents, sûrement. Mais ça aussi importait peu maintenant. Au final, elle risquait d'en baver moins que le pauvre Barry. Ça serait en tout cas plus rapide. Mais une dernière chose méritait d'être éclaircie. Juste pour qu'ils sachent à quoi s'en tenir. « C'est *nous* les êtres humains. Et votre espèce… juste des pecnos. »

Dave sourit, mais il avait le regard dur. « Et pourtant, c'est vous qui êtes couchée par terre, toute sale et pleine de sang. J'espère que l'enfer sera assez brûlant pour vous. »

La Piquouse sentit le prochain cycle arriver. Avec un peu de chance, ce serait aussi le dernier, mais en attendant, elle se cramponnait encore à son corps physique. « Vous comprenez pas comment c'était pour moi. Avant. Ni comment c'est pour nous. On est pas nombreux et on est malades. On a la…

— Oui, je sais ce que vous avez, dit Dave. Une rougeole carabinée. J'espère qu'elle fera pourrir de l'intérieur tout votre misérable Nœud de serpents. »

La Piquouse insista : « On a pas choisi d'être ce qu'on est. Pas plus que vous. Vous feriez la même chose à notre place. »

John secoua lentement la tête. « Jamais. *Jamais*. »

La Piquouse commença à cycler à vide. Mais elle parvint à lâcher six mots encore : « *Putains de mecs.* » Un ultime soupir, ses yeux fixes levés vers eux dans son visage qui disparaissait. « *Putains de pecnos.* »

Puis elle ne revint pas.

17

Lentement, prudemment, prenant appui sur plusieurs tables de pique-nique, Dan retourna vers John et Dave. Il avait ramassé le lapin en peluche d'Abra sans même s'en rendre compte. Ses idées s'éclaircissaient, mais c'était pas vraiment une bénédiction.

« Nous devons retourner à Anniston, vite. Je n'arrive plus à capter Billy. J'ai perdu la connexion.

— Et avec Abra ? demanda Dave. Avec *Abra* ? »

Dan ne voulait pas le regarder – la voix de Dave était étranglée par l'angoisse – mais il s'y obligea. « Avec elle aussi. Et avec la femme au chapeau. Elles ont toutes les deux disparu du radar.

— Et ça veut dire quoi ? » Dave agrippa le T-shirt de Dan à deux mains. « Ça veut dire *quoi* ?

— Je ne sais pas. »

C'était la vérité. Mais il avait peur de savoir.

CHAPITRE 14

SKUNK

1

Viens me voir, Papa, avait dit Barry le Noiche. *Penche-toi.*

C'était juste après que la Piquouse avait mis le premier DVD porno acheté à la boutique de Sidewinder. Skunk était allé voir Barry et avait même tenu la main du mourant pendant son cycle suivant. Et à son retour…

Écoute-moi bien. Elle était bien là, elle regardait. Mais quand le porno a commencé…

C'était dur d'essayer d'expliquer ça à quelqu'un qui n'était pas rabatteur, surtout quand celui qui essayait d'expliquer était mortellement malade, mais Skunk pigea l'essentiel. La petite partie de jambes en l'air au bord de la piscine avait choqué la fille, tout comme Rose l'avait espéré, mais ça avait fait plus que la faire déguerpir et arrêter de les espionner. Pendant quelques secondes, il avait semblé à Barry recevoir d'elle une double écholocalisation. La môme était toujours avec son père à bord du train miniature roulant vers l'aire de pique-nique, mais le choc qu'elle avait reçu avait produit une image fantôme totalement absurde. Cette image la montrait dans une salle de bains, assise sur les chiottes en train de pisser.

« Peut-être que t'as vu un souvenir, lui dit Skunk. Ça serait pas possible ?

— Si, répondit Barry. Les pecnos pensent à tout un tas de conneries. C'est sûrement rien. Mais pendant un moment, c'est comme si elle avait été des jumelles, tu comprends ? »

Skunk ne comprenait pas vraiment, mais il acquiesça.

« Sauf que si c'est pas ça, c'est qu'elle est peut-être en train de nous couillonner. Passe-moi la carte. »

Jimmy Zéro avait tout le New Hampshire sur son ordinateur. Skunk le présenta à Barry.

« Elle est là, dit Barry en tapotant l'écran. En route pour Cloud Glen avec son père.

— Gap, corrigea Skunk. Cloud Gap.

— Glen, Gap, on s'en fout. » Barry déplaça son doigt vers le nord-est. « Et c'est de là que le *ping* fantôme m'est parvenu. »

Skunk prit l'ordinateur et regarda à travers la goutte de sueur sans aucun doute contaminée que Barry avait laissée sur l'écran. « Anniston ? C'est là qu'elle habite, Bar. Elle a sans doute laissé des traces psychiques d'elle dans tout le bled. Comme des peaux mortes.

— C'est ça. Des souvenirs. Des rêves. Tout un tas de conneries. C'est ce que je dis.

— Mais tu les captes plus, maintenant.

— Non, mais… » Barry saisit le poignet de Skunk. « Si elle est aussi puissante que Rose le dit, c'est bien possible qu'elle est *vraiment* en train de nous couillonner. D'envoyer des faux signaux, tu vois.

— T'as déjà rencontré une tronche-à-vapeur capable de faire ça ?

— Non, mais y a une première fois à tout. Je suis quasi sûr qu'elle est avec son père, mais c'est à toi de décider si quasi sûr suffit pour… »

C'était là que Barry s'était remis à cycler, et toute communication sensée avait cessé. Skunk s'était retrouvé avec une décision difficile à prendre. C'était sa mission, et il se faisait confiance pour l'assumer, mais c'était aussi le plan de Rose et – plus important – l'*obsession* de Rose. S'il merdait, elle n'aurait pas fini de le lui faire payer.

Skunk regarda l'heure. Quinze heures ici dans le New Hampshire, treize heures à Sidewinder dans le Colorado. Au Bluebell Campground, ils devaient juste avoir terminé de déjeuner et Rose serait disponible. Il se lança et l'appela. Il s'attendait presque à l'entendre éclater de rire et le traiter de femmelette, mais non.

« Je sais qu'on peut plus vraiment se fier à Barry, lui dit-elle. Mais je me fie à toi. Ton instinct te dit quoi ? »

Son instinct ne lui disait rien de rien : c'est bien pour ça qu'il l'avait appelée. Il le lui dit et attendit.

« Je te laisse décider. Merde pas, c'est tout. »

Merci de rien, Rosie chérie, pensa-t-il…, et il espéra qu'elle n'avait pas capté ça.

Il resta assis, le téléphone fermé dans la main, oscillant d'un côté à l'autre avec les mouvements du camping-car, inhalant l'odeur de maladie de Barry, se demandant combien de temps encore avant que les premières plaques apparaissent sur ses propres bras, ses jambes, son torse. Enfin, il passa à l'avant et posa sa main sur l'épaule de Jimmy.

« Quand t'arriveras à Anniston, arrête-toi.

— Pourquoi ?

— Parce que je descends là. »

2

Papa Skunk regarda les siens s'éloigner de la station-service Gas 'n Go en bas de la rue principale d'Anniston, résistant à l'envie d'envoyer à la Piquouse un message courte portée (tout ce dont il était capable en matière de perceptions extra-sensorielles) avant qu'ils soient tout à fait hors de portée : *Revenez les gars, je me suis trompé.*

Sauf que, s'il ne s'était pas trompé ?

Quand ils eurent disparu, il jeta un bref regard d'envie à la triste petite rangée de voitures d'occasion en vente à la station de lavage d'à côté. Quoi qu'il découvre à Anniston, il aurait besoin d'une bagnole pour quitter la ville. Il avait largement assez de liquide sur lui pour acheter une caisse qui l'amènerait à leur point de rendez-vous prévu sur l'I-87, près d'Albany ; le problème, c'était le temps. Il faudrait pas moins d'une demi-heure de transactions pour en négocier le prix, et ça risquait d'être une demi-heure de trop. Tant qu'il ne serait pas sûr que c'était une fausse alerte, il devrait juste improviser et compter sur son pouvoir de persuasion. Sur lequel il avait toujours pu compter.

Skunk prit tout de même le temps de pousser la porte du Gas 'n Go pour s'acheter une casquette des Red Sox. Quand t'es en terrain BoSox, fringue-toi comme les fans Bosox. Il hésita à ajouter une paire de lunettes de soleil, puis décida que non. Pour une certaine catégorie de la population, un homme d'âge mûr bien foutu portant des lunettes noires ressemble forcément à un tueur à gages. Merci, la télé. La casquette suffirait.

Il remonta la rue principale jusqu'à la bibliothèque où Abra et Dan avaient naguère tenu un conseil de guerre. Il n'eut pas à aller plus loin que le hall d'entrée pour trouver ce qu'il cherchait. Là, sous l'en-tête DÉCOUVREZ NOTRE VILLE, se trouvait un plan détaillé d'Anniston, avec la moindre de ses rues et ruelles. Il s'orienta par rapport à la rue de la gamine.

« Sacré match hier soir, hein ? » lui fit un type en passant. Il portait une brassée de bouquins.

Un instant, Skunk ne comprit pas de quoi il parlait, puis il se rappela sa casquette toute neuve. « Pour un sacré match, c'était un sacré match », dit-il sans quitter le plan des yeux.

Il attendit que le supporter des Sox se tire avant de quitter le hall de la bibliothèque. Sympa, la casquette, mais il n'avait aucune envie de discuter base-ball. Il trouvait ce jeu débile.

3

Richland Court était une petite rue bordée de jolies maisons typiques de la Nouvelle-Angleterre, de styles boîte à sel et Cap Cod, terminée en cul-de-sac par un rond-point circulaire. Chemin faisant, Skunk avait mis la main sur un gratuit du coin, l'*Anniston Shopper*, et il se tenait maintenant à l'angle de la rue, adossé à un chêne providentiel, faisant mine d'être absorbé par sa lecture. Le chêne le dissimulait à la vue depuis la rue, ce qui était peut-être une bonne chose car il y avait une camionnette rouge garée un peu plus loin, avec un type assis au volant. La camionnette était une antiquité, et il y avait des outils de jardin à l'arrière et ce qui ressemblait à un motoculteur ; ce gars était peut-être bien jardinier – c'était le genre de rue où les gens pouvaient se payer un jardinier –, mais dans ce cas, pourquoi restait-il assis là ?

Il faisait du *baby*-sitting, peut-être ?

Soudain, Skunk se réjouit d'avoir pris Barry suffisamment au sérieux pour sauter du train en marche. La question maintenant, c'était quoi faire ? Il pouvait rappeler Rose pour lui demander conseil, mais vu leur dernier entretien, autant faire appel à la boule magique.

Il était toujours là, à moitié caché derrière le vieux chêne majestueux, s'interrogeant sur la marche à suivre, quand la providence, qui privilégiait les Vrais par rapport aux pecnos, entra en scène. Vers le milieu de la rue, une porte s'ouvrit et deux jeunes filles sortirent. Skunk, doté de l'acuité visuelle de l'animal dont il tirait son nom, les identifia aussitôt comme deux des trois filles des photos dans l'ordinateur de Jimmy. Celle en jupe marron, c'était Emma Deane. Celle en pantalon noir, Abra Stone.

Il jeta un coup d'œil à la camionnette. Le conducteur, un millésime lui aussi, auparavant avachi derrière son volant, se redressa d'un bond. L'œil brillant et le poil soyeux, comme disent les pecnos. Sur le qui-vive. Alors comme ça, la mignonne était bel et bien en train de les couillonner. Skunk ne savait pas encore vraiment laquelle des deux était la tronche-à-vapeur, mais il était sûr d'une chose : le commando du Winnebago courait après la lune.

Skunk sortit son téléphone portable mais se contenta de le tenir à la main pendant qu'il regardait la fille en pantalon noir descendre l'allée jusqu'à la rue. Jupe-Marron la suivit un instant des yeux puis retourna à l'intérieur. Pantalon-Noir – Abra – traversa Richland Court et là, l'homme de la camionnette écarta les mains en signe d'incompréhension. La fille lui répondit, pouces levés : *T'inquiète, tout roule*. Skunk ressentit une bouffée d'euphorie aussi brûlante qu'une goulée de whisky. Bingo. Abra Stone était la tronche. Aucun doute là-dessus. Elle était gardée et son garde du corps était un vieux zigue nanti d'une camionnette tout à fait potable. Skunk était persuadé qu'elle les trimbalerait volontiers jusqu'à Albany, lui et sa nouvelle copine.

Il essaya d'appeler Andi et ne fut ni surpris ni inquiet de ne pas avoir de réseau. Cloud Gap était un petit havre de paix local et Dieu interdisait la présence de toute antenne de télécommunications susceptible de dénaturer les clichés des touristes. Mais bon, pas de problème. S'il n'était pas capable de s'occuper d'un vieillard et d'une fillette, alors il n'avait plus qu'à rendre son insigne. Il considéra son téléphone un instant, puis l'éteignit. Pendant la prochaine demi-heure, il ne voulait être dérangé par personne, même pas par Rose.

Sa mission, *sa* responsabilité.

Il avait quatre seringues chargées sur lui, deux dans la poche gauche de sa veste, deux dans la droite. Accrochant son plus beau sourire Henry Rothman à son visage – celui qu'il dégainait pour réserver un terrain de camping ou toutes les chambres d'un motel pour la Tribu –, Skunk quitta son arbre et entama une petite promenade vers le bas de la rue. Il avait toujours l'*Anniston Shopper* plié sous le bras gauche. Sa main droite, dans la poche de sa veste, s'affairait à décapuchonner l'une des aiguilles.

4

« Excusez-moi, monsieur, j'ai l'impression d'être un peu perdu. Pourriez-vous m'indiquer le chemin, je vous prie ? »

Billy Freeman était nerveux, tendu, étreint par quelque chose qui n'était pas tout à fait une prémonition… et pourtant, il aurait donné le bon Dieu sans confession à cette voix enjouée et à cet étincelant sourire angélique. Deux secondes seulement, mais qui suffirent. Comme il se penchait vers la boîte à gants, il sentit une petite piqûre dans le cou.

Me suis fait piquer par une bestiole, pensa-t-il. Puis il bascula sur le côté, ses yeux révulsés laissant voir le blanc.

Skunk ouvrit la portière et le poussa de l'autre côté de la banquette. La tête du vieux mec heurta la vitre côté passager. Skunk souleva ses jambes inertes par-dessus le levier de vitesses, rabattant au passage le couvercle de la boîte à gants pour gagner de la place, puis s'installa au volant et claqua la portière. Il inspira profondément et observa les alentours, prêt à tout, mais il n'y avait absolument rien contre quoi se préparer. Richland Court somnolait, et c'était parfait.

La clé était sur le contact. Skunk démarra et la radio se mit à tonitruer avec la voix vulgaire de Toby Keith :

Que Dieu bénisse l'Amérique et fasse couler la bière. Comme il se penchait pour l'éteindre, une terrible lumière blanche l'aveugla. Skunk avait une capacité télépathique très limitée, mais il était relié ferme à sa tribu ; les membres du Nœud étaient en quelque sorte les organes d'un seul et même organisme, et l'un d'eux venait à l'instant de mourir. Cloud Gap n'était pas seulement une fausse piste, c'était une foutue embuscade.

Avant qu'il ait pu décider quoi faire, la lumière blanche s'alluma une deuxième fois et, après un court répit, une troisième.

Tous ?

Bonté divine, *tous les trois* ? Non, c'était pas possible…

Il prit une profonde inspiration, puis une autre. Se forçant à admettre le fait que *si*, c'était possible. Auquel cas, il savait qui tenir pour responsable.

Cette salope de tronche-à-vapeur.

Skunk regarda la maison d'Abra. Tout était calme de ce côté-là. Merci Seigneur pour tes petites faveurs. Il avait pensé remonter la rue en camionnette pour aller se garer chez elle, mais tout à coup, l'idée lui sembla mauvaise, du moins pour l'instant. Il descendit de voiture, se pencha à l'intérieur et attrapa le vieux zigue inconscient par sa chemise et sa ceinture. Skunk le ramena d'un coup sec derrière le volant et lui tapota les poches au passage. Pas de flingue. Dommage. Ça l'aurait bien arrangé d'en avoir un, du moins pendant un petit moment.

Il attacha la ceinture du vieux pour éviter qu'il pique du nez et fasse beugler le klaxon. Puis il marcha jusqu'à la maison de la fille, sans se presser. S'il avait vu son visage à l'une des fenêtres – ou ne serait-ce qu'un frémissement de rideau –, il aurait piqué un sprint, mais rien ne bougea.

Il était encore possible qu'il sauve la situation, mais après ces terribles flashs de lumière blanche, cette considération était devenue strictement secondaire. Ce qu'il désirait plus que tout, c'était poser les mains sur la misérable salope qui leur avait causé tant de problèmes et la secouer jusqu'à entendre ses dents claquer.

5

Abra longea le couloir en somnambule. Les Stone avaient une salle télé au sous-sol mais la cuisine était leur pièce de prédilection, aussi Abra s'y rendit-elle machinalement. Elle se planta là, les mains appuyées sur la table où elle et ses parents avaient partagé des milliers de repas, le regard vide fixé sans la voir sur la fenêtre au-dessus de l'évier. Elle n'était pas vraiment là, en réalité. Elle était à Cloud Gap, regardant les méchants sauter du Winnebago : la Piquouse, Teuch et Zéro. Elle connaissait leurs noms par Barry. Mais quelque chose clochait. Il en manquait un.

(*OÙ EST LE SKUNK DAN ? JE VOIS PAS LE SKUNK !*)

Pas de réponse. Dan, son père et Dr John étaient trop occupés. Ils flinguaient les méchants, l'un après l'autre : d'abord le Teuch – ça, c'était son père, bravo papa –, puis le Zéro et enfin la Piquouse. Abra ressentait chaque coup mortel comme un impact douloureux dans son crâne. Ces impacts, semblables à ceux d'un lourd maillet heurtant à coups répétés une planche de chêne, étaient terribles dans leur irréversibilité, mais pas entièrement désagréables. Parce que…

Parce qu'ils le méritent, ils tuent des enfants et rien d'autre ne peut les arrêter. Sauf que…

(*Dan où est le Skunk ? OÙ EST LE SKUNK ???*)

Là, Dan l'entendit. Merci, mon Dieu. Elle vit le Winnebago. Dan pensait que le Skunk était resté à l'intérieur et peut-être qu'il avait raison. Pourtant…

Elle retourna précipitamment dans l'entrée et regarda par l'une des fenêtres donnant sur la rue. Le trottoir était désert mais la camionnette de Mr. Freeman était toujours garée au même endroit. Et elle l'apercevait, *lui*, assis derrière son volant, même si elle ne pouvait pas distinguer son visage à cause de l'éclat du soleil sur le pare-brise, ce qui voulait dire que tout continuait à aller bien.

Probablement bien.

(*Abra tu es là*)

Dan. Ah, c'était trop cool de l'entendre. Elle aurait aimé qu'il soit là avec elle, mais l'avoir dans la tête était presque aussi bon.

(*oui*)

Elle jeta un dernier coup d'œil rassurant au trottoir désert et à la camionnette de Mr. Freeman, vérifia qu'elle avait bien verrouillé la porte d'entrée derrière elle en entrant, puis reprit le chemin de la cuisine.

(*il faut que tu dises à la maman de ta copine d'appeler la police tu es en danger le Skunk est à Anniston*)

Elle s'arrêta au milieu du couloir, sa main-doudou monta à ses lèvres et commença à frictionner sa bouche. Dan ne savait pas qu'elle n'était plus chez les Deane. Comment l'aurait-il su ? Il n'avait pas eu une minute à lui.

(*je ne suis plus*)

Avant qu'elle ait pu finir, la voix mentale de Rose Claque explosa dans sa tête, balayant toutes ses pensées.

(SALE BÂTARDE QU'EST-CE QUE T'AS FAIT)

Le couloir familier, entre la porte d'entrée et la cuisine, commença à se retourner. La dernière fois que ce truc était arrivé, Abra était préparée. Mais là, elle ne l'était pas. Elle essaya de l'empêcher, en vain. Sa maison avait disparu. Anniston avait disparu. Elle était couchée par terre et regardait le ciel. Abra comprit que la mort des trois de Cloud Gap avait littéralement assommé Rose et l'avait jetée à terre. Elle eut le temps d'en concevoir une joie sauvage. Puis elle chercha autour d'elle quelque chose avec quoi se défendre. Le temps était compté.

6

Le corps de Rose était étalé par terre, à mi-chemin entre les douches et le Lodge, mais son esprit était dans le New Hampshire, vrombissant dans celui de la fille. Pas de cavalière de rêve, cette fois, ni de lance, ni d'étalon, oh que non ! Rien qu'un pauvre petit oisillon tombé du nid et cette bonne vieille Rosie, et Rosie allait se venger. Elle la tuerait seulement en dernier ressort, la môme était beaucoup trop précieuse pour ça, mais Rose pouvait lui donner un avant-goût de ce qui l'attendait. Un avant-goût de ce par quoi les amis de Rose étaient déjà passés. Il y avait plein d'endroits fragiles et vulnérables dans l'esprit des pecnos et Rose les connaissait tous très b…

(DÉGAGE PÉTASSE LAISSE-MOI TRANQUILLE PUTAIN OU JE TE TUE !)

C'était comme d'avoir une grenade qui vous explose derrière les yeux. Rose convulsa en criant. Mo Ka, qui s'était baissée pour la toucher, recula d'un bond. Rose ne remarqua rien, ne la vit même pas. Elle avait encore sous-estimé la puissance de la môme. Elle tenta de s'incruster dans sa tête, mais la petite bâtarde était carrément en train de l'éjecter. C'était incroyable, rageant et terrifiant, mais c'était vrai. Pire, elle sentit ses propres mains monter vers son visage. Si Mo Ka et Popote Eddie ne l'avaient pas maîtrisée, la fillette aurait bien pu la pousser à s'arracher elle-même les yeux.

Elle devait renoncer, du moins pour le moment, et se retirer. Mais avant de partir, elle vit quelque chose par les yeux de la môme qui l'emplit de soulagement. C'était Papa Skunk et il avait une seringue à la main.

7

Abra utilisa toute la force psychique qu'elle put rassembler, plus que ce qu'elle avait utilisé le jour où elle était partie en quête de Bradley Trevor, plus que ce qu'elle avait jamais utilisé de toute sa vie, et pourtant, ce fut à peine suffisant. Juste au moment où elle se disait qu'elle n'arriverait jamais à éjecter la femme au chapeau de sa tête, le monde tourna de nouveau.

C'était *elle* qui le faisait tourner, mais c'était tellement dur – comme pousser une énorme roue en pierre. Le ciel et les visages qui la fixaient glissèrent hors de sa vue. Il y eut un moment d'obscurité quand elle fut

(*entre deux*)

nulle part, puis le couloir de sa maison réapparut. Mais elle n'était plus seule. Un homme se tenait sur le seuil de la cuisine.

Non, pas un homme. Un Skunk.

« Salut, Abra », dit-il en souriant. Et il bondit sur elle. Encore vidée mentalement par sa rencontre avec Rose, Abra ne chercha même pas à se défendre. Elle se retourna et courut.

8

Soumis à un stress intense, Dan Torrance et Papa Skunk avaient beaucoup en commun, même si aucun d'eux n'en saurait jamais rien. La même netteté de vision vint à Skunk, la même impression de magnifique action au ralenti. Il vit le bracelet en caoutchouc rose autour du poignet gauche d'Abra et eut le temps de penser *campagne contre le cancer du sein*. Il vit le sac à dos de la fille se déporter vers la gauche quand elle vira à droite et comprit qu'il était plein de bouquins. Il eut même le temps d'admirer sa chevelure flottant derrière elle comme un étendard brillant.

Il la chopa à la porte au moment où elle essayait de tourner le verrou. Quand il l'immobilisa d'une demi-clé au cou et la tira en arrière d'un coup sec, il perçut ses premiers efforts – faibles, chaotiques – pour le repousser avec son esprit.

Pas toute la seringue, ça pourrait la tuer, elle doit pas peser plus de quarante-cinq kilos.

Il la piqua juste au-dessous de la clavicule alors qu'elle se tortillait et se débattait. Il s'était inquiété pour rien de perdre les pédales et de lui injecter une dose trop forte : le bras gauche de la sauvageonne remonta et heurta sa main, éjectant la seringue dans les airs. Celle-ci retomba et roula à terre. Mais la providence, c'est bien connu, favorise les Vrais par rapport aux pecnos, il en avait toujours été ainsi et c'est ainsi qu'il en fut. Il lui avait injecté juste ce qui fallait. Il sentit flancher, puis fondre complètement, la faible emprise qu'elle avait sur son esprit. Idem pour ses mains. Elle le fixait, le regard dans le vague, choquée.

Skunk lui tapota l'épaule. « Je t'emmène en promenade, Abra. Je vais te faire rencontrer des gens passionnants. »

Incroyable mais vrai, elle lui balança un sourire. Un sourire assez effrayant pour une fille encore si jeune que, avec ses cheveux rentrés sous une casquette, on aurait pu la prendre pour un garçon. « Ces monstres que vous appelez vos amis, ils sont tous morts. Ils soooooont… »

Son dernier mot ne fut qu'un long bredouillement informe, déjà ses yeux se révulsaient, ses jambes ployaient. Skunk fut tenté de la laisser se vautrer – ça lui apprendrait – mais il réprima son envie et la rattrapa par-dessous les bras. Cette môme était un bien précieux, après tout.

Un bien *Vrai*.

9

Il était entré par la porte de derrière, crochetant facilement la serrure branlante d'un petit coup de l'American Express Platinum d'Henry Rothman. Mais il n'avait aucune intention de repartir par là. Le jardin des Stone était fermé par une haute clôture et il y avait une rivière derrière. De plus, son moyen de locomotion l'attendait de l'autre côté. Il traîna donc Abra à travers la cuisine jusqu'au garage désert. Ses parents étaient au boulot, probable… ou alors à Cloud Gap, jouissant de la vue et de la mort d'Andi, Teuch et Jimmy. Pour le moment, il s'en foutait ; peu importe qui avait aidé la fille, qu'ils attendent. Leur tour viendrait.

Il glissa le corps inerte d'Abra sous l'établi de son père. Puis il pressa le bouton qui ouvrait la porte du garage et sortit, non sans avoir d'abord veillé à dégainer le bon vieux sourire Henry Rothman. La clé de la survie dans le monde des pecnos, c'était d'avoir toujours l'air chez soi où qu'on se trouve, l'air sûr de soi, quoi, et personne n'égalait Skunk à ce jeu-là. Il marcha d'un pas élastique jusqu'à la camionnette et déplaça de nouveau le vieux zigue, jusqu'au milieu de la banquette, cette fois. Skunk tournait dans l'allée des Stone quand la tête de Billy vint rouler sur son épaule.

« En manque d'affection, mon vieux ? » lui lança Skunk. Et il éclata de rire en rentrant la camionnette rouge dans le garage. Ses amis étaient morts et cette situation était horriblement dangereuse mais il y avait un point super positif : il se sentait totalement vivant et éveillé pour la première fois depuis de très, très longues années, le monde autour de lui explosait de couleurs et vibrait comme une ligne à haute tension. Il tenait la môme, sacré nom de Dieu ! Malgré sa force étrange et ses sales tours, il la tenait. Maintenant, il allait l'apporter à Rose. Une offrande d'amour, en quelque sorte.

« Jackpot, mon pote », se dit-il tout haut. Et il balança une claque enthousiaste sur le tableau de bord.

Il débarrassa Abra de son sac à dos, qu'il abandonna sous l'établi, puis la hissa dans la camionnette à côté de Billy. Il attacha la ceinture de ses deux passagers endormis. Il lui était bien évidemment venu à l'esprit d'achever le vieux zigue et d'abandonner son corps dans le garage mais le vieux zigue pourrait s'avérer utile. Si la drogue ne le tuait pas, bien sûr. Skunk tâta son vieux cou flasque et trouva le pouls, lent mais fort. Pour la fille, aucune inquiétude : il voyait son haleine embuer la vitre. Excellent.

Skunk prit une seconde pour faire l'inventaire de son stock. Pas d'arme – les Vrais trimballaient jamais d'armes à feu – mais il avait encore deux seringues remplies de sérum Bonne Nuit les Petits. Il ignorait combien de temps il pourrait tenir avec ça, mais sa priorité, c'était la fille. Skunk avait dans l'idée que la période d'utilité du vieux zigue risquait d'arriver rapidement à expiration. Bah. Un pecno de perdu, dix de retrouvés.

Il prit son téléphone et décida d'appeler Rose, en fin de compte. Au moment où il allait se résigner à laisser un message, elle répondit. Elle avait la voix pâteuse, l'élocution laborieuse. C'était un peu comme parler à une ivrogne.

« Rose ? Qu'est-ce qui t'arrive ?

— La môme m'a joué un de ses sales petits tours, mais ça va. Je la capte plus, cela dit. Dis-moi que tu la tiens, Papa.

— Je la tiens. Elle fait la sieste, là. Mais elle a des copains et je veux surtout pas les croiser en route. Alors je vais tracer directement vers l'ouest et j'ai pas le temps de m'emmerder avec des cartes. J'ai besoin de routes secondaires pour rejoindre l'État de New York par le Vermont.

— Je mets Double P sur le coup.

— Faut que t'envoies *tout de suite* quelqu'un me rejoindre dans l'Est, Rosie, avec n'importe quel truc capable de faire tenir la p'tite Miss Nitroglycérine tranquille, parce que moi, il me reste plus grand-chose. Vois dans les réserves de Teuch. Il doit bien avoir *de quoi*… »

Elle le coupa net : « Me dis pas ce que j'ai à faire. Double P va coordonner tout ça. Tu sais quel itinéraire prendre pour commencer ?

— Oui. Dis, Rosie chérie, cette aire de pique-nique, c'était un piège. La fillette nous a joliment feintés. Et si ses potes appelaient les flics ? Je roule dans une vieille F-150 avec deux passagers zombies. Autant avoir KIDNAPPEUR tatoué sur le front. »

Mais il souriait de fierté. Pour ça oui, qu'il souriait. Il y eut un blanc au bout du fil. Skunk, installé derrière le volant dans le garage des Stone, attendit.

Rose dit enfin : « Si t'aperçois des gyrophares bleus derrière toi, ou un barrage devant, étrangle la môme et pompe-lui un maximum de vapeur. Ensuite, rends-toi. On s'occupera de te faire sortir, tu sais bien. »

Ce fut au tour de Skunk de laisser un blanc. Il dit enfin : « T'es vraiment sûre que c'est la meilleure solution, chérie ?

— Absolument. » Sa voix était glaciale. « Elle est responsable de la mort de Jimmy, Teuch et Andi. Je les pleure tous, mais c'est pour Andi que j'ai le plus de chagrin, car c'est moi qui l'ai Retournée et elle avait à peine goûté à la vraie vie. Et puis, y a Sarey… »

Elle termina sa phrase par un long soupir. Skunk ne répondit rien. Y avait rien à répondre. Andi Steiner avait été avec beaucoup de femmes pendant ses premières années Vraies – pas étonnant, la vapeur rendait les p'tits nouveaux plutôt chauds-chauds au début – mais ça faisait dix ans qu'elle et Sarey la Muette étaient en couple, et fidèles avec ça. Par certains côtés, Skunk trouvait qu'Andi avait plus l'air d'être la fille de Sarey que son amante.

« Sarey est inconsolable, reprit Rose. Et Rude Beckie va pas beaucoup mieux. Son Teuch… La fillette devra répondre de ses crimes envers trois des nôtres. D'une façon ou d'une autre, sa petite vie de pecnode est finie. D'autres questions ? »

Non. Skunk en avait zéro.

10

Personne ne prêta spécialement attention à Papa Skunk et à ses passagers somnolents lorsqu'ils quittèrent Anniston par la vieille Granite State[1] Highway en direction de l'ouest. À quelques notables exceptions près (les pires étant les vieilles dames aux yeux de faucon et les petits loupiots curieux), l'Amérique des Pecnos est d'une inattention sidérante, même douze

1. État du Granit : surnom du New Hampshire.

ans après son entrée dans l'Âge Sombre du Terrorisme. *Si vous voyez quelque chose, dites quelque chose* : fameux slogan… encore faudrait-il commencer par *voir* quelque chose.

Le temps qu'ils passent la frontière du Vermont, la nuit commençait à tomber et les voitures qu'ils croisaient ne voyaient que les pleins phares de Skunk qu'il laissait délibérément allumés. Il l'avait déjà appelé trois fois pour lui indiquer des routes de campagne et des chemins vicinaux pour la plupart non signalisés. Il l'avait aussi rancardé : Dada Doug, Phil Amphet' et Flac Annie étaient en route pour le retrouver. À bord d'une Caprice 06 qui ne payait pas de mine mais qui avait 400 chevaux sous le capot. Ils pourraient foncer comme des bêtes : grâce à feu Jimmy Zéro, ils étaient aussi titulaires de sauf-conduits du Département de la Sécurité intérieure des États-Unis qui leur permettraient de franchir tous les contrôles comme une fleur.

Grâce au matériel de communication par satellite sophistiqué des Vrais, les Petits Jumeaux Pois Sec et Graine à Canari surveillaient les échanges radio de la police dans le Nord-Est. Pour le moment, rien sur l'éventuel kidnapping d'une petite fille. Bonne nouvelle, mais pas vraiment surprenante. Des renforts assez malins pour tendre une embuscade devaient être assez malins pour savoir ce qui risquait d'arriver à leur petite poulette s'ils rendaient l'affaire publique.

Quelque part dans la camionnette, un autre téléphone sonna. Sans quitter la route des yeux, Skunk se pencha par-dessus ses passagers zombies, ouvrit la boîte à gants et trouva le portable. Celui du vieux zigue, sans doute. Il l'amena à hauteur d'yeux. Pas de nom, donc le numéro figurait pas dans le répertoire, mais l'indicatif était celui du New Hampshire. L'un des petits malins qui voulait savoir si le vieux zigue et son bébé allaient bien ? À tous les coups. Skunk envisagea de répondre puis laissa tomber. Il vérifierait plus tard si le correspondant avait laissé un message. L'information, c'est le pouvoir.

Quand il se pencha pour remettre le téléphone dans la boîte à gants, il sentit du métal sous ses doigts. Il jeta le téléphone dans la boîte et ramena un pistolet automatique. Jolie trouvaille et prime de choix. Si le vieux zigue s'était réveillé un poil plus tôt, il aurait pu s'en saisir avant que Skunk devine ses intentions. Skunk glissa le Glock sous son siège et referma la boîte à gants.

Les flingues aussi, c'est le pouvoir.

11

Il faisait nuit noire et ils roulaient sur la nationale 108, au fin fond des montagnes Vertes, lorsque Abra commença à remuer. Skunk, toujours intensément vivant et éveillé, ne s'en frappa pas. Il était curieux de cette môme, pour commencer. Ensuite, la jauge de carburant de la vieille camionnette approchait de la réserve et quelqu'un allait devoir faire le plein.

Mais inutile de prendre des risques.

De sa main droite, il sortit l'une des deux seringues restantes de sa poche et la tint sur sa cuisse. Il attendit que les yeux de la fille – encore vagues et embrumés – s'ouvrent pour lui dire : « Bonsoir, ma petite demoiselle. Je suis Henry Rothman. Est-ce que tu comprends ce que je te dis ?

— Vous êtes… » Abra se racla la gorge, s'humecta les lèvres et réessaya : « Vous êtes Henry rien-du-tout. Vous êtes le Skunk.

— Donc, tu me comprends. C'est bien. T'es encore un peu dans les vapes, je suppose, et tu vas le rester, parce que je t'aime mieux comme ça, ma petite. Mais si t'es une gentille petite fille, j'aurai pas besoin de te remettre KO. Tu piges ?

— Où on va ?

— Poudlard, Tournoi international de quidditch. Je te paierai un hot-dog sorcier et de la barbe-à-papa magique. Réponds à ma question. Tu vas être une gentille petite fille ?

— Oui.

— Oh, une adhésion aussi instantanée est un plaisir pour les oreilles, mais tu devras me pardonner si je te fais pas entièrement confiance, ma petite. Je me dois de te délivrer une information vitale avant que tu tentes quoi que ce soit d'idiot et d'irréparable. Tu vois cette seringue que j'ai là ?

— Oui. » Abra avait toujours la tête appuyée contre la vitre mais elle baissa les yeux vers la cuisse de Skunk. Elle les referma lentement, puis les rouvrit, toujours aussi lentement. « J'ai soif.

— C'est l'effet de la came, sans aucun doute. J'ai rien emporté à boire, on est partis un peu précipitamment, je dois dire…

— Je crois que j'ai une minibrique de jus de fruits dans mon sac. » Enrouée. Voix lente et sourde. Yeux s'ouvrant toujours péniblement après chaque clignement de paupières.

« Désolé, mais elle est restée dans ton garage. Je te prendrai peut-être quelque chose à boire dans le prochain bled… si t'es une mignonne petite Boucle d'or, ça va sans dire. Mais si t'es une vilaine petite Boucle d'or, tu passeras le reste de la nuit à avaler ta salive. Compris ?

— Oui…

— Si je te sens farfouiller dans mon esprit – oui, je sais que t'en es capable – ou si t'essayes d'attirer l'attention quand on s'arrêtera, je ferai une deuxième piqûre à ce vieux monsieur. Après ça, crois-moi, il sera aussi mort qu'Amy Winehouse. Compris, ça aussi ?

— Oui. » Elle se lécha à nouveau les lèvres, puis se frictionna la bouche avec la main. « Lui faites pas de mal.

— C'est toi qui vois.

— Vous m'emmenez où ?

— Boucle d'or ? Ma puce ?

— Quoi ? » Elle cligna des yeux sans le voir.

« Tais-toi et regarde le paysage.

— Poudlard, marmonna-t-elle. Barbe… à… papa. » Cette fois, quand ses yeux se fermèrent, ils le restèrent. Elle se mit à ronfler doucement. C'était un petit bruit léger et plutôt agréable. Skunk ne pensait pas qu'elle jouait la comédie, mais juste au cas où, il garda la seringue prête, près de la cuisse du vieux zigue. Comme Gollum l'avait dit un jour à propos de Frodon Sacquet : Trop risqué, mon Précieux. Trop risqué.

12

Abra ne sombra pas complètement dans le sommeil ; elle entendait toujours le bruit du moteur, mais il ronronnait très loin. Comme s'il était au-dessus d'elle. Ça lui rappelait quand elle allait au lac Winnipesaukee avec ses parents les après-midi de canicule, et qu'elle entendait le vrombissement sourd des bateaux à moteur lorsqu'elle plongeait la tête sous l'eau. Elle savait qu'on était en train de la kidnapper et qu'elle aurait dû s'inquiéter, mais elle se sentait bien, sereine, contente de flotter entre le sommeil et la veille. Mais elle avait toujours la bouche et la gorge horriblement sèches. Et l'impression que sa langue était un vieux bout de moquette poussiéreux.

Je dois faire quelque chose. Il m'emmène à la femme au chapeau et je dois faire quelque chose. Sinon, ils me tueront comme ils ont tué le p'tit gars du base-ball. Ou ils me feront encore pire.

Elle *allait faire* quelque chose. Quand elle aurait bu. Et dormi encore un peu…

Le bourdonnement du moteur s'était transformé en ronronnement lointain quand un rai de lumière pénétra sous ses paupières closes. Puis le ronron se tut complètement et elle sentit l'index du Skunk s'enfoncer dans sa cuisse. Gentil d'abord, puis plus brutal. Assez brutal pour lui faire mal.

« Réveille-toi, Boucle d'or. Tu pourras encore dormir après. »

Elle ouvrit les yeux avec peine et grimaça, aveuglée par la luminosité. Ils étaient garés devant des pompes à essence éclairées aux néons. Elle mit la main en visière pour se protéger de leur éclat. Et voilà, maintenant, en plus d'avoir soif, elle avait mal au crâne. C'était comme…

« Y a quelque chose de drôle, Boucle d'or ?

— Hein ?

— Pourquoi tu souris ?

— Je viens juste de comprendre ce qui tourne pas rond chez moi. J'ai la gueule de bois. »

Skunk réfléchit, et se marra. « Ça doit être ça, et t'as même pas connu le bonheur de te pavaner avec un abat-jour sur la tête. T'es assez réveillée pour comprendre ce que je vais te dire ?

— Oui. » Du moins, elle pensait l'être. Ah, mais ce martèlement dans le crâne. Horrible.

« Tiens, prends ça. »

Il lui mit sous le nez un truc qu'il brandissait de la main gauche, la droite tenant toujours la seringue avec l'aiguille dirigée vers la cuisse de Mr. Freeman.

Abra plissa les yeux. C'était une carte de crédit. Elle tendit la main pour la prendre, une main qui lui parut trop lourde. Ses yeux recommencèrent à se fermer et le Skunk la gifla. Elle les rouvrit tout grands, accusant le coup. Personne ne l'avait jamais frappée de sa vie, aucun adulte, en tout cas. Évidemment, personne ne l'avait jamais kidnappée non plus.

« Aïie ! *Aïie !*

— Ouvre ta portière et descends. Suis les instructions sur la pompe – t'es une môme futée, je suis sûr que tu peux faire ça – et fais-nous le plein. Ensuite, rengaine le pistolet et remonte. Si tu fais tout ça bien gentiment comme une mignonne petite Boucle d'or, on poussera jusqu'au distributeur de Coca, là-bas. » Il désigna la machine à l'arrière du magasin. « Tu pourras en avoir une grande bouteille. Ou de l'eau, si tu préfères ; mon petit doigt me dit qu'ils ont de la Dasani. Si t'es une *vilaine* petite Boucle d'or, je zigouille le vieux, puis j'entre dans le magasin zigouiller le môme à la caisse. Fastoche. Ton vieux pote avait un flingue qui dorénavant m'appartient. Tu m'accompagneras, comme ça tu pourras voir la tête du môme faire *splash.* C'est comme tu voudras, OK ? T'as pigé ?

— Oui », dit Abra. Un peu mieux réveillée à présent. « Je pourrai avoir les deux : un Coca et de l'eau ? »

Là, il lui fit un grand sourire, franc et beau. Malgré sa situation, malgré son mal de tête, et même malgré la gifle qu'il lui avait donnée, Abra trouva ce sourire charmant. Elle supposa que beaucoup de gens le trouvaient charmant, surtout les femmes. « Mmmh, t'en demandes beaucoup, dis-moi ? Mais c'est pas toujours mal d'en demander beaucoup. Bon, voyons maintenant si tu sais être une gentille petite fille. »

Abra détacha sa ceinture – elle dut s'y reprendre à trois fois, mais finit par y arriver – et se saisit de la poignée de la portière. Avant de descendre, elle lança : « Arrêtez de m'appeler Boucle d'or. Vous connaissez mon nom, et je connais le vôtre. »

Sans lui laisser le temps de répondre, elle claqua la portière et se dirigea (un peu titubante) vers la pompe. Du cran autant que de la vapeur, cette môme. Il l'admira presque. Mais vu le sort d'Andi, Teuch et Jimmy, *presque,* c'était déjà trop.

13

D'abord, Abra fut incapable de lire les instructions, parce que les mots n'arrêtaient pas de se dédoubler et de s'échapper. Elle plissa les yeux et la mise au point devint nette. Le Skunk la surveillait. Elle sentait ses yeux sur sa nuque, comme deux minuscules vrilles tièdes.

(*Dan ?*)

Rien. Pas étonnant. Comment pouvait-elle espérer capter Dan alors qu'elle était même pas fichue de se servir de cette stupide pompe à essence ? Jamais elle s'était sentie aussi éteinte de sa vie.

Elle commença par introduire la carte de crédit du Skunk à l'envers, et dut tout recommencer à zéro. Enfin, l'essence coula. Pendant ce qui lui parut une éternité. Heureusement qu'il y avait une jupe en caoutchouc autour du pistolet pour empêcher les vapeurs toxiques de remonter. Et puis, l'air nocturne lui rafraîchissait les idées. Il y avait des milliards d'étoiles. D'habitude, leur beauté et leur profusion l'émerveillaient, mais ce soir-là, les regarder l'angoissait. Elle les voyait si loin d'elle. Et elle, Abra Stone, les étoiles ne la voyaient pas.

Quand le réservoir fut plein, elle plissa les yeux pour lire le nouveau message affiché sur l'écran et se retourna vers Skunk. « Vous voulez un reçu ou pas ?

— Je pense qu'on peut s'en passer, tu crois pas ? » Encore un petit coup de son sourire éblouissant. Le genre à te rendre heureuse d'être celle qui l'a provoqué. Abra aurait parié qu'il avait des tas de petites copines.

Non. Il en a qu'une. C'est la femme au chapeau, sa copine. Rose. S'il en avait une autre, Rose la tuerait. Avec les dents et avec les ongles.

Elle traîna les pieds jusqu'à la portière et remonta.

« Bravo, dit Skunk, t'as gagné le gros lot – un Coca *et* de l'eau. Alors… qu'est-ce qu'on dit à son papa ?

— Merci, répondit Abra d'un ton amorphe. Mais vous êtes pas mon papa.

— Non, mais je pourrais l'être. Je peux être un très gentil papa pour les petites filles qui sont gentilles avec moi. Les gentilles mignonnes petites filles. » Il roula jusqu'au distributeur et lui donna un billet de cinq dollars. « Prends-moi un Fanta, si y en a. Sinon, un Coca.

— Vous buvez des sodas, comme n'importe qui ? »

Il grimaça une comique moue offensée. « *Si vous nous piquez, ne saignons-nous pas ? Si vous nous chatouillez, ne rions-nous pas ?*

— Shakespeare, c'est ça ? » Elle se frictionna de nouveau la bouche. « *Roméo et Juliette.*

— Raté, *Le Marchand de Venise* », dit Skunk, mais avec le sourire. « Tu connais pas la suite, je parie. »

Elle secoua la tête. Erreur. Ça réveilla les palpitations qui avaient commencé à se calmer.

« *Si vous nous empoisonnez, ne mourons-nous pas ?* » Il tapota la seringue près de la jambe de Mr. Freeman. « Médite là-dessus pendant que tu vas nous chercher à boire. »

14

Il la surveilla attentivement pendant qu'elle faisait fonctionner le distributeur. Cette station-service se trouvait à la périphérie boisée d'une petite ville et il était toujours envisageable qu'elle se dise au diable le vieux zigue et qu'elle déguerpisse dans les bois. Il pensa au revolver mais le laissa à sa place. Ce ne serait pas bien difficile de la courser, vu son présent état de léthargie. Mais elle ne regarda même pas dans cette direction. Elle glissa le billet de cinq dans la machine, récupéra les boissons l'une après l'autre et s'arrêta seulement pour boire goulûment l'eau de sa bouteille. Elle revint, ouvrit la portière côté passager mais ne monta pas. Elle désigna du doigt l'extrémité du bâtiment.

« Faut que j'aille faire pipi. »

Skunk en resta baba. Ça, c'était un truc qu'il n'avait pas prévu. Quoique, il aurait dû. Elle avait été droguée, son corps avait besoin d'éliminer les toxines. « Tu peux pas te retenir encore un peu ? » Il se disait que quelques kilomètres plus loin, il trouverait une petite bifurcation où s'arrêter. Pour qu'elle aille pisser derrière un buisson. Du moment qu'il pouvait lui voir le sommet de la tête, ça irait.

Mais elle fit non de la tête. Évidemment.

Il réfléchit un instant. « Bon, écoute-moi. Tu peux aller aux toilettes pour dames si la porte est ouverte. Sinon, t'iras faire ta petite commission derrière. Y a pas moyen que je te laisse entrer demander les clés.

— Si je dois pisser les fesses à l'air, je suppose que vous allez me mater. Pervers.

— Y aura bien une poubelle ou un conteneur quelconque derrière quoi t'accroupir. Ça me fendra le cœur de pas pouvoir reluquer tes adorables petites miches, mais je tâcherai de survivre. Allez, monte.

— Mais vous avez dit…

— Monte ou je recommence à t'appeler Boucle d'or. »

Elle monta et il avança la camionnette jusqu'aux portes des toilettes. « Maintenant, donne-moi ta main.

— Pourquoi ?

— Donne ta main. »

Très à contrecœur, elle la lui tendit. Il la prit. Dès qu'elle vit la seringue, elle tenta de se dégager.

« T'inquiète, juste une goutte. On a pas envie que tu te mettes à avoir des vilaines pensées, pas vrai ? Ni que tu les émettes en longue portée. Je vais te le faire de toute façon, alors pourquoi en faire tout un cinéma ? »

Elle arrêta de lutter. C'était plus facile de se laisser faire. Elle sentit une brève piqûre sur le dos de sa main, puis il la lâcha. « Vas-y, maintenant. Va faire ton petit pipi et fais-le vite. Comme dit cette bonne vieille chanson country, la route est longue et le temps nous presse.

— Je connais aucune chanson qui dit ça.

— Tu m'étonnes. Déjà que tu confonds *Le Marchand de Venise* et *Roméo et Juliette*.

— Vous êtes méchant.

— Même pas besoin. »

Elle descendit et resta un petit moment à côté de la camionnette, à respirer profondément.

« Abra ? »

Elle se tourna vers lui.

« Essaye pas de t'enfermer là-dedans. Tu sais qui paierait pour ça, pas vrai ? » Il tapota la jambe de Billy Freeman.

Oui, elle savait.

Ses pensées, qui avaient commencé à s'éclaircir, s'embrumaient à nouveau. Quel horrible type – quelle horrible *chose* – derrière ce faux sourire charmant. Et rusé avec ça. Il pensait à tout. Elle poussa la porte des toilettes, qui s'ouvrit. Au moins, elle serait pas obligée de faire dehors dans les mauvaises herbes, c'était déjà ça. Elle entra, referma la porte et fit ce qu'elle avait à faire. Puis elle resta là, simplement assise sur la cuvette, avec sa tête dodelinante qui s'alourdissait. Elle s'imagina qu'elle était dans la salle de bains d'Emma, croyant encore stupidement que tout allait bien se passer. Comme tout ça paraissait loin…

Je dois faire quelque chose.

Mais elle était droguée, complètement dans les vapes.

(*Dan*)

Elle émit avec toute la force qu'elle put rassembler… et c'était bien peu. Et combien de temps le Skunk allait-il lui laisser ? Elle sentit le désespoir l'envahir, sapant le peu de volonté de résistance qui lui restait. Tout ce qu'elle avait envie de faire, c'était reboutonner son pantalon, remonter dans la camionnette et se rendormir. Elle essaya quand même une dernière fois.

(*Dan ! Dan, je t'en supplie !*)

Et attendit un miracle.

Tout ce qu'elle reçut en retour, ce fut un bref petit coup de klaxon. Le message était clair : *Finie la pause pipi.*

CHAPITRE 15

INTERVERSION

1

Tu te souviendras de ce qui a été oublié.

Au lendemain de la victoire à la Pyrrhus de Cloud Gap, cette phrase se mit à obséder Dan, comme un refrain de chanson agaçant et absurde qui vous rentre dans la tête et ne vous lâche plus pendant des jours, que vous vous surprenez même à fredonner en allant pisser en somnambule en pleine nuit. Ce refrain-là était complètement agaçant, ça oui, mais pas totalement absurde. Dan l'associait bizarrement à Tony.

Tu te souviendras de ce qui a été oublié.

Il était hors de question qu'ils prennent le Winnebago des Vrais pour rejoindre leurs voitures qu'ils avaient laissées à la gare de Teenytown. Même sans craindre d'être vus en descendre ou de laisser à l'intérieur des preuves utilisables par la police scientifique, tous auraient refusé à l'unanimité d'y monter. Le camping-car sentait plus que la maladie et la mort : il sentait le mal. Et Dan avait une autre raison : il ignorait si, après leur mort, les membres du Nœud Vrai revenaient ou pas sous la forme de gens-fantômes, mais il ne tenait pas à le découvrir.

Ils se débarrassèrent donc des nippes et de l'attirail narcotique des Vrais dans la rivière qui se chargerait de les faire disparaître, soit au fond de son lit, soit dans le Maine en aval, puis ils repartirent comme ils étaient venus, à bord du *Helen Rivington*.

Dave Stone se laissa tomber sur le siège du chauffeur, constata que Dan tenait toujours le lapin en peluche d'Abra et tendit la main pour l'avoir. Dan le lui passa bien volontiers, tout en remarquant ce que le père d'Abra tenait dans l'autre main : son Blackberry.

« Vous avez l'intention d'appeler qui ? »

Dave regarda les bois qui défilaient de part et d'autre de l'étroite voie ferrée puis se tourna vers Dan. « Chez les Deane, dès qu'on aura du réseau. Si ça ne répond pas, j'appelle la police, si ça répond et qu'Emma ou sa mère me dit qu'Abra a disparu, j'appelle aussi la police. Si elles ne l'ont pas déjà fait. » Son regard calme et moins qu'amical le défiait, mais au moins maîtrisait-il la peur – la terreur, plus probablement – qu'il ressentait pour sa fille, et pour cette raison, Dan le respectait. Il n'en serait que plus facile à raisonner.

« Je vous tiens pour responsable de tout cela, Mr. Torrance. C'était votre plan. Votre plan insensé. »

Inutile de lui faire observer qu'ils avaient tous adhéré à ce plan insensé. Ou que lui-même et John étaient tout aussi inquiets que lui du silence prolongé d'Abra. Parce que, au fond, Mr. Stone avait raison.

Tu te souviendras de ce qui a été oublié.

Encore une réminiscence de l'Overlook ? Dan pensait que oui. Mais pourquoi maintenant ? Pourquoi ici ?

« Dave, elle a très certainement été enlevée. » C'était John Dalton. Il s'était installé dans la voiture de tête cette fois, juste derrière eux. Le dernier éclat du soleil couchant filtrait à travers les arbres et chatoyait sur son visage. « Si c'est bien ce qui s'est passé et que vous prévenez la police, qu'arrivera-t-il à Abra, selon vous ? »

Dieu te bénisse, pensa Dan. *Si c'était moi qui avais dit ça, je doute qu'il m'aurait écouté. Car pour lui, je suis l'inconnu qui a comploté avec sa fille. Jamais il ne sera entièrement convaincu que ce n'est pas moi qui l'ai foutue dans ce merdier.*

« Mais qu'est-ce qu'on peut faire d'autre ? » demanda Dave. Et là, son calme fragile se brisa. Il se mit à pleurer, le lapin en peluche pressé contre son visage. « Qu'est-ce que je vais dire à ma femme ? Que j'étais en train de flinguer des gens à Cloud Gap pendant qu'une espèce de croque-mitaine nous volait notre fille ?

— Une chose à la fois », répondit Dan. Il n'était pas sûr que des slogans AA du genre *Aide-toi et le ciel t'aidera* ou encore *Lâche prise* auraient été bien reçus par le père d'Abra dans le cas présent. « Je pense aussi que vous devriez appeler chez les Deane. Que vous allez réussir à les joindre et que tout ira bien.

— Qu'est-ce qui vous fait penser ça ?

— Lors de ma dernière communication avec Abra, je lui ai dit de demander à la mère d'Emma d'appeler la police. »

Dave cligna des yeux. « Ah oui ? Vous avez fait ça ? Ou vous dites juste ça maintenant pour vous couvrir ?

— Oui, je l'ai fait. Abra a commencé à me répondre. Elle a dit "Je ne suis plus" et c'est là que je l'ai perdue.

Je pense qu'elle allait me dire qu'elle n'était plus chez les Deane.

— Mais est-elle encore en vie ? » Dave saisit le coude de Dan d'une main froide comme la mort. « Ma fille est-elle encore en vie ?

— Elle ne m'a pas recontacté depuis, mais je suis sûr que oui.

— Évidemment, vous n'allez pas me dire le contraire, murmura Dave. Vous assurez vos arrières, hein ? »

Dan ravala une réplique mordante. S'ils commençaient à se disputer, toute chance, si infime soit-elle, de récupérer Abra se réduirait à pas de chance du tout.

« C'est logique », intervint John. Il était encore pâle et ses mains tremblaient toujours un peu, mais il avait pris sa voix rassurante de médecin au chevet d'un malade. « Morte, elle n'aurait aucune utilité pour celui qui l'a enlevée. Vivante, c'est une otage. Et puis, ils la veulent pour… enfin…

— Pour son essence, dit Dan. Sa vapeur.

— Encore une chose, dit John. Que direz-vous à la police à propos de ceux que nous avons éliminés ? Qu'ils sont passés par des cycles de visibilité et d'invisibilité avant de disparaître complètement ? Puis que nous nous sommes débarrassés de… de leurs restes ?

— Je ne comprends pas comment j'ai pu vous laisser m'entraîner là-dedans. » Dave n'arrêtait pas de triturer le vieux lapin en peluche. Dans pas longtemps, le pauvre Pippo éventré allait se vider de ses entrailles de mousse. Dan n'était pas sûr de pouvoir supporter ça.

« Écoutez-moi, Dave, reprit John. Pour l'amour de votre fille, reprenez vos esprits. Je ne connais rien à la vapeur et pas grand-chose à ce que Dan appelle le Don, mais je sais que les gens à qui nous avons affaire ne sont pas du genre à laisser des témoins. Dans l'affaire du p'tit gars de l'Iowa, comme elle l'appelle, c'est ce qu'est Abra : un témoin. Votre fille est tombée dans cette histoire le jour où elle a vu la photo de ce garçon dans le *Shopper* et a essayé d'en savoir plus. Dès que la femme au chapeau s'en est aperçue, elle ne pouvait que se lancer à sa poursuite.

— Quand vous appellerez les Deane, prenez un ton léger, conseilla Dan.

— Léger ? *Léger ?* » On aurait dit un homme s'essayant à la prononciation d'un mot suédois.

« Dites que vous voulez demander à Abra s'il y a des courses à faire – genre du pain, du lait. Si vous vous entendez répondre qu'elle est rentrée chez vous, dites OK, pas de problème, que vous allez l'appeler à la maison.

— Et ensuite ? »

Ensuite ? Dan ne savait pas. Tout ce qu'il savait, c'est qu'il avait besoin de réfléchir. Besoin de réfléchir à *ce qui avait été oublié*.

Mais John savait. « Ensuite, vous essayerez d'appeler Billy Freeman. »

La nuit était tombée et les phares du *Riv* découpaient un cône de lumière entre les rails lorsque Dave eut enfin du réseau. Il appela chez les Deane et Dan trouva qu'il s'en sortait plutôt bien, même s'il étreignait férocement le pauvre Pippo tout déformé et que de grosses gouttes de sueur lui dégoulinaient sur le visage. Pouvait-il parler une seconde à Abby pour savoir s'ils avaient besoin de quelque chose de spécial au Stop & Shop ? Ah ? Elle était rentrée ? Bon, il allait essayer d'appeler à la maison, alors. Il écouta encore, répondit que oui, c'est ce qu'il allait faire, puis raccrocha. Quand il se retourna vers Dan, ses yeux étaient comme deux trous noirs cerclés de blanc.

« Mrs. Deane m'a dit de vérifier qu'Abra allait mieux. Apparemment, elle est rentrée à la maison en se plaignant de douleurs de règles. » Il baissa la tête. « Je savais même pas qu'elle avait ses règles. Lucy me l'a même pas dit.

— Il y a des choses que les pères n'ont pas besoin de savoir, répondit John. Essayez d'appeler Billy, maintenant.

— J'ai pas son numéro. » Il lâcha un petit hoquet censé être un rire : *Hah !* « Quelle équipe de bras cassés on fait. »

Dan lui donna le numéro de Billy de mémoire. Devant eux, les arbres s'éclaircissaient et l'on apercevait la lueur jaune des réverbères bordant l'avenue principale de Frazier.

Dave composa le numéro et attendit. Attendit encore un peu et raccrocha. « Messagerie. »

Les trois hommes gardèrent le silence pendant que le *Riv* émergeait des bois et parcourait les deux derniers kilomètres les séparant de Teenytown. Projetant sa voix mentale avec toute son énergie, Dan essaya encore de capter Abra, sans rien recevoir en retour. Celui qu'elle appelait le Skunk avait dû l'endormir d'une façon ou d'une autre. Miss Tatouée avait une seringue. Le Skunk aussi devait en avoir une.

Tu te souviendras de ce qui a été oublié.

L'origine de cette phrase remonta soudain du fin fond de son esprit où il gardait les coffres-forts contenant tous ses terribles souvenirs de l'Overlook et les fantômes qui l'infestaient.

« La chaudière. »

Du siège du chauffeur, Dave lui lança un bref regard. « Hein ?

— Rien. »

Le système de chauffage de l'Overlook était antique. On devait laisser échapper la vapeur à intervalles réguliers sinon la pression augmentait, augmentait, menaçant de faire exploser la chaudière et de projeter l'hôtel dans le ciel. Dans sa descente inexorable dans la démence, Jack Torrance l'avait oublié, mais quelqu'un l'avait rappelé à son jeune fils. Tony.

Était-ce là un nouvel avertissement ou juste une bribe exaspérante de souvenir qui refaisait surface avec le stress et la culpabilité ? Car Dan se sentait coupable. John avait raison, Abra aurait de toute façon été la proie des Vrais, mais les sentiments sont inaccessibles à la pensée rationnelle. Oui, c'était son plan, son plan avait mal tourné et il allait en payer les conséquences.

Tu te souviendras de ce qui a été oublié.

Était-ce la voix de son vieil ami qui l'alertait sur leur situation présente ? ou juste le gramophone ?

2

Dave monta dans le Suburban de John pour rentrer à Anniston. Dan suivit dans sa voiture, heureux d'être enfin seul avec ses pensées. Sans grand résultat, cependant. Il était quasiment sûr que cette formule avait un sens, mais ça ne lui venait pas. Il essaya même d'appeler Tony, chose qu'il n'avait pas tentée depuis l'adolescence, sans succès.

La camionnette de Billy n'était plus dans Richland

Court. Dan n'en fut guère surpris. Le commando kidnapping des Vrais était arrivé dans le Winnebago. S'ils avaient déposé le Skunk à Anniston, celui-ci s'était retrouvé à pied et en manque de véhicule.

Le garage des Stone était ouvert. Dave bondit de la voiture avant l'arrêt complet et s'y rua, appelant Abra à tue-tête. Puis, illuminé par le pinceau des phares comme un acteur sur scène, il souleva quelque chose à bout de bras en émettant une exclamation qui tenait autant du grondement que du cri. Se rangeant à côté du Suburban, Dan vit de quoi il s'agissait : le sac à dos d'Abra.

Il lui vint une soudaine envie de boire, une envie plus forte que le soir où il avait appelé John du parking du bar de cow-boys, une envie plus forte qu'au cours des nombreuses années écoulées depuis le jour où il avait pioché un jeton blanc à sa première réunion. Juste l'envie de faire demi-tour, d'ignorer leurs braillements et de s'en retourner à Frazier. Il y avait un bar là-bas, le Bull Moose. Il était passé devant bien souvent, spéculant à chaque fois à la manière d'un ancien alcoolo : Comment c'est à l'intérieur ? Y a quoi à la pression ? Et quelle musique dans le juke-box ? Qu'est-ce qu'ils ont comme whisky ? Et les filles, elles seront jolies ? Il aura quel goût ce premier verre ? Le goût du réconfort ? le goût de la sécurité… enfin ? Il pourrait répondre au moins à quelques-unes de ces questions avant que Dave Stone n'appelle les flics et que les flics l'embarquent pour l'interroger sur la disparition d'une certaine petite fille.

Un jour viendra, lui avait dit Casey dans ses premiers temps de sobriété poings serrés, *où la force mentale ne te suffira pas et où le seul barrage entre l'alcool et toi sera ta foi en une Puissance Supérieure.*

Dan n'avait aucun problème avec l'idée d'une Puissance Supérieure, puisqu'il disposait lui-même de quelques informations confidentielles sur le sujet. Si Dieu restait une hypothèse non prouvée, il savait qu'il existait réellement un autre plan d'existence. Tout comme Abra, il avait vu les gens-fantômes. Alors oui, pourquoi pas Dieu. Étant donné ses aperçus de l'arrière-monde, Dan pensait que c'était même probable… mais quel genre de Dieu se contentait de rester assis là sans rien faire pendant que de telles catastrophes arrivaient ?

Comme si t'étais le premier à poser cette question, pensa-t-il.

Casey lui avait dit de s'agenouiller deux fois par jour : le matin pour demander de l'aide et le soir pour remercier. *C'est les trois premières étapes : je ne peux pas, Dieu peut, je Le laisse faire. Ne te mets pas trop martel en tête avec ça.*

Aux petits nouveaux réfractaires à ce conseil, Casey aimait bien raconter une anecdote sur le réalisateur John Waters. Dans *Pink Flamingos*, un de ses premiers films, Divine, la star drag-queen de Waters, mangeait un petit bout de crotte de chien qui traînait sur une pelouse. Des années plus tard, à des journalistes qui continuaient à le questionner sur ce moment glorieux de l'histoire du cinéma, il répliqua : « C'était jamais qu'un *petit* bout de crotte de chien et ça a fait d'elle une star. »

Alors, agenouillez-vous et demandez de l'aide, que ça vous plaise ou non, concluait Casey. *Après tout, c'est jamais qu'un* petit *bout de crotte de chien.*

Dan pouvait difficilement s'agenouiller derrière le volant de sa voiture, mais il prit la position qu'il adoptait spontanément pour ses prières du matin et du soir – les yeux clos, une main sur les lèvres, comme pour empêcher l'entrée ne serait-ce que d'une goutte du poison séducteur qui avait marqué vingt ans de sa vie au fer rouge.

Mon Dieu, aide-moi à ne pas boi...

C'est là que la lumière se fit.

Sur ce que Dave avait dit en chemin pour Cloud Gap. Sur le sourire mauvais d'Abra (Dan se demanda si le Skunk avait eu l'occasion de voir ce sourire, et si oui, ce qu'il en avait pensé). Plus que tout, sur cette sensation de sa propre main plaquant ses lèvres contre ses dents.

« Oh, mon Dieu », chuchota-t-il. Il descendit de voiture et ses jambes le lâchèrent. Il tomba à genoux, en fin de compte, mais se releva et courut dans le garage rejoindre les deux hommes qui regardaient le sac abandonné d'Abra.

Il saisit Dave par les épaules. « Appelez votre femme. Dites-lui que vous arrivez.

— Elle voudra savoir pourquoi », répondit Dave. Il était clair, à voir sa bouche tremblante et ses yeux baissés, qu'il n'avait aucune envie de s'expliquer avec elle. « Elle est chez Chetta. Je vais lui dire... merde, je ne sais pas ce que je vais lui dire. »

Dan l'étreignit plus fort, accentuant la pression jusqu'à ce que les yeux baissés se relèvent pour croiser les siens. « Nous partons tous pour Boston, mais John et moi aurons autre chose à y faire.

— Comment ça ? Je ne comprends pas. »

Dan, lui, comprenait. Pas encore tout, mais beaucoup.

3

Ils prirent le Suburban de John. Dave s'assit à la place du mort et Dan s'allongea à l'arrière, la tête sur un accoudoir, les pieds par terre.

« Lucy a essayé de me tirer les vers du nez, raconta Dave. Elle m'a dit que je lui faisais peur. Et bien sûr, elle pense que ça concerne Abra, parce qu'elle aussi a un peu de ce sixième sens qu'a Abra. Je l'ai toujours su. Je lui ai dit qu'Abby passait la nuit chez Emma. Vous savez combien de fois j'ai menti à ma femme depuis que nous sommes mariés ? Je pourrais les compter sur les doigts de la main, et trois fois, c'était pour l'argent que j'ai perdu au poker, aux parties du jeudi soir que mon chef de département organise. Rien à voir avec ça. Et dans trois heures, je vais le sentir passer, c'est moi qui vous le dis. »

Bien sûr, Dan et John savaient déjà tout cela : ce que Dave avait dit à Lucy au sujet d'Abra, l'inquiétude de Lucy en s'entendant répondre que ce qui l'amenait était trop important et trop compliqué pour être expliqué au téléphone. Ils se trouvaient tous les deux avec lui dans la cuisine quand il l'avait appelée. Mais il avait besoin de parler. De *partager*, en langage AA. John se chargeait de fournir les réponses nécessaires, alternant les *mmh-mmh,* les *je sais* et les *je comprends*.

Au bout d'un moment, Dave s'arrêta net et se retourna. « Bonté divine, mais vous *dormez* ?

— Non, répondit Dan sans ouvrir les yeux. J'essaie d'entrer en contact avec votre fille. »

Cela mit un point final au monologue de Dave. On n'entendait plus maintenant que le ronflement des roues du Suburban qui filait vers le sud sur la route 16, traversant une série de petites bourgades. La circulation était fluide et dès qu'ils furent sur la quatre-voies, John cala le régulateur de vitesse sur 100.

Dan ne fit aucun effort pour appeler Abra : ça n'aurait pas marché, à son avis. Il s'appliqua plutôt à ouvrir son esprit au maximum. À se transformer en station d'écoute. C'était la première fois qu'il tentait l'expérience et le résultat était troublant. C'était comme d'avoir les écouteurs les plus puissants du monde sur les oreilles. Il avait l'impression d'entendre un bruit de flot incessant, sans doute le bourdonnement des pensées humaines. Quelque part dans ce déferlement continu de vagues, il se tenait prêt à entendre le son de la voix d'Abra, sans véritablement y compter, mais que pouvait-il faire d'autre ?

C'est peu après avoir passé le premier péage sur l'autoroute Spaulding, alors qu'ils n'étaient plus qu'à une centaine de kilomètres de Boston, que Dan perçut enfin la voix d'Abra.

(*Dan*)

Faible. À peine audible. Il crut d'abord que c'était le produit de son imagination – que son esprit fabriquait ce qu'il avait envie d'entendre – mais il s'orienta néanmoins dans cette direction, s'appliquant à réduire sa concentration à un unique faisceau de projecteur. Et la voix résonna encore, un peu plus sonore cette fois. C'était *elle*. C'était *vraiment* elle.

(*Dan, je t'en supplie !*)

Elle était droguée, c'était clair… mais elle avait fait l'effort. Lui-même n'avait jamais tenté, de près ou de loin, ce qu'il s'apprêtait à faire… alors, dans les vapes ou pas, il faudrait qu'elle le guide.

(*Abra pousse fort il faut que tu m'aides*)
(*t'aider comment quoi*)
(*interversion*)
(*???*)
(*m'aider à retourner le monde*)

4

À l'avant, Dave cherchait de la monnaie pour le prochain péage dans le porte-gobelet quand, derrière lui, Dan se mit à parler. Sauf que ça ne pouvait pas être Dan :

« Laissez-moi encore une minute, il faut que je change mon tampon ! »

John sursauta et le Suburban fit une embardée. « C'est quoi cette *histoire* ? »

Dave détacha sa ceinture et se retourna, à genoux sur son siège, pour se pencher sur l'homme allongé sur la banquette arrière. Les paupières de Dan étaient mi-closes mais lorsque Dave prononça le nom d'Abra, elles se soulevèrent.

« Non papa, pas maintenant, il faut que j'aide Dan… il faut que j'essaye… » Le corps de Dan se retourna. L'une de ses mains remonta et frictionna sa bouche d'un geste que Dave avait vu des milliers de fois, puis retomba. « Dis-lui que je lui ai déjà dit d'arrêter de m'appeler comme ça. Dis-lui… »

La tête de Dan bascula et vint se poser sur son épaule. Il gémit. Ses mains s'agitaient de manière convulsive.

« Que se passe-t-il ? s'écria John. Qu'est-ce que je dois faire ?

— Je n'en sais rien », dit Dave. Il se pencha un peu plus, prit dans la sienne l'une des mains frémissantes et la tint bien serrée.

« Roule, dit Dan à John. Continue à rouler. »

Alors, le corps allongé sur la banquette arrière commença à se cabrer et à se tordre et Abra se mit à crier avec la voix de Dan.

5

Dan trouva le conduit entre eux en suivant le cours engourdi des pensées d'Abra. Il vit la roue en pierre car Abra la visualisait, mais la fillette était beaucoup trop faible et désorientée pour la faire tourner. Elle mettait toute sa force mentale à maintenir ouverte son extrémité de la liaison. Pour que Dan puisse pénétrer dans son esprit et vice versa. Mais il était encore beaucoup trop présent dans le Suburban, où les phares des voitures arrivant en sens inverse filaient sur le plafond capitonné. Lumière… obscurité… lumière… obscurité.

La roue était tellement lourde.

Il y eut tout à coup un tambourinement surgi de nulle part, et une voix : « Allons, Abra, sors de là. Finie la pause pipi. On doit repartir. »

Abra en fut si effrayée qu'elle trouva un peu plus de force en elle. La roue commença à bouger, attirant Dan plus profondément dans le cordon ombilical qui les reliait. C'était la sensation la plus étrange qu'il eût jamais ressentie de sa vie et, malgré toute l'horreur de la situation, une sensation exaltante.

Quelque part, très loin, il entendit Abra : « Laissez-moi encore une minute, il faut que je change mon tampon ! »

Le plafond du Suburban de John était en train de glisser. De *tourner*. L'obscurité se fit, accompagnée de la sensation d'être dans un tunnel, et il eut le temps de penser, *Si je me perds, je ne pourrai plus jamais ressortir. Je finirai en hôpital psychiatrique, catalogué comme catatonique incurable.*

Puis le monde se remit en place, sauf que ce n'était plus la même place. Le Suburban avait disparu. Dan se trouvait dans des toilettes malodorantes, avec un carrelage bleu miteux et un avis placardé au-dessus du lavabo DÉSOLÉ EAU FROIDE SEULEMENT. Il était assis sur la cuvette des W.-C.

Avant même qu'il ait eu l'idée de se relever, la porte s'ouvrit violemment, heurtant si fort les vieux carreaux qu'elle dut en ébrécher quelques-uns. Un homme entra sans se gêner. On lui aurait donné dans les trente-cinq ans, ses cheveux noir corbeau étaient coiffés en arrière, dégageant son front, son visage était anguleux mais beau dans le style pommettes hautes et traits typés. Il brandissait un flingue.

« Changer ton tampon, hein ? dit-il. Et tu l'as trouvé où, ce tampon, Boucle d'or ? Dans ta poche de pantalon ? Sûrement, vu que ton sac est très très loin d'ici. »

(*dis-lui d'arrêter de m'appeler comme ça*)

Dan dit : « Je vous ai dit d'arrêter de m'appeler comme ça. »

Skunk regarda la fillette qui tanguait légèrement sur la cuvette. Qui tanguait à cause de la dope. Bien sûr. Mais cette drôle de voix qu'elle avait ? *Ça aussi*, c'était la dope ?

« Qu'est-ce qui t'arrive ? T'as plus la même voix. »

Dan essaya de hausser les épaules de la fillette mais ne put en faire frémir qu'une seule. Skunk prit la main d'Abra et tira Dan pour le mettre debout sur les jambes d'Abra. Ça lui fit mal et il cria de douleur.

Quelque part – à des kilomètres – une voix faible demanda : *Que se passe-t-il ? Qu'est-ce que je dois faire ?*

« Roule, dit-il à John, tandis que Skunk le tirait hors des chiottes. Continue à rouler.

— Ça, pour rouler, je vais rouler », dit Skunk. Et sans ménagement, il hissa Abra dans la camionnette à côté d'un Billy Freeman toujours ronflant. Puis il lui saisit les cheveux, les enroula autour de son poing et tira. Dan cria avec la voix d'Abra, sachant que ce n'était pas *tout à fait* sa voix. Presque, mais pas tout à fait. Skunk entendit la différence mais ne comprit pas d'où ça venait. La femme au chapeau, elle, aurait compris ; c'était elle qui par inadvertance avait enseigné le tour d'interversion des esprits à Abra.

« Mais avant qu'on se mette en route, on va passer un petit accord, toi et moi. Plus de mensonges, compris ? La prochaine fois que tu mens à ton papa, je te jure que le vieux zigue qui ronfle à côté de moi y passera. Et j'utiliserai pas ma dope, cette fois. Je m'arrêterai sur une piste forestière et je lui tirerai une balle dans le ventre. Qu'il ait le temps de souffrir et toi de l'entendre hurler. T'as pigé ?

— Oui, souffla Dan.

— T'as intérêt, fillette, parce que j'ai pas l'habitude de me répéter. »

Skunk claqua la portière et contourna rapidement la camionnette. Dan ferma les yeux d'Abra. Il repensait aux cuillères du goûter d'anniversaire. Aux tiroirs fermés et ouverts, aussi. Abra était physiquement trop faible pour lutter contre l'homme qui s'installait maintenant au volant et démarrait, mais une partie d'elle était forte. S'il pouvait trouver cette part puissante en elle… celle qui avait déplacé les cuillères, ouvert les tiroirs et joué de la musique aérienne… celle qui avait écrit à distance sur son tableau noir… s'il pouvait la trouver et en prendre le contrôle…

Tout comme Abra avait visualisé la lance d'une guerrière et son étalon, Dan visualisa une série de commutateurs électriques sur un tableau de commande. Certains de ces interrupteurs commandaient les mains d'Abra, d'autres ses jambes, d'autres encore ses haussements d'épaules. D'autres étaient plus importants. Il devrait être capable de les actionner : Abra et lui avaient au moins quelques circuits en commun.

La camionnette démarra, recula, fit demi-tour. Quelques minutes plus tard, ils étaient sur la route.

« C'est bon, dit Skunk d'un ton sévère. Fais dodo. Qu'est-ce que tu croyais pouvoir faire là-dedans ? Sauter dans la cuvette et t'évader en tirant la chasse… »

Sa voix se perdit car Dan avait trouvé les commandes qu'il cherchait. Les interrupteurs spéciaux, avec des manettes rouges. Il ignorait s'ils se trouvaient véritablement là et s'ils étaient bien connectés aux pouvoirs d'Abra ou s'il jouait juste à une sorte de jeu de solitaire. Tout ce qu'il savait, c'est qu'il devait essayer.

Donne tout, pensa-t-il. Et il actionna tous les commutateurs.

6

La camionnette de Billy Freeman s'était éloignée d'une quinzaine de kilomètres de la station-service et roulait sur la 108 à travers l'obscurité du Vermont rural quand Skunk ressentit la première douleur. C'était comme si un petit anneau métallique cerclait son œil gauche. L'anneau était froid et pressait contre sa chair. Il leva la main pour le tâter, mais avant d'avoir pu terminer son geste, il sentit l'anneau se dédoubler et glisser comme un serpent vers l'œil droit, lui glaçant au passage l'arête du nez comme une injection de novocaïne. Puis l'anneau cercla aussi son autre œil. C'était comme porter des jumelles en métal intégrées.

Ou des menottes pour les yeux.

Voilà maintenant que son oreille gauche commençait à siffler, et brusquement, il sentit que sa joue gauche s'ankylosait. Il tourna la tête et vit la fillette le regarder. Ses yeux étaient grands ouverts et ne cillaient pas. Ils ne paraissaient plus du tout drogués. À dire vrai, ils ne ressemblaient plus du tout à ses yeux. Ils paraissaient plus âgés. Plus mûrs. Et aussi froids que son propre visage lui semblait l'être.

(*arrête la camionnette*)

Skunk avait recapuchonné la seringue et l'avait rangée, mais il avait gardé le flingue sur les genoux, qu'il avait récupéré sous son siège quand il avait décidé d'aller voir pourquoi la petite merdeuse passait autant de temps aux chiottes. Il le souleva, avec l'intention de menacer le vieux zigue pour qu'elle arrête ses petites manigances, mais il eut subitement l'impression que sa main venait d'être plongée dans de l'eau glacée. Le flingue devint lourd : trois kilos, cinq kilos, une bonne douzaine de kilos. Oui, douze au moins. Et pendant qu'il bataillait pour le soulever, son pied droit lâcha la pédale d'accélérateur de la F-150 et sa main gauche tourna le volant, si bien que la camionnette dévia vers la droite et s'engagea – lentement, doucement – sur le bas-côté, les roues droites mordant légèrement dans le fossé.

« Qu'est-ce que t'es en train de me faire ?

— Ce que tu mérites, *papa.* »

La camionnette heurta le tronc d'un bouleau couché, le sectionna et pila. La fillette et le vieux avaient leur ceinture mais Skunk avait oublié de la mettre. Il fut projeté vers l'avant contre le volant, déclenchant l'avertisseur. Les yeux tournés vers le bas, il vit le flingue du vieux zigue tourner dans sa main. Tourner très lentement pour se retourner contre lui. C'était pas un truc qui aurait dû se produire. La came était censée endormir tous ces trucs. Merde, la came les *avait* endormis. Mais quelque chose avait changé dans ces chiottes. Quiconque se trouvait derrière ces yeux-là était froidement sobre et à jeun, bordel.

Et horriblement fort.

Rose ! Rose, j'ai besoin de toi !

« Je crois pas qu'elle peut t'entendre, dit la voix qui n'était pas celle d'Abra. T'as peut-être quelques talents, espèce de salopard, mais je crois pas que tu sois très doué pour la télépathie. Je crois que quand tu veux appeler ta petite copine, tu prends ton téléphone. »

Employant toute sa force, Skunk commença à refaire tourner le Glock vers la fille. Maintenant le flingue semblait peser vingt kilos. Les tendons saillaient dans son cou comme des câbles. Des gouttes de sueur perlaient sur son front. L'une lui coula dans l'œil, brûlante, et il cligna pour la chasser.

« Je… vais flinguer… ton ami, dit-il.

— Non, dit la personne à l'intérieur d'Abra. Je te laisserai pas faire ça. »

Mais Skunk voyait bien l'effort que ça lui coûtait à présent et ça lui donna de l'espoir. Il mit tout ce qu'il avait dans sa main pour pointer le canon vers le bide de Rip Van Winkle et il y était presque quand le flingue se remit à pivoter. Maintenant, il entendait la petite salope haleter. Merde, lui aussi haletait. On aurait cru entendre deux marathoniens approchant au coude à coude la fin d'une course.

Une voiture les croisa, sans ralentir. Aucun d'eux ne la remarqua. Ils se regardaient.

Skunk porta sa main gauche à la rescousse de la droite sur le flingue. Ah, voilà qu'il pouvait le faire tourner un peu mieux. Il allait la coiffer au poteau, la môme. Mais ses yeux ! Aïe !

« Billy ! gueula Abra. Billy, file-moi un coup de main, vite ! »

Billy s'ébroua. Ses yeux s'ouvrirent. « Qu'est-ce… »

Un instant, Skunk fut distrait. La force qu'il exerçait se relâcha et le flingue commença aussitôt à se retourner vers lui. Ses mains étaient froides, froides. Les cercles de métal s'enfonçaient dans ses yeux, menaçant de les transformer en gelée.

Le premier coup partit alors que l'arme se trouvait entre eux et la balle troua le tableau de bord juste au-dessus de la radio. Billy se réveilla en sursaut, battant des bras comme un homme s'arrachant à un cauchemar. Son bras droit heurta la tempe d'Abra, l'autre le torse de Skunk. La cabine de la camionnette s'emplit de fumée bleue et d'une odeur de poudre.

« C'était quoi ? C'était quoi bordel ce… »

Skunk ricana : « *Non, petite salope ! Non !* »

Il retourna le flingue vers Abra et, pendant qu'il s'y employait, il la sentit perdre le contrôle. C'était son coup à la tempe. Skunk put lire la consternation et la terreur dans ses yeux et ça le rendit sauvagement heureux.

Faut que je la tue. Je peux pas lui laisser une autre chance. Mais pas direct à la tête. Dans le ventre. Comme ça je pourrais sucer la vap…

Billy balança un coup d'épaule dans le torse de Skunk. Le flingue sursauta et le deuxième coup partit, transperçant le toit juste au-dessus de la tête d'Abra. Avant que Skunk n'ait pu rabaisser l'arme, d'énormes mains se posaient sur les siennes. Il s'avisa alors que son adversaire avait puisé jusque-là dans une fraction de la force dont il disposait. Sa panique avait déverrouillé une réserve plus vaste, peut-être même d'une capacité insoupçonnable. Cette fois, quand le flingue se retourna contre lui, les poignets de Skunk se brisèrent comme des fagots de brindilles. Il vit un unique œil noir le fixer en se rapprochant et n'eut que le temps d'une demi-pensée :

(*Rose je t'*)

Il y eut un éclair blanc fulgurant, puis ce fut le noir complet. Quatre secondes plus tard, il ne restait de Papa Skunk que ses habits.

7

Steve Vap', Baba la Rouge, Bitovent et Grande G se livraient à une partie de canasta léthargique dans le Bounder que Grande G et Phil Amphet' partageaient quand les premiers cris retentirent. Tous les quatre étaient à cran – toute la Tribu était à cran – et ils lâchèrent aussitôt leurs cartes pour se ruer vers la porte.

Tous étaient en train d'émerger de leurs véhicules pour voir de quoi il retournait, mais tous s'arrêtèrent en voyant Rose Claque dressée dans l'éclat jaune-blanc incandescent des lumières de sécurité entourant l'Overlook Lodge. Elle avait les yeux fous. Elle se tirait les cheveux tel un prophète de l'Ancien Testament en proie aux affres d'une vision violente.

« *Cette sale bâtarde m'a tué mon Skunk !* glapit-elle. *Je la tuerai ! JE LA TUERAI ET JE LUI BOUFFERAI LE CŒUR !* »

Enfin, elle se laissa tomber à genoux, sanglotant entre ses mains.

Les Vrais restaient plantés là, sonnés. Nul ne savait que dire ni que faire. Enfin, Sarey la Muette s'approcha d'elle. Rose la repoussa violemment. Sarey tomba à la renverse, se releva et revint sans hésitation vers Rose. Cette fois, Rose leva les yeux et vit qui était sa consolatrice : une femme qui avait elle-même perdu un être cher au cours de cette incroyable soirée. Elle enlaça Sarey, l'étreignant si fort que les Vrais observant la scène entendirent craquer ses os. Mais Sarey se laissa faire et, au bout d'un moment, les deux femmes s'entraidaient pour se relever. Le regard de Rose passa de Sarey à Mo Ka, puis à Mary Juana et à Charlie le

Crack. C'était comme si elle les voyait tous pour la première fois.

« Allons, Rosie, dit Mo. Tu as eu un choc. Tu as besoin d'aller t'allo...

— *NON !* »

Elle s'écarta de Sarey et se gifla les joues d'une énorme double claque qui fit tomber son chapeau. Elle se pencha pour le ramasser et, quand elle regarda de nouveau les Vrais, un peu de raison était revenue dans ses yeux. Elle pensait à Dada Doug et au peloton qu'elle avait envoyé à la rencontre de Skunk et de la fillette.

« Je dois joindre Dada. Lui dire de faire demi-tour avec Phil et Annie. On a besoin d'être ensemble. On a besoin de prendre de la vapeur. Beaucoup de vapeur. Quand on sera bien chargés, *on va mettre une raclée à cette sale bâtarde.* »

Ils se contentaient de la dévisager, l'air inquiet et hésitant. Voir leurs yeux effrayés et leurs stupides bouches ouvertes la mit hors d'elle.

« Vous doutez de moi ? » Sarey la Muette était silencieusement revenue se placer à ses côtés. Rose la repoussa si fort qu'elle manqua retomber. « Quiconque doute de moi s'avance d'un pas.

— Personne doute de toi, Rose, dit Steve Vap', mais peut-être qu'on devrait la laisser tranquille. » Il parlait d'un ton prudent et ne pouvait se résoudre à croiser son regard. « Si Skunk aussi a disparu, ça nous fait cinq morts. On a jamais perdu cinq des nôtres en un jour. On a même jamais perdu l... »

Rose s'avança d'un pas et Steve recula aussitôt d'autant, rentrant la tête dans les épaules comme un gosse s'attendant à être frappé. « Vous voulez détaler devant une misérable petite tronche-à-vapeur ? Après toutes ces années, vous voulez tourner bride et détaler la queue entre les jambes devant une *pecnode* ? »

Nul ne lui répondit, et certainement pas Steve, mais Rose lut la vérité dans leurs yeux. Oui, c'est bien ce qu'ils voulaient. Ils avaient eu beaucoup de bonnes années. Des années de vaches grasses. Des années de chasse facile. Et maintenant, voilà qu'ils étaient tombés sur un os : non seulement quelqu'un doté d'une vapeur extraordinaire mais quelqu'un qui savait qui ils étaient et ce qu'ils faisaient. Au lieu de venger Papa Skunk – qui, avec Rose, leur avait fait traverser les bons comme les mauvais jours –, ils voulaient faire volte-face et détaler en jappant. À cet instant, elle eut envie de les tuer tous. Ils le sentirent et reculèrent un peu plus en traînant les pieds.

Tous, sauf Sarey la Muette qui la regardait fixement, comme hypnotisée, la mâchoire décrochée. Rose la saisit par ses épaules osseuses.

« Non, Rosie ! glapit Mo. Lui fais pas de mal !

— Et toi, Sarey, dis-moi ? Cette fillette est responsable du meurtre de la femme que tu aimais. Est-ce que tu veux t'échapper ?

— Nôn », dit Sarey. Ses yeux plongèrent dans ceux de Rose. Même là, alors que tout le monde la regardait, Sarey n'avait pas l'air d'être beaucoup plus qu'une ombre.

« Tu veux ta revanche ?

— Voui », dit Sarey. Puis : « *Venzance.* »

Elle avait une voix étouffée (presque pas de voix, en fait) et elle zézayait, mais tous l'entendirent, et tous surent ce qu'elle voulait dire.

Rose promena son regard sur les autres. « Pour ceux

d'entre vous qui ne veulent pas ce que veut Sarey, qui veulent juste se mettre à plat ventre et ramper… »

Elle se tourna vers Mo Ka et saisit son gros bras. Mo poussa un cri de surprise et de terreur et tenta de se dégager. Rose la maintint solidement et souleva son bras pour que les autres le voient bien. Il était couvert de plaques rouges. « Pouvez-vous ramper et éviter ça ? »

Ils marmonnèrent et reculèrent encore d'un ou deux pas.

Rose dit : « C'est *en nous*.

— La plupart d'entre nous n'ont rien ! s'écria Slim Terri Pickford. J'ai *rien* ! Même pas un bouton ! » Elle tendit ses bras à l'appui.

Rose tourna ses yeux brûlants, remplis de larmes, vers Terri. « *Maintenant*. Mais pour combien de temps ? » Slim Terri ne répondit pas et détourna la tête.

Rose passa un bras autour de Sarey et dévisagea les autres. « Teuch a dit que cette môme est notre seule chance de nous débarrasser de la maladie avant qu'elle nous contamine tous. Quelqu'un parmi vous a-t-il un avis plus éclairé ? Si oui, parlez. »

Nul ne parla.

« On va attendre que Dada, Phil Amphet' et Annie reviennent, et on prendra de la vapeur. La plus grosse vap' qu'on ait jamais prise. On va vider nos cartouches. »

Des regards surpris et un surcroît de murmures de réprobation accueillirent cette annonce. La croyaient-ils folle ? Qu'ils croient ce qu'ils veulent. C'était pas juste la rougeole qui bouffait le Nœud Vrai de l'intérieur, c'était la terreur, et c'était mille fois pire.

« Quand on sera tous ensemble, on reformera le cercle. On redeviendra forts. *Lodsam hanti*, nous sommes les élus – vous avez oublié ça ? *Sabbatha hanti*, nous sommes le Nœud Vrai qui persiste. Dites-le avec moi. » Son regard passait de l'un à l'autre. « *Dites-le.* »

Ils le dirent, joignant leurs mains et formant un cercle. *Nous sommes le Nœud Vrai qui persiste.* Un peu de fermeté était apparu dans leurs yeux. Un peu de foi. Seuls une demi-douzaine d'entre eux présentaient des plaques, après tout ; ils avaient encore du temps.

Rose et Sarey la Muette entrèrent dans le cercle. Terri et Baba se lâchèrent la main pour leur faire de la place, mais Rose escorta Sarey jusqu'au centre. Sous les lumières de sécurité, le corps des deux femmes irradiait de multiples ombres semblables aux rayons d'une roue. « Quand nous serons forts – quand nous serons *un* de nouveau –, nous irons la chercher pour nous occuper d'elle. Je vous dis ça en tant que votre chef. Et même si sa vapeur ne guérit pas la maladie qui nous bouffe, ce sera la fin de cette pourriture de… »

C'est là que la môme parla dans sa tête. Rose ne pouvait voir le sourire mauvais d'Abra Stone mais elle le sentit.

(*vous fatiguez pas à venir me chercher, Rose*)

8

À l'arrière du Suburban de John Dalton, Dan Torrance prononça clairement quatre mots avec la voix d'Abra :

« C'est moi qui arrive. »

9

« Billy ? *Billy !* »

Billy Freeman regardait la gamine dont la voix ne ressemblait pas exactement à celle d'une gamine. Elle se dédoubla, se rassembla, se dédoubla encore. Il se passa une main sur le visage. Il avait les paupières lourdes et les idées comme agglutinées les unes aux autres. Il ne comprenait pas ce qui se passait. Le jour était tombé et ils n'étaient plus dans la rue d'Abra, ça, il en aurait mis sa main à couper. « Qui tire au pistolet ? Et qui a chié dans ma bouche ? *Nom de Dieu.*

— Billy, réveille-toi. Faut que tu… »

Faut que tu conduises, voilà ce que Dan avait l'intention de dire, mais Billy Freeman n'était en état de conduire pour aller nulle part. Il lui faudrait encore un peu de temps. Ses yeux recommençaient à se fermer irrépressiblement, ses paupières avaient des mouvements erratiques. Dan balança l'un des coudes d'Abra dans les côtes du vieux compère et récupéra son attention. Du moins pour un temps.

Des phares inondèrent la cabine lorsqu'une autre voiture les croisa. Dan retint la respiration d'Abra, mais cette voiture aussi passa sans ralentir. Peut-être une femme seule ou un voyageur de commerce pressé de rentrer chez lui. Un mauvais Samaritain, en somme, mais pour eux, mauvais signifiait bon. Ils risquaient toutefois d'avoir moins de chance avec le troisième. Les gens de la campagne sont portés à l'entraide. Et à la curiosité.

« Te rendors pas, dit-il.

— *Qui* es-tu ? » Billy tentait d'accommoder sa vision sur le visage de la gosse mais c'était impossible. « Parce que, foi de Billy Freeman, ta voix n'est pas celle d'Abra.

— C'est compliqué. Pour le moment, contente-toi de rester éveillé. »

Dan descendit, contourna le véhicule en trébuchant plusieurs fois. Les jambes d'Abra, qui lui avaient semblé si longues le jour où il l'avait rencontrée, étaient fichtrement trop courtes. Il espérait bien ne pas avoir le temps de s'y habituer.

Les habits de Skunk gisaient sur le siège. Ses chaussures de toile étaient posées sur le tapis de sol sale, ses chaussettes en dépassaient. En cyclant, le sang et la cervelle qui avaient éclaboussé sa chemise et son blouson avaient perdu toute existence, mais ils avaient laissé des traces humides. Dan ramassa le tout et, après une seconde de réflexion, ajouta le Glock 22. Ça l'embêtait de s'en séparer, mais si on les arrêtait…

Il trimbala son paquet jusqu'au fossé et l'enterra sous un tas de feuilles mortes. Puis il attrapa un bout du tronc de bouleau et le tira sur l'emplacement de la tombe. C'était dur, avec les petits bras d'Abra, mais il se débrouilla.

Il découvrit ensuite qu'il lui était impossible de simplement grimper dans la camionnette : il dut se hisser sur le siège en s'agrippant au volant. Et une fois installé à la place du conducteur, ses pieds atteignaient tout juste les pédales. *Merde*.

Billy expulsa un monumental ronflement et Dan lui expédia un autre coup de coude d'Abra. Billy ouvrit les yeux et regarda autour de lui. « Où est-ce qu'on est ?

Est-ce que ce gars m'a drogué ? » Puis : « Je crois que j'ai encore besoin de sommeil. »

La bouteille de soda que Skunk n'avait pas ouverte avait roulé à terre au cours de l'ultime lutte à la vie à la mort pour la maîtrise de l'automatique. Dan se pencha pour la ramasser, puis s'immobilisa, la main d'Abra sur le bouchon, pensant à ce qui arrive aux sodas qui ont été secoués. De quelque part, Abra lui parla

(*oh là là !*)

et elle souriait, mais pas de son sourire mauvais. Dan trouva que c'était bien.

10

Me laissez pas me rendormir, leur dit la voix sortant de la bouche de Dan. John prit donc la sortie de Fox Run et alla se garer sur le parking du fond, le plus loin possible du magasin Kohl's. Là, chacun lui tenant un bras, Dave et lui firent promener le corps de Dan de long en large. Il était comme un ivrogne à la fin d'une nuit de bordée : sa tête n'arrêtait pas de retomber sur sa poitrine et de se redresser brusquement. À tour de rôle, les deux hommes lui demandèrent ce qui s'était passé, ce qui était en train de se passer et *où* ça se passait, mais Abra se contenta de secouer la tête de Dan. « Le Skunk m'a fait une piqûre dans la main avant que j'aille aux toilettes. Après, c'est tout flou dans ma tête. Mais, chut, il faut que je me concentre. »

Au bout du troisième large cercle décrit autour du Suburban, la bouche de Dan se fendit d'un grand sourire et un petit rire très abracadabrantesque en sortit. Des yeux, Dave interrogea John par-dessus l'épaule de leur titubant et flageolant protégé. John haussa les épaules et secoua la tête.

« Oh là là ! dit Abra. Un coup de Fanta ! »

11

Dan inclina la bouteille et dévissa le bouchon. Un geyser de Fanta orange sous pression atteignit Billy en pleine poire. Celui-ci toussa et s'étrangla, complètement réveillé à présent.

« Doux Jésus, petite ! Pourquoi t'as fait ça ?

— Ça a marché, non ? » Dan lui tendit la bouteille qui continuait de déborder. « Enfile-toi le reste. Désolé, mais tu peux pas te rendormir, même si t'en meurs d'envie. »

Pendant que Billy lampait le soda, Dan se pencha pour trouver la manette et ajuster le siège. Il l'actionna d'une main pendant qu'il tirait sur le volant de l'autre. La banquette fit un bond en avant. Billy s'aspergea le menton (et lâcha une phrase que les adultes se gardent habituellement de proférer en présence de jeunes demoiselles du New Hampshire), mais maintenant, les pieds d'Abra atteignaient les pédales. Tout juste. Dan passa la marche arrière et recula lentement la camionnette en braquant doucement vers la route. Quand les quatre pneus furent sur la chaussée, il poussa un soupir de soulagement. S'embourber dans un fossé au bord d'une route du Vermont peu fréquentée n'aurait guère fait avancer leur cause.

« Est-ce que tu sais ce que tu fais ? lui demanda Billy.

— Oui. Je le fais depuis des années… si on excepte

le petit laps de temps pendant lequel l'État de Floride m'a retiré mon permis. J'étais dans un autre État à ce moment-là, mais en vertu d'une loi qui s'appelle la réciprocité, j'y ai pas coupé. La plaie des alcoolos itinérants à travers ce grand pays qui est le nôtre.

— T'es Dan.

— Je plaide coupable », dit-il, guettant la route par-dessus le haut du volant. Si seulement il avait eu un livre pour s'asseoir dessus. Mais comme il n'en avait pas, il faudrait bien qu'il fasse sans. Il passa la première et roula.

« Comment t'es rentré dans sa peau ?

— Me demande pas. »

Le Skunk avait parlé d'une piste forestière (ou l'avait seulement pensé, Dan ne savait pas trop) et cinq ou six kilomètres plus loin sur la route 108, l'entrée d'une piste se profila, un panneau de bois rustique fixé sur le tronc d'un pin indiquant : LE HAVRE DE BOB ET DOT. Piste forestière privée. Dan s'y engagea, les petits bras d'Abra tout heureux d'avoir la direction assistée, et mit les pleins phares. Trois cents mètres plus loin, la piste était barrée par une lourde chaîne où pendait une autre pancarte, moins rustique celle-là : PROPRIÉTÉ PRIVÉE – DÉFENSE D'ENTRER. La chaîne était solidement fixée. Ce qui signifiait que Bob et Dot n'avaient pas décidé de passer un petit week-end en amoureux dans leur havre de paix. Trois cents mètres de la route principale, c'était une bonne distance pour s'assurer un minimum de sécurité. Il y avait autre chose en prime : une rigole où coulait un filet d'eau.

Dan coupa phares et moteur, puis se tourna vers Billy. « Tu vois cette rigole ? Va te laver le visage. Asperge-toi bien. Je te veux aussi réveillé que possible.

— Je suis réveillé, dit Billy.

— Pas assez. Essaie de ne pas mouiller ta chemise. Quand tu auras fini, coiffe-toi bien. Tu vas devoir entrer en scène.

— Où est-ce qu'on est ?

— Dans le Vermont.

— Où est le type qui m'a agressé ?

— Mort.

— Bon débarras ! » s'exclama Billy. Puis, après un instant de réflexion : « Et où est le corps ? »

Excellente question à laquelle Dan n'avait pas envie de répondre. Ce qu'il voulait, c'était en terminer avec cet épisode. C'était épuisant et, de mille manières, déroutant. « Disparu. T'as pas besoin d'en savoir plus.

— Mais…

— Pas maintenant. Lave-toi la figure, arpente cette piste pendant quelques minutes. Fais des moulinets de bras, respire à pleins poumons et éclaircis-toi le mieux possible les idées.

— J'ai une *putain* de migraine. »

Dan n'était pas surpris. « Quand tu reviendras, la petite fille sera probablement redevenue une petite fille, ce qui signifie que tu vas devoir conduire. Si tu te sens assez dessoûlé pour être crédible, arrête-toi au motel de la prochaine ville. Tu voyages en compagnie de ta petite-fille, pigé ?

— Ouais, dit Billy. Ma petite-fille, Abby Freeman.

— Une fois dans ta chambre, appelle-moi sur mon portable.

— Parce que toi, tu seras… là où est le reste de toi ?

— Exact.

— C'est le monde à l'envers, copain !

— Oui, dit Dan. C'est pour ça qu'on va le remettre à l'endroit.

— D'accord. C'est *quoi* la prochaine ville ?

— Aucune idée. Je veux pas que t'aies d'accident, Billy. Si tu peux pas récupérer assez pour conduire vingt ou trente kilomètres et descendre au prochain motel sans que le gars à la réception appelle les flics, toi et Abra vous devrez passer la nuit dans la cabine de la camionnette. Ça manquera de confort, mais ça sera sûr. »

Billy ouvrit la portière du passager. « Laisse-moi dix minutes. Je saurai passer pour sobre. Je l'ai déjà fait. » Il adressa un clin d'œil à la petite fille assise au volant. « Je bosse pour Casey Kingsley. Mort à la bibine, tu t'souviens ? »

Dan le regarda se diriger vers la rigole et s'y accroupir, puis il ferma les yeux d'Abra.

Sur un parking devant le Newington Mall, Abra ferma les yeux de Dan.

(*Abra*)

(*je suis là*)

(*tu es réveillée*)

(*oui à peu près*)

(*on doit refaire tourner la roue tu peux m'aider*)

Cette fois, elle le pouvait.

12

« Lâchez-moi, les gars », dit Dan. Il avait retrouvé sa voix. « Je suis dans mon assiette. Je crois. »

John et Dave le lâchèrent, prêts à le rattraper s'il titubait, mais il ne tituba pas. Ce qu'il fit, c'est se palper le corps : cheveux, visage, poitrine, jambes, bras. Puis il hocha la tête. « Ouais, dit-il. Je suis là. » Il regarda autour de lui. « *Où*, d'ailleurs ?

— Newington Mall, dit John. À un peu moins de cent bornes de Boston.

— OK, on reprend la route.

— Et Abra, dit Dave. Abra ?

— Abra va bien. Elle a repris sa place.

— Sa place est chez elle, répliqua Dave, non sans une pointe de ressentiment. Dans sa chambre, à s'envoyer des textos avec ses copines ou à écouter ces garçons débiles de 'Round Here sur son iPod. »

Elle est chez elle, songea Dan. *Si l'on est chez soi dans son corps, alors elle y est.*

« Elle est avec Billy. Billy prendra soin d'elle.

— Et celui qui l'a kidnappée. Ce Skunk ? »

Dan s'arrêta devant la portière arrière du Suburban de John. « Vous n'avez plus à vous soucier de lui. Celle dont nous devons nous soucier à présent, c'est Rose. »

13

Le Crown Motel était situé à Crownsville, État de New York, juste de l'autre côté de la frontière du Vermont. C'était un endroit tout décati avec un néon asthmatique au-dessus de l'entrée annonçant CH MBRES L BRES et NOMBR USES CHA NES C BLÉES ! Seuls quatre véhicules étaient garés sur la trentaine d'emplacements. Le type derrière le comptoir était une montagne affaissée de graisse avec une queue-de-rat qui lui pendait jusqu'au milieu du dos. Il passa la carte Visa de Billy dans son lecteur et lui remit les clés des deux chambres sans quitter des yeux l'écran de sa télé où deux femmes sur un canapé rouge étaient occupées à se faire d'ardentes papouilles.

« Elles communiquent ? » demanda Billy. Et, regardant les deux femmes : « Je veux dire les chambres.

— Ouais, ouais, elles communiquent toutes. Vous ouvrez juste la porte.

— Merci. »

Il roula jusqu'aux numéros 23 et 24 et se gara en face. Abra était lovée sur la banquette, un bras sous la tête en guise d'oreiller, et elle dormait à poings fermés. Billy ouvrit les chambres, alluma les lumières, déverrouilla la porte de communication. Il jugea leur apparence miteuse mais pas complètement pouilleuse. Tout ce qu'il voulait maintenant, c'était mettre Abra au lit et s'endormir lui aussi. De préférence pour une bonne dizaine d'heures. Il se sentait rarement vieux, mais ce soir-là, il se sentait antique.

Abra se réveilla un peu quand il l'allongea sur le lit. « On est où ?

— Crownville, État de New York. Nous sommes en sécurité. Je serai dans la chambre à côté.

— Je veux mon papa. Et je veux Dan.

— Bientôt. » Et il espérait qu'il disait vrai.

Abra ferma les yeux, puis les rouvrit lentement. « J'ai parlé à la femme. La *pétasse*.

— Ah bon ? » Billy ne voyait pas ce qu'elle voulait dire.

« Elle sait ce qu'on a fait. Elle l'a senti. Et ça lui a fait *mal*. » Une lueur brutale s'alluma momentanément dans les yeux d'Abra. Billy trouva que c'était comme voir le soleil flamboyer à la fin d'une journée froide et couverte de février. « Je suis contente.

— Rendors-toi, ma puce. »

La froide lueur hivernale luisait toujours dans le petit visage pâle et fatigué. « Elle sait que j'arrive. »

Billy pensa écarter ses cheveux de ses yeux mais, si elle mordait ? C'était probablement idiot, mais… cette lumière dans ses yeux. La mère de Billy avait parfois cet air-là juste avant de perdre son calme et de flanquer une volée à l'un de ses marmots. « Tu te sentiras mieux demain matin. J'aimerais pouvoir rentrer ce soir – je suis sûr que ton père aimerait ça autant que moi – mais je suis pas en état de conduire. J'ai déjà eu de la chance d'arriver jusqu'ici sans nous envoyer dans le décor.

— J'aimerais bien parler à papa et maman. »

Le père et la mère de Billy – qui, même au mieux de leurs possibilités, n'avaient jamais concouru pour le titre de Parents de l'Année – étaient morts depuis belle lurette, et tout ce dont Billy avait envie, c'était d'aller se pieuter. Par la porte ouverte, il jeta un coup d'œil languissant au lit dans la pièce à côté. Bientôt, mais pas tout à fait encore. Il sortit son téléphone portable et l'ouvrit. Au bout de deux sonneries, il parlait à Dan. Au bout de quelques secondes, il passait le téléphone à Abra. « Ton père. Ton vœu est exaucé. »

Abra s'empara du téléphone. « Papa ? *Papa ?* » Des larmes lui montèrent aux yeux. « Oui, ça va, je suis… arrête, papa, oui, *je vais bien*. Mais j'ai tellement sommeil que je peux à peine… » Ses yeux s'agrandirent lorsqu'une pensée la frappa : « Et *toi*, ça va ? »

Elle écouta. Les yeux de Billy se fermèrent et il les rouvrit en sursaut. La petite pleurait maintenant comme une Madeleine et ça le rassurait. Les larmes avaient éteint la drôle de lueur dans ses yeux.

Elle lui rendit le téléphone. « C'est Dan. Il veut vous reparler. »

Billy prit le téléphone, écouta. Puis : « Abra, Dan veut savoir s'il y a d'autres méchants en route. Et s'ils seraient assez près d'ici pour arriver cette nuit.

— Non. Je crois que le Skunk avait prévu d'en retrouver d'autres, mais ils sont encore très loin. Et ils peuvent pas savoir où on est... » – un énorme bâillement l'interrompit – « sans le Skunk pour leur dire. Dites à Dan qu'on est en sécurité. Et dites-lui de bien passer le message à papa. »

Billy n'y manqua pas. Lorsqu'il mit fin à la communication, Abra s'était recroquevillée sur le lit, dans la position du fœtus, et elle ronflait doucement. Billy posa sur elle une couverture qu'il trouva dans le placard, puis alla mettre la chaîne à la porte. Il réfléchit un instant puis, par acquit de conscience, cala le bureau sous la poignée. *Mieux vaut prévenir que guérir*, son père aimait bien dire.

14

Rose ouvrit le compartiment dans le plancher et sortit l'une des cartouches. Encore agenouillée entre les sièges avant de son EarthCruiser, elle l'entrouvrit et plaqua sa bouche sur le sifflement du joint de sûreté. Sa mâchoire se décrocha jusqu'à sa poitrine et le bas de son visage devint un trou noir d'où saillait une seule dent. Ses yeux, d'ordinaire légèrement relevés en amande, s'affaissèrent aux coins et noircirent. Son visage devint un masque mortuaire lugubre en surimpression sur le crâne nettement visible en dessous.

Elle prenait de la vapeur.

Quand elle eut fini, elle replaça la cartouche et s'assit au volant de son véhicule, les yeux fixés droit devant. *Vous fatiguez pas à venir me chercher, Rose... c'est moi qui arrive.* Voilà ce que la môme avait dit. Voilà ce qu'elle avait *osé* lui dire, à elle, Rose O'Hara, Rose Claque. Pas juste forte, alors : *vindicative*, aussi. Et colérique.

« Arrive, ma chérie, dit-elle. Et reste en colère. Plus t'es en colère, plus tu seras imprudente. Viens voir tata Rose. »

Il y eut un craquement. Elle baissa les yeux et vit qu'elle avait brisé la partie inférieure du volant de son EarthCruiser. La vapeur communiquait de la force. Ses mains saignaient. Rose rejeta loin d'elle le demi-cercle de plastique cassé, leva les paumes vers son visage et se mit à les lécher.

CHAPITRE 16

CE QUI A ÉTÉ OUBLIÉ

1

À la seconde où Dan referma son téléphone, Dave dit : « Passons prendre Lucy et allons la chercher. »

Dan secoua la tête. « Elle dit qu'elle va bien et je la crois.

— Elle a quand même été droguée, observa John. Ses facultés de jugement pourraient en être altérées.

— Elle a eu la tête assez claire pour m'aider à régler son compte à celui qu'elle appelait le Skunk, dit Dan. Et je fais confiance à son jugement. Laissons-les dormir pour récupérer des effets du poison que ce salopard leur a injecté. Nous avons d'autres choses à faire. Des choses importantes. Vous devez me faire un petit peu confiance. Vous retrouverez votre fille assez tôt, David. Pour le moment, écoutez-moi bien. Nous allons vous déposer à l'appartement de votre grand-mère par alliance. Et vous conduirez votre épouse à l'hôpital.

— Je ne sais pas si elle me croira quand je lui raconterai ce qui s'est passé aujourd'hui. J'ignore jusqu'à quel point je peux être convaincant alors que j'ai le plus grand mal à y croire moi-même.

— Dites-lui que l'histoire peut attendre jusqu'à ce que nous soyons tous ensemble. J'inclus la Momo d'Abra.

— Je doute qu'ils vous laissent la voir. » Dave jeta un coup d'œil à sa montre. « Les heures de visite sont terminées depuis longtemps et elle est très malade.

— Le personnel hospitalier n'est pas très regardant sur les horaires de visites pour les patients proches de la fin », dit Dan.

Dave regarda John qui haussa les épaules. « Notre homme travaille dans un hospice. Je crois que vous pouvez lui faire confiance là-dessus.

— Elle risque de ne même pas être consciente, dit Dave.

— Inquiétons-nous d'une chose à la fois.

— Qu'est-ce que Chetta a à voir avec tout ça, de toute façon ? Elle n'est au courant de rien ! »

Et Dan répondit : « À mon humble avis, elle en sait plus que vous ne le pensez. »

2

Ils déposèrent Dave à la copropriété de Marlborough Street et le suivirent des yeux depuis le trottoir pendant qu'il montait les marches et pressait l'une des sonnettes.

« Il a l'air d'un petit garçon qui sait qu'on va lui baisser la culotte pour lui donner une fessée, dit John. Ça va être une rude épreuve pour leur couple, quelle que soit l'issue des événements.

— Quand une catastrophe naturelle se produit, c'est la faute de personne.

— Tu essaieras de convaincre Lucy Stone de ça. Ce qu'elle va penser, c'est : "Vous avez laissé ma fille toute seule et un cinglé l'a enlevée." À un certain niveau, elle le pensera toujours.

— Abra saura sûrement la faire changer d'avis. Pour ce qui est d'aujourd'hui, on a fait ce qu'on a pu et jusqu'ici, on s'en est pas trop mal tirés.

— Mais ce n'est pas fini.

— Non. Loin de là. »

Là-bas, Dave pressait une deuxième fois la sonnette, scrutant le petit vestibule à travers la porte vitrée, quand l'ascenseur s'ouvrit. Lucy Stone en jaillit. Elle avait le visage pâle et les traits tirés. Dave commença à parler dès qu'elle ouvrit la porte. Elle aussi. Elle l'attira à l'intérieur – le *tira* à l'intérieur – en le saisissant par les deux bras.

« Oh, mon pote, dit John doucement, ça me rappelle moi, toutes les nuits où j'ai pu débarquer bourré à trois heures du matin.

— Soit il arrive à la convaincre, soit il n'y arrive pas, dit Dan. Nous, on a autre chose à faire. »

3

Dan Torrance et John Dalton arrivèrent à l'hôpital général du Massachusetts peu après vingt-deux heures trente. C'était un moment calme à l'étage des soins intensifs. Dans le couloir, projetant une ombre en forme de méduse, un ballon d'hélium un peu dégonflé avec PROMPT RÉTABLISSEMENT écrit en lettres multicolores dérivait mollement au plafond. Dan s'approcha du bureau des infirmières, se présenta comme un membre du personnel de l'hospice où Ms. Reynolds devait être accueillie, montra sa carte professionnelle de la Maison Helen Rivington et précisa que John Dalton était le médecin de famille (une extrapolation, pas un véritable mensonge).

« Nous avons besoin d'évaluer son état de santé avant le transfert, dit Dan. Deux membres de la famille ont demandé à être présents. Il s'agit de la petite-fille de Ms. Reynolds et de son époux. Je suis désolé de l'heure tardive mais nous n'avons pu faire autrement. Ils ne vont pas tarder à arriver.

— Je connais les Stone, dit la surveillante. Ce sont des gens charmants. Lucy a été très présente pour sa grand-mère. Concetta est spéciale. J'ai lu ses poèmes, ils sont merveilleux. Mais si vous espérez une réponse de sa part, messieurs, je crains que vous ne soyez déçus. Elle a sombré dans le coma. »

C'est ce que nous allons voir, pensa Dan.

« Et… » L'infirmière adressa un regard hésitant à John. « Ce n'est peut-être pas mon rôle de vous le dire mais…

— Allez-y, dit John. Je n'ai encore jamais rencontré de surveillante qui ne soit pas en avance sur la musique. »

La femme lui sourit, puis se tourna à nouveau vers Dan. « J'ai entendu des choses formidables sur l'hospice Rivington, mais je doute fort que Concetta le voie jamais. Même si elle est encore avec nous lundi, je ne suis pas sûre qu'il y ait un intérêt à la transporter. Il serait plus humain de lui laisser terminer son voyage ici. Et si j'outrepasse mes prérogatives, veuillez m'en excuser.

— Pas du tout, dit Dan. Et nous prendrons votre avis en considération. John, voulez-vous descendre dans le hall attendre les Stone pour les accompagner lorsqu'ils arriveront ? Je peux commencer sans vous.

— Êtes-vous sûr…

— Oui, dit Dan en plantant son regard dans le sien. Absolument sûr.

— Elle est à la 9, indiqua la surveillante. C'est la chambre individuelle au bout du couloir. Sonnez, si vous avez besoin de moi. »

4

Le nom de Concetta figurait sur la porte de la chambre 9, mais l'emplacement pour les prescriptions médicales était vide et le moniteur surveillant les fonctions vitales n'affichait rien d'encourageant. Dan pénétra dans des effluves qu'il connaissait bien : assainisseur d'air, antiseptique et maladie mortelle, celle-ci étant une odeur aiguë qui vibrait dans sa tête comme un violon ne sachant jouer qu'une seule note. Les murs étaient couverts de photos, dont beaucoup représentaient Abra à tous les âges. L'une d'elles montrait une grappe de bambins bouche bée dévorant des yeux un magicien tirant un lapin blanc de son chapeau. Dan était sûr qu'elle avait été prise lors du fameux goûter d'anniversaire, le Jour des Cuillères.

Entourée de ces images, une femme squelettique dormait, la bouche ouverte, un rosaire de perles enroulé autour des doigts. Les cheveux qui lui restaient étaient si fins qu'ils se fondaient presque dans l'oreiller. Sa peau, naguère de teinte olivâtre, était jaune désormais. Le mouvement de son buste était à peine perceptible. Un regard suffit pour confirmer à Dan que la surveillante était effectivement en avance sur la musique. Si Azzie avait été là, il l'aurait trouvé dans cette chambre, lové auprès de la vieille dame, attendant qu'arrive Docteur Sleep pour pouvoir reprendre sa patrouille nocturne dans des couloirs désertés par tous, sauf ce que seuls les chats peuvent voir.

Dan s'assit au bord du lit, notant que la seule perfusion à laquelle elle était reliée était une solution saline. Il n'y avait plus qu'un seul médicament qui puisse l'aider maintenant et la pharmacie de l'hôpital ne l'avait pas en réserve. Sa canule s'était déplacée. Il la redressa. Puis il prit sa main et contempla le visage endormi.

(*Concetta*)

Il y eut un léger à-coup dans sa respiration.

(*Concetta revenez*)

Sous les fines paupières bleuies, les yeux remuèrent. Elle aurait pu être en train d'écouter, elle aurait pu être en train de rêver ses derniers rêves. Des rêves d'Italie, peut-être. Penchée au-dessus du puits, à remonter un seau d'eau fraîche. Penchée sous le soleil brûlant de l'été.

(*Abra a besoin que vous reveniez et moi aussi*)

C'était tout ce qu'il pouvait faire et il n'était pas sûr que cela suffise jusqu'à ce que, lentement, les yeux de la mourante s'ouvrent. Leur regard était flou, mais progressivement il gagna en acuité visuelle. Dan avait déjà vu cela auparavant. Le miracle du retour de la conscience. Il se demanda, encore une fois, d'où cela provenait et où cela s'en allait lorsque cela disparaissait. La mort n'était pas un miracle moins grand que la naissance.

La main qu'il tenait se raffermit. Les yeux restèrent posés sur lui et Concetta sourit. C'était un sourire timide, mais bien réel.

« *Oh mio caro ! Sei tu ? Sei tu ? Come è possibile ? Sei morto ? Sono morta anch'io ?.... Siamo fantasmi ?* »

Dan ne connaissait pas l'italien et il n'en avait pas besoin. Il entendit dans sa tête ce qu'elle disait avec une parfaite clarté.

Oh, mon cher, est-ce toi ? Comment est-ce possible ? Es-tu mort ? Suis-je morte ?

Puis, après un blanc :

Sommes-nous des fantômes ?

Dan se pencha vers elle jusqu'à poser sa joue sur la sienne.

Il chuchota dans son oreille.

Sans beaucoup attendre, elle chuchota en retour.

5

Leur conversation fut brève, mais éclairante. Concetta parla surtout en italien. Enfin, elle leva une main – au prix d'un gros effort, mais elle y parvint – et caressa la joue râpeuse de Dan. Elle lui sourit.

« Vous êtes prête ? demanda-t-il.

— *Sì.* Prête.

— Vous n'avez à avoir peur de rien.

— *Sì.* Je le sais. Je suis tellement heureuse que vous soyez venu. Redites-moi votre nom, *signor* ?

— Daniel Torrance.

— *Sì*. Vous êtes un don du Ciel, Daniel Torrance. *Sei un dono di Dio.* »

Dan espérait qu'elle disait vrai. « Et vous, me ferez-vous don ?

— *Sì*, naturellement. Tout ce qu'il vous faut *per* Abra.

— Moi aussi, Chetta, je vais vous faire don. Nous boirons ensemble du même puits. »

Elle ferma les yeux.

(*je sais*)

« Vous allez vous endormir, et quand vous vous éveillerez… »

(*tout sera meilleur*)

La puissance était encore plus forte que la nuit où Charlie Hayes avait passé ; Dan la sentait entre eux tandis qu'il tenait doucement les mains de Chetta dans les siennes, les petites perles lisses de son rosaire marquant ses paumes de leur empreinte. Quelque part, une à une, des lumières s'éteignaient. Tout allait bien. En Italie, une fillette en robe marron et en sandales tirait de l'eau de la gorge fraîche d'un puits. Elle ressemblait à Abra, cette petite fille. Le chien aboyait. *Il cane. Ginata. Il cane si rotolava sull'erba.* Le chien aboyait et se roulait dans l'herbe. Rigolote Ginata !

Concetta avait seize ans, elle était amoureuse, trente ans et elle écrivait un poème sur la table de cuisine d'un appartement étouffant dans le Queens pendant que des enfants criaient dans la rue en contrebas ; elle avait soixante ans et, debout sous la pluie, levait les yeux pour regarder tomber mille flèches de l'argent le plus pur. Elle était sa mère, et son arrière-petite-fille, et l'heure était venue pour elle de la grande métamorphose, du grand voyage. Ginata se roulait dans l'herbe et les lumières

(*dépêche-toi s'il te plaît*)

s'éteignaient une à une. Une porte s'ouvrait

(*dépêche-toi s'il te plaît c'est l'heure*)

et derrière cette porte tous deux sentaient toute la mystérieuse, toute l'odorante respiration de la nuit. Au-dessus, il y avait toutes les étoiles de l'univers infini.

Il baisa son front frais. « Tout va bien, *cara*. Il vous faut seulement dormir. Le sommeil vous fera du bien. »

Puis il attendit son dernier souffle.

Elle le rendit.

6

Il était encore assis là, tenant les mains de la défunte dans les siennes, quand la porte de la chambre s'ouvrit à la volée. Lucy Stone entra d'un pas martial. Son époux et le pédiatre de sa fille la suivaient, mais pas de trop près ; c'était comme s'ils redoutaient d'être brûlés par la fureur, la frayeur, l'indignation bouleversée qui la nimbaient d'une aura crépitante si puissante qu'elle en était presque visible.

Elle saisit Dan par l'épaule, ses ongles se plantant comme des serres dans l'épaule sous la chemise. « Sortez de là. Vous ne la connaissez pas. Vous n'avez rien à faire avec ma grand-mère et rien à faire non plus avec ma fi…

— Parlez moins fort, dit Dan sans se retourner. Vous êtes en présence de la mort. »

La rage qui la raidissait s'évacua d'un coup, liquéfiant ses articulations. Elle se laissa choir sur le lit à côté de Dan et contempla le camée de cire qu'était maintenant le visage de sa grand-mère. Puis elle regarda l'homme hagard, le visage mangé de barbe, qui tenait les mains mortes autour desquelles était toujours enroulé le rosaire. À son insu, de grosses larmes se mirent à rouler sur ses joues.

« Je n'ai pas compris la moitié de ce qu'ils m'ont raconté. Juste qu'Abra a été kidnappée, mais que maintenant elle est en sécurité – soi-disant – dans un motel avec un homme du nom de Billy et qu'ils dorment à cette heure.

— Tout cela est vrai, dit Dan.

— Alors, épargnez-moi vos déclarations bien-pensantes, je vous en prie. Je pleurerai ma Momo quand j'aurai revu Abra. Quand je la tiendrai dans mes bras. Pour le moment, je veux savoir… je veux… » Sa voix mourut tandis que son regard passait de Dan à sa grand-mère défunte puis de nouveau à Dan. Son époux se tenait derrière elle. John avait refermé la porte de la chambre 9 et s'y tenait adossé. « Vous vous appelez Torrance ? Daniel Torrance ?

— Oui. »

De nouveau ce regard lent, passant du profil immobile de sa grand-mère à celui de l'homme qui était présent au moment de sa mort. « Qui êtes-vous, Mr. Torrance ? »

Dan relâcha les mains de Chetta et prit celles de Lucy. « Venez avec moi. Oh, pas loin. Juste de l'autre côté de la chambre. »

Elle se leva sans protester et sans cesser de le dévisager. Il la conduisit à la porte de la salle de bains grande ouverte, alluma la lumière et lui désigna du doigt la glace au-dessus du lavabo où leurs deux visages s'encadraient comme dans une photo. Vu ainsi, le doute n'était plus possible.

« Mon père était ton père, Lucy. Je suis ton demi-frère. »

7

Après avoir informé la surveillante que la mort avait fait halte à son étage, ils se rendirent à la petite chapelle non confessionnelle de l'hôpital. Lucy en connaissait le chemin : elle n'était pas vraiment croyante mais y avait passé bien des heures, à penser et à se souvenir. C'était un lieu apaisant pour se livrer à ce genre de méditations, nécessaires lorsqu'un être cher approche de la fin. À cette heure tardive, ils avaient la chapelle pour eux tout seuls.

« Avant toute chose, dit Dan, je dois te demander si tu me crois. Nous pouvons pratiquer un test ADN dès que nous le pourrons, mais… est-ce vraiment nécessaire ? »

Lucy secoua la tête, hébétée, incapable de détourner les yeux de son visage. C'était comme si elle essayait de le mémoriser. « Seigneur, j'en ai encore le souffle coupé.

— Je t'ai trouvé un air familier la première fois que je t'ai vu, confia Dave à Dan. Maintenant, je sais pourquoi. Je crois que je l'aurais réalisé plus tôt, si ça n'avait pas été… comment dire…

— Juste sous votre nez, dit John. Dan, Abra le sait-elle ?

— Bien sûr. » Se souvenant de la théorie de la relativité[1] d'Abra, Dan sourit.

« Elle l'a lu dans ton esprit ? demanda Lucy. Avec son don de télépathie ?

— Non, car je l'ignorais à ce moment-là. Même quelqu'un d'aussi doué qu'Abra ne peut lire une information qui n'est pas là. Mais à un niveau plus profond, nous le savions tous les deux. Nous nous le sommes même dit à haute voix ! Si quelqu'un nous avait demandé ce que nous faisions ensemble, nous aurions prétendu que j'étais son oncle. Ce que je suis. J'aurais dû en prendre conscience bien plus tôt.

— C'est une coïncidence qui dépasse toutes les coïncidences, dit Dave en secouant la tête.

— Ce n'est pas une coïncidence. Il n'y a rien au monde qui soit plus éloigné que ça d'une coïncidence. Lucy, je comprends que tu sois troublée et fâchée. Je te dirai tout ce que je sais, mais cela prendra du temps. Grâce à John et à ton mari, et grâce à Abra – surtout grâce à elle –, nous en avons un peu devant nous.

— En chemin, dit Lucy. Tu me diras tout en chemin pour aller chercher Abra.

— Très bien, dit Dan. En chemin. Mais dormons d'abord trois heures. »

Lucy secoua la tête. « Non, partons tout de suite. Je veux la voir le plus vite possible. Tu ne comprends pas ? C'est ma fille, elle a été kidnappée, j'ai *besoin de la voir* !

— Elle a été kidnappée, mais maintenant elle est en sécurité, dit Dan.

— Tu dis ça, bien sûr, mais tu n'en sais rien.

---

1. En anglais, *relativity* signifie aussi parenté.

— C'est *Abra* qui le dit, répliqua-t-il. Et *elle* le sait. Écoutez, Mrs. Stone – écoute, Lucy –, elle dort en ce moment, et ce sommeil, elle en a besoin. » *J'en ai besoin, moi aussi. Un long trajet m'attend et je crois qu'il sera rude. Très rude.*

Lucy le dévisageait intensément. « Tu es sûr que ça va ?

— Fatigué, c'est tout.

— Nous le sommes tous, dit John. Ç'a été une journée… stressante. » Il lâcha un petit jappement de rire, puis plaqua ses mains sur sa bouche comme un enfant qui vient de dire un gros mot.

« Je ne peux même pas l'appeler et entendre sa voix », dit Lucy. Elle parlait lentement, comme si elle tentait d'énoncer un commandement difficile. « Parce qu'ils dorment pour se remettre des injections de drogue que cet homme… celui qu'elle appelle le Skunk… leur a administrées.

— Bientôt, lui dit Dave. Tu la verras bientôt. » Il posa sa main sur la sienne. Un instant, Lucy donna l'impression qu'elle allait la repousser. Mais elle la serra.

« Je peux commencer pendant le trajet jusqu'à l'appartement de ta grand-mère », lui dit Dan. Il se leva. Avec effort. « Allons-y. »

8

Il eut le temps de lui raconter comment un homme perdu était monté dans un bus en partance du Massachusetts, direction le Nord, et comment – juste après la frontière de l'État du New Hampshire – il avait jeté ce qui devait être sa dernière bouteille d'alcool dans une poubelle marquée SI VOUS N'EN AVEZ PLUS BESOIN, LAISSEZ-LE ICI. Il lui raconta comment son ami d'enfance Tony lui avait parlé pour la première fois depuis des années alors que le bus entrait dans Frazier. *C'est là, c'est le bon endroit*, avait dit Tony.

Il fit alors un retour en arrière vers l'époque où il était encore Danny (et parfois Doc, comme dans *Quoi de neuf, Doc ?*) et où son ami invisible était pour lui une nécessité absolue. Le Don n'étant que l'un des fardeaux, et pas le plus lourd, que Tony l'avait aidé à porter. Le plus lourd étant son père alcoolique, un homme perturbé, et au final dangereux, que Danny et sa mère avaient profondément aimé – peut-être bien pour ses défauts, autant que malgré eux.

« Il était sujet à des colères terribles et il n'y avait pas besoin d'être télépathe pour savoir quand ça allait le prendre. Parce que, en général, il était ivre quand ça le prenait. Je sais qu'il était soûl le soir où il m'a chopé dans son bureau à fouiller dans ses papiers. Il m'a cassé le bras.

— Quel âge avais-tu ? » demanda Dave.

Il s'était installé sur la banquette arrière avec sa femme.

« Quatre ans, je crois. Peut-être moins. Quand il était sur le sentier de la guerre, il avait cette manie de se frictionner la bouche. » Danny montra le geste. « Vous connaissez quelqu'un d'autre qui fait ça quand elle est perturbée ?

— Abra, dit Lucy. Je croyais qu'elle tenait ça de moi. » Elle porta sa main droite à sa bouche, puis l'attrapa de la gauche et la ramena sur ses genoux. Dan avait vu Abra faire exactement le même geste sur le banc devant la bibliothèque municipale d'Anniston, le jour où ils s'étaient rencontrés physiquement pour la première fois. « Je croyais qu'elle tenait aussi de moi son tempérament explosif. Il m'arrive parfois d'être un peu… excessive.

— J'ai pensé à mon père la première fois que je l'ai vue se frotter la bouche, dit Dan. Mais j'avais d'autres choses en tête à ce moment-là. Et ensuite, j'ai oublié. » Ça lui rappela Watson, l'homme à tout faire de l'Overlook, qui avait montré à son père la chaudière défectueuse de l'hôtel. *Surveillez-la bien, mon gars,* lui avait dit Watson. *Parce qu'elle grimpe.* Mais à la fin, Jack Torrance avait oublié. C'est pour cette raison que Dan était encore en vie.

« Tu es en train de me dire que tu as déduit notre parenté de cette simple petite manie ? C'est un raccourci plutôt audacieux, surtout quand on voit que c'est moi qui te ressemble, et pas Abra – elle tient plus de son père physiquement. » Lucy se tut, réfléchissant. « Mais évidemment, vous partagez une autre caractéristique familiale… Dave dit que tu l'appelles le Don. C'est grâce à *ça* que tu as su, n'est-ce pas ? »

Dan secoua la tête. « L'année où mon père est mort, je me suis fait un ami. Il s'appelait Dick Hallorann, c'était le chef cuisinier de l'hôtel Overlook. Lui aussi avait le Don et il m'a dit que des tas de gens l'avaient un peu. Il avait raison. J'ai rencontré plein de gens dans ma vie qui ont une étincelle du Don. Billy Freeman est l'un d'eux. C'est pour ça qu'il est avec Abra en ce moment. »

John engagea le Suburban dans le petit parking à l'arrière de la copropriété de Concetta, mais pendant un moment, aucun d'eux ne bougea. En dépit de son inquiétude pour sa fille, Lucy était fascinée par cette leçon d'histoire. Dan n'avait pas besoin de la regarder pour le savoir.

« Si ce n'est pas non plus le Don, alors c'est quoi ?

— Quand nous étions en route pour Cloud Gap à bord du *Riv*, Dave a fait allusion à une malle que Concetta conserverait dans la cave de son immeuble.

— Oui, une malle ayant appartenu à ma mère. » Lucy foudroya Dave du regard de reproche réservé aux conjoints qui se sont laissés aller à parler à tort et à travers. « Je n'avais aucune idée que Momo avait gardé certaines de ses affaires.

— Il a aussi évoqué le fait que lorsque Alessandra a arrêté ses études à l'université d'Albany, elle faisait son stage d'élève-professeur dans un lycée du Vermont, ou du Massachusetts. Il se trouve que mon père enseignait l'anglais dans un lycée du Vermont, Stovington Prep, jusqu'à ce qu'il perde son poste pour avoir brutalisé un élève. Et d'après ma mère, lui aussi aimait bien faire la fête en ce temps-là. Dès que j'ai su qu'Abra et Billy étaient en sécurité, j'ai fait quelques additions dans ma tête. Et les dates semblaient concorder. Mais je me suis dit que si quelqu'un savait quelque chose de précis, ce serait la mère d'Alessandra.

— Est-ce qu'elle savait ? » demanda Lucy. Elle était penchée vers l'avant, les mains en appui sur la console centrale entre les deux sièges.

« Pas tout. Et nous n'avons pas eu beaucoup de temps ensemble, mais elle en savait assez. Elle ne se souvenait plus du nom du lycée où ta mère était en stage, mais elle savait que c'était dans le Vermont. Et que sa fille avait eu une brève aventure avec l'un de ses tuteurs. Qui était, disait-elle, un écrivain publié. » Dan se tut. « Mon père était un écrivain publié. Quelques nouvelles, seulement, mais certaines étaient parues dans de très bonnes revues, comme l'*Atlantic Monthly*. Concetta ne lui a jamais demandé comment s'appelait cet homme, et Alessandra ne le lui a jamais dit, mais si son dossier universitaire se trouve dans cette malle, je suis à peu près sûr que tu y découvriras que son tuteur était John Edward Torrance. » Il bâilla et consulta sa montre. « C'est tout ce que je peux faire pour le moment. Entrons. Trois heures de sommeil pour tous, puis direction le nord de l'État de New York. Il n'y aura pas de circulation et nous devrions y arriver assez vite.

— Tu me jures qu'elle est en sécurité ? » insista Lucy.

Dan confirma d'un signe de tête.

« D'accord. J'attendrai. Mais trois heures, pas plus. Quant à dormir… » Elle rit. Mais c'était un rire sans humour.

9

Dès qu'ils entrèrent dans l'appartement de Concetta, Lucy fila à la cuisine programmer l'horloge du micro-ondes. Elle la montra à Dan. « Trois heures et demie du matin, on décolle. » Il fit oui de la tête et bâilla encore.

Elle le considéra gravement. « Je partirais bien sans toi, tu sais. Tout de suite. »

Il sourit un peu. « Je crois que tu as intérêt à entendre d'abord le reste de l'histoire. »

Elle hocha sévèrement la tête.

« Outre le fait que ma fille a besoin de dormir pour purger la drogue qui l'a empoisonnée, c'est la seule chose qui me retient ici. Maintenant, va t'allonger avant de t'écrouler. »

Dan et John prirent la chambre d'amis. Le papier peint et les meubles disaient clairement que c'était une chambre destinée à une petite fille très spéciale, mais Chetta devait parfois y accueillir d'autres hôtes car il y avait deux lits jumeaux.

Alors qu'ils étaient étendus dans l'obscurité, John dit : « Dis-moi, Dan, ce n'est pas non plus une coïncidence si cet hôtel où tu as séjourné quand tu étais petit se trouve aussi dans le Colorado ?

— Non.

— Cette tribu se trouve dans la même ville ?

— Exact.

— Et l'hôtel était hanté ? »

Les gens-fantômes, songea Dan. « Oui. »

Puis John dit quelque chose qui surprit Dan et l'éloigna momentanément des rives du sommeil. Dave avait dit vrai : les choses les plus difficiles à voir sont celles qu'on a juste sous les yeux. « C'est logique, j'imagine… une fois qu'on accepte l'idée qu'il puisse y avoir des êtres surnaturels parmi nous et qu'ils se nourrissent de nous… qu'un endroit maléfique attire à lui des êtres maléfiques. Ils doivent s'y sentir tout à fait chez eux. Est-ce que tu penses que ces Nœuds ont d'autres endroits comme ça, ailleurs dans le pays ? Des… je ne sais pas comment dire… des points *froids* ?

— Je suis sûr que oui. » Dan posa son bras sur ses yeux. Tout son corps était douloureux et sa tête tambourinait. « Johnny, j'adorerais passer la nuit à refaire le monde avec toi, mais il faut que je dorme.

— D'accord, mais… » John se souleva sur un coude. « Je sais que tu aurais bien voulu partir directement de l'hôpital, comme le voulait Lucy. Parce que tu te fais autant de souci qu'eux pour Abra. Tu la crois en sécurité mais tu pourrais te tromper.

— Non. » Et il espéra qu'il disait vrai. Il devait l'espérer, car il était tout simplement incapable de partir maintenant. Il devait absolument dormir. Tout son corps réclamait le sommeil à cor et à cri.

« Qu'est-ce qui t'arrive, Dan ? Tu as une mine épouvantable.

— Rien. Juste fatigué. »

Puis il sombra, d'abord dans l'obscurité, puis dans un cauchemar confus où il courait dans des couloirs interminables pendant qu'une Forme non identifiée le suivait, balançant un maillet d'un côté à l'autre, éraflant le papier peint et faisant voler des nuages de plâtre. *Viens ici, petit merdeux !* hurlait la Forme. *Viens ici recevoir ta raclée !*

Puis Abra fut avec lui. Ils étaient assis sur le banc devant la bibliothèque municipale d'Anniston, sous un soleil de fin d'été. Elle lui tenait la main. *Tout va bien, oncle Dan. Tout va bien. Avant de mourir, ton père a retourné cette Forme comme un gant. Tu n'as pas besoin de…*

La porte de la bibliothèque s'ouvrit en claquant et une femme émergea dans la lumière du soleil. De formidables nuages de cheveux noirs ondulaient autour de sa tête et pourtant, son chapeau haut de forme crânement incliné ne tombait pas. Il tenait comme par magie.

« Oh, regardez qui voilà, disait-elle. C'est Dan Torrance, l'homme qui a volé son argent à une femme pendant qu'elle cuvait sa cuite puis qui a laissé son môme mourir sous les coups. »

Elle souriait à Abra, révélant une dent unique. Qui paraissait aussi longue et effilée qu'une baïonnette.

« Qu'est-ce qu'il va te faire à toi, mon petit trésor ? Qu'est-ce qu'il te fera *à toi* ? »

10

Lucy le réveilla à trois heures trente pétantes, mais quand il tendit le bras pour réveiller John, elle secoua la tête. « Laisse-le dormir un peu plus. Mon mari ronfle encore sur le canapé. » Elle souriait. « Ça me fait penser au Jardin de Gethsemani. Jésus reprochant à Pierre : "Ainsi tu n'as même pas pu veiller une heure avec moi ?" Ou quelque chose d'approchant. Mais je n'ai aucun reproche à faire à David, je pense : lui aussi l'a vu. Viens. J'ai fait des œufs brouillés. Tu m'as l'air d'en avoir bien besoin. Tu es plus mince qu'un fil. » Elle se tut et ajouta : « Frère. »

Dan n'avait pas spécialement faim, mais il la suivit à la cuisine. « Lui aussi a vu *quoi* ?

— J'étais en train de ranger les papiers de Momo – il fallait que je m'occupe pour m'empêcher de penser et pour tuer le temps – quand j'ai entendu un *clonk* dans la cuisine. »

Elle lui prit la main et le mena devant la paillasse entre la gazinière et le frigo. Là, il y avait une rangée de bocaux d'apothicaire à l'ancienne et celui qui contenait le sucre avait été renversé. Un message était tracé dans la traînée blanche.

Suis OK
+ + DODO
VOUS ♥
☺

Malgré sa fatigue, Dan songea à son tableau noir et ne put s'empêcher de sourire. C'était du Abra pur sucre !

« Elle a dû se réveiller juste assez pour faire ça, dit Lucy.

— Non, je ne crois pas », dit Dan.

Lucy lui lança un regard interrogateur depuis la gazinière où elle lui servait une assiette d'œufs brouillés.

« C'est *toi* qui l'as réveillée. Elle a entendu ton inquiétude.

— Tu crois vraiment ça ?

— Oui.

— Assieds-toi. » Elle se tut. « Assieds-toi, *Dan*. Je crois que je ferais mieux de m'habituer à t'appeler comme ça. Assieds-toi et mange. »

Il n'avait pas faim, mais il avait besoin de carburant. Il obéit.

11

Elle s'assit en face de lui, sirotant un verre de jus de fruits de la dernière bouteille que Concetta Reynolds se ferait jamais livrer par Dean & DeLuca.

« Homme brillant, plus âgé, avec un problème d'alcool, jeune femme sous le charme, envoûtée. Voilà l'image que je me fais d'eux.

— C'est aussi celle que je m'en suis fait. » Dan avalait ses œufs machinalement, méthodiquement, sans en sentir le goût.

« Café, Mr.… Dan ?

— Oui, s'il te plaît. »

Elle passa devant le sucre renversé pour aller prendre la cafetière. « Il est marié mais son boulot l'amène à assister à beaucoup de soirées de profs et d'étudiants où il rencontre plein de jolies jeunes femmes. Avec, plus la nuit avance et plus la musique se fait lancinante, des libidos florissantes…

— Ça m'a l'air d'être ça, dit Dan. Peut-être que ma mère allait à ces soirées au début, mais ensuite il y a eu un petit loupiot à garder et pas d'argent pour payer une baby-sitter. » Elle lui tendit une tasse de café. Il le but noir avant qu'elle ait pu lui demander s'il voulait du sucre ou du lait. « Merci. En tout cas, ils ont eu une histoire. Dans un motel du coin, sans doute. Sûrement pas à l'arrière de sa voiture – on avait une Coccinelle à l'époque. Même un couple d'acrobates en rut n'aurait pu réussir cet exploit.

— Bourre bourré », dit John en entrant dans la cuisine. Il avait les cheveux hérissés derrière la tête comme des piquants de porc-épic. « C'est comme ça que disent les vieux de la vieille. Il reste des œufs brouillés ?

— Oui, plein, dit Lucy. Abra a laissé un message sur le comptoir.

— Ah oui ? » John alla le lire. « C'est elle ?

— Oui. Je reconnaîtrais son écriture entre mille.

— Bonté divine, Verizon[1] n'a qu'à bien se tenir. »

Lucy s'abstint de sourire. « Asseyez-vous et mangez, John. Vous avez dix minutes, ensuite je réveille la Belle au Bois dormant sur son canapé là-bas. » Elle s'assit. « Continue, Dan.

— J'ignore si elle pensait que mon père allait quitter ma mère pour elle ou pas, et je doute que tu trouves la réponse à cette question dans sa malle. À moins qu'elle n'ait laissé un journal intime. Tout ce que je sais – en me fondant sur les propos de Dave et sur ce que Concetta m'a révélé ensuite –, c'est qu'elle est restée quelque temps dans le secteur, peut-être à espérer, peut-être juste à faire la fête, peut-être les deux. Mais quand elle a découvert qu'elle était enceinte, elle a dû finir par renoncer. Pour ce que j'en sais, nous étions peut-être déjà partis dans le Colorado.

— Est-ce que tu penses que ta mère l'a su ?

— Je n'en sais rien, mais elle a dû se poser des questions sur sa fidélité, surtout les nuits où il rentrait à pas d'heure complètement bourré. Je suis sûr qu'elle savait que les ivrognes ne limitent pas leurs mauvaises habitudes à jeter leur argent par les fenêtres. »

Elle posa une main sur son bras. « Est-ce que ça va, toi ? Tu as l'air épuisé.

— Ça va. Mais tu n'es pas la seule à essayer de digérer tout ça.

— Elle est morte dans un accident de voiture », dit Lucy. Elle s'était détournée de Dan et regardait tout ce qui était fixé par un aimant sur la porte du frigo. Au milieu se trouvait une photo de Concetta et Abra, qui pouvait avoir quatre ans, marchant main dans la

1. Serveur internet américain.

main dans un champ de marguerites. « L'homme qui conduisait était beaucoup plus âgé qu'elle. Et ivre. Ils roulaient très vite. Momo ne voulait pas m'en parler, mais quand j'ai eu dix-huit ans, j'ai voulu en avoir le cœur net et je l'ai obligée à me donner au moins quelques détails. Quand j'ai demandé si ma mère était ivre elle aussi, elle m'a dit qu'elle ne le savait pas, parce que la police n'a aucune raison de pratiquer des tests d'alcoolémie sur les passagers tués dans des accidents mortels. Seulement sur le conducteur. » Elle soupira. « Ça n'a plus d'importance. Laissons les histoires de famille pour un autre jour. Raconte-moi ce qui est arrivé à ma fille. »

Ce qu'il fit. À un certain moment, il se retourna et vit Dave Stone debout sur le seuil, rentrant sa chemise dans son pantalon et l'observant.

12

Dan commença par lui raconter comment Abra était entrée en contact avec lui en se servant de Tony comme d'une sorte d'intermédiaire. Puis comment Abra était entrée en contact avec le Nœud Vrai : sa vision de cauchemar du garçon qu'elle appelait « le p'tit gars du base-ball ».

« Je me souviens de ce cauchemar, dit Lucy. Elle m'a réveillée avec ses hurlements. Ça lui était déjà arrivé, mais c'était la première fois depuis deux ou trois ans. »

Dave fronça les sourcils. « Je n'en ai aucun souvenir.

— Tu étais à Boston, pour une conférence. » Elle se tourna vers Dan. « Voyons si j'ai bien compris. Ces gens ne sont pas des gens, ce sont… quoi ? Un genre de vampires ?

— En un sens, oui, je suppose. Ils ne dorment pas dans des cercueils le jour et ne se changent pas en chauves-souris la nuit, et je doute que les croix et les gousses d'ail les dérangent beaucoup, mais ce sont des parasites, et ils ne sont sûrement pas humains.

— Les êtres humains ne disparaissent pas quand ils meurent, dit John d'un ton catégorique.

— Vous avez réellement vu ça ?

— Nous l'avons vu. Tous les trois.

— Quoi qu'il en soit, dit Dan, ces Nœuds Vrais ne s'intéressent pas aux enfants ordinaires, rien qu'à ceux qui ont le Don.

— Des enfants comme Abra, dit Lucy.

— Oui. Ils les torturent avant de les tuer – pour purifier la vapeur, prétend Abra. Ça m'évoque les bouilleurs de cru clandestins distillant leur alcool au clair de lune.

— Ils veulent… *l'inhaler* », dit Lucy, tentant encore de se faire à cette idée. « Parce qu'elle a le Don.

— Pas seulement le Don, le méga-Don. Si je suis un projecteur, elle c'est un phare. Et elle a découvert *qui* ils sont. *Ce* qu'ils sont.

— Et il y a plus, dit John. Ce que nous avons fait aux membres du commando de Cloud Gap..., pour Rose, peu importe qui les a exécutés, c'est Abra la responsable.

— À quoi elle s'attendait ? s'exclama Lucy, indignée. Ils ne comprennent pas l'autodéfense ? *La survie ?*

— Tout ce que comprend Rose, dit Dan, c'est qu'une petite fille l'a défiée.

— Elle l'a défiée… ?

— Abra a contacté Rose par télépathie pour lui dire qu'elle arrivait.

— *Quoi ?*

— Ce foutu tempérament qu'elle a, dit Dave doucement. Je lui ai dit cent fois que cela lui attirerait des ennuis.

— Elle ne s'approchera *pas* de cette femme, ni de ses amis tueurs d'enfants », décréta Lucy.

Dan songea : *Oui… et non.* Il prit la main de Lucy. Elle voulut se dérober, puis se laissa faire.

« Il faut que tu comprennes une chose très simple, lui dit-il. *Ils ne s'arrêteront jamais.*

— Mais…

— Il n'y a aucun mais qui tienne, Lucy. En d'autres circonstances, Rose aurait encore pu décider de se retirer – c'est une vieille renarde rusée – mais il y a un autre facteur à prendre en compte.

— Lequel ?

— Ils sont malades, dit John. C'est la rougeole, d'après Abra. Ils ont pu l'attraper avec le petit Trevor. J'ignore si on peut appeler ça un châtiment divin ou juste l'ironie du sort.

— La *rougeole* ?

— Je sais, ça peut paraître peu de chose, mais croyez-moi, c'est beaucoup. Vous savez comment, avant l'époque des vaccins, une épidémie de rougeole pouvait passer par tous les enfants d'une même famille ? Eh bien, c'est ce qui est en train d'arriver à ces Nœuds, et ça pourrait les décimer.

— Super ! » s'écria Lucy. Le sourire mauvais qu'elle avait sur le visage était bien connu de Dan.

« Sauf s'ils s'imaginent que la super vapeur d'Abra

peut les guérir, dit Dave. Il faut bien que tu comprennes ça, chérie. Ce n'est pas juste une petite échauffourée. Pour cette salope, c'est une lutte à mort. » Il hésita, puis s'obligea à dire le reste. Car il le fallait. « Si Rose peut mettre la main sur elle, elle mangera notre fille vivante. »

13

Lucy demanda : « Où sont-ils ? Ces Nœuds Vrais, où sont-ils ?

— Colorado, dit Dan. Bluebell Campground, un camping dans la ville de Sidewinder. » Que le site du camping soit aussi l'endroit même où il avait failli mourir entre les mains de son père, il ne tenait pas à le dire, car cela aurait entraîné d'autres questions et d'autres exclamations sur les coïncidences. La seule chose dont Dan était sûr, c'est qu'il n'y avait pas de coïncidences.

« Cette ville de Sidewinder doit bien avoir un poste de police, dit Lucy. Nous allons les appeler et les mettre sur l'affaire.

— En leur disant quoi ? » Le ton de John était aimable, dépourvu de toute polémique.

« Eh bien… que…

— Si tu réussissais vraiment à faire monter les flics jusqu'au camping, dit Dan, ils ne trouveraient qu'une bande d'Américains plus ou moins âgés. D'inoffensifs camping-caristes, du genre qui veulent toujours vous montrer des photos de leurs petits-enfants. Leurs papiers seraient tous irréprochables, des carnets vétérinaires de leurs chiens jusqu'à leurs titres de propriété.

Si les flics arrivaient à obtenir un mandat de perquisition – et ils n'en demanderaient même pas, aucun motif valable –, ils ne trouveraient aucune arme, parce que les Nœuds Vrais n'ont pas besoin d'armes. Leurs armes sont ici. » Dan se toucha le front. « Tu serais la mère folle du New Hampshire, Abra serait ta fille fugueuse et nous, tes amis cinglés. »

Lucy pressa ses paumes contre ses tempes. « Je n'arrive pas à croire ce qui est en train d'arriver.

— Si tu faisais des recherches, je pense que tu découvrirais que ces Nœuds Vrais, déclarés sous je ne sais quel nom d'entreprise, ont toujours été de très généreux donateurs pour cette ville particulière du Colorado. On ne chie pas dans son nid, on le remplit de plumes. Ainsi, quand viennent les mauvais jours, on a des tas d'amis.

— Ces salauds-là rôdent dans les parages depuis longtemps, dit John. Je me trompe ? Puisque ce qu'ils retirent principalement de cette vapeur, c'est la longévité.

— J'en suis pratiquement sûr, dit Dan. Et en bons Américains, je suis sûr aussi qu'ils ont bien mis tout ce temps à profit pour faire de l'argent. Assez d'argent pour huiler un maximum de rouages beaucoup plus gros que ceux qui tournent à Sidewinder. Des rouages d'État. Des rouages fédéraux.

— Et cette Rose… elle ne s'arrêtera jamais.

— Non. » Dan pensait à la vision qu'il avait eue d'elle. Le chapeau incliné. La bouche béante. La dent unique. « Elle a jeté son dévolu sur votre fille. Abra lui tient terriblement à cœur.

— Une femme qui se maintient en vie en tuant des enfants n'a *pas* de cœur, dit Dave.

— Oh si, elle en a un, dit Dan. Mais il est très noir. »

Lucy se leva. « Bon, ça suffit. Je veux partir *tout de suite* la chercher. Allez tous aux toilettes avant de partir, parce qu'une fois lancés, nous ne nous arrêterons plus avant d'arriver au motel. »

Dan demanda : « Concetta a-t-elle un ordinateur ? J'aurais besoin de faire une vérification rapide avant qu'on parte. »

Lucy soupira. « Il est dans son bureau et j'imagine que tu peux deviner le mot de passe. Mais si ça te prend plus de cinq minutes, on part sans toi. »

14

Rose était étendue dans son lit, éveillée, raide comme un tisonnier, tremblante de vapeur et de fureur.

Lorsqu'un moteur démarra à deux heures moins le quart, elle l'entendit. Steve Vap' et Baba la Russe. Lorsqu'un autre démarra à quatre heures moins vingt, elle l'entendit aussi. Cette fois, c'étaient les Petits Jumeaux, Pois Sec et Graine à Canari. Slim Terri Pickford était avec eux, guettant sans doute nerveusement par la vitre arrière le moindre signe de Rose. Mo Ka avait demandé à être du voyage – avait *supplié* pour être du voyage – mais ils l'avaient envoyée bouler parce qu'elle était déjà porteuse de la maladie.

Rose aurait pu les arrêter, mais pourquoi se fatiguer ? Qu'ils découvrent donc tout seuls à quoi ressemblait la vie en Amérique sans la protection du Nœud Vrai, que ce soit à l'arrêt au camp ou pour veiller sur leurs arrières quand ils étaient sur la route. *Surtout quand je dirai à Double P de désintégrer leurs cartes de crédit et de vider leurs comptes en banque bien garnis*, pensa-t-elle.

Double P, c'était pas Jimmy Zéro, mais il saurait quand même s'en tirer, il lui suffirait pour ça d'appuyer sur un bouton. Et il serait là, fidèle au poste. Double P resterait, lui. Comme tous les bons… *presque* tous les bons. Phil Amphet', Flac Annie et Dada Doug avaient déjà déserté. Ils avaient mis la décision au vote et choisi de mettre cap au sud. Dada leur avait expliqué qu'on ne pouvait plus faire confiance à Rose et qu'en outre, il était grand temps pour eux de sectionner le Nœud.

Bonne chance à toi, mon joli, pensa-t-elle, crispant et décrispant les poings.

Faire exploser la Tribu était une idée *affreuse*, mais éclaircir le troupeau en était une bonne. Donc, que les faiblards fuient et que les crevards crèvent. Quand la petite bâtarde serait crevée elle aussi et qu'ils auraient sucé sa vapeur (Rose ne se faisait plus d'illusions sur la possibilité de la garder prisonnière), les vingt-cinq et quelques qui restaient seraient plus forts que jamais. Elle pleurait Skunk et savait qu'elle n'avait personne pour le remplacer, mais Charlie le Crack ferait de son mieux. Comme Sam Cam… Bitovent… Folle Foune et Long Paul… Grande G aussi, pas la lumière des lumières, mais loyale et d'une obéissance aveugle.

De plus, les autres partis, la vapeur qu'elle avait encore en réserve durerait plus longtemps et les rendrait plus forts. Ils auraient besoin d'être forts.

Arrive, petite bâtarde, pensa Rose. *Voyons voir si tu seras aussi forte quand on sera deux douzaines contre toi. Voyons voir comment tu t'en sortiras quand ça sera toi toute seule contre le Nœud Vrai. On sucera ta vapeur et on lapera ton sang. Mais d'abord, on boira tes cris.*

Fixant l'obscurité au-dessus d'elle, Rose entendait s'estomper les voix des fuyards, des incroyants.

À sa porte résonna un coup timide, discret. Elle resta encore allongée quelques secondes en silence, méditant, puis se leva.

« Entre. »

Elle était nue et ne fit aucun geste pour se couvrir lorsque Sarey la Muette se glissa à l'intérieur, informe dans l'une de ses chemises de nuit de flanelle, sa frange gris souris lui mangeant le front et couvrant presque ses yeux. Comme toujours, elle semblait à peine là, même quand elle y était.

« Zuis tizte, Loze.

— Je sais que t'es triste. Moi aussi, je suis triste. »

Elle ne l'était pas – elle était furieuse – mais ça sonnait mieux.

« Landi m'manque. »

Andi, oui – nom pecno Andrea Steiner, dont le père l'avait vidée à coups de queue de toute humanité longtemps avant que le Nœud Vrai ne la trouve. Rose se rappelait comment elle l'avait observée un jour dans un cinéma, et comment plus tard elle l'avait vue lutter pour survivre au Retournement avec une pure hargne et une absolue volonté. Andi la Piquouse serait restée, elle. La petite Piquouse aurait marché à travers le feu, si Rose avait dit que la survie du Nœud Vrai en dépendait.

Elle tendit les bras. Sarey vint en trottinant poser sa tête contre son buste.

« Sanzelle ze veu mouwi.

— Mais non, chérie, tu n'y penses pas. » Rose attira la petite chose dans le lit et la serra bien fort. Elle n'était qu'un râtelier d'os maintenus ensemble par une chair maigre. « Dis-moi ce que tu veux vraiment. »

Sous la frange trop longue, deux yeux flamboyèrent, des yeux de fauve. « *Venzance.* »

Rose baisa une joue, puis l'autre, puis les fines lèvres sèches. Elle s'écarta un peu pour la regarder et dit : « Oui. Et tu l'auras. Ouvre la bouche, Sarey. »

Sarey obéit. Leurs lèvres se joignirent à nouveau. Encore chargée de vapeur, Rose Claque exhala dans la gorge de Sarey la Muette.

15

Les murs du bureau de Concetta étaient tapissés de mémos, de fragments de poèmes et de lettres auxquelles elle ne répondrait jamais. Dan tapa les quatre caractères du mot de passe, lança Firefox et entra Bluebell Campground dans Google. Leur site web ne contenait pas des masses d'informations, probablement parce que les propriétaires se souciaient peu d'attirer des visiteurs ; c'était juste la vitrine de base. Mais il y avait des photos que Dan examina avec la fascination réservée généralement aux vieux albums de famille récemment retrouvés.

L'Overlook avait depuis longtemps disparu mais il reconnut le terrain. Autrefois, juste avant les premières chutes de neige qui les avaient isolés pour l'hiver, lui et ses parents s'étaient tenus sous le vaste porche d'entrée de l'hôtel (qui semblait d'autant plus vaste que les chaises longues et les meubles d'extérieur en rotin avaient été rangés), balayant du regard la longue pelouse en pente douce. Tout en bas, où les cerfs et les antilopes venaient souvent jouer, il y avait à présent un long bâtiment rustique baptisé l'Overlook Lodge. Ici, disait la légende, les visiteurs pouvaient dîner, jouer au bingo et danser au son de véritables orchestres les vendredis et samedis soir. Le dimanche s'y tenaient des services religieux animés à tour de rôle par des ecclésiastiques des deux sexes de Sidewinder.

Jusqu'aux premières neiges, mon père a tondu cette pelouse et taillé les buis qu'il y avait là. Il disait qu'il avait taillé les buis de beaucoup de dames en son temps. Moi, je comprenais pas la blague, mais ça faisait beaucoup rire maman.

« Sacrée blague », dit-il à voix basse.

Il aperçut des rangées d'armoires de raccordement rutilantes pour véhicules de loisirs, des borniers de branchements dignes de forains fournissant aussi bien le gaz que l'électricité. Il y avait des sanitaires hommes et femmes aussi grands que dans les méga-relais routiers pour poids lourds tels que Little America ou Pedro's au sud de la frontière. Il y avait un terrain de jeux pour les gamins. (Dan se demanda si les loupiots qui jouaient là voyaient ou sentaient parfois des choses troublantes, comme c'était arrivé jadis à Danny « Doc » Torrance sur le terrain de jeux de l'Overlook.) Il y avait aussi un terrain de soft-ball, un emplacement pour jouer aux palets, deux courts de tennis, et même un espace pour la pétanque.

Mais pas de roque... non, pas ça. Ça n'existe plus.

À mi-pente, là où les haies taillées en forme d'animaux s'élevaient autrefois, s'alignait une rangée de paraboles à satellite d'un blanc immaculé. Au sommet, à l'endroit où l'hôtel lui-même s'était dressé, se trouvait une plate-forme de bois avec une longue volée de marches pour y accéder. Ce site, aujourd'hui propriété de l'État du Colorado et administré par ses soins, était identifié sous le nom de « *Roof O' the World* », le Toit du Monde. Les visiteurs du Bluebell Campground y avaient libre accès, de même qu'aux sentiers de randonnée alentour. *Les sentiers sont réservés aux randonneurs chevronnés*, disait la légende, *mais le Toit du Monde est accessible à tous. Le point de vue y est spectaculaire !*

Dan n'en doutait pas. Il était spectaculaire depuis la salle de restaurant et la salle de bal de l'Overlook… du moins jusqu'à ce que la neige, montant régulièrement, n'ait bloqué toutes les fenêtres. À l'ouest, comme des lances brandies vers le ciel, s'élevaient les pics les plus hauts des montagnes Rocheuses. À l'est, la vue s'étendait jusqu'à Boulder. Diable, elle s'étendait même jusqu'à Denver et Arvada les rares jours où il n'y avait pas trop de pollution.

L'État s'était approprié ce morceau de terre particulier et Dan n'en fut pas surpris. Qui aurait voulu y construire ? Le sol était contaminé et il n'y avait pas besoin d'être télépathe pour le sentir. Mais les Vrais s'en étaient approchés au plus près et Dan avait dans l'idée que leurs hôtes nomades de passage – les nomades normaux – revenaient rarement pour une seconde visite et ne recommandaient pas le Bluebell à leurs amis. *Un endroit maléfique attire des gens maléfiques*, avait dit John. Auquel cas, l'inverse devait aussi être vrai : il devait repousser les gens bien.

« Dan ? appela David. On démarre.

— Laissez-moi encore une minute ! »

Il ferma les yeux et pressa la paume de sa main sur son front.

(*Abra*)

Sa voix la réveilla aussitôt.

CHAPITRE 17

PETITE BÂTARDE

1

L'obscurité enveloppait le Crown Motel, l'aube étant encore à une heure ou plus de poindre, quand la porte du numéro 24 s'ouvrit et qu'une jeune fille en sortit. Un épais brouillard s'était installé et le monde avait presque perdu toute réalité. La jeune fille portait un pantalon noir et une chemisette blanche. Elle s'était fait des couettes et le visage qu'elles encadraient paraissait très juvénile. Elle respira profondément. La fraîcheur de l'air et l'humidité en suspension furent un baume pour son mal de tête persistant mais firent bien peu pour son cœur malheureux. Momo était morte.

Et pourtant, si oncle Dan disait vrai, pas vraiment morte : juste partie quelque part ailleurs. Peut-être devenue une personne-fantôme ; ou peut-être pas. Dans tous les cas, Abra ne pouvait consacrer du temps à y penser. Plus tard, peut-être, elle méditerait sur ses questions.

Dan avait demandé si Billy dormait. Oui, à poings fermés, lui avait-elle répondu. Par la porte ouverte, elle apercevait les pieds et les jambes de Mr. Freeman sous les couvertures et entendait son ronflement régulier. On aurait dit un bateau à moteur tournant au ralenti.

Dan avait demandé si Rose ou l'un des autres avait tenté d'atteindre son esprit. Non. Elle l'aurait su. Ses pièges étaient tendus. Et Rose devait s'en douter. Elle n'était pas stupide.

Il avait demandé s'il y avait un téléphone dans sa chambre. Oui, il y en avait un. Oncle Dan lui avait dit ce qu'il voulait qu'elle fasse. C'était assez simple. Le truc effrayant, c'était ce qu'elle devait dire à la femme étrange du Colorado. Mais elle voulait le faire. Tout au fond d'elle-même, elle voulait le faire depuis le jour où elle avait entendu les cris d'agonie du p'tit gars du base-ball.

(*tu comprends bien le mot que tu dois lui marteler ?*)

Oui, bien sûr.

(*parce que tu dois l'aiguillonner tu sais ce que ça*)

(*oui je sais ce que ça veut dire*)

La rendre folle. Folle furieuse.

Abra continuait à inhaler le brouillard. La route qui les avait amenés jusqu'ici n'était plus qu'une égratignure, les arbres d'en face avaient complètement disparu. Le bureau du motel aussi. Des fois, elle aurait bien voulu être comme ça, toute blanche à l'intérieur. Mais des fois seulement. Au plus profond de son cœur, elle n'avait jamais regretté d'être ce qu'elle était.

Quand elle se sentit prête – aussi prête qu'elle le serait jamais –, Abra retourna dans sa chambre et ferma la porte de communication pour ne pas déranger Mr. Freeman au cas où elle devrait parler fort. Elle consulta les instructions pour utiliser le téléphone, fit le 9 pour obtenir une ligne extérieure, puis le numéro des renseignements pour demander le numéro de l'Overlook Lodge au Bluebell Campground à Sidewinder dans le Colorado. *Je pourrais te donner le numéro du standard*, lui avait dit Dan, *mais tu tomberais sur un répondeur.*

Dans le bâtiment où les hôtes prenaient leurs repas et jouaient à des jeux de société, le téléphone sonna longtemps. Dan avait dit que ça serait probablement le cas et qu'elle devrait juste attendre que ça décroche. Et puis, il serait deux heures plus tôt, là-bas.

Finalement, une voix grognon répondit : « Allô ? Si vous voulez le standard, vous vous êtes trompé de num…

— Je veux pas le standard », dit Abra. Elle espérait que les battements sourds et précipités de son cœur n'étaient pas audibles dans sa voix. « Je veux Rose. Rose Claque. »

Un blanc. Puis : « Qui est à l'appareil ?

— Abra Stone. Vous connaissez mon nom, n'est-ce pas ? Je suis la fille qu'elle cherche. Dites-lui que je rappellerai dans cinq minutes. Si elle est là, on parlera. Si elle n'y est pas, dites-lui qu'elle peut aller se faire foutre. Je rappellerai pas. »

Abra raccrocha, baissa la tête, enfouit son visage brûlant dans ses mains et prit plusieurs longues et profondes respirations.

2

Rose buvait un café, assise au volant de son Earth-Cruiser, les pieds sur le compartiment secret contenant la réserve de cartouches de vapeur, lorsqu'on frappa à sa porte. Un visiteur à une heure aussi matinale ne pouvait signifier qu'un surcroît d'emmerdes.

« Oui, dit-elle. Entrez. »

C'était Long Paul, en robe de chambre sur un pyjama enfantin décoré de voitures de course. « Le téléphone public du Lodge s'est mis à sonner. D'abord, j'ai laissé courir, pensant que c'était une erreur. Et j'étais en train de faire le café à la cuisine. Mais comme ça insistait, j'ai répondu. C'était cette fille. Elle voulait te parler. Elle a dit qu'elle rappellerait dans cinq minutes. »

Sarey la Muette se redressa dans le lit, clignant des yeux derrière sa frange, le drap serré autour de ses épaules comme un châle.

« Bouge de là », lui dit Rose.

Sarey obéit sans un mot. Par le large pare-brise de son EarthCruiser, Rose la regarda se traîner pieds nus jusqu'au Bounder qu'elle avait partagé avec la Piquouse.

Cette fille.

Au lieu de courir se cacher, la petite bâtarde passait des coups de fil ! J't'en foutrais d'un putain de culot. Son idée à elle, ça ? Mon œil ! C'était plutôt dur à avaler.

« Qu'est-ce que tu fabriquais à la cuisine si tôt le matin ?

— Je pouvais pas dormir. »

Elle se tourna vers Paul. Rien qu'un grand type âgé au physique banal avec des cheveux clairsemés et des lunettes à double foyer perchées sur le bout de son nez. Un pecno aurait pu le croiser dans la rue tous les jours de l'année sans le voir, mais Paul avait ses propres aptitudes. Pas le talent d'endormeuse d'Andi, ni celui de rabatteur de Grand-Pa Flop, mais il pouvait se montrer très persuasif. S'il s'employait à persuader un pecno de gifler sa femme – ou qui que ce soit, en fait –, on pouvait être sûr que cette femme serait giflée, et énergiquement. Chacun dans la Tribu avait ses petits talents : c'était leur ciment.

« Fais-moi voir tes bras, Paulie. »

Il soupira et remonta les manches de sa robe de chambre et de son pyjama jusqu'à ses coudes fripés. Les boutons rouges étaient là.

« Quand sont-ils apparus ?

— J'ai aperçu les premiers hier après-midi.

— T'as de la fièvre ?

— Ouais. Un peu. »

Elle plongea le regard dans ses yeux confiants, honnêtes et eut envie de l'étreindre. Certains avaient filé, mais Long Paul était resté. Comme la plupart. Ils seraient sûrement assez nombreux pour régler son compte à la petite bâtarde si elle était vraiment assez crétine pour rappliquer. Et c'était pas à exclure. Quelle môme de treize ans est pas complètement crétine ?

« Ça va aller, t'inquiète pas », lui dit-elle.

Il soupira encore. « J'espère. Sinon, ç'aura été une sacrée bonne virée qu'on a fait.

— Je veux pas entendre ça. Tous ceux qui restent iront bien. C'est ma promesse et je tiens mes promesses. Maintenant, voyons voir ce que notre petite amie du New Hampshire a à dire pour sa défense. »

3

Rose s'était assise depuis moins d'une minute sur une chaise, à côté du grand tambour en plastique de tirage du Bingo (sa tasse de café refroidissant posée près d'elle), quand la sonnerie du téléphone public du Lodge explosa avec une stridence du XXe siècle qui la fit sursauter. Elle le laissa sonner deux fois avant de soulever le récepteur et de parler de sa voix la plus modulée. « Bonjour, ma chère. Vous auriez pu me joindre mentalement, vous savez. Cela vous aurait économisé le coût d'un appel longue distance. »

La petite bâtarde en aurait été fort mal avisée. Abra Stone n'était pas la seule à savoir tendre des pièges.

« J'arrive », dit la môme. Sa voix était si jeune, si fraîche ! À la pensée de toute la vapeur utile qui sortirait de tant de fraîcheur, Rose sentit l'avidité monter en elle comme une soif ardente.

« Tu m'en diras tant. T'es bien sûre de vouloir faire ça, mon trésor ?

— Vous serez là si je viens ? Ou il n'y aura que vos rats domestiqués ? »

Rose ressentit un frisson de colère. Pas bon, ça, mais faut dire qu'elle avait jamais été du matin.

« Et pourquoi n'y serais-je pas, ma chère ? » Elle conservait une voix calme et légèrement indulgente : une voix de mère (ou du moins l'imaginait-elle ; elle n'avait jamais été mère) s'adressant à un bambin prompt aux trépignements de colère.

« Parce que vous êtes lâche.

— Je suis curieuse de savoir sur quoi tu fondes ta présomption », dit Rose. Son ton était le même – indulgent, légèrement amusé – mais sa main s'était crispée sur le téléphone qu'elle pressait plus fort contre son oreille. « Alors que tu ne m'as jamais rencontrée.

— Oh, que si. Dans ma tête, et je vous ai envoyée péter et vous avez détalé la queue entre les jambes. Et vous tuez des enfants. N'y a que des lâches pour tuer des enfants. »

T'as pas à te justifier devant une môme, se dit-elle. *Surtout une pecnode.* Mais elle s'entendit dire : « Tu ne sais rien de nous. De ce que nous sommes et de ce que nous devons faire pour survivre.

— Une tribu de lâches, voilà ce que vous êtes, dit la petite bâtarde. Vous vous croyez tellement talentueux et forts mais vous êtes bons qu'à une chose, manger la vie des autres et vivre longtemps. Vous êtes comme des hyènes. Vous tuez les faibles et puis vous fuyez. Lâches. »

Le mépris dans sa voix était comme de l'acide dans l'oreille de Rose. « C'est faux !

— Et vous êtes la lâche en chef. Vous êtes pas venue me chercher, hein ? Non, pas vous. Vous avez envoyé les autres à votre place.

— Allons-nous avoir une conversation raisonnable ou…

— Vous trouvez ça raisonnable de tuer des enfants pour leur voler leur substance mentale ? Qu'est-ce qu'il y a de raisonnable là-dedans, espèce de lâche vieille pétasse ? Vous avez envoyé vos amis faire votre boulot, vous vous êtes cachée derrière eux, et j'imagine que c'était malin de votre part, parce que maintenant, ils sont tous morts.

— Sale petite bâtarde, tu ne connais rien à rien ! » Rose bondit sur ses pieds. Ses cuisses heurtèrent la table, son café se renversa et ruissela sous le tambour de Bingo. Long Paul, qui lorgnait par la porte de la cuisine, entrevit l'expression de son visage et battit en retraite. « Qui c'est qu'est lâche ? Qui c'est la vraie lâche ? Tu peux dire des trucs pareils au téléphone mais tu pourrais jamais les dire en me regardant en face !

— Vous aurez besoin d'en avoir combien avec vous quand j'arriverai ? railla Abra. Hein, combien, pétocharde pétasse ? »

Rose ne dit rien. Elle devait se ressaisir, elle le savait, mais s'entendre tenir ce langage par une petite pecnode à l'insolence crasse de cour de récré… Et cette môme en savait trop. *Beaucoup* trop.

« Vous auriez même pas le courage de m'affronter seule, hein ? fit la sale bâtarde.

— Me cherche pas », cracha Rose.

Il y eut un blanc au bout du fil et quand la petite bâtarde reprit la parole, elle avait un ton songeur : « Un duel ? Un contre un ? Non, vous n'oseriez pas. Une lâche comme vous n'oserait pas. Même contre une gamine. Vous êtes une tricheuse et une menteuse. Vous avez l'air belle des fois mais j'ai vu votre vrai visage. Vous êtes rien qu'une vieille pute trouillarde.

— Tu… tu… » Mais elle ne pouvait rien dire de plus. La rage l'étouffait. C'était en partie le choc de se voir – elle, Rose Claque – mise à nue par une môme pour qui « moyen de transport » voulait dire « vélo » et dont le souci majeur avant ces dernières semaines était probablement de savoir quand elle aurait des seins plus gros que des boutons de moustique.

« Mais je vous laisserai peut-être une chance », dit la petite bâtarde. Son assurance et sa témérité désinvolte étaient incroyables. « Bien sûr, si vous m'y obligez, je vous réduirai en miettes. Je m'en fais pas pour les autres, ils sont déjà en train de crever. » Elle alla même jusqu'à rire. « Inoculés par le p'tit gars du base-ball, bien joué, mon gars.

— Si tu viens, je te tuerai », dit Rose. Sa main monta à sa gorge, se referma sur son cou et se mit à presser régulièrement. Plus tard, elle aurait des ecchymoses. « Si tu t'enfuis, je te retrouverai. Et là, tu hurleras pendant des heures avant de crever.

— Je m'enfuirai pas, dit la môme. Et on verra bien qui criera la dernière.

— Et toi, ma *chère,* combien en auras-tu en renfort derrière ?

— Je serai seule.

— Je ne te crois pas.

— Lisez dans mon esprit, dit la môme. Ou ça aussi, vous avez peur de le faire ? »

Rose ne répondit pas.

« Sûr que vous avez peur. Vous vous souvenez de ce qui est arrivé la dernière fois que vous avez essayé. Je vous ai rendu la monnaie de votre pièce, et vous avez pas aimé, hein ? Hyène. Tueuse d'enfants. Lâche. *Trouillarde.*

— Arrête… de m'appeler… comme ça.

— Il y a un endroit en haut de la colline, là où vous êtes. Un point de vue panoramique. Ça s'appelle le Toit du Monde. Je l'ai trouvé sur internet. Je vous y donne rendez-vous lundi après-midi à cinq heures. Toute seule. Si vous n'êtes pas seule, si le reste de votre meute de hyènes ne reste pas bien tranquille dans votre salle de réunion pendant qu'on règle nos affaires, je le saurai. Et je m'en irai.

— Je te retrouverai, répéta Rose.

— Vous croyez ! » Elle se *foutait* carrément d'elle.

Rose ferma les yeux et vit la môme. Elle la vit se contorsionner par terre, la bouche remplie de frelons brûlants, des pointes de feu plantées dans les yeux. *Personne me parle comme ça. Jamais.*

« J'imagine que vous *pourriez* me retrouver. Mais le temps que vous y arriviez, combien de vos Nœuds Vrais puants il vous resterait en renfort ? Une dizaine ? quatre ou cinq ? peut-être deux ou trois à peine ? »

Cette idée était déjà venue à l'esprit de Rose. Qu'une môme qu'elle n'avait encore jamais rencontrée face à face en vienne à la même conclusion était bien le plus rageant de tout.

« Le Skunk connaissait Shakespeare, dit la petite bâtarde. Il m'en a cité un passage pas longtemps avant que je le tue. Moi aussi, je le connais un peu, parce qu'on l'a étudié en classe. On a lu qu'une seule pièce, *Roméo et Juliette*, mais Ms. Franklin nous a donné une liste de ses citations les plus célèbres. Comme “Être ou ne pas être : là est la question” et “Il ne suffit pas de parler, il faut parler juste”. Vous saviez que c'était de Shakespeare ? Pas moi. Vous trouvez pas ça intéressant ? »

Rose ne répondit pas.

« Vous êtes pas du tout en train de penser à Shakespeare, fit la petite bâtarde. Vous êtes en train de penser au plaisir que vous auriez à me tuer. J'ai pas besoin de lire dans votre esprit pour savoir ça.

— Si j'étais toi, je me calterais, dit Rose d'un ton pensif. Aussi vite que tes petites jambes de bébé peuvent te porter. Ça t'avancerait pas beaucoup, mais tu vivrais un peu plus longtemps. »

La petite bâtarde ne se laissa pas démonter : « Il y avait une autre citation. Je m'en souviens pas exactement, mais c'était un truc comme : "sauter avec son propre pétard". "Être pris à son propre piège", quoi. Ms. Franklin nous a dit qu'un pétard à cette époque, c'était un genre de bombe comme un bâton de dynamite. Je crois que c'est un peu ce qui est en train d'arriver à votre tribu de lâches. Vous avez pas aspiré la bonne vapeur, vous vous êtes assis sur un pétard et maintenant la bombe est en train de sauter. » Elle s'interrompit. « Vous êtes toujours là, Rose ? Ou vous vous êtes *caltée* ?

— Arrive, ma jolie », dit Rose. Elle avait retrouvé son calme. « Si tu veux me retrouver en haut du belvédère, j'y serai. Nous contemplerons le panorama ensemble, tu veux ? Et nous verrons qui est la plus forte. »

Elle raccrocha avant que la petite bâtarde puisse ajouter autre chose. Elle avait perdu le sang-froid qu'elle s'était promis de conserver, mais au moins, elle avait eu le dernier mot.

Ou peut-être pas, parce que celui que la petite bâtarde n'avait pas cessé de lui balancer continuait à tourner dans sa tête comme un disque rayé.

Lâche. Lâche. Lâche.

4

Abra reposa doucement le récepteur téléphonique sur son support. Elle le regarda ; elle caressa même sa surface de plastique, encore brûlante du contact de sa main et humide de sa sueur. Puis, avant qu'elle ait compris que ça allait arriver, elle éclata en sanglots déchirants. Ils la ravagèrent comme une tornade, lui tordant l'estomac, secouant son corps de tremblements. Elle fonça à la salle de bains, toujours pleurant, s'agenouilla devant les toilettes et vomit.

Quand elle ressortit, Mr. Freeman se tenait sur le seuil de la porte de communication, les pans de sa chemise pendouillants, ses cheveux gris tire-bouchonnant. « Qu'est-ce qui t'arrive ? Tu es malade ? C'est la drogue qu'il t'a donnée ?

— Non, c'est pas ça. »

Il gagna la fenêtre et scruta au-dehors dans le brouillard oppressant. « C'est *eux* ? Ils arrivent ? »

Momentanément incapable de parler, Abra put seulement secouer la tête avec tant de véhémence que ses couettes voltigèrent. C'était *elle* qui arrivait et c'était bien ça qui la terrifiait.

Et pas juste pour elle-même.

5

Immobile sur sa chaise, Rose respirait à longues bouffées pour se calmer. Lorsqu'elle eut repris le contrôle d'elle-même, elle appela Long Paul. Au bout d'une seconde ou deux, il passa prudemment la tête par la porte battante donnant sur la cuisine. Sa mine fit naître le fantôme d'un sourire sur les lèvres de Rose. « Y a pas de danger. Tu peux entrer. Je vais pas te mordre. »

Il s'avança et vit le café renversé. « Je vais nettoyer ça.

— Laisse tomber. C'est qui le meilleur rabatteur qui nous reste ?

— Toi, Rose. » Sans hésitation.

Rose n'avait aucune intention d'approcher mentalement la petite bâtarde. « En dehors de moi.

— Ben… vu qu'on a plus Grand-Pa Flop… ni Barry… » Il réfléchit. « Beckie a une petite touche de rabatteuse, Grande G aussi. Mais je crois que c'est Charlie le Crack qu'en a le plus.

— Il est malade ?

— Il l'était pas hier.

— Envoie-le-moi. J'essuierai le café en attendant. Parce que – écoute-moi bien, Paulie, c'est important –, c'est çui qui a cradossé qui doit nettoyer. »

Après son départ, Rose resta encore un moment assise sans bouger, le menton appuyé sur ses doigts. Elle avait de nouveau les idées claires et la capacité d'élaborer un plan. Ils ne prendraient pas de vapeur aujourd'hui, tout compte fait. Ça pourrait attendre lundi matin.

Finalement, elle alla chercher une poignée de serviettes en papier à la cuisine. Et elle nettoya ce qu'elle avait cradossé.

6

« Dan ! » Cette fois, c'était John. « Faut qu'on y aille !

— J'arrive, dit-il. Je veux juste aller me passer un peu d'eau froide sur le visage. »

Il longea le couloir en écoutant Abra, hochant légèrement la tête comme si elle avait été là.

(*Mr. Freeman veut savoir pourquoi je pleurais pourquoi j'ai vomi qu'est-ce que je dois lui dire*)

(*pour le moment que j'aurai besoin de lui emprunter sa camionnette c'est tout*)

(*parce qu'on va continuer vers l'ouest*)

(*… ben…*)

C'était compliqué, mais elle comprit. La compréhension n'était pas dans les mots et n'avait pas besoin de l'être.

À côté du lavabo, il y avait un porte-brosses à dents. Sur le manche de la plus petite était écrit ABRA en lettres arc-en-ciel. Sur l'un des murs, une petite plaque décorative disait UNE VIE SANS AMOUR C'EST COMME UN ARBRE SANS FRUITS. Il la regarda pendant quelques secondes, en se demandant s'il y avait quelque chose de ce genre dans le programme des AA. La seule chose qui lui revint, c'est *Si tu n'as personne à aimer aujourd'hui, tâche au moins de ne blesser personne*. Pas vraiment comparable.

Il ouvrit l'eau froide et s'aspergea plusieurs fois le visage, avec vigueur. Puis il attrapa une serviette et leva la tête. Pas de Lucy avec lui sur la photo, cette fois ; juste Dan Torrance, fils de Jack et Wendy, qui s'était toujours cru fils unique.

Son visage était couvert de mouches.

QUATRIÈME PARTIE

LE TOIT DU MONDE

CHAPITRE 18

VERS L'OUEST

1

De ce samedi-là, le souvenir le plus marquant de Dan ne fut pas le trajet en voiture de Boston jusqu'au Crown Motel car les quatre passagers du 4×4 de John Dalton se parlèrent bien peu. Leur silence n'était ni pesant ni hostile mais exténué – le silence que partagent des gens qui ont beaucoup à penser mais bien peu à dire. Son souvenir le plus marquant fut ce qui se passa lorsqu'ils arrivèrent à destination.

Dan savait qu'elle attendait parce qu'il avait été en contact avec elle durant la majeure partie du trajet, ils s'étaient parlé de cette manière qui leur était devenue familière à tous les deux – moitié par images et moitié par mots. À leur arrivée, elle était assise sur le pare-chocs arrière de la vieille camionnette de Billy. En les voyant, elle bondit sur ses pieds en agitant la main. Au même moment, la couverture nuageuse qui était en train de se désagréger se déchira et un rayon de soleil l'éclaira comme un projecteur. C'était comme si Dieu lui-même lui en tapait cinq !

Lucy lâcha un cri quasi suraigu. John n'avait pas complètement arrêté le Suburban qu'elle avait déjà défait sa ceinture de sécurité et ouvert sa portière. Cinq secondes plus tard, elle serrait sa fille dans ses bras et lui couvrait le sommet de la tête de baisers – c'était le mieux qu'elle pouvait faire vu qu'Abra avait le visage écrasé entre ses seins. Maintenant, le soleil les illuminait toutes les deux de son projecteur.

Retrouvailles de la mère et de l'enfant, songea Dan. Il sourit et cela lui causa une sensation étrange sur le visage. Il s'était écoulé beaucoup de temps depuis son dernier sourire.

2

Lucy et Dave voulaient ramener Abra dans le New Hampshire et Dan n'y voyait aucune objection. Mais maintenant qu'ils étaient réunis, tous les six avaient besoin de parler. Le gros à queue-de-cheval était revenu à son poste. Pas de porno pour lui aujourd'hui mais du combat libre en cage. Il leur reloua la chambre 24 avec joie ; peu importe qu'ils y passent la nuit ou pas. Billy fila à Crownville même leur chercher des pizzas. Puis ils s'installèrent, Dan et Abra parlant à tour de rôle pour mettre les autres au courant de tout ce qui s'était produit et de tout ce qui allait se produire. Si toutefois les choses se passaient comme ils l'espéraient.

« Non, objecta aussitôt Lucy. C'est beaucoup trop dangereux. Pour tous les deux. »

John rétorqua avec un sourire triste : « Le plus dangereux serait d'ignorer ces… ces *choses*. Rose a dit que si Abra ne va pas à elle, c'est elle qui ira à Abra.

— Elle fait, comme qui dirait, une fixation sur elle, dit Billy en choisissant une tranche de poivrons-champignons. C'est courant chez les fous. Il suffit de regarder *Dr Phil* pour le savoir. »

Lucy fixait sa fille d'un regard réprobateur. « Tu l'as aiguillonnée. C'était extrêmement dangereux, mais, lorsqu'elle se sera calmée… »

Bien que personne ne l'ait interrompue, elle laissa sa phrase en suspens et Dan pensa qu'elle avait peut-être réalisé à quel point, dès qu'on l'énonçait, cette éventualité était peu plausible.

« Ils s'arrêteront pas, maman, dit Abra. *Elle* s'arrêtera pas.

— Abra sera en sécurité, la rassura Dan. Il y a une roue qui tourne. Je ne sais pas vous l'expliquer mieux que ça. Si les choses tournent mal, Abra fera tourner la roue pour s'échapper. Pour se retirer. Elle m'a promis de le faire.

— C'est vrai, confirma Abra. J'ai promis. »

Dan la fixa d'un regard dur. « Et tu tiendras parole, n'est-ce pas ?

— Oui », dit Abra. Malgré sa réticence évidente, elle avait parlé avec fermeté. « Je tiendrai parole.

— Il faut aussi penser à tous ces enfants, souligna John. Nous ne saurons jamais combien ces Nœuds Vrais en ont enlevé au cours des années. Des centaines, peut-être. »

S'ils vivaient aussi longtemps qu'Abra le croyait, Dan pensait que le nombre de leurs victimes avoisinait sans doute les milliers. Il ajouta : « Ou combien ils en enlèveront à l'avenir, même s'ils laissent Abra tranquille.

— En supposant que la rougeole ne les décime pas tous », suggéra Dave d'un ton plein d'espoir. Il se tourna vers John. « Vous avez dit que c'était une possibilité.

— Ils me veulent parce qu'ils pensent que je peux *guérir* la rougeole, expliqua Abra. Quelle bande de *connards* !

— Surveillez votre langage, mademoiselle », dit Lucy, mais elle avait l'air distraite. Elle prit la dernière part de pizza, la regarda et la remit dans la boîte. « Je me fous des autres mômes. Moi, c'est à Abra que je pense. Je sais que ce que je dis est horrible, mais c'est la vérité.

— Tu penserais pas ça, si t'avais vu toutes ces petites photos dans le *Shopper*, s'insurgea Abra. Je peux pas me les sortir de la tête. Je rêve d'eux, des fois.

— Si cette folle a encore un soupçon de bon sens, elle saura qu'Abra ne peut pas arriver seule, argua Dave. Comment ferait-elle ? Prendre l'avion jusqu'à Denver et puis se louer une voiture ? Une gamine de treize ans ? Sans permis ? » Et avec un regard mi-malicieux à sa fille : « Quelle bande de *connards* ! »

Dan enchaîna : « Après Cloud Gap, Rose sait forcément qu'Abra a des amis. Ce qu'elle ne sait pas, c'est qu'au moins l'un d'eux a le Don. » Du regard, il consulta Abra pour confirmation. Elle acquiesça. « Écoute-moi, Lucy. Dave. Je pense qu'ensemble, Abra et moi pouvons mettre un terme à ce... – il chercha le mot juste et n'en trouva qu'un seul qui convenait – fléau. Tandis qu'elle ou moi seul... » Il secoua la tête.

« En plus, dit Abra, vous pouvez pas vraiment m'arrêter, papa et toi. Vous pouvez m'enfermer dans ma chambre, mais vous pouvez pas m'enfermer dans ma tête. »

Lucy la fusilla du Regard Qui Tue, celui que les mères réservent tout particulièrement à leurs jeunes filles rebelles. Ça avait toujours marché avec Abra, même quand elle piquait une de ses crises de fureur, mais pas cette fois. Cette fois, elle l'affronta avec calme. Et avec une tristesse qui glaça le cœur de sa mère.

Dave prit la main de Lucy dans la sienne. « Je crois qu'il faut le faire. »

Le silence s'établit dans la pièce. Ce fut Abra qui le rompit : « Si personne veut cette dernière part de pizza, elle est à moi. Je *crève* de faim. »

3

Ils repassèrent tout plusieurs fois en détail, le ton de certains monta à une ou deux occasions, mais dans l'ensemble, l'essentiel avait été dit. À l'exception d'une chose, toutefois. Lorsqu'ils quittèrent la chambre, Billy refusa de monter dans le Suburban de John.

« Je viens, dit-il à Dan.

— Billy, j'apprécie l'intention, mais ce n'est pas une bonne idée.

— *Ma* camionnette, *ma* loi. En plus, dis-moi comment tu comptes faire, tout seul, pour être dans les montagnes du Colorado lundi après-midi ? Me fais pas rire. T'es aussi frais qu'une merde au bout d'un bâton.

— Ils sont quelques-uns à m'avoir dit ça récemment, dit Dan, mais personne aussi élégamment que toi. »

Ça ne fit pas sourire Billy. « Je peux t'aider. Je suis vieux, mais je suis pas mort.

— Emmène-le, dit Abra. Il a raison. »

Dan l'observa.

(*est-ce que tu sais quelque chose Abra*)

La réponse fut instantanée.

(*non mais je* sens *quelque chose*)

C'était suffisant pour Dan. Il lui tendit les bras et Abra l'étreignit très fort, la joue pressée contre son torse. Dan aurait pu la garder comme ça enlacée un long moment, mais il la relâcha et recula.

(*préviens-moi quand tu seras tout près oncle Dan je viendrai*)

(*juste par petites touches souviens-toi*)

Elle lui envoya une image plutôt qu'une pensée en mots : un détecteur de fumée faisant *bip... bip...* comme quand ils ont besoin qu'on leur change les piles. Elle se souvenait parfaitement.

Comme elle se dirigeait vers la voiture, Abra dit à son père : « Il faut qu'on s'arrête en route pour acheter une carte de prompt rétablissement. Julie Cross s'est cassé le poignet hier à l'entraînement de foot. »

Il la regarda en fronçant les sourcils. « Et comment tu sais ça, toi ?

— Je le sais », répondit-elle.

Il lui tira gentiment une couette. « Tu as toujours su le faire, hein ? Je ne comprends pas, Abba-Doo, pourquoi tu ne nous l'as pas dit, tout simplement. »

Dan, qui avait grandi avec le Don, aurait pu répondre à cette question.

Parfois, les parents ont besoin de protection.

4

C'est ainsi qu'ils se séparèrent. Le 4×4 de John prit vers l'est et la camionnette de Billy, avec Billy au volant, vers l'ouest. « Ça ira pour conduire, Billy ? demanda Dan.

— Avec tout ce que j'ai dormi la nuit dernière ? Mon chéri, je pourrais conduire jusqu'en Californie.

— Tu sais où on va ?

— J'ai acheté un atlas routier en ville pendant que j'attendais pour les pizzas.

— Alors, t'avais déjà pris ta décision ? Et tu savais ce qu'on avait prévu, Abra et moi ?

— Ben… plus ou moins.

— Quand t'auras besoin que je te remplace, n'hésite pas à gueuler », dit Dan. Et il ne tarda pas à s'endormir, la tête contre la vitre du passager. Il descendit à travers des couches de plus en plus profondes d'images désagréables. D'abord, ce fut la haie d'animaux de l'Overlook, ceux qui bougeaient quand tu les regardais pas. Puis Mrs. Massey de la chambre 217, maintenant coiffée d'un haut-de-forme incliné. En descendant plus profond, il revisita la bataille de Cloud Gap. Sauf que cette fois, faisant irruption dans le Winnebago, il découvrait Abra gisant sur le plancher, la gorge tranchée, et Rose debout au-dessus d'elle armée d'un coupe-chou dégoulinant de sang. Elle apercevait Dan et sa mâchoire se décrochait en un rictus obscène dans lequel une seule longue dent luisait. *Je lui avais dit que ça finirait comme ça mais elle n'a pas voulu m'écouter*, disait-elle. *Les enfants n'écoutent jamais.*

Plus bas encore, il n'y avait que des ténèbres.

Lorsqu'il s'éveilla, c'était le crépuscule, traversé par une ligne blanche discontinue. Ils roulaient sur une autoroute.

« J'ai dormi longtemps ? »

Billy consulta sa montre. « Onze heures et des poussières. Tu te sens mieux ?

— Oui. » Oui et non. Il avait la tête claire, mais horriblement mal au ventre. Étant donné ce qu'il avait vu dans le miroir le matin même, ça ne l'étonnait pas. « Où sommes-nous ?

— Deux cents bornes à l'est de Cincinnati, environ. Je me suis arrêté deux fois pour faire le plein pendant que t'en écrasais. Et t'as ronflé. »

Dan se redressa. « On est en *Ohio* ? Merde ! Il est quelle heure ? »

Billy consulta sa montre. « Six heures et quart. J'ai roulé comme une fleur : pas de pluie, circulation fluide. Je crois qu'on a un ange qui fait la route avec nous.

— Bon, trouvons-nous un motel. Il faut que tu dormes et moi, j'ai envie de pisser comme un cheval dopé.

— Tu m'étonnes. »

Billy prit la sortie suivante annonçant station-service, restauration et lits. Il fit halte dans un Wendy's pour prendre des hamburgers pendant que Dan filait aux toilettes pour hommes. Quand ils se retrouvèrent à la camionnette, Dan mâchonna une bouchée de son

Double, le remit dans l'emballage et prit une gorgée prudente de milk-shake. Ça, son estomac semblait le tolérer.

Billy parut choqué. « Hé, mec, t'as besoin de manger ! Qu'est-ce que t'as qui ne va pas ?

— J'imagine que la pizza au petit déjeuner, c'était pas une bonne idée. » Et, comme Billy le regardait toujours : « Le lait, ça passe. C'est tout ce dont j'ai besoin. Surveille la route, Billy. On pourra pas aider Abra si on atterrit aux urgences. »

Cinq minutes plus tard, Billy arrêtait la camionnette sous l'enseigne clignotante d'un Fairfield Inn annonçant CHAMBRES LIBRES. Il coupa le moteur, mais ne descendit pas. « Puisque je risque ma vie avec toi, Chef, je veux savoir quel mal te ronge. »

Dan faillit lui faire remarquer que c'était *son* idée d'avoir pris ce risque, pas la sienne, mais ça n'aurait pas été correct. Alors il expliqua. Billy écouta en silence, les yeux ronds.

« Doux petit Jésus effronté ! lâcha-t-il quand Dan eut terminé.

— À moins que j'aie mal lu, dit Dan, y a rien dans le Nouveau Testament comme quoi Jésus était effronté. Même si j'imagine qu'il devait l'être, enfant. La plupart des gosses le sont. Tu vas nous prendre des chambres, ou c'est moi qui y vais ? »

Billy continuait à ne pas bouger. « Est-ce qu'Abra le sait ? »

Dan secoua la tête.

« Mais elle pourrait le découvrir.

— Elle pourrait, mais elle le fera pas. Elle sait que c'est pas bien d'espionner, surtout quand c'est quelqu'un qu'on aime. Elle ne le ferait pas plus qu'elle n'irait surprendre ses parents en train de faire l'amour.

— Tu sais ça d'expérience, de ta propre enfance ?

— Oui. Des fois, on voit un peu – on peut pas s'en empêcher – mais dans ces cas-là, on se détourne.

— Est-ce que ça va aller, Danny ?

— Encore pour un moment, oui. » Il pensa aux mouches posées sur ses lèvres, ses joues, son front. « Suffisamment longtemps.

— Et après ?

— Je m'inquiéterai d'après après. Un jour à la fois. Allons prendre notre chambre. On doit décoller de bonne heure.

— Tu as des nouvelles d'Abra ? Elle t'a fait signe ? »

Dan sourit. « Elle va impec. »

Du moins jusqu'à présent.

5

Mais elle n'allait pas impec, pas vraiment.

Assise à son bureau avec *Le cœur est un chasseur solitaire* à la main, elle essayait de ne pas regarder en direction de la fenêtre de sa chambre, de crainte d'y voir certain visage en train de l'observer. Elle savait que Dan souffrait de quelque chose et qu'il ne voulait pas qu'elle sache de quoi, mais elle avait quand même été tentée d'aller y voir, malgré toutes ses années d'entraînement à ne pas s'immiscer dans les APA : Affaires Privées des Adultes. Deux choses la retenaient. La première, qu'elle le veuille ou non, c'est qu'elle ne pouvait rien faire pour lui en ce moment. La deuxième (celle-là était plus forte), c'est qu'il risquait de la sentir dans sa tête. Auquel cas, il en serait déçu.

C'est probablement verrouillé, de toute manière, pensa-t-elle. *Il peut faire ça. Il est très fort.*

Pas aussi fort qu'elle, cependant… ou, pour parler en termes de Don, pas aussi doué. Elle pouvait ouvrir ses coffres-forts mentaux et inspecter leur contenu, mais elle pensait que ça risquait d'être dangereux pour tous les deux. Aucune raison précise à ça, c'était juste une intuition – comme son intuition que Mr. Freeman accompagne Dan était une bonne idée – mais elle se fiait à ses intuitions. En plus, ce truc qu'il avait, c'était peut-être quelque chose qui pouvait les aider. Elle l'espérait. *L'espoir juste nous porte et nous accroît* – encore une citation de Shakespeare.

T'avise pas non plus de regarder cette fenêtre. N'essaie même pas.

Non. Sûrement pas. Jamais. Donc elle le fit, et Rose était là, un rictus aux lèvres sous son chapeau crânement incliné. Toutes boucles ondoyantes, pâle peau de porcelaine, sombres yeux fous et rouges lèvres pulpeuses masquant cette dent monstrueuse. Cette *défense*.

Tu crèveras en hurlant, sale bâtarde.

Abra ferma les yeux et pensa fort

(*elle est pas là pas là pas là*)

et les rouvrit. La face grimaçante à la fenêtre avait disparu. Mais pas réellement. Quelque part dans les hautes montagnes – sur le Toit du Monde – Rose pensait à elle. Et attendait.

6

Le motel proposait un buffet pour le petit déjeuner. Parce que son compagnon de voyage l'observait, Dan s'appliqua à manger un peu de céréales au yaourt. Billy parut soulagé. Pendant qu'il payait leur note, Dan s'éloigna discrètement vers les toilettes pour hommes. Dès qu'il fut hors de vue, il verrouilla la porte, se baissa et vomit tout ce qu'il avait mangé. Les céréales et le yaourt non digérés flottaient dans une écume rouge.

« C'est bon ? demanda Billy, lorsque Dan le rejoignit à la réception.

— Impec, répondit Dan. En route. »

7

D'après l'atlas routier de Billy, il y avait environ deux mille kilomètres de Cincinnati à Denver. Sidewinder se situait approximativement cent vingt kilomètres plus à l'ouest, par des routes tout en lacets et bordées de ravins abrupts. Dans l'après-midi de ce dimanche, Dan tenta de prendre un peu le volant mais il se fatigua vite et le passa de nouveau à Billy. Il s'endormit et, à son réveil, le soleil se couchait. Ils étaient en Iowa – berceau de feu Brad Trevor.

(*Abra ?*)

Il craignait que la distance ne rende la communication mentale difficile, voire impossible, mais Abra répondit vite, et plus puissamment que jamais : si elle avait été une station radio, elle aurait émis en cent mille watts. Elle était dans sa chambre, en train de pianoter un devoir de classe sur son ordi. Dan fut amusé de constater qu'elle tenait Pippo sur ses genoux. Et attristé aussi. La pression des événements l'avait fait régresser à une Abra plus jeune, du moins sur le plan émotionnel.

Avec le conduit grand ouvert entre eux, elle capta ses sentiments.

(*t'en fais pas pour moi je vais bien*)

(*tant mieux parce que t'as un coup de fil à passer*)

(*oui d'accord et* toi *ça va*)

(*impec*)

Elle n'était pas dupe mais elle n'insista pas, et c'était exactement ce qu'il voulait.

(*est-ce que t'as trouvé*)

Elle compléta d'une image.

(*pas encore c'est dimanche les magasins sont fermés*)

Une autre image, qui le fit rire. Un magasin Wal-Mart… sauf que l'enseigne extérieure annonçait HYPERMARCHÉ D'ABRA.

(*ils ont pas voulu nous vendre ce qu'on demandait mais on en trouvera un qui voudra bien*)

(*d'accord j'espère*)

(*tu sais quoi lui dire ?*)

(*oui*)

(*elle va essayer de te baratiner pour te tirer les vers du nez la laisse pas faire*)

(*je la laisserai pas*)

(*préviens-moi quand tu auras fini que je m'inquiète pas*)

Il s'inquiéterait forcément.

(*promis je t'aime oncle Dan*)

(*moi aussi je t'aime*)

Il dessina un baiser. Abra en dessina un aussi : de grosses lèvres rouges de dessin animé. Il le sentit presque sur sa joue. Puis elle disparut.

Billy le fixait. « Tu viens juste de lui parler, hein ?

— Exact. Surveille la route, Billy.

— Ouais, ouais. On dirait mon ex-femme. »

Billy mit son clignotant et doubla une énorme et lourde autocaravane Fleetwood Pace Arrow. Dan regarda fixement le véhicule, se demandant qui l'occupait et si ses passagers regardaient aussi à travers leurs vitres fumées.

« Je veux faire encore cent cinquante, deux cents bornes avant qu'on s'arrête pour la nuit, dit Billy. Comme je vois les choses, demain, ça nous laissera une heure pour faire tes courses et on sera en montagne à peu près à l'heure que vous avez fixée pour le duel, Abra et toi. Mais faudra qu'on prenne la route avant le lever du jour.

— Parfait. Tu as pigé comment ça va se passer ?

— J'ai pigé comment c'est *censé* se passer. » Billy lui lança un bref coup d'œil. « Tu as intérêt à espérer que, s'ils ont des jumelles, ils s'en serviront pas. Tu penses qu'on a des chances d'en revenir vivants ? Dis-moi la vérité. Si la réponse est non, je vais me commander le plus gros steak que t'as jamais vu de ta vie ce soir pour dîner. MasterCard n'aura qu'à poursuivre mes héritiers pour ma dernière dette. Et tu sais quoi ? J'ai *pas* d'héritiers. Sauf si tu comptes mon ex-femme, mais elle me pisserait même pas dessus pour m'éteindre si j'étais en feu.

— On en reviendra », dit Dan. Mais sa réponse lui parut bien pâle. Il se sentait trop malade pour donner le change.

« Ouais ? Mais bon, peut-être que je vais quand même me taper ce gros steak ce soir pour dîner. Et toi ?

— Je crois que je pourrais avaler un peu de soupe. Du bouillon, plutôt. » L'idée d'ingurgiter quelque chose de trop épais pour pouvoir lire le journal à travers – velouté de tomate, crème de champignons – lui retournait l'estomac.

« D'accord. Et si t'essayais de refermer un peu les yeux ? »

Dan savait qu'il ne réussirait pas à dormir profondément – pas tant qu'Abra était aux prises avec cette antique horreur qui ressemblait à une femme – mais il parvint à somnoler. Un somme léger mais suffisamment profond pour qu'il fasse d'autres rêves, d'abord de l'Overlook (la version du jour comprenait l'ascenseur qui montait et descendait tout seul en pleine nuit), puis de sa nièce. Cette fois, Abra avait été étranglée à l'aide d'un cordon électrique. Elle fixait Dan avec des yeux exorbités, accusateurs. Il n'était que trop facile de lire ce qu'ils exprimaient. *Tu m'avais dit que tu m'aiderais. Tu m'avais dit que tu me sauverais. Où tu étais pendant que je mourais ?*

8

Abra ne cessait de repousser ce qu'elle avait à faire jusqu'au moment où elle s'aperçut que sa mère ne tarderait pas à lui crier de se coucher. Elle n'allait pas en classe le lendemain matin, mais ça serait quand même une grosse journée. Peut-être aussi une très longue nuit.

Reporter les choses à plus tard ne fait que les aggraver, cara mia.

Ça, c'était l'évangile selon Momo. Abra jeta un coup d'œil vers sa fenêtre. Si seulement elle avait pu y apercevoir son arrière-grand-mère au lieu de Rose. Ç'aurait été vraiment bien.

« Momo, j'ai tellement peur », dit-elle. Mais après deux longues inspirations, elle prit son iPhone et pianota le numéro de l'Overlook Lodge au Bluebell Campground. Un homme répondit, et lorsque Abra dit qu'elle voulait parler à Rose, il demanda de la part de qui.

« Vous savez très bien qui je suis », répondit-elle. Et, d'un ton qu'elle espérait désagréablement inquisiteur, elle ajouta : « Êtes-vous déjà malade, cher monsieur ? »

L'homme au bout du fil (c'était Double P) ne répondit pas, mais elle l'entendit murmurer à l'adresse de quelqu'un. Une seconde plus tard, Rose était en ligne, de nouveau en ferme possession de son sang-froid.

« Bonjour, ma chère. Où vous trouvez-vous ?

— Je suis en route, répondit Abra.

— Vraiment ? J'en suis fort aise. Donc, si je vérifie l'indicatif de ton numéro, je vais pas trouver que ton appel vient du New Hampshire ?

— Ben non, répondit Abra. J'appelle avec mon portable. Faut vous mettre à l'heure du XXIe siècle, pétasse.

— Que veux-tu ? » La voix dans son oreille était soudain cassante.

« M'assurer que vous connaissez les règles, dit Abra. Je serai là-bas à dix-sept heures demain. À bord d'une vieille camionnette rouge.

— Conduite par qui ?

— Mon oncle Billy, répondit Abra.

— C'est l'un de ceux de l'embuscade ?

— C'est lui qui était avec moi et le Skunk. Arrêtez de poser des questions. Contentez-vous de la boucler et d'écouter.

— Que tu es mal élevée, commenta tristement Rose.

— On se garera tout au fond du parking, près du panneau qui dit REPAS GRATUIT POUR LES ENFANTS QUAND LES ÉQUIPES DU COLORADO GAGNENT.

— Je vois que tu as été sur notre site internet. Comme c'est mignon. Ou alors c'est ton oncle, peut-être ? Il a beaucoup de courage de te servir de chauffeur. C'est le frère de ton père ou de ta mère ? Les familles de pecnos, c'est mon passe-temps. Je fais des arbres généalogiques. »

Elle va te baratiner pour te tirer les vers du nez, lui avait dit Dan. Il ne s'était pas trompé.

« C'est quoi que vous comprenez pas quand je vous dis de la boucler et d'écouter ? Vous voulez qu'on le fasse ou pas ? »

Pas de réponse, juste un silence d'attente. Un *inquiétant* silence d'attente.

« Du parking, on verra tout : le camping, le Lodge, le Toit du Monde. Vous avez intérêt à ce que, mon oncle et moi, on vous voie perchée là-haut, et intérêt aussi à ce qu'on voie vos Nœuds Vrais *nulle part*. Ils vont rester bien gentiment en salle de bingo pendant qu'on fera ce qu'on a à faire. La grande salle, compris ? Oncle Billy captera pas, s'ils sont pas là où ils sont censés être, mais moi oui. Si j'en repère un seul ailleurs, tonton et moi on se casse.

— Ton tonton, il restera dans son camion ?

— Non. C'est *moi* qui resterai dans le camion, jusqu'à ce qu'on soit sûrs. Ensuite, il se remettra au volant et moi, je monterai. Je veux surtout pas qu'il s'approche de vous.

— Très bien, ma chère. Il en sera fait comme vous l'exigez. »

Non, c'est pas vrai. Tu mens.

Mais Abra aussi mentait, ce qui les mettait d'une certaine manière à égalité.

« Encore un mot, ma chère. J'ai une question vraiment importante à vous poser », dit Rose aimablement.

Abra faillit lui demander quelle question, puis elle se souvint de l'avertissement de son oncle. Son *vrai* oncle. D'abord une question. Qui en entraînerait une autre… et une autre… et encore une autre.

« Ravalez-la et qu'elle vous étouffe », dit-elle. Et elle raccrocha. Ses mains se mirent à trembler. Puis ses jambes, ses épaules, ses bras.

« Abra ? » Maman. Qui l'appelait du bas des escaliers. *Elle le sent. Juste un peu, mais elle le sent. C'est un truc de maman ou une étincelle du Don ?* « Chérie, ça va ?

— Super, m'man ! J'mets mon pyjams !

— Encore dix minutes, et on monte pour la bise. Sois prête.

— J'serai prête. »

S'ils savaient à qui je viens de parler, pensa Abra. Mais ils ne le savaient pas. Ils croyaient juste être *au courant* de ce qui se passait. Elle était ici, dans sa chambre, toutes les portes et les fenêtres de la maison étaient verrouillées, et ils croyaient que ça suffisait pour qu'elle soit en sécurité. Même son père, qui avait vu le Nœud Vrai en action.

Mais Dan, lui, savait. Elle ferma les yeux et le chercha.

9

Dan et Billy se trouvaient sous l'enseigne d'un nouveau motel. Et toujours pas de nouvelles d'Abra. Mauvais, ça.

« Allez, Chef, viens, dit Billy. Rentrons et… »

Soudain, elle était là. Dieu merci.

« Chut, attends une minute », dit Dan. Et il écouta. Deux minutes plus tard, il se tournait vers Billy, qui trouva que le sourire sur son visage le faisait de nouveau ressembler à Dan Torrance.

« C'était elle ?

— Oui.

— Comment ça s'est passé ?

— Elle dit que ça a été. Tout roule.

— Aucune question sur moi ?

— Juste pour savoir si t'es un oncle côté maternel ou paternel. Écoute, Billy, pour le truc de l'oncle, on s'est plantés. T'es de loin trop âgé pour être le frère de Lucy ou de David. Quand on s'arrêtera demain pour faire notre course, tu t'achèteras des lunettes de soleil. Et tu garderas ta casquette de base-ball bien enfoncée sur les oreilles pour que tes cheveux blancs ne se voient pas.

— Tant que j'y suis, je devrais peut-être m'acheter un shampoing colorant Just For Men.

— Fais pas le con, vieux clown. »

Ça fit sourire Billy. « Entrons réserver notre chambre et allons dîner. T'as meilleure mine. On dirait que tu vas pouvoir manger un peu.

— Un peu de soupe, dit Dan. Inutile de prendre des risques.

— Va pour la soupe. »

Il arriva à la terminer. Lentement. Et – avec la certitude que, d'une façon ou d'une autre, tout ceci serait résolu dans moins de vingt-quatre heures – il parvint à la garder. Ils dînaient dans la chambre de Billy, et quand il eut fini, Dan s'étendit de tout son long sur la moquette. Ça atténua un peu ses douleurs à l'estomac.

« C'est quoi, ça ? demanda Billy. Un truc de yogi à la con ?

— Exactement. Je l'ai appris en regardant les dessins animés de Yogi l'Ours. Récapitule-moi tout encore une fois.

— J'ai tout pigé, Chef, t'inquiète pas. Tu sais que tu commences à ressembler à Casey Kingsley, là ?

— Effrayant. Mais récapitule-moi tout encore une fois.

— Bon. Abra commence à émettre des *ping* ultrasoniques aux environs de Denver. S'ils ont quelqu'un capable d'écouter, ils sauront qu'elle arrive. Et qu'elle n'est pas loin. On débarque à Sidewinder une bonne heure avant – disons à quatre heures plutôt qu'à cinq – et on passe l'embranchement du camping sans s'arrêter. Ils nous verront pas. À moins qu'ils aient posté une sentinelle sur la nationale.

— Je crois pas qu'ils le feront. » Cela rappela à Dan un autre aphorisme AA : *Nous sommes impuissants sur les êtres, les lieux et les choses.* Comme la plupart des pépites AA, c'était soixante-dix pour cent vrai, trente pour cent jolie foutaise ronflante. « De toute façon, on ne peut pas tout contrôler. Continue.

— Il y a une aire de pique-nique un peu plus haut sur la route, à environ un kilomètre et demi. Tu y es allé deux ou trois fois avec ta mère avant que vous vous retrouviez coincés par la neige pour l'hiver. » Billy se tut. « Juste toi et elle ? Jamais ton père ?

— Non, il travaillait. À l'écriture d'une pièce de théâtre. Continue. »

Billy poursuivit. Dan l'écouta attentivement, puis hocha la tête. « Très bien. Tu sais tout sur le bout des doigts.

— Qu'est-ce que je t'avais dit ? Maintenant, je peux te poser une question ?

— Ouais, bien sûr.

— D'ici demain après-midi, tu pourras encore marcher un kilomètre et demi ?

— Oui, je pourrai. »

J'ai intérêt.

10

Grâce à un départ matinal – quatre heures du matin, bien avant les premières lueurs du jour –, Dan Torrance et Billy Freeman commencèrent à apercevoir peu après neuf heures un long nuage barrant l'horizon. Un peu plus tard, le temps que le nuage bleu-gris se soit matérialisé en une chaîne montagneuse, ils faisaient halte dans la bourgade de Martenville, Colorado. Là, dans la courte (et pratiquement déserte) rue principale, Dan vit non pas ce qu'il espérait voir, mais mieux encore : une boutique de vêtements pour enfants appelée Kids' Stuff. Et, un peu plus loin, un drugstore flanqué d'un mont-de-piété à l'air poussiéreux et d'un Vidéo Express avec PRIX CASSÉS POUR CAUSE DE FERMETURE TOUT DOIT DISPARAÎTRE écrit au blanc d'Espagne sur la vitrine. Il y expédia Billy s'acheter des lunettes de soleil pendant que lui-même franchissait le seuil de Kids' Stuff.

L'endroit dégageait une impression de sinistrose et de perte d'illusions. Il était le seul client. C'était une bonne idée qui avait mal tourné. Sûrement à cause des boutiques de grandes marques dans les galeries marchandes de Sterling ou Fort Morgan. Pourquoi acheter local quand on pouvait d'un coup de bagnole aller acheter des petits pantalons et des petites robes pas cher ? Et tant pis si c'était fabriqué au Mexique ou au Costa Rica. Une femme fatiguée, à la mise en plis fatiguée, sortit de derrière son comptoir et l'accueillit d'un sourire fatigué. Quand elle lui demanda si elle pouvait l'aider, Dan répondit que oui. Et quand il lui expliqua ce qu'il voulait, elle ouvrit des yeux ronds.

« Je sais que c'est un peu inhabituel, dit-il, mais faites-moi une faveur, je vous en prie. Je vous paierai en espèces. »

Il eut ce qu'il voulait. Dans les petits commerces sinistrés à l'écart des autoroutes, le mot magique fait encore de l'effet.

11

Alors qu'ils approchaient de Denver, Dan contacta Abra. Il ferma les yeux et visualisa la roue que tous deux connaissaient bien désormais. Dans la ville d'Anniston, Abra en fit autant. Ce fut plus facile cette fois. Lorsqu'il les rouvrit, ses yeux tombèrent sur la pelouse des Stone descendant en pente douce vers la Saco River miroitante sous le soleil d'après-midi. Abra ouvrit les siens sur les Rocheuses.

« Ouah, oncle Billy ! Elles sont belles, tu trouves pas ? »

Billy jeta un coup d'œil à l'homme assis à ses côtés. Dan avait croisé les jambes d'une manière qui ne lui ressemblait pas du tout et il balançait doucement le pied. Ses joues avaient repris un peu de couleur et il y avait une petite lueur dans ses yeux qui n'y était pas durant toute leur course vers l'ouest.

« Sûr qu'elles sont belles, ma puce », répondit-il.

Dan sourit et ferma les yeux. Quand il les rouvrit, la bonne santé qu'Abra avait communiquée à son visage s'estompait déjà. *Comme une rose privée d'eau*, songea Billy.

« Alors ?

— *Ping* », répondit Dan. Il sourit encore, mais c'était un sourire fatigué cette fois. « Comme un détecteur de fumée qui a besoin qu'on lui change les piles.

— Tu crois qu'ils l'ont entendu ?

— Je l'espère bien », dit Dan.

12

Rose faisait les cent pas dehors le long de son EarthCruiser quand Charlie le Crack s'amena en courant. Les Vrais avaient pris de la vapeur le matin même, ne gardant qu'une seule cartouche en réserve, et avec tout ce que Rose avait absorbé en solitaire ces derniers jours, elle était trop remontée pour ne serait-ce que penser à s'asseoir.

« Alors ? demanda-t-elle. Donne-moi de bonnes nouvelles.

— Je l'ai chopée, c'est bon comme nouvelle ? » Remonté lui aussi, il attrapa Rose par les bras et la fit tournoyer, cheveux au vent. « Je l'ai *chopée* ! Juste quelques secondes, mais c'était elle !

— T'as vu l'oncle ?

— Non, elle regardait les montagnes à travers le pare-brise. Elle a dit qu'elles étaient belles…

— Pour être belles, elles sont belles », dit Rose. Un grand sourire s'étirait sur ses lèvres. « T'es pas d'accord, Charlie ?

— … et il lui a dit sûr, qu'elles étaient belles. Ils arrivent, Rose ! Ils arrivent vraiment !

— Elle savait que t'étais là ? »

Charlie la lâcha en fronçant les sourcils. « Je saurais pas dire exactement… Grand-Pa Flop aurait su, lui…

— Dis-moi juste ce que tu penses.

— Sans doute que non.

— Ça me suffit. Retourne t'installer dans un endroit tranquille. Où tu peux te concentrer sans être dérangé. Assieds-toi et écoute. Si, ou plutôt *quand* tu la choperas à nouveau, préviens-moi. Je veux pas perdre sa trace si je peux l'éviter. Si t'as besoin de plus de vapeur, demande-moi. J'en ai économisé un peu.

— Non, non, ça va. Je vais écouter. Je vais écouter de *toutes* mes forces ! » Charlie le Crack lâcha un rire un peu fou et repartit au pas de course. Rose pensait qu'il n'avait pas la moindre idée de là où il allait, et elle s'en foutait. Du moment qu'il continuait à écouter.

13

À midi, Dan et Billy étaient au pied des Flatirons. Alors qu'il regardait les Rocheuses se rapprocher, Dan pensa à toutes les années d'errance au cours desquelles il les avait évitées. Ce qui lui rappela un poème qu'il avait lu un jour, qui disait qu'on peut bien passer des années à fuir, à la fin on se retrouve toujours face à soi-même dans une chambre d'hôtel, une ampoule nue au-dessus de la tête et un revolver sur la table.

Comme ils avaient le temps, ils quittèrent l'autoroute et entrèrent dans Boulder. Billy était affamé. Pas Dan… mais il était curieux. Billy arrêta la camionnette sur le parking d'un Subway mais quand il demanda à Dan quel sandwich il voulait, Dan se contenta de secouer la tête.

« T'es sûr ? T'as encore une rude journée devant toi.

— Je mangerai quand tout sera terminé.

— Bon… »

Billy entra dans le Subway se prendre un Poulet Buffalo. Dan contacta Abra. La roue tourna.

Ping.

Quand Billy revint, Dan désigna du menton son sandwich de trente centimètres de long. « Attends cinq minutes avant de l'attaquer. Je veux profiter d'être à Boulder pour vérifier quelque chose. »

Cinq minutes plus tard, ils étaient dans Arapahoe Street. À deux rues du petit quartier interlope des bars et des boîtes, il demanda à Billy de s'arrêter. « Vas-y, tu peux l'attaquer maintenant. J'en ai pas pour longtemps. »

Dan descendit de la camionnette et resta debout sur le trottoir fissuré, à regarder un immeuble de deux étages détérioré portant l'écriteau APPARTEMENTS MEUBLÉS PRIX POUR LES ÉTUDIANTS. La pelouse était pelée. Les mauvaises herbes poussaient entre les fissures du trottoir. Il avait douté que cet endroit existe toujours, croyant qu'Arapahoe serait devenue une rue de copropriétés habitées par des désœuvrés argentés prenant leur *café-latte* chez Starbucks, consultant leur compte Facebook vingt fois par jour et tweettant comme des malades. Mais l'immeuble était là et – d'après ce qu'il pouvait en voir – il avait exactement la même gueule qu'autrefois.

Billy le rejoignit, son sandwich à la main. « On a encore cent vingt bornes à faire, Danno. On ferait mieux de se bouger les fesses.

— T'as raison », dit Dan. Et il continua de regarder l'immeuble à la peinture verte écaillée. Autrefois, un petit garçon avait vécu là ; il s'était assis sur ce même bord de trottoir où Billy Freeman mâchonnait en ce moment son énorme sandwich au poulet. Il attendait que son papa rentre de son entretien d'embauche à l'hôtel Overlook, ce petit garçon. Il avait un planeur en balsa à l'aile cassée. Mais c'était pas grave. Quand son papa rentrerait, il le réparerait avec de la colle et du scotch. Et après, peut-être qu'ils le feraient voler ensemble. Son papa avait été un homme effrayant, mais comme ce petit garçon l'avait aimé !

Dan dit : « J'ai vécu ici avec ma mère et mon père avant qu'on déménage à l'Overlook. Pas terrible, hein ? »

Billy haussa les épaules. « J'ai vu pire. »

Dan aussi, au cours de ses années d'errance. L'appartement de Deenie à Wilmington, par exemple.

Il montra du doigt un endroit vers la gauche. « Il y avait des bars par là. L'un d'eux s'appelait le Tambour Brisé. Il existe peut-être toujours : on dirait que la rénovation urbaine a délaissé ce côté-ci de la ville. Quand mon père et moi on passait devant ce bar, il s'arrêtait toujours pour regarder par la vitre, et je sentais combien il avait soif d'y entrer. Tellement soif que ça *me* donnait soif. J'ai bu pendant de longues années pour étancher cette soif, mais elle peut jamais vraiment être étanchée. Mon père le savait déjà, à l'époque.

— Mais tu l'aimais, j'imagine.

— Oui, je l'aimais », dit-il en fixant toujours l'immeuble d'appartements délabré. Pas terrible, non. Mais Dan ne put s'empêcher de se demander si leurs vies auraient été très différentes s'ils étaient restés vivre là. Si l'Overlook ne les avait pas happés dans ses filets. « Il était bon et mauvais et j'aimais les deux facettes de sa personnalité. Et mon Dieu, je crois que je les aime toujours.

— Toi comme la plupart des gosses, dit Billy. On aime ses parents et on espère toujours le meilleur.

Qu'est-ce qu'on peut faire d'autre ? Allez, viens, Dan. Si on doit faire ce qu'on a à faire, faut qu'on y aille. »

Une demi-heure plus tard, Boulder était derrière eux et ils grimpaient dans les Rocheuses.

CHAPITRE 19

LES GENS-FANTÔMES

1

Malgré l'approche du crépuscule – dans le New Hampshire, tout au moins –, Abra était toujours sur le perron de derrière, les yeux posés sur la rivière. Pippo était tout près, assis sur le couvercle du composteur. Lucy et Dave sortirent et vinrent s'asseoir à ses côtés. John Dalton les regardait depuis la cuisine, une tasse de café froid à la main. Sa sacoche était posée sur le comptoir, mais elle ne contenait rien dont il pourrait se servir ce soir.

« Tu devrais rentrer dîner un peu », dit Lucy. Sachant bien qu'Abra ne voudrait pas – ne pourrait sans doute pas – jusqu'à ce que tout soit fini. Mais on se cramponne au connu. C'était plus facile pour elle que pour sa fille, parce que tout ici paraissait normal et que le danger se trouvait à plus de deux mille kilomètres de là.

Abra avait toujours eu une peau lisse et nette – aussi parfaite que lorsqu'elle était bébé – mais depuis peu, l'acné bourgeonnait autour des ailes de son nez et une vilaine grappe de boutons lui décorait le menton. C'était juste les hormones qui entraient en scène, annonçant le début de la véritable adolescence ; Lucy aurait bien aimé y croire, parce que c'était le cours normal des choses. Mais le stress aussi est cause d'acné. Et puis, il y avait la pâleur de sa fille et ses cernes noirs sous les yeux. Elle paraissait presque aussi malade que Dan lorsque Lucy l'avait vu la dernière fois se hisser avec une lenteur douloureuse dans la camionnette de Mr. Freeman.

« Je peux pas manger maintenant, maman. Pas le temps. Et puis, je vomirais sûrement, de toute façon.

— Encore combien de temps avant que ça commence ? » demanda Dave.

Elle ne les regardait ni l'un l'autre. Ses yeux étaient fixés sur la rivière, mais Lucy savait qu'elle ne la regardait pas vraiment non plus. Elle était loin d'ici, dans un endroit où aucun d'eux ne pouvait l'aider. « Pas longtemps. Vous devriez chacun me faire un bisou et retourner à l'intérieur.

— Mais… », commença Lucy. Puis elle vit Dave lui faire non de la tête. Une seule fois, mais très fermement. Elle soupira, prit une main d'Abra (comme elle était froide !) et posa un baiser sur sa joue gauche. David en posa un sur la droite.

Lucy : « N'oublie pas ce qu'a dit Dan. Si les choses tournent mal…

— Vous devriez rentrer maintenant, tous les deux. Quand ça commencera, je prendrai Pippo dans mes bras. Quand vous me verrez faire ça, vous ne devrez plus m'interrompre. Sous *aucun* prétexte. Vous pourriez faire tuer oncle Dan, et peut-être Billy, aussi. Il se peut que je tombe, comme si je m'évanouissais, mais ça sera pas un évanouissement, alors ne me touchez pas et ne laissez pas Dr John me toucher, non plus. Laissez-moi juste comme ça jusqu'à ce que ça soit fini. Je crois que Dan connaît un endroit où on peut être en sécurité ensemble. »

David dit : « Je ne comprends pas comment un truc pareil peut fonctionner. Cette femme, cette Rose, elle verra bien qu'il n'y a aucune petite fille…

— Vous devez *rentrer* maintenant », dit Abra.

Ils firent ce qu'elle disait. Lucy lança un regard implorant à John ; il ne put que hausser les épaules et secouer la tête. Tous trois se postèrent à la fenêtre de la cuisine, se tenant par les épaules, pour regarder dehors la petite fille assise sur le perron, les bras serrés autour des genoux. Aucun danger d'être vus ; tout était paisible. Mais quand Lucy vit Abra – sa petite fille – attraper Pippo et poser le vieux lapin en peluche sur ses genoux, elle poussa un gémissement. John lui pressa l'épaule. David resserra son bras autour de sa taille et elle se cramponna à sa main avec panique.

Je vous en prie, épargnez ma petite fille. S'il doit arriver quelque chose… quelque chose de grave… faites que cela arrive à ce demi-frère que je n'ai jamais connu. Pas à elle.

« Tout ira bien », dit Dave.

Elle hocha la tête. « Oui, bien sûr. Bien sûr, tout ira bien. »

Ils observaient la fillette sur le perron. Lucy comprit que même si elle l'appelait, Abra ne répondrait pas. Abra n'était plus là.

2

Billy et Dan arrivèrent à l'embranchement pour le camp de base des Vrais dans le Colorado à quatre heures moins vingt, heure des Rocheuses, ce qui leur donnait une avance confortable sur l'horaire. Au-dessus de la route goudronnée, un panneau de bois cintré style entrée de ranch annonçait en lettres pyrogravées BIENVENUE AU BLUEBELL CAMPGROUND ! SÉJOURNE UN PEU PARMI NOUS, ÉTRANGER ! Le panneau en bord de route qui le complétait était nettement moins accueillant : FERMÉ JUSQU'À NOUVEL ORDRE.

Billy dépassa le camp sans ralentir, mais le regard en alerte. « Je vois personne. Même sur les pelouses. Pourtant, j'imagine qu'ils auraient pu poster quelqu'un dans cette petite casemate d'accueil, là. Doux Jésus, Dan, tu as une mine épouvantable.

— Heureusement pour moi, le concours de Mr. America n'aura lieu qu'à la fin de l'année, dit Dan. Dans un kilomètre et demi, peut-être moins. Le panneau indique VUE PANORAMIQUE, AIRE DE PIQUE-NIQUE.

— Et s'ils ont posté quelqu'un là-haut ?

— Non, ils n'ont pas fait ça.

— Comment tu peux en être sûr ?

— Parce que ni Abra ni son oncle Billy ne peuvent savoir que cet itinéraire existe, puisqu'ils ne sont jamais venus ici. Et les Vrais ne connaissent pas mon existence.

— Espérons-le.

— Abra m'a confirmé qu'ils sont tous là où ils sont censés être. Elle a vérifié. Maintenant, tais-toi une minute, Billy. J'ai besoin de réfléchir. »

C'était à Dick Hallorann qu'il avait besoin de penser. Pendant plusieurs années, après leur hiver hanté à l'Overlook, Danny Torrance et Dick Hallorann s'étaient beaucoup parlé. Parfois face à face, le plus souvent d'esprit à esprit. Dan adorait sa mère mais il y avait des choses qu'elle ne pouvait pas comprendre. Comme les coffres-forts, par exemple. Ceux dans lesquels on enfermait les choses dangereuses que le Don attirait parfois. Même si le coup du coffre-fort ne marchait pas à chaque fois. À plusieurs reprises, Dan avait essayé de s'en fabriquer un pour l'alcool, mais ses tentatives s'étaient soldées par de misérables échecs (peut-être parce qu'il *voulait* que ce soient des échecs). Mrs. Massey, par contre… et Horace Derwent…

Il avait maintenant un troisième coffre-fort rangé au fond de son esprit, mais celui-là n'était pas aussi étanche que ceux qu'il s'était fabriqués quand il était petit. Parce que lui-même était moins fort ? Parce que ce que contenait ce coffre n'avait rien à voir avec les revenants qui avaient fait l'erreur de venir le chercher ? Les deux ? Il l'ignorait. Il savait seulement que le coffre-fort fuyait. Et quand il l'ouvrirait, son contenu risquait de le tuer. Mais…

« De quoi parles-tu ? demanda Billy.

— Hein ? » Dan regarda autour de lui. Il avait une main pressée sur le ventre. La douleur était terrible, maintenant.

« Tu viens de dire "On n'a plus le choix". De quoi parles-tu ?

— Peu importe. » Ils étaient arrivés à l'aire de pique-nique et Billy s'engagea sur le chemin. Au bout, une clairière était aménagée avec des tables, des bancs et des fosses à barbecue. Dan trouva que ça ressemblait à Cloud Gap, mais sans la rivière. « Juste une chose… si ça tourne mal, remonte dans ta camionnette et décampe, sur les chapeaux de roue.

— Et tu crois que ça t'aiderait, si je faisais ça ? »

Dan ne répondit pas. Il avait les tripes en feu. En feu.

3

Juste avant quatre heures, ce lundi après-midi de la fin septembre, Rose se dirigea vers le Toit du Monde, accompagnée de Sarey la Muette.

Rose avait enfilé un jean moulant qui mettait en valeur ses longues jambes fuselées. Malgré le froid piquant, Sarey la Muette ne portait qu'une robe-tablier d'un bleu clair quelconque qui ondulait autour de ses maigres mollets. Rose s'arrêta pour consulter une plaque boulonnée à un pilier de granit au pied de la cinquantaine de marches permettant d'accéder à la plate-forme panoramique. Cette plaque indiquait que sur ce site historique s'était dressé l'hôtel Overlook, emporté par les flammes trente-cinq ans auparavant.

« Très puissantes sensations ici, Sarey. »

Sarey hocha la tête.

« Tu sais qu'il y a des sources chaudes où la vapeur sort directement de la terre, tu sais ça, n'est-ce pas ?

— Voui.

— C'est comme ça, ici. » Rose se pencha pour humer l'herbe et les fleurs sauvages. Sous leurs senteurs pointait l'odeur métallique du sang versé. « Fortes émotions : haine, peur, préjudice, luxure. L'écho du crime. Pas de la nourriture – trop ancien – mais régénérant tout de même. Un bouquet capiteux. »

Sarey ne disait rien, mais observait Rose.

« Et cette *chose.* » Rose agita la main en direction des marches abruptes montant à la plate-forme. « On dirait un gibet, tu trouves pas ? Il ne manque que la trappe. »

Toujours rien de la part de Sarey. Du moins à haute voix. Mais sa pensée

(*et la gorde*)

était assez claire.

« Exact, ma chérie, mais l'une de nous sera pendue ici, d'une manière ou d'une autre. Ou moi ou la petite bâtarde qui a mis son nez dans nos affaires. Tu vois ça ? » Rose désignait du doigt une remise verte, à une dizaine de mètres de là.

Sarey fit oui de la tête.

Rose portait une ceinture-banane. Elle l'ouvrit, fouilla à l'intérieur, en sortit une clé, la tendit à Sarey. Celle-ci marcha jusqu'à la remise dans l'herbe haute qui bruissait contre ses mollets. La clé ouvrait un cadenas posé sur la porte. Lorsqu'elle l'ouvrit, le soleil vespéral illumina un espace à peine plus grand qu'un cabinet d'aisances, qui abritait une tondeuse à gazon et un seau en plastique contenant une faucille et un râteau. Une pioche et une pelle étaient appuyées contre le mur du fond. Il n'y avait rien d'autre, et rien derrière quoi se dissimuler.

« Vas-y, entre, dit Rose. Voyons de quoi tu es capable. » *Et avec toute la vapeur que t'as en toi, tu devrais être capable de m'étonner.*

Comme les autres membres des Vrais, Sarey la Muette avait son petit talent.

Elle entra dans la remise, renifla et dit : « Pouffère.

— On s'en fout, de la poussière. Je veux te voir

faire ton petit numéro. Ou plutôt, je ne veux *pas* te voir. »

Car c'était ça, le talent de Sarey. Elle n'était pas capable d'invisibilité (aucun d'eux ne l'était), mais elle savait créer une sorte de *flou* qui s'harmonisait parfaitement avec sa silhouette frêle et son visage quelconque. Elle se tourna vers Rose, puis regarda au sol son ombre maigrichonne. Elle se déplaça – pas de beaucoup, un demi-pas – et son ombre se fondit dans celle projetée par la poignée de la tondeuse. Là, elle s'immobilisa complètement et la remise fut déserte.

Rose ferma les yeux, puis les rouvrit brusquement, et Sarey était là, debout à côté de la tondeuse à gazon, les mains sagement nouées sur son ventre comme une jeune fille timide au bal espérant qu'un garçon l'invite à danser. Rose détourna le regard vers les montagnes au loin, et quand elle le ramena dans la remise, celle-ci était de nouveau déserte – juste un minuscule réduit sans aucun endroit où se cacher. Dans la forte lumière solaire, on ne percevait même pas une ombre. À part celle projetée par la poignée de la tondeuse. À part…

« Rentre ton coude, dit Rose. Je le vois. Juste un peu. »

Sarey la Muette fit ce qu'on lui demandait et, l'espace d'un instant, elle disparut vraiment tout à fait, du moins tant que Rose ne se concentra pas pour la voir. Lorsqu'elle le fit, Sarey était de nouveau là. Mais évidemment, Rose *savait* que Sarey était là. Le moment venu – et il n'allait pas tarder à venir – la petite bâtarde ne le saurait pas.

« Bien, Sarey ! la complimenta-t-elle avec chaleur (avec autant de chaleur que possible). J'aurai peut-être pas besoin de toi. Et si je t'appelle, tu prends la faucille. Pense à Andi en la prenant. D'accord ? »

Au nom d'Andi, les lèvres de Sarey se plissèrent en une moue de tristesse. Elle regarda fixement la faucille dans le seau en plastique et hocha la tête.

Rose s'approcha et prit le cadenas. « Je vais t'enfermer maintenant. La petite bâtarde captera les autres, enfermés dans le Lodge, mais toi, elle te captera pas. J'en suis sûre. Parce que t'es la silencieuse ? Pas vrai ? »

Sarey hocha encore la tête. Elle était la silencieuse, elle l'avait toujours été.

(*et comment leu*)

Rose sourit. « Le cadenas ? T'inquiète pas pour ça. Inquiète-toi de pas bouger. Pas bouger, pas parler. Compris ?

— Voui.

— Et t'as compris pour la faucille ? » Rose n'aurait jamais confié une arme à feu à Sarey, même si la Tribu en avait possédé une.

« La vozille. Voui.

— Si je lui mets sa raclée – et pleine de vapeur comme je suis, ça devrait être une partie de plaisir –, tu ne bouges pas d'ici jusqu'à ce que je t'en fasse sortir. Mais si tu m'entends crier… voyons… si tu m'entends crier *m'oblige pas à te filer ta raclée*, ça voudra dire que j'ai besoin d'aide. Je m'arrangerai pour qu'elle te tourne le dos. Tu sais ce que tu auras à faire alors ? »

(*Ze monte zescayers et*)

Mais Rose secoua la tête. « Non, Sarey. T'auras pas besoin. Je la laisserai jamais arriver en haut de la plate-forme. »

Ça lui ferait mal de perdre toute cette bonne vapeur, encore plus que de ne pas tuer la petite bâtarde de ses mains… après l'avoir fait souffrir… et longtemps. Mais elle ne devait pas jeter la prudence aux orties. La môme était super forte.

« Quels mots tu guetteras, Sarey ?

— M'obize pas filer waclée.

— Et quel mot tu penseras très fort alors ? »

Les yeux à demi cachés sous la frange hirsute flamboyèrent. « Venzance.

— C'est ça. Vengeance pour Andi, assassinée par les amis de la petite bâtarde. Mais seulement si j'ai besoin de toi, parce que je veux lui régler son compte moi-même. » Les poings de Rose se crispèrent, ses ongles creusant un peu plus profondément les croissants incrustés de sang qu'ils avaient déjà imprimés dans ses paumes. « Mais si j'ai besoin de toi, *t'arrives*. T'hésites pas et tu te laisses arrêter par rien. Tu t'arrêtes pas tant que t'as pas planté cette faucille dans son cou et vu la lame ressortir par sa gorge. »

Les yeux de Sarey luirent. « Voui.

— Bien. » Rose l'embrassa, puis ferma la porte et le cadenas. Elle remit la clé dans sa ceinture-banane et s'appuya contre la porte. « Écoute-moi, ma choute. Si tout se passe bien, c'est toi qu'auras la première vapeur. Je te le promets. Et ça sera la meilleure que t'auras jamais eue. »

Rose retourna vers la plate-forme panoramique, inspira plusieurs fois longuement pour se calmer et commença à monter l'escalier.

4

Tête basse, les yeux clos, Dan s'appuyait des deux mains à l'une des tables de pique-nique.

« Faire ça comme ça, c'est de la folie, commenta Billy. Je devrais rester avec toi.

— Tu peux pas. T'as d'autres chats à fouetter.

— Et si tu t'évanouis sur le sentier ? Et même si tu ne t'évanouis pas, comment tu vas venir à bout tout seul de toute cette bande ? À voir ta mine maintenant, tu tiendrais pas deux rounds contre un gosse de cinq ans.

— Je crois que dans pas longtemps, je vais me sentir beaucoup mieux. Beaucoup plus fort, aussi. Vas-y, Billy. Tu te souviens où te garer ?

— Tout au fond du parking, près du panneau qui dit que les gosses mangent gratis quand les équipes du Colorado gagnent.

— C'est ça. » Dan leva la tête et remarqua les lunettes de soleil géantes dont Billy était désormais affublé. « Enfonce bien ta casquette. Jusqu'aux oreilles. Aie l'air jeune.

— Je connais un truc qui me fera paraître encore plus jeune. Si j'arrive encore à le faire, cela dit. »

C'est à peine si Dan l'entendit. « J'ai besoin d'une dernière chose. »

Il se redressa et ouvrit les bras. Billy l'étreignit, avec le désir de le serrer fortement – farouchement – contre lui, mais il n'osa pas.

« Abra a pris une sage décision. Jamais je serais arrivé ici sans toi. Maintenant, va faire ce que tu as à faire.

— Toi aussi, dit Billy. Je compte sur toi à Thanksgiving pour assurer le circuit de Cloud Gap.

— J'adorerais ça, dit Dan. Le plus chouette train électrique qu'un gosse ait jamais eu. »

Billy le regarda partir à pas lents, marchant en direction du panneau à l'autre extrémité de la clairière en se tenant le ventre à deux mains. Il y avait deux flèches en bois. L'une pointée vers l'ouest et le belvédère de Pawnee Lookout. L'autre pointée vers l'est et le bas de la colline. Cette dernière indiquait VERS BLUEBELL CAMPGROUND.

C'est sur ce sentier que Dan s'engagea. Durant un petit moment, Billy put le suivre des yeux à travers le jaune lumineux des feuilles des trembles, marchant lentement, douloureusement, tête baissée pour ne pas trébucher. Puis il disparut.

« Prends soin de mon petit garçon », dit Billy. Il ne savait pas très bien s'il s'adressait à Dieu, ou à Abra, et supposa que ça n'avait pas d'importance : l'un comme l'autre devaient sûrement être trop occupés cet après-midi pour s'enquiquiner avec quelqu'un comme lui.

Il retourna à sa camionnette et, du plateau arrière, retira une petite fille aux yeux fixes de porcelaine bleue et aux boucles blondes rigides. Pas bien lourde ; elle était probablement creuse à l'intérieur. « Comment tu vas, Abra ? J'espère qu'on t'a pas trop secouée là derrière. »

Elle portait un T-shirt des Colorado Rockies et un short bleu. Elle était pieds nus, et pourquoi pas ? Cette petite fille – en réalité un mannequin acheté dans une boutique moribonde de vêtements pour enfants de Martenville – n'avait jamais mis un pied devant l'autre. Mais elle avait des genoux articulés et Billy put l'installer sans peine sur le siège passager de la camionnette. Il boucla sa ceinture de sécurité, commença à fermer la portière, puis essaya de faire bouger son cou. Il pouvait basculer aussi, mais juste un peu. Billy se recula pour juger de l'effet. Pas mal. On aurait dit qu'elle regardait quelque chose sur ses genoux. Ou qu'elle priait peut-être pour recevoir la force de mener la prochaine bataille. Pas mal du tout.

Sauf s'ils avaient des jumelles, bien sûr.

Il remonta dans le camion et attendit, pour laisser le temps à Dan. En espérant qu'il ne s'était pas évanoui quelque part sur le sentier qui descendait au camp.

À cinq heures moins le quart, Billy démarra la camionnette et reprit la route par laquelle il était venu.

5

Malgré la chaleur qui irradiait dans son ventre, Dan conserva un rythme de marche régulier. Il avait l'impression d'avoir un rat enflammé à l'intérieur, un rat qui brûlait tout en lui rongeant les entrailles. Si le sentier avait grimpé au lieu de descendre, jamais il n'y serait arrivé.

À cinq heures moins dix, il déboucha d'une courbe et s'arrêta. Pas très loin devant, les trembles cédaient la place à une étendue de gazon vert très soigné s'étendant en direction de deux courts de tennis. Au-delà des courts, il apercevait la zone de stationnement des camping-cars et une longue bâtisse en rondins : l'Overlook Lodge. Encore au-delà, le terrain remontait. Là où l'Overlook s'était dressé autrefois, une haute plateforme aux allures de portique de lancement de missiles se détachait contre le ciel lumineux. *Roof O' the World*. Le Toit du Monde. En le regardant, la même pensée que celle qui était venue à Rose Claque

(*un gibet*)

traversa l'esprit de Dan. Debout contre le garde-fou, tournée vers le sud et le parking visiteurs, se tenait, découpée à contre-jour, une silhouette isolée. Une silhouette de femme. Le chapeau haut de forme était posé de biais sur sa tête.

(*Abra tu es là*)

(*je suis là*)

Calme, d'après le son de sa voix. Calme, c'était exactement comme ça qu'il la voulait.

(*est-ce qu'ils t'entendent*)

Ces mots déclenchèrent une vague sensation de chatouille : son sourire. Son sourire mauvais.

(*s'ils m'entendent pas c'est qu'ils sont sourds*)

(*tu dois venir avec moi maintenant mais souviens-toi si je te dis de partir* TU PARS)

Elle ne répondit pas et, avant qu'il ait pu le lui répéter, elle était là.

6

Impuissants, les Stone et John Dalton virent Abra s'affaisser sur le côté et se retrouver étendue, la tête sur le plancher du perron, les jambes étalées sur les marches en dessous. Pippo échappa à sa main qui se détendit. Elle ne paraissait ni dormir, ni s'être évanouie. C'était l'horrible avachissement de la profonde inconscience ou de la mort. Lucy bondit en avant. Dave et John la retinrent.

Elle se débattit. « Laissez-moi ! Je dois aller l'aider !

— Vous ne pouvez pas, lui dit John. Seul Dan peut l'aider, maintenant. Ils doivent s'entraider. »

Elle le fixait avec des yeux fous. « Est-ce qu'elle respire au moins ? Est-ce que vous le voyez ?

— Elle respire », dit Dave. Mais il ne réussit même pas à se convaincre lui-même.

7

Lorsque Abra le rejoignit, la douleur se calma pour la première fois depuis Boston. Mais ça ne réconforta Dan que bien peu, car dorénavant, Abra souffrait aussi. Il le voyait sur son visage, mais il voyait aussi l'émerveillement dans ses yeux tandis qu'elle regardait autour d'elle la pièce dans laquelle elle se trouvait. Il y avait des lits superposés, des murs lambrissés de planches de pin noueuses, et un tapis brodé de cactus et d'armoise de l'Ouest. Le tapis et la couchette inférieure disparaissaient presque sous un fouillis de jouets d'enfant. Sur un petit bureau dans le coin étaient étalés des livres et un puzzle à grandes pièces. Dans l'angle du fond, un radiateur cliquetait et sifflait.

Abra se dirigea vers le bureau et souleva l'un des livres. Sur la couverture, une petite fille en tricycle pédalait, poursuivie par un jeune chien. Le titre du livre était *J'apprends à lire en m'amusant avec Dick et Jane.*

Dan la rejoignit avec un sourire rêveur. « La petite fille sur la couverture, c'est Sally. Dick et Jane, c'est son frère et sa sœur. Et le nom du chien, c'est Jip.

Pendant quelque temps, ils ont été mes meilleurs amis. Mes seuls amis, d'ailleurs. À part Tony, bien sûr. »

Elle reposa le livre et se tourna vers lui. « C'est *quoi*, Dan, cet endroit où on est ?

— Un souvenir. Il y avait un hôtel ici autrefois, et ça, c'était ma chambre. Aujourd'hui, c'est un endroit où nous pouvons être ensemble. Tu sais, la roue qui tourne quand tu te glisses dans quelqu'un d'autre ?

— Mmm-mmm…

— Ça, c'est le centre. Le moyeu de la roue.

— J'aimerais qu'on puisse rester ici. On s'y sent… en sécurité. À part ces trucs-*là*. » Abra désignait les portes-fenêtres et leurs longs panneaux vitrés. « Elles dégagent une impression différente. » Elle lui lança un regard presque accusateur. « Elles n'y étaient pas avant, hein ? Quand tu étais petit.

— Non. Ma chambre n'avait pas de fenêtre, et la seule porte donnait dans l'appartement du gardien. J'ai modifié ça. Il le fallait. Tu comprends pourquoi ? »

Elle le dévisagea, les yeux graves. « Parce que c'était autrefois et que maintenant c'est aujourd'hui. Parce que le passé n'est plus, même s'il définit le présent. »

Dan sourit. « Je n'aurais pu mieux le dire.

— Tu n'avais pas besoin de le dire. Tu l'as pensé. »

Il l'attira vers ces portes-fenêtres qui n'avaient jamais existé. À travers les vitres, on apercevait la pelouse, les courts de tennis, l'Overlook Lodge et le Toit du Monde.

« Je la vois, souffla Abra. Elle est là-haut, et elle ne regarde pas vers ici, n'est-ce pas ?

— Elle n'a pas intérêt, dit Dan. Ça va, tu ne souffres pas trop ?

— Si, reconnut-elle. Mais je m'en fous. Parce que… »

Elle n'eut pas à finir. Il savait, et elle sourit. Cette complicité, c'était ce qu'ils avaient, leur atout, et malgré la douleur qui allait avec – toutes sortes de douleurs –, c'était bon. Très bon.

« Dan ?

— Oui, Abby.

— Il y a des gens-fantômes, par ici. Je ne les vois pas, mais je les sens. Et toi ?

— Oui. » Il les avait sentis pendant des années. Parce que le passé définit le présent. Il lui passa un bras autour des épaules, et son bras à elle se glissa autour de sa taille.

« Qu'est-ce qu'on fait, maintenant ?

— On attend Billy. En espérant qu'il soit à l'heure. Et puis, tout va s'enchaîner très vite.

— Oncle Dan ?

— Quoi, Abra ?

— Qu'est-ce que tu as à l'intérieur de toi ? Ce n'est pas un fantôme. C'est comme… » Il la sentit frissonner. « C'est comme un *monstre*. »

Il ne répondit pas.

Elle se redressa et s'écarta. « Regarde ! Là-bas ! »

Une vieille camionnette Ford entrait en bringuebalant dans le parking visiteurs.

8

Debout sur la plate-forme du belvédère, les deux mains en appui sur le garde-fou à hauteur de ceinture, Rose scrutait le petit camion qui venait d'entrer dans le parking. La vapeur avait acéré sa vision, mais elle regrettait quand même de ne pas avoir emporté une paire de jumelles. Il devait y en avoir dans la réserve pour les visiteurs qui souhaitaient observer les oiseaux, alors pourquoi n'y avait-elle pas pensé ?

Parce que tu avais mille autres choses en tête. La maladie... les rats quittant le navire... la perte de Skunk aux mains de la petite bâtarde...

Oui, tout ça – oui, oui, oui – mais elle aurait quand même dû y penser. Un instant, elle se demanda ce qu'elle avait bien pu oublier d'autre, mais elle chassa cette pensée. Elle était encore maîtresse de la situation, chargée de vapeur jusqu'à la gueule, et au sommet de sa forme. Tout se déroulait exactement comme prévu. Bientôt, la fillette monterait jusqu'ici, parce qu'elle était pleine de cette stupide confiance adolescente et bouffie d'orgueil pour ses propres compétences.

Mais je domine la situation, ici, de tout un tas de façons. Si je peux pas te régler ton compte toute seule, je me servirai du reste de la Tribu. Ils sont tous ensemble dans la pièce principale parce que tu trouvais que c'était une super idée. Mais il y a quelque chose que tu as oublié de prendre en considération. Lorsque nous sommes tous ensemble, nous sommes liés, nous sommes vraiment un Nœud, et cela nous transforme en une batterie géante. Une super puissance sur laquelle je peux me brancher si besoin est.

Si tout le reste échouait, il resterait Sarey la Muette. Elle aurait la faucille à la main. C'était peut-être pas une lumière, mais elle était sans pitié, meurtrière, et – une fois qu'elle avait pigé le boulot – complètement obéissante. Et puis, elle avait ses propres raisons pour vouloir la petite bâtarde raide morte par terre au pied de la plate-forme.

(*Charlie*)

Charlie le Crack lui répondit aussi sec, et même si en temps normal c'était pas un émetteur terrible, là – amplifié par les autres dans la salle principale du Lodge – il lui parvint, sonore et clair, et quasi débordant d'excitation.

(*je la capte bien fort et régulier on la capte tous elle doit être vraiment tout près tu dois la sentir*)

Rose la sentait, même si elle continuait à batailler dur pour garder son esprit hermétiquement clos afin que la petite bâtarde ne puisse y entrer et la perturber.

(*t'occupe pas de moi dis juste aux autres de se tenir prêts si j'ai besoin d'aide*)

De nombreuses voix lui parvinrent en retour, se couvrant les unes les autres. Ils étaient tous prêts. Même ceux qui étaient malades étaient prêts à l'aider autant qu'ils le pouvaient. Elle les aima pour ça.

Rose gardait les yeux fixés sur la fillette blonde assise dans la camionnette. Elle avait la tête baissée. Parce qu'elle lisait ? Parce qu'elle se concentrait avant la bataille ? Priait le Dieu des Pecnos, peut-être ? Qu'importe.

Arrive, petite bâtarde. Monte voir tata Rose.

Mais c'est l'oncle qui descendit. Tout comme la petite bâtarde l'avait dit. Pour vérifier. Il contourna le capot de la camionnette, à pas lents, inspectant de tous les côtés. Il se pencha à la vitre du passager, dit quelque chose à la fillette, puis s'éloigna un peu de la camionnette. Il regarda en direction du Lodge, se tourna vers la plate-forme dressée contre le ciel… et agita le bras. Le toupet de ce bougre. Il la saluait, rien que ça.

Rose ne répondit pas. Elle fronçait les sourcils. Un oncle. Pourquoi les parents avaient-ils envoyé un oncle au lieu d'amener eux-mêmes leur petite bâtarde de fille ? Quand on y réfléchissait, pourquoi même l'avaient-ils autorisée à venir ?

Elle les a convaincus que c'était la seule façon. En leur disant que si elle ne venait pas à moi, c'était moi qui irais à elle. Voilà pourquoi, et ça se tient.

Ça se tenait, mais son impression de malaise allait grandissant. Elle avait laissé la petite bâtarde établir les règles de base. De ce point de vue, tout au moins, Rose s'était laissé manipuler. Elle avait consenti parce qu'elle était sur son propre terrain et qu'elle avait pris ses précautions, mais surtout parce qu'elle s'était laissé entraîner par la fureur. Une vache de fureur.

Elle fixait intensément l'homme debout dans le parking. Il avait recommencé à déambuler, regardant à droite et à gauche, s'assurant qu'elle était seule. Parfaitement raisonnable, c'était ce qu'elle-même aurait fait, mais elle était de plus en plus persuadée que ce que ce type faisait, en réalité, c'était gagner du temps, même si la raison pour laquelle il pouvait vouloir faire ça la dépassait complètement.

Rose scruta plus intensément, maintenant concentrée sur la démarche de l'homme. Elle pensa alors qu'il n'était pas aussi jeune qu'elle l'avait cru tout d'abord. En fait, il marchait, comme un type loin d'être jeune. Comme s'il avait bien plus qu'un début d'arthrite. Et pourquoi la fillette restait-elle aussi immobile ?

Rose ressentit sa première vraie palpitation d'alarme.

Quelque chose n'allait pas, là.

9

« Elle regarde Mr. Freeman, dit Abra. On devrait y aller. »

Il ouvrit les portes-fenêtres, mais hésita. Quelque chose dans sa voix. « Qu'est-ce qui ne va pas, Abra ?

— Je sais pas. Peut-être rien, mais j'aime pas ça. Elle le regarde vraiment *durement*. Il faut qu'on y aille tout de suite.

— Je dois d'abord faire quelque chose. Tâche de te tenir prête, et n'aie pas peur. »

Dan ferma les yeux et se rendit dans la réserve au fond de son esprit. Des coffres-forts réels auraient été couverts de poussière après toutes ces années, mais les deux qu'il y avait rangés quand il était petit étaient aussi intacts qu'au premier jour. Et pourquoi pas ? Ils étaient faits de pure imagination. Le troisième – le tout nouveau – était nimbé d'une fine aura et Dan pensa : *Pas étonnant que je sois malade.*

Mais peu importe. Celui-là devrait patienter encore un peu. Dan ouvrit le plus ancien des deux autres, s'attendant à tout, et ne trouva… rien. Ou presque rien. Dans le coffre-fort qui, durant trente-deux ans, avait contenu Mrs. Massey, ne restait qu'un tas de cendres brunes. Mais dans l'autre…

Il s'aperçut trop tard combien il avait été stupide de lui dire de ne pas avoir peur.

Abra poussa un cri strident.

10

Sur le perron de derrière de la maison d'Anniston, Abra commença à convulser. Ses jambes étaient parcourues de spasmes ; ses pieds battaient le tambour sur les marches ; une main – agitée de soubresauts comme un poisson agonisant sur la berge – expédia dans les airs le malheureux Pippo dépenaillé.

« *Qu'est-ce qui se passe ?* » hurla Lucy.

Elle se précipita vers la porte. David était figé – paralysé par la vision de sa fille prise de convulsions – mais John ceintura Lucy de son bras droit et referma le gauche autour de son buste. Elle se cabra contre lui. « Lâchez-moi ! Il faut que j'aille la voir !

— Non ! s'écria John. *Non, Lucy, surtout pas !* »

Elle se serait libérée, mais David maintenant la tenait, lui aussi.

Elle se résigna, prenant d'abord John à témoin : « Si elle meurt sur ces marches, je vous promets que vous irez en prison. » Puis son regard – dur et hostile – se posa sur son mari. « Quant à toi, je ne te pardonnerai jamais.

— Elle se calme », dit John.

Sur le perron, les tremblements d'Abra s'apaisèrent, puis cessèrent. Mais ses joues étaient mouillées et des larmes filtraient sous ses paupières closes. Dans la lumière du jour mourant, elles brillaient, suspendues à ses cils comme des joyaux.

11

Dans la chambre d'enfant de Danny Torrance – pièce aujourd'hui faite seulement de souvenirs –, Abra se cramponnait à Dan, le visage pressé contre sa poitrine. Lorsqu'elle parla, ce fut d'une voix assourdie : « Le monstre… il est parti ?

— Oui, dit Dan.

— Tu le jures sur le nom de ta mère ?

— Oui. »

Elle leva la tête, le regardant d'abord pour s'assurer qu'il disait la vérité, puis osant parcourir la pièce des yeux. « Ce *sourire.* » Elle frémit.

« Oui, dit Dan. Je pense… qu'il est content d'être rentré chez lui. Ça va aller, Abra ? Parce qu'il faut qu'on y aille, maintenant. C'est l'heure.

— Oui, ça va. Mais s'il… s'il… revient ? »

Dan pensa au coffre-fort. Il l'avait ouvert, mais pouvait tout aussi aisément le refermer. Surtout avec Abra pour l'aider. « Je ne crois pas qu'il… que *ça*… que nous l'intéressions beaucoup. Allez, viens, Abby. Et souviens-toi : si je te dis de repartir dans le New Hampshire, tu *pars*. »

Encore une fois, elle ne répondit pas, mais l'heure n'était plus à la discussion. L'heure était à l'action. Il franchit les portes-fenêtres, Abra à ses côtés, mais dès qu'elle fut dehors, sa forme perdit la solidité qu'elle avait assumée dans la chambre faite de souvenirs et recommença à vaciller.

Ici, elle-même est quasiment une personne-fantôme, pensa Dan. C'est là qu'il mesura vraiment les risques qu'elle avait accepté de prendre. Et il se demanda non sans angoisse quelle maîtrise elle avait encore de son propre corps en cet instant.

Marchant rapidement – mais sans courir, cela aurait attiré l'attention de Rose et ils avaient une petite centaine de mètres à parcourir avant que l'arrière de l'Overlook Lodge ne les masque à la vue de la plate-forme panoramique –, Dan et sa petite compagne-fantôme traversèrent la pelouse et s'engagèrent dans le sentier pavé qui passait entre les deux courts de tennis.

Ils atteignirent l'arrière de la cuisine et, enfin, la masse du Lodge s'interposa entre eux et la plate-forme. Là, on percevait le ronron régulier d'un extracteur d'air et l'odeur de viande avariée des poubelles. Dan essaya la porte, qui n'était pas verrouillée, mais il suspendit son geste une seconde avant de l'ouvrir.

(*est-ce qu'ils sont tous*)

(*oui tous sauf Rose elle dépêche-toi Dan fais vite parce que*)

Les yeux d'Abra, papillotant comme ceux d'un enfant dans un vieux film en noir et blanc, s'agrandirent de stupeur. « Elle sait qu'il y a un truc qui va pas. »

12

Rose reporta son attention sur la petite bâtarde, toujours assise à la place du mort dans la camionnette, tête baissée, aussi immobile qu'un cadavre. Abra ne regardait pas son oncle – si tant est qu'il *fût* son oncle – ni ne faisait aucun geste pour descendre de voiture. L'alarmomètre dans la tête de Rose passa du Jaune Danger au Rouge Péril.

« Hé ! » La voix monta jusqu'à elle, flottant dans les airs : « Hé, toi, vieille peau ! Regarde ça ! »

Elle tourna brusquement les yeux vers l'homme debout dans le parking et, éberluée, le vit lever les bras au-dessus de la tête et exécuter une roue mal assurée. Elle se dit qu'il allait atterrir sur le cul, mais tout ce qui tomba par terre, ce fut sa casquette. Révélant de fins cheveux blancs d'homme de soixante-dix ans bien sonnés. Peut-être même quatre-vingts.

Rose regarda de nouveau la fille, toujours parfaitement immobile, tête baissée dans la camionnette. Elle ne manifestait aucun intérêt pour les pitreries de son oncle. Soudain, la lumière se fit et Rose pigea ce qu'elle aurait vu tout de suite si le truc n'avait pas été aussi grossier : c'était un mannequin !

Mais elle est ici ! Charlie le Crack la capte, tous dans le Lodge la captent, ils sont tous ensemble et ils savent...

Tous ensemble dans le Lodge. Tous ensemble au même endroit. Et est-ce que ça, c'était l'idée de Rose ? Non. Ça, c'était l'idée de la…

Rose fonça vers l'escalier.

13

Les membres restants du Nœud Vrai étaient tous massés aux deux fenêtres donnant sur le parking et ils virent Billy Freeman faire la roue pour la première fois depuis bien quarante ans (et encore, la dernière fois qu'il s'était livré à cet exploit, il était ivre). Petty la Noiche rit carrément aux éclats. « Bonté divine, c'est quoi ce… »

Le dos tourné à la porte de la cuisine, ils ne virent pas Dan entrer dans la pièce ni la fille-fantôme qui vacillait, apparaissant et disparaissant par intermittence à ses côtés. Dan eut le temps de repérer deux tas de vêtements informes sur le sol et de comprendre que la rougeole de Bradley Trevor était toujours à l'œuvre et virulente. Puis il retourna en lui-même, y descendit profondément et trouva le troisième coffre-fort – celui qui fuyait. Il l'ouvrit brusquement.

(*Dan qu'est-ce que tu fais*)

Penché en avant, les mains posées sur le haut des cuisses, l'estomac bouillonnant comme du métal en fusion, il exhala le dernier souffle de la vieille poétesse, celui qu'elle lui avait généreusement offert dans un baiser d'agonie. De sa bouche jaillit une longue volute de brume rose qui vira au rouge au contact de l'air. Au début, il put seulement se concentrer sur le divin soulagement qu'il ressentait au milieu de son corps alors que les restes empoisonnés de Concetta Reynolds le quittaient.

« *Momo !* » hurla Abra.

14

Sur la plate-forme, les yeux de Rose s'agrandirent. La petite bâtarde était dans le Lodge.

Et quelqu'un l'accompagnait.

Sans réfléchir plus longtemps, elle s'engouffra dans ce nouvel esprit. Cherchant. Fouillant. Ignorant les signaux avertisseurs de grosse vapeur, cherchant seulement à l'empêcher de commettre l'acte, elle ignorait lequel, qu'il avait l'intention de commettre.

Rejetant la terrible possibilité qu'il puisse être déjà trop tard.

15

Au cri d'Abra, les Vrais se retournèrent. Quelqu'un – c'était Long Paul – dit : « Bordel, c'est quoi ce *truc* ? »

La brume rouge s'agrégea en une forme féminine. Une seconde – assurément pas davantage –, Dan regarda dans les yeux tourbillonnants de Concetta et vit qu'ils étaient jeunes. Encore faible, absorbé par le spectre, il ne perçut pas l'intruse qui s'était introduite dans son esprit.

« *Momo !* » hurla Abra pour la seconde fois. Elle lui tendait les bras.

Peut-être la femme dans le nuage l'avait-elle regardée ? Peut-être même lui avait-elle souri ? Puis la forme de Concetta Reynolds se dissipa et la brume roula vers le Nœud qui s'était resserré, plusieurs de ses membres se cramponnant les uns aux autres avec stupeur et effroi. Aux yeux de Dan, la substance rouge ressemblait à du sang tourbillonnant se mêlant à l'eau.

« C'est de la vapeur, leur dit-il. C'est de ça que vous avez vécu, bande de salopards ; maintenant, absorbez celle-là et crevez. »

Dès la conception du plan, il avait su que si les choses ne se produisaient pas très vite à ce moment-là, il n'aurait jamais la chance de vivre pour mesurer sa réussite, mais jamais il n'aurait imaginé que tout se déroulerait aussi rapidement. La rougeole, qui les avait déjà affaiblis, dut y contribuer car certains résistèrent un peu plus longtemps que d'autres. Mais néanmoins tout fut terminé en quelques secondes.

Il les entendit hurler dans sa tête comme des loups à l'agonie. Ce bruit l'épouvanta, mais nullement sa compagne.

« *Bien fait !* » hurla Abra. Elle agita les poings. « *Vous trouvez ça bon ? Elle a bon goût, ma Momo ? Elle est bonne ? Mangez-en tant que vous voudrez ! ELLE EST TOUTE POUR VOUS !* »

Ils commencèrent à cycler. À travers la brume rouge, Dan en vit deux s'étreindre, front contre front, et malgré tout ce qu'ils avaient fait – malgré tout ce qu'ils étaient –, cette vision l'émut. Il vit les lèvres de Popote Eddie former les mots *je t'aime* ; vit Mo Ka commencer à répondre ; puis ils disparurent et leurs vêtements flottants tombèrent sur le sol. C'est vous dire à quel point ce fut rapide.

Dan se tourna vers Abra pour lui dire qu'ils devaient en finir au plus vite, mais c'est alors que les cris stridents de Rose Claque retentirent et, durant quelques secondes – jusqu'à ce qu'Abra puisse la neutraliser –, ses cris de rage et de chagrin dément oblitérèrent tout le reste pour lui, y compris le super soulagement d'être libéré de la souffrance. Et, espérait-il avec ferveur, du cancer aussi. Mais de cela, il ne serait vraiment sûr que lorsqu'il pourrait se regarder dans une glace.

16

Rose était encore en haut des marches quand la brume tueuse déferla sur le Nœud Vrai, les restes de la Momo d'Abra accomplissant rapidement leur œuvre létale.

Un éclair blanc d'agonie la foudroya. Des hurlements fusèrent dans sa tête comme des obus. Les cris des Vrais mourant rendaient ceux de Skunk et des trois de Cloud Gap insignifiants par comparaison. Rose tituba, comme sonnée par un gourdin. Elle heurta le garde-fou, rebondit et tomba à la renverse sur les lames de bois. Quelque part au loin, une femme – une vieille femme, vu le tremblement de sa voix – psalmodiait *non, non, non, non, non.*

C'est moi. Ce doit être moi, puisqu'il ne reste que moi.

Ce n'était pas sur la fillette que s'était refermé le piège de l'excès de confiance mais sur Rose elle-même. Elle pensa à quelque chose

(*sauter avec ton propre pétard*)

que la petite bâtarde avait dit. Elle en brûlait de rage et de confusion. Ses vieux amis et compagnons de voyage de longue date étaient morts. Empoisonnés. Mis à part les lâches qui avaient déserté, Rose Claque était la dernière du Nœud Vrai.

Mais non, voyons, ce n'était pas vrai. Il restait Sarey.

Affalée sur le belvédère et grelottant sous le ciel froid de la fin d'après-midi, Rose chercha à la capter.

(*Sarey t'es encore*)

La pensée qui lui fut retournée était emplie d'horreur et de confusion.

(*oui mais Rose ils sont sont-ils*)

(*t'occupe souviens-toi juste Sarey est-ce que tu te souviens*)

(*m'oblige pas à te filer ta raclée*)

(*bien Sarey bien*)

Si la fillette ne détalait pas… si elle commettait l'erreur d'essayer de terminer son travail meurtrier de la journée…

Elle essaierait. Rose en était sûre et elle en avait assez aperçu dans l'esprit du compagnon de la petite bâtarde pour savoir deux choses : comment ils avaient accompli ce massacre et comment leur connexion même pouvait être retournée contre eux.

La rage est puissante.

Les souvenirs d'enfance aussi.

Elle se remit péniblement sur ses pieds, replaça sans même réfléchir son chapeau sur sa tête selon l'angle hardi requis, et se dirigea vers le garde-fou. Le type à la camionnette rouge avait les yeux levés vers elle mais c'est à peine si elle lui accorda un regard. Son petit travail de traîtrise était accompli. Elle s'occuperait peut-être de lui plus tard, mais pour l'heure elle n'avait d'yeux que pour l'Overlook Lodge. La fillette s'y trouvait, mais elle était très loin aussi. Sa présence physique au camping des Vrais n'était guère plus qu'un spectre. Celui qui était intégralement là – un individu réel, un pecno – était un homme qu'elle n'avait jamais vu auparavant. Et c'était une tronche-à-vapeur. Sa voix dans sa tête était froide et claire.

(*salut Rose*)

Il existait un endroit tout proche où la fillette cesserait d'apparaître et de disparaître. Où elle endosserait son corps physique. Et où elle pourrait être éliminée. Que Sarey s'occupe de l'homme tronche-à-vapeur, mais pas avant que le tronche-à-vapeur se soit occupé de la petite bâtarde.

(*salut Danny salut p'tit garçon*)

Chargée de vapeur jusqu'à la gueule, elle pénétra en lui et, d'un revers, le chassa vers le moyeu de la roue, entendant à peine le cri de stupeur et de terreur d'Abra lorsqu'elle se retourna pour le suivre.

Et lorsque Dan fut là où Rose le voulait, un instant trop surpris pour maintenir sa garde, elle lui insuffla toute sa fureur. La lui insuffla comme de la vapeur.

CHAPITRE 20

MOYEU DE LA ROUE, TOIT DU MONDE

1

Dan Torrance ouvrit les yeux. Le soleil s'y engouffra, transperçant son crâne douloureux, menaçant de mettre à feu son cerveau. Gueule de bois de première. Un ronflement bruyant à côté de lui : bruit désagréable et écœurant qui ne pouvait venir que d'une nana bourrée cuvant sa cuite du mauvais côté de l'arc-en-ciel. Dan tourna la tête et vit la femme étalée sur le dos près de lui. Vision vaguement familière. Cheveux bruns répandus autour d'elle comme un halo. Vêtue d'un T-shirt trop grand des Braves d'Atlanta.

C'est pas réel. Je suis pas ici. Je suis dans le Colorado. Je suis sur le Toit du Monde et je dois en finir.

La femme roula sur le côté, ouvrit les yeux et le regarda. « Ouille, ma tête, dit-elle. Va me chercher un peu de cette coke, papa. Elle est dans le salon. »

Il la fixa avec stupeur et une fureur grandissante. Une fureur qui semblait surgie de nulle part, mais est-ce que ça n'avait pas été toujours le cas ? C'était sa marque de fabrique, une devinette enveloppée d'une énigme. « Quelle coke ? Qui a acheté de la coke ? »

Elle eut un rictus qui révéla une bouche ne contenant qu'une seule dent jaunie. Alors il comprit qui elle était. « *Toi*, papa. Allez, va me la chercher. Dès que ma tête ira mieux, je te promets une baise d'enfer. »

Ça alors, voilà qu'il était de nouveau dans cet appartement pouilleux de Wilmington, à poil, à côté de Rose Claque.

« Comment vous avez fait ? Comment je suis arrivé ici ? »

Elle rejeta la tête en arrière en riant. « T'aimes pas cet endroit ? Tu devrais : je l'ai meublé à partir du modèle que t'as dans la tête. Maintenant, fais ce que je t'ai demandé, trouduc'. Va me chercher cette foutue coke.

— Où est Abra ? Qu'avez-vous fait à Abra ?

— Je l'ai tuée, dit Rose d'un ton indifférent. Elle était si inquiète pour toi qu'elle en a baissé sa garde alors je l'ai éventrée de haut en bas. J'ai pas pu lui sucer autant de vapeur que j'aurais voulu, mais j'en ai eu… »

Le monde vira au rouge. Dan referma les mains autour de sa gorge et commença à l'étrangler. Une seule pensée tambourinait dans sa tête : *misérable salope, maintenant tu vas la prendre ta raclée, misérable salope, tu vas la prendre ta médecine, misérable salope, tu vas prendre toute la dose.*

2

Le tronche-à-vapeur était puissant, mais il avait rien, comparé au jus de la môme. Il se leva, jambes écartées, tête rentrée dans les épaules, poings en avant – la posture de tous les hommes qui ont un jour perdu leur sang-froid et cédé à une rage meurtrière. La colère rend les hommes simples comme bonjour.

Impossible de suivre ses pensées, cependant, car elles avaient viré au rouge. Mais c'était pas grave, puisque la môme se trouvait exactement là où Rose la voulait. Dans son état de choc et de perplexité, Abra avait suivi l'homme jusqu'au moyeu de la roue. Elle serait plus ni choquée ni perplexe très longtemps, de toute façon : la petite Bâtarde Choquée était maintenant la petite Bâtarde Étranglée. Et bientôt elle serait la petite Bâtarde Crevée : sautée avec son propre pétard.

(*Oncle Dan non non arrête c'est pas elle*)

C'est elle, pensa Rose, intensifiant la pression. Sa dent glissa hors de sa bouche et transperça sa lèvre inférieure. Du sang dégoulina sur son menton et son haut. Elle ne le sentit pas plus qu'elle ne sentait la brise des montagnes souffler dans la masse sombre de ses cheveux. *Si,* c'est *moi. Tu étais mon petit papa, mon petit papa de salle de bar, je t'ai fait vider ton porte-monnaie pour un tas de mauvaise coke, et maintenant c'est le lendemain matin et j'ai besoin de me prendre ma raclée. Ma médecine. C'est ça que tu voulais faire quand tu t'es réveillé à côté de la pute soûle de Wilmington, c'est ce que* t'aurais fait *si t'avais eu des couilles. Sans oublier aussi son petit bâtard inutile. Ton père savait comment traiter les femmes désobéis-*

santes et stupides, et son père avant lui aussi. Parfois, une femme a juste besoin de prendre sa raclée. Sa méde...

Un grondement de moteur approchait. Mais ce n'était pas plus important que la douleur dans sa lèvre et le goût du sang dans sa bouche. La môme s'étouffait, râlait. Puis une pensée aussi assourdissante qu'un coup de tonnerre lui explosa dans la cervelle, un rugissement de bête blessée :

(*MON PÈRE SAVAIT RIEN !*)

Rose se débattait encore pour chasser ce cri de son esprit quand la camionnette de Billy Freeman emboutit la base de la plate-forme, lui faisant perdre l'équilibre. Son chapeau tomba et roula.

3

C'était pas l'appartement de Wilmington. C'était sa chambre d'autrefois à l'hôtel Overlook : le moyeu de la roue. Et la femme près de qui il s'était réveillé dans cet appartement miteux ce n'était pas Deenie, et c'était pas Rose non plus.

C'était Abra. Il avait les mains autour de son cou et elle avait les yeux qui lui sortaient de la tête.

Une seconde, elle recommença à se transformer quand Rose tenta de s'insinuer de nouveau en lui, lui insufflant sa rage et augmentant la sienne. Puis quelque chose se produisit et elle disparut. Mais elle reviendrait.

Abra toussait et le dévisageait. Il se serait attendu à la voir sous le choc, mais pour une gamine qui venait presque de mourir étranglée, elle semblait singulièrement calme.

(*bon… on savait que ç'allait pas être facile*)

« Je ne suis pas mon père ! lui cria Dan. *Je ne suis pas mon père !*

— C'est sûrement tant mieux, alors », dit Abra. Elle souriait, dis donc. « T'as un foutu caractère, oncle Dan. Je crois bien qu'on est *vraiment* parents.

— J'ai failli te tuer, dit Dan. Ça suffit, maintenant. Il est temps que tu rentres. Retourne dans le New Hampshire immédiatement. »

Elle secoua la tête. « Je vais devoir y aller – pour un tout petit moment, pas longtemps –, mais là tout de suite t'as besoin de moi.

— Abra, c'est un ordre. »

Elle croisa les bras et resta plantée sur le tapis au cactus.

« Oh, zut. » Il se passa les deux mains dans les cheveux. « T'es un sacré numéro. »

Elle lui prit la main. « On va finir ensemble ce qu'on a commencé. Allez, viens. Sortons de cette chambre. Je suis pas sûre de l'aimer, de toute façon. »

Leurs doigts s'entrelacèrent et la chambre où il avait vécu étant enfant se dissipa.

4

Dan eut le temps d'enregistrer que le capot de la camionnette de Billy était enroulé autour d'un des piliers de la tour du Toit du Monde et que son radiateur explosé fumait. Il vit la version mannequin d'Abra pendue à la fenêtre côté passager, un bras en plastique incliné avec désinvolture derrière elle. Il vit Billy lui-même tentant d'ouvrir la portière froissée côté conducteur. Du sang dégoulinait sur le visage du vieil homme.

Quelque chose prit sa tête dans un étau. Des mains puissantes la lui tordaient, tentant de lui rompre le cou. Puis les mains d'Abra furent là, arrachant celles de Rose. Elle la regardait d'en bas. « Tu vas devoir faire mieux que ça, lâche vieille pétasse. »

Appuyée au garde-fou, Rose la regardait d'en haut tout en rajustant son affreux chapeau selon l'angle correct. « T'as aimé les mains de ton oncle autour de ton cou ? Quels sont tes sentiments envers lui maintenant ?

— C'était vous, c'était pas lui. »

Rose eut un rictus, sa bouche sanglante béa. « Pas du tout, chère. Je me suis juste servie de ce qu'il avait en lui. Tu devrais le savoir, tu es exactement pareille. »

Elle essaie de nous distraire, songea Dan. *Mais de quoi ? De ça ?*

C'était un petit bâtiment vert – peut-être des cabinets d'extérieur ou une remise de jardin.

(*peux-tu*)

Dan n'eut pas à terminer sa pensée. Abra se tourna vers la remise et la fixa intensément. Le cadenas grinça, s'ouvrit d'une secousse et tomba dans l'herbe. La porte tourna sur ses gonds. La remise était vide, exception faite de quelques outils et d'une vieille tondeuse. Dan croyait avoir perçu quelque chose là-dedans, mais ça devait juste être ses nerfs à vif. Lorsque tous deux relevèrent les yeux, Rose n'était plus en vue. Elle s'était écartée du garde-fou.

Billy réussit enfin à ouvrir sa portière. Il descendit de sa camionnette, tituba, parvint à ne pas tomber.

« Danny ? Tu n'as rien ? » Puis : « C'est Abra avec toi ? Doux Jésus, elle est à peine là !

— Écoute, Billy. Tu peux marcher jusqu'au Lodge ?

— Je crois que oui. Que sont devenus les gens qui s'y trouvaient ?

— Disparus. Je pense que ce serait une très bonne idée si tu y allais *maintenant.* »

Billy ne discuta pas. Il partit vers le bas de la pente, faisant des embardées comme un poivrot. Du doigt, Dan montra l'escalier menant au belvédère et leva des sourcils interrogateurs. Abra secoua la tête

(*c'est ce qu'elle veut*)

et, conduisant Dan, commença à contourner le Toit du Monde, jusqu'à ce qu'ils puissent voir le sommet du gibus de Rose. La petite remise de jardin se trouvait maintenant dans leur dos, mais Dan ne s'en souciait plus maintenant qu'il avait vu qu'elle était vide.

(*Dan je dois repartir une toute petite minute je dois rafraîchir ma*)

Une image se dessina dans son esprit : un champ de tournesols s'ouvrant tous en même temps. Il fallait qu'elle prenne soin de son être physique, et c'était bien. C'était normal.

(*vas-y*)

(*je reviens dès que*)

(*vas-y Abra ça ira*)

Et avec un peu de chance, tout serait terminé quand elle reviendrait.

5

À Anniston, John Dalton et les Stone virent Abra inspirer profondément et ouvrir les yeux.

« Abra ! cria Lucy. C'est fini ?

— Bientôt.

— Qu'est-ce que tu as au cou ? Des bleus ?

— Maman, reste où tu es ! Je dois y retourner. Dan a besoin de moi. »

Elle tendit la main vers Pippo, mais avant qu'elle ait pu se saisir de son vieux lapin en peluche, ses yeux s'étaient refermés et son corps immobilisé.

6

Prudemment penchée par-dessus le garde-fou, Rose vit Abra disparaître. Alors comme ça, la petite bâtarde pouvait pas rester si longtemps que ça, en fin de compte, il fallait qu'elle s'en retourne prendre un petit congé détente. Sa présence au Bluebell Campground n'était pas très différente de ce qu'elle avait été au supermarché, à ceci près que cette manifestation-ci était beaucoup plus puissante. Et pourquoi ? Parce que le tronche-à-vapeur l'assistait. La *stimulait*. Mais s'il était mort quand la môme revenait…

Baissant les yeux vers lui, Rose cria : « Si j'étais toi, Danny, je partirais tant que t'en as encore la possibilité. M'oblige pas à te filer ta raclée. »

7

Sarey la Muette était tellement concentrée sur ce qui se passait sur le Toit du Monde – écoutant avec tous les points de son QI reconnu limité autant qu'avec ses oreilles – qu'elle ne s'aperçut pas tout de suite qu'elle n'était plus seule dans la remise. C'est l'odeur qui finit par l'alerter : une odeur de pourri. Mais pas d'ordures. Elle n'osait pas se retourner, parce que la porte était ouverte et que l'homme dehors risquait de la voir. Elle resta immobile, la faucille à la main.

Sarey entendit Rose dire à l'homme de partir tant qu'il en avait encore la possibilité et c'est là que la porte de la remise se remit à tourner toute seule sur ses gonds pour se refermer.

« M'oblige pas à te filer ta raclée ! » cria Rose. C'était sa réplique signal pour qu'elle bondisse et plante la faucille dans le cou de la petite emmerdeuse, mais comme la petite emmerdeuse avait disparu, elle devrait se rabattre sur l'homme. Mais avant qu'elle ait pu lever le petit doigt, une main froide glissa pardessus le poignet qui tenait la faucille. Glissa et se referma solidement dessus.

Sarey se retourna – plus aucune raison de ne pas le faire, puisque la porte était fermée – et ce qu'elle vit dans la pénombre éclairée par les rais de lumière filtrant entre les vieilles planches arracha un hurlement à sa gorge d'ordinaire muette. À un moment ou un autre pendant qu'elle se concentrait, un cadavre l'avait rejointe dans la remise. Son visage de prédateur, souriant, était d'un vert blanchâtre luisant d'avocat gâté. Ses yeux semblaient quasiment lui pendre hors des orbites. Son costume était barbouillé d'antique moisissure… mais les confettis multicolores saupoudrés sur ses épaules étaient neufs.

« Merveilleuse soirée, n'est-ce pas ? » dit-il. Et lorsqu'il sourit, ses lèvres craquèrent et se fendirent.

Sarey poussa un second hurlement et lui planta la faucille dans la tempe gauche. La lame incurvée s'y enfonça profondément et y resta suspendue, mais il n'y avait pas de sang.

« Embrassez-moi, chère », dit Horace Derwent. Entre ses lèvres pointa un reste de langue blanc frétillant. « Ça fait si longtemps que je n'ai point connu de femme. »

Et lorsque sa bouche déchiquetée, luisante de corruption, se fixa sur celle de Sarey, ses mains se refermèrent autour de sa gorge.

8

Rose vit la porte de la remise tourner sur ses gonds, entendit le hurlement et comprit que désormais elle était véritablement seule. Bientôt, probablement dans quelques secondes, la môme reviendrait et ils seraient à deux contre un. Elle ne pouvait pas se le permettre.

Elle regarda l'homme en bas et concentra toute sa force amplifiée par la vapeur.

(*étrangle-toi toi-même vas-y MAINTENANT*)

Elle le vit élever ses mains vers sa gorge, mais trop lentement. Il luttait contre elle, et avec un degré de réussite horripilant. Elle se serait attendue à une lutte de la part de la petite bâtarde, mais ce pecno, là en bas, était un adulte. Elle aurait dû être capable de disperser le peu de vapeur encore accrochée à lui comme de la brume.

Pourtant, elle gagnait.

Il éleva les mains jusqu'à son torse… ses épaules… enfin sa gorge. Là, les mains hésitèrent : elle l'entendait haleter sous l'effort. Elle accentua la pression jusqu'à ce que les mains se referment, jugulant la trachée artère.

(*c'est bien salopard empoisonneur serre serre SERR*)

Quelque chose la frappa. Pas un poing ; ça ressemblait davantage à un souffle d'air comprimé. Elle chercha des yeux et ne vit rien qu'un chatoiement furtif, là l'instant d'avant, disparu l'instant d'après. Moins de trois secondes, mais cela suffit à briser sa concentration et, quand elle se retourna vers le garde-fou, la môme était revenue.

Cette fois, ce ne fut pas un souffle d'air ; ce furent des mains qui lui parurent simultanément grandes et petites. Elles étaient posées dans le bas de son dos. Elles poussaient. La petite bâtarde et son copain conjuguant leurs efforts : exactement ce que Rose avait voulu éviter. La terreur commença à dérouler son ver dans son ventre. Elle tenta de s'éloigner du garde-fou mais c'était impossible. Elle avait besoin de toute sa force pour leur résister et sans le surcroît de puissance des Vrais pour l'aider, elle ne pensait pas pouvoir tenir bien longtemps. Pas longtemps du tout.

Sans ce souffle d'air... c'était pas lui et elle était pas là…

Une main quitta le bas de son dos et, d'une claque, fit culbuter son chapeau. Rose hurla sous l'affront – personne ne touchait à son chapeau, *personne* ! – et retrouva brièvement assez de puissance pour s'éloigner en titubant du garde-fou et se rapprocher du centre de la plate-forme. Puis les mains revinrent dans le bas de son dos et recommencèrent à la pousser en avant.

Elle regarda en bas. L'homme avait les yeux clos et se concentrait si fort que les tendons saillaient dans son cou et que la sueur ruisselait comme des larmes sur ses joues. Les yeux de la môme, par contre, étaient grands ouverts et sans pitié. Elle les tenait fixés sur Rose. Et elle souriait.

Rose s'arc-bouta en arrière de toutes ses forces, mais c'était comme s'arc-bouter contre un mur de pierre. Un mur de pierre qui la poussait inexorablement en avant jusqu'à ce que son ventre appuie contre le garde-fou. Elle entendit le bois grincer.

Juste une seconde, elle pensa essayer de marchander. Dire à la fillette qu'elles pouvaient travailler ensemble, démarrer un nouveau Nœud. Qu'au lieu de mourir en 2070 ou 2080, Abra Stone pourrait vivre mille ans. *Deux* mille. Mais à quoi bon ?

Quelle adolescente s'est jamais sentie rien moins qu'immortelle ?

Alors au lieu de marchander, de supplier, elle leur cracha dans un hurlement de défi : « *Allez vous faire foutre ! Vous faire foutre tous les deux !* »

Le terrible sourire de la môme s'élargit. « Oh, non, répondit-elle. C'est *vous* qu'êtes foutue ! »

Pas de grincement de bois, cette fois ; il y eut un craquement, comme un coup de pistolet, et l'instant d'après, Rose Claque chutait.

9

Elle heurta le sol la tête la première et commença aussitôt à cycler. Au bout de son cou brisé, sa tête était inclinée (*comme son chapeau*, pensa Dan) selon un angle quasi insouciant. Dan tenait Abra par la main – chair tour à tour présente et absente dans la sienne, tandis qu'elle-même cyclait entre son perron de derrière et le Toit du Monde – et ensemble, ils observaient.

« Est-ce que ça fait mal ? demanda Abra à la femme mourante. J'espère que oui. J'espère que ça fait un mal de chien. »

Les lèvres de Rose se retroussèrent en un rictus méprisant. Ses dents humaines avaient disparu : tout ce qui restait c'était cette unique défense jaunie. Au-dessus, ses yeux flottèrent un instant comme deux vivantes pierres bleues. Puis elle disparut.

Abra se tourna vers Dan. Elle souriait toujours, mais il n'y avait plus ni colère ni méchanceté dans son sourire.

(*j'avais peur pour toi j'avais peur qu'elle*)

(*elle a failli mais il y avait quelqu'un*)

Il désigna du doigt les restes du garde-fou brisé découpés contre le ciel. Abra regarda là-haut, puis regarda de nouveau Dan, perplexe. Il ne put que secouer la tête.

À son tour, elle montra quelque chose du doigt, pas vers le haut, mais vers le bas.

(*il était une fois un magicien qui avait un chapeau comme ça il s'appelait Mystério*)

(*et tu as suspendu des cuillères au plafond*)

Elle hocha la tête, mais sans la relever. Elle contemplait toujours le chapeau.

(*tu dois le faire disparaître*)

(*comment*)

(*le brûler Mr. Freeman dit qu'il a arrêté de fumer mais il fume encore j'ai senti l'odeur dans sa camionnette il doit avoir des allumettes*)

« Tu *dois* le faire, dit-elle. D'accord ? Tu me le promets ?

— Oui. »

(*je t'aime oncle Dan*)

(*moi aussi je t'aime*)

Elle l'enlaça. Il referma ses bras autour d'elle et l'étreignit. Pendant qu'il la tenait, son corps se changea en pluie. Puis en brume. Puis disparut.

10

Sur le perron de derrière d'une maison d'Anniston, New Hampshire, dans le clair-obscur d'un crépuscule qui ne tarderait pas à s'intensifier jusqu'à la nuit, une petite fille se redressa, se leva, et puis tangua, au bord de l'évanouissement. Mais aucun risque qu'elle tombe : ses parents furent aussitôt là. Ils la portèrent ensemble à l'intérieur.

« Ça va, dit Abra. Vous pouvez me reposer. »

Ils le firent, avec mille précautions. David Stone resta tout près, pour intervenir au moindre signe de faiblesse, mais dans la cuisine, Abra ne vacilla pas.

« Et Dan ? demanda John. Il va bien ?

— Oui, super. Mais Mr. Freeman a embouti sa camionnette – obligé – et il a une coupure là – elle porta la main à sa joue – mais je crois que ça va.

— Et les autres ? Les Nœuds Vrais ? »

Abra porta cette fois sa main à sa bouche et souffla sur sa paume ouverte.

« Envolés. » Et puis : « Qu'est-ce qu'il y a à manger ? Je meurs de faim. »

11

Super était peut-être un peu exagéré s'agissant de Dan. Il rejoignit la camionnette, s'assit côté conducteur, et reprit son souffle. Et ses esprits.

Nous sommes en vacances, décida-t-il. *Je voulais visiter les lieux de mon enfance à Boulder. Et puis on est montés ici voir la vue du Toit du Monde, mais le camping était désert. J'étais tout excité et j'ai parié avec Billy que je pouvais conduire sa camionnette tout droit jusqu'à la plate-forme sans m'arrêter. J'allais trop vite, j'ai perdu le contrôle et heurté l'un des piliers. Je m'en veux, vraiment. Jouer les cascadeurs comme ça.*

Il écoperait d'une belle prune, mais il y aurait un bonus : il passerait l'alcootest les doigts dans le nez.

Dan inspecta la boîte à gants et trouva un flacon d'essence à briquet. Pas de Zippo – celui-ci devait être au chaud dans la poche de pantalon de Billy – mais il y avait effectivement deux boîtes d'allumettes à moitié pleines. Il retourna au chapeau et l'arrosa d'essence à briquet jusqu'à ce qu'il en soit imbibé. Puis il s'accroupit, craqua une allumette et la jeta à l'intérieur. Le gibus ne résista pas longtemps mais Dan se mit quand même contre le vent le temps qu'il soit réduit en cendres.

Il dégageait une atroce puanteur.

Relevant la tête, il vit Billy remonter péniblement la pente vers lui, tout en essuyant le sang sur son visage avec sa manche. Tandis qu'ensemble ils piétinaient les cendres – surtout qu'il ne reste aucune braise susceptible de déclencher un feu de forêt –, Dan raconta à Billy l'histoire qu'ensemble ils serviraient aux policiers d'État du Colorado à leur arrivée.

« Je vais devoir payer la réparation de ce truc, aussi, et je parie que c'est pas donné. Heureusement que j'ai quelques économies. »

Billy renifla. « Qui va te poursuivre en dommages et intérêts ? Il reste rien de ces gens que leurs habits. J'ai vérifié.

— Malheureusement, dit Dan, le Toit du Monde appartient au Grand État du Colorado.

— Aïe, dit Billy. Ça, c'est pas juste, vu le service que tu viens de rendre au Colorado et au reste du monde. Où est Abra ?

— Chez elle.

— Bien. Et c'est terminé ? Vraiment terminé ? »

Dan hocha la tête.

Billy contemplait les cendres du chapeau haut de forme de Rose. « Il a brûlé vite. Presque comme un effet spécial au cinéma.

— J'imagine qu'il était très vieux. » *Et plein de magie*, se garda-t-il d'ajouter. *De la magie noire.*

Dan remonta dans la camionnette pour examiner son visage dans le rétroviseur.

« Tu vois que'que chose qui n'devrait pas y être ? lui demanda Billy. C'est ce que me disait toujours ma mère quand elle me surprenait en train de minauder devant la glace.

— Non, rien d'anormal », dit Dan. Et un sourire se dessina sur ses lèvres. Un sourire fatigué, mais authentique. « Rien de rien.

— Alors, appelons la police et racontons-leur notre accident, dit Billy. D'habitude, je suis pas très fan des bleus, mais là, je t'avoue que ça me dérangerait pas d'avoir un peu de compagnie. Cet endroit me fout les jetons. » Il jeta un coup d'œil entendu à Dan. « Ça grouille de fantômes, hein ? C'est pour ça qu'ils l'ont choisi. »

C'était pour ça, sans l'ombre d'un doute. Mais pas besoin d'être Ebenezer Scrooge pour savoir qu'il y a des gens-fantômes bien, tout comme il y en a des mauvais. Tandis qu'ils s'en retournaient à pied à l'Overlook Lodge, Dan s'arrêta pour jeter un dernier coup d'œil au Toit du Monde. Il ne fut pas entièrement surpris de voir un homme debout là-haut sur la plate-forme près du garde-fou brisé. L'homme leva une main, le sommet de Pawnee Mountain visible au travers, et expédia l'un de ces baisers volants dont Dan se souvenait depuis l'enfance. Il s'en souvenait bien. C'était leur façon spéciale de se dire au revoir à la fin de la journée.

L'heure d'aller se coucher, Doc. Chaud dodo. Rêve-toi un beau dragon et tu me raconteras son histoire demain matin.

Dan savait qu'il allait pleurer, mais pas maintenant. C'était pas le moment. Lui aussi porta sa main à sa bouche et renvoya le baiser.

Il demeura encore un peu à regarder ce qui restait de son père. Puis il redescendit jusqu'au parking avec Billy. Lorsqu'ils y arrivèrent, il se retourna pour vérifier.

Le Toit du Monde était désert.

JUSQU'AU SOMMEIL

« PEUR signifie Progresser Et Utilement Réévaluer. »

Vieux slogan AA

ANNIVERSAIRE

1

Fondée en 1946 par Fat Bob D., qui avait connu personnellement Bill Wilson, le fondateur du Programme, la réunion des AA du samedi midi à Frazier était l'une des plus anciennes du New Hampshire. Fat Bob D. était couché dans sa tombe depuis longtemps, victime d'un cancer des poumons – dans les débuts, la plupart des alcoolos abstinents fumaient comme des pompiers et on avait coutume de dire aux petits nouveaux de garder le bec fermé et les cendriers vides – mais cette réunion était toujours très fréquentée. Ce jour-là, c'était salle comble, parce qu'à la clôture, il y aurait de la pizza et du gâteau. C'était ce qui se faisait pour la plupart des réunions d'anniversaire, et maintenant l'un des leurs célébrait ses quinze ans de sobriété. Dans ses premières années, on le connaissait sous le nom de Dan ou Dan T., mais la rumeur concernant son travail à l'hospice du coin s'était propagée (on n'appelle pas le magazine des AA *De bouche à oreille* pour rien), et maintenant il était devenu courant de l'appeler Doc. Vu que ses parents l'appelaient comme ça quand il était petit, Dan trouvait le surnom ironique… mais d'une façon positive. La vie est une roue, son seul boulot c'est de tourner, et elle revient toujours à son point de départ.

Un vrai toubib, du nom de John celui-là, présidait à la demande de Dan et la réunion suivit son cours habituel. Il y eut des rires quand Randy M. raconta comment il avait dégueulé sur le flic qui l'avait arrêté la dernière fois pour conduite en état d'ébriété et d'autres rires lorsqu'il poursuivit en disant qu'il avait découvert un an après que le flic était lui-même membre du Programme. Maggie M. pleura en racontant (en « partageant » en langage AA) comment on lui avait encore refusé la garde alternée de ses deux enfants. Les clichés habituels furent prodigués – il faut laisser du temps au temps, les choses avancent si tu les fais avancer, ne lâche pas tant que le miracle n'est pas arrivé – et Maggie finit par se calmer et renifler. Il y eut la clameur habituelle *La Puissance Supérieure a dit Éteins-moi ça !* quand le téléphone portable d'un mec se mit à sonner. Une fille dont les mains tremblaient renversa son gobelet de café ; une réunion sans au moins un café renversé était rare, en vérité.

À une heure moins dix, John D. fit passer le panier (« nous nous finançons par nos propres contributions ») et un appel à annonces. Trevor K., qui avait ouvert la séance, se leva et demanda de l'aide – comme il le faisait toujours – pour nettoyer la cuisine et ranger les chaises. Yolanda V. se chargea du Club des Jetons, elle en distribua deux blancs (vingt-quatre heures) et un violet (cinq mois – désigné couramment sous le nom de Jeton Barney). Et comme toujours, elle termina en disant : « Si vous n'avez pas bu aujourd'hui, félicitez-vous chaleureusement, vous et votre Puissance Supérieure. »

Ce qu'ils firent.

Lorsque les applaudissements décrurent, John dit : « Nous avons un quinzième anniversaire aujourd'hui. Casey K. et Dan T. peuvent-ils s'avancer ? »

La foule applaudit lorsque Dan – approchant lentement pour rester à la hauteur de Casey qui marchait dorénavant avec une canne – se présenta. John confia à Casey la médaille avec XV imprimé côté face et Casey l'éleva pour que l'assistance la voie. « J'aurais jamais cru que ce gars-là y arriverait, dit-il, parce qu'il avait AA écrit sur le front dès le début. Trou-du-cul arrogant, autrement dit. »

Ils rirent de bonne grâce à cette vieille blague. Dan sourit, mais son cœur tambourinait. Sa seule et unique pensée était de se sortir de l'épreuve sans se trouver mal. La dernière fois qu'il avait eu aussi peur, c'était quand il avait levé les yeux vers Rose Claque, là-haut sur la plate-forme du Toit du Monde, et lutté pour ne pas s'étrangler lui-même de ses propres mains.

Dépêche-toi, Casey. Je t'en prie. Avant que je perde ou mon courage ou mon petit déjeuner.

Casey aurait pu être celui des deux qui avait le Don… ou peut-être vit-il quelque chose dans le regard de Dan. Toujours est-il qu'il abrégea. « Mais il a dépassé mes attentes et il s'en est tiré. Sur sept alcooliques qui passent notre porte, six la repassent dans l'autre sens et vont se soûler. Le septième est le miracle que nous attendons tous. L'un de ces miracles se tient debout ici devant nous, plus grand que nature et deux fois plus moche. Voici pour toi, Doc, tu l'as mérité. »

Il remit la médaille à Dan. Un instant, celui-ci crut qu'elle allait lui échapper et tomber par terre. Mais Casey serra ses doigts sur les siens avant que cela n'arrive, puis referma ses bras autour de lui pour une grosse étreinte fraternelle. Dans son oreille, il chuchota : « Un an de plus, fils de pute. Félicitations. »

Casey remonta pesamment l'allée jusqu'à la rangée du fond où, par privilège d'ancienneté, il siégeait avec les autres vétérans du Programme. Dan resta seul en première ligne, étreignant si fort sa médaille des quinze ans que ses veines saillaient sur ses poignets. L'assemblée le fixait, attendant ce que la sobriété de longue durée est censée transmettre : expérience, force et espoir.

« Il y a deux ou trois ans… », commença-t-il. Puis il dut s'éclaircir la voix. « Il y a deux ou trois ans, un jour que je prenais un café avec ce vieux gentleman boiteux qui est juste en train de se rasseoir, il m'a demandé si j'avais franchi la cinquième étape : "Nous avons avoué à Dieu, à nous-mêmes et à un autre être humain la nature exacte de nos torts." Je lui ai répondu que oui, en grande partie. Pour des gens qui n'ont pas notre problème particulier, ça aurait probablement suffi… c'est justement une des raisons pour lesquelles on les appelle des Terriens. »

De petits rires accueillirent cette déclaration. Dan prit une profonde inspiration, se disant que, s'il avait pu affronter Rose et ses Nœuds Vrais, il pouvait affronter ça. Sauf que là, c'était différent. Là, c'était pas Dan le Héros, c'était Dan le Salaud. Il avait assez vécu pour savoir qu'il y a un petit salaud en chacun de nous, mais ça n'est pas d'une grande aide quand il s'agit de le dévoiler au grand jour.

« Il m'a dit qu'à son avis, j'avais encore un tort sur la conscience, parce que j'avais trop honte pour en parler. Il m'a dit de le lui abandonner. Il m'a rappelé une formule que l'on entend pratiquement à toutes les réunions – on n'est jamais aussi malade que de ses secrets. Et il m'a dit que si je ne racontais pas le mien, un jour ou l'autre, je me retrouverais avec un verre à la main. J'ai résumé l'essentiel, Casey ? »

Au fond de la salle, les mains refermées sur le pommeau de sa canne, Casey fit oui de la tête.

Dan sentit la brûlure derrière ses yeux signifiant que les larmes approchaient et il pensa, *Mon Dieu, aide-moi à franchir cette étape sans chialer. Je t'en prie.*

« Je lui ai pas lâché le morceau. Je me disais depuis des années que c'était la seule chose que je ne raconterais jamais à personne. Mais je pense qu'il avait raison, et si un jour je recommence à boire, j'en mourrai. Je ne veux pas le faire. J'ai de bonnes raisons de vivre aujourd'hui. Alors… »

Les larmes étaient là, maudites larmes, mais il était allé trop loin pour reculer, à présent. Il les essuya du poing qui ne serrait pas la médaille.

« Vous savez ce que disent les Promesses ? Que nous ne regretterons pas plus le passé que nous ne voudrons l'oublier. Pardonnez-moi de vous le dire mais je pense que c'est une des rares conneries dans un programme plein de vérités. Je regrette beaucoup de choses mais il est temps pour moi de m'en libérer, même si je le fais en traînant les pieds. »

Ils attendirent. Même les deux dames occupées à

répartir les parts de pizza sur des assiettes en papier l'observaient, debout à la porte de la cuisine.

« Peu de temps avant que j'arrête de boire, je me suis réveillé à côté d'une femme que j'avais ramassée la veille dans un bar. On était dans son appartement. C'était un taudis. Elle avait pratiquement rien. Je pouvais comprendre ça parce que moi-même, à l'époque, j'avais pratiquement rien et on vivait probablement à Galère City pour la même raison, tous les deux. Et cette raison, vous la connaissez tous. » Il haussa les épaules. « Si t'es l'un de nous, la bouteille te prend tout, c'est tout. D'abord un peu, puis beaucoup, puis tout.

« Cette femme s'appelait Deenie. Je ne me rappelle pas grand-chose d'elle, mais ça, je m'en souviens. Je me suis rhabillé et je suis parti. Mais d'abord, j'ai pris son argent. Et il se trouve qu'en fait, elle avait au moins une chose que je n'avais pas, parce que pendant que je fouillais dans son porte-monnaie, je me suis retourné et son fils était là. Un bébé encore en couche-culotte. Sa mère et moi, on avait ramené de la coke la veille et le sachet était posé sur la table. Quand il l'a vu, il a voulu le prendre. Il croyait que c'étaient des bonbons. »

Dan s'essuya encore les yeux.

« Je l'ai attrapé avant lui et je l'ai rangé en hauteur. Ça, au moins, je l'ai fait. C'était pas assez, mais au moins je l'ai fait. Puis j'ai mis l'argent de sa mère dans ma poche et je suis parti sans me retourner. Je ferais n'importe quoi aujourd'hui pour pouvoir me retourner. Mais je ne peux pas. »

Les deux femmes étaient retournées à la cuisine. Certains consultaient leur montre. Un estomac gargouillait. Dévisageant la petite centaine de présents, Dan prit conscience d'une chose ahurissante : ce qu'il avait fait ne les révoltait pas. Ça ne les surprenait même pas. Ils avaient entendu pire. Certains avaient *fait* pire.

« Voilà, dit-il. C'est tout. Merci de m'avoir écouté. »

Avant les applaudissements, l'un des vétérans du dernier rang lança la question rituelle : « Comment tu y es arrivé, Doc ? »

Dan sourit et donna la réponse rituelle : « Un jour à la fois. »

2

Après le Notre-Père, la pizza et le gâteau au chocolat avec le grand chiffre XV glacé dessus, Dan aida Casey à remonter dans sa Tundra. De la neige fondue avait commencé à tomber.

« Le printemps dans le New Hampshire, dit Casey d'un ton acide. Si c'est pas magnifique.

— Et le soleil haut sur l'horizon caché dans un banc de nuages a mis du safran sur le bord des nuages, déclama Dan. Tout dit que pas ne dure la fortune. En fait une petite bourrasque de pluie… comme une souris hors de la montagne de nuages. »

Casey le dévisagea, médusé. « Tu viens d'inventer ça ?

— Mais non. Ezra Pound. Quand vas-tu arrêter de faire le con et te décider à te faire opérer de la hanche ? »

Casey grimaça. « Le mois prochain. J'ai décidé que si tu peux révéler ton plus grand secret, je peux me faire mettre une prothèse. » Il se tut. « Mais, Danno, je dois te dire que ton secret, il était foutre pas si gros.

— C’est ce que j’ai découvert. Je pensais qu’ils allaient tous s’enfuir en criant. Au lieu de ça, ils sont restés là à manger de la pizza et à causer de la pluie et du beau temps.

— Si tu leur avais dit que tu avais assassiné une grand-mère aveugle, ils seraient restés pareil pour manger la pizza et le gâteau. Gratos, c’est gratos. » Il ouvrit la portière du conducteur. « Allez, hisse-moi, Danno. »

Dan le hissa.

Casey se contorsionna lourdement, cherchant la position confortable, puis tourna la clé de contact et mit les essuie-glaces pour chasser la neige fondue. « Tout est plus petit une fois que c’est sorti, dit-il. J’espère que tu passeras l’info à tes poulains.

— Oui, ô Sage Casey. »

Casey le contempla tristement. « Va te faire enculer, mon trésor.

— En fait, dit Dan, je crois que je vais retourner aider à ranger les chaises. »

Et c’est ce qu’il fit.

JUSQU'AU SOMMEIL

1

Pas de ballons ni de magicien au goûter d'anniversaire d'Abra cette année-là. Elle avait quinze ans.

Ce qu'il y avait, c'était de la musique rock à faire trembler tout le voisinage pulsant par les haut-parleurs extérieurs qu'avait installés Dave Stone, assisté de Billy Freeman. Les adultes prenaient le café en partageant un gâteau et des glaces dans la cuisine des Stone. Les jeunes avaient investi la salle de séjour familiale du rez-de-chaussée et la pelouse de derrière et, à les entendre chahuter, ils s'éclataient. Les premiers commencèrent à partir aux alentours de dix-sept heures, mais Emma Deane, la meilleure copine d'Abra, resta pour dîner. Abra, resplendissante dans une jupe rouge et une blouse paysanne dégageant les épaules, irradiait de bonne humeur. Elle s'extasia devant le bracelet à amulettes que Dan lui offrit, lui fit un gros câlin et un baiser sur la joue. Il sentait le parfum. *Ça,* c'était nouveau.

Quand Abra partit raccompagner Emma chez elle, toutes deux papotant gaiement en descendant l'allée, Lucy se pencha vers Dan. Il y avait de nouvelles ridules autour de sa bouche et les premières touches de gris dans ses cheveux. Abra semblait avoir définitivement mis le Nœud Vrai derrière elle ; Dan pensait que Lucy ne le pourrait jamais. « Tu voudras bien lui parler ? Pour l'histoire des assiettes ?

— Je vais aller contempler le coucher de soleil au bord de la rivière. Peut-être que tu pourras lui dire de venir me rejoindre quand elle rentrera de chez les Deane ? »

Lucy parut soulagée, tout comme David, pensa Dan. Pour eux, leur fille serait toujours un mystère. Cela les aiderait-il de savoir qu'elle en serait toujours un pour lui aussi ? Probablement pas.

« Bonne chance, chef », lui dit Billy.

Sur le perron de derrière, où ils avaient naguère vu Abra gisant dans un état qui n'était pas de l'inconscience, John Dalton ajouta son grain de sel : « Je te proposerais bien mon soutien moral, mais je crois que c'est une corvée dont tu dois te charger seul.

— Tu as essayé de lui parler ?

— Oui, à la demande de Lucy.

— Sans résultat ? »

John haussa les épaules. « Elle est plutôt fermée sur le sujet.

— Moi aussi, je l'étais, dit Dan. À son âge.

— Mais tu n'as jamais brisé toutes les assiettes dans la vitrine d'antiquités de ta mère ?

— Ma mère n'avait pas de vitrine d'antiquités », dit Dan.

Il descendit la pelouse des Stone en direction de la

Saco River transformée en luisant serpent écarlate par la magie du soleil couchant. Bientôt, les montagnes absorberaient les derniers rayons du soleil et la rivière virerait au gris. La clôture grillagée, jadis destinée à prévenir les explorations potentiellement désastreuses des jeunes enfants, avait été remplacée par une haie d'arbustes décoratifs. David avait retiré la clôture au mois d'octobre de l'année précédente, au prétexte qu'Abra et ses amis n'avaient plus besoin de sa protection ; tous savaient nager comme des poissons.

Mais évidemment, il existe d'autres dangers.

2

La teinte de l'eau avait fané jusqu'au rose le plus ténu – cendres de rose – quand Abra le rejoignit. Il n'eut pas besoin de tourner la tête pour savoir qu'elle était là, ni pour savoir qu'elle avait passé un pull pour se couvrir les épaules. Les soirs de printemps, dans le centre du New Hampshire, l'air fraîchit rapidement, même quand les dernières menaces de neige ont disparu.

(*j'adore mon bracelet Dan*)

Elle ne disait plus « oncle » que rarement.

(*je suis content*)

« Ils veulent que tu me parles de l'histoire des assiettes », dit-elle. Prononcées, les paroles manquaient de la chaleur avec laquelle elle les avait pensées. Et les pensées s'étaient envolées. Après son très adorable et sincère merci, elle lui avait fermé son moi intérieur. Elle était très douée pour ça maintenant et s'améliorait de jour en jour. « C'est pas vrai ?

— Est-ce que *toi* tu veux en parler ?

— Je lui ai dit que je regrettais. Je lui ai dit que je voulais pas le faire. Mais je crois qu'elle m'a pas crue. »

(*moi je te crois*)

« Parce que *toi*, tu sais. Eux non. »

Dan ne dit rien, et n'émit qu'une seule pensée :

(*?*)

« Ils me croient jamais pour *rien* ! explosa-t-elle. C'est pas juste ! Je savais pas qu'il y aurait de l'alcool à la stupide fête chez Jennifer et j'en ai même pas bu ! Mais ça l'empêche pas de me priver de sortie pendant *deux putains de semaines* ! »

(*? ? ?*)

Rien. La rivière était presque entièrement grise à présent. Il risqua un coup d'œil vers sa nièce et vit qu'elle examinait ses tennis – rouges, assorties à sa jupe. Ses joues aussi étaient maintenant assorties à sa jupe.

« D'accord », dit-elle enfin. Et même si elle ne se décidait toujours pas à le regarder, un petit sourire réticent relevait les commissures de ses lèvres. « J'peux pas te mener en bateau, hein ? J'en ai pris une gorgée, juste pour savoir quel goût ça avait. Et tu sais quoi ? Y a pas de quoi fouetter un chat. Ç'avait un goût *horrible* ! »

À ça, Dan ne répondit pas. S'il lui disait que lui aussi avait trouvé sa première gorgée horrible, que lui aussi avait pensé qu'il n'y avait pas de quoi fouetter un chat, que ce n'était ni un secret des dieux ni de roi, elle aurait balayé ça d'un revers de la main comme des conneries sentencieuses d'adulte. On ne peut pas faire la morale aux enfants pour les empêcher de grandir. Ni pour leur apprendre comment faire.

« Je voulais pas casser les assiettes, dit-elle d'une petite voix. Vraiment. C'était un accident, comme je lui ai dit. J'étais tellement *folle furieuse* !

— C'est vrai que t'es assez douée pour ça. » Il se souvenait d'elle debout au-dessus de Rose Claque pendant que Rose cyclait. *Est-ce que ça fait mal ?* avait demandé Abra à la chose mourante qui ressemblait à une femme (exception faite, bien sûr, de cette terrible dent). *J'espère que oui. J'espère que ça fait un mal de chien.*

« Tu vas me faire la leçon ? » Et avec un petit chantonnement méprisant : « Je sais que c'est ça qu'*elle* veut.

— Je n'ai aucune leçon à faire, mais je pourrais te raconter une histoire que ma mère m'a racontée. À propos de ton arrière-grand-père côté Torrance. Tu veux l'entendre ? »

Abra haussa les épaules. *Vas-y, qu'on soit débarrassé,* disait ce haussement.

« Din Torrance n'était pas aide-soignant comme moi, mais presque. Il était infirmier. Il marchait avec une canne à la fin de sa vie parce qu'un accident de voiture l'avait laissé infirme d'une jambe. Et un soir, à la table du dîner, il a retourné cette canne contre sa femme. Sans raison : il s'est juste mis à la rouer de coups. Il lui a cassé le nez et ouvert le cuir chevelu. Quand elle est tombée de sa chaise, il s'est levé et il s'est vraiment *acharné* sur elle. D'après ce que mon père a raconté à ma mère, il l'aurait battue à mort si Brett et Mike, mes oncles, ne l'avaient pas ceinturé. Quand le médecin est arrivé, ton arrière-grand-père était agenouillé près d'elle avec sa trousse d'infirmier, faisant ce qu'il pouvait pour la soigner. Il a dit qu'elle était tombée dans les escaliers. Sa femme – la Momo que tu n'as jamais connue, Abra – a appuyé ses dires. Leurs enfants aussi.

— *Pourquoi* ? souffla-t-elle.

— Parce qu'ils avaient peur. Plus tard – longtemps après la mort de Din –, ton grand-père Jack m'a cassé le bras. Ensuite, à l'Overlook – qui se dressait là où se dresse aujourd'hui le Toit du Monde –, ton grand-père a battu presque à mort ma mère. Avec un maillet de roque, pas une canne, mais au final, c'était la répétition du même.

— Je pige.

— Des années plus tard, dans un bar de St. Petersburg…

— Arrête ! J'ai dit que j'ai *pigé*. » Elle tremblait.

« … j'ai frappé un type avec une queue de billard jusqu'à ce qu'il perde connaissance. Tout ça parce qu'il avait ri quand j'avais raclé le tapis. Après ça, le fils de Jack et le petit-fils de Din a passé trente jours en combinaison orange à ramasser les ordures le long de la nationale 41. »

Elle se détourna, se mettant à pleurer. « Merci, oncle Dan. Merci d'avoir gâché… »

Une image emplit la tête de Dan, oblitérant momentanément la vue de la rivière : un gâteau d'anniversaire calciné et fumant. En d'autres circonstances, l'image aurait pu être drôle. Pas là.

Il la prit gentiment par les épaules et la retourna vers lui. « Il n'y a rien à piger. Aucune leçon. C'est rien qu'une histoire de famille. Pour reprendre les mots de l'immortel Elvis Presley, c'est ton bébé, tu le berces.

— Je comprends pas.

— Un jour, tu écriras peut-être de la poésie, comme

Concetta. Ou, avec ton esprit, tu pousseras quelqu'un d'autre d'un point élevé pour le faire tomber.

— Non, je ferai jamais ça… mais *Rose* le méritait. » Abra leva son visage baigné de larmes vers lui.

« Rien à redire à ça.

— Alors, pourquoi est-ce que j'en rêve ? Pourquoi est-ce que je regrette de l'avoir fait ? Elle nous aurait tués *tous les deux*, alors pourquoi est-ce que je regrette de l'avoir fait ?

— Est-ce le meurtre que tu regrettes ou la joie du meurtre ? »

Abra baissa la tête. Dan aurait voulu la prendre dans ses bras, mais il ne le fit pas.

« Ni leçon ni morale. Juste la voix du sang. Les pulsions idiotes des gens réveillés. Et tu es arrivée à un âge de la vie où tu es complètement réveillée. C'est dur pour toi. Je le sais. C'est dur pour tout le monde, mais la plupart des adolescents n'ont pas tes capacités. Tes armes.

— Que dois-je faire ? Que puis-je faire ? Des fois, je sens monter une de ces colères… pas juste contre *elle*, mais contre des profs… contre des élèves au bahut qui se prennent pas pour de la merde… ceux qui se moquent si t'es pas bon en sport ou que tu portes pas les bons vêtements… »

Dan songea au conseil que Casey Kingsley lui avait un jour donné : « Va à la décharge.

— Quoi ? » Elle le regarda avec des yeux ronds.

Il lui envoya une image : Abra usant de ses talents extraordinaires – qui, incroyable mais vrai, n'avaient pas encore atteint leur apogée – pour renverser des réfrigérateurs abandonnés, exploser des postes de télé HS, fracasser des machines à laver. Des meutes de mouettes alarmées s'envolaient.

Maintenant, Abra ne le regardait plus avec des yeux ronds, elle lui boxait l'épaule en gloussant. « T'es sûr que ça aide ?

— Mieux vaut la décharge que les assiettes de ta mère. »

Elle inclina la tête et le fixa avec des yeux rieurs. Ils étaient amis de nouveau et c'était bon. « Mais si t'avais vu ces assiettes… ce qu'elles étaient *laiii-des*.

— Tu essaieras ?

— Oui. » Et à voir sa tête, elle avait hâte.

« Encore une chose. »

Elle redevint grave, attendant la suite.

« Ça ne veut pas dire que tu dois te laisser marcher sur les pieds par qui que ce soit.

— Ah, tant mieux.

— Oui. Rappelle-toi juste à quel point ta colère peut être dangereuse. Garde-la… »

Son portable sonna.

« Je crois que tu devrais répondre. »

Il leva les sourcils. « Tu sais qui c'est ?

— Non, mais je crois que c'est important. »

Dan sortit le téléphone de sa poche et lut le nom du contact : MAISON RIVINGTON.

« Allô ?

— Danny ? C'est Claudette Alberson. Tu peux venir ? »

Il passa mentalement en revue les hôtes de la Maison. « Amanda Ricker ? ou Jeff Kellogg ? »

Ce n'était ni l'un ni l'autre.

« Si tu peux venir, fais vite, dit Claudette. Tant qu'il est encore conscient. » Elle hésita. « Il te demande.

— J'arrive. » *Mais si c'est aussi grave que tu le dis, il risque d'être déjà parti quand j'arriverai.* Dan coupa la communication. « Il faut que j'y aille, ma puce.

— Même si c'est pas ton ami. Même si tu l'aimes même pas. » Abra était pensive.

« Eh oui, même si.

— Comment il s'appelle ? J'ai pas capté son nom. »

(*Fred Carling*)

Puis il la prit dans ses bras et la serra, fort-fort-fort. Abra en fit de même.

« J'essaierai, dit-elle. J'essaierai vraiment.

— Je sais que tu le feras, dit-il. Je le sais. Je t'aime très fort, Abra.

— Je suis contente. »

3

Quand il arriva quarante-cinq minutes plus tard, Claudette était dans le bureau des infirmières. Il lui posa la question qu'il avait déjà posée des dizaines de fois auparavant : « Il est toujours avec nous ? » Comme s'il s'agissait d'une excursion en bus.

« À peine.

— Conscient ? »

Elle secoua la main. « Un coup oui, un coup non.

— Azzie ?

— Il a été un moment avec lui puis il s'est éclipsé quand le Dr Emerson est arrivé. Emerson n'y est plus maintenant, il est passé voir Amanda Ricker. Azzie y est retourné dès qu'il est parti.

— Pas de transfert à l'hôpital ?

— Impossible pour le moment. Il y a eu un carambolage sur la 119 de l'autre côté de la frontière à Castle

Rock. Plusieurs voitures en accordéon, de nombreux blessés. On a quatre ambulances là-bas, sans compter LifeFlight. Pour certains, aller à l'hôpital changera tout. Mais pour Fred… » Elle haussa les épaules.

« Que s'est-il passé ?

— Tu connais notre Fred… accro à la malbouffe. McDo est sa deuxième maison. Des fois, il regarde avant de traverser Cranmore Avenue, des fois, non. Il compte juste que les gens s'arrêtent pour le laisser passer. » Elle fronça le nez et tira la langue, comme un gosse qui vient de mettre un truc dégoûtant dans sa bouche. Des choux de Bruxelles, peut-être. « Cette *arrogance.* »

Dan connaissait les manies de Fred, et il connaissait l'arrogance.

« Il allait se chercher son cheese-burger du soir, dit Claudette. Les flics ont embarqué la femme qui l'a renversé : totalement bourrée, elle tenait à peine debout, d'après ce qu'on m'a dit. Ils ont ramené Fred ici. Il a la figure comme des œufs brouillés, le bassin et le torse écrasés, une jambe quasi sectionnée. Si Emerson n'avait pas été là pour ses visites, Fred serait mort tout de suite. Nous avons hiérarchisé les priorités, stoppé l'hémorragie, mais même s'il avait été en excellente condition physique… ce que notre cher vieux Freddy n'est pas… » Elle haussa les épaules. « Emerson dit qu'ils enverront une ambulance après avoir fini de nettoyer les dégâts à Castle Rock, mais le pauvre Fred ne sera plus là, à ce moment-là. Le Dr Emerson n'a pas voulu se prononcer là-dessus, mais je crois Azraël. Tu ferais bien d'y aller, si tu y vas. Je sais que tu l'as jamais beaucoup aimé… »

Dan repensa aux empreintes de doigts sur le bras du pauvre vieux Charlie Hayes. *Désolé de l'apprendre*, avait dit Carling quand Dan l'avait informé du trépas du vieil homme. Pépère, le Fred, occupé à bouffer des Junior Mints, en équilibre sur sa chaise préférée. *C'est bien pour ça qu'ils sont ici, non ?*

Et maintenant, Fred occupait la chambre même où Charlie était mort. La vie est une roue, et elle revient toujours à son point de départ.

4

La porte de la suite Alan Shepard était entrouverte mais Dan frappa quand même, question de courtoisie. Du couloir déjà, il entendait la dure respiration sifflante et gargouillante de Fred Carling, mais ça ne semblait pas déranger Azzie, lové au pied du lit. Carling était étendu sur un drap de caoutchouc, vêtu de son seul caleçon boxer ensanglanté et d'un kilomètre de pansements déjà suintants de sang. Il était défiguré, son corps tordu décrivait au moins trois angles différents.

« Fred ? C'est Dan Torrance. Tu m'entends ? »

L'œil intact s'ouvrit. La respiration s'entrecoupa. Le bref râle aurait pu être un *oui*.

Dan passa à la salle de bains mouiller un linge d'eau tiède. C'étaient des gestes qu'il avait accomplis tant de fois. Lorsqu'il revint au chevet de Carling, Azzie se leva, s'étira avec volupté en faisant le dos rond comme le font les chats, et sauta à terre. Une seconde plus tard, il était parti, retournant à ses rondes nocturnes. Il boitait un peu maintenant. C'était un très vieux chat.

Dan s'assit au bord du lit et passa doucement le linge humide sur la partie du visage de Fred relativement indemne.

« Comment est la douleur ? Supportable ? »

Le râle, de nouveau. La main gauche de Carling n'était plus qu'un enchevêtrement tordu de doigts brisés, Dan lui prit donc la droite. « Tu n'as pas besoin de parler, dis-moi juste. »

(*maintenant oui*)

Dan hocha la tête. « Bien. C'est bien. »

(*mais j'ai peur*)

« Tu n'as aucune raison d'avoir peur. »

Il vit Fred à l'âge de six ans, nageant dans la Saco River avec son frère, Fred tout le temps cramponné à son slip de bain trop grand pour l'empêcher de glisser : c'était un vêtement déjà porté comme presque tout ce qu'il possédait. Il le vit à quinze ans, en train d'embrasser une fille au ciné-parc de Bridgton, respirant son parfum tout en lui touchant le sein et souhaitant que la nuit ne finisse jamais. Il le voit à vingt-cinq ans rouler vers Hampton Beach avec les Saints du Bitume, chevauchant une Harley FXB, modèle Sturgis, superbe, bourré de vin rouge et de benzédrine, et c'est une journée de rêve, tout le monde regarde la longue caravane scintillante et pétaradante des Saints s'arracher dans un boucan d'enfer ; la vie explose comme un feu d'artifice. Et il voit l'appartement où vit – vivait – Carling avec son petit chien Brownie. Brownie ne paye pas de mine, ce n'est qu'un bâtard, mais il est intelligent. Parfois, il saute sur les genoux de son maître et ils regardent la télé ensemble. Fred se fait du souci pour Brownie, parce que Brownie va attendre son retour du travail, et le petit tour qu'il l'emmène faire, et la gamelle qu'il lui remplit de croquettes Gravy Train.

« Ne t'inquiète pas pour Brownie, dit Dan. Je connais

une petite fille qui sera ravie de s'occuper de lui. C'est ma nièce, et c'est son anniversaire aujourd'hui. »

Carling le regarda de son seul œil valide. Le râle de sa respiration était très bruyant à présent, on aurait dit un moteur encrassé.

(*peux-tu m'aider je t'en prie Doc peux-tu m'aider*)

Oui. Il pouvait l'aider. C'était son sacerdoce, ce pour quoi il était fait. Tout était calme maintenant dans la Maison Rivington, très calme en vérité. Quelque part tout près, une porte s'ouvrait. Ils étaient parvenus à la frontière. Fred Carling leva les yeux vers lui, demandant *quoi*. Demandant *comment*. Mais c'était si simple.

« Tu as seulement besoin de sommeil. »

(*ne me laisse pas*)

« Non, dit Dan. Je suis là. Je t'accompagne jusqu'au sommeil. »

Il serra la main de Carling dans les deux siennes. Et sourit.

« Jusqu'au sommeil », répéta-t-il.

1er mai 2011 – 17 juillet 2012

NOTE DE L'AUTEUR

Mon premier roman publié en 1998 par Scribner était *Bag of Bones* (*Sac d'os*, Albin Michel). Soucieux de faire plaisir à mon nouvel éditeur, j'étais parti en tournée promotionnelle. Lors d'une séance de signatures, un lecteur m'a lancé : « Hé, vous avez une idée de ce qu'est devenu le gosse de *Shining* ? »

C'est une question que je m'étais souvent posée à propos de ce vieux bouquin, et toujours accompagnée d'une autre : Que serait devenu le père alcoolique et perturbé de Danny s'il avait rencontré les Alcooliques anonymes au lieu d'essayer de s'en sortir en pratiquant ce que les AA appellent « la sobriété poings serrés » ?

Comme pour *Dôme* et *22/11/63*, cette idée m'a toujours plus ou moins trotté dans la tête. De temps à autre – en prenant ma douche, en regardant une émission de télé ou en faisant un long trajet sur l'autoroute –, je me surprenais à calculer mentalement l'âge de Danny Torrance et à me demander où il se trouvait. Sans parler de sa mère, un autre être humain fondamentalement bon, abandonné dans le sillage destructeur de Jack Torrance. Wendy et Danny étaient ce qu'on appelle des codépendants, des gens attachés par des liens d'amour et de responsabilité à un membre de leur famille dépendant à l'alcool.

En 2009, l'un de mes amis alcooliques en voie de rétablissement m'a confié l'aphorisme suivant : « Quand un codépendant se noie, c'est la vie d'un autre qu'il voit défiler. » La véracité de la formule m'a trop frappé pour que je la trouve drôle et je pense que c'est à partir de là que *Docteur Sleep* s'est imposé. Il fallait que je sache.

Ai-je abordé l'écriture de ce livre avec inquiétude ? Vous pensez bien que oui. *Shining* fait partie des romans que les gens citent toujours (avec *Salem*, *Simetierre* et *Ça*) lorsqu'ils évoquent celui de mes livres qui les a le plus terrorisés. Et puis, évidemment, il y a le film de Stanley Kubrick, que beaucoup se rappellent – pour des raisons qui m'ont toujours plus ou moins échappé – comme l'un des films les plus terrifiants qu'ils aient jamais vus. (Si vous avez vu le film mais pas lu le livre, veuillez noter que *Docteur Sleep* est la suite de ce dernier, lequel, à mon humble avis, constitue la Vraie Histoire de la Famille Torrance.)

J'aime bien penser que je suis encore assez bon dans ce que je fais, mais rien ne peut rivaliser – je dis bien *rien* – avec le souvenir d'une bonne vieille terreur, surtout quand elle a été administrée à quelqu'un de jeune et d'impressionnable. Il existe au moins une suite brillante au *Psychose* d'Alfred Hitchcock (*Psychose 4* de Mick Garris avec Anthony Perkins reprenant son rôle de Norman Bates), mais ceux qui l'ont vue – ou ont vu une des trois autres – secoueront toujours la tête en vous disant *non, non, pas aussi bon*. Ils se souviennent de la toute première fois avec Janet Leigh et aucun remake, aucune suite ne pourra jamais surpasser ce moment où le rideau de la douche s'écarte et où le couteau entre en action.

Et puis les gens changent. L'homme qui a écrit *Docteur Sleep* est très différent de l'alcoolique de bonne volonté qui a écrit *Shining*, mais c'est la même chose qui continue de les intéresser tous les deux : raconter une histoire qui dépote. J'ai pris mon pied à retrouver Danny Torrance et à suivre ses aventures. J'espère que vous aussi. Si c'est le cas, Fidèle Lecteur, on est bon.

Avant de vous lâcher, laissez-moi remercier les gens qui doivent l'être, d'accord ?

Nan Graham, qui a édité ce livre. *Avec rigueur*. Merci, Nan.

Chuck Verrill, mon agent, qui l'a vendu. Ça compte. Mais Chuck a aussi répondu à tous mes appels téléphoniques et m'a prodigué toutes les cuillerées de sirop calmant dont j'avais besoin. Ça, c'est indispensable.

Russ Dorr s'est chargé de la recherche, mais pour toute erreur, prière de vous retourner contre moi. Russ est un formidable assistant médical et un monstre de bonne humeur et d'inspiration nordique.

Chris Lotts m'a fourni les mots italiens quand cette langue s'imposait. *Grazie*, Chris.

Rocky Wood a été mon puits de science pour tout ce qui concerne *Shining* : il m'a procuré tous les noms et dates que j'avais soit oubliés, soit repris de travers. Il m'a aussi fourni des tonnes de documents sur tous les véhicules de loisirs et camping-cars existant sous le soleil (le *nec plus ultra* étant l'EarthCruiser de Rose). Rock connaît mon œuvre mieux que moi. Cherchez-le sur internet à l'occasion. Il vous en apprendra de belles.

Mon fils Owen a relu le livre et m'a suggéré des changements inestimables. Au premier chef, la nécessité de voir Dan toucher ce que les alcooliques en voie de rétablissement appellent « le fond ».

Mon épouse aussi a relu *Docteur Sleep* et m'a aidé à l'améliorer. Tabitha, je t'aime.

Merci à vous aussi, les gars et les filles qui lisez ce que j'écris. Je vous souhaite de longs jours et d'agréables nuits.

Laissez-moi terminer par une petite mise en garde : quand vous circulerez sur les autoroutes et routes d'Amérique, méfiez-vous de ces Winnebago et Bounder.

On ne sait jamais qui peut se trouver à l'intérieur. Ni *quoi*.

Bangor, Maine

Ouvrages de Stephen King
aux éditions Albin Michel :

CUJO
CHRISTINE
CHARLIE
SIMETIERRE
L'ANNÉE DU LOUP-GAROU
UN ÉLÈVE DOUÉ – DIFFÉRENTES SAISONS
BRUME
ÇA (deux volumes)
MISERY
LES TOMMYKNOCKERS
LA PART DES TÉNÈBRES
MINUIT 2
MINUIT 4
BAZAAR
JESSIE
DOLORES CLAIBORNE
CARRIE
RÊVES ET CAUCHEMARS
INSOMNIE
LES YEUX DU DRAGON
DÉSOLATION
ROSE MADDER
LA TEMPÊTE DU SIÈCLE
SAC D'OS
LA PETITE FILLE QUI AIMAIT TOM GORDON

CŒURS PERDUS EN ATLANTIDE
ÉCRITURE
DREAMCATCHER
TOUT EST FATAL
ROADMASTER
CELLULAIRE
HISTOIRE DE LISEY
DUMA KEY
JUSTE AVANT LE CRÉPUSCULE
DÔME (deux volumes)
NUIT NOIRE, ÉTOILES MORTES
22/11/63
JOYLAND
MR MERCEDES
REVIVAL
CARNETS NOIRS
LE BAZAR DES MAUVAIS RÊVES
FIN DE RONDE
SLEEPING BEAUTIES
ANATOMIE DE L'HORREUR
L'OUTSIDER

Sous le nom de Richard Bachman

LA PEAU SUR LES OS
CHANTIER
RUNNING MAN
MARCHE OU CRÈVE
RAGE
LES RÉGULATEURS
BLAZE

Le Livre de Poche s'engage pour l'environnement en réduisant l'empreinte carbone de ses livres. Celle de cet exemplaire est de :
450 g éq. CO_2
Rendez-vous sur www.livredepoche-durable.fr

PAPIER À BASE DE FIBRES CERTIFIÉES

Composition réalisée par NORD COMPO

Achevé d'imprimer en France par
CPI BRODARD & TAUPIN (72200 La Flèche)
en septembre 2019
N° d'impression : 3035573
Dépôt légal 1re publication : mars 2015
Édition 12 - septembre 2019
LIBRAIRIE GÉNÉRALE FRANÇAISE
21, rue du Montparnasse – 75298 Paris Cedex 06

35/3343/6